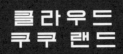

클라우드
쿠쿠 랜드

클라우드
쿠쿠 랜드

앤서니 도어

장편소설

CLOUD
CUCKO
LAND

이 책을 과거와 현재, 그리고
미래의 사서들에게 바칩니다.

코로스장	자, 우리 도시의 이름으로 무엇을 제안하겠소?
페이세타이로스	스파르타가 어떨지요? 웅대한 옛날 이름으로 허세 부리는 것 같아도 미려한 울림이 있습니다.
에우엘피데스	위대한 헤라클레스여, 나의 도시를 스파르타라 부르다니요? 내 침상 깔개 같은 것에도 스파르타라는 이름을 붙여 모욕하지는 않을 것이오.
페이세타이로스	그렇다면 어떤 이름이 좋겠는지요.
코로스장	뭔가 거창한 것, 구름과 비슷한 분위기의 이름이오. 솜털도 한 움큼 넣고, 공기는 모자란 듯하고, 듣기에 부풀어 오르는 느낌이면 좋겠는데.
페이세타이로스	생각났습니다! 이거 어떤가요. 구름 뻐꾹 나라!

— 아리스토파네스, 「새」(기원전 414년)

차례

클라우드
쿠쿠 랜드

프롤로그

사랑하는 조카딸에게
이 이야기가 네게
건강과 빛을 가져다주기를 바라며

아르고스호

미션 여행 65년
볼트원 내부 생활 307일

콘스턴스

열네 살 소녀가 천장이 둥근 방의 바닥에 다리를 꼬고 앉아 있다. 숱 많은 곱슬머리가 소녀의 머리를 후광처럼 감싸고 있다. 신고 있는 양말은 구멍투성이다. 이 소녀는 콘스턴스다.

콘스턴스 뒤에는, 바닥부터 천장까지 높이 5미터의 투명한 실린더가 서 있고, 그 속엔 사람의 머리칼만큼이나 가는 금색 필라멘트 수조 가닥으로 이루어진 기계가 매달려 있다. 필라멘트 하나하나는 수천 개의 필라멘트 다발을 휘감으며 경악스러울 만큼 복잡하게 뒤얽혀 있다. 이따금 기계 표면을 따라 다발이 하나씩 여기저기서 빛을 깜빡인다. 이것은 시빌이다.

방의 다른 쪽에는 공기 주입식 간이침대, 재활용 변기, 푸드 프린터가 하나씩 있고, 영양 파우더가 열한 자루, 그리고 자동차 바퀴의 크기와 모양을 한, 여러 방향으로 움직이는 '퍼램뷸레이터'라고 불리는 트레드밀이 한 대 놓여 있다. 조명은 천장에 달린 고리 모양의 이극 진공관이다. 어딜 봐도 출구는 없다.

바닥에는 콘스턴스가 다 쓴 영양 파우더 자루에서 찢어 내 그 위에 직접 만든 잉크로 글을 쓴 직사각형 원고가 백 장 가까이 바둑판 모양으로 놓여 있다. 어떤 건 그녀의 손글씨가 빼곡하고 어떤 건 달랑 한 단어만 적혀 있다. 가령 종이 하나에는 스물네 개의 고대 그리스어 알파벳이 적혀 있다. 다른 종이엔 이렇게 적혀 있다.

1453년까지 천 년의 세월 동안, 도시 콘스탄티노플은 스물세 번이나 포위되었지만, 어느 군대도 그곳의 성벽을 함락시키지는 못했다.

콘스턴스는 몸을 수그려 눈앞에 놓인 퍼즐에서 세 장의 원고를 집어 든다. 등 뒤의 기계가 불빛을 깜빡인다.

늦었어요, 콘스턴스, 게다가 온종일 아무것도 안 먹었어요.

"배 안 고파."

맛 좋은 리소토를 먹지 그래요? 매시드 포테이토를 곁들인 양 구이는 어때요? 아직 안 먹어 본 맞춤 음식이 많아요.

"됐어, 고마워, 시빌." 콘스턴스는 첫 번째 원고를 내려다보며 읽는다.

유실된 그리스 산문 설화 『클라우드 쿠쿠 랜드』는 안토니우스 디오게네스가 하늘에 떠 있는 유토피아 도시를 찾아 여행을 떠나는 양치기의 이야기를 쓴 작품으로 집필 시기는 서기 1세기 말경으로 추정된다.

두 번째 원고:

9세기 비잔티움 시대에 이 책을 요약한 문헌을 보면, 디오게네스는 병든 조카딸에게 바치는 짤막한 서문에서 이 희극적인 이야기가 자신이 지어낸 것이 아니라 고대 도시 티레의 어느 무덤에서 발견한 이야기라고 밝히고 있다.

세 번째 원고:

디오게네스는 조카딸에게 쓴 편지에서, 그 무덤은 팔십 년은 남자로, 일 년은 당나귀로, 일 년은 농어로, 일 년은 까마귀로 산 아이톤이라는 자의 것이었다고 밝혔다. 그의 주장에 따르면, 무덤 속에서 나무로 만든 궤 하나가 나왔는데 거기엔 "처음 보는 이여, 그대가 누구건, 이 궤를 열고 놀라운 세상을 만나 깨달음을 얻을지어다."라고 쓰여 있었다. 디오게네스가 궤를 열자, 그 안에는 아이톤의 이야기가 기록된 사이프러스 나무 서판(書板) 스물네 개가 들어 있었다.

콘스턴스가 눈을 꼭 감으니 캄캄한 묘로 내려가는 디오게네스가 보인다. 횃불을 비춰 가며 기이한 궤를 살펴보는 그가 보인다. 천장의 이극 진공관 불빛이 침침해지고 흰 벽이 은은한 호박색으로 변하면서 시빌이 말한다. 곧 노라이트(Nolight)예요, 콘스턴스.
콘스턴스는 바닥에 흩어진 원고 사이를 걸어 침대로 가서 그 밑에서 빈 봉지 하나를 꺼낸다. 봉지를 이로 물고 손으로 잡아당겨 아무것도 적히지 않은 직사각형 종이를 찢어 낸다. 작은 숟갈로 영양 파우더를 퍼서 푸드 프린터에 집어넣고 버튼 몇 개를 누르자 기계는 1온스의 검은 액체를 딸린 용기에 토해 낸다. 그녀는 끝을 펜촉 모양으로 깎아 펜으로 쓰는 긴 폴리에틸렌 관을 집어 들어 그 끝을 잉크로 사용하는 액체에 담갔다가 빈 종이 위로 몸을 수그리고는 구름 하나를 그린다.

다시 잉크에 펜을 담근다.

구름 위에 도시의 성채들을 그리고, 작은 탑들 주변을 날아오르는 작은 점 같은 새들도 그린다. 방이 더 어두워진다. 시빌이 깜빡인다. 콘스턴스, 당장 밥을 먹을 것을 주장하는 바입니다.

"배고프지 않아, 고마워, 시빌."

콘스턴스는 날짜 — 2020년 2월 20일 — 가 적힌 직사각형 종이를 집어 들어 '폴리오 A'라 적힌 다른 원고 옆에 놓는다. 그리고 구름 도시를 그린 종이를 왼쪽에 놓는다. 잠깐이지만, 어두워지는 조명 빛을 받아 세 장의 종이가 금방이라도 떠올라 붉게 타오를 것처럼 빛나는 것 같다.

콘스턴스는 무릎을 꿇는다. 이 방을 나가지 않은 지 일 년이 다 되어 간다.

1

처음 보는 이여,
그대가 누구건,
이 궤를 열고
놀라운 세상을 만나
깨달음을 얻을지어다

클라우드 쿠쿠 랜드

안토니우스 디오게네스 지음, 폴리오 Ａ

디오게네스의 필사본은 가로 30센티미터×세로 22센티미터 크기다. 좀이 슬어 구멍이 숭숭 뚫린 데다 곰팡이로 인해 심각할 정도로 지워져, 이렇게 Ａ부터 Ω까지 분류한 스물네 장만 간신히 복구하긴 했으나 그마저 모두 상당 부분 훼손된 상태다. 글씨체는 깔끔하며 왼쪽으로 기울어져 있다. 2020년, 번역 지노 니니스.

……궤 속의 저 서판들은 곰팡이가 피어오르는 제 몸을 관심 있게 보아 줄 눈을 그 얼마나 오래도록 기다렸을까? 사랑하는 조카야, 필시 너는 여기 담긴 기묘한 이야기의 진실성을 의심하겠지만, 나는 필사하는 동안 단 한 개의 단어도 빼먹지 않으련다. 정녕, 태곳적 사람들은 짐승처럼 대지를 걸어 다녔고, 새들의 도시는 인간의 영역과 신의 왕국 사이에 있는 하늘에 떠 있었을지 알 수 없는 일이기에. 설령 그렇지 않다 하여도, 세상의 모든 미치광이가 그럴진대, 양치기 또한 저만의 진실을 꾸며 냈고, 그런고로 그것이 그에게는 진실이 된 이야기인지 모르기에. 어느 쪽이건 이제 그의 이야기에 귀를 기울여 보자. 그리고 누구도 아닌 우리 자신을 위해 그의 정신이 온전하다고 믿어 보자.

레이크포트
공공 도서관

2020년 2월 20일
4:30 P. M.

지노

그는 다섯 명의 5학년 학생들을 인솔해 커튼처럼 내리는 눈을 뚫고 중학교 건물에서 공공 도서관까지 간다. 그는 여든을 넘긴 나이에, 캔버스 코트를 걸치고 벨크로 부츠를 신고 만화 캐릭터 펭귄들이 스케이트를 타고 가로지르는 그림이 그려진 넥타이를 맨 차림이다. 온종일 가슴속에서 즐거운 감정이 조금씩 부풀어 오르더니, 앞질러 보도를 달려가는 아이들 — 종이 죽을 빚어 만든 당나귀 머리를 뒤집어쓴 앨릭스 헤스, 플라스틱 횃불을 든 레이철 윌슨, 휴대용 스피커를 낑낑대며 나르는 내털리 허낸데즈 — 을 바라보는 2월의 목요일 오후 4시 30분인 지금은 그를 금방이라도 뒤집어엎을 기세다.

그들은 다 함께 경찰서, 공원 관리부, 에덴스 게이트 부동산 앞을 지나간다. 레이크포트 공공 도서관은 레이크 스트리트와 파크 스트리트의 모퉁이에 있는 박공이 높고 조야한 빅토리아식 이 층 건물로, 1차 세계 대전 이후 도시에 기증되었다. 굴뚝은 기울어지고 지붕 홈통도 내려앉은 데다 건물 정면에 난 네 개의 창문 중 세 개는 깨져서 포장 테이프로 붙여 놓았다. 보도 옆에 늘어선 노간주나무와 한쪽 구석에 올빼미처럼 보이게 페인트로 칠한 도서 반납함 위엔 눈이 벌써 몇 센티미터 두께로 쌓여 있다.

아이들은 앞쪽 보도를 향해 달려가고 포치에 이르자 지노가 계단까지 가는 것을 도와주려고 미리 나와 있는 어린이 도서 사서 섀리프와 하이파이브를 한다. 섀리프는 귀에 연두색 이어폰을 꽂고 있고, 털이 수북한 팔에선 공작용 반짝이가 반짝거린다. 티셔츠엔 난 큰 책이 좋아 그리고 거짓말을 못 하지라고 쓰여 있다.

건물로 들어선 지노는 안경에 서린 김을 닦는다. 하트 모양 색판지들이 안내 데스크 앞쪽에 붙어 있다. 그 뒤 벽에는 문의받습니다 라고 수놓은 자수품 액자가 걸려 있다.

컴퓨터 테이블 위의 모니터 세 대에는 소용돌이치는 나선 모양 스크린세이버가 동시에 떠 있다. 오디오북 서가와 해진 안락의자 두 개 사이에서는 천장 타일로 스며든 라디에이터의 열기가 물방울이 되어 25리터들이 쓰레기통 속으로 떨어진다.

똑. 뚝. 똑.

아이들이 어린이 도서 구역으로 가려고 위층으로 우르르 올라가며 사방으로 눈가루를 뿌려 대고, 지노와 섀리프는 계단 맨 위에서 아이들의 발소리가 멈추자 미소를 주고받는다.

"우아." 올리비아 오트의 목소리가 들린다.

"이야, 진짜 짱이다." 크리스토퍼 디의 목소리가 들린다.

섀리프는 지노의 팔을 부축해 계단을 올라간다. 2층 입구는 황금색 스프레이 페인트로 칠한 합판 벽으로 가로막혀 있고, 벽 한가운데 뚫린 작은 아치형 문 위에는 지노가 적어 놓은 문장이 보인다.

Ὦ ξένε, ὅστις εἶ, ἄνοιξον, ἵνα μάθῃς ἃ θαυμάζεις

5학년생들은 합판 벽 앞에 옹기종기 모여 있고, 재킷과 책가방에 묻은 눈은 녹고, 다들 지노를 바라보고, 지노는 가슴에 차오른 숨이 가라앉길 기다린다.

"이게 무슨 뜻인지 다들 기억하니?"

"당연하죠." 레이철이 말한다.

"으." 크리스토퍼가 말한다.

내털리는 발돋움한 채 손가락으로 단어를 하나하나 짚어 나간다. "처음 보는 이여, 그대가 누구건, 이 궤를 열고 놀라운 세상을 만나 깨달음을 얻을지어다."

"우아, 나 기분이 이상해!" 팔 밑에 당나귀 머리를 끼고 선 앨릭스가 말한다. "책 속으로 막 걸어 들어갈 것 같아."

셰리프가 계단통 조명 스위치를 끄자 아이들은 '비상구' 표시등의 붉은 불빛 아래 작은 문 주변으로 모여든다. "준비됐어요?" 지노가 큰 소리로 말하자, 합판 벽 반대편에 있던 도서관장 메리앤이 큰 소리로 말한다. "준비됐어요."

5학년생들은 한 명씩 작은 아치형 문간을 지나 어린이 도서 구역으로 들어간다. 평소라면 그곳을 채우고 있을 서가, 탁자, 빈백 들은 벽에 딱 붙여져 있고, 지금은 서른 개의 접이식 의자들이 놓여 있다. 의자들 위로 반짝이 가루를 바른 마분지 구름 수십 개가 서까래에 맨 실에 매달려 있다. 의자들 앞쪽엔 작은 무대가 있는데, 무대 뒤

벽 전체에는 메리앤이 구름에 에워싸인 도시를 페인트로 그려 놓은 캔버스 천이 걸쳐져 있다.

꼭대기에 삼각 깃발들이 왕관처럼 둘러진, 작은 창문 수백 개가 있는 황금 탑들이 무리 지어 솟아 있다. 뾰족탑 하나하나는 촘촘히 원무를 그리는 새들에 에워싸여 있다. 몸집이 작은 밤색 멧새, 커다란 은빛 독수리, 긴 꼬리가 곡선을 그리는 새와 부리가 길게 휜 새들, 실제로 존재하는 새들과 상상 속의 새들이다. 메리앤이 천장 조명들을 미리 꺼 두었기 때문에 스탠드 위의 하나뿐인 노래방 조명 빛 속에서 구름들이 반짝거리고, 새들은 빛을 받아 일렁거리고 탑들은 내부에서 은은히 빛을 발하는 것처럼 보인다.

"이거······." 올리비아가 말한다.

"······생각했던 것보다 더 멋지다······." 크리스토퍼가 말한다.

"클라우드 쿠쿠 랜드." 레이철이 속닥거린다.

내털리가 스피커를 내려놓고 앨릭스가 무대 위로 훌쩍 뛰어오르자 메리앤이 큰 소리로 말한다. "조심해. 페인트가 아직 덜 마른 데도 있으니까."

지노는 몸을 수그려 첫 번째 줄 의자에 앉는다. 눈을 깜박일 때마다 눈꺼풀 밑에서 기억이 일렁인다. 눈 더미 속으로 엉덩방아를 찧는 아버지. 카드식 목록이 들어 있는 서랍을 잡아당겨 여는 사서. 흙먼지를 손가락으로 긁어 가며 그리스 문자를 쓰는 포로수용소의 한 남자.

섀리프가 아이들에게 세 개의 서가 뒤에 마련한 분장실을 보여 준다. 소품과 무대 의상 들이 가득한 곳에서 올리비아는 라텍스 모자를 잡아 빼 제 머리에 뒤집어쓰고 대머리 분장을 하고, 크리스토퍼는 대리석 관처럼 보이게 색칠한 전자레인지 상자를 끌고 무대 중앙까지 나오고, 앨릭스는 손을 뻗어 그림 속 탑을 만지고, 내털리는 책가방에서 노트북 컴퓨터를 꺼낸다.

메리앤의 휴대폰이 진동한다. "피자가 다 준비됐네요." 그녀가 지노의 성한 쪽 귀에 대고 말한다. "제가 가서 가지고 올게요. 눈썹 휘날리게 다녀올게요."

"니니스 선생님?" 레이철이 지노의 어깨를 톡톡 두드린다. 붉은 머리칼은 뒤로 모아 땋아 내렸고, 어깨 위의 눈은 녹아 물방울 졌고, 두 눈은 크고 맑다. "이 모든 걸 다 만드신 거예요? 저희를 위해서?"

시모어

    도서관에서 한 블록 떨어진 거리에 8센티미터 두께의 눈 망토를 뒤집어쓴 채 주차된 폰티액 그랜드 앰 안에 눈동자가 잿빛인 열일곱 살 시모어 스툴먼이 무릎에 배낭을 놓고 앉아 꾸벅꾸벅 졸고 있다. 배낭은 진초록색 특대형 잔스포츠로, 안에는 프레스토 압력솥 두 개가 들어 있다. 각각의 솥 안에는 루핑 못, 볼 베어링, 점화 장치들과 '컴포지션 B'라는 이름의 고성능 폭약 538그램이 들어 있다. 압력솥 본체에서 전류를 보내는 전선이 솥뚜껑에 붙여 놓은 휴대폰 회로판과 연결되어 있다.

    꿈속에서 시모어는 우거진 나무 밑을 걸어 흰색 텐트가 옹기종기 모여 있는 곳으로 걸어가는데, 발을 내디딜 때마다 오솔길이 뒤틀리고 텐트들이 멀어지고 오싹할 만큼 착잡한 감정이 온몸을 짓누른다. 그는 화들짝 놀라 잠에서 깨어난다.

    계기판 시계를 보니 오후 4시 42분이다. 얼마나 오래 잤을까? 십오 분. 기껏해야 이십 분. 멍청하긴. 이렇게나 조심성이 없다니. 차에 앉아 있은 지 네 시간도 더 된 터라 발가락은 감각이 없고 오줌이 마렵다.

그는 김이 서린 차창 안쪽을 소매로 닦아 낸다. 위험을 무릅쓰고 와이퍼를 작동하자 차창에서 한 조각의 눈이 쓸려 나간다. 도서관 앞에 주차된 차는 한 대도 없다. 보도에도 사람 하나 없다. 자갈이 깔린 서쪽 주차장에 사서 메리앤의 스바루 한 대만 주차되어 있는데, 눈에 덮여 두두룩하게 튀어나와 보인다.

오후 4시 43분.

라디오에서 예보가 흘러나온다. 해 지기 전까지 15센티미터, 밤새 30센티미터에서 35센티미터까지 쌓일 것으로 예상됩니다.

사 초 동안 숨을 들이마신다, 그대로 사 초 동안 숨을 멈춘다, 다시 사 초 동안 숨을 내쉰다. 아는 것을 되짚어 보라. 올빼미는 눈꺼풀이 세 개다. 올빼미의 눈알은 구체가 아니라 가늘고 긴 튜브모양이다. 올빼미 무리는 '팔리어먼트(parliament)'라고 불린다.

그가 할 일은 도서관으로 유유히 걸어 들어가, 에덴스 게이트 부동산 사무소에서 최대한 가까운 남동쪽 구석에 배낭을 숨기고, 다시 유유히 걸어 나오는 것이다. 그리고 북쪽으로 차를 몰고 가서 기다리다 도서관이 문을 닫는 6시에 전화를 건다. 그리고 다섯 번 울릴 때까지 기다린다.

쾅.

끝.

4시 51분, 선홍색 파카를 걸친 사람의 형체가 도서관에서 나오더니 파카의 모자를 뒤집어 쓰고는 눈삽을 들어 앞쪽 보도에 대고 밀었다 끌어당기기를 반복한다. 메리앤이다.

시모어는 자동차 라디오를 끄고 앉은 자리에서 스르르 몸을 낮춘다. 어떤 기억 속에서 그는 일곱 살인가 여덟 살이고, '성인 논픽션' 598열쯤인가, 메리앤이 책꽂이 높은 곳에서 올빼미 관찰 도감을 뽑는다. 그녀의 두 뺨은 모래폭풍 같은 주근깨가 가득하고, 몸에선 계피 껌 향이 난다. 그녀는 그의 옆에 놓인 회전 스툴에 앉는다. 그에게 보여 주는 페이지엔 굴 밖에 서 있는 올빼미, 나뭇가지에 앉아 있는 올빼미, 들판 위로 높이 날아오르는 올빼미 들이 있다.

그 기억을 옆으로 밀쳐 버린다. 비숍이 뭐라고 말했지? 전사는, 진심을 다해 투신할 때, 죄책감도 두려움도 후회도 느끼지 않는다. 전사는, 진심을 다해 투신할 때, 인간성을 초월한다.

메리앤은 휠체어 전용 경사로의 눈을 삽으로 퍼내고 소금을 뿌리고 파크 스트리트를 따라 걸어가다 눈 속으로 사라진다.

4시 54분.

오후 내내 시모어는 도서관이 빌 때까지 기다렸고 이제 때가 되었다. 그는 배낭의 지퍼를 열고 압력솥 뚜껑에 테이프로 붙여 둔 휴대폰의 전원을 켜고 소총 사격장용 귀마개를 벗고 다시 배낭의 지퍼를 잠근다. 입고 있는 바람막이 재킷의 오른쪽 주머니에는 그가 종조부의 공구 창고에서 찾아낸 베레타 92 반자동식 권총이 들어 있다. 왼쪽 주머니에는 뒷면에 세 개의 전화번호가 적힌 휴대폰이 있다.

유유히 걸어 들어가, 배낭을 숨겨, 유유히 빠져나와. 차를 몰고 북쪽으로 가서 도서관이 문을 닫을 때까지 기다린 다음, 첫 번째와 두 번째 전화번호로 전화를 걸어. 신호음이 다섯 번 울릴 때까지 기다려. 쾅.

4시 55분.

제설기가 교차로 바닥을 긁으며 나아가고 불빛이 번쩍인다. 문에 '킹 건축'이라고 적힌 회색 픽업트럭이 지나간다. 도서관 1층 창문 안에서 '열림' 표지가 발갛게 빛난다. 메리앤은 다른 볼일이 한창인 것 같다. 그녀는 자리를 오래 비우는 법이 없다.

나가. 차에서 나가.

4시 56분.

눈송이 하나하나가 전면 유리에 톡톡 부딪는 소리는 어득한데, 그가 느끼기엔 어금니 뿌리까지 뚫고 들어올 기세다. 톡 톡 톡 톡 톡 톡 톡 톡 톡 톡. 올빼미는 눈꺼풀이 세 개다. 올빼미의 눈알은 구체가 아니라 가늘고 긴 튜브 모양이다. 올빼미 무리는 '팔리어먼트'라고 불린다.

그는 양쪽 귀에 귀마개를 고정한다. 재킷의 모자를 잡아 올린다. 문손잡이에 손을 얹는다.

4시 57분.

전사는, 진심을 다해 투신할 때, 인간성을 초월한다.

그는 차 밖으로 나간다.

지노

크리스토퍼는 스티로폼 묘비들을 무대에 지정한 자리에 놓고 전자레인지 상자로 만든 석관에 새겨진 아이톤. 팔십 년은 인간, 일 년은 당나귀, 일 년은 농어, 일 년은 까마귀로 살다라고 새긴 비명이 관객석에서 보이게 각도를 조절한다. 레이철은 플라스틱 횃불을 집어 든다. 올리비아가 대머리 분장용 라텍스 모자 위로 월계관을 눌러 쓴 모습으로 서가 뒤에서 나타나자 앨릭스가 웃음을 터뜨린다.

지노가 손뼉을 한 번 친다. "총연습은 진짜 무대와 똑같은 연습이라고 했죠, 기억해요? 내일 밤, 객석에서 누구네 할머니가 재채기를 할지도 몰라요. 누구네 아기가 울지도 몰라요. 여러분 중에 대사를 까먹는 사람이 있을지도 모르고요. 하지만 어떤 일이 있건, 우리는 이 이야기를 계속 이끌고 나가야 해요, 알았죠?"

"알았습니다, 니니스 선생님."

"각자 자리로 가고. 내털리, 음악."

내털리가 노트북 컴퓨터를 톡 치자 스피커에서 으스스한 오르간

푸가가 흘러나온다. 오르간 뒤로 큰 문이 끼익 소리를 내고, 까마귀들이 깍깍, 올빼미들이 훗훗 운다. 크리스토퍼가 몇 미터에 달하는, 둘둘 말아 놓은 흰 새틴 천을 무대 앞쪽으로 펼치고 그 한쪽 끝에 무릎을 꿇자 내털리는 반대편에서 무릎 꿇고, 둘은 천을 너울너울 움직인다.

고무 장화를 신은 레이철이 무대 한가운데로 성큼성큼 걸어 나간다. "오늘 티레 왕국의 밤은 안개가 자욱하다. (눈을 내려 대본을 보고 바로 고개를 든다.) 작가 안토니우스 디오게네스는 기록 보관소를 떠난다. 보라, 지치고 심란한 모습으로 오는 그를. 죽어 가는 조카딸 때문에 애가 탄다. 하지만 잠시만 기다려 주기를, 내가 묘석들 가운데 이상한 것을 발견하여 그에게 보여 주려 하니……." 새틴 천이 너울거리고, 오르간 음악이 흐르고, 레이철의 횃불이 깜빡거리고, 올리비아가 빛 속으로 당당히 걸어 들어간다.

시모어

속눈썹에 눈의 결정체가 걸려서 그는 눈을 깜빡여 떨군다. 어깨에 멘 배낭은 바윗덩이, 숫제 거대한 땅덩이다. 도서 반납함에 그려진 올빼미의 크고 노란 눈이 지나가는 그를 주시하는 것 같다.

모자를 뒤집어쓰고 귀마개를 쓴 채 시모어는 도서관 포치로 연결되는 다섯 개의 화강암 계단을 오른다. 들어가는 유리문 안쪽에 아이의 필체로 쓴 안내문이 테이프로 붙어 있다.

내일
단 하루만 공연합니다
클라우드 쿠쿠 랜드

안내 데스크에도 체스판 앞에도 아무도 없다. 컴퓨터 책상에도 아무도 없고, 잡지를 뒤적이는 사람도 없다. 폭풍 때문에 다들 얼씬도 하지 않는 것이다.

데스크 뒤 자수 액자엔 문의받습니다라고 적혀 있다. 시계가 5시 1분을 가리킨다. 컴퓨터 모니터들엔 스크린 세이버의 나선 세 개가 끝도 없이 안쪽으로 파고드는 중이다.

시모어는 남동쪽 구석으로 걸어가고 '언어'와 '어학' 사이 복도에서 무릎을 꿇는다. 책장 맨 밑 칸에서 『쉬운 영어』와 『영어 동사 501』, 『초급 네덜란드어』를 빼내고, 배낭을 그 뒤 먼지 더께 앉은 공간에 밀어 넣고 책들을 다시 제자리에 꽂는다.

자리에서 일어나자 자줏빛 선이 폭포수처럼 그의 시야를 내리덮는다. 두 귀는 심장 뛰는 소리로 쿵쿵 울리고, 무릎은 떨리고, 방광은 쿡쿡 찔러 대고, 두 발은 여기까지 눈길을 헤치고 온 터라 남의 살 같다. 그래도 그는 해냈다.

이제 유유히 걸어 나가.

'논픽션' 쪽으로 다시 걸어 나가는데 모든 것이 들고일어나는 것만 같다. 신고 있는 운동화는 납덩이 같고, 근육이 말을 듣지 않는다. 책 제목들이 데굴데굴 구르며 지나간다. 『잃어버린 언어』, 『단어의 제국』, 『2개 국어를 하는 아이로 키우는 7단계』. 사회 과학, 종교, 사전까지 무사히 통과한다. 문이 보이자 손을 뻗는데 뭔가가 어깨를 톡 건드린다.

안 돼. 멈추지 마. 돌아서지 마.

하지만 돌아선다. 호리호리한 남자가 초록색 이어폰을 낀 채 안내 데스크 앞에 서 있다. 숱이 무성한 까만 눈썹, 호기심 어린 눈, 티셔츠에 프린트된 난 큰 책이 좋······, 그리고 두 팔로 안고 있는 시모어의 잔스포츠.

그가 뭐라고 지껄이지만 귀마개 때문에 300미터는 떨어진 곳에

서 나는 소리처럼 들리고, 시모어의 심장은 종잇장, 구겨졌다 펴졌
다 구겨지기를 반복하는 종잇장이다. 배낭이 여기 있어선 안 된다.
백팩은 남동쪽 구석, 에덴스 게이트 부동산 사무소에서 가급적 가
까운 곳에 있어야 한다.

눈썹 무성한 남자는 배낭 안을 흘깃 내려다보는데, 큰 지퍼가 어
느새 살짝 열려 있다. 다시 고개를 드는 남자의 표정이 일그러져
있다.

시모어의 시야에서 천 개의 깨알만 한 까만 점들이 일제히 돋아
난다. 그의 양 귓속에서 함성이 일어난다. 그는 오른손을 바람막이
재킷 오른 주머니에 찔러 넣고 손가락을 움직여 권총의 방아쇠를
찾는다.

지노

레이철은 석관 뚜껑을 힘주어 드는 척하며 옆으로 치워 놓는다. 올리비아는 마분지 무덤 속으로 손을 집어넣어 털실이 감긴 좀 더 작은 상자를 꺼낸다.

레이철이 말한다. "궤?"

"뚜껑에 명문(銘文)이 새겨져 있어."

"뭐라고?"

"처음 보는 이여, 그대가 누구건, 이 궤를 열고 놀라운 세상을 만나 깨달음을 얻을지어다."

"생각해 보십시오, 디오게네스 선생님." 레이철이 말한다. "이 궤가 이 무덤 속에서 견뎌 왔을 세월을. 수 세기를 버텼겠죠! 지진, 홍수, 화재, 여러 세대가 살고 죽었겠죠! 그리고 이제 선생님의 두 손에 들어온 겁니다!"

크리스토퍼와 내털리는 팔 힘이 빠지는 와중에도 계속해서 새틴 안개를 흔들고, 오르간 음악도 계속 흐르고, 눈송이는 창문마다 두드려 대고, 지하실의 보일러는 육지로 밀려온 고래처럼 운다. 레이철이 올리비아를 보자 올리비아는 털실의 매듭을 푼다. 올리비아가 상자 속에서 새리프가 지하실에서 찾아내 황금색 스프레이로 칠해 둔 옛날 백과사전을 들어 올린다.

"책입니다."

올리비아가 입바람을 불어 책 표지의 먼지를 날려 보내는 시늉을 하자 관객석 첫 줄에 앉은 지노가 미소 짓는다.

"그렇다면 이 책이 설명해 주려나요." 레이철이 말한다. "무슨 까닭으로 한 사람이 팔십 년은 인간으로, 일 년은 당나귀로, 또 일 년은 농어로, 그리고 일 년은 까마귀로 살게 되었는지를?"

"함께 알아보세." 올리비아가 백과사전을 펼쳐서 배경막에 기대 놓은 독서대에 올리자, 내털리와 크리스토퍼는 새틴 천을 내려 놓고 레이철은 묘비들을 치우고 올리비아는 석관을 치우고, 키가 173센티미터인 앨릭스 헤스가 황금빛 사자 갈기를 머리에 쓰고 목동의 지팡이를 들고 체육복 반바지 위에 베이지색 목욕 가운을 걸친 모습으로 무대 중앙에 선다.

지노는 앉은 채 몸을 숙인다. 쑤시는 고관절과 이명이 온 왼쪽 귀로 여든여섯 해를 지구에서 살면서 내린 한없이 많은 결정들이 그를 이 순간으로 이끌었건만, 그 모든 것이 희미하다. 앨릭스는 노래방 조명 빛 속에 혼자 서서 빈 의자들 너머를 바라보는데, 그 시선의 깊이가 아이다호주 중부의 소도시에 있는 허름한 공공 도서관 2층이 아니라 티레섬의 고대 왕국을 에워싼 초록색 언덕들을 향하는 듯하다.

"나는," 높고 부드러운 목소리로 앨릭스가 입을 뗀다. "아이톤,

아르카디아에서 온 평범한 양치기입니다. 지금부터 내가 하는 이야기는 너무도 허황하고 너무도 터무니없어서 여러분은 단 한 마디도 믿을 수 없을 겁니다. 그럼에도 이 이야기는 진실입니다. 왜냐하면 나는 한때 세상 사람들이 맹추, 머저리라 불렀던 사람, 그래요, 나는 못난이, 천치, 얼뜨기 아이톤이지만 언젠가 지구가 끝나는 곳에 다다랐으며, 그 너머 클라우드 쿠쿠 랜드, 그곳의 명멸하는 문 앞에 도착한 사람이니, 그곳에선 누구도 욕망하지 않고, 모든 지식을 담은 한 권의 책이 있어……."

아래층에서 쾅 하는 소리가 들린다. 지노가 듣기엔 총소리와 진배없다. 레이철이 묘비들을 떨어뜨린다. 올리비아가 움찔한다. 크리스토퍼가 몸을 홱 숙인다.

음악은 흐르고, 구름은 실에 매달린 채 돌고, 내털리의 손은 노트북 컴퓨터 위 허공에 멈추어 있는데, 두 번째 탕 소리가 바닥을 뚫고 울려 퍼지자 두려움이, 마치 길고 검은 손가락처럼 방을 가로질러 의자에 앉은 지노에게까지 뻗는다.

스포트라이트 조명 빛 아래에서 앨릭스는 아랫입술을 깨물며 지노를 바라본다. 심장 박동 한 번. 두 번. 객석에서 누구네 할머니가 재채기를 할지도 몰라요. 누구네 아기가 울지도 몰라요. 여러분 중에 대사를 까먹는 사람이 있을지도 모르고요. 하지만 어떤 일이 있건, 우리는 이 이야기를 계속 이끌고 나가야 해요.

"하지만 먼저," 앨릭스가 다시 텅 빈 객석 너머 공간을 바라보며 대사를 잇는다. "제일 처음부터 이야기해야 합니다." 그러자 내털리는 음악을 바꾸고 크리스토퍼는 조명을 흰색에서 초록색으로 바꾸고 레이철은 마분지로 만든 양 세 마리를 들고 무대로 나간다.

ㄹ

**아이톤,
환상에 빠지다**

클라우드 쿠쿠 랜드

안토니우스 디오게네스 지음, 폴리오 β

복구한 폴리오 스물네 장의 순서를 두고 학자들 사이에 논란이 있었지만, 술에 취한 아이톤이 아리스토파네스의 희극 「새」를 연기하는 배우들을 보다가 클라우드 쿠쿠 랜드를 실제 장소로 착각하는 에피소드가 그의 여행의 시작에 해당한다는 데에는 이견이 없다. 번역 지노 니니스.

……온몸이 젖는 것이, 진흙탕이, 끝도 없이 울어 대는 양들이 진절머리 나서, 못난이, 천치, 얼뜨기라는 말을 듣는 것이 진절머리 나서 나는 양 떼를 들판에 두고 떠났고, 흘러 흘러 도시에 이르렀습니다.

광장에 가니 다들 긴 의자에 앉아 있었습니다. 그들 앞에서 사람만큼이나 까마귀 한 마리, 갈까마귀 한 마리, 그리고 큰 후투티 한 마리가 춤을 추고 있는 것을 보자 겁이 났습니다. 알고 보니 온순한 새들이었고, 그중 두 친구가 땅과 하늘 사이 구름 속에 지을 계획인 경이로운 도시 이야기를 들려주었습니다. 인간들의 아귀다툼에서 참으로 멀리 떨어진 곳으로 오로지 날개를 단 자들만 이를 수 있는 곳이며, 그곳에선 누구도 고통을 알지 못하고 모두가 현명하다고 했습니다. 내 마음에 하나의 환상이 뛰어들었으니, 구름 위 황금 탑들로 이루어진 궁전과 그 주변을 맴도는 송골매와 붉은발도요와 메추라기와 쇠물닭과 뻐꾸기 들, 물 꼭지마다 고깃국이 강물처럼 뿜어져 나오고, 거북들이 꿀 케이크를 등에 이고 빙글빙글 돌며, 길 양편 수로에 포도주가 흐르는 나라의 모습이었습니다.

두 눈으로 이 모든 광경을 보고서 나는 벌떡 일어나 말했습니다. "저기 갈 수 있는데 왜 여기 가만히 있어야 하지?" 나는 포도주 병을 던지고 자리를 박차고 일어나 곧바로 테살리아를 향해 길을 떠났으니, 모두 알다시피 그곳은 마법이 횡행하는 나라로, 나를 변신 시켜 줄 마녀를 찾기 위함이었습니다…….

콘스탄티노플

1439~1452년

안나

지금은 '콘스탄티노플'이라 부르지만 당시 이곳에 살았던 사람들은 그냥 '도시'라 불렸던 곳의 '네 번째 언덕'* 위, 성 테오파노 황후 수녀원의 건너편, 한때 명망 높았던 니콜라스 칼라파테스의 자수원에 안나라는 고아가 산다. 안나는 세 살이 되어서야 겨우 말문이 트였고, 그후 언제나 질문만 쏟아 내고 있다.

"우린 왜 숨을 쉬는 거야, 마리아 언니?"

"왜 말은 손가락이 없어?"

"까마귀 알을 먹으면 내 머리 색도 까매질까?"

"마리아 언니, 달을 해에 집어넣으면 들어갈까? 아니면 해를 달에 집어넣으면 들어갈까?"

성 테오파노 수녀원의 수녀들은 안나를 '원숭이'라 부르는데, 그

---

* 콘스탄티노플 성 안에 있는 일곱 개 언덕 중 네 번째. 각 언덕마다 교회나 모스크 등 종교 시설물이 세워졌다.

녀가 틈만 나면 수녀원 과실수에 기어오르기 때문이고, 네 번째 언덕의 남자아이들이 안나를 '모기'라고 부르는 건 그녀가 자기들을 한시도 가만 놔두지 않기 때문이다. 자수 감독인 과부 테오도라가 안나를 '구제 불능'이라 불러야 한다고 말하는 건 바늘땀 한 번 뜨는 걸 배우는 데는 한 시간이 걸리는데 바로 다음 순간 까맣게 잊어버리는 아이는 안나가 처음이기 때문이다.

안나는 친언니 마리아와 창문이 하나 있고 말총으로 짠 요 한 장만 간신히 들어가는 쪽방에서 지낸다. 둘의 공동 재산은 구리 동전 네 닢, 상아 단추 세 개, 누덕누덕 기운 양모 담요, 그리고 긴가민가하지만 어머니가 물려준 성 코랄리아 이콘이 전부다. 안나는 한 번도 달콤한 크림이나 오렌지를 먹어 본 적이 없고, 성벽 밖으로 나선 적도 없다. 열네 살이 되기 전, 그녀가 아는 사람은 모두 노예가 되거나 죽을 것이다.

새벽. 도시에 비가 내린다. 수놓는 여자 스무 명이 계단을 올라 작업실의 긴 의자에 앉으면 과부 테오도라가 모든 창문의 덧창을 연다. 그녀가 "복되신 이께 기도하오니 저희를 게으름에서 구하소서."라고 선창하면, 일꾼들은 "저희는 헤아릴 수 없이 많은 죄를 지었나이다."라고 이어받는다. 그러면 과부 테오도라는 수실을 보관하는 장의 자물쇠를 풀고 금사, 은사, 알이 작은 진주가 든 조그만 상자들의 무게를 달고 밀랍 먹인 서자판(書字板)에 기록한다. 그리고 방 안이 검은색 실과 흰색 실을 구분할 수 있을 만큼 밝아지면 곧바로 작업이 시작된다.

가장 나이가 많은 사람은 일흔 살의 테클라다. 가장 어린 사람은 일곱 살의 안나다. 안나는 언니가 탁자 위에 반쯤 완성된 사제의 영대*를 펼쳐 놓는 것을 옆에 걸터앉아 지켜본다. 테두리를 따라 깔끔하게 수놓은 동그라미들 안에 종달새, 공작새, 비둘기 들이 있고 그 주변을 포도 덩굴이 휘감고 있다. 마리아가 말한다. "세례자 요한의 얼굴 윤곽은 다 끝냈으니 이제 눈, 코, 입을 수놓을 거야." 그녀는 정해진 염색 무명실을 바늘에 꿰고 영대 중앙부에 자수틀을 고정한 다음 맹렬하게 수를 놓기 시작한다. "바늘을 돌려서 뾰족한 끝으로 마지막 바늘땀 가운데로 뚫고 올라오면 여기 실의 올들이 반으로 갈라져, 보이지?"

안나는 딴눈을 판다. 어느 누가 이런 인생, 온종일 바늘과 실을 들고 몸을 수그린 채 권력자의 예복에 성자와 별과 그리핀과 포도 덩굴을 수놓으며 사는 인생을 살고 싶겠는가? 에우도키아는 세 젊은이의 노래**를, 아가타는 욥의 고난을 노래한 찬송가를 부르는 가운데, 과부 테오도라는 마치 피라미를 쫓는 왜가리처럼 작업실을 살금살금 돌아다닌다. 안나는 마리아의 바늘이 박음질을 하고 사슬수를 놓는 모습을 지켜보려 애쓰지만, 그들이 앉은 탁자 정면의 창턱에 웬 검은딱새 한 마리가 내려앉더니 등에 묻은 빗물을 한껏 털어 내고는 휫착착착 노래를 부르는 바람에 어느새 그 새에게 넘어가 공상의 나래를 펴고 있다. 새는 날개를 파닥이며 창턱을 떠나고, 빗방울을 피해 마을을 지나 폐허가 된 성 폴리에우크투스 바실리카를 넘어 남쪽으로 날아오른다. 신의 머리 주변을 맴도는 기도처럼

---

*　사제가 제의 위 어깨에 두르는 기다란 천.
**　구약의 다니엘서 3장 51절에 등장하는 찬미가.

갈매기들은 아야 소피아의 돔을 맴돌고, 바람은 광대한 보스포루스 해협을 갈퀴질해 흰 물결을 일으키고, 어느 상인의 갤리선은 돛에 바람을 한가득 안고 곶을 맴도는데, 안나는 그보다 훨씬 더 높이 날다 보니 도시는 아득히 먼 아래의 지붕들과 정원들로 이뤄진 돋을새김으로 변하고, 어느새 그녀는 구름 속으로 날아오르고…….

"안나." 마리아가 화난 소리로 낮게 꾸짖는다. "이 부분은 무슨 명주실을 써야 하지?"

작업실 건너편에서 과부 테오도라가 그들을 주시하며 눈을 번득인다.

"진홍색? 철사에 감싼 것?"

"아냐." 마리아가 한숨을 내쉰다. "진홍색이 아니야. 철사도 아니고."

하루 내내 안나는 실을 가져오고, 아마포를 가져오고, 물을 가져오고, 바느질하는 일꾼들에게 점심 식사로 콩과 기름을 갖다준다. 오후가 되면 덜걱덜걱 당나귀 발굽 소리와 함께 짐꾼의 인사말이 들리고, 이어 주인 칼라파테스가 계단을 밟는 소리가 난다. 수놓는 여자들은 좀 전보다 등을 펴고 일에도 속도를 낸다. 안나는 탁자 밑을 기어다니며 눈에 보이는 대로 실밥을 주워 모으면서 혼잣말을 한다. "난 작아, 난 안 보여, 주인님은 날 못 봐."

팔이 지나치게 길고 입술은 포도주색인 칼라파테스는 금방이라도 덤벼들 것 같은 모양으로 등을 구부리고 있어서인지 안나가 지금까지 본 남자 중에서 가장 독수리와 비슷하다. 그는 절뚝대는 걸음으로 의자들 사이를 돌아다니며 못마땅한 듯 혀를 끌끌 차다가 기어코 한 사람을 정해 그 뒤로 가서 일을 멈추게 하는데, 오늘 걸린 건 에우게니아다. 그가 거들먹거리며 말하기를, 에우게니아는 일하는 게 느려 터져서 그의 아버지 시대에는 그녀처럼 무능력한 사람은 비단 더미 근처에도 못 갔다고 한다. 또, 여기 여자들은 하루가 멀다 하고 이 나라의 수많은 지역이 사라센군에게 함락되고 있으며 이곳이 이교도의 바다에 남은 유일한 그리스도의 섬이라는 사실도 알지 못하는데, 성벽이 방어해 주지 않으면 그들 모두가 타락한 오지의 시장으로 끌려가 노예로 팔리게 될 거라나?

칼라파테스가 열을 올리며 쓸데없는 말을 지껄여 대는 사이 짐꾼이 손님이 왔다는 신호로 종을 친다. 칼라파테스가 이마를 훔치고 앞이 트인 셔츠 위에 건 금박 입힌 십자가를 바로 한 후 옷자락을 펄럭이며 아래층으로 내려가자 모두들 한숨을 돌린다. 에우게니아는 가위를 내려놓는다. 아가타는 양 관자놀이를 문지른다. 안나는 의자 밑에서 기어 나온다. 마리아는 변함없이 바늘을 놀리고 있다.

파리들이 탁자 사이를 맴돈다. 아래층에서 남자들이 웃는 소리가 들려온다.

해 지기 한 시간 전, 과부 테오도라가 안나를 부른다. "별일 없겠지, 애, 아직 너무 늦지 않았으니까 지금이라도 나가서 케이퍼* 꽃봉오리 좀 뜯어 오렴. 그게 있어야 아가타 손목 아픈 것도 낫고 테클라의 기침도 가라앉힐 수 있어. 꽃이 막 피기 직전의 봉오리를 찾

---

* 꽃봉오리 부분을 향신료나 피클 재료로 쓰는 식물. 이베리아반도나 튀르키예, 그리스 등 지중해 지역에 서식한다.

아야 해. 저녁 기도 종이 울리기 전까진 와라, 머리칼이 보이지 않게 잘 가리고, 무뢰배나 비렁뱅이들 조심하고."

안나는 땅에 닿을 새도 없이 발을 동동거린다.

"그리고 뛰지 마라. 아기집 쏟아질라."

안나는 마음을 가까스로 진정시키며 느릿느릿 계단을 내려가고, 느릿느릿 뜰을 지나 느릿느릿 야경꾼을 지나치자마자 숫제 날아간다. 성 테오파노 성문들을 지나, 무너지며 박살난 원주의 거대한 화강암 덩어리들을 빙 돌아, 날지 못하는 까마귀처럼 검은 수도복 차림을 한 수사들이 두 줄로 거리를 터덜터덜 걸어가는 사이로 빠져나간다. 길 위의 물웅덩이들이 반짝인다. 무너져 뼈대만 남은 예배당 안에서 풀을 뜯던 염소 세 마리가 동시에 고개를 들고 그녀를 본다.

케이퍼나무라면 여기 말고 칼라파테스의 집 근처에서도 2만 그루는 자라고 있겠지만, 안나는 성벽이 있는 쪽으로 꼬박 1.5킬로미터가 넘는 거리를 달려간다. 여기, 쐐기풀이 발 디딜 틈도 없이 자란 과수원 안, 거대한 내벽의 토대에 누가 기억하는 것보다 더 오래된 뒷문이 하나 있다. 안나는 무너진 벽돌 더미를 기어올라 틈새로 몸을 욱여넣고는 나선형 계단을 오른다. 여섯 바퀴를 돌아 오르니 꼭대기가 나오고, 거미집의 집중 공격을 헤치고 마주 보는 두 벽에 뚫린 긴 화살 구멍 사이로 빛이 드는 작은 궁수용 탑으로 들어간다. 잡석들이 지천에 굴러다니고, 발을 딛고 선 바닥의 깨진 틈새로 모래들이 우수수 소리를 내며 흘러 내려간다. 놀란 제비 한 마리가 날아간다.

안나는 숨이 턱끝까지 차서 눈이 적응할 때까지 기다린다. 수 세기 전 누군가 —— 아마도 외로운 궁수가 망 보는 일에 이골이 나서 —— 남쪽 벽에 프레스코화를 그려 놓은 것 같다. 세월과 풍상에 석고 벽 거죽은 상당히 많이 떨어져 나갔지만, 그림은 여전히 선명하다.

왼편 가장자리에 슬픈 눈을 한 당나귀 한 마리가 바닷가에 서 있다. 푸른 바다를 기하학적 모양을 한 파도가 가르고, 오른쪽 가장자리에는 안나가 손을 뻗어도 닿지 못할 만큼 높은 곳에 뭉게구름이 있고, 그 위로 은색 청동색 탑들로 이루어진 도시가 빛나고 있다.

안나가 여섯 번을 관찰한 그림이다. 매번 볼 때마다 무언가가 마음속을 휘젓는데, 분명히 표현할 수는 없지만 멀리서 잡아당길 때의 느낌, 세계는 무한하고 자신은 보잘것없다는 느낌이다. 화풍은 가령 칼라파테스 작업장에서 일하는 사람들의 자수품과는 전혀 달라서, 원근법은 더 이상하고 색깔은 더 단순하다. 저 당나귀는 누구이고 눈은 왜 저리 쓸쓸해 보일까? 그리고 저 도시는 뭐지? 시온, 낙원, 신의 도시? 안나는 한껏 발돋움한다. 석고 벽이 갈라진 사이사이로 기둥, 아치 지붕이 덮은 길, 창문, 탑 주변으로 모여들고 있는 아주 작은 비둘기들이 보인다.

아래 과수원에서 나이팅게일들이 울기 시작한다. 빛이 이울고 바닥이 삐걱거리자 탑은 금방이라도 기울어 흔적도 없이 사라질 것 같다. 안나는 서쪽으로 난 창문 밖으로 끙끙대며 빠져나와 케이퍼 관목이 석양을 향해 일렬로 이파리를 쳐들고 있는 난간으로 간다.

걸음을 옮기며 케이퍼 봉오리를 따서 호주머니에 넣는다. 여전히 더 큰 그 세계가 안나의 마음을 끌어당긴다. 외벽을 지나 조류에 뒤덮인 해자를 지나자, 그 세계가 그녀를 기다리고 있다. 올리브나무 숲, 염소들이 오가는 길, 낙타 두 마리를 끌고 무덤 옆을 지나는 사람의 자그마한 형상. 돌들이 낮의 열기를 뿜어낸다. 해가 가라앉다 시야에서 사라진다. 저녁 기도 종이 울리는데 안나의 호주머니는 4분의 1만 찼다. 늦게 생겼다. 마리아가 걱정할 것이다. 과부 테오도라는 화를 낼 것이다.

안나는 아까의 작은 탑으로 들어가 또 한 번 그 그림 아래로 가서 멈춰 선다. 한 번 더 숨을 내쉰다. 황혼 속에서 파도가 거품을 일으키며 나아가는 것 같고, 도시는 가물가물 빛을 발하는 것 같다. 당나귀는 바닷가를 느릿느릿 오간다, 바다를 건너고 싶은 마음에 애가 타서.

불가리아 로도페산맥
어느 나무꾼 마을

같은 시대

오메이르

콘스탄티노플에서 북동쪽으로 300킬로미터도 더 떨어진 곳, 빠르고 세차게 흐르는 강 옆, 어느 작은 나무꾼 마을에서 거의 온전한 사내아이가 태어난다. 아이의 눈은 촉촉하고 두 뺨은 분홍빛이며, 쉴 새 없이 내뻗는 두 다리엔 기운이 넘친다. 그러나 아이의 왼쪽 입꼬리에서 시작된 틈 하나가 잇몸에서부터 윗입술을 반으로 가르고 인중까지 기다랗게 이어지고 있다.

산파가 뒷걸음질한다. 산모는 아이의 입에 손가락을 밀어 넣어 본다. 째진 틈은 입천장까지 깊게 뻗어 있다. 조물주가 이 아이를 빚다가 성급히 마무리한 건가. 산모는 온몸의 땀이 차게 식는다. 공포가 기쁨을 뒤덮는다. 네 번을 낳은 아기 가운데 죽어 나온 아이는 없었고, 그래서 그게 타고난 복인가 보다 믿기까지 했었다. 그런데 이번에는?

아기가 자지러진다. 차디찬 비가 지붕을 때린다. 산모는 두 허벅지를 붙여 아이를 똑바로 받치고 두 손으로 젖을 짜 내지만 아기는 갈라진 입을 오므리지 못한다. 아기가 입을 빠끔거린다. 목구멍이 떨린다. 젖은 넘기질 못해 흘리는 게 더 많다.

큰딸 아마니가 남자들을 부르러 숲으로 간 것이 몇 시간 전이다. 그들이 무리를 재촉해 도착할 시간이다. 둘째 딸과 셋째 딸은 엄마를 보던 눈을 돌려 갓난아기를 거듭 보는 것이, 저렇게 생긴 얼굴로 살아도 되는지 알고 싶어 하는 것 같다. 산파는 한 아이는 강에 보내 물을 가져오게 하고, 다른 아이는 태반을 묻게 한다. 밤은 칠흑처럼 어둡고 아기는 여전히 빽빽 우는데, 갑자기 개 짖는 소리와 함께 키 우는 수소 '잎새'와 '바늘'이 외양간 밖에 멈춰 서면서 방울 딸랑거리는 소리가 난다.

할아버지와 아마니가 얼어붙어 반짝이는 문을 열고, 흥분한 눈으로 들어온다. "아버지가 넘어지셨어요, 말이……." 아마니가 운을 떼다 문득 아기 얼굴을 보고는 입을 다문다. 뒤에서 할아버지가 말한다. "아범이 앞서갔는데, 앞이 어두워서 말이 넘어진 게 분명해, 그런 데다 강이……."

공포가 오두막을 채운다. 갓난아기가 울음을 터뜨린다. 산파가 문을 향해 가는데, 어둡고 근원적인 두려움으로 표정이 일그러져 있다.

제철공의 아내가 경고했었다. 저승에서 돌아온 망령들이 겨우내 산에서 해악을 끼치고 있는데, 잠긴 문으로 몰래 들어와 아이 가진 여자들을 병들게 하고 갓난아기를 질식사시킨다고. 그러니 염소 한 마리를 나무에 묶어 제물로 바치고 추가로 꿀 단지 하나를 샛강에 부어야 한다고. 아기 아버지는 제물로 바칠 염소가 없다고 말했지만 아내는 꿀만큼은 포기하지 않으려 했다.

자존심.

자세를 바꿀 때마다 산모의 배 속에서는 작은 번개가 내리꽂히는 것 같다. 심장이 뛸 때마다 산파가 가가호호 소문을 퍼뜨리고 다니는 게 느껴진다. 악마가 태어났다. 악마의 아버지가 죽었다.

할아버지가 우는 아기를 안아 바닥에 내려놓고 강보를 벗긴 후 손가락 관절 쪽을 아기 입에 물려 주자 아기는 잠잠해진다. 이번엔 다른 손으로 아기의 윗입술 갈라진 틈을 살짝 벌려 본다.

"몇 년 전, 산 저쪽 반대편에 이렇게 코 밑이 갈라진 사내가 살았다. 말을 썩 잘 키웠지, 사람들이 추한 얼굴을 신경 쓰지만 않는다면 야."

그는 아기를 다시 산모에게 건네고, 날이 궂으니 염소와 암소는 안으로 들이고 수소들의 멍에를 벗겨 주려고 다시 캄캄한 밖으로 나선다. 짐승들의 눈이 화덕에 타오르는 불로 반짝이고, 딸들이 엄마 곁으로 모여든다.

"지니가 태어난 거야?"

"마귀야?"

"숨은 어떻게 쉬지?"

"먹을 수는 있을까?"

"할아버지가 죽으라고 산에 내다 버리실까?"

아기는 누나들을 향해 까만 눈을 깜빡거리며 기억에 새긴다.

진눈깨비는 눈이 되고, 산모는 아들이 이 세상에서 나름대로 해 낼 몫이 있다면 부디 지켜 달라는 기도를 지붕 너머로 보낸다. 그러나 새벽녘이 되어 잠에서 깨어난 그녀의 눈에 들어오는 건 자신을 굽어보며 서 있는 시아버지다. 어깨에 눈 덮인 소가죽 망토를 걸친 모습이 나무꾼의 노래에 등장하는 망령, 해코지라면 이골이 난 괴물처럼 보인다. 산모는 아침이 되면 아들이 남편이 있는 지복의 정원에 가게 될 거라고 스스로 타일러 보지만, 아이를 넘기는 것이 폐 한쪽을 떼어 넘기는 것 같은 심정이다.

까마귀가 깍깍 울고, 바퀴 테에 눈이 뽀드득 으깨지고, 오두막이 밝아 오자, 그녀는 새삼 두려움에 사로잡힌다. 남편은 말과 함께 강에 빠져 죽었다. 딸들이 세수하고 기도를 올리고 암소 '예쁜이'의 젖을 짜고 잎새와 바늘에겐 꼴을 갖다주고, 염소들에겐 소나무 가지를 씹을 수 있을 크기로 잘라 주는 가운데 아침이 가고 점심이 되지만, 산모는 여전히 기력이 없어 몸을 일으키지도 못한다. 피에 사무치는 서릿발, 마음에 들어앉는 서릿발. 지금 아들은 죽음의 강을 건넌다. 아니면 지금. 아니면 지금.

땅거미가 내리기 전에 개들이 으르렁거린다. 그녀는 몸을 일으켜 절뚝거리며 문간을 향한다. 한 줄기 바람이 높은 산 위로 훅 불어, 숲 위에 반짝이며 걸려 있던 구름 한 점을 들어 올린다. 젖이 돌며 가슴이 묵직해지는 것이 견디기 힘들다.

한순간이 이토록 긴데 아무 일도 일어나지 않는다. 이윽고 할아버지가 암말을 타고 강 길을 따라 오는데 안장에 웬 묶음 하나가 가로 얹혀 있다. 개들이 미친 듯이 짖어 댄다. 할아버지가 내린다. 그녀의 머리는 안 된다고 말하는데도 그의 품에 안긴 것을 향해 두 팔이 내뻗는다.

아기는 살아 있다. 입술은 회색이고 두 뺨도 잿빛이지만 앙증맞은 손가락은 서릿발에도 꺼뭇한 데가 없다.

"아이를 데리고 산 높이 올라갔다." 시아버지는 화덕에 장작을 쌓아 올린 후 잉걸에 입바람을 불어 불을 일으킨다. 그의 두 손은 떨고 있다. "그리고 땅에 내려놨어."

그녀는 불 앞으로 배짱껏 가까이 다가가 앉아선 이번엔 오른손으로 아기의 턱을 받치고 왼손으로 젖을 쥐어짜 아기의 목구멍으로 젖을 흘려 넣는다. 젖이 콧구멍과 입천장 틈으로 새어 나오지만 아기는 어떻게든 삼킨다. 딸들은 영문을 알지 못해 속이 끓어 문간을 넘어온다. 불길이 위로 치솟자 할아버지가 파르르 떤다. "다시 말을 탔어. 애가 어찌나 가만히 있던지. 눈을 들어 숲을 바라보기만 하더구나. 눈밭에서 어쩜 그리 작아 보이던지."

아기가 헐떡이더니 다시 젖을 삼킨다. 문밖에서 개들이 낑낑댄다. 할아버지는 부들부들 떨리는 자신의 두 손을 바라본다. 온 마을에 소문이 퍼지기까지 얼마나 시간이 남았을까?

"발이 떨어지질 않았다."

자정이 되기 전에 그들은 쇠스랑과 횃불에 내몰린다. 아기가 아버지의 죽음을 불렀고, 할아버지를 홀려 숲에서 도로 데려오게 만들었다. 아기는 악마에 들렸고, 얼굴에 그어진 금이 그 증거다.

그들은 외양간과 건초용 풀밭과 지하 저장실과 고리버들 벌통 일곱 통과 함께 육십 년 전 할아버지의 아버지가 지은 오두막을 뒤로하고 떠난다. 새벽쯤 강 상류 쪽으로 수 킬로미터 떨어진 곳에서 추위와 두려움에 떨고 있는 그들이 보인다. 할아버지는 사륜마차를 끄는 수소들과 나란히 진창길을 저벅저벅 걸어가고, 마차 위의 여자아이들은 암탉과 토끼 들을 부여잡고 있다. 그 뒤로 암소 예쁜이가 보이는 그림자마다 멈칫거리며 가고, 그 뒤론 산모가 암말을 타고 가는데 아기는 강보에 싸인 채 눈을 깜빡이며 하늘을 바라본다.

땅거미가 질 무렵, 그들은 마을에서 14킬로미터쯤 떨어진 길 없는 협곡까지 와 있다. 샛강의 바람은 얼음 덮인 자갈밭과 신처럼 거대한 위세로 예측할 수 없이 흐르는 구름과 숲 위를 느릿느릿 뚫고 가며 기묘한 휘파람 소리를 내어 가축들을 두려움에 떨게 한다. 그들은 억겁 전에 원시 인류가 곰과 오룩스*와 날지 못하는 새들을 그린 동굴 안의 불쑥 튀어나온 석회암 아래에서 야영을 한다. 딸들은 엄마를 에워싸고 할아버지는 불을 피우고 염소는 애처롭게 울고 개들은 와들와들 떨고 아기는 눈으로 불빛을 좇는다.

"오메이르."** 아기 엄마가 말한다. "아기 이름은 오메이르로 할게요. 오래오래 살라고."

---

*   유럽 들소.
**   이슬람 문화권에서 흔한 남자 이름. '생명', '장수' 등의 의미가 있다.

안나

여덟 살의 그녀는 포도주 상인의 가게에서 빛깔이 짙고 마시면 머리가 깨질 듯 아픈 칼라파테스의 포도주를 주전자 세 개에 나눠 담아 돌아가다가 하숙집 밖에 잠시 멈춰 서서 한숨 돌린다. 덧창이 내려진 창 안에서 억양이 뚜렷한 그리스어가 들려온다.

한편 궁전에 간 오디세우스는 잠시 기다리고,
엇갈리는 생각들로 심정이 복잡한 와중에도
경외하는 마음으로 고귀한 문 앞에서 움직이질 못한다.
앞에서 보는 궁전은 그 광휘가
흡사 어두운 밤을 밝히는 등불처럼, 혹은 한낮의 태양처럼 찬란하다.
벽은 육중한 청동이고, 그 위로 하늘을 닮은
파란색 띠 모양 쇠 장식이 왕관처럼 둘러싸고 있는데,
접어서 안으로 잠그는 문은

황금 판을 이어 붙인 것이고,
황동 받침대를 딛고 선 문설주들은 은이요
그 위로 높이 가로지르는 상인방도 은인데,
문을 움직이는 고리들은 황금으로 되어 있다.
문 양쪽으로 금으로 빚은 개들과 은으로 빚은 개들이
위풍당당하게 서 있는데, 헤파이스토스가
알키노스의 궁전을 지키도록 신기(神技)로
만들어 낸 영생불멸의 존재들이다……

안나는 손수레도, 포도주도, 시간도, 모두 깡그리 잊어버리고 만다. 억양은 생경하지만 깊고 맑은 목소리에 실린 운율이 말을 타고 질주해 지나가 버린 사람처럼 그녀를 사로잡는다. 이제 시를 반복해 낭송하는 소년들의 목소리가 들려오고, 처음 들렸던 목소리가 다시 낭송한다.

대문 옆으로 넓게 펼쳐진 정원은
폭풍우에도, 하늘의 횡포에도 구애받지 않는다.
4000평이 넘는 대지를 내어 일군 그곳은
어딜 봐도 푸르른 울타리가 감싸고 있다.
죽죽 올라간 나무들은 장차 풍성하게 과실을 맺을 꽃들로 만발하니,
붉게 물든 사과는 황금빛으로 익어 가고,
청무화과는 달콤한 과즙으로 터질 듯하고,
새빨개진 석류는 농익은 광채를 발하며

묵직해진 서양배 아래로 나뭇가지를 늘어뜨린다.
담녹색 올리브가 사시사철 주렁주렁한 건
향기로운 서풍의 정령이 영원의 숨결을 불어넣어
흉년을 알지 못함이니, 배 한 알이 떨어져도
새로운 배가 열려 채우고, 사과는 사과 위에서,
무화과는 무화과 위에서 열린다…….

뭐 하는 곳이라서 문은 황금빛으로 빛나고 문설주는 은이고 나무는 끊임없이 열매를 맺는 걸까? 최면에 걸린 사람처럼 안나는 하숙집 벽으로 다가가 대문을 기어 올라가서는 덧창 틈새로 자세히 들여다본다. 더블릿* 차림의 남자아이 넷이 목 한쪽에 부푼 혹이 달린 늙은 남자 주위에 앉아 있다. 소년들은 생기 없는 단조로운 어조로 시를 따라 읊고, 노인은 무릎 위 양피지로 보이는 낱장들을 능숙히 다룬다. 안나는 한껏 몸을 늘여 가까이 가려 한다.

책이라면 예전에 두 번 본 게 전부다. 성 테오파노의 연장자들이 중앙 복도에 가져다 놓은 보석 박힌 가죽 장정본 성경, 그리고 시장에서 안나가 들여다보려 하자 약초 장수가 홱 잡아채 덮어 버린 의료용품 목록. 지금 이 책은 더 오래되고 더 소박해 보인다. 양피지를 빼곡하게 메운 글자들은 바닷새 백 마리의 발자국 같다.

선생이 다시 시를 낭독하고, 여신이 안개를 일으켜 숨겨 준 덕분에 여행자는 빛나는 궁전 안으로 몰래 들어갈 수 있게 되었다는 대

---

* 서양에서 14~17세기에 남자들이 입었던 웃옷의 총칭. 허리가 잘록하며 몸에 맞는 형태이다.

목에서 안나는 그만 덧창에 몸을 부딪고, 남자아이들이 고개를 들어 위를 쳐다본다. 그러기 무섭게 어깨가 떡 바라진 가정부가 과일에 날아든 새를 쫓아 버리듯 안나를 잡아 흔들어 벽에서 떼어 낸다.

안나는 수레로 되돌아갔다가 다시 천천히 벽에 다가와선 감히 할 수 있는 한 가까이 붙이지만, 마차들이 덜컹거리며 지나가고 빗방울이 지붕을 때리기 시작한 통에 더는 낭독 소리가 들리지 않는다. 오디세우스는 누구고, 여신들은 누구고, 오디세우스를 마법의 안개로 가려 준 건 누굴까? 용자 알키노스의 왕국이 혹시 궁수 탑 안 그림의 왕국일까? 문이 열리고 남자아이들이 바쁘게 물웅덩이를 비켜 지나가며 그녀를 매섭게 째려본다. 얼마 지나지 않아 늙은 선생이 지팡이에 몸을 의지하여 밖으로 나온다. 그녀가 그를 막아선다.

"그 노래. 그 종이에 나오나요?"

선생은 고개를 돌리는 것조차 힘들어한다. 턱 밑에 호리병박이라도 박혀 있는 것 같다.

"저 좀 가르쳐 주실래요? 기호라면 벌써 몇 개는 볼 줄 알아요. 기둥 두 개 사이에 막대기 하나가 붙은 것처럼 보이는 기호도 알아요, 교수대처럼 생긴 기호도 알고요. 소 머리를 뒤집어 놓은 것처럼 생긴 것도요."

그녀는 노인의 발아래 진흙에 집게손가락으로 A를 그려 보인다. 노인은 눈을 들어 내리는 비를 바라본다. 눈알의 흰색이어야 할 부분이 누렇다.

"계집애한테 선생이라니. 돈도 없는 주제에."

그녀는 손수레에서 술 주전자를 들어 보인다. "포도주가 있어요."

그가 눈을 반짝인다. 한 팔을 주전자로 뻗는다.

"먼저 가르쳐 주세요."

"넌 절대 깨우치지 못해."

그녀는 한 걸음도 물러서지 않는다. 늙은 선생이 신음을 토한다. 지팡이를 들어 진흙에 쓴다.

Ὠκεανός

"오케아노스. 대양(大洋). 하늘과 대지가 낳은 첫아들." 그는 그 단어를 에워싸는 원을 그린 다음 그 중심을 쿡 찌른다. "여기는 알려진 세계." 그런 후 이번엔 원 밖을 찌른다. "여기는 미지의 세계. 자, 포도주."

그녀는 술 주전자를 그에게 건네고 그는 두 손으로 들고 마신다. 그녀는 쭈그려 앉는다. Ὠκεανός. 진흙 위에 그려진 일곱 개의 기호. 그런데 이 안에 혼자 떠도는 여행자와 황동 궁전과 집을 지키는 황금 개들, 그리고 안개를 부리는 여신까지 다 들어 있다고?

과부 테오도라는 늦게 돌아온 벌로 안나의 왼쪽 발바닥을, 주전자 안 포도주가 반만 남은 벌로 오른쪽 발바닥을 막대기로 때린다. 한 발에 열 대씩. 안나는 울음을 꾹 참는다. 그날 밤이 다 저물도록 그녀는 마음의 표면에 글자들을 새긴다. 다음 날에도 온종일 물을 길어 나르느라, 뱀장어를 요리사 크리세에게 갖다주느라 잘뚝대는 걸음으로 계단을 오르내리면서도, 안나의 눈앞에는 구름에 휘감긴

섬, 서풍이 은총을 베푼 덕에 사과와 서양배와 올리브와 청무화과와 빨간 석류가 풍년이며 번쩍이는 대좌 위로 양손에 타오르는 횃불을 든 황금 소년상이 놓인 알키노스의 왕국이 펼쳐진다.

두 주 후 그녀는 시장에서 돌아오다 길을 벗어나 하숙집으로 달려가고, 햇빛 아래서 화분에 심은 식물처럼 앉아 있는 혹부리 선생을 알아본다. 그녀는 양파가 든 바구니를 내려놓고 손가락으로 흙먼지에 쓴다.

Ὠκεανός

단어 둘레에 동그라미를 그린다.

"하늘과 대지가 낳은 첫아들. 여기는 알려진 세계. 여기는 미지의 세계."

남자는 고개를 틀어 모로 돌리고는 눈알을 한 바퀴 굴려 안나를 응시하는데, 난생처음 보는 것 같은 표정이다. 젖은 눈동자에 빛이 감긴다.

그의 이름은 리키니우스다. 인생이 내리막길에 접어들기 전까지는 도시 서쪽의 유복한 집에서 가정교사로 일했으며, 여섯 권의 책을 소유했고 철궤(鐵櫃)에 그것들을 넣어 다녔다고 한다. 성인들의 삶을 이야기한 작품이 두 편, 호라티우스의 연설문집 한 권, 성 엘리자베스*의 기적에 관한 증언록 한 권, 그리스어 문법 입문서, 그리고

* 성 엘리자베스는 13세기 초반 헝가리의 공주로, 14세에 결혼해서 20세에 과부가 된 후 자신의 재산을 모아 병원을 세워 병자들을 돌봤다고 한다. 24세에 사망한 그녀는 기독교 박애의 상징이 되었고, 사망 사 년 후인 1235년 성녀로 시성되었다.

호메로스의 『오디세이아』. 그러다 사라센 군대가 그가 사는 곳을 함락하면서 돈 한 푼 없이 수도로 도망쳐 왔다. 천국의 천사들에게 감사하게도 성벽이 있었으니, 신의 어머니가 손수 주춧돌을 놓으셨음이라.

리키니우스가 외투 안자락에서 얼룩덜룩한 양피지 꾸러미 세 개를 꺼낸다. 『오디세이아』라고 그가 소개한다. 사상 최고의 연합군을 이끌었던 장군이다. 히르미네의 군대, 둘리키온의 군대를 비롯해서 크노소스와 고르틴의 성곽 도시들 말고도 바다 너머 제일 먼 곳에서 온 군단이 전설의 도시 트로이아를 약탈하기 위해 천 척의 검은 배에 올라 대양을 건넜으니, 배마다 천 명의 전사들이 우르르 쏟아져 나와 대지를 뒤흔드는데, 나무에 달린 이파리들처럼, 양치기가 외양간 양동이에 담아 둔 젖에 달려드는 파리 떼처럼 그 수를 헤아릴 수 없었다. 그렇게 십 년의 세월을 포위한 끝에 트로이아를 손에 넣은 후 지친 전사들은 고향으로 가는 뱃길에 올랐고, 모두가 무사히 귀향했으나 오디세우스는 그러지 못했다. 리키니우스는 오디세우스가 고향으로 돌아가는 이야기를 담은 노래는 전체 분량이 책 스물네 권이며 알파벳으로 각 권의 순서를 매겨 놓았고 낭독을 하면 며칠이 걸리지만, 지금껏 그의 손에 남은 건 세 권이 전부라고 설명한다. 각 권이 여섯 페이지로 이뤄진 그 세 권은 오디세우스가 칼립소의 동굴을 떠난 후 풍랑을 만나 조난당하고 벌거벗은 몸으로 파이아케스인들의 왕인 용자 알키노스의 나라 스케리아섬 해변까지 떠밀려 가는 대목에 관한 부분이다.

리키니우스는 이어 말한다. 한때, 제국의 모든 아이들이 『오디세이아』의 모든 인물들을 알던 시절이 있었다. 그러나 안나가 태어나기 오래 전, 서방에서 온 라틴 십자군들이 이 도시를 불태웠고 수천 명을 학살했으며 시의 재산 대부분을 몰수했다. 그런 후 흑사병이 돌며 인구수가 반으로 줄었고, 거기서 또 반이 더 줄자 당시 왕비가 자신의 수비대를 유지하기 위해 왕관을 베네치아 공국에 팔아야 하는 지경에 이르렀다. 결국 지금의 황제는 유리로 만든 관을 쓰고 있으며, 자기 끼니에 드는 돈조차 조달하기가 어려운 가운데 도시는 기나긴 쇠락의 세월 속에서 기운 없이 늘어진 채 예수의 재림만 기다리고 있으니, 어느 누가 옛날이야기 따위에 여력을 쏟을 수 있겠는가.

안나는 내내 눈앞에 놓인 책장들만 뚫어지도록 바라본다. 낱말들이 이렇게나 많다니! 이걸 다 익히려면 일곱 번은 살아야겠구나.

요리사 크리세가 시장에 심부름을 보낼 때마다 안나는 구실을 만들어 리키니우스를 만난다. 그에게 빵을, 훈제 생선을, 고리 모양 꼬치의 반 정도를 꿴 개똥지빠귀 들을 가져다준다. 천신만고 끝에 칼라파테스의 포도주를 주전자째 훔쳐다 준 적도 두 번이나 있다.

그 대가로 리키니우스는 가르쳐 준다. A는 $\ddot{\alpha}\lambda\varphi\alpha$, 알파라 읽는다. B는 $\beta\tilde{\eta}\tau\alpha$, 베타라 읽고, Ω는 $\tilde{\omega}\ \mu\acute{\epsilon}\gamma\alpha$, 오메가라 읽는다. 작업장 바닥을 물걸레질할 때도, 또 두루마리 천을, 석탄 양동이를 나를 때에도, 작업장에 펼쳐진 비단 위의 손가락은 곱아들고 깃털 같은 입김이 나오는 가운데 마리아 옆에 앉아 있을 때에도, 안나는 마음속 천장의 백지 위에 그 낱말들을 쓰고 또 쓰며 익힌다. 각 기호는 하나의 소리를 나타내는데, 이 소리가 연결되면서 낱말을 이루고, 낱말들이 연결되면서 세계를 이룬다. 진력이 난 오디세우스는 뗏목을 띄

위 칼립소의 동굴을 떠난다. 바다가 일으키는 물보라가 그의 얼굴을 적시는 가운데, 물결 아래로 파란색 머리칼에 해초를 치렁치렁 단 바다 신의 그림자가 어른거린다.

"쓸데없는 것들로 머리를 채울 거니." 마리아가 속닥거리며 말한다. 하지만 매듭 사슬수, 굵은 사슬수, 꽃잎 사슬수라니, 안나로선 죽었다 깨어난대도 익히지 못할 것이다. 안나가 바늘을 가지고 한결같이 잘할 수 있는 건 실수로 손가락 끝을 찔러 천에 피를 묻히는 게 아닐까 싶다. 언니는 사제들이 우리가 장식한 예복을 입고 하느님께 신성한 신비를 행하는 광경을 상상하라지만, 안나의 마음은 자꾸만 비껴 나가 바다 위에 띠처럼 늘어선, 향기로운 봄철만 계속되며 여신들이 빛줄기를 타고 구름에서 스르르 내려오는 섬들을 향한다.

"성인들이여, 저 좀 도와주소서." 위도 테오도라가 말한다. "도대체 언제쯤에야 알아먹겠니?" 안나는 자신들의 상황이 불안정하다는 것을 알 정도는 되는 나이다. 언니 말고는 가족도 없고 돈도 없다. 거둬 줄 사람 하나 없이 칼라파테스의 집에 있을 수 있는 건 어디까지나 마리아의 자수 솜씨가 뛰어난 덕분이다. 마리아도 안나도 지금 형편에서 그나마 바랄 수 있는 최고의 삶은, 여기 작업장 탁자에 앉아 새벽부터 해가 질 때까지 등허리가 휘고 눈이 침침해지도록 카파*와 성보와 제의에 십자가와 천사와 잎 장식을 수놓는 것이다.

원숭이. 모기. 구제 불능. 그런데도 안나는 그만둘 수가 없다.

---

* 반원형의 긴 망토로 앞쪽은 열려 있고 길이는 발 뒤꿈치까지 이른다. 걸쇠로 가슴 쪽을 잠그도록 되어 있으며 뒤쪽에는 방패 모양의 두건이 달려 있다.

"한 번에 한 단어씩."

이번에도 그녀는 양피지 위에 있는 뭐가 뭔지 모르겠는 기호들을 공부한다.

πολλῶν δ' ἀνθρώπων ἴδεν ἄστεα καὶ νόον ἔγνω

"못 하겠어요."

"할 수 있어."

Ἄστεα는 '도시'라는 뜻이다. νόον는 '정신'. ἔγνω는 '배웠다'는 뜻이다.

안나가 말한다. "그는 사람들이 많은 도시를 여럿 보았고 그들이 사는 방식을 알게 되었다."

리키니우스의 입꼬리가 휘며 미소를 그리자 그의 목살 덩어리가 부들부들 떨린다.

"옳거니. 정확히 그런 뜻이야."

하룻밤 만에 길거리가 의미로 빛을 발한다. 안나는 동전, 주춧돌, 묘비 들에 새겨진 글을, 납 인장, 부축벽, 방벽에 박힌 대리석 명판의 글을 읽는다. 도시의 구불구불한 길들은 저마다 다르게 이뤄진 거대하고 낡은 원고다.

요리사 크리세가 화덕 옆에 늘 놓아두는 접시의 이 빠진 테두리에서 단어들이 환히 빛난다. 지극한 신심의 소유자, 조 황후.* 입구

---

*   지금의 튀르키예 이스탄불 아야 소피아 대성당의 유명한 「조 황후 모자이크」 작품에 쓰여 있는 문구.

너머 이젠 잊힌 아담한 예배당엔 다음과 같이 쓰여 있다. 따뜻한 마음으로 애쓰는 모든 이에게 평화가 있기를. 안나는 성 테오파노 성문 옆 문지기가 드나드는 문 위 상인방에 끌로 새긴 문장이 특히 마음에 들어서, 일요일 반나절을 그 의미를 헤아리는 데 바친다.

멈추어라, 너희 도둑, 강도, 살인자, 기수 그리고 군인 들아, 이렇게 머리 숙여 청하는 이유는, 우리가 주님의 장밋빛 피를 맛본 자들이기 때문이다.

마지막으로 리키니우스를 만나는 날, 맵찬 바람이 부는데 그의 안색도 폭풍우 같은 빛을 띠고 있다. 눈은 짓무르고 안나가 전에 갖다준 빵은 손도 대지 않고 그대로이고, 목의 종기는 홧홧하고 붉게 독이 오른 것이 유독 불길한 생물처럼 보여서 오늘 밤 기어이 그의 얼굴을 다 삼켜 버릴 것만 같다.

오늘은, 그가 입을 연다. 오늘은 μῦθος, mýthos를 배운다. 이 낱말은 대화나 말해진 것을 뜻하지만, 그것 말고도 설화, 이야기, 저 옛날 신들이 살았던 시대로부터 전해 내려온 전설을 뜻한다는 점에서 참으로 미묘하고 변화무쌍하며 거짓과 진실을 동시에 암시할 수 있는 낱말이라고 설명하다가 리키니우스가 문득 신경을 곤두세운다.

바람이 그의 손가락 밑 책첩에서 종이 한 장을 날리자 안나가 얼른 달려가 잡아 먼지를 턴 다음 다시 그의 무릎에 올려놓는다. 리키니우스는 오래도록 눈꺼풀을 들어 올리지 않는다. "보고(寶庫)." 마침내 그가 입을 연다. "이 말을 아니? 안식처. 문서 — 한 권의 책 — 는 앞서 산 사람들의 기억이 담긴 안식처야. 영혼이 먼 길을 떠난 후에도 기억이 그 자리에 영원히 남게 하는 방법이지."

다음 순간 그의 두 눈은 활짝 열리고, 그는 거대한 암흑 속을 들여다보는 것만 같다.

"하지만 책은, 사람과 마찬가지로 죽는다. 불에 타거나 홍수에 쓸리거나 벌레들의 먹이가 되기도 하고, 또 변덕스러운 폭군을 만나면 죽기도 한다. 보호하지 않으면 책은 세계 밖으로 빠져나가 버려. 그리고 책이 세계 밖으로 사라질 때, 기억은 다시 한번 죽는다."

그는 움찔하더니 숨이 느려지면서 그르렁거린다. 나뭇잎들이 거리를 쓸어내리고 환한 구름이 지붕 위로 물처럼 흐르고 짐말을 탄 사람 몇 명이 추위를 견디려고 서로 딱 붙어서 지나간다. 안나도 오슬오슬 떤다. 관리인을 데려와야 하나? 사혈(瀉血)해 줄 사람을 데려와야 하나?

리키니우스가 한 팔을 들어 올린다. 손아귀에 낡은 종이첩 세 개가 들려 있다.

"스승님, 아니에요." 안나가 말한다. "그것들은 스승님 것이잖아요."

그러나 그는 기어코 그녀의 손에 쥐여 준다. 안나는 시선을 내려 슬쩍 길을 본다. 하숙집, 벽, 스스스 소리를 내는 나무들. 안나는 기도를 올리고 양피지 종잇장들을 옷 속에 집어넣는다.

오메이르

첫째 딸은 기생충으로 죽고, 둘째 딸은 열병이 앗아 가지만, 남자 아이는 무럭무럭 자란다. 세 살이 되자 그는 잎새와 바늘이 목초밭을 비우고 또 일구는 동안 썰매 위에 꼿꼿이 서서 버틸 수 있게 된다. 네 살이 되자 샛강에서 주전자로 물을 길어 반들반들한 바위 사이를 지나 할아버지가 지은 방 하나짜리 돌집까지 나를 수 있게 된다. 두 번이나 그의 어머니는 제철공 아내에게 돈을 주어 아이를 데리고 마을에서 강 상류 쪽으로 15킬로미터 떨어진 곳까지 데려가 바늘과 삼실로 째진 입술을 봉합하지만 두 번 다 허사로 돌아간다. 위턱부터 콧속까지 난 틈새는 벌어진 채 그대로다. 그러나 자주 내이(內耳)에 열이 나도, 자주 턱이 뻐근해도, 수프를 먹으면 입 밖으로 흘러나와 옷자락으로 뚝뚝 떨어져도 그는 튼튼하고 얌전하며 병치레도 하지 않는다.

그가 간직한 가장 오래된 기억은 다음 세 가지다.

1. 샛강에서 물을 마시는 잎새와 바늘 사이에 서서 지켜보던, 녀

석들의 거대한 둥근 턱에서 뚝뚝 떨어지는 물방울마다 엉기던 빛.

2. 그의 윗입술에 나뭇가지를 쑤셔 넣으려다 지레 얼굴을 찡그리던 누나 니다.

3. 꿩의 깃털을 마치 옷 벗기듯 뽑은 다음 선명한 분홍색 몸뚱이째 화덕에 던지던 할아버지.

그가 그나마 만나는 몇 안 되는 아이들은 불루키야의 모험 놀이를 할 때 그에게 괴물 역할을 시키고, 그의 얼굴을 보면 암말은 새끼를 유산하고 굴뚝새는 날다가 떨어지는 게 진짜냐고 묻는다. 그러면서도 그에게 메추라기 알 찾아내는 법을 알려 주고, 강바닥에서 제일 큰 송어가 몰리는 구덩이가 어디 있는지도 알려 준다. 또 산골짜기 너머 높다란 카르스트 절벽에 자라는, 반은 속이 빈 시커먼 주목 나무를 가리키며 거기 사악한 악령들이 깃들어 있는데 어떻게 해도 죽일 수 없다는 이야기도 해 준다.

나무꾼 부부들 태반은 그의 근처에 얼씬도 하지 않는다. 강을 따라 여행하는 장사꾼이 오메이르의 집이 있는 길을 지나치는 위험을 감수하는 대신 말의 박차를 가해 숲을 거쳐 가는 경우도 한두 번이 아니다. 오메이르로서는 일면식도 없는 사람이 그를 보고 겁을 내거나 수상쩍게 여기지 않은 적은 한 번도 없다.

그가 제일 좋아하는 날들은 여름에 온다. 여름이면 나무들은 바람결에 춤을 추고 반들반들한 바위 위 이끼는 에메랄드처럼 반짝이며 제비들은 서로를 쫓아 산골짜기를 누빈다. 니다는 풀을 뜯는 염소를 돌보며 노래하고, 어머니는 햇빛을 들이마시려는 듯 입을 벌리고 샛강 위 바위에 드러누워 있고, 할아버지는 새잡이 그물과 끈끈이가 든 병을 챙겨 오메이르를 이끌고 산 높은 곳에 오른다.

할아버지는 등이 굽고 발가락이 두 개 없는데도 날래게 산을 타기 때문에 할아버지가 한 걸음 뗄 때마다 오메이르는 보폭을 넓게 하여 두 걸음을 떼야 한다. 산을 오르는 동안 할아버지는 수소의 우수함을 설파한다. 수소는 말보다 차분하고 참을성이 있다, 귀리를 먹이지 않아도 잘 큰다, 말똥은 보리를 말라 죽게 하지만 쇠똥은 그런 법이 없다, 늙으면 잡아 식량으로 쓸 수 있다, 짝이 죽으면 애통해한다, 왼쪽으로 누우면 다음 날은 날씨가 좋다, 하지만 오른쪽으로 누우면 비가 올 것이다. 너도밤나무 숲이 소나무 숲으로, 소나무 숲이 용담과 앵초밭으로 이어지는 가운데 저녁이 기울고, 그러는 동안 할아버지는 올가미로 뇌조 열두 마리를 잡는다.

땅거미가 내리자 그들은 반들반들한 바위가 여기저기 흩어져 있는 숲속 빈터에서 하룻밤을 지내기로 한다. 개들이 그들 주변을 돌며 늑대의 흔적을 찾는 동안 오메이르는 불을 피우고 할아버지는 뇌조 네 마리의 털과 내장을 제거하고 불에 굽고, 아래쪽 산마루들은 점점 어두워지는 파란 하늘이 폭포처럼 내리닫는 속으로 서서히 사라진다. 밥을 먹고 나니 불은 타다 잉걸이 되고, 할아버지가 조롱박에 담아 온 자두 브랜디를 마시는 동안 소년은 순정한 행복을 만끽하면서, 이제 할아버지의 이야기가 램프를 단 수레처럼 케이크와 꿀을 가득 싣고 금방이라도 굽잇길을 돌아 그를 향해 굴러오는 것을 기다리고 또 느낀다.

"내가 말한 적이 있니?" 할아버지는 그렇게 운을 떼곤 한다. "집채만 한 딱정벌레 등에 기어올라 달까지 간 이야기를?"

아니면 이런 식이다. "루비로 이루어진 섬을 여행했던 이야기를 해 줬던가?"

할아버지는 유리로 만든 도시 이야기를 시작한다. 북쪽 멀리 가면 있다는 그 도시 사람들은 늘 목소리를 낮춰서 속삭이는데 아무것도 부서지지 않도록 하기 위함이다. 할아버지는 옛날에 지렁이가 되어 지하 세계까지 내려간 적이 있단다. 이 이야기들은 언제나 할아버지가 무섭고도 경이로운 모험을 겪고도 살아남아 산으로 무사히 돌아오면서 끝나는데, 그즈음이면 잉걸불은 다 타서 재가 되고, 할아버지는 코를 골기 시작하며, 오메이르는 눈을 들어 밤하늘을 바라보면서 아득히 멀리서 빛나는 별들 사이로 어떤 세계들이 떠다닐지 생각한다.

오메이르는 어머니에게 딱정벌레가 달까지 날아갈 수 있느냐고, 할아버지가 꼬박 일 년을 바다 괴물의 배 속에서 산 적이 있느냐고 묻는다. 어머니는 미소 지으며 자기가 아는 한 할아버지는 평생토록 산을 벗어난 적이 없다면서 말한다. 그러니 이제 한눈팔지 말고 밀랍 만드는 거 도와줄 거지?

요새도 소년은 하염없이 오솔길을 걷다가 절벽에 이를 때가 많다. 그곳에서 속이 반절은 빈 주목의 가지를 타고 올라가, 발아래 흐르는 강이 굽이를 돌아 사라지는 것을 보며, 그 너머에서 펼쳐질 모험을 상상한다. 나무들이 걸어 다니는 숲, 몸은 말[馬]인 사람들이 칼새처럼 빠르게 날아다니는 사막, 대지 가장 높은 곳에 있어서 계절의 구분이 끝나는 영역이 있고 얼음산 사이로 헤엄치는 바다 용들과 영생을 사는 파란 거인 종족이 있는 곳.

오메이르가 열 살이 되는 해, 집에서 키우는 등이 굽은 늙은 암소 예쁜이가 마지막으로 새끼를 낳는다. 오후 내내 씨름한 끝에 아치 모양으로 치켜져 올라간 어미 소의 꼬리 밑에서 점액을 뚝뚝 흘리는 두 개의 작은 발굽이 추위 속에 김을 뿜어내며 비어져 나오고 어미는 아무 일 없었다는 듯 풀을 뜯는데, 마침내 한바탕 경련 끝에 진흙색 송아지의 나머지 몸이 미끄러져 나온다.

오메이르는 한 걸음 다가서지만 할아버지가 뒤로 잡아끄는데, 긴가민가한 표정이다. 예쁜이가 핥아 주자 새끼의 작은 몸이 혀의 무게에 흔들리고, 할아버지는 나지막하게 기도를 올린다. 보슬비가 내리는데 송아지는 일어설 줄을 모른다.

그제야 소년의 눈에도 할아버지가 본 것이 보인다. 예쁜이의 꼬리 밑에서 두 번째로 한 쌍의 발굽이 보인다. 뒤이어 분홍색 작은 혀를 빼문 주둥이가 따라 나오고, 그다음에 눈 하나가 보이더니, 마침내 두 번째 송아지 ─ 이번엔 회색 ─ 가 태어난다.

쌍둥이. 둘 다 수컷이다.

회색 송아지는 발이 땅에 닿기 무섭게 발딱 일어서고 젖을 먹기 시작한다. 갈색 송아지는 여전히 턱을 땅에 박고 있다. "저놈이 성치 않은 모양인데." 할아버지는 속삭이듯 한마디 하고는 돈을 받고 자기 수소와 예쁜이의 흘레를 붙인 주인을 욕하지만, 오메이르는 이 송아지에게는 시간이 더 필요한 거라고 생각한다. 난생처음 중력과 뼈가 뒤얽힌 낯선 상태를 해결하려고 애쓰는 중이리라.

회색 송아지는 흰 나뭇가지 같은 다리로 선 채 젖을 빤다. 먼저 나온 놈은 양수도 마르지 않은 몸으로 양치식물 속에 접혀 있다. 할아버지가 한숨을 내쉬는 순간, 첫째 송아지가 일어서 그들 쪽으로 한 걸음 내딛는다. 그 모습이 마치 "둘 중에 날 의심한 게 누구지?"라고 말하는 것 같아서 할아버지도 오메이르도 웃음을 터뜨린다.

가족의 재산이 두 배로 불어났다.

　할아버지는 예쁜이가 두 마리에게 먹일 젖을 내는 게 쉽지 않을 거라고 경고하지만, 어미 소는 낮이 점점 길어지는 가운데 쉼 없이 풀을 뜯어 먹으며 젖을 내고, 새끼들은 잠시도 쉬지 않고 쑥쑥 자라난다. 오메이르 가족은 갈색 송아지는 '나무', 회색 송아지는 '달빛'이라 부르기로 한다.

　나무는 발굽을 깨끗이 유지하는 것을 좋아하고, 어미 소가 보이지 않으면 매애 울고, 오메이르가 외투에서 도깨비바늘을 떼어 내는 아침 반나절엔 보채는 법 없이 서서 기다린다. 반면에 달빛은 한시도 가만히 있지 못하고 나방을, 웅덩이를, 그루터기를 조사하려고 종종걸음을 친다. 녀석은 밧줄과 사슬을 씹고, 톱밥을 먹고, 무릎까지 푹푹 빠지는 진흙탕을 건너고, 죽은 나무를 들이받다 뿔이 박혀 도와 달라고 울어 댄다. 형제 소가 처음부터 똑같은 건 소년을 향한 뜨거운 사랑이니, 그들에게는 손으로 먹여 주고 주둥이를 쓰다듬어 주고 자주 오두막을 나와 외양간에서 몸이 따뜻한 그들과 엉켜 자다 깨어나는 존재다. 셋은 함께 숨바꼭질을 하다 예쁜이가 있는 곳까지 달리기 시합을 한다. 셋은 함께 파리 떼가 뭉쳐 번쩍이는 속을 뚫고 봄날의 물웅덩이를 짓밟고 달린다. 오메이르를 형제로 받아들인 모양이다.

　송아지들이 처음으로 보름달을 보게 될 날을 앞두고 할아버지가 그들에게 멍에를 씌운다. 오메이르는 짐수레에 돌들을 싣고, 소 모는 막대기를 들고 훈련을 시작한다. 한 걸음 들어서기, 한 걸음 물러서기, '지'라고 말하면 오른쪽, '호'라고 말하면 왼쪽, '호아'라고 말하면 멈추기. 처음에 송아지들은 소년을 무시한다. 나무는 뒤로 물러나라는 말을 듣지 않아서 짐 더미에 묶어 놓는다. 달빛은 보이는 나무마다 몸을 비벼 멍에를 벗으려 한다. 짐수레가 기우뚱하고, 돌들이 굴러떨어지고, 송아지들이 무릎을 꺾으며 울부짖으니 나이 든 잎새와 바늘이 풀을 뜯다 말고 고개를 들고선 재미있는지 회색 머리를 흔든다.

니다가 웃음을 터뜨린다. "어떤 짐승이 저런 얼굴을 한 사람을 믿겠어요?"

"세상이 어떤 요구를 해도 다 해낼 수 있다는 걸 보여 줘라." 할아버지가 말한다.

오메이르는 다시 도전한다. 막대기로 소들의 무릎을 톡톡 두드린다. 혀를 끌끌 차고 휘파람을 분다. 그해 여름의 산은 유독 신록이 무성하고 풀은 쑥쑥 자라며 어머니의 벌통도 꿀이 가득 차 묵직하니, 마을을 떠난 후 처음으로 가족은 먹을 것이 넉넉해진다.

달빛과 나무는 뿔이 쭉 뻗더니 궁둥이도 튼실해지고 가슴팍도 넓어진다. 거세할 즈음엔 덩치가 어미보다 커져서 잎새와 바늘이 왜소해 보일 정도다. 할아버지는 가만히 귀를 기울이면 그들이 자라는 소리가 들린다는데, 오메이르는 빤한 농담인 걸 알면서도 보는 사람이 없으면 한 귀를 달빛의 거대한 갈비뼈에 대고 두 눈을 감는다.

가을이 되자 차츰차츰 산골짜기까지 소문이 퍼지는데 '이슬람 용사'* 술탄인 무라드 2세, '세계의 수호자'가 죽고, 열여덟 살 난 아

---

* 이교도와 싸우는 이슬람 용사라는 뜻으로, 튀르키예에서 이교도와의 싸움에서

들(그분에게 신의 무궁한 가호가 있기를)이 왕에 즉위했다고 한다. 일가족의 꿀을 사러 오는 상인들은 젊은 술탄이 새로운 황금기를 이끌 것이라 장담하는데 작은 산골짜기에서 듣기엔 정말 그럴 것 같다. 길은 질척거리는 법 없이 깨끗이 유지되고, 할아버지와 오메이르가 전에 없이 많은 양의 보리를 수확해 도리깨질하고 니다와 어머니가 씨앗을 바구니에 던져 넣는 동안, 맑고 깨끗한 바람이 왕겨를 실어 나른다.

어느 날 저녁, 금방이라도 첫눈이 쏟아질 것 같은 밤, 윤기가 반지르르한 암말을 탄 여행자가 늙은 말을 탄 종을 달고 강부터 길을 따라 올라온다. 할아버지는 오메이르와 니다를 외양간으로 보낸 후 통나무 틈새로 지켜본다. 여행자는 연두색 터번을 두르고 가장자리에 새끼 양딜을 두른 승마용 상의를 입고 딕수염이 깔끔하기 그지없어서, 니다는 밤새 요정들이 다듬어 준 것 같다고 생각한다. 할아버지는 그들을 안내해 고대 그림 문자가 그려진 동굴 구경을 시켜주고, 그런 후 여행자는 일가족의 작은 집 주변을 걸어 다니며 계단식 밭과 곡식을 보며 감탄하다 두 마리의 어린 수소를 발견하고는 입이 떡 벌어진다.

"거인의 피라도 먹여 키운 겁니까?"

"흔치 않은 복이죠." 할아버지가 말한다. "쌍둥이 소라서 멍에를 함께 지니까요."

땅거미가 질 무렵, 어머니는 얼굴을 가리고서 손님들에게 버터와 채소를 대접하고, 그해 마지막 멜론을 꺼내 꿀에 적셔서 내놓는

무훈을 세운 군인에게 내리는 명예 칭호.

다. 니다와 오메이르는 살금살금 기어 오두막 뒤로 가선 귀를 기울이고, 오메이르는 방문객이 산 너머 나라들에서 본 도시들 이야기를 해 주길 기도한다. 여행자는 가장 가까운 마을에서도 수 킬로미터는 떨어진 이런 산골짜기에 일가족이 정착하게 된 경위를 묻는다. 할아버지는 선택한 삶이었으며, 술탄 덕분에(늘 평화가 그분과 함께하기를) 일가족이 전혀 부족함 없이 살 수 있었다고 말한다. 여행자가 일가족이 듣지 못하게 웅얼거리자 그의 종이 자리에서 일어나 목청을 가다듬고는 말한다. "주인님, 이들은 외양간에 악령을 숨겨 주고 있습니다."

침묵이 흐른다. 할아버지는 장작 한 토막을 불에 던진다.

"송장을 먹는 악귀인지 마법사인지 모르지만, 아이의 탈을 쓰고 있습니다."

"사과하겠습니다." 여행자가 말한다. "제 종자 놈이 나설 데 안 나설 데를 분간 못 하는군요."

"놈은 토끼의 얼굴을 하고 있고 놈이 말하면 짐승들이 유순히 따릅니다. 마을에서도 수 킬로미터나 떨어져 저희끼리만 사는 이유가 뭐겠습니까? 수소들이 저리 덩치가 큰 이유가 뭐겠습니까?"

여행자가 자리에서 일어선다. "사실입니까?"

"그냥 보통 사내놈입니다." 할아버지는 그렇게 말하지만 오메이르는 그 목소리에 서린 격앙된 기운을 감지한다.

종은 문을 향해 조금씩 걸어간다. "지금은 그리 생각하겠지요." 그가 말한다. "하지만 머지않아 본성을 드러낼 게요."

안나

성벽 밖에서 해묵은 분노의 기운이 술렁인다. 작업장의 여자들이 그리는데, 사라센의 술탄이 죽있고, 이후 즉위한 새 술탄은 이제막 소년티를 벗었을 뿐인데 눈을 뜨고 있을 땐 오로지 도시를 점령할 계획에만 골몰하고 있단다. 어린 술탄은 수도사들이 성서를 연구하듯 전쟁을 연구한단다. 보스포루스 해협에서 반나절 걸어가면 해협 폭이 가장 좁아지는 곳에서 그의 석공들이 벌써 벽돌 굽는가마를 만들고 있고, 그의 목표는 흑해 연안의 전초 기지에서 갑주, 밀, 포도주 따위를 도시로 실어 나르는 배는 한 척도 빠짐없이 나포할 수 있을 정도로 어마어마하게 큰 요새를 짓는 것이라고 한다.

겨울이 다가오자 칼라파테스는 모든 그림자에서 불길한 징조를 본다. 금이 간 물 주전자, 물이 새는 양동이, 꺼지는 불꽃. 모두 새로즉위한 술탄이 조화를 부리는 것이다. 칼라파테스는 지방에서 오던 주문도 다 끊겼다고 투덜거린다. 일꾼들이 게으름을 피워서, 아니면 금실을 너무 많이 써서, 아니면 너무 적게 써서, 아니면 믿음이 순수하지 못해서다. 아가타는 너무 굼뜨고, 테클라는 너무 늙었고, 엘리세가 만드는 문양은 너무 밋밋하다. 그의 포도주 잔에 초파리 한 마리만 꼬여도 검은 실 한 올이 그의 심기에 꼬여 들어 며칠을 도 사린다.

과부 테오도라는 목소리를 낮추며 지금 칼라파테스에게 필요한 건 연민이라고, 모든 괴로움엔 기도가 약이라고 말하고, 그날 밤 마리아는 그들 방에서 성 코랄리아의 이콘 앞에 무릎을 꿇고 앉아 소리 없이 입술을 달싹이며 대들보 너머로 기원을 올려 보낸다. 안나는 수도원의 저녁 기도 시간이 한참 지난 야심한 시각이 되어서야 잠든 언니 옆에서 위험을 무릅쓰고 기어 나와, 부엌 찬장에서 수지양초를 꺼내고 짚 요 밑 비밀 장소에 보관해 둔 리키니우스의 책첩을 꺼낸다.

마리아가 눈치챈다 해도 아무 말 않겠지만 안나는 책에 완전히 빠져서 신경 쓸 겨를이 없다. 촛불이 책장 위에서 일렁인다. 낱말들이 운문이 되고, 운문이 색과 빛이 되고, 고독한 오디세우스는 폭풍우 속으로 끌려 들어간다. 그가 탄 뗏목이 뒤집힌다. 바닷물을 거푸 들이켜는 가운데 바다와 똑같은 초록색 군마들을 이끌고 바다의 신이 노호하며 지나간다. 하지만 보아라, 청록색 배경 저 멀리, 울부짖는 파도 너머로, 마법의 왕국 스케리아가 희미하게 빛난다.

이야기를 읽는 건 작은 낙원을 짓는 것과 같으니, 이 쪽방 안에서 황동색으로, 과실과 포도주와 함께 빛난다. 심지에 불을 붙이고 문장 한 줄을 읽는데 서풍이 불어온다. 하녀 하나가 물이 든 단지와 포도주가 든 단지를 가져오고, 오디세우스는 왕의 식탁에 앉아 식사를 하고, 왕이 총애하는 시인이 노래를 부르기 시작한다.

어느 겨울밤 안나가 부엌을 나와 복도를 따라 내려가는데, 언니와 함께 지내는 쪽방 문이 반쯤 열려 있는 사이로 칼라파테스의 목소리가 들린다.

"이건 무슨 사술(師術)이지?"

얼음이 안나의 몸에 난 모든 관 속을 굴러다닌다. 그녀는 살금살금 문지방으로 기어간다. 마리아가 입에서 피가 나는 가운데 바닥에 무릎을 꿇고 앉아 있고, 칼라파테스는 낮은 대들보 아래에서 몸을 수그리고 있는데 눈자위는 어둠에 가려 보이지 않는다. 그의 기다란 왼손에 리키니우스의 책첩이 들려 있다.

"너였어? 지금까지 쭉? 양초를 마음껏 가져다 쓴 게? 우리에게 불행을 가져다 준 게?" 안나는 입을 열어 실토하고 이 문제를 말끔히 시워 버리고 싶지만, 두려움에 입도되이 말하는 기능을 상실하고 말았다. 마리아는 입술을 움직이지 않고 기도를 올리고, 눈동자 뒤에서 기도를 올리고, 마음 한가운데에 마련한 자기만의 성소로 물러나 있지만, 그녀의 침묵은 칼라파테스의 화를 더 돋울 뿐이다.

"사람들이 그랬지. '오직 성인(聖人)만이 피붙이가 아닌 아이를 아버지 하느님의 집에 들인다. 그 가운데 어떤 악마가 섞일지 누가 알 수 있을까?' 내가 그 말을 새겨들었던가? 난 말했지. '그래 봐야 양초나 축날 뿐이야. 그리고 양초를 훔치는 건 야심한 때 불을 밝혀 기도를 올리고 싶은 마음 때문이고.' 그런데 지금 내 눈에 이게 보이네? 이 독약이? 이 사술이?" 그는 마리아의 머리채를 잡고, 그 순간 안나의 마음속에서 무언가가 비명을 지른다. 말해. 도둑은 너라고. 네가 불행을 끌어들였다고. 말해. 그러나 칼라파테스는 머리채를 잡은 채 마리아를 복도로 끌고 나가 안나가 그 자리에 없는 사람인 양 지나쳐 버리고, 마리아는 두 손으로 바닥을 짚으며 제 발로 서려 하지만 칼라파테스의 덩치는 두 자매를 합친 것보다 크고 안나는 용기를 완전히 잃어버렸다.

칼라파테스는 마리아를 끌고 문 뒤에 일꾼들이 웅크려 앉아 있는 쪽방들 앞을 지난다. 일순간 마리아는 가까스로 한 발로 딛고 일어서지만 그대로 엎어지고, 칼라파테스에게 머리채를 한 줌 뽑히면서 부엌으로 이어지는 돌계단에 옆머리를 부딪힌다.

망치로 조롱박을 쳐서 깨지는 소리가 난다. 요리사 크리세가 빨래를 삶는 솥 곁에서 지켜본다. 안나는 여전히 복도에 서 있다. 마리아의 피가 바닥을 적신다. 아무도 입을 떼지 못하는 가운데 칼라파테스는 축 늘어진 마리아의 옷자락을 움켜쥐고서 화덕 앞까지 끌고 가고, 양피지 책첩을 불 속에 집어 던지고는 눈도 뜨지 못하는 그녀를 붙잡아 불길을 응시하게 한다. 책첩이 하나 둘 셋 불에 타 재가 된다.

오메이르

열두 살의 오메이르가 속이 반은 빈 주목의 큰 가지에 앉아 강이 휘어지는 곳을 굽어보고 있다. 발아래 길에서 할아버지가 키우는 개 가운데 제일 작은 놈이 나타나더니 뒷다리 사이에 꼬리를 만채 집을 향해 힘껏 달려간다. 달빛과 나무 — 이제 두 살이 된 수소들은 목과 양어깨가 튼실하고 가슴엔 밧줄처럼 꼬인 모양의 근육이 울룩불룩한 것이 근사하다. — 가 올해 마지막으로 핀 디기탈리스 사이에서 풀을 뜯다가 동시에 턱을 치켜든다. 둘 다 공기 냄새를 맡다가 눈을 들어 오메이르를 쳐다보는데, 지시를 내려 주길 기다리는 것 같다.

빛이 백금색을 띤다. 저녁은 고요해서 개가 오두막을 향해 달리는 소리까지 들릴 정도다. 잠시 후 어머니가 말한다. "저놈이 오늘 실성했나?"

사 초, 오 초, 육 초. 아래편 길에서 진흙이 튄 깃발 세 장이 나란히 굽이를 돌아온다. 그 뒤로 더 많은 기수들이 몇몇은 트럼펫으로 보이는 것을 들고 몇몇은 창을 들고 오는데, 처음엔 열두 명만 보이더니 그 뒤로 훨씬 더 많이 따라온다. 수레를 끄는 나귀들, 걷는 병사들. 이렇게나 많은 사람과 짐승을 보는 건 처음이다.

오메이르는 나무에서 뛰어내려 전력을 다해 집으로 달려가고, 달빛과 나무는 되새김질을 하면서 높이 자란 풀을 뱃머리처럼 가르며 총총걸음으로 그를 따라간다. 오메이르가 외양간에 다다를 무렵 할아버지는 벌써 절뚝이며 집 밖에 나와 있는데, 표정이 암울한 것이 오래도록 유보하던 상서롭지 못한 예감과 드디어 마주한 사람 같다. 그는 개들을 조용히 시키고, 니다를 지하 저장실로 보내고는 등뼈를 꼿꼿이 펴고 서서 첫 번째 기수들이 강에서 길을 따라 올라오는 동안 두 주먹을 그러쥔다.

그들은 장식 술을 달고 채색된 고삐를 맨 조랑말을 타고 있으며, 머리엔 챙 없는 빨간 모자를 쓰고 미늘창이나 철봉, 복합 활을 안장에 매고 있다. 저마다 목에 뿔 화약통을 걸고 있고 머리를 희한한 모양으로 깎았다. 무릎까지 올라오는 장화를 신고 양 소매에 주름 장식이 있는 옷을 입은 왕실 특사가 말에서 내리더니 바위 사이를 걸어와 멈추고는 오른손을 칼자루 끝에 얹는다.

"신의 가호가 있기를." 할아버지가 말한다.

"그대에게도."

첫 빗방울이 툭툭 떨어지기 시작한다. 행렬의 뒤쪽 멀리 더 많은 남자들이 길을 벗어나 있는 것이 오메이르에게 보이는데, 몇몇은 뼈만 남은 야생 소들이 묶인 수레를 타고 있고, 몇몇은 등에 활통을 메거나 손에 검을 쥔 채 걷고 있다. 전령관 중 한 사람이 그의 얼굴을 보고 멈추는데, 혐오의 감정으로 얼굴이 일그러지는 것에 일순간 오메이르는 자신과 이곳이 그들에게 어떻게 비치는지 꿰뚫어 본다. 무엄하게도 계곡을 뚫고 들어가 마련한 거처, 얼굴에 길게 구멍이 난 남자아이의 집, 기형의 은신처.

"곧 밤이 됩니다." 할아버지가 말한다. "비도 내리네요. 많이 피곤하시지요. 여러분의 마소에게 먹일 꼴이 있습니다. 여러분이 비를 피해 쉴 곳도 마련돼 있습니다. 들어오시지요, 귀하게 모시겠습니다." 할아버지는 긴장한 모습으로 예우를 다해 여섯 명의 군사들을 오두막으로 들이는데, 성심을 다하는 것처럼 보여도 오메이르는 할아버지가 두 손으로 거푸 수염을 쓸어내리고 엄지와 검지로 머리칼을 잡아 뽑는 것이 불안할 때마다 보이는 모습임을 안다.

밤이 되자 비가 주룩주룩 내리고, 마흔 명의 군사와 그에 맞먹는 수의 마소가 비를 피해 서회안 아래 연기를 뿜어내는 두 개의 불 주변에 모인다. 오메이르는 장작을 가져다 놓고 마소가 먹을 귀리와 건초를 가져오는 등, 비 내리는 어둠 속에서 외양간과 동굴을 오가느라 정신없는 동안 내내 두건 속에 얼굴을 감추고 있다. 멈춰 설 때마다 돌연한 공포의 덩굴손이 그의 숨통을 움켜쥔다. 저 사람들은 왜 여기 온 거고 어디로 가는 거고 언제 이곳을 떠날까? 어머니와 누나는 그들에게 먹을 것을 나눠 주는데, 일가족이 겨울을 나려고 마련한 먹거리 ─ 꿀과 양배추 피클, 송어, 양젖 치즈, 말린 사슴 고기 같은 보존 식품 ─ 가 동날 판이다.

군사 태반은 나무꾼처럼 소매 없는 외투와 망토를 걸치고 있지만, 다른 군사들은 여우 털이나 낙타 가죽으로 만든 코트에, 적어도 한 사람은 이빨까지 달려 있는 담비 털옷을 입고 있다. 거의 모두가 허리띠에 단검을 차고 있고, 하나같이 남쪽에 있는 대도시를 탈환

한 후 손에 넣을 전리품에 대해 떠들어 댄다.

한밤중이 되어 오메이르는 외양간의 등받이 없는 긴 의자에 앉아 기름 램프 불빛에 의지해 멍에의 가로대처럼 보이는 것을 만드는 할아버지를 발견한다. 할아버지가 신중하지 못하게시리 쓸데없는 짓을 하는 건 처음 본다. 할아버지는 말하기를, 술탄께서(하느님께서 그를 보호하시길) 자신의 수도 에디르네*에 소용이 될 장정과 짐승을 모으고 계신다고 한다. 술탄은 전사, 목자, 요리사, 제철공, 대장장이, 짐꾼을 필요로 하신다. 함께하는 모두가 현생에서, 혹은 내세에서 포상을 받을 것이다.

톱밥이 작은 소용돌이 모양으로 일어나 램프가 비추는 곳을 지나 다시 어둠 속으로 서서히 사라진다. "저들이 네 소를 봤다." 할아버지가 말한다. "다들 고개가 목에서 떨어질 것 같더구나." 말은 그렇게 하지만 할아버지는 웃지도, 일감에서 눈을 들지도 않는다.

오메이르는 벽에 기대어 앉는다. 똥과 연기와 짚과 대팻밥이 뒤섞인 특유의 익숙한 냄새가 목구멍 속까지 훈훈하고 알싸하게 차오르고, 그는 솟아오르는 눈물을 삼켜 넘긴다. 매일 아침이 되면 전날과 별로 다르지 않을 거라고 생각하리라. 오늘도 무탈할 거라고, 내 가족은 살아 있을 거라고, 그렇게 함께 살아가며 삶은 대략 변함없이 이어질 거라고. 그러다 어떤 순간이 찾아오고, 모든 것이 바뀐다.

남쪽 도시의 광경들이 그의 의식 속을 씽씽 질주하지만 도시도, 도시 비슷한 곳도 본 적이 없으니 무엇을 상상할지 모르겠어서 그가 마

*　이스탄불 북서쪽, 튀르키예 평야의 서부에 있는 도시. 예로부터 유럽과 아시아를 잇는 전략적 요지였고, 그 때문에 외세에 여러 번 점령되었다. 1361년 튀르크령이 되었으며, 1453년 콘스탄티노플(이스탄불) 함락 때까지는 술탄이 거취했다.

음속에 그리는 그림은 할아버지가 들려준 말하는 여우와 달에 사는 거미들, 유리로 만든 탑과 별 사이에 놓인 다리 이야기와 뒤섞인다.

밤이 내린 밖에서 당나귀 한 마리가 소리 높여 운다. 오메이르가 말한다. "저 사람들이 나무와 달빛을 데려가려는 거죠."

"그것들을 부릴 일꾼도 함께." 할아버지가 가로대를 쳐들고 이리저리 살펴보더니 다시 내려놓는다. "녀석들이 어디 다른 사람 말을 듣니."

도끼날 하나가 떨어져 오메이르의 몸을 가른다. 산그늘 너머엔 어떤 모험이 날 기다릴까, 하루도 상상하지 않은 적이 없었지만 지금 그가 원하는 건 여기 외양간 장작더미에 이렇게 등을 기대고 쭈그려 앉아 있는 동안 계절이 바뀌고 지금 저 방문객들도 과거의 기억이 되고 모든 것이 예전으로 돌이키는 것이다.

"안 갈래요."

"옛날에," 할아버지가 한마디 하고는, 마침내 눈을 들어 그를 바라본다. "모두가, 거지부터 푸주한은 물론 나라님까지 하느님의 부르심을 거역하다 돌이 된 도시가 있어. 도시의 모든 사람, 여자도 아이도, 하나도 빠짐없이 돌이 되어 버렸지. 이건 거역해선 안 되는 거야."

이 벽 너머에 나무와 달빛이 잠들어 있고, 두 녀석의 갈빗대가 동시에 올랐다가 내려가는 모습이 눈앞에 선하다.

"넌 명예를 얻을 거다." 할아버지가 말한다. "그런 후 집으로 돌아오는 거야."

3

노파의
경고

클라우드 쿠쿠 랜드
안토니우스 디오게네스 지음, 폴리오 Γ

……마을 문을 나섰을 때, 나무 그루터기에 앉은 웬 못돼 먹은 노파를 지나쳤습니다. 노파가 내게 말했습니다. "어딜 가느냐, 멍청한 놈아. 이제 날이 어두워질 텐데 길에서 우물쭈물할 시간이 어디 있다고." 내가 말했습니다. "살면서 언제나 더 많은 것을 보고 싶은 마음, 새로운 세계로 내 두 눈동자를 채우고 싶은 마음, 칙칙하고 더러운 냄새를 풍기는 이 동네를, 죽어서도 매애매애 울 것 같은 이 양 떼를 벗어나고 싶은 마음뿐이었다고요. 나는 마법의 땅 테살리아를 향해 가고 있는데, 그곳에서 나를 한 마리 새, 사나운 독수리, 아니면 현명하고 힘센 올빼미로 바꿔 줄 마법사를 찾으려고 해요."

노파가 웃더니 말했습니다. "아이톤, 이 빙충이야, 네놈이 다섯까지도 셀 줄 모르는 걸 세상이 다 아는데 그런 주제에 바다의 파도를 셀 수 있다고 믿는 게냐. 죽었다 깨어난들 그 눈으론 기껏해야 네놈의 콧잔등이나 보고 말 거다."

"조용히 해요, 못된 할멈." 내가 말했습니다. "내가 들은 이야기에 따르면, 저 구름 속에 도시 하나가 있는데, 개똥지빠귀가 먹음직스럽게 구워져 사람의 입으로 날아들고 거리의 도랑마다 포도주가 흐르고 훈훈한 산들바람만 분다고 하더이다. 내가 용감한 독수리나 현명하고 힘센 올빼미만 되면 바로 그리로 날아갈 거예요."

"네놈 머릿속엔 언제나 다른 놈 보리밭이 더 풍성하다는 생각뿐이지. 아이톤, 내 장담하는데 바깥세상에 나가도 좋을 것 하나 없어." 노파가 말했습니다. "굽잇길만 돌면 산적이 튀어나와 네놈의 해골을 빠갤 거고, 그늘마다 송장 파먹는 귀신들이 숨어 있어 네놈의 피를 마실 궁리만 할 거야. 자, 여기 눌러살면 치즈와 포도주와 친구들과 가축들이 생길 거야. 지금 가진 것이 애타게 찾는 것보다 더 나은 법이야."

하지만 꿀벌이 바쁜 마음에 날아다니며 쉼 없이 꽃들을 찾아다니듯 한 자리에 가만히 있지 못하는 나의 마음도…….

아이다호주
레이크포트

1941~1950년

지노

아버지가 신형 장부켜기 톱 설비 기술로 '앤슬리 타이 앤드 럼버 컴퍼니'에 취직이 되면서 1월에 이곳으로 옮겨 왔을 때, 그는 일곱 살이다. 그때까지 지노가 본 눈은 북캘리포니아에서 약제사가 크리스마스 장식에 뿌리던 석면 섬유가 전부다. 소년은 기차 플랫폼에서 얼어붙은 물웅덩이에 손을 댔다가 불에 데기라도 한 듯 황급히 손을 거둔다. 아빠는 수북이 쌓인 눈 더미에 엉덩방아를 찧고 코트에 온통 눈이 묻은 채 일어나 비틀거리며 아들에게 간다. "봐라! 날 봐라! 나는 괴물 눈사람이다!"

지노는 울음을 터뜨린다.

회사에서는 도심에서 1.5킬로미터도 더 떨어진 눈부시게 새하얀 평지 언저리에 위치한 단열이 부실한 방 두 개짜리 오두막집을 임대해 준다. 소년은 나중에야 새하얀 평지가 실은 얼어붙은 호수라는 걸 알게 된다. 해가 저물자 아빠는 900그램 용량의 '아머 앤드 컴퍼니' 미트볼 스파게티 통조림을 따선 장작 난로에 올려놓는다. 지노는 캔 바닥 쪽 음식을 먹다 혀의 반을 덴다. 캔 위쪽은 다 녹지 않아 서걱거린다.

"아주 멋진 집이 될 거야, 그렇게 생각하지, 램찹? 끝내줄 거야, 그렇겠지?"

수없이 갈라진 벽의 틈새로 밤새 냉기가 스며들어 소년의 몸은 따뜻해질 줄을 모른다. 동트기 한 시간 전, 집 밖으로 나가 삽으로 쌓아 올린 눈의 협곡 사이를 요리조리 피해 변소까지 가는 길은 앞으로 다시는 오줌을 싸지 않는 몸이 되게 해 달라고 기도할 만큼 무자비한 악몽이 된다. 동이 트자 아빠는 그를 데리고 머나먼 잡화점까지 걸어가서 '유타 양모 공장'표 양말 여덟 켤레를 사고, 계산대 옆 바닥에 앉아 그들 형편엔 최고급인 그 양말을 지노의 발에 두 겹으로 신겨 준다.

"명심해, 아들." 아빠가 말한다. "나쁜 날씨는 없어, 나쁜 옷이 있을 뿐이지."

사택에 사는 아이들은 반은 핀란드인이고 반은 스웨덴인인데, 지노는 눈썹이 짙고 눈동자는 개암 색, 피부는 밀크티 색인 데다 이름도 그 모양이다. 올리브피커, 십 섀거, 웝, 제로.* 그런 별명의 뜻을 알지 못하던 때에도 메시지는 분명했다. 냄새피우지 마, 숨도 쉬지 마, 떨지 마, 티 내지 마. 그는 수업을 마치면 치운 눈이 미로처럼 펼

---

* 순서대로 올리브 따는 사람(Olivepicker), 천한 놈(Sheep Shagger), 이탈리아 촌놈(Wop)으로 피부색, 타 지역 출신을 혐오하는 의미가 담겨 있다.

쳐진 레이크포트 시내를 헤맨다. 주유소 꼭대기에 1미터 50센티미터, M. S. 모리스 철물점 지붕 위로 1미터 80센티미터 높이로 쌓인 눈. 캐드웰 과자점 안엔 상급생 남자애들이 풍선껌을 씹으며 얼간이, 호모, 싸구려 자동차 이야기를 한다. 그러다 지노를 보면 일제히 입을 다문다. 그러곤 이렇게 말한다. "귀신이냐, 소리 좀 내고 다녀."

레이크포트에 온 지 여드레째 되는 날, 그는 '레이크 앤드 파크'의 모퉁이에서 밝은 파란색에 빅토리아식으로 지어진 이 층 건물 앞에서 멈춰 선다. 처마에 매달린 고드름. 눈에 반쯤 파묻힌 표지판.

고고 ㄷ ㅣ과

창문 안을 들여다보고 있는데, 문이 열리더니 옷깃이 높은 실내복 차림에 똑같이 생긴 여자 둘이 들어오라고 손짓한다.

"이런," 한쪽이 말한다. "온기라곤 없어 보이네."

"어디 계시니?" 다른 쪽이 말한다. "네 어머니 말이야."

독서 탁자마다 거위 목 스탠드*가 환히 비추고 있다. 벽에는 문의 받습니다라고 수놓인 자수 액자가 걸려 있다.

"엄마는," 지노가 말한다. "천상의 도시**에 살아요. 누구도 슬픔에 물들지 않고 누구도 바라는 것이 없는 곳이요."

두 사서의 고개가 정확히 같은 각도로 갸웃한다. 한쪽이 그를 벽

---

* 목대를 자유자재로 굽힐 수 있는 스탠드.
** 존 번연의 『천로 역정』에서 말하는 천국.

난로 앞에 놓인 창살 등받이 의자에 앉히고, 다른 쪽은 책장들 사이로 사라지더니 클로스 장정을 한 레몬색 표지의 책 한 권을 들고 돌아온다.

"아," 언니 쪽이 말한다. "탁월한 선택." 그리고 둘은 그를 사이에 두고 양쪽에 앉고, 책을 가져온 쪽이 말한다. "이런 날은 으스스하고 습해서 추위가 가시지 않는 법이지. 그럴 땐 그리스어를 읽는 것만으로 해결되기도 해." 그녀는 책에서 낱말들이 빽빽이 들어찬 페이지를 그에게 보여 준다. "널 데리고 훨훨 날아 저 멀리 덥고 돌 많고 쨍한 곳으로 데려다줄 거야."

불이 일렁이고 색인 카드 서랍의 황동 손잡이가 그윽하게 빛나는 가운데 지노는 두 손을 허벅지 밑에 깔고 앉고, 쌍둥이의 동생 쪽이 책을 읽기 시작한다. 이야기 속에서 고독한 뱃사람, 세상에서 가장 고독한 남자가 뗏목을 타고 십팔 일을 헤매다 무시무시한 풍랑을 만난다. 뗏목은 박살 나고 그는 벌거벗은 채 바닷물에 휩쓸려 어느 섬의 바위투성이 해변으로 떠밀려 간다. 그런데 아테나라는 이름의 신이 물동이를 인 여자아이로 변장하고선 그를 마법에 걸린 도시로 인도해 간다.

"오디세우스는 놀라움을 금치 못하며 아득히 뻗은 길을 본다." 그녀가 읽는다.

> 사방으로 뻗어 있는 항구들, 바다를 떠다니는 배들에 이어,
> 그는 왕자들의 궁을 보며 감탄하는데,
> 둥근 지붕의 높은 궁들은 각자 섬을 하나씩 차지하고,
> 불쑥불쑥 솟은 뾰족탑들을 왕관처럼 쓰고 있다.

땅속 깊이 파인 참호들과 하늘을 찌를 듯한 돌벽들은
도시가 대리석으로 빚은 특별한 곳인 것처럼 에워싸고 있다.

지노는 앉은 채 넋이 나간다. 귀로는 바위에 부딪혀 부서지는 파도 소리가 들리고, 코로는 짭조름한 바다 냄새가 들어오고, 눈으로는 햇빛을 받아 반짝이는 드높은 둥근 지붕들이 보인다. 파이아케스인들의 섬은 천상의 도시와 똑같은 곳일까? 그렇다면 엄마도 별빛 아래에서 혼자 십팔 일을 떠돌다 그곳에 닿은 걸까?

아테나 신은 외톨이 뱃사람에게 두려워하지 말라고, 세상 모든 일은 용감히 맞서는 게 더 낫다고 말한다. 그가 달의 빛줄기처럼 은은히 빛나는 궁전으로 들어서자, 왕과 왕비가 달콤한 마음의 포도주를 대접한 뒤 은으로 만든 의자에 앉히고는 그간 그가 겪어 온 시련의 내막을 묻는데, 지노는 계속 듣고 싶은 마음이 간절하지만 뜨거운 불과 오래된 책 냄새와 함께 책을 읽는 사서의 억양까지 합세한 주문에 걸려들어 잠이 들고 만다.

아빠는 단열과 실내 배관에 신경 쓰겠다고 약속하며 몽고메리 워드 사의 최신식 서마도 난방기를 직접 주문하지만, 퇴근해 돌아오는 밤이면 장화 끈도 풀지 못할 만큼 지쳐 있는 때가 대부분이다. 아빠는 소고기와 국수가 든 통조림 하나를 스토브에 올리고 담배한 대를 피워 문 채 부엌 식탁에 앉아 잠이 드는데, 두 발 주변에 눈이 녹아 고이는 것이, 자는 동안 그가 조금 녹아내리다 새벽이 되어 문밖을 나설 때 다시 단단해지는 건 아닐까 싶다.

매일 수업이 끝나면 지노는 도서관을 찾고, 두 사서 ─ 둘 다 커닝엄 씨라고 부른다. ─는 그에게 『오디세이아』의 나머지를 읽어 주고 이어서 『황금 양털과 아킬레우스 이전 시대의 영웅들』을 읽어 주며, 오귀기아, 에리테이아, 헤스페라레투사, 휘페르보레아로 그를 안내한다. 쌍둥이 자매는 그곳들이 신화 속 땅이라고, 다시 말해서 실제로 존재하는 곳이 아니어서 상상 속에서만 여행할 수 있다고 말하는데, 어떤 땐 고대 신화가 사실보다 더 진실에 가까울 수 있다고 말하는 것을 보면 그곳들이 실제로 존재할 수도 있지 않을까 하는 생각도 든다. 낮이 길어지면서 도서관 지붕에선 눈 녹은 물이 흘러 떨어지고 오두막 위로 드리운 거대한 폰데로사소나무에선 귀청이 떨어질 정도로 쿵 소리를 내며 눈덩이가 떨어지는데, 소년의 귀에 그 소리는 올림포스에서 신들의 전령을 받은 헤르메스가 황금 샌들을 신고 내려오는 소리로 들린다.

4월에 아빠가 공장 마당에서 키우던 잡종 콜리 암컷 한 마리를 데리고 온다. 개는 몸에선 습지 냄새를 풍기고 꼬박꼬박 스토브 뒤에 오줌을 싸지만, 밤이 되면 담요 위로 기어 올라와 지노에게 제 몸을 딱 붙이고는 이따금 만족에 겨운 한숨을 토하는데, 그러면 그는 행복해 눈물이 그렁그렁해진다. 그는 개에게 아테나라는 이름을 지어 주고, 그 후로 매일 오후 수업을 마치고 학교를 나서면 개가 울타리 밖 진창에 서 있다가 그를 보고 꼬리를 흔들고, 둘이 함께 도서관까지 걸어가면 커닝엄 자매는 아테나를 벽난로 앞 러그에서 자게 해 주고, 지노에게 헥토르와 카산드라와 프리아모스 왕의 백 명의 자식 이야기를 읽어 주고, 그러는 동안 5월은 6월이 되고, 호수는 사파이어처럼 파래지고, 숲에서 톱질 소리가 울려 퍼지고, 공장 옆으로 도시만큼이나 거대한 통나무 데크들이 솟아오르고, 아빠는 지노에게 세 사이즈는 큰, 주머니에 번개 문양이 박음질돼 있는 작업복을 사 준다.

7월의 어느 날 지노가 진입로에 1933년형 모델 57 뷰익이 세워져 있고 벽돌 굴뚝이 달린, 미션 앤드 포리스트의 모퉁이에 위치한 이층집을 지나치는데, 현관문에서 한 여자가 걸어 나오더니 그에게 포치로 오라고 손짓한다.

"나 안 물어." 여자가 말한다. "하지만 개는 들어오면 안 돼."

안에 들어가니 짙은 자주색 커튼이 빛을 차단하고 있다. 그녀는 보이즈턴 부인이라고 자기소개를 하고, 남편이 몇 년 전 공장에서 사고로 죽었다고 말한다. 노란 머리, 파란 눈, 목 한가운데에 기어오르다 그대로 마비된 딱정벌레 같은 사마귀들. 식당의 접시엔 뒷면에 아이싱이 반짝이는 별 모양 쿠키가 피라미드 모양으로 쌓여 있다.

"먹으렴." 여자가 담배에 불을 붙인다. 그녀의 뒤쪽 벽엔 30센티미터 길이의 예수가 십자가에 매달린 채 언짢은 표정으로 내려다보고 있다. "안 그럼 다 내다 버릴 거야."

지노는 하나를 집어 먹는다. 설탕, 버터, 맛있다.

방의 둘레를 따라 설치한 선반엔 빨간 모자에 빨간 옷을 걸친 분홍빛 뺨의 도자기 인형 수백 개가 진열돼 있는데, 더러는 나막신을 신고 있고 더러는 갈퀴를 들고 있고 더러는 뽀뽀하고 있고 더러는 소원을 비는 우물을 들여다보고 있다.

"전에 널 본 적이 있어." 부인이 말한다. "시내를 헤매고 다니더구나. 도서관의 마녀들과 얘기하는 것도 봤어."

지노는 어떻게 대답해야 할지 모르겠고 도자기 아이들 때문에 마음이 편하지 않은 데다 입안 가득 쿠키가 들어 있다.

"하나 더 먹어."

두 번째 쿠키는 첫 번째보다 훨씬 더 맛있다. 오로지 내다 버릴 생각으로 쿠키를 한 접시나 굽다니 어떤 사람일까?

"네 아버지 새로 왔지, 맞지? 공장에? 어깨가 떡 벌어진 남자."

지노는 간신히 고개를 끄덕인다. 예수는 눈 한번 깜빡이는 법 없이 굽어본다. 보이즈턴 부인은 담배를 길게 한 모금 빤다. 태도는 무심한데 쥐라도 잡을 듯 주시하는 여자를 보며 그는 아르고스 파놉테스를 떠올린다. 눈알이 머리통에 한가득 달려 있고 심지어 손가락 끝에도 달려 있어 잘 때도 오십 개만 감고 오십 개는 뜬 채 감시를 게을리하지 않는 헤라의 경비원.

그는 세 번째 쿠키를 집는다.

"어머니는? 어머니는 계셔?"

지노는 고개를 젓는데, 불현듯 그 집에서 공기가 사라진 것처럼 답답해지면서 배 속의 쿠키는 진흙으로 변하는 것 같고, 아테나가 포치에서 낑낑대자 죄책감과 심란한 감정이 맹렬히 덮쳐 와 식탁에서 물러나 고맙다는 말도 하지 않고 집을 나선다.

다음 주말에 그는 아빠의 손에 이끌려 보이즈턴 부인과 함께 일요일 예배에 참석한다. 양쪽 겨드랑이가 젖은 목사는 어둠의 힘이 한곳에 모이고 있다고 경고한다. 예배가 끝난 후 다 함께 걸어서 보이즈턴 부인의 집으로 간다. 부인은 '올드 포레스터'인지 뭔지 하는 것을 같은 색깔의 파란색 텀블러에 붓고, 아빠가 탁상용 무선 라디오 '제니스'를 켜자 빅밴드 음악이 어둠침침하고 답답한 방들을 채운다. 부인은 큼지막한 이를 훤히 드러내 보이며 웃음을 터뜨리고는 손톱이 긴 손으로 아빠의 이마를 건드린다. 지노는 부인이 이번에도 쿠키가 든 접시를 내주기를 바라는데 아빠가 말한다. "이제 나가 놀아, 아들."

그가 아테나와 호수까지 걸어가 모래밭에서 파이아케스 왕국의 모형을 짓고 벽을 높이 쌓고 나뭇가지로 과수원을 만들고 솔방울 배로 함대를 만드는 동안, 아테나는 지노가 호수로 던져 줄 나뭇가지들을 구하느라 호숫가를 이리저리 오간다. 두 달 전이었다면 진짜 난로가 있고 진입로에 뷰익 모델 57이 있는 진짜 집에서 시간을 보내는 것이 마냥 황홀했겠지만, 지금 그가 바라는 건 아빠와 함께 둘이 사는 작은 오두막집으로 돌아가 국수 통조림을 스토브에 데우는 것뿐이다.

물고 오는 나뭇가지들이 점점 커진다 싶더니 급기야 아테나가 뿌리째 뽑힌 어린나무를 물고 모래밭 위로 질질 끌어온다. 햇빛이 호수 위에서 반짝이고 거대한 폰데로사소나무가 몸을 흔들고 춤추며 바늘잎들을 그의 왕국으로 날리는 가운데, 지노는 눈을 질끈 감고 자신의 몸이 작아지는 것을, 정말 작아져서 그의 모래섬 가운데 있는 왕궁에 들어가는 광경을 상상한다. 시종들이 그에게 따뜻한 가운을 입혀 주고 횃불이 켜진 회랑으로 안내하자 모두가 기쁨에 넘쳐 그를 맞이하고, 공식 알현실에서 그는 오디세우스와 그의 어머니, 그리고 수려하고 위대한 알키노스를 만나 다 함께 나그네에게 길을 알려 주는 천둥의 신 제우스에게 헌주한다.

결국 그는 발을 질질 끌며 다시 보이즈턴 부인의 집으로 가서 큰 소리로 아빠를 부르는데, 아빠가 안쪽 방에서 큰 소리로 "삼 분만 더, 램찹!"이라 외치고 지노는 모기떼가 원무를 추는 포치에 아테나 와 함께 주저앉는다.

9월이 갈고리발톱처럼 8월을 감싸며 오므라지고, 10월이 되어 눈이 산마루 아래로 솔솔 내리자 그들은 일요일마다 빠짐없이, 그 리고 주중에도 꽤 많은 저녁 시간을 보이즈턴 부인의 집에서 보내 게 되고, 11월이 되어도 아빠는 실내에 변기를 들이지 않고 몽고메 리 워드에 최신 전기 난방기 서마도를 주문하지도 않는다. 12월의 첫 일요일에 그들은 교회를 나와 보이즈턴 부인의 집으로 걸어가 고, 아빠가 부인의 무선 라디오를 켜자 방송 진행자가 353 일본 전 투기가 오아후라는 곳의 미국 해군 기지를 폭격했다고 말한다.

부엌에서 보이즈턴 부인이 밀가루 봉지를 떨어뜨린다. 지노가 말한다. "'모든 보조 인력'이 무슨 뜻이에요?" 둘 다 대답이 없다. 아 테나가 포치에서 짖고 진행자가 해군 수천 명이 사망한 것으로 추 정된다고 말하자 아빠의 왼쪽 관자놀이의 혈관이 눈에 보일 정도로 불뚝거린다.

밖으로 보이는 미션 스트리트를 따라 이어지는 눈 더미는 벌써 지노의 키만큼이나 높이 쌓였다. 아테나가 눈을 파서 터널을 만드 는 동안 자동차 한 대, 비행기 한 대 지나가지 않고 다른 집을 봐도 밖에 나와 노는 아이 하나 없다. 온 세상이 침묵 속에 잠긴 듯하다. 몇 시간 후 지노가 다시 집으로 들어가니 아버지는 라디오 주변을 맴돌면서 왼손가락으로 오른손 관절을 꺾고 있고, 보이즈턴 부인은 올드 포레스터가 담긴 유리잔을 들고 창가에 서 있고, 쏟아진 밀가루는 치우지 않아 그대로다.

무선 라디오에서 한 여자가 말한다. "국민 여러분, 안녕하십니까." 그러고는 목청을 가다듬는다. "미합중국의 역사에서 대단히 심각한 순간인 오늘 밤, 국민 여러분께 드릴 말씀이 있습니다."

아빠가 손가락 하나를 편다. "대통령 마누라야."

아테나가 문간에서 낑낑댄다.

"지난 몇 달간," 대통령의 아내가 말한다. "이 같은 일이 벌어질 가능성을 인식하고 있었음에도 불구하고 도저히 믿기지 않습니다."

아테나가 짖는다. 보이즈턴 부인이 말한다. "저것 좀 닥치게 할 수 없니?"

지노가 말한다. "우리 집에 가면 안 돼요, 아빠?"

"우리에게 어떤 숙제가 주어지건," 대통령의 아내가 말한다. "우리는 해낼 수 있으리라 확신합니다."

아빠가 고개를 젓는다. "우리 청년들이 오늘 아침에 밥을 먹다가 얼굴이 통째로 날아갔어. 산 채로 불타고 있어."

아테나가 또 한 번 짖고 보이즈턴 부인이 떨리는 두 손으로 이마를 단단히 움켜잡자 선반에 놓인 수백 개의 도자기 아이들 — 서로 손을 잡고 있거나, 줄넘기를 하거나, 양동이를 든 — 에게 갑자기 괴력이 생긴 것 같다.

"이제," 라디오의 목소리가 말한다. "오늘 밤을 대비해 마련한 계획으로 돌아가겠습니다."

아빠가 말한다. "일본 놈들, 이 처죽일 것들에게 본때를 보여 줘야지. 아, 그럼, 우리가 놈들에게 본때를 보여 줘야지."

닷새 후 아빠는 제재소의 다른 남자들과 함께 보이시로 가서 치아 개수를 확인하고 가슴 둘레 재는 검사를 받는다. 그리고 크리스마스 다음 날 아빠가 매사추세츠라는 곳의 신병 훈련소에 가면서 지노는 보이즈턴 부인과 살게 된다.

아이다호주
레이크포트

2002~2011년

시모어

갓 태어난 후 그는 빽빽 울고, 악을 쓰고, 고함을 지른다. 걸음마를 떼면서는 동그란 것만 먹으려 한다. 치리오스, 냉동 와플, 그리고 48그램 패캐지의 M&M's 플레인 초콜릿만 먹는다. 펀 사이즈도, 셰어링 사이즈 안 된다. 그에게 버니가 땅콩이든 초콜릿을 준다면 하느님께서 긍휼히 여겨 주시기를. 그녀는 아들의 두 팔과 다리는 만질 수 있지만 발과 손은 어림도 없다. 귀는 무슨 일이 있어도 안 된다. 아이의 머리를 감기는 건 악몽이다. 머리 자르기는 불가능.

집은 루이스턴의 '골든 오크'라는 주간 모텔이다. 버니는 방 하나를 사용하는 대신 나머지 방 열여섯 개를 청소해 주고 있다. 애인들은 폭풍처럼 오고 간다. 제드라는 남자, 마이크 거트리라는 남자, 버니가 칠면조 다리라 부르는 남자. 조명등이 깜빡거린다, 제빙기가 그르렁거린다, 목재 운반 트럭들이 창문을 우르르 흔들고 지나간다. 아들이 도저히 못 견디는 밤이면 그들은 폰티액 자동차 안에서 잔다.

세 살이 되자 시모어는 태그가 붙은 속옷은 종류를 불문하고 입을 수 없고, 비닐 포장지 안에서 와삭와삭 소리를 내는 아침 식사용 시리얼도 견디지 못한다. 네 살이 되자 주스 팩 포일 구멍에 꽂힌 빨대가 어쩌다 포일과 마찰하면 비명을 지른다. 엄마가 재채기를 요란하게 하면 삼십 분 동안 부들부들 떤다. 그녀의 애인들은 "당신 아들은 뭐가 문제야?"라고 묻는다. "쟤 입 좀 다물게 할 수 없어?"라고 말한다.

아들이 여섯 살이 되던 해에 버니는 안 본 지 이십 년은 된 종조부 '포포'가 얼마 전 세상을 떠나면서 자기 앞으로 레이크포트에 있는 확장형 이동 주택을 남겼음을 알게 된다. 그녀는 플립형 휴대폰을 끊고, 고무장갑을 벗어 14호실 욕조에 던지고, 청소용 카트는 반쯤 열린 문간에 내버려 둔 채, 폰티액 그랜드 앰에 토스터 오븐, 일체형 매그너복스 DVD 플레이어, 옷가지를 가득 채운 쓰레기 봉지 두 개를 싣고, 시모어를 태우고는 세 시간 동안 한 번도 쉬지 않고 남쪽으로 달려간다.

그 집은 시내에서 1.6킬로미터 떨어진 아케이디 레인이라는 막다른 자갈길 끝에 있는 4000제곱미터의 잡초밭에 자리 잡고 있다. 창문 하나는 박살 났고, 판자벽엔 누군가 스프레이 페인트로 "난 911에 신고 안 해"라고 휘갈겨 놓았고, 한쪽 끝이 휘어 올라간 지붕은 마치 거인이 잡아 뜯어내려다 포기한 것처럼 보인다. 변호사가 차를 타고 떠나자 버니는 진입로에 무릎을 꿇고 앉아 흐느껴 우는데, 어찌나 검질기게 울어 대는지 급기야 아들뿐 아니라 본인조차 식겁하고 만다.

소나무 숲이 잡초밭 삼면을 감싸고 있다. 마당에는 수천 마리는 될 흰나비들이 엉겅퀴 꽃 사이사이를 떠다닌다. 시모어가 그녀 옆에 앉는다.

"아, 주머니쥐야." 버니가 두 눈을 훔친다. "정말 우라지게도 긴 세월 동안 버텼구나."

집터 뒤로 부풀어 오르는 나무들이 반짝이고 나비들이 둥둥 떠다닌다.

"뭘 버텼는데?"

"희망을."

거미줄 한 가닥이 허공 속을 흐르다 빛을 받아 반짝인다. "그러게." 시모어가 말한다. "희망에 매달려 우라지게 긴 세월 동안 버텼네." 엄마가 갑자기 웃어 대는 바람에 그는 화들짝 놀란다.

버니는 깨진 창문에 합판을 덧대 못질하고 부엌 찬장 속 쥐똥을 걸레질해 치우고 얼룩다람쥐들이 쏠아 먹은 포포의 매트리스를 길가에 내놓고 계약금 없이 가격의 19퍼센트를 대여료로 내고 새 침대 두 개를 들인다. 중고품 할인점에서 주황색 2인용 소파를 구해 글레이드 하와이언 브리즈 방향제 반 캔은 들이붓고 나서야 시모어와 함께 집 안으로 끌어다 놓는다. 해 질 무렵 그들은 현관 계단에 나란히 앉아 와플을 두 개씩 먹는다. 물수리 한 마리가 하늘 높이 날아 호수 쪽으로 간다. 공구 창고 옆으로 암사슴과 새끼 두 마리가 홀연히 나타나더니 귀를 씰룩씰룩 움직인다. 하늘이 자줏빛으로 물든다.

"씨에서 싹이 나고요." 버니가 노래한다. "풀밭은 꽃밭이 되고요. 나무엔 잎사귀가 자라요……."

시모어는 두 눈을 꼭 감는다. 산들바람은 골든 오크 모텔의 파란색 담요처럼, 아니 어쩌면 그보다 더 부드럽고 엉겅퀴는 따뜻한 크리스마스트리처럼 향을 뿜어내며, 그들 등 뒤 벽 바로 뒤에 그의 방이 있는 그만의 방이, 천장에 구름 또는 쿠거 또는 해면처럼 보이는 얼룩이 있는 그만의 방이 있다. 노래가 암양은 매애 울고, 수소는 껑충껑충 뛰고, 숫염소는 방귀를 뿡뿡 뀐다는 대목에 이르러 어머니의 목소리는 더할 나위 없이 행복해지고, 그는 참지 못하고 웃음을 터뜨린다.

레이크포트 초등학교 1학년＝가로 7.3미터, 세로 12.1미터 크기의 간이 교실과 여섯 살 학생 스물여섯 명과 이 모두를 관리하는 교사이자 비아냥거리기로는 고수의 경지에 이른 오니긴. 시모어는 그녀가 배정해 준 군청색 책상이 몸서리나게 싫다. 골조는 휘어지고 볼트는 녹슬고 다리는 바닥에 쓸려 끽끽 소리가 나는데, 그때마다 시모어는 안구 뒤에서 바늘들이 뚫고 나오는 것만 같다.

오니긴 선생이 말한다. "시모어, 너 말고 바닥에 앉아 있는 애가 보이니?"

그녀가 말한다. "시모어, 특별 초대장이라도 기다리고 있는 거니?"

그녀가 말한다. "시모어, 자리에 앉지 않으면······."

교장실 책상에는 내가 제일 좋아하는 건 미소입니다라고 새겨진 머그잔이 놓여 있다. 교장 선생의 허리띠에는 달리고 있는 뻐꾸기들이 만화 캐릭터로 죽 그려져 있다. 버니는 '웨건 휠 시설 관리 회사'의 새 제복 폴로셔츠를 입고 있는데 첫 봉급에서 공제받아 산 것이다. 버니가 "우리 애가 아주 예민해서요."라고 말하자 젠킨스 교장은 "아버지처럼 대해 주는 사람이 있나요?"라고 말하며 버니의 가슴을 세 번째로 훔쳐본다. 잠시 후 버니는 미션 스트리트의 갓길에 차를 세우고 물도 없이 엑세드린 진통제 세 알을 삼킨다.

"주머니쥐, 듣고 있니? 듣고 있으면 귀를 만져 봐."

트럭 네 대가 횡횡 지나간다. 두 대는 파란색, 두 대는 검은색. 시모어는 귀를 만진다.

"우린 뭐지?"

"한 팀."

"팀이 하는 게 뭐지?"

"서로 돕는다."

빨간색 차가 지나간다. 이어서 흰 트럭.

"내 얼굴 좀 볼래?"

그는 본다. 엄마 셔츠에 핀으로 꽂은 자석 명찰에 객실 관리원 버니라고 새겨져 있다. 그녀의 이름은 직함보다 작다. 트럭 두 대가 지나가고, 그 곁에 그들이 타고 있는 그랜드 앰이 부르르 흔들리지만 그는 소리만으론 색을 알아맞힐 수 없다.

"네가 책상이 마음에 안 든다고 해서 내가 일하다 말고 올 순 없어. 그럼 난 잘려. 그런데 내가 잘리면 안 되잖아. 그러니 네가 노력해야 해. 그래 줄래?"

그는 노력한다. 카멘 오메치아가 덩굴 옻나무 같은 팔로 건드려도 그는 비명을 꾹 참는다. 토니 몰리너리가 던진 원반이 옆머리를 후려쳐도 울음을 꾹 참는다. 그러나 9월의 아홉 번째 날, 세븐 데블스에 들불이 일면서 계곡 전체에 매연이 자욱해지자 오네긴 선생이 공기가 나쁘니 쉬는 시간에도 밖에 나가선 안 되며, 천식이 있는 로드리고를 위해 창문을 항상 닫아 놓아야 한다고 말하고, 그 말이 끝나고 불과 몇 분 만에 교실에서는 버니가 냉동 파히타를 포포의 전자레인지에 넣고 해동할 때 같은 악취가 나기 시작한다.

시모어는 수학 모둠 수업을 버텨 내고, 점심시간도 버텨 내며, 능력 향상 게임*까지 버텨 낸다. 그러나 '생각 시간'이 되자, 그의 인내력에 금이 가기 시작한다. 오니긴 선생의 지시에 따라 학생들은 각자의 자리에 앉아 북아메리카를 색칠하고, 시모어는 멕시코만 안에 연두색 동그라미들을 그리려고 애쓰는데, 책상 골조가 끽끽거리지 않게 손과 손목만 움직이려고 애쓰는데, 어떤 냄새도 맡지 않으려고 숨도 쉬지 않는데, 그런데도 갈빗대를 타고 땀이 흐르고, 웨슬리 오먼은 신발 왼쪽의 벨크로를 연신 뜯었다 붙이고, 토니 몰리너리는 입술을 부딪쳐 팝팝팝 소리를 내고, 오니긴 선생은 화이트보드에 마커 펜 끝이 빽빽 찍찍 소리 나게 크고 흉측한 글씨체로 아-메-리-카 라고 쓰고, 교실 시계는 째깍째깍거리고, 이 모든 소리가 마치 둥지로 향하는 말벌 떼처럼 그의 머릿속으로 앞다투어 질주해 들어간다.

절규. 지금까지는 언제나 멀리 떨어져 울리던 소리였다. 지금 그 소리가 부풀어 오르고 있다. 그 소리가 산을 지우고, 호수를 지우고, 레이크포트 시내를 지워 버린다. 학교 주차장에 들이닥쳐 자동차

---

* 상자에서 교과 능력 향상에 도움이 되는 여러 가지 카드를 무작위로 뽑아 퀴즈를 풀게 하는 놀이.

들을 사방에 내팽개친다. 교실 밖에서 으르렁거리며 문을 덜걱덜걱 흔든다. 그의 시야에서 아주 작은 검은 구멍들이 생겨난다. 그는 두 손을 들어 양 귀를 막아 보지만 절규가 빛마저 집어삼킨다.

상담 교사 슬래터리는 감각 정보 처리 장애, 아니면 주의력 결핍 장애, 아니면 과잉 행동 장애, 아니면 이 중 한 가지 이상이 복합된 증상 같다고 말한다. 아이가 아직 많이 어리기 때문에 섣불리 단정해선 안 된다. 그런 데다 그녀는 전문적으로 진단을 내릴 수 있는 의사도 아니다. 하지만 그가 비명을 질러서 다른 학생들이 겁을 먹었기 때문에 젠킨스 교장은 시모어에게 금요일 하루 정학 처분을 내리고 버니에게는 가급적 빨리 전문 치료사를 찾으라고 말한다.

버니는 엄지와 검지로 자기 코를 꼭 집는다. "그게, 그러니까, 학비에 포함된 건가요?"

웨건 휠의 매니저 스티브는, 얼마든지 버니, 직장에 아이를 데려와도 되고말고, 암, 잘리고 싶으면 얼마든지 해, 라고 말해서, 금요일 아침에 버니는 레인지의 손잡이들을 잡아 뽑고, 조리대에 치리오스 시리얼을 상자째 올려놓고, 「스타보이」 DVD를 반복 재생 상태에 맞춰 놓는다.

"주머니쥐?"

티브이 화면에서 스타보이가 눈부시게 반짝이는 슈트 차림으로 밤하늘을 내려온다.

"내 말 듣고 있는 거면 귀에 손 갖다 대."

스타보이가 그물에 걸린 아르마딜로 가족을 발견한다. 시모어는 두 귀에 손을 댄다.

"전자레인지 타이머에서 영 영 영 하는 소리가 나면, 내가 집에 도착해서 널 확인할 거야. 알겠지?"

스타보이는 도움이 필요하다. 트러스티프렌드*를 부를 차례다.

"가만히 앉아 있을 거지?"

그는 고개를 끄덕인다. 폰티액이 부르르 소리를 내며 아카디 레인을 내려간다. 올빼미 트러스티프렌드가 밤하늘 높이 날아오른다. 스타보이는 트러스티프렌드가 부리로 그물을 갈가리 찢는 동안 길을 환히 밝혀 준다. 아르마딜로들이 꿈틀대며 그물을 빠져나온다. 트러스티프렌드는 친구를 돕는 친구가 최고의 친구라고 말한다. 그 순간, 이동 주택 지붕에서 거대한 전갈이 긁는 것 같은 소리가 나기 시작한다.

시모어는 자기 방에 가서 귀를 기울인다. 현관 입구로 가서 귀를 기울인다. 부엌 뒤 미닫이문에서 귀를 기울인다. 그 소리는 계속 난다. 톡. 벅벅.

화면에선 크고 노란 해가 떠오르고 있다. 트러스티프렌드가 보금자리로 돌아갈 시간이다. 스타보이가 날아서 퍼머먼트로 돌아갈 시간이다. 최고의 친구 최고의 친구. 스타보이가 노래한다.

우린 헤어지지 않아.
난 하늘에 있지만,
넌 내 마음속에 있으니까.

---

* Trustyfriend. 믿음직한 친구.

시모어가 미닫이문을 열자, 까치 한 마리가 지붕에서 날아올라 달걀 모양의 반들반들한 바윗돌에 앉는다. 꼬리를 잠깐 내렸다 올리고는 큰 소리로 깍 깍 깍 운다.

새구나. 전갈일 리 없지.

간밤의 폭풍우가 매연을 씻어 낸 덕에 아침은 쾌청하다. 엉겅퀴는 자줏빛 왕관 같은 꽃송이를 앞뒤로 흔들고 조그만 벌레들이 사방에 날아다닌다. 집터 뒤에서 산마루를 향해 솟아오른 울창한 수천 그루의 소나무는 흔들흔들할 때 숨을 쉬는 것 같다. 들이쉬고 내쉬고 들이쉬고 내쉬고. 허리까지 올라오는 잡초를 헤치고 달걀 모양 바윗돌까지 가는 데 열아홉 걸음이 걸리고, 맨 위로 올라갈 즈음 까치는 날개를 퍼덕여 숲 바깥쪽 나뭇가지로 옮겨 간다. 얼룩덜룩한 이끼 — 분홍색, 올리브색, 불꽃 같은 주황색 — 가 바윗돌을 수놓고 있다. 이곳은 굉장하다. 거대하다. 살아 있다. 시시각각 변화한다.

바윗돌을 지나 스무 걸음, 시모어는 말뚝 사이에 축 늘어진 한 줄짜리 가시철사 앞에 이른다. 그의 뒤에 미닫이문이, 부엌이, 포포의 전자레인지가 있다. 그의 앞엔 1만 2천 제곱미터가 넘는 숲이 펼쳐지는데, 이곳 주인이라는 텍사스의 일가족을 레이크포트에선 본 사람이 없다.

깍 까악깍, 까치가 운다.

철조망 밑으로 몸을 수그리는 건 쉬운 일이다.

나무 아래에서 햇빛은 완전히 달라진다. 또 다른 세계다. 나뭇가지마다 이끼가 깃발처럼 흔들린다. 머리 위 나뭇가지들 사이로 하늘이 조각조각 반짝인다. 여기 그의 키에 맞먹는 개미탑이 있다.

여기 미니밴과 크기가 맞먹는 갈빗대처럼 생긴 화강암이 있다. 여기 그의 몸통에 두르면 스타보이의 흉갑처럼 꼭 맞는 나무껍질이 있다.

집 뒤의 언덕을 반쯤 오르자 개간지가 나온다. 가장자리를 따라 더글러스전나무들이 에워싸고 있고 한가운데엔 죽은 커다란 폰데로사소나무가 서 있는데, 마치 지하 세계에서 불쑥 솟아오른 해골 거인의 팔과 거기 붙은 손가락들 같다. 그의 주변에서 공중을 떠돌며 낙하하는 것들이 있는데, 전나무가 바람에 날려 보내는, 두 갈래 바늘잎 수백 개다. 그는 한 개를 잡아채고, 상상 속에서 몸통과 긴 두 다리만 달린 작은 인간이라고 정한다. '니들맨'은 뾰족한 두 발로 대담무쌍하게 개간지를 가로지른다.

시모어는 나무껍질과 잔가지들을 모아 고목(枯木) 밑둥치에 니들맨이 살 집을 지어 준다. 그 안에 이끼 침대를 만들고 있는데 머리 위 3미터 남짓 떨어진 허공에서 웬 유령 하나가 새된 비명을 지른다.

이이-이이? 이이-이이-이잇?

시모어는 팔에 난 털이 죄다 꼿꼿이 일어서는 것 같은 느낌이다. 올빼미는 감쪽같이 위장하고 있어서 세 번 더 울고 나서야 소년의 눈은 그를 찾아내고, 보는 순간 숨이 턱 막힌다.

올빼미가 눈을 세 번, 네 번 깜빡인다. 나무껍질에 드리워진 그늘 속에 있어서 눈꺼풀을 닫고 있으면 온데간데없이 사라져 버린다. 다시 눈을 뜨면 이 피조물은 본래의 형상을 되찾는다.

크기가 토니 몰리너리의 덩치만 하다. 눈동자는 테니스공 색깔이다. 지금 시모어를 똑바로 응시하고 있다.

키 큰 고목 밑둥치에 서 있는 시모어는 고개를 들어 위를 보고 올빼미는 굽어보고 숲은 숨 쉬는 가운데, 무슨 일인가가 일어난다. 깨어 있는 동안 소년의 의식 가장자리에서 끊임없이 웅얼거리던 불편한 소리 — 절규 — 가 잦아들고 있다.

이곳엔 마법이 깃들어 있어. 올빼미가 말하는 것 같다. 가만히 앉아 숨을 쉬며 기다리면 마법이 널 찾아낼 거야.

시모어는 자리에 앉고 숨을 쉬며 기다리고, 지구는 본래 궤도를 따라 1000킬로미터를 더 돈다. 소년의 내면 깊은 곳에서 날 때부터 단단하던 매듭이 느슨해진다.

버니가 머리칼엔 나무껍질이 박혀 있고 웨건 휠 폴로셔츠엔 콧물이 묻은 꼴로 그를 찾아내어 휙 잡아당겨 일으키는데, 시모어는 일 분이 흐른 건지 한 달이 흐른 건지, 아니 십 년이 흐른 건지 감이 없다. 올빼미는 연기처럼 사라지고 없다. 그는 몸을 돌려 두리번거리며 올빼미가 갔을 만한 곳을 찾지만, 올빼미는 숲속 깊숙이 빨려 들어가 어디서도 보이지 않는다. 버니가 그의 머리칼을 만지며 운다. "……경찰을 부르려던 참이었어. 어디 가지 말고 가만히 있으라고 했잖니?……." 그녀는 욕설을 뱉으며 그를 잡아끌고 나무 사이를 지나 집으로 가면서 가시철사에 청바지가 찢기기도 한다. 부엌의 전자레인지 타이머가 삡삡삡삡 울려 대고, 버니는 매니저 스티브와의 전화 통화에서 해고를 통보받는다. 그녀는 전화기를 2인용 의자에 집어 던지고 시모어가 빠져나가지 못하게 양어깨를 단단히 그러쥐고 말한다. "우리 둘이 함께 헤쳐 나가는 줄 알았는데." 그녀가 말한다. "우리가 한 팀인 줄 알았다고."

잘 시각이 지나서 시모어는 방 창문까지 살금살금 기어가 미닫이문을 밀어 열고, 머리를 어둠 속으로 쑥 내민다. 밤이 야생의, 양파 같은 냄새를 뿜어낸다. 무언가 짖고, 무언가 치 치 치 소리를 낸다. 바로 저기, 가시철사만 넘어가면 숲이 있다.

"트러스티프렌드." 그가 말한다. "널 트러스티프렌드라고 부를게."

지노

아래층에서 어른들이 묵직한 신발로 쿵쿵거리며 보이즈턴 부인
의 거실을 오간다. 플레이우드 플라스틱 병정 다섯 개가 주석 상자
에서 기어 나온다. 401번 병정이 라이플을 들고 침대 머리판을 향
해 기어간다. 410은 누비 이불의 고랑 위로 대전차포를 끌고 간다.
413은 라디에이터에 너무 가까이 가는 바람에 얼굴이 녹아내린다.

화이트 목사가 햄과 크래커가 담긴 접시를 들고 계단을 힘겹게
올라와 작은 놋쇠 침대에 앉아 숨을 몰아쉰다. 그는 라이플을 머리
위로 치켜든 병정을 집어 들고는 지노에게 이런 이야기를 해선 안
되지만, 지노의 아빠가 사망한 날에 혼자서 일본군 네 놈을 지옥에
보냈다고 말한다.

계단참 밑에서 누군가 "과달카날섬? 맙소사, 도대체 거기가 어디
야?"라고 말하자 다른 누군가 "나라고 알 턱이 있나."라고 답하고,
침실 창문으로 눈가루가 스친다. 그 찰나의 시간 동안 지노의 엄마
가 하늘에서 황금 배를 타고 내려오고, 다들 넋을 잃고 지켜보는 가

운데 그는 아테나와 배에 오르고, 엄마는 그들을 데리고 천상의 도시, 청록빛 바다가 검은 절벽에 부딪고 나무마다 햇빛을 받아 따뜻한 레몬이 주렁주렁 열리는 나라로 떠난다.

정신을 차려 보니 그는 놋쇠 침대에 돌아와 있고, 화이트 목사는 404번 병정을 잡고 침대 커버 위에서 개구리 걸음을 시키는 중이다. 헤어토닉 냄새가 코를 찌르고, 아빠는 두 번 다시 돌아오지 않는다.

"뼛속까지 신실하고 정의로운 영웅." 목사가 말한다. "네 아버지는 그런 분이었다."

나중에 지노는 접시를 들고 몰래 계단을 내려와 뒷문을 통해 밖으로 빠져나간다. 아테나가 노간주나무들 사이에서 추위로 뻣뻣해진 다리를 절뚝거리며 나오고, 햄과 크래커를 주자 순수한 고마움을 담아 그를 본다.

눈가루가 합쳐지며 큼지막해진 눈송이들이 펑펑 내린다. 그의 머릿속 목소리가 너는 외롭다, 그건 네 잘못일 것이다, 라고 속삭이고, 빛이 차츰차츰 저문다. 일종의 몽환 속에서 그는 보이즈턴 부인의 마당을 벗어나 미션 스트리트에서 레이크 스트리트와 만나는 교차로까지 걸어가고, 제설기로 치운 눈 더미 위를 기어오른 후 눈 속을 뚫고 가는데, 장례식 구두 속으로 눈이 들어오는 가운데 마침내 호숫가에 도착한다.

3월도 끝나 갈 무렵이라 호숫가에서 800미터 정도 떨어진 중심부는 얼음이 녹아 짙은 색 얼룩 같은 수면이 드러나기 시작했다. 그의 왼쪽으론 호숫가를 따라 늘어선 폰데로사소나무들이 저마다 나뭇잎을 흔들어 대며 거대한 벽을 이루고 있다.

지노가 얼음 위에서 발걸음을 옮기는 사이, 바람을 맞아 동결 건조되면서 납작해진 얼음장이 점차 얇아진다. 가장자리에서 한 걸음 한 걸음 멀어질수록 발밑의 거대하고 검은 수반(水盤)도 깊어지는 것이 느껴진다. 서른 걸음, 마흔. 돌아보니 공장도 도시도, 심지어 호숫가 나무들조차 보이지 않는다. 그가 걸어오며 남긴 흔적은 바람과 눈에 지워지고 있다. 그는 하얀 우주 속에 유예되어 있다.

여섯 걸음 더 멀리. 일곱 걸음 여덟 걸음 그만.

사면팔방이 공허하다. 공중에 흩뿌려진 순백색 직소 퍼즐들. 그는 무언가의 끄트머리에서 휘청거리는 자신을 느낀다. 뒤는 레이크포트다. 바람이 숭숭 들어오는 학교 건물, 진창길, 도서관, 입에서 등유 냄새를 풍기고 도자기 아이들을 키우는 보이즈턴 부인. 그곳에 돌아가면 그는 올리브피커, 십 새거, 제로다. 외국인 피가 섞이고 이름도 이상하고 체구도 왜소한 고아. 앞에는 무엇이 있나?

흩날리는 눈에 먹혀서, 본디 소리의 속도보다 느리게 당도하는 금 가는 소리가 설경을 관통한다. 희끗희끗한 눈발 너머로 파이아케스인들의 왕궁이 보이는가? 황동 벽과 은 기둥, 포도밭과 배 과수원과 샘이 보이는가? 그는 제대로 보려고 애쓰지만 어쩐 일인지 보이는 방향이 거꾸로 뒤바뀌면서 사람들이 그의 내면을, 머릿속의 하얗고 소용돌이치는 구멍 속을 들여다보는 것 같다. 우리에게 어떤 숙제가 주어지건, 대통령의 아내가 말했다. 우리는 해낼 수 있으리라 확신합니다. 그렇지만 그에게 주어진 숙제는 무엇이고, 아빠 없이 어떻게 이룬단 말인가?

조금만 더 멀리 가 보자. 그가 다시금 발을 반걸음 앞으로 내밀자 두 번째 금이 쩌걱 소리를 내며 언 호수 위를 질주하는데, 호수 가운데에서 출발해 곧장 그의 두 다리 사이로 갈라져 들어와 내처 시내까지 돌진할 기세다. 그 순간 무언가 그의 바지 뒷자락을 잡아당기는데, 몸을 묶은 밧줄이 끝까지 당겨지면서 이제는 뒤로 잡아끄는 것 같아 돌아보니 아테나가 그의 벨트를 단단히 물고 있다.

그제야 두려움이 그의 몸에 차오르면서, 천 마리의 뱀이 그의 피부 밑을 스르르 기어다닌다. 그는 발을 헛디디고, 숨을 참고, 최대한 가벼워지려고 애쓰면서 콜리 개가 이끄는 대로 빙판에서 뒤돌아 한 걸음 한 걸음 시내 방향으로 걸어간다. 호숫가에 이르고, 비틀대는 걸음으로 쌓인 눈을 헤치고 나아가고, 레이크 스트리트를 가로지른다. 심장 박동이 빠르게 귓전을 때린다. 길 끝까지 와서 몸을 부들부들 떠는 그의 손을 아테나가 핥아 준다. 보이즈턴 부인 집의 불 켜진 창 너머 거실에 서 있는 어른들이 입을 움직이는 모양이 호두까기 인형의 입처럼 보인다.

교회에서 나온 십 대 아이들이 삽으로 인도에 쌓인 눈을 퍼낸다. 푸주한이 아이들에게 고기 부스러기와 뼈를 공짜로 준다. 커닝엄 자매는 슬슬 그리스 희극 작품 쪽으로 그를 인도하고, 비교적 가벼운 성격의 작품을 찾다가 이 분야에서 최고의 세계를 창조한 극작가라며 아리스토파네스를 소개한다. 그들은 함께 「구름」을 읽고, 이어서 「집회의 여자들」과 「새」를 읽는다. 속세의 부패상에 진력이 난 두 노인이 공중 도시에 살려고 새들과 함께 떠나지만 정작 그 세계에서도 시련은 계속된다는 이야기를 읽는 동안 아테나는 사전 독서대 앞에서 존다. 저녁이 되면 보이즈턴 부인은 올드 포레스터를 마시고 캐멀 담배를 연신 피우면서 그와 크리비지 게임을 하며 게임 판 구멍에 페그를 꽂는다. 지노는 등을 꼿꼿이 펴고 앉아 한 손에 부채꼴로 가지런히 편 카드들을 쥐고 생각한다. 난 아직 이 세계에 있지만, 한 걸음만 벗어나면 다른 세계가 있어.

4학년, 5학년, 전쟁의 끝. 해발 고도가 낮은 곳에서 드문드문 올라와 보트를 타고 호수를 가로지르는 휴양객들이 지노의 눈에는 모두 행복한 가족으로 보인다. 엄마, 아빠, 아이들. 시에서 번화가에 세울 기념비에 아빠의 이름을 새기는 행사가 열린다. 누군가 지노에게 깃발 하나를 건네고, 다른 누군가는 영웅이 이랬네 영웅이 저랬네 떠들어 댄다. 그날 저녁 식사 자리에서 화이트 목사가 보이즈턴 부인의 식탁 상석에 앉아 칠면조 다리를 흔든다.

"앨머, 앨머, 호모 복서를 뭐라 부를까요?"

보이즈턴 부인이 고기를 씹다 말고 이 사이에 낀 파슬리를 드러낸다.

"프루트 펀치!"*

부인이 깔깔 웃는다. 화이트 목사는 싱긋 웃으며 술을 마신다. 그들을 에워싼 선반에 놓인 포동포동한 도자기 어린이 이백 개가 부룹뜬 눈으로 지노를 주시한다.

그가 열두 살 때 커닝엄 쌍둥이 자매가 대출 데스크로 부르더니 책 한 권을 건네준다. 『아틀란티스의 인어』, 88페이지의 컬러 인쇄

* 프루트(Fruit)는 동성애자를 비하하는 미국 은어이다.

본. "널 생각하며 주문했어." 언니가 그렇게 말하며 눈가에 주름이 잡히도록 미소 짓고, 동생이 안쪽에 반납일 도장을 찍어 주자 지노는 책을 가지고 집으로 돌아와 작은 놋쇠 침대에 앉는다. 첫 페이지에서 바닷가를 거닐던 공주가 황동 갑옷 차림의 낯선 사내에게 납치당한다. 정신을 차린 그녀는 거대한 유리 돔 안 수중 도시에 갇혀 있음을 알게 된다. 황동 갑옷을 입은 수중 도시인들은 발에 물갈퀴가 달리고 양팔엔 황금 완장을 두르고 있으며 두 귀는 뾰족하고 목에는 아가미가 트여 있다. 튼실한 삼두박근, 다부진 두 다리, 허벅지 사이 두둑하게 부푼 부위를 보면서 지노는 아랫배가 찌르르 꼬이는 것을 느낀다.

이 낯설고 아름다운 사람들은 물속에서 숨을 쉰다. 그들은 철저할 만큼 근면하다. 도시는 수정으로 만든 우아한 탑들과 높은 아치형 다리, 길게 빠진 번지르르한 잠수함을 자랑한다. 물거품이 희미한 황금색 빛줄기를 지나며 솟아오른다. 10페이지에서 물 위에 사는 꼴사나운 인간들이 공주를 찾으러 수중 도시로 쳐들어오면서 전쟁이 일어나고, 물 위 인간들은 작살과 구식 소총으로, 수중 인간들은 삼지창으로 싸운다. 수중 인간의 늘씬하고 유연한 근육을 보며 지노는 온몸이 후끈 달아오르고, 그들의 목에 길게 갈라진 아가미 속 붉은 살, 길고 근육이 우람한 팔다리에서 눈을 떼지 못한다. 후반부에서 전투가 맹렬해지는데, 도시 위 돔에 금이 가면서 모두가 위험에 처하는 순간, "뒤편으로 이어집니다."라고 예고하고 끝난다.

그는 사흘 동안 『아틀란티스의 인어』를 서랍에 숨겨 두지만, 학교에 있을 때에도 그의 마음속에서 그 책은 위험 물질처럼 달아오르고 고동친다. 방사능. 불법. 보이스턴 부인이 잠들고 집 안이 완전히 잠잠해진 것을 확인하고 나서야 읽을 엄두가 난다. 분노한 선원들은 작살로 보호용 돔을 찔러 댄다. 우아한 수중 전사들은 삼지창을 들고 암적색 로브 밑으로 근육이 불거진 허벅지를 드러낸 채 바다를 누빈다. 꿈속에서 그들이 그의 침실 창문을 두드리지만, 막상 그가 말하려고 입을 여는 순간이면 물이 쏟아져 들어오며 잠에서 깨는데, 마치 얼어붙은 호수에 떨어진 것 같은 기분이 든다.

널 생각하며 주문했어.

나흘째 밤, 지노는 떨리는 두 손으로 『아틀란티스의 인어』를 들고 삐걱거리는 계단을 내려가고, 오디 색 커튼과 레이스러너와 속이 메스꺼워지는 향을 뿜어내는 포푸리 함을 지나쳐 벽난로 가림막을 옆으로 밀어 열고는 벽난로 안에 책을 쑤셔 넣는다.

수치심, 연약함, 두려움. 그는 아빠와 영 딴판이다. 시내에 발을 끊다시피 하게 된 건 도서관 앞을 지나갈 엄두가 나지 않아서다. 어쩌다 호숫가나 가게에서 커닝엄 자매 중 한 사람이라도 보면 돌아서서 몸을 홱 수그리고 숨는다. 그가 책을 반납하지 않았다는 것, 공공 재산을 훼손했다는 것을 그들은 알고 있다. 그 이유도 짐작할 것이다.

거울에 비친 그의 두 다리는 너무 짧고, 턱은 너무 박약하다. 두 발은 그가 봐도 민망스럽다. 저 먼 곳, 빛으로 반짝이는 도시가 그가 속한 세상일지도 모른다. 그곳이라면 그도 환하고 새롭게, 바라던 존재로 태어날 수 있을지 모른다.

언젠가 학교 가는 길에, 아니면 침대에서 몸을 일으킬 뿐인데, 느닷없이 배 속이 뒤집히는, 사람들이 그를 에워싸고 구경하는 것 같은 느낌에 그는 균형을 잃고 넘어진다. 그들은 피로 흠뻑 젖은 셔츠를 입고 비난의 기색이 역력한 표정을 짓고 있다. 계집애 같은 새끼. 그들이 말하며 손가락을 뻗어 일제히 그를 가리킨다. 호모. 프루트 펀치.

열여섯 살의 지노가 앤슬리 타이 앤드 럼버 기계 공장에서 시간제 견습공으로 일하고 있을 때, 북한 인민군 가운데 칠만 오천 명이 삼팔선을 넘으면서 한국 전쟁이 시작된다. 8월의 일요일 오후에 보이즈턴 부인의 집에 모이는 교인들이 요새 미군엔 신세대가 부족하다고, 젊은이들이 부족한 것 없이 막 자랐다고, 다 받아 주는 문화가 허약하게 만든 탓이라고, 포기하는 병이 만연하다고 투덜댄다. 그들이 피우는 담배의 불빛이 닭 요리 위로 주황색 원을 그린다.

"네 아빠처럼 용감하질 못해서 그래." 화이트 목사가 말하고, 여봐란 듯 지노의 어깨를 철썩 때리는데, 지노의 귀에 멀리 떨어진 어디선가 문 하나가 스르르 열리는 소리가 들린다.

한국. 학교 지구본 위, 엄지손가락만 한 초록색 땅. 아이다호 사람에겐 세상의 끝만큼이나 멀어 보인다.

매일 저녁, 공장 일이 끝나면 그는 호숫가를 얼마간 달린다. 웨스트 사이드 로드의 모퉁이까지 4킬로미터, 다시 돌아가면서 4킬로미터, 빗물을 튀기며 달리면 아테나 ── 그즈음 주둥이 털이 하얘지고 성격은 더 담대해진 ── 가 뒤에서 느릿느릿 따라온다. 간혹 아틀란티스의 멋지고 화려한 전사들이 마치 전류가 흐르는 전선에 끌리듯 그와 보조를 맞춰 달리는 밤이면, 그들을 따돌릴 셈으로 죽어라 달린다.

열일곱 살 생일에 지노는 보이즈턴 부인에게 보이시까지 가게 낡은 뷰익 자동차를 빌려달라고 부탁한다. 부인은 새 담배에 피우던 담배의 불을 댕겨 피워 문다. 뻐꾸기시계가 째깍거린다. 부인의 아이들이 선반마다 득시글거린다. 세 명의 예수가 각자의 십자가에 매달려 굽어본다. 부인의 어깨 너머, 부엌 창문 밖 울타리 밑에서 아테나가 몸을 동그랗게 만다. 1.5킬로미터 남짓 떨어진, 그와 아빠가 레이크포트의 첫 겨울을 난 오두막에서 쥐들이 선잠을 잔다. 심장의 상처는 아물어도 흉터는 어떻게든 남는다.

골짜기를 따라 지그재그로 내려가면서 그는 두 번 멀미를 한다. 신병 모집 사무소에서 군의관이 그의 가슴팍에 차가운 청진판을 눌러 대다 연필 끝에 침을 발라 가며 양식의 모든 네모 칸에 표시한다. 십오 분 후 그는 이등병 E-1 지노 니니스가 된다.

시모어

버니는 대출 없이 확장형 이동 주택을 소유하고 있지만 포포가 대지에 대한 대출을 다 갚지 못했기 때문에 매달 558달러가 나간다. 거기에 V-1 프로판가스＋아이다호 전력＋레이크포트 공과금＋쓰레기＋매트리스 대여 비용으로 블루 리버 뱅크에서 나가는 돈＋폰티액 보험금＋플립 핸드폰＋자동차를 진입로에서 빼게 해 주는 제설 장치＋비자 카드 미납금 2652달러 31센트＋건강 보험 ─ 하하, 농담이다, 그녀가 죽었다 깨어나도 건강 보험료는 내지 못할 것이다. ─ 이 있다.

그녀는 '애스펜 리프 로지'에서 방 청소 일자리를 얻는다. 시간당 10달러 65센트. 그리고 '피그 앤드 팬케이크'에서 저녁 시간에만 일하는 자리 ─ 시간당 3달러 45센트에 팁 추가 ─ 도 얻는다. 팬케이크를 주문하는 사람이 없으면 버킷 사장은 워크인* 청소를 시키

＊　사람이 들어가서 걸어다닐 수 있을 정도로 큰 냉장고.

는데 그런 일에 팁을 주는 사람은 없다.

월요일부터 금요일까지 여섯 살의 시모어는 혼자 스쿨버스에서 내리고, 혼자 아케이디 레인을 걷고, 혼자 집 문을 연다.「스타보이」를 보며 와플을 먹고 집 밖에 나가지 않는다. 듣고 있니, 주머니쥐? 귀를 만져 볼래? 가슴에 손을 얹어 볼래?

시모어는 귀를 만진다. 가슴에 손을 얹는다.

그럼에도 집에 오기 무섭게, 날씨가 어떻든, 눈이 아무리 많이 내려도 그는 책가방을 내려놓고 미닫이문 밖으로 나가 가시철사 밑을 빠져나가, 숲을 헤치고 커다란 폰데로사 고목이 있는 산 중턱의 개간지까지 간다.

어떤 날은 그 자리에 와 있는 것만 느껴지는데, 그럴 때면 그의 목 밑이 따끔거린다. 어떤 날은 후우우 하는 나지막한 울림이 숲을 타고 누비는 소리가 들린다. 어떤 날은 아무것도 없다. 하지만 정말 운이 좋은 날엔 트러스티프렌드가 바로 그 자리, 나무의 몸통에서 가지로 이어지는 새똥이 잔뜩 흩뿌려진 자리, 시모어가 처음 그를 본 곳, 땅에서 3미터 높은 곳에 앉아서 졸고 있다.

"안녕."

올빼미는 시모어를 굽어본다. 바람이 불어 얼굴의 깃털이 물결친다. 감아 들일 것처럼 주시하는 가운데 태고의 혜안이 빙글빙글 돈다.

시모어가 말한다. "책상 때문만은 아니야. 미아의 피클 스티커도, 쉬는 시간 끝나고 던컨과 웨슬리가 땀범벅이 돼서 풍기는 냄새도 그렇고, 또⋯⋯."

그는 말을 잇는다. "다들 내가 이상하대. 다들 내가 소름 끼친

대.”

올빼미는 깜빡이는 눈으로 저무는 빛 속을 응시한다. 머리가 배구공만 하다. 올빼미는 만 그루 나무에 깃든 영혼을 증류해 단일한 형상으로 빚어낸 것처럼 생겼다.

11월의 어느 날 오후, 시모어는 트러스티프렌드에게 너도 시끄러운 소리에 깜짝 놀라느냐고, 너무 많이 들리는 소리가 감당이 안 될 때가 있느냐고, 너도 온 세계가 지금 이 빈터, 백만 개의 작은 은빛 눈송이가 소리 없이 허공을 떠도는 바로 이곳처럼 조용하면 좋겠다고 생각할 때가 있느냐고 묻는다. 그 순간 올빼미가 나뭇가지에서 낙하하더니 빈터 위를 미끄러지듯 날아 멀리 떨어진 나무의 가지 위에 앉는다.

시모어는 따라간다. 올빼미는 소리 없이 나무들 사이를 미끄러지듯 내려가다가 이동 주택이 있는 쪽으로 되돌아 날아가면서 이따금 큰 소리로 우는데, 그에게 함께 가자고 말하는 것 같다. 시모어가 뒤뜰에 가니 올빼미는 집 꼭대기에 앉아 있다. 눈 내리는 풍경 속에서 우렁차게, 그윽하게 후우우 울고는 눈을 모로 돌려 포포의 낡은 공구 창고를 쳐다본다. 다시 시모어를 바라본다. 다시 공구 창고를 바라본다.

“저기 들어가?”

칙칙한 분위기가 숨 막힐 것 같은 헛간 안에서 소년은 죽은 거미 한 마리, 소련제 방독면 하나, 녹슨 연장 통들과 함께 작업대 위 갈고리못에서 소총 사격장에서 쓰는 청력 보호용 귀마개를 발견한다. 그걸 쓰자 소란스러운 세상이 희미해진다.

시모어는 손뼉을 쳐 보고, 베어링이 가득 든 커피 깡통을 흔들어 보고 망치도 쾅 두드린다. 하나같이 먹먹하게 들리고, 모든 게 조금 전보다 낫다. 그는 눈이 내리는 밖으로 다시 나와 눈을 들어 지붕 박공 위에 서 있는 올빼미를 바라본다. "이거야? 이걸 이야기하는 거였어?"

오니긴 선생은 그에게 쉬는 시간, 간식 시간, 생각 시간에 귀마개 착용하는 것을 허락한다. 닷새를 꾸지람 없이 무사히 지나자 시모어가 책상을 바꾸는 것도 허락한다.

상담 교사 슬래터리는 그에게 상으로 도넛을 준다. 버니는 그에게 새로 출시된 「스타보이」DVD를 사 준다.

더 살 만하다.

세상이 너무 시끄러워질 때마다, 너무 소란스러워질 때마다, 칼끝처럼 날카로워질 때마다, 스멀스멀 다가오는 절규가 너무 가까워진 것 같을 때마다, 시모어는 두 눈을 질끈 감고, 귀마개로 두 귀를 가리고, 숲속의 빈터로 가는 자신의 모습을 마음속에 그린다. 오백 그루의 더글러스전나무가 흔들린다. 니들맨들이 낙하산을 타고 공중을 누빈다. 죽은 폰데로사소나무가 별 아래 희부연 뼈처럼 서 있다.

이곳엔 마법이 깃들어 있어.

가만히 앉아 숨을 쉬며 기다리면 마법이 널 찾아낼 거야.

시모어는 그렇게 추수 감사절 연극까지 버티고, 크리스마스 음악 공연까지 버티고, 밸런타인데이라는 대혼란을 버텨 낸다. 토스터 스트루델*, 시나몬 토스트 크런치**, 크루통이 식단에 포함되는 것을 받아들인다. 격주로 목요일에는 뇌물 없이 머리를 감기로 한다. 버니가 손톱 끝으로 자동차 핸들을 타타타타 두드려도 움찔거리지 않게 된다.

어느 화창한 봄날, 오니긴 선생은 1학년 학생들을 이끌고 눈이 녹은 웅덩이들을 거쳐 레이크 앤드 파크 모퉁이에 있는 포치가 비뚤어진 하늘색 집으로 간다. 다른 애들은 위층으로 올라가는데 시모어만 외따로 성인 논픽션 앞에 있는 것을 주근깨투성이 사서가 발견한다. 사서가 하는 말을 들으려고 그는 귀마개 한쪽을 들어 올린다.

"그 새 덩치가 얼마나 크다고 했었지? 나비넥타이를 한 것처럼 생겼니?"

그녀는 높은 서가에서 휴대용 관찰 도감 한 권을 빼서 내린다. 그녀가 보여 주는 첫 페이지부터 트러스티프렌드가 보이는데, 왼발에 쥐 한 마리를 움켜쥔 채 공중에 떠 있다. 다음 사진에도 역시 그가 등장한다. 이번엔 나뭇가지 그루터기 위에 서서 눈 덮인 목초지를 굽어보고 있다.

시모어는 심장이 몸 밖으로 튀어나올 것만 같다.

"큰회색올빼미는," 그녀가 읽어 준다. "현존하는 올빼미종 가운데 몸집이 가장 크다. 검은가면올빼미, 수염올빼미, 유령올빼미, 북부의

---

*   토스터에 데워 먹을 수 있는 냉동 페이스트리.
**   계피 맛 시리얼의 일종.

유령이라고도 부른다." 그녀가 모래 폭풍 같은 주근깨 속에서 그에게 미소 짓는다. "두 날개를 활짝 펴면 1.5미터까지 길어진대. 2미터 아래 눈에 묻힌 들쥐의 심장 소리까지 들을 수 있대. 둥근 원반 같은 얼굴은 소리를 모으는 데 도움이 된대, 컵 모양으로 손을 오므려 귀에 대는 것하고 비슷한 거지."

그녀는 두 손바닥을 귀 옆에 가져다 댄다. 시모어는 귀마개를 벗고 똑같이 따라 한다.

그해 여름, 하루도 빠짐없이, 버니가 애스펜 리프로 출근하기만 하면 시모어는 곧바로 작은 봉지에 치리오스를 부어 담고 미닫이문 밖으로 나선다. 그리고 달걀 모양의 바윗돌을 지나서 가시철사 밑을 빠져나간다.

그는 접시 모양의 나무껍질로 프리스비 원반을 만들고, 물웅덩이 위로 장대높이뛰기를 하고, 비탈길에서 돌을 굴리며, 도가머리 딱따구리와 친구가 된다. 그 숲엔 살아 있는 폰데로사소나무가 한 그루 있는데, 스쿨버스를 모로 세운 것만큼 크고 꼭대기엔 물수리 둥지도 있다. 사시나무 작은 숲도 하나 있는데 잎이 흔들릴 때면 물에 떨어진 빗방울 소리가 난다. 그리고 이삼 일마다 트러스티프렌드가 어김없이 나타나 자신의 앙상한 나무에서 자신이 정한 나뭇가지에 앉아 눈을 깜빡이며 자애로운 신처럼 자신의 영지를 둘러보고 심혈을 기울여 듣는데, 가히 귀를 가진 어느 피조물도 이르지 못한 경지다.

올빼미가 소나무 잎 사이에 뱉어 놓은 뭉텅이 속에서 소년은 다람쥐의 아래턱뼈와 쥐의 등골뼈와 깜짝 놀랄 정도로 많은 들쥐의 머리뼈들을 발견한다. 비닐 노끈 뭉텅이도 하나. 초록빛이 도는 알껍데기 조각들. 한번은 오리발 하나. 그는 포포의 창고 안 작업대에 기상천외한 모양으로 뼈들을 늘어놓는다. 머리가 셋 달린 좀비 들쥐들, 다리가 여덟 개 달린 것이 마치 거미 같은 얼룩다람쥐들.

버니는 그의 티셔츠에서 진드기를, 카펫에서 진흙 자국을, 그의 머리털 속에서 도깨비바늘을 발견한다. 그녀는 욕조에 물을 채우며 말한다. "아무래도 조만간 누가 날 체포하러 오겠네." 시모어는 펩시 병에 든 물을 다른 펩시 병에 따르고, 버니는 우디 거스리의 노래를 부르다 피그 앤드 팬케이크 유니폼 셔츠 차림에 커다란 검정색 리복 운동화를 신은 채 욕실 매트 위에서 잠든다.

2학년. 시모어는 학교에서 도서관까지 걸어가서는 귀마개를 목에 걸고 오디오북 구역 옆 작은 탁자에 앉는다. 올빼미 퍼즐, 올빼미 색칠 공부 책, 올빼미 컴퓨터 게임. 주근깨투성이 사서는 이름이 메리앤인데, 짬이 날 때마다 그에게 책을 읽어 주면서 이것저것 설명해 준다.

논픽션 598.27:

큰회색올빼미의 이상적인 서식지는 주변이 공지에 둘러싸여 있고 높은 곳에서 내려다보기 좋은 위치에 들쥐가 많이 사는 숲이다.

《현대 조류학 저널》:

큰회색올빼미는 여간해선 모습을 드러내지 않으며 경계심이 대단해서 지금까지 우리가 발견한 건 극히 일부에 지나지 않는다. 그나마 이들이 설치류, 숲, 목초지, 심지어는 진균 포자와의 관계망에 그물실 역할을 하고 있음을 알아 가는 중이지만, 그 관계망이 더없이 복잡하고 다차원적이어서 연구자들은 최근에야 지극히 일부만 파악하기 시작하는 중이다.

논픽션 598.95 :

큰회색올빼미 열다섯 마리 가운데 알에서 부화되어 성년까지 자라는 것은 고작 한 마리다. 갓 부화한 새는 갈까마귀, 담비, 흑곰, 수리부엉이에게 잡아먹힌다. 둥지의 새끼들은 굶어 죽는 일이 허다하다. 매우 광대한 사냥터가 필요한 종이며, 목초지를 짓밟는 가축, 급감하는 피식자 수, 알 품는 곳을 잿더미로 만드는 들불 등으로 서식지가 손상될 경우 생존에 치명적이다. 또 독을 먹은 설치류를 먹거나 차량과 충돌하거나 얽힌 전선으로 날아들어 죽기도 한다.

"어디 보자, 이 사이트에선 현재 미국에 서식하는 큰회색올빼미를 일만 천백 마리로 추정하네." 메리앤은 커다란 탁상용 계산기를 끌어당긴다. "자, 미국인이 삼억 명 안팎이라고 하자. 3을 눌러, 그런 다음 0 여덟 개, 잘했어, 시모어. 나눗셈 기호 기억하지? 1, 1, 1.

답 나왔네."

27,027.

둘 다 그 숫자를 응시하며 마음속에 새긴다. 미국인 이만 칠천 이십칠 명에 한 마리꼴로 큰회색올빼미가 존재한다. 이만 칠천이십 칠 명의 시모어, 한 마리의 트러스티프렌드.

오디오북 옆 탁자에서 그는 그것을 그려 보려 한다. 가운데 두 개 의 눈이 있는 타원형 하나. 트러스티프렌드다. 이제 그 둘레에 이만 칠천이십 개의 점을 원 모양으로 찍는다. 사람들이다. 칠백 개를 찍 기도 전에 두 손이 욱신욱신하고 연필은 뭉툭해지고 집에 갈 시간 이 된다.

3학년. 그는 십진법 문제의 93퍼센트를 이해한다. 슬림 짐, 짭짤 한 크래커, 마카로니앤드치즈를 먹을 수 있게 된다. 메리앤은 자기 먹으려고 사 둔 다이어트 콜라를 그에게 준다. 버니는 "아주 잘하고 있어, 주머니쥐."라고 말하고, 그녀의 젖은 눈에 티브이 화면 빛이 반사된다.

10월의 어느 오후, 귀마개를 쓰고 집으로 걸어가는 시모어는 아 케이디 레인에서 오른쪽으로 돈다. 오늘 아침만 해도 아무것도 없 던 이곳에 지금 두 개의 기둥, 그리고 그 위에 가로 1.2미터, 세로 1.5미터의 타원형 표지판이 세워져 있다. '에덴스 게이트'라고 쓰여 있다.

곧 선보입니다
맞춤형 타운하우스와 별장
최상급 택지 보장

　그림 속에는 열 갈래의 뿔을 자랑하는 수사슴이 안개 낀 풀장에서 물을 마시고 있다. 표지판 너머 집으로 가는 길은 전과 다름없어 보인다. 여기저기 웅덩이가 팬 흙먼지 길과 그 양옆의 월귤나무 덤불과 가을을 맞아 타오르듯 붉은 나뭇잎들.
　딱따구리 한 마리가 낮은 포물선을 그리며 날다 길을 가로질러 사라진다. 어디선가 솔담비가 캑캑 울어 댄다. 아메리카낙엽송이 흔들린다. 그는 표지판을 바라본다. 다시 길을 돌아본다. 그의 가슴 속에서 두려움이 첫 검은 덩굴손을 뻗어올린다.

4

마법의 땅
테살리아

클라우드 쿠쿠 랜드

안토니우스 디오게네스 지음, 폴리오 Δ

마법을 찾아 먼 곳을 여행하는 해학적인 영웅 설화는 거의 모든 문화의 거의 모든 민속 문학에 등장한다. 아이톤이 테살리아까지 가는 여정이 담겼을 것으로 보이는 원고 몇 장이 유실됐지만, 폴리오 Δ에 근거해 볼 때 그는 틀림없이 테살리아에 도착했다. 번역 지노 니니스.

……마법의 증거를 찾고자 하는 다급한 마음에 나는 곧장 마을의 광장으로 향했습니다. 천막 위 비둘기들은 깃털로 위장한 마법사였던 걸까요? 켄타우로스들은 말처럼 굽이 달린 발로 시장 외양간들 사이를 활보하며 연설을 했던가요? 나는 바구니를 든 처자 세 명을 멈춰 세우고는 어디를 가면 나를 새로 만들어 줄 막강한 마법사를 만날 수 있는지 물었습니다. 가급적 용맹한 독수리, 아니면 현명하고 힘센 올빼미로요.

한 명이 이렇게 말했습니다. "흠, 여기 카니디아라는 자가 있어 멜론에서 햇살을 뽑아내고 돌멩이를 수퇘지로 둔갑시키고 하늘에서 별을 딸 수 있지만, 당신을 올빼미로 만들진 못해요." 다른 두 처자가 소리 죽여 웃었습니다.

그 처자가 이어 말을 했습니다. "그리고, 여기 메로이라는 자가 있어 흐르는 강물을 멈추고, 산을 먼지로 만들고, 신을 옥좌에서 끌어내릴 수 있으나, 그녀 역시 당신을 독수리로 바꾸진 못할 걸요."

이번엔 세 처자 모두 몸이 부서져라 웃어 댔습니다.

그래도 나는 단념하지 않고 여인숙을 찾아 들어갔습니다. 해가 지자, 여인숙 주인의 하녀 팔라에스트라가 나를 부엌으로 불러들였습니다. 그가 목소리를 낮춰 말하기를 거기 주인의 아내가 여인숙 맨 위층 침실에 마법을 부리는 데 쓰는 온갖 물건들을 갖추어 놓고 있으니, 새의 발톱부터 물고기의 심장은 물론이요, 심지어는 죽은 사람의 살점까지 갖춰 놨다는 것이었습니다. "한밤중에," 그 여자가 말했습니다. "그 방 문밖에서 열쇠 구멍을 들여다보면 찾는 것을 발견할지도 몰라요……"

아르고스호

미션 여행 55~58년

콘스턴스

그녀는 네 살이다. 17호 격실 안, 팔을 뻗으면 닿을 만큼 가까운 자리에서 어머니가 자신의 퍼램뷸레이터로 올라가자, 바이저의 금색 띠가 그녀의 눈을 덮는다.

"어머니."

콘스턴스는 어머니의 무릎을 톡톡 친다. 작업 슈트 자락을 잡아 당긴다. 반응이 없다.

작고 까만, 길이가 콘스턴스의 새끼손톱 정도밖에 안 되는 생물이 벽을 기어다닌다. 그것의 더듬이가 물결친다. 다리 관절들이 늘어나더니 휘었다가 다시 늘어난다. 아래턱 가장자리는 들쭉날쭉한데, 아주 작으니 망정이지 아니었으면 그녀는 소스라쳤을 것이다. 그녀가 손가락으로 가는 길을 가로막자 그것이 타고 오른다. 손바닥을 가로질러 손등 쪽으로 전진한다. 정교하고 세밀한 움직임에 감탄이 절로 나온다.

"어머니, 봐요."

퍼램뷸레이터가 윙 날아오르더니 그 자리에서 빙빙 돈다. 그녀의 어머니는 다른 세계에 몰입한 채 한 발로 돌고, 이윽고 위로 솟아오를 것처럼 두 팔을 활짝 편다.

콘스턴스는 손을 벽에 대고 누른다. 그 생물은 그녀의 손에서 기어 내려와 원래 가던 길을 가고, 아버지의 침대를 지나 마침내 벽이 천장과 만나는 지점을 거쳐 사라진다.

콘스턴스는 뚫어져라 바라본다. 뒤에선 어머니가 두 팔을 날개처럼 움직인다.

개미. 아르고스호 선상에. 불가능한 이야기다. 어른들은 이구동성으로 그렇다고 말한다. 걱정하지 마세요. 시빌이 어머니에게 말한다. 아이들이 환상과 현실의 차이를 깨달으려면 몇 년이 걸립니다. 다른 아이보다 더디게 배우는 아이도 있습니다.

그녀는 다섯 살이다. 열 살과 그 미만의 아이들이 '포털' 교실에 빙 둘러앉아 있다. 첸 선생님이 "시빌, 베타 Oph2를 보여 줘."라고 말하자 그들 앞에 검정색과 초록색이 섞인 지름 3미터의 구체가 나타난다. "여기 갈색 반점들은 말이죠, 어린이 여러분, 적도의 규토 사막이고, 이 반점들은 더 높은 위도에 있는 낙엽수림 지대라고 생각하고 있어요. 극 지대의 바다, 여기 보이죠? 그리고 여기도. 이 바다는 계절에 따라 얼어붙을 거라고 우리는 예상하는데……."

아이 몇 명은 이미지가 회전하며 지나갈 때 만지려고 손을 뻗지만 콘스턴스는 두 손을 줄곧 양 허벅지 밑에 깔고 움직이지 않는다. 초록색 반점들은 아름답지만 검정색 반점들 —— 뻥 뚫려 있고 가장

자리가 톱니 같은 —— 은 소름 끼친다. 첸 선생님은 베타 Oph2에서 아직 지도에 표시되지 않은 지역이라 검정색으로 보이는 것이고, 행성은 여전히 너무 멀리 떨어져 있고 가까이 가면서 시빌이 더 정밀한 이미지를 포착할 거라고 설명했지만, 콘스턴스의 눈엔 한번 빠지면 다시 헤어날 수 없는 구렁처럼 보인다.

첸 선생님이 말한다. "이 행성의 질량은?"

"1.26지구질량." 아이들이 소리 내 말한다.

제시 고가 콘스턴스의 무릎을 쿡 찌른다.

"대기 중 질소는?"

"76퍼센트."

제시 고가 콘스턴스의 허벅지를 쿡 찌른다.

"산소는?"

"콘스턴스." 제시가 낮은 소리로 말한다. "둥글고 불타고 있고 쓰레기로 뒤덮인 게 뭐지?"

"20퍼센트요, 첸 선생님."

"아주 잘했어요."

제시가 콘스턴스의 무릎 쪽으로 몸을 반쯤 기울인다. 그녀의 귀에 대고 쉿소리 섞인 목소리로 "지구!"라고 말한다.

첸 선생님이 그들 쪽을 노려보자 제시는 몸을 똑바로 펴고 콘스턴스는 뺨에 열이 확 오르는 것을 느낀다. 베타 Oph2의 이미지가 포털 위에서 회전한다. 검정, 초록, 검정, 초록. 아이들이 노래한다.

우린 하나가 될 수 있어요.

아니면 백 하고도 둘이 될 수 있어요.

그러려면 모두가 함께해야 해요.

모두가 힘을 합쳐야

베타 Oph2에 도착할 수 있어요.

아르고스호는 항성 간 세대를 태운 원반 모양의 우주선이다. 창문도 계단도 경사면도 없으며, 엘리베이터도 없다. 이 안에 여든여섯 명이 산다. 예순 명은 이 안에서 태어났다. 콘스턴스의 아버지를 포함해서 스물세 명은 지구를 기억하는 나이다. 미션 여행 이 년 주기로 새 양말이, 사 년 주기로 새 작업 슈트가 지급된다. 매월 1일에 식량 볼트에서 2킬로그램 단위의 밀가루 여섯 봉지가 배급된다.

우린 운이 좋아. 어른들은 말한다. 우리에겐 깨끗한 물이 있어. 우리는 신선한 먹거리를 재배해. 우리는 절대 병에 걸리지 않아. 우리에겐 시빌이 있어. 우리에겐 희망이 있지. 신중하게 배분하면 지금 우리가 가진 것으로 앞으로 필요한 건 모두 충당할 수 있을 거야. 우리가 해결할 수 없는 문제가 생겨도 시빌이 다 해결해 줄 거야.

무엇보다 벽을 조심해야 한다고 어른들은 말한다. 벽 너머에는 망각이 도사리고 있다. 우주 방사선, 무중력 상태, 절대 온도 2.73. 벽 밖으로 나가면 삼 초 만에 손과 발이 두 배로 팽창할 것이다. 혀와 안구의 수분이 끓어 증발할 것이고, 혈액 내 질소 분자가 엉겨 뭉칠 것이다. 질식할 것이다. 그런 후 온몸이 딱딱하게 얼 것이다.

콘스턴스가 여섯 살 반이 되자 첸 선생님은 그녀와 라몬, 제시 고에게 처음으로 시빌을 소개한다. 그들은 활 모양의 복도를 따라 내려가서, 생물학 실험실과 격실 24호, 23호, 22호 문 앞을 지나 둥글게 돈 뒤 우주선 중앙을 향해 들어가서, '볼트원(Vault 1)'이라고 표시된 문을 넘어 들어간다.

"이건 진짜 중요한 건데, 시빌에게 좋지 않은 영향을 끼칠 만한 건 어떤 것도 들여선 안 돼요." 첸 선생님이 말한다. "그래서 연결 통로에서 제염을 하는 거예요. 눈 꼭 감아요."

바깥문을 밀폐합니다. 시빌이 알린다. 제염을 시작합니다.

벽 속 깊은 곳에서 환풍기 속도를 높일 때 나는 소리가 들린다. 냉각된 공기가 콘스턴스의 작업 슈트 속으로 쉭쉭 들어왔다 나가고, 그녀의 눈꺼풀 반대편에서 선명한 빛이 세 번 고동치더니 안쪽 문이 한숨 소리를 내며 열린다.

그들은 지름 4.2미터, 높이 5미터의 원주 모양에 천장이 둥근 방 안으로 들어간다. 중앙에 시빌이 튜브 속에 매달려 있다.

"진짜 크다." 제시 고가 말한다.

"어마어마하게 많은 황금색 머리털 같아." 라몬이 속삭인다.

"이 방은," 첸 선생님이 말한다. "자율 보온, 자율 가동, 자율 여과 공정이 갖춰져 있어요. 아르고스호와 별개의 독립체라고 할 수 있죠."

환영합니다. 시빌이 말하자, 바늘구멍만 한 호박색 불빛들이 덩굴들을 타고 내리며 깜빡인다.

"오늘 참 근사해 보이네." 첸 선생님이 말한다.

손님 맞는 게 너무 좋거든요. 시빌이 말한다.

"저 안엔 말이죠, 어린이 여러분, 우리 인류의 집단 지성이 있어요. 지금까지 만들어진 모든 지도, 지금까지 행해진 모든 인구 조사, 지금까지 출간된 모든 책, 모든 축구 경기, 모든 교향악, 간행된 모든 신문, 100만 종이 넘는 게놈 맵. 우리가 상상할 수 있는 모든 것과 우리에게 필요한 모든 것이 있어요. 시빌은 우리의 보호자, 우리의 조종사, 우리의 관리인이에요. 시빌은 우리가 항로대로 나아갈 수 있게 해 주고, 우리의 건강을 지켜 주며, 모든 인류 유산을 말소와 파괴에 맞서 보호해 주죠."

라몬이 유리에 입김을 불고는 수증기가 맺힌 면에 손가락으로 R을 그린다.

제시 고가 말한다. "'도서관'에 가도 되는 나이가 되면 곧장 게임 구역으로 가서 '플라워-프루트 마운틴' 주변을 날아다닐 거예요"

"난 '스워드 오브 실버맨' 게임을 할 거예요." 라몬이 말한다. "제케가 2만 레벨까지 있다고 했어요."

콘스턴스, 시빌이 묻는다. 도서관에 가면 뭘 할 거예요?

콘스턴스는 어깨 너머를 흘끗 본다. 그들이 들어온 문은 빈틈없이 밀폐되어 벽과 구분이 되지 않는다. 콘스턴스가 묻는다. "'말소와 파괴'가 뭐예요?"

다음 차례로 오는 것들은 밤의 괴물들이다. 세 번째 식사가 치워지고, 다른 가족들이 각자의 격실로 돌아가고, 아버지도 재배하는 식물을 보러 제4농장으로 돌아가자, 어머니와 콘스턴스도 17호 격실로 가서 어머니의 재봉틀에 올라갈 차례를 기다리는 여러 작업 슈트들을 정돈한다. 여기엔 고장 난 지퍼들을 담아 둔 통이, 여기엔 자투리 천들을 담아 둔 통이, 여기엔 실밥들이 담긴 통이 있는데, 무엇 하나 버리는 법이 없고 무엇 하나 잃어버리는 일도 없다. 각자 가루 치약을 이에 뿌리고 머리를 빗고, 어머니가 '슬립드롭' 한 알을 삼키고 콘스턴스의 이마에 입을 맞추고 나면, 각자의 침대로 올라가 어머니는 아래층, 콘스턴스는 위층에 눕는다.

벽이 어두워지며 자주색에서 회색이 되다 결국 암전된다. 콘스턴스는 숨을 쉬려고, 두 눈을 뜨고 있으려고 애쓴다.

아직도 그것들이 오고 있다. 번뜩이는 면도날 이빨을 가진 짐승들. 침을 흘리는 뿔 달린 악마들. 그녀의 매트리스 안에서 득시글거리는 눈 없는 흰 애벌레들. 가장 무서운 건 복도를 우당탕 달려오는 앙상한 팔다리의 식인귀들이다. 그것들은 격실 문을 갈라 열고, 벽을 기어올라 천장을 씹어 먹는다. 콘스턴스는 공동(空洞) 속으로 빨려 들어가는 엄마를 보며 침대에 매달린다. 두 눈을 깜빡여 보지만 눈알은 끓고 있고, 그래서 비명을 지르는데 혀가 이미 얼어붙어 버렸다.

"걔는 그런 걸 도대체 어디서 본 걸까?" 어머니가 시빌에게 묻는다. "난 우리가 선정된 이유가 고도의 인지 사고 능력을 갖췄기 때문이라고 생각했는데. 상상 능력을 억눌렀던 건 그게 의무인 줄만 알아서였어."

시빌이 말한다. 유전학이 우리를 놀라게 할 때가 가끔 있죠.

아버지가 말한다. "알려 줘서 참 고맙군."

시빌이 말한다. 콘스턴스는 자라면서 이겨 낼 거예요.

그녀가 일곱 살이 된 지 구 개월째다. '데이라이트(DayLight)'가 어둑해지는 가운데 어머니는 슬립드롭을 먹고 콘스턴스는 자기 침대로 올라간다. 그녀는 눈을 감지 않으려고 손가락으로 눈꺼풀을 잡는다. 0부터 100까지 센다. 다시 0부터 세기 시작한다.

"어머니?"

대답이 없다.

콘스턴스는 사다리를 타고 내려가, 잠든 어머니를 지나서 문밖으로 나간다. 뒤로 담요가 질질 끌린다. 구내식당에는 어른 두 명이 눈에 바이저를 쓰고 퍼램뷸레이터 위를 걷고 있고, 그들 뒤 허공엔 내일 일정이 떴다 사라지기를 반복한다. 데이라이트 110: 도서관 아트리움에서 태극권, 데이라이트 130: 생명 공학 회의. 콘스턴스는 양말 바람으로 슥슥슥 발소리를 내며 복도를 따라가고, 제2, 제3실험실을 지나, 문 닫힌 격실 여섯 개를 지나 제4농장이라고 표시된, 테두리가 빛나는 문 앞에 가서 멈춘다.

안으로 들어가자 공기에서 허브와 클로로필 냄새가 난다. 생장 촉진 램프가 각기 다른 선반 삼백 개 위에서 30단계로 나뉘어 내리쬐는 가운데, 식물들이 천장까지 사방으로 가득하다. 여기엔 벼, 저기엔 케일, 루콜라 바로 옆에서 자라는 청경채, 감자 밑 물냉이 밑의 파슬리. 콘스턴스는 이글거리는 빛에 눈이 적응할 때까지 기다리고, 이어서 4.5미터 떨어진 곳에서 수분 공급 튜브에 에워싸인 채 발판 사다리를 밟고 서서 상추 속에 머리를 파묻고 있는 아버지를 찾아낸다.

콘스턴스도 이제 아버지의 농장이 나머지 세 농장과 다른 건 알 만한 나이이다. 다른 세 농장은 정돈되고 체계적인 반면, 제4농장은 철사와 감지 장치들이 뒤얽혀 있고, 재배용 격자 선반들이 저마다 다른 각도로 비스듬히 걸려 있으며, 별도로 분리된 트레이들도 서로 다른 식물 종들로 넘쳐 나서 당근 옆엔 무가, 그 옆엔 타임이 뻗어 나간다. 아버지의 귀밑엔 흰머리가 길게 돋아 있다. 다른 아이들 아버지보다 적어도 스무 살은 더 나이가 많을 것이다. 그는 늘 먹지도 못할 꽃을 기르는데, 어떻게 생겼는지 궁금할 뿐이라며 특유의 웃긴 억양으로 퇴비 차*에 대해 이러쿵저러쿵 말을 늘어놓는다. 아버지는 맛만 봐도 상추가 행복하게 살았는지 아닌지 알 수 있다고 큰소리친다. 잘 자란 병아리콩 한 알의 냄새를 한 번 맡아도 3조 킬로미터 떨어진 곳, 그가 자란 스케리아의 들판으로 날아간다고 말한다.

콘스턴스는 조심조심 다가가 아버지의 발을 쿡 찌른다. 아버지가 보안경을 들어 올리더니 미소 짓는다. "안녕."

아버지의 수염엔 은빛 털과 대비되는 흙이 묻어 있다. 머리칼엔 나뭇잎들이 붙어 있다. 아버지는 사다리를 내려와 콘스턴스가 끌고 온 담요를 어깨에 둘러 주고, 그녀를 이끌고 격자 선반들 사이를 지나 강철 손잡이가 달린 서른 개의 냉장 서랍들이 튀어나와 있는 먼 벽 쪽으로 간다.

"자," 그가 말한다. "씨앗이 뭐지?"

"씨앗은 잠들어 있는 작은 식물, 잠들어 있는 작은 식물을 보호하는 그릇, 그리고 잠든 작은 식물이 깨어나면 먹는 밥."

"아주 잘했어, 콘스턴스. 오늘 밤 누굴 깨우고 싶니?"

콘스턴스는 둘러보고 생각하느라 뜸을 들인다. 마침내 왼편의 4

---

* 영양분이 될 만한 물질들을 섞어 만든 액상 비료.

번 손잡이를 골라 앞으로 잡아당긴다. 서랍이 한숨을 쉬듯 증기를 토해 낸다. 그 안에는 수백 개의 냉동된 포일 봉투들이 들어 있다. 그녀는 세 번째 줄에 있는 봉투 하나를 고른다.

"아," 아버지가 봉투에 쓴 글을 읽는다. "피누스 헬드라이치이. 보스니아소나무. 잘 골랐어. 이제 숨을 참으렴."

콘스턴스는 숨을 한껏 들이마시고 그대로 숨을 멈춘다. 아버지가 봉투를 찢어 열고, 그러자 그의 손바닥 위로 연갈색 날개가 붙은 0.6센티미터의 작은 씨앗 하나가 또르르 굴러 나온다. "다 자란 보스니아소나무는," 아버지가 속삭인다. "키가 30미터까지 자라고 일년에 수만 개의 솔방울을 생산하지. 얼음과 눈, 폭풍과 공해도 잘 견뎌 내고. 이 씨앗 안에 황야가 통째로 접혀 있단다."

아버지는 씨앗을 콘스턴스의 입술 가까이 대고 싱긋 웃는다.

"아직 아니야."

씨앗이 기대에 부풀어 떠는 것만 같다.

"지금이야."

콘스턴스는 입바람을 분다. 씨앗이 날아오른다. 아버지와 딸은 빽빽한 격자 선반 위 허공을 나는 씨앗을 지켜본다. 씨앗이 날개를 떨며 방 앞쪽으로 가면서 콘스턴스의 시야에서 사라지지만 이내 오이 사이에 자리 잡는 것이 보인다.

콘스턴스는 두 손가락으로 씨앗을 집어 들고 날개를 떼어 낸다. 아버지의 도움을 받아서 텅 빈 쟁반의 젤 막에 구멍을 하나 뚫은 다음 씨앗을 그 속에 꾹 눌러 집어넣는다.

"우리가 씨앗을 재우는 것 같아요." 그녀가 말한다. "하지만 실은 잠든 씨앗을 깨우는 거죠."

아버지는 두툼한 흰 눈썹 밑에서 두 눈을 반짝인다. 딸을 공중 재배 테이블 밑으로 들여 주고 자기도 기어 들어가 옆에 앉고는, 시빌에게 조도를 낮춰 달라고 말한다.(식물은 빛을 먹고 살지만 식물도 과식할 때도 있거든, 아버지가 말한다.) 콘스턴스는 담요 자락을 턱 끝까지 끌어 올리고, 어둠이 방을 뒤덮어 오는 가운데 아버지의 가슴에 머리를 기대고, 작업 슈트 속에서 단조롭게 고동치는 아버지의 심장 소리에, 벽 속에 묻힌 도관들이 윙윙 울리는 소리에, 물이 수천 개의 길고 하얀 잔뿌리에서 똑똑 떨어져 층층의 식물들을 거쳐 내려가, 다시 분사될 수 있도록 바닥 밑 도관들 속으로 흘러 들어가는 소리에 귀를 기울인다. 그러는 동안에도 아르고스호는 텅 빈 우주 공간을 돌진해 1만 킬로미터를 더 나아간다.

"그 이야기 좀 더 들려줄 수 있어요, 아버지?"

"이제 자야지, 주키니."

"마법사가 올빼미로 둔갑하는 대목만요, 네?"

"좋아. 하지만 딱 그것만."

"그리고 아이톤이 당나귀로 바뀌는 대목도요."

"좋아. 그런 다음 자는 거다?"

"그런 다음 잘게요."

"그리고 엄마한텐 말 안 하기다?"

"그리고 엄마한텐 말 안 할게요. 약속."

아버지와 딸은 둘 사이에 익숙한 상황극을 주고받으면서 미소를 짓고, 이제 콘스턴스는 담요 속에서 온몸을 타고 흐르는 기대감에 꼼지락거리고, 식물 뿌리들은 물을 뚝뚝 떨어뜨리는데, 마치 덩치는 거대하지만 온순한 짐승의 소화 기관 속에서 같이 졸고 있는 것 같다.

콘스턴스가 말한다. "지난번에 아이톤이 마법의 땅 테살리아에 막 도착했어요."

"맞아."

"하지만 살아 움직이는 조각상도, 지붕 위를 날아다니는 마법사도 보지 못했어요."

"하지만 아이톤이 묵고 있는 여인숙의 하녀가 아이톤에게 말해 줬지." 아버지가 말한다. "바로 그날 밤, 여인숙 꼭대기 방문 앞에서 무릎을 꿇고 열쇠 구멍으로 들여다보면 대단한 마법을 보게 될 거라고. 그래서 해가 진 후 아이톤은 그 문 앞까지 기어갔고, 여인숙 여주인이 램프에 불을 밝히고 수백 개의 작은 유리 단지가 든 상자 위로 몸을 숙인 다음 하나를 고르는 걸 지켜보았지. 그녀는 그러고는 옷을 벗었고, 단지 안에 든 것을, 뭔진 모르지만, 아무튼 온몸에, 머리부터 발끝까지 발랐어. 그러고는 향 세 덩이를 꺼내서 램프 안에 떨어뜨리고는 마법의 주문을 외웠어……."

"어떤 주문요?"

"이렇게 말했지. '구블툭' 그리고 '다이나크랙' 그런 다음에 '짐짐시'."

콘스턴스는 킥 웃는다. "저번엔 '피글붐', '크래클팩'이랬으면서."

"아, 그것도 하고. 램프의 불빛이 눈부시게 밝아졌어. 그러더니…… 펑! 소리가 났어. 그런 다음 어두워서 잘 보이지는 않았지만, 열린 창문으로 들어온 달빛 덕분에 아이톤은 여주인의 등에서, 또 손가락 끝에서 깃털이 돋아나는 것을 볼 수 있었어. 그 여자의 코가 딱딱해지더니 아래쪽으로 굽어 들어갔고, 두 발도 안쪽으로 구부러지면서 노란 갈고리발톱이 되었고, 두 팔은 크고 아름다운 갈색 날개가 되었어. 그리고 여자의 두 눈은……."

"……두 눈은 원래보다 세 배는 더 커지더니, 흐르는 꿀 같은 색깔이 되었죠."

"그래. 그다음은?"

"그다음에," 콘스턴스가 말한다. "그 여자는 두 날개를 활짝 펴더니 곧장 창밖으로 날아갔어요. 정원 위를 날아서 밤 속으로 사라졌어요."

5

당나귀

클라우드 쿠쿠 랜드

안토니우스 디오게네스 지음, 폴리오 E

고대 그리스 로마에선 아폴레이우스의 유명한 피카레스크 소설『황금 당나귀』(2세기경)처럼 뜻하지 않게 당나귀로 둔갑한 남자의 이야기가 널리 퍼져 있었다. 디오게네스는 그중 하나를 차용하는 데 부끄러움이 없었다. 실제로 그가 원래 있는 이야기에 살을 붙였는지에 대해선 여전히 의견이 분분하다. 번역 지노 니니스.

    올빼미가 창밖으로 날아가자마자 나는 문을 부수고 들어갔습니다. 하녀가 금고를 열고 마법사의 단지 속을 마구 뒤지는 동안, 나는 옷의 바늘땀이란 바늘땀은 남김없이 뜯어 보았습니다. 마법사가 고른 연고를 내 머리부터 발끝까지 문질러 발랐고, 아까 마법사가 한 대로 유향을 세 자밤 집어 램프 안에 던져 넣었습니다. 마법의 주문을 외우자 아까처럼 램프의 불이 확 일더니 그대로 꺼졌습니다. 나는 눈을 꼭 감고 기다렸습니다. 곧 나의 운명이 바뀔 것이다. 이제 내 두 팔이 날개로 변하는 것이 느껴질 것이다! 헬리오스의 준마들처럼 땅을 박차고 뛰어올라 별자리 가운데로 치솟아 오를 것이고, 하늘에 있다는 그 도시, 거리엔 포도주가 흐르고 거북들이 등에 꿀 케이크를 이고 다닌다는 그곳으로 가리라! 누구도 욕망에 시달리지 않고 언제나 서풍만 불며 모두가 현자인 도시로!

    발바닥부터 변하기 시작하는 것이 느껴졌습니다. 열 발가락과 열 손가락이 둥글게 오그라들더니 하나로 합쳐졌습니다. 두 귀가 쭉 뻗어 나가고 콧구멍이 한없이 넓어졌습니다. 얼굴이 길게 늘어나는 것이 느껴졌고, 내가 기도했던 대로 깃털이 돋아나는데 다름 아닌 나의……

레이크포트
공공 도서관

2020년 2월 20일
5:08 P.M.

시모어

그가 쏜 첫 번째 총알은 로맨스 소설이 꽂혀 있는 어딘가 깊숙한 곳에 박혔다. 두 번째 총알은 눈썹 짙은 남자의 왼 어깨를 맞혔고, 그 바람에 남자의 몸이 빙그르르 돌았다. 남자는 한 무릎을 굽히며 몸을 수그리더니, 크고 깨지기 쉬운 달걀이나 되는 것처럼 배낭을 카펫 위에 내려놓은 후 네발로 기어 그 자리를 벗어나기 시작했다.

도망쳐, 시모어의 머릿속 목소리가 명한다. 달려. 하지만 그의 두 다리가 말을 듣지 않는다. 창문으로 눈이 흩날려 스친다. 튕겨 나간 탄피가 사전 독서대 옆에서 연기를 뿜어낸다. 공포가 뿜어 대는 광물질이 허공을 떠다니며 반짝인다. 바로 저기, 서가 하나 너머, 청구 기호 JC179.R, 초록색 책등의 양장본에서 장자크 루소가 말했다. 땅에서 거둔 과실을 우리 모두가 공평히 나눠야 한다는 것을, 땅 자체는 누구에게도 속하지 않는다는 것을 잊는다면, 그는 타락한 자다![*]

---

[*] 장자크 루소(Jean Jacques Rousseau)의 『인간 불평등 기원론』의 한 구절.

가라. 지금.

총알에 그의 바람막이 재킷에 구멍 두 개가 뚫렸고, 가장자리의 나일론이 녹아 버렸다. 재킷을 망가뜨리다니 버니가 속상해할 것이다. 눈썹 짙은 남자는 다섯 손가락으로 바닥을 짚고 제 몸을 끌며 소설과 논픽션 사이 통로를 따라 기어간다. 잔스포츠 배낭이 지퍼가 반쯤 열린 채 카펫에서 기다린다.

시모어는 쓰고 있는 귀마개 안쪽 공간에서 절규가 들리기를 기다린다. 그는 얼룩덜룩한 천장 타일에서 새어 나온 물이 반쯤 찬 금속 쓰레기통에 떨어지는 모습을 지켜본다. 또룩. 또룩. 또룩

지노

총격? 레이크포트 공공 도서관에서? 이런 말엔 뒤에 물음표를 붙여야 할 것이다. 아무래도 섀리프가 책을 한 무더기 떨어뜨렸거나, 바닥을 받친 지 한 세기는 넘은 트러스*가 마침내 부러졌거나, 아니면 웬 장난꾸러기가 화장실에서 폭죽을 터뜨린 모양이다. 아니면 메리앤이 전자레인지 문을 세게 닫았거나. 두 번.

아니다, 메리앤은 피자를 가지러 크러스티로 갔다. 눈썹 휘날리게 다녀올게요.

그와 아이들이 1층에 들어왔을 때 다른 이용객들이 있었던가? 체스 테이블이나 안락의자에 있거나 컴퓨터를 사용하던 사람들이 있었던가? 기억이 나지 않는다.

메리앤의 스바루는 기억나지만 주차장은 텅 비어 있었다.

그랬지?

---

* 지붕이나 바닥 또는 교량 등을 떠받치는 삼각형이나 오각형의 구조물.

지노의 오른편에서 크리스토퍼는 노래방 조명을 완벽하게 움직여 여인숙 하녀 역을 맡은 레이철을 집중적으로 비추고, 아이톤 역을 맡은 앨릭스는 어둠 속에서 맑고 선명한 목소리로 자기 대사를 읊고 있다. "나에게 무슨 일이 일어나고 있는 거지? 지금 내 다리에서 자라나는 이 털…… 이럴 수가, 이건 깃털이 아니잖아! 내 입…… 아무래도 부리처럼 느껴지지 않아! 그리고 이것도 날개가 아니야, 이건 발굽이라고! 아, 나는 현명하고 힘센 올빼미가 된 게 아니구나, 덩치만 크고 아둔한 당나귀가 되었어!"

크리스토퍼가 조명을 거두자 앨릭스가 종이 죽으로 만든 당나귀 머리를 뒤집어쓰고, 레이철은 앨릭스가 비틀대는 모습에 웃음을 참느라 애쓰고, 내털리의 휴대용 스피커에선 올빼미들이 후우후우 우는 소리가 흘러나오고, 산적 역할을 맡은 올리비아는 스키 마스크와 포일을 씌운 검을 들고 무대 뒤에 서서 나가라는 신호가 떨어지길 기다린다. 이 아이들과 함께 이 연극을 만들어 나가는 건 지노가 살면서 맞이한 가장 멋진 사건이며, 그가 이룬 가장 멋진 일이다. 그런데도 뭔가 탐탁지 않은 것이 있어서, 두 개의 물음표가 뇌의 도관에 올라타고선 그가 애써 그 앞에 쌓아 올리는 모든 장애물을 미끄러지듯 빠져나간다.

책들이 쏟아진 게 아니야. 전자레인지 문이 닫힌 게 아니야.

그는 어깨 너머로 흘끗 바라본다. 그들이 입구에서 어린이 책 구역까지 가로질러 설치한 벽의 이쪽 면은 페인트를 칠하지 않아서 두께 5센티미터 폭 10센티미터 재목에 못을 박아 붙인 합판이 그대로 보이고, 여기저기 말라붙은 황금색 페인트 방울에 조명이 반사되어 반짝거린다. 가운데 작은 문은 닫혀 있다.

"아이고 이를 어쩌나," 하녀 역의 레이철이 웃으면서도 대사를 읊는다. "마법사의 단지를 헷갈리고 말았네! 하지만 걱정 마요, 아이톤, 내가 마법사의 해독제를 훤히 다 알고 있으니까. 외양간에 가서 기다리면 내가 신선한 장미꽃을 가져다줄게요. 그걸 먹으면 바로 마법이 풀릴 거고, 그럼 꼬리 한번 획 움직일 만큼 눈 깜짝할 사이에 당나귀에서 다시 사람으로 돌아올 거예요."

내털리의 스피커에서 밤이 되어 앞날개를 비비는 귀뚜라미 소리가 흘러나온다. 지노는 온몸에 전율이 흐르는 것을 느낀다.

"이렇게 끔찍한 꿈이 다 있을까!" 당나귀 역의 앨릭스가 큰 소리로 말한다. "말을 해 보려 해도 입 밖으로 나오는 건 매애애, 히히힝 소리뿐이구나! 내 운명이 과연 바뀌긴 할 것인가?"

무대 뒤 어둠 속에서 크리스토퍼가 올리비아를 따라 스키 마스크를 쓴다. 지노는 두 손을 비빈다. 왜 이렇게 춥지? 여름밤에 말이야. 아니, 아니지. 지금 레이크포트는 2월이고, 그는 코트를 입고 양모 양발을 두 겹 신고 있지 않은가. 아이들의 연극 속에서만 여름, 마법의 땅 테살리아에서만 여름이고, 곧 산적들이 여인숙에 들이닥쳐 당나귀로 변한 아이톤의 등에 훔친 물건이 가득 든 주머니 안장을 얹고 그를 재우쳐 성내를 빠져나갈 것이다.

아래층에서 들린 두 번의 총성에 대해 아이들이 동요하지 않도록 설명할 방법이 있을 것이다. 당연히 있을 거야. 하지만 그가 직접 내려가서 보지 않으면 안 된다. 눈으로 직접 확인해야 한다.

"아, 이따위 마법에 섣불리 손대선 안 되는 거였는데." 앨릭스가 말한다. "어서 하녀가 장미꽃을 들고 와 주면 좋겠구나."

시모어

도서관 창문 너머, 폭풍 너머, 지평선이 태양을 잡아먹는다. 총상을 입은 눈썹 짙은 남자는 계단참 아래까지 기어가 맨 밑 계단 앞에 몸을 말고 있다. 피가 그의 티셔츠 위쪽 귀퉁이에 퍼지다 나는 큰 책이 좋아의 큰을 뒤덮고, 그의 목과 어깨를 진홍색으로 물들인다. 사람의 몸이 저리도 화려한 색을 품고 있다니, 시모어는 소름이 끼친다.

그가 바란 건 도서관 벽 밖의 에덴스 게이트 부동산 사무실 공간을 아주 조금만 허무는 거였다. 사람들을 일깨우는 것. 전사가 되는 것. 지금 그는 무슨 짓을 한 것인가?

총상을 입은 사내가 오른손을 구부리고, 시모어는 왼편 라디에이터의 쉭쉭 소리에 비로소 마비 상태에서 풀려난다. 그는 배낭을 들고선 좀 전의 논픽션 코너로 황급히 가서 아까보다 좀 더 높은 선반에 감추고, 발걸음을 재촉해 정문으로 나가다가 유리문에 테이프로 붙여 놓은 공지를 유심히 본다.

내리는 눈 사이로, 노간주나무들이 이어지는 선을 따라, 마치 스노볼 속에 갇힌 것처럼, 책 반납함이, 인적 끊긴 보도가, 그리고 그 너머 눈을 둥글게 뒤집어쓴 폰티액의 형체가 눈에 들어온다. 교차로 건너편, 도서관 쪽으로 다가오는 형체가 하나 보이는데 선홍색 파카 차림에 차곡차곡 쌓아 묶은 피자 상자들을 들고 있다.

메리앤.

그는 문의 데드볼트를 넣고, 불을 끈 후 종종걸음으로 참고 도서 구역을 지나 총상 입은 남자를 피해 도서관 뒤쪽에 위치한 비상구로 향한다. 문에 비상구, 경보가 울립니다라고 쓰여 있다.

그는 주저한다. 귀마개를 들어 올리자 소리가 돌진해 온다. 신음하는 보일러, 또룩또룩 떨어지는 물, 멀리서 귀뚜라미가 찌르르 우는 것 같은 생뚱맞은 소리, 그리고 경찰 사이렌으로 짐작되는 소리. 몇 블록 떨어져서 들리지만 급속도로 가까워지고 있다.

사이렌?

그는 귀마개를 다시 쓰고, 밀어서 열게 되어 있는 긴 문 손잡이에 두 손을 얹는다. 내리는 눈 속으로 머리를 들이미는데 경보기의 전자음이 째지듯 울린다. 파란색과 빨간색으로 이루어진 불빛이 좁은 길을 위태롭게 질주해 들어온다.

시모어는 다시 안으로 머리를 거둬들이고, 문이 닫히면서 경보음도 멈춘다. 그가 정문으로 다시 달려갈 무렵, 경찰 SUV가 경광등을 빛내며 보도 위로 반쯤 올라오다가 하마터면 도서 반납함을 칠 뻔한다. 운전석 쪽 문이 홱 열리더니 사람 그림자가 황급히 나오고, 메리앤은 피자 상자들을 떨어뜨린다.

스포트라이트가 도서관 정면을 비춘다.

시모어는 바닥에 달라붙다시피 한다. 곧 그들이 이리로 몰아닥칠 것이고 그에게 총을 쏠 것이고 그렇게 끝장날 것이다. 그는 허둥지둥 안내 데스크 뒤로 가서 데스크를 끌고 입구 매트 위로 올려 정문을 막는다. 그리고 오디오북 서가를 꽉 잡고, 카세트테이프와 CD 들이 사방으로 떨어지는 가운데 질질 끌어다 앞쪽 창문을 막는다. 이제 서가에 등을 기대고 쭈그려 앉아 가쁜 숨을 고른다.

무슨 수로 이렇게나 빨리 왔지? 누가 경찰에게 신고한 걸까? 다섯 블록이나 떨어진 경찰서에서 두 번의 총성을 듣는 게 가능한가?

그는 사람을 쐈다. 폭탄은 아직 터뜨리지도 않았다. 에덴스 게이트는 건드리지도 못했다. 모든 것이 엉망이 되었다. 총상을 입고 계단 아래에 있는 남자의 두 눈이 그의 일거수일투족을 빠짐없이 좇고 있다. 어스레한, 눈[雪]에 가려진 빛 속에서도 시모어는 그가 입은 셔츠의 피 얼룩이 점점 더 커지는 것을 볼 수 있다. 연초록색 무선 이어폰이 여전히 그의 귀에 꽂혀 있다. 저게 전화기와 연결되어 있는 게 분명하다.

지노

크리스토퍼와 올리비아는 스키 마스크를 쓰고서 당나귀로 변했다고 친 아이톤의 등 위 안장주머니에 보물을 잔뜩 욱여넣는다. 앨릭스가 말한다. "어, 무거워. 어, 어, 그만, 제발, 오해가 있는 모양인데, 난 짐승이 아니야, 사람이야, 아르카디아에서 온 평범한 양치기라고." 그러자 산적 1을 맡은 크리스토퍼가 말한다. "이 당나귀 녀석은 왜 이렇게 시끄럽게 울어 대는 거야?" 그러자 산적 2를 맡은 올리비아가 말한다. "놈이 입 다물지 않으면 우린 잡힐 거야." 이제 올리비아가 포일을 싼 검으로 앨릭스를 치는데, 갑자기 아래층에서 비상경보가 요란하게 울리다가 이내 멈춘다.

다섯 아이 모두 맨 앞줄에 앉아 있는 지노를 흘긋 보는데, 지노가 이 역시 테스트라고 확신하는 것처럼 보여서 마스크를 쓴 산적들은 다시 여인숙을 뒤진다.

지노가 자리에서 일어나자 오랜 통증이 엉덩이로 욱신욱신 퍼진다. 그는 배우들에게 양 엄지를 올려 보인 후, 조심조심 방 뒤쪽으로 가서 작은 아치문을 천천히 연다. 계단통의 조명들이 꺼져 있다.

1층에서 쿵 소리와 함께 서가가 밀려 넘어질 때 나는 것 같은 혼잡한 소리가 들린다. 그리고 다시 조용해진다.

계단 꼭대기엔 비상구 불빛만 붉게 빛나는데, 그 불빛에 합판 벽의 황금색 페인트가 섬뜩하고 불쾌한 초록빛으로 바뀌고, 멀리서 날카로운 사이렌 소리가 들리는가 싶더니 빨갰다 파랬다 빨갰다 파랬다 하는 빛이 계단 가장자리를 핥는다.

기억들이 어둠 속을 휩쓴다. 한국, 박살 난 앞 유리창, 눈 덮인 비탈길을 따라 떼 지어 내려가는 군인들. 그는 난간을 찾아 조심조심 두 계단을 내려가고, 세 번째 계단까지 내려가서야 계단 맨 아래에 사람의 형체가 몸을 웅크리고 있음을 알아차린다.

섀리프가 눈을 들어 그를 바라보는데, 얼굴에 핏기가 하나도 없다. 티셔츠 왼쪽 어깨에는 그림자가 드리운 건지, 물이 튄 건지, 아니면 그보다 더 끔찍한 것이 묻은 건지 모르겠다. 섀리프는 왼손을 들어 집게손가락을 자기 입술에 가져다 댄다.

지노는 주저한다.

돌아가세요, 섀리프가 손을 젓는다.

지노는 돌아서고, 부츠가 계단에 부딪는 소리가 나지 않도록 애쓴다. 그의 위로 황금색 벽이 어렴풋이 나타나는데…….

Ὦ ξένε, ὅστις εἶ, ἄνοιξον, ἵνα μάθῃς ἃ θαυμάζεις

고대 그리스어로 쓰인 통렬한 문장이 그의 마음에 이질적이고 느닷없이 싸늘한 일격을 가해 온다. 한순간 지노는 고대의 궤에 새겨진 문장을 연구하는 안토니우스 디오게네스처럼, 미래에서 온 낯선 사람이 되어 알 수 없고 이질적인 먼 과거로 들어가는 기분이 든다. 처음 보는 이여, 그대가 누구건⋯⋯. 그가 이 단어들의 의미를 이해하는 척하는 건 부조리한 짓이다.

그는 고개를 숙이고 아치문을 지나 등 뒤에서 문을 잠근다. 무대 위에서는 산적들이 당나귀가 된 아이톤을 끌고 테살리아의 돌길로 나선다. 크리스토퍼가 말한다. "아이고, 살면서 이렇게 쓸모없는 당나귀 녀석은 처음 보겠네! 발을 뗄 때마다 앓는 소리를 내는군." 그러자 올리비아가 말한다. "은신처로 돌아가서 전리품을 내려놓거든 바로 먹을 따서 벼랑에 던져 버리자고." 앨릭스가 당나귀 머리를 코 위까지 들어 올리더니 이마를 긁는다.

"니니스 선생님?"

노래방 조명 때문에 눈이 부시다. 지노는 넘어지지 않으려고 접이식 의자에 기댄다.

스키 마스크를 쓴 채 크리스토퍼가 말한다. "좀 전에 대사를 씹어서 죄송해요."

"아니, 아니." 지노는 조용히 말하려고 애쓴다. "정말 잘하고 있어요. 다들. 정말 재미있어요. 진짜 대단해. 관객들이 모두 좋아할 거예요." 스피커에서 매미와 귀뚜라미 소리가 흘러나온다. 실에 매달린 마분지 구름들이 빙그르르 돈다. 다섯 아이 모두 그를 응시한다. 그는 어찌해야 하나.

"그러면," 산적 역의 올리비아가 말을 꺼내며 플라스틱 검을 빙빙 돌린다. "계속 이어서 할까요?"

6

산적의
소굴

클라우드 쿠쿠 랜드

안토니우스 디오게네스 지음, 폴리오 Z

……크게 뚫린 콧구멍으로 나는 마을 끝에 자리한 마지막 정원에서 자라는 장미꽃의 향기를 맡을 수 있었습니다. 아, 참으로 달콤하고도 슬픈 향이었습니다! 하지만 그 향을 찾아 돌아가려 할 때마다 무정한 강도들은 막대기와 칼로 날 때리는 것이었습니다. 안장주머니 속의 짐은 내 갈빗대를 찔러 댔고, 나는 편자도 박지 않아 쓰라린 발굽으로 구불구불한 오르막길에서 테살리아 북부의 바싹 마른 돌투성이 산속으로 접어들며 내 팔자를 저주했습니다. 입을 벌려 울음을 터뜨리려 할 때마다 시끄럽고 궁상맞은 히힝 소리가 터져 나왔고, 그런 나를 악한들은 그저 매질하기 바빴습니다.

별들이 하늘 너머로 가라앉고 태양이 이글이글 새하얗게 타오르는 가운데, 산적들에게 떠밀려 산 깊은 곳을 오르고 또 오르다 보니 마침내 풀 한 포기 자라지 않는 곳에 이르렀습니다. 파리 떼는 달라붙고 등짝은 불에 데는 듯한데, 사방 어디를 둘러봐도 바윗돌과 벼랑뿐이었습니다. 그들은 잠시 멈추고 내 연약한 입술이 부르트도록 가시 돋친 쐐기풀을 뜯게 했습니다. 내 등에 얹힌 안장주머니엔 그들이 여인숙에서 훔쳐 온 것들이 전부 들어 있었지요. 여인숙 여주인의 보석 박힌 팔찌와 머리 장식만이 아니라 부드러운 흰 빵과 소금을 친 고기와 양젖 치즈도 들어 있었습니다.

밤이 되어 바위투성이 고갯길 높은 곳에서 우리는 마침내 동굴 입구에 다다랐습니다. 더 많은 도적들이 나오더니 나를 거기까지 데려간 도적들을 얼싸안았고, 나를 쿡쿡 찔러 가며 훔친 황금과 은으로 번쩍거리는 방들을 지나선 불도 밝히지 않은 구질구질한 굴에 두고 떠났습니다. 내가 먹을 수 있는 건 곰팡내 나는 짚뿐이었고, 내가 마실 수 있는 건 바위 틈새로 쫄쫄 감질나게 새어 나오는 물이 전부였으니, 그날 밤이 새도록 잔치를 벌이는 약탈자들의 웃음소리가 울려 퍼지는 것을 들으며 나는 서러워 울었습니다. 내 처지가…….

콘스탄티노플

1452년 가을

안나

그녀는 열두 살 생일이 되었지만 아무도 축하해 주지 않는다. 그
녀는 이제 폐허를 달리지도 않고 용맹한 알키노스의 궁전으로 몰래
들어가는 오디세우스 놀이도 하지 않는다. 칼라파테스가 리키니우
스의 양피지를 불길에 던져 버렸을 때 파이아케스 왕국도 재가 된
모양이다.

마리아는 칼라파테스가 잡아 뽑은 쪽의 머리털도 다 자랐고 양
눈자위의 멍 자국도 희미해진 지 오래지만, 더 깊은 곳에 난 상처는
아물 줄 모른다. 그녀는 햇빛을 받으면 얼굴이 이지러지고, 사물의
이름을 기억하지 못하고 말을 다 맺지 못한다. 두통이 몰아치면 어
두운 곳을 찾아 종종걸음을 친다. 그리고 어느 화창한 날 아침, 정오
를 알리는 종이 울리기 전에 마리아는 바늘과 가위를 바닥에 떨어
뜨리고 두 눈을 쥐어뜯을 것처럼 잡는다.

"안나, 앞이 안 보여."

등받이 없는 의자에 앉은 과부 테오도라가 얼굴을 찌푸린다. 다

른 일꾼들은 눈을 드나 싶더니 이내 하던 일을 계속한다. 칼라파테스는 바로 아래층에서 교구 주교들의 비위를 맞추고 있다. 마리아가 두 팔로 탁자 위를 휘휘 젓는 바람에 물건들이 떨어진다. 실패하나가 굴러가다 그녀의 발을 지나치며 천천히 실이 풀린다.

"연기가 나고 있어?"

"연기 안 나, 언니. 이리 와."

안나는 언니를 이끌고 돌계단을 내려가 그들 방에 가서 기도를 올린다. 성 코랄리아님, 절 조금 더 도와주세요, 제가 바느질을 익히게 도와주세요, 이 상황을 바로잡게 해 주세요. 그로부터 한 시간이 지나서 마리아는 얼굴 바로 앞에 든 자기 손은 볼 수 있게 된다. 저녁 식사 자리에서 여자들은 이런저런 진단을 내린다. 배뇨통? 말라리아? 에우도키아는 부적을 써 보자고 말한다. 아가타는 황기와 베토니를 달인 차를 추천한다. 그러나 여자 일꾼들이 대놓고 말하지 못하는 건 리키니우스의 고서가 모종의 흑마술을 부렸다는 확신이다. 이미 자매를 짓밟아 놓고도 분이 풀리지 않아 계속해서 불운의 그림자를 드리운다는 것.

이건 무슨 사술이지?

쓸모없는 것들로 머리를 채울 거니.

저녁 식사가 끝나자 과부 테오도라가 허브 연기를 뿜어내는 화로를 들고 그들 방으로 들어오더니 마리아 옆에 앉아 긴 다리로 무릎을 꿇고 앉는다. "한 백 년 전," 그녀가 말한다. "석회 굽는 사람 하나를 알았는데, 한 시간 전에는 보이던 눈이 아무것도 보이지 않게 됐지. 시간이 지나면서 그의 세상은 지옥의 응달만큼 깜깜해졌는데, 의원들도, 살던 곳의 의원이건 다른 나라의 의원이건, 어쩔 도리가 없었어. 그렇지만 그의 아내가 하느님을 믿어 은이란 은은 닥치는 대로 긁어모아 남편을 데리고 하느님께서 지켜 주시는 실리브리의 성문 밖으로 나섰어. 그리고 성모 마리아의 샘이 있는 성지를 찾아갔지. 그곳의 수녀들이 그에게 성스러운 우물물을 마시게 해 주었지. 그리고 석회 굽는 사내가 돌아왔을 때⋯⋯."

테오도라는 허공에 성호를 그으며 그 일을 떠올리고, 연기가 벽에서 벽으로 부유한다.

"그런데요?" 안나가 나지막하게 묻는다. "석회 굽는 사내가 돌아왔을 때 어떻게 됐어요?"

"그는 하늘에선 갈매기를 보았고 바다에선 배를 보았고 꿀벌들이 꽃을 찾는 것을 보았어. 그리고 사람들을 만날 때마다, 남은 평생이 기적에 대해 이야기했단다."

마리아가 뼈가 부러진 참새 같은 두 손을 무릎에 얹고 짚 요에 앉는다.

안나가 묻는다. "은은 값이 얼마나 해요?"

한 달 후 동이 틀 무렵, 안나는 성 테오파노 수도원 벽 아래 샛길로 들어 멈춰 선다. 둘러본다. 귀를 기울인다. 위로 오른다. 꼭대기에서 그녀는 몸을 욱여넣다시피 해서 강철 창살문을 빠져나간다. 거기서부터 짧은 비탈길을 오르자 식료품 저장실 지붕이 나오고, 거기서 잠깐 웅크려 귀를 기울인다.

부엌에서 연기가 피어오른다. 예배당에서 낮은 음조의 성가가 새어 나온다. 그녀는 오늘 아침 자신이 끙끙대며 수를 놓은 단순한 문양의 화관 매듭을 풀고 다시 수를 놓기 위해 눈을 가늘게 뜬 채 집

요에 앉아 있는 마리아를 생각한다. 점점 어두워지는 가운데 칼라 파테스가 마리아의 머리채를 움켜쥐던 모습이 떠오른다. 그에게 잡혀 복도에서 끌려가면서 머리를 계단에 부딪히는데, 자기 머리를 부딪히는 듯 안나의 시야 여기저기서 불꽃이 폭발한다.

그녀는 지붕에서 내려가 양계장 안으로 들어가 암탉 한 마리를 움켜잡는다. 닭이 한 번 울기 무섭게 목을 비틀어 옷 속에 쑤셔 넣는다. 그런 후 다시 식료품 저장실 지붕으로 올라가, 강철봉 사이를 지난 다음 담쟁이덩굴 사이로 내려간다.

지난 몇 주 동안 안나는 닭 네 마리를 훔쳐 시장에 내다 팔고 구리 동전 여섯 닢을 벌었다. 성모 마리아의 샘이 있는 성지에서 언니에게 축복을 내려 주는 기도의 값을 치르기엔 턱없이 부족하다. 슬리퍼가 땅에 닿기 무섭게 안나는 서둘러 골목길을 내려간다. 수녀원 벽이 늘 왼쪽에 오도록 신경 쓰며 가다 보면 거리에 이르는데, 저무는 햇빛 속에서 사람들과 짐승들이 양쪽을 오가고 있다. 고개를 숙이고 한 팔로 암탉을 감싸 안고 시장으로 들어서면, 그림자처럼 눈에 잘 띄지 않는다. 그 순간 손 하나가 그녀의 등 쪽 옷 위로 떨어진다.

남자아이, 그녀의 또래다. 퉁방울 눈, 엄청나게 큰 손, 맨발, 너무 말라서 두 눈알만 도드라진다. 그를 안다. 어부의 조카, 이름은 히메리우스, 요리사 크리세에 따르면 생니를 뽑는 것만큼이나 골치 아프고 죽은 말에게 찬송가를 불러 주는 게 나을 만큼 쓸모없는 그런 소년이다. 숱 많은 머리카락이 이마에 드리워져 있고 반바지 위에 두른 허리띠 위로 단검 자루가 보이는데, 얼굴에는 우위를 점한 사람이 지을 법한 미소가 떠올라 있다.

"하느님을 섬기는 종의 재산을 훔쳐?"

그녀는 심장이 어찌나 요란하게 쿵쾅대는지 지나가는 사람들이 알아차리지 못하는 게 놀라울 정도다. 성 테오파노 수녀원 문이 바로 눈앞에 있다. 이 남자아이는 그리로 그녀를 끌고 가서 다그치며 옷자락을 열라고 할 수 있다. 그녀는 예전에 교수대에 매달린 도둑들을 본 적이 있다. 작년 가을에는 세 명의 도둑에게 매춘부처럼 옷을 입히고 당나귀에 거꾸로 앉힌 다음 아마스트리아눔의 교수대까지 끌고 갔는데, 제일 어린 도둑은 지금의 안나보다 나이가 그리 많지 않았던 것으로 안다.

그녀도 닭을 훔친 죄로 교수형에 처해질까? 남자애는 고개를 돌려 그녀가 좀 전에 내려온 벽이 있는 샛길을 보며 머리를 굴린다. "바위 위 소(小)수도원 알아?"

그녀는 경계를 풀지 않으며 고개를 끄덕인다. 그곳은 도시 변두리의 폐허로 소피아 항구 부근에 있는데, 삼면이 바다로 둘러싸여 가까이하기 어려운 곳이다. 몇 세기 전엔 모두를 반기는 수도원이었는지 몰라도 지금은 섬뜩하고 황량한 유적지처럼 보인다. 네 번째 언덕의 남자애들한테 듣기론 그곳엔 영혼을 잡아먹는 유령들이 떠도는데, 뼈로 만든 왕좌에 수도사를 앉혀 이 방에서 저 방으로 다닌다고 한다.

카스티야 사람 둘이 양단 코트 차림에 아낌없이 바른 향수 냄새를 풍기며 말을 타고 지나가자 히메리우스는 길을 비켜 주면서 가볍게 목례한다. "그런 이야기가 있더라." 히메리우스가 말한다. "소수도원 안에 엄청난 유물이 그득하대. 상아를 깎아 만든 컵, 사파이어로 뒤덮인 장갑, 사자 가죽. 주교님이 성령의 조각들을 황금 단지에 넣어 두었는데 빛이 난대." 열두 곳의 교회당에서 천천히 종을 울려 시간을 알린다. 그는 안나 머리 너머를 보고 커다란 눈을 깜빡이는데, 밤의 어둠 속에서 반짝이는 원석들을 보는 건가 싶다. "이 도시에 머무는 외국인 가운데 옛날 물건들에 값을 후하게 쳐 주는 사람들이 있어. 내가 노를 저어 거기 데려다줄 테니 넌 거기 기어 올라가서 보이는 대로 다 자루에 담아 와. 네가 뭘 갖고 오든 다 팔 거야. 바다 연기가 몰려오면 다음 날 밤에 벨리사리우스 성 밑에서 만나. 안 그러면 수녀님들한테 그분들 닭을 훔치는 여우 이야기를 고해바칠 테니까."

바다 연기. 안개를 말하는 것이다. 매일 오후, 안나는 작업실 창밖을 보며 확인하지만 가을이라 매일 화창하고 하늘은 물기 없이 가슴 아리도록 파래서, 크리세 말마따나 주님의 침실 안까지 보일 정도로 맑다. 양쪽에 집들이 즐비한 골목길에서 안나의 눈에 저 멀리 소수도원이 어렴풋이 보일 때가 있다. 무너진 성, 하늘로 치솟은 벽들, 벽돌 더미에 막힌 창문들. 폐허다. 사파이어가 꿰매진 장갑, 사자 가죽……. 히메리우스는 머저리고, 머저리만이 자기가 꾸며낸 이야기를 믿는다. 그런데, 불안한 와중에도 한 가닥 희망이 고개를 든다. 그녀에게 안개가 오길 바라는 마음이 어느 정도 있기라도 하듯.

어느 날 오후, 안개가 온다. 빠르게 흐르는 새하얀 소용돌이가 황혼에 잠긴 프로폰티스에서 짙게, 싸늘하게, 고요하게 몰려와 도시를 삼켜 버린다. 안나는 작업장 창문으로 성 사도 대성당의 중앙에 있는 돔 지붕을, 그다음엔 성 테오파노 수도원을, 그다음엔 아래쪽 안뜰을 지켜본다.

해가 지고 기도를 마친 후 그녀는 마리아와 함께 덮고 자는 담요 밑에서 나와 슬그머니 문으로 간다.

"나가게?"

"변소 가는 거야. 쉬어, 언니."

복도를 걸어 안뜰로 나오고, 야경꾼에게 들키지 않도록 가장자리로 돌아 격자 모양으로 얽힌 거리로 나선다. 안개가 벽을 녹이고, 소리를 흩어 놓다 다시 합치고, 모든 형상들을 그림자로 바꾸어 놓는다. 그녀는 발걸음을 재촉하며 예전에 덜덜 떨며 들었던 밤의 악령들을 생각하지 않으려고 애쓴다. 떠도는 마녀들, 공기로 전염되는 질병들, 불한당들과 불쌍한 사람들, 밤이 되면 그림자 속에 숨어 슬금슬금 돌아다니는 개들. 그녀는 철공소를, 모피 가게를, 신발 공방을 지난다. 모두 빗장을 걸어 잠근 문 뒤에 안주해 있고, 모두 그들의 신을 섬긴다. 그녀는 가파른 골목길을 내려가 탑 아래에 도착해 기다리면서 오들오들 떤다. 달빛이 쏟아져 내리며 안개는 젖빛을 띤다.

안도와 실망이 뒤섞인 가운데 히메리우스가 계획을 저버린 게 분명하다고 확신할 즈음, 그가 어둠 속에서 걸어 나온다. 오른 어깨엔 밧줄이 걸려 있고 왼손엔 자루를 들고서 그는 말 한마디 없이 안나를 이끌고 어부들이 드나드는 문을 지나 몽돌 해변을 가로지르고, 뒤집어 놓은 열두 척의 배들을 지나 자갈 위로 끌어 올려 둔 조각배까지 간다.

온통 땜질한 자국에 썩지 않은 널이 없어 배라고 말하기도 무색

할 지경이다. 히메리우스는 밧줄과 자루를 뱃머리에 놓고, 배를 물가로 끌고 가다 물이 정강이쯤 찰 무렵 멈춰 선다.

"이게 바다에 제대로 떠 있을까?"

그는 자존심이 상한 표정이다. 그녀가 배에 기어오르자, 그는 조각배를 자갈밭에서 바다로 밀고는 몸을 사뿐히 돌려 뱃전 위에 오른다. 그리고 노를 걸이에 끼워 넣고 잠시 기다리는데, 노의 날에서 뚝뚝뚝 물이 듣고 가마우지 한 마리가 머리 위로 날아간다. 이윽고 소년과 소녀 모두 새가 안개 속을 빠져나왔다 다시 사라지는 것을 지켜본다.

그가 항구로 노를 저어 나아가는 동안 그녀는 가로장에 손톱이 박히도록 힘을 준다. 정박 중인 무장상선이 느닷없이 눈앞에 어른거리는데, 배는 지저분하고 따개비가 다닥다닥 붙어 있고 집채만 한 데다 난간도 터무니없이 높다. 검은 물결이 선체를, 해초에 뒤덮인 닻의 사슬을 날름날름 빨아들인다. 그녀는 이제껏 배는 빠르고 위풍당당할 거라고 상상했는데, 눈앞에서 보고 있으니 머리카락이 쭈뼛쭈뼛 설 정도다.

매 순간 안나는 누군가 그들을 막아서길 바라지만 그러는 사람은 없다. 배가 방파제에 이르자 히메리우스는 노를 배에 싣고 미끼를 끼우지 않은 낚싯줄 두 개를 고물에 드리운다. "누가 물어보면," 그가 나지막하게 말한다. "우린 낚시를 하고 있는 거야." 그러고는 물증이나 되는 양 낚싯줄 하나를 덜거덕덜거덕 소리 나게 흔들어 댄다.

조각배가 흔들린다. 공기에서 조개 냄새가 풍긴다. 방파제 너머로 파도가 바위에 부딪쳐 부서진다. 그녀가 사는 곳에서 이만큼 멀리 온 건 처음이다.

이따금 소년은 앞으로 몸을 수그리고 주둥이가 넓은 항아리로 맨발 사이 바닥에서 물을 퍼낸다. 그들 뒤에 있어야 할 포르투스 팔라티의 거대한 탑들은 안개에 가려 보이지 않고, 멀리서 파도가 바위에 부딪는 소리, 노가 배에 부딪는 소리, 그리고 그녀가 동시에 맛보는 두려움과 흥분만 존재한다.

그들이 방파제 틈새 공간에 다다르자 소년은 턱 끝으로 저 너머 들썩거리는 어둠을 가리킨다. "파도가 엉뚱한 방향으로 치면 조류가 이리로 밀려 들어오는데, 그러면 우리 둘 다 곧장 바다로 휩쓸려 나가게 될 거야." 한동안 계속 가면서 그는 노깃을 수평으로 해서 노를 젓고 그녀에게 자루와 밧줄을 건넨다. 안개가 지독히 자욱해서 그녀는 처음에는 벽을 보지 못한다. 잠시 후 마침내 벽이 보이는데, 그렇게 오래되고 지쳐 보이는 건 세상 어딜 가도 찾을 수 없을 것 같다.

조각배는 물너울을 따라 오르락내리락하고, 성시 내부의 어디선가 마치 세상의 끝자락에서 들려오는 것처럼 종이 한 번 울린다. 그녀의 마음속 지하 무덤에서 공포가 새어 나온다. 눈먼 망령들, 자기 뼈로 만든 왕좌에 앉은 악마의 시종, 아이들의 피로 물든 그의 검붉은 입술.

"꼭대기 부근에," 히메리우스가 속삭이듯 말한다. "배수구가 하나 있는 거 보여?"

처음에는 바스러져 가는 높은 벽돌 건물만 보이다가, 바닷물 위로 올라온, 홍합들로 뒤덮인 벽 아래쪽이 보이더니 이윽고 해초와 변색된 부분들로 줄무늬를 그리는 위쪽이 보이고, 마침내 높이 솟아오르며 아득히 먼 곳으로 들어가듯 안개에 묻힌 꼭대기까지 보인다.

"저 중에 아무 곳에나 닿으면 그다음엔 기어서 들어갈 수 있을 거야."

"그러고 나면?"

어둠 속에서 그의 왕방울 같은 눈이 거의 불타오르는 것 같다.

"자루를 가득 채워서 나한테 내려 줘야지."

히메리우스는 뱃머리를 최대한 벽에 가까이 대고 있다. 안나는 위를 쳐다보고 몸을 떤다.

"튼튼한 밧줄이야." 그는 그녀가 안 가려고 버티는 것이 밧줄 때문인 것처럼 말한다. 박쥐 한 마리가 조각배 위에서 8자를 그리더니 멀어진다. 그녀만 아니면 마리아는 시력이 온전했을 것이다. 마리아는 과부 테오도라의 가장 훌륭한 일꾼이 될 수 있었을 것이다. 신이 언니에게 미소를 지어 줬을 것이다. 가만히 앉아 있지 못하는 건 안나다. 여전히 기술을 익히지 못하는 것도, 모든 것을 그르친 것도. 그녀는 어둠 속을, 유리 같은 물을 바라보며 바다가 자신의 머리 위로 덮쳐 오는 광경을 상상한다. 그런 꼴을 당해도 싸지 않나?

그녀는 밧줄과 자루를 목에 두르고 머릿속 벽에 글자들을 새긴다. A는 ἄλφα고 알파라 읽는다. B는 βῆτα고 베타라 읽는다. Ἄστέα는 '도시', νόον는 '정신'이다. ἔγνω는 '배웠다'는 뜻이다. 그녀가 자리에서 일어서자 배가 위태로이 흔들린다. 히메리우스가 노 하나를 먼저 밀고 그다음에 다른 노를 밀어 고물이 벽 아랫부분에 딱 붙게 갖다 대자, 조각배는 내려갈 때는 벽을 긁고 올라갈 때는 부르르 떤다. 안나가 오른손으로 벽 틈새에서 자라는 해초

한 다발을 움켜쥐고 왼손으로 붙잡을 시렁 같은 것을 찾아내고 한 발을 휙 돌려 배에서 떼어 내고 몸을 벽에 바짝 붙이자, 조각배가 발밑에서 멀어진다.

히메리우스는 배를 뒤로 저어 멀어지고, 그녀는 벽에 바짝 달라붙어 있다. 발밑에 남아 있는 건 물결치는 검은 바다뿐인데, 얼마나 깊은지는 성 코랄리아만이 아실 것이고, 얼마나 차갑고 생생해 겁이 나는지도 성 코랄리아만이 아실 것이다. 방법은 위로 올라가는 것뿐이다.

석공들과 시간이 남긴 벽돌의 귀퉁이들이 여기저기 비쭉비쭉 튀어나와 있어 잡고 디딜 만한 것을 찾는 건 어렵지 않고, 기어오르면서 바로 리듬이 붙자 그녀는 두려운 와중에도 재미를 느낀다. 한 번 손으로 잡고 다시 잡고, 한 번 발끝으로 딛고 다시 딛고. 얼마 지나지 않아 안개가 히메리우스와 발아래 바다를 지우고, 벽을 기어오르는 그녀는 마치 사다리를 타고 구름 속으로 들어가는 듯하다. 멋모르고 겁이 없으면 조심할 줄도 모른다. 반대로 겁에 질리면 몸이 얼어붙는다. 도달하고, 달라붙고, 밀고, 오르고, 도달하고. 그 마음에 여타의 것이 끼어들 여지는 없다.

밧줄과 자루를 목에 건 채 안나는 썩어 가는 벽돌의 단층을 오르며 첫 번째부터 마지막 황제까지 두루 만나고, 얼마 지나지 않아 히메리우스가 말한 구멍들이 눈앞에 나타난다. 쭉 이어진 배수구들엔 장식이 달려 있는데, 사자 머리를 본뜬 모양으로 그녀만큼이나 크다. 그녀는 간신히 몸을 펴고 그중 한 개의 입을 통해 들어간다. 흔들림 없이 무릎을 꿇자마자 어깨를 돌려 오물 구덩이를 뚫고 기어간다.

축축하고 진흙 자국이 줄줄이 난 속에서 그녀는 몸을 숙여 몇 백 년 전에는 식당이었던 것 같은 공간으로 들어간다. 앞쪽 어디선가 쥐들이 어둠 속을 헤집고 다닌다.

멈춰. 귀를 기울여. 목재를 댄 천장은 대부분 함몰되었고, 안개가 분사된 달빛 속에 칼라파테스의 작업장만큼 긴, 쓰레기가 흩어져 있는 탁자 하나가 눈에 들어온다. 그것은 위에 양치식물이 자라는 화단이 있는 방 중심에 놓여 있다. 한쪽 벽에는 빗물에 썩은 태피스트리가 걸려 있는데, 그녀가 가두리를 건드리자 보이지 않는 것들이 그 뒤에서 더 어두운 구석으로 퍼덕거리며 들어간다. 벽을 더듬던 그녀의 손가락이 쇠 받침대를 찾아낸다. 횃불을 거는 용도로 쓰인 것 같고, 심하게 녹이 슬어 있다. 이게 값어치가 있을까? 히메리우스는 잊힌 보물이라는 환상을 만들어 냈고 그녀는 용맹한 알키노스의 궁전을 상상했지만, 이곳은 보고(寶庫)와는 거리가 멀다. 모든 것이 풍상과 시간에 부식되어 있다. 이곳은 쥐들의 왕국이고, 한때 이 수도원에서 수도사가 지켰던 것은 그것이 무엇이든 삼백 년 전에 죽었다.

안나는 밑으로 푹 꺼지는 구멍일 거라고 짐작하다 계단이라는 것을 알고 기함할 뻔한다. 그녀는 손으로 벽을 짚으며 한 번에 한 걸음씩 발을 내디딘다. 계단은 꼬이고 갈라지고 또 갈라진다. 세 번째로 나타난 통로를 들어서니 복도 양쪽으로 수도승의 독방처럼 보이는 방들이 쭉 이어진다. 여기엔 뼈 같은 것들이 한 무더기 쌓여 있고, 마른 나뭇잎들이 버석거리고, 바닥의 갈라진 틈이 그녀를 집어삼키려고 입을 벌리고 있다.

그녀가 뒤로 돌아서고 비틀거리며 앞으로 나아가는 가운데, 귀기가 느껴질 정도로 침침한 빛 속에서 공간과 시간이 뒤섞인다. 여기엔 얼마나 오래 있었지? 마리아는 잠이 들었을까, 아니면 깨어나 겁에 질려선 아직도 안나가 변소에서 돌아오길 기다리고 있을까? 히메리우스는 아직도 그녀를 기다리고 있을까? 그의 밧줄은 길이가 모자라지 않을까? 바다가 그도, 너절한 조각배도 집어삼킨 건 아닐까?

. 피로가 덮쳐 온다. 그녀는 아무 가치도 없는 것에 모든 것을 걸었다. 곧 수탉들이 울 것이고, 아침 기도가 시작될 것이며, 그러면 과부 테오도라는 눈을 뜰 것이다. 손을 뻗어 묵주를 들고선 차가운 돌바닥에 무릎을 꿇을 것이다.

안나는 안간힘을 써서 벽을 더듬으며 층계참까지 돌아오고, 이젠 작은 나무 문으로 기어오른다. 문을 밀고 들어가자 둥근 방이 나오는데, 부분적으로 트여 하늘이 보이고 진흙과 이끼와 세월의 냄새가 난다. 그리고 뭔가 다른 것의 냄새.

양피지.

천장의 남은 부분은 휑하고 매끈매끈하고 꾸밈없어서, 마치 크고 구멍 난 해골 속으로 들어온 것만 같은데, 이 작은 방엔 벽마다 달빛에 젖은 안개 속에서도 희미하게나마 보이는 것이 있으니, 바닥에서 천장에 이르는 문 없는 벽장들이다. 어떤 것은 쓰레기와 이끼만 가득하다. 하지만 다른 것은 책들이 가득하다.

안나는 숨이 턱 막힌다. 여기에는 썩은 종이 무더기가, 여기에는 바스러지는 두루마리 하나가, 여기에는 빗물에 젖은 제본한 필사본 한 더미가 있다. 기억 속에서 리키니우스의 목소리가 그녀를 찾아온다. 하지만 책은, 사람과 마찬가지로 죽는다.

그녀는 자루 속에 열두 권의 필사본을 비롯해 집어넣을 수 있는 만큼 쑤셔 넣고, 그런 후 자루를 끌고 층계로 돌아가고 복도를 따라 내려가면서 방향이 바뀔 때마다 짐작으로 헤아린다. 태피스트리가 걸려 있는 거대한 방을 발견하자, 그녀는 자루 목 부분을 밧줄 한쪽 끝으로 동여매고는 잡석 더미를 기어 올라가서 자루를 앞으로 밀어가면서 네발로 기어 배수구를 통과한다.

자루를 벽 아래로 내리는 동안 팽팽해진 밧줄이 끽끽 우는 소리를 낸다. 히메리우스가 가 버렸다고, 그녀를 여기서 죽게 내버려 두고 간 게 틀림없다고 생각하는 순간 그와 조각배가 벽 바로 옆에서 나타나는데, 안개에 싸여 예상한 것보다 훨씬 더 작아 보인다. 밧줄이 느슨해지며 무게가 덜어지는 동안 그녀는 잡고 있던 밧줄 한쪽 끝을 놓는다.

이제 내려가야 한다. 발아래를 힐긋 보니 배 속이 다 뒤집힐 것 같아서 그녀는 자기 두 손을 보고 그다음엔 발끝을 보고, 그렇게 담쟁이와 케이퍼와 야생 타임 덤불을 헤치고 내려간다. 일 분 후 왼발이 배의 노잡이 좌석에 닿고, 이어서 오른발이 닿으면서 배에 내린다.

그녀는 손가락 끝이 다 벗어지고, 옷은 검댕투성이고, 신경은 있는 대로 곤두서 있다. "시간을 너무 오래 끌었잖아." 히메리우스가 낮은 소리로 비난한다. "거기 황금이 있었어? 뭘 찾아냈어?"

그들이 방파제 가장자리를 돌아 항구로 돌아오는 가운데 밤은 벌써 끝자락을 당기며 멀어진다. 히메리우스가 노를 어찌나 격하게 젓는지 안나는 노가 부러질까 걱정하면서 첫 번째 필사본을 자루에서 꺼낸다. 커다랗고 부풀어 오른 책을 넘기다가 첫 장을 찢고 만다. 책장은 작게 내린 긁은 자국으로 가득해 보인다. 다음 장도 똑같아서 수를 헤아린 기록들이 기둥 모양으로 쭉 나열돼 있다. 책 한 권이 통째로 이런 것 같다. 영수증? 일종의 기록부인가? 두 번째 책을 꺼내 보니 더 작고, 첫 번째 책과 마찬가지로 일정한 표시가 기둥 모양으로 가득 나열되어 있는데, 물 얼룩이 지고 아무래도 불에도 까맣게 탄 것 같다.

그녀의 심장이 쿵 내려앉는다.

안개가 퍼지면서 옅은 라벤더색의 빛과 섞인다. 히메리우스는 노를 잠깐 배 안에 들이고 안나가 들고 있는 두 번째 필사본을 빼앗아 냄새를 맡더니 눈썹을 찌푸리고 그녀를 노려본다.

"이게 뭐야?"

그는 표범 가죽을 기대한 것이었다. 상아에 보석들이 박힌 술잔을. 안나는 기억을 뒤지며, 그곳에 서 있던 리키니우스를, 둥지 같은 턱수염 속 희끄무레한 애벌레 같은 그의 입술을 떠올린다. "적힌 내용은 몰라도, 글을 적은 가죽은 돈이 될 거야. 글자를 긁어 내고 다시 사용하면……."

히메리우스는 필사본을 자루 안에 던지고 발가락으로 밀어 버린 후 화가 나서 노를 젓는다. 정박 중인 거대한 무장상선은 거울 위에 떠 있는 것 같다. 히메리우스는 조각배를 해변에 대고 조석점 위로 끌어당겨 뒤집고, 한쪽 어깨에 밧줄을 걸고 조심스럽게 감은 다음 자루를 다른 어깨에 짊어지고 발걸음을 옮긴다. 안나가 그 뒤를 따라가는데, 그런 둘의 모습은 마치 아이를 돌보는 여자가 불러 주는 노래 속 식인귀와 그 노예 같다.

그들이 제노바 구역을 거쳐 목적지로 가는 동안, 집들은 점점 더 멋있어지고 근사해지고 높아진다. 많은 집에 창유리가 있다. 어떤 집들은 정면이 모자이크로 장식되었고, 방파제를 쌓은 금각만(金角灣)을 내려다보며 해바라기를 할 수 있는 화려한 발코니도 달려 있다. 베네치아 구역으로 들어가는 입구에서 병사들은 성문 옆에 선 채 하품을 하다 두 아이를 흘긋 볼 뿐 신경 쓰지 않는다.

그들은 다닥다닥 붙어 있는 작업장들을 지나다 어느 문 앞에서 멈춰 선다. "말할 거면 나한테 오빠라고 불러." 히메리우스가 말한다. "하지만 아무 말 하지 마."

한 발이 안으로 굽은 하인이 그들을 안뜰로 안내하고, 한 그루뿐인 무화과나무가 햇빛을 찾아 힘겹게 싸우는 그곳에서 그들은 벽에 기댄다. 닭들이 꼬끼오 울고 개가 짖고, 안나의 마음에는 지금 안개를 헤치고 올라가 밧줄을 잡아당겨 잠든 도시를 깨울 종지기들이, 덧문을 올려 여는 양모 중개인들이, 살금살금 걸어서 집으로 돌아가는 소매치기들이, 제 몸에 그날의 첫 채찍을 가하는 수도승들이, 배 밑에서 조는 바닷게들이, 아침의 끼니를 찾아 여울로 내리꽂듯 하강하는 제비갈매기들이, 화덕을 휘저어 불길을 돋우는 요리사 크리세가 떠오른다. 돌계단을 올라 작업장으로 향하는 과부 테오도라.

복되신 이께 기도하오니 저희를 게으름에서 구하소서.

저희는 헤아릴 수 없이 많은 죄를 지었나이다.

안뜰 저 끝에 있는 회색 돌 다섯 개가 거위로 둔갑하더니 잠에서 깨어나 날개를 퍼덕이고 몸을 쭉 뻗다가 그들을 보고 꽥꽥거린다. 잠시 후 하늘이 콘크리트 빛이 되면서 거리로 수레들이 쏟아져 나온다. 마리아는 과부 테오도라에게 안나가 감기, 아니면 열에 시달린다고 둘러댈 것이다. 하지만 그런 꼼수로 얼마나 버틸 수 있을까?

마침내 문이 열리더니 졸린 표정에 반소매 벨벳 외투를 입은 이탈리아 사람이 나타나 히메리우스를 한참 보더니 대수롭지 않은 놈이라고 판단했는지 도로 문을 닫는다. 안나는 시시각각 밝아지는 가운데 축축한 필사본 사이를 뒤진다. 처음으로 빼낸 책장들은 곰팡이로 심하게 얼룩져 있어 단 한 자도 알아볼 수 없다.

리키니우스는 송아지 피지 — 어미 배 속에 있을 때 꺼낸 송아지 가죽으로 만든 종이 — 라면 사족을 못 썼다. 그는 송아지 피지에 글을 쓰는 건 가장 아름다운 음악을 듣는 것과 같지만, 지금 보는 이런 책을 만드는 데 쓰는 피막은 질감이 거칠고 뻣뻣한 데다 냄새도 구린내 나는 고깃국 같다고 말했었다. 히메리우스 말이 맞았다. 이것들은 아무런 값어치가 없다.

하녀가 동이를 하나 들고는 그 안에 든 우유가 쏟아질세라 잔걸음으로 그들을 지나치고, 그 바람에 허기가 동한 안나의 눈에 안뜰이 빙빙 도는 것처럼 보인다. 이번에도 그녀는 실패했다. 과부 테오도라는 발바닥을 매질할 것이고, 히메리우스는 그녀가 수녀원에서 닭을 훔쳤다고 고자질할 것이며, 마리아는 성모 마리아의 샘이 있는 성지에서 축복을 사는 데 필요한 은을 결코 마련하지 못할 것이고, 안나의 몸이 교수대에 매달릴 때 몰려든 사람들은 일제히 '할렐루야'를 외칠 것이다.

어떻게 한 사람의 삶이 이 지경이 될 수 있을까? 한 지붕 밑에서 안나는 언니의 속옷을 물려 입고 세 번은 기운 누더기 드레스를 입는데, 칼라파테스 같은 인간은 비단과 벨벳을 몸에 감고 종종걸음으로 뒤따르는 시종을 거느린다고? 여기 산다는 외국인들은 우유를 동이째 마시고 거위가 돌아다니는 안뜰과 잔치 때마다 갈아입을 수 있는 외투가 있다고? 그녀는 마음속에서 비명이, 유리도 능히 깰 만큼 새된 소리가 점차 커지는 것을 느낀다. 그 순간 히메리우스가 표지에 쥠쇠가 달린 작고 낡은 필사본을 그녀에게 건넨다.

"이게 뭐야?"

안나는 중간 정도를 펼친다. 리키니우스가 가르쳐 준 고대 그리스어가 반듯하게 선을 그리며 쭉 적혀 있다.

인도는 한 개의 뿔로 말 여러 필을 만들어 낸다. 이 나라는 또한 한 개의 뿔로 당나귀 여러 마리를 키운다. 뿐만 아니라 이런 뿔로 음료 그릇도 만드는데, 가령 누군가 거기에 맹독을 넣어 다른 사람에게 마시게 한다 해도 그의 음모는 어떤 해도 끼치지 못할 것이다.

다음 페이지.

내가 듣기에, 바다표범은 멍울진 우유를 먹으면 위장에서 엉기기 때문에 토하게 되고, 그런 이유로 간질을 치료할 수 없다. 맹세컨대, 바다표범이야말로 악성의 피조물이다.

"이것," 작게 말하는 안나의 심장이 점점 빨라진다. "그 사람들에게 이것을 보여 줘."

히메리우스가 책을 빼앗는다.

"거꾸로 들어서 봐. 그래, 그렇게."

소년은 커다란 눈을 손으로 비빈다. 아름다운 달필의 서체다. 안나는 슬쩍 들여다본다. 세상의 모든 새 가운데 비둘기가 교접 시 가장 차분하고 절제한다고 한다. 동물에 관한 논문인 걸까? 그때 발이 안쪽으로 굽은 하인이 큰 소리로 히메리우스를 부르고, 그는 책과 자루를 들고 하인을 따라 집 안으로 들어간다.

거위들이 그녀를 지켜본다.

안나의 심작 박동이 채 쉰 번을 뛰지 않았는데 히메리우스가 다시 나온다.

"뭐래?"

"너랑 얘기하고 싶대."

두 개의 돌계단을 올라, 배가 불룩한 통들이 쌓여 있는 저장소를 지나 방으로 들어가자 잉크 냄새가 난다. 세 개의 커다란 탁자 위에 가느다란 양초, 깃펜, 잉크병, 깃촉, 송곳, 칼날, 봉랍, 갈대 펜 들과 함께 양피지를 고정하는 작은 모래주머니들이 흩어져 있다. 한쪽 벽에는 도표들이 줄지어 걸려 있고, 다른 쪽 벽에는 종이 두루마리들이 기대져 있고, 타일 바닥 여기저기에는 똬리 모양의 거위 똥이 흩어져 있는데 몇 개는 누군가 밟아 뭉그러져 있다. 면도를 깔끔하게 한 외국인들이 중간에 있는 탁자를 에워싸고 안나가 발견한 필사본을 펼쳐 자세히 들여다보면서 그들의 언어로 흥분한 새들처럼 빠른 속도로 말하고 있다. 피부색이 가장 어둡고 체구가 가장 작은 남자가 미심쩍은 표정으로 그녀를 바라본다. "저 남자애 말이 네가 이 책을 해독할 수 있다던데?"

"우리가 아는 수준의 고대 그리스어는 영 성에 안 차서." 보통 체격의 남자가 말한다.

안나는 손가락을 떨지 않고 양피지에 가져다 댄다. "자연은," 그녀가 읽기 시작한다.

고슴도치에게 신중하고 노련하게 스스로 먹이를 구하는 솜씨를 부여했다. 고슴도치는 꼬박 일 년 동안 버틸 양식이 필요한데, 모든…….

세 남자 모두 또다시 참새가 지저귀듯 떠들어 댄다. 덩치가 제일 작은 남자가 계속 읽어 달라고 청하자 그녀는 더듬더듬 몇 줄을 더 읽는데, 지중해 멸치의 습성에 관한 이상한 관찰 기록에 이어 이름이 딱딱이부리인 동물에 관한 관찰 기록도 읽어 나간다. 셋 중 가장 키가 크고 제일 잘 차려입은 남자가 그만 읽으라고 하더니 두루마리와 설교집과 필기도구 사이를 이리저리 걷다가 벽장을 응시하는데 먼 경치를 바라보는 것 같다.

탁자 밑에는 개미들이 들끓는 멜론 껍질이 있다. 안나는 오디세우스에 대해 노래한 호메로스의 이야기 속으로 미끄러져 들어간 느낌이다. 신들이 드높은 올림포스산 위에서 은밀히 대화하다가 마침내 구름을 뚫고 내려와 그녀의 운명을 조정해 주는 것만 같다. 키 큰 남자가 분절된 그리스어로 묻는다. "이 책을 어디서 구한 거지?"

히메리우스가 말한다. "아무도 모르는 데예요. 정말 가기 힘들었어요."

"수도원?" 키 큰 남자가 묻는다.

히메리우스는 한번 해 보자는 태도로 고개를 끄덕이고, 세 이탈리아 남자는 서로 마주 본다. 히메리우스가 몇 번 더 고개를 끄덕이자 이제 다들 고개를 끄덕이고 있다.

"수도원 어디서 찾아낸 거지?" 셋 중 제일 키가 작은 남자가 말하며 자루에서 다른 필사본들을 꺼낸다. "네가 찾아낸 거니?"

"방에서요."

"방이 컸니?"

"작은 방부터 중간 방, 큰 방까지 다 있었어요." 히메리우스가 말한다.

세 남자가 동시에 말을 꺼낸다.

"거기 이런 필사본들이 또 있어?"

"보관된 상태는 어떻지?"

"가로로 쌓여 있나?"

"아니면 서고에 세워져 있나?"

"얼마나 많지?"

"방은 어떻게 장식되어 있나?"

히메리우스는 주먹 쥔 손을 턱에 괴며 기억을 헤집는 척하고, 이탈리아 남자들은 그를 주시한다.

"방은 그렇게 크지 않아요." 안나가 말한다. "장식품 같은 건 하나도 없었어요. 방은 둥글고, 천장은 예전엔 아치들이 있었던 것 같아요. 하지만 지붕은 이제 부서져서 없고요. 책과 두루마리가 벽감에 취사도구처럼 쌓여 있었어요."

세 남자에게서 흥분의 기운이 용솟음친다. 키가 가장 큰 남자가 가두리에 모피를 두른 외투 속을 뒤지더니 돈이 든 주머니를 꺼내어 손바닥에 동전을 쏟아 낸다. 안나는 황금 두카토*와 스타브라톤**과 함께 아침 햇빛이 탁자 위에서 춤추는 것을 보고 갑자기 어지럼증을 느낀다.

"우리의 군주이자 후원자는 모든 요리에 손가락을 댄단다. 이게 무슨 말인지 아니? 해운업, 무역, 성찬식, 병역 등등. 하지만 그분이 정말로 관심 있어 하는 건, 다시 말해서 그분이 사랑하는 건 고대 세계의 고문서들을 찾아내는 일이야. 가장 뛰어난 사유는 천 년 전에 이루어졌다고 믿거든."

남자는 어깨를 으쓱한다. 안나는 동전에서 눈을 떼지 못한다.

"동물 책에 대한 값이다." 그는 이렇게 말한 후 히메리우스에게 열두 닢을 주고, 히메리우스는 입이 떡 벌어진다. 중간 체격의 남자가 깃촉을 집어 들어 칼로 끝을 잘라 내고, 체구가 가장 작은 남자가 말한다. "더 가져오면 돈을 더 주마."

안뜰을 떠나면서 맞이하는 아침은 찬연하다. 하늘이 장밋빛으로 물들며 안개를 그을려 날린다. 안나는 긴 다리로 성큼성큼 걸어가는 히메리우스를 따라 높고 아름다운 목조 가옥들이 한 줄로 늘어선 거리 — 오늘따라 한층 드높고 더욱 아름다워 보이는 — 를 누비듯 나아가며 그녀 안을 수레바퀴처럼 굴러다니는 기쁨을 만끽한다. 첫 번째 시장에서 그들은 벌써 치즈와 꿀과 올리브 잎을 넣은 납작한 케이크를 기름에 튀기고 있는 행상을 지나쳐 네 개를 산다. 입

---

* 　중세에 나폴리 왕국에서 처음 만들어져 베네치아 공국이 공식 화폐로 결정한 후 20세기 초까지 유럽 전역에서 널리 사용된 금화.

** 　비잔틴 제국 말기에 사용된 은화.

안 가득 케이크를 밀어 넣자 뜨거운 기름이 목구멍을 적신다. 히메리우스가 동전을 세서 그녀 몫을 주자, 그녀는 그 묵직하고 쨍한 동전들을 드레스 허리띠 밑으로 밀어 넣고, 서둘러 성 바르바라 교회 그늘을 지나 더 큰 두 번째 시장을 뚫고 간다. 수레, 옷감, 주둥이가 넓고 손잡이가 달린 항아리에 담긴 기름, 바퀴를 설치하는 칼갈이, 손을 뻗어 새장을 덮은 천을 벗기는 여자, 자색 히비스커스 꽃다발을 든 아이, 말과 당나귀로 붐비는 가로수길, 제노바 사람들, 조지아 사람들, 유대인들, 피사 사람들, 부제와 수녀들, 환전상들, 악사와 심부름꾼들, 부지런하게도 벌써 소뿔 주사위를 던지는 도박꾼 둘, 문서를 들고 있는 서기, 마구간에 멈춰 서 있는 귀족과 그 뒤에서 머리 높이 양산을 들고 서 있는 시종 등등, 시장은 발 들일 틈도 없다. 마리아가 천사를 사고 싶으면 이 자리에서 살 수도 있을 것 같다. 그러면 천사들은 그녀의 머리 주변을 날아다니며 퍼덕거리는 날개로 그녀의 눈을 때릴 것이다.

에디르네로
가는 길

같은 해 가을

오메이르

집에서 14킬로미터 남짓 떨어진 곳에서 그들은 그가 태어난 마을을 지난다. 포장마차가 길에 멈춰 있는 동안 전령들은 말을 타고 집집이 돌아다니며 남자들과 동물들을 징발한다. 비가 줄곧 쏟아지는 가운데 오메이르는 수소 가죽 케이프를 두르고 오들오들 떨며 잔해와 거품을 이고 포효하듯 흘러가는 강물을 본다. 손으로 막을 수 있을 만큼 작은 개울도 높은 산에서 흘러 내려와 결국 강으로 모이고, 그 강은 아무리 빠르고 격하게 흐른다 해도 결국 망망대해의 눈에는 물 한 방울에 지나지 않으니, 바다는 세상의 모든 육지를 에워싸고 있으며 세상 모두가 품었을 꿈을 남김없이 아우른다던 할아버지의 말이 떠오른다.

햇빛이 협곡에서 흘러내린다. 어머니와 니다와 할아버지는 올겨울을 어떻게 날 것인가. 그간 저장해 둔 대부분의 음식이 지금 그가 함께 있는 기수들의 입속으로 사라져 버렸다. 나무와 달빛이 끄는 사륜 짐수레에 실린 것도 그의 가족이 베어 말린 재목의 대부분과 보리의 절반이다. 가족에게 남은 건 잎새와 바늘과 염소들이다. 마지막으로 남은 몇 동이 꿀이다. 오메이르가 전리품을 가지고 귀향할 거라는 희망이다.

멍에를 쓴 달빛과 나무는 뿔에서 빗물을 뚝뚝 흘리고 등에서 김을 뿜어내면서 끈기 있게 서 있고, 소년은 그들의 발굽에 돌이 낀 건 아닌가, 어깨에 상처가 난 건 아닌가 살펴보다가, 지금 이 순간만 살기에 다가올 미래를 두려워하지 않는 듯 보이는 그들이 부러워진다.

그 첫날 밤, 부대는 야영을 한다. 카르스트 지형*의 거석들이 오래전 멸하여 없어진 종족이 세운 감시탑들처럼 산등성이를 따라 높이 서 있고, 갈까마귀들이 깍깍 울며 무리를 이루어 야영지 위를 날아간다. 해가 지자 구름이 흩어지고, 닳아 해진 은하수 깃발이 머리 위로 펼쳐진다. 오메이르가 속한 조에서 가장 가까운 모닥불 주변에서 사람들이 각기 다른 억양으로 정복하러 가고 있는 도시에 관해 떠들어 댄다. 그들이 '도시들의 여왕'이라고 말하는 곳은 동양과 서양을 잇는 다리, 우주의 교차로다. 어떤 이야기에서 그곳은 죄악의 온상으로, 이교도들이 아기를 잡아먹고 제 어미와 교접을 하는 곳이다. 그다음으로 등장하는 이야기에서 그곳은 상상 이상으로 풍요로운 곳이어서 거지조차 황금 귀고리를 걸고 창녀들은 에메랄드에 뒤덮인 요강을 쓰는 곳이다.

한 노인이 도시가 거대하고 꿰뚫을 수 없는 성벽의 수호를 받는

---

*   침식된 석회암 대지.

다는 말을 들었다고 하자 모두 일제히 입을 다물지만, 이내 마헤르라는 이름의 소 치는 청년이 "하지만 여자들 말이에요. 저놈처럼 못생긴 사내놈도 그곳에 가면 아랫도리를 담글 수 있댔어요."라고 말하며 오메이르를 가리키자 다들 웃음보가 터진다.

오메이르는 슬며시 빠져나와 어둠 속을 돌아다니다 들판 끝에서 풀을 뜯는 달빛과 나무를 발견한다. 둘의 옆구리를 어루만지면서 겁내지 말라고 말하는데, 그가 위로의 말을 건네는 게 그들인지 아니면 자신인지 모호하다.

아침이 되자 길은 검은 석회암 계곡 속으로 꺼져 들어가고 짐수레들은 다리에 이르러 폭이 좁아지면서 더 나아가지 못하고 멈춘다. 기수들은 말에서 내리고 짐수레를 몰던 사람들은 고함치고 채찍과 회초리로 동물들을 후려치고, 나무도 달빛도 두려워 똥을 지린다.

짐승들이 메에 우는 소리가 가슴을 찢는다. 오메이르는 느린 말투로 수소들에게 앞으로 가라고 말한다. 이윽고 다리에 도착하지만 그의 눈에 보이는 다리는 바깥과 경계 지어진 곳도 없고 울타리도 없이 그저 껍질 벗긴 통나무들을 쇠사슬로 이어 놓은 것이 전부다. 절벽들은 거의 직각에 가까운 급경사를 그리는데, 어처구니없을 정도로 가파른 그곳의 여기저기에 가문비나무들이 자라고 있다. 이어지는 통나무들 아래로 급물살을 타며 우렁찬 소리를 내는 하얀 강물이 까마득히 보인다.

저 먼 끝에서 노새 두 마리가 끄는 짐수레들이 다리를 건너자 오메이르는 뒤를 돌아 그의 수소들을 마주 보며 뒷걸음질을 쳐서 빈 공간 위로 간다. 통나무 다리는 동물들이 싼 똥 때문에 미끄럽고, 통나무를 잇댄 사이로, 그의 장화 아래로 하얀 강물이 둥근 바윗돌 위로 넘실거리는 것이 보인다.

나무와 달빛은 굼뜬 걸음을 옮긴다. 다리 폭은 짐수레 굴대의 폭보다 간신히 넓은 정도다. 바퀴가 한 번 회전하고, 두 번, 세 번, 네번 회전한다. 그러자 나무 옆쪽의 바퀴가 다리 밖으로 미끄러져 나간다. 짐수레가 기울면서 수소들이 멈춰 서고, 그 바람에 뒤에서 뗄나무 여러 조각이 굴러떨어진다.

달빛은 네 다리가 벌어지면서 짐수레의 무게를 혼자 지탱하다시피 하며 형제가 도와주길 기다리지만, 나무는 두려움에 사로잡혀 꼼짝도 하지 못한다. 나무는 눈알을 굴리고, 그들 주변으로는 바윗돌에 부딪혀 울려 퍼지는 고함과 울음소리가 가득하다.

오메이르는 침을 꿀꺽 삼킨다. 굴대가 여기서 조금만 더 삐끗하면 무게 때문에 짐수레가 다리 아래로 떨어지면서 수소들까지 끌고 갈 것이다.

"잡아당겨, 애들아, 계속 끌어당겨." 수소들은 꼼짝도 하지 않는다. 안개가 발아래 급물살에서 피어오르고 작은 새들이 이 바위에서 저 바위로 급강하하듯 날고 나무는 이 모든 정황을 콧구멍으로 빨아들이려는 듯 숨을 몰아쉰다. 오메이르는 두 손으로 나무의 주둥이를 쓸어 주고 그 긴 밤색 얼굴을 어루만져 준다. 나무는 두 귀를 쫑긋거리고 긴장한 건지 겁이 난 건지 아니면 둘 다인지 튼실한 앞다리를 부르르 떤다.

소년은 그들의 몸을, 짐수레를, 다리를, 그 아래 강물을 아래로 끌어당기는 중력을 느낄 수 있다. 그가 아예 태어나지 않았다면 아버지는 아직 살아 있을 것이다. 어머니는 지금도 마을에서 살 것이다. 다른 여자들과 수다를 떨고 꿀과 소문을 주고받으며 함께 어우러져 살 것이다. 누나들도 죽지 않고 살아 있을지 모른다.

내려다보지 마. 소들에게 네가 모든 걸 다 해 줄 수 있다는 걸 보여 줘. 네가 침착하면 소들도 그럴 거야. 그의 두 뒤꿈치가 통나무 틈새 위에 떠 있다. 오메이르는 달빛의 뿔을 피해 녀석의 옆구리 가까이에서 엉덩이를 흔들고 어깨춤을 추면서 귀에 대고 말한다. "자, 동생아, 당겨 보자. 날 위해 당겨 줘. 그럼 네 쌍둥이도 따라 할 거야." 소는 뿔 달린 머리를 한쪽으로 갸우뚱하는 것이 소년의 청을 들어주면 득이 될지 생각하는 것 같은데, 크고 축축한 반구형 눈동자에 다리, 절벽, 하늘이 축소형으로 맺혀 있다. 오메이르가 통하지 않았다고 판단하는 순간, 달빛이 굴레 안쪽으로 몸을 기울이고, 가슴팍에서 힘줄이 불끈 솟아오르면서 짐수레 바퀴를 다리 위로 힘차게 끌어당긴다.

"잘한다, 이제 버티고, 그렇지."

달빛이 앞으로 끌어당기자, 나무가 힘을 내어 미끄러운 통나무 위에서 한 발굽을 다른 발굽 앞으로 딛는다. 오메이르는 움직이는 짐수레의 뒤쪽을 붙잡고, 그런 지 몇 초 만에 그들은 다리를 건넌다.

거기서부터 골짜기가 열리고, 산은 구릉으로 바뀌고, 구릉은 기복 많은 평지가 되고, 말만 다닐 수 있는 질퍽질퍽한 길은 다니기 수월한 길로 바뀐다. 달빛과 나무는 궁둥뼈를 위아래로 움직이며 넓은 지면을 따라 사뿐히 걸어가는데, 단단한 땅을 밟는 것이 즐거워 보인다. 전령들은 마을을 지날 때마다 더 많은 남자들과 더 많은 동물들을 징발한다. 그들의 주장은 늘 똑같다. (신께서 기꺼이 함께하시는) 술탄이 너를 부르고 있으니 그분께서 '도시들의 여왕'을 쟁취하기 위해 군대를 모으고 계시는 수도로 가라. 그곳엔 거리마다 보석과 비단과 여자들이 넘쳐 난다. 너도 네 몫을 챙기게 될 것이다.

집을 떠난 지 열사흘 만에 오메이르와 소 형제는 에디르네에 도착한다. 어디를 봐도 껍질 벗긴 통나무들이 산처럼 쌓여 환히 빛나고, 공기는 젖은 톱밥 냄새를 풍기고, 아이들은 길가를 달리며 빵과 카이막을 팔거나 짐수레가 덜컹거리며 지나갈 때 입을 떡 벌리고 바라보고, 해가 저물면 조랑말을 타고 돌아다니며 포고 사항을 알리는 검은 피부의 관원들이 전령사들을 만나 동물들을 횃불로 비춰 가며 분류한다.

오메이르, 나무, 달빛은 가장 크고 가장 힘센 가축들과 함께 수도 변두리의 광대하고 나무 한 그루 없는 들판으로 보내진다. 들판 한끝에 상상해 본 적도 없을 만큼 거대한 천막이 붉게 빛나고 있다. 어찌나 큰지 그 밑에 숲 하나가 통째로 들어갈 것 같다. 천막 안에 있는 남자들은 횃불 빛 아래에서 일하고, 짐수레에서 짐을 내리고, 참호를 파고, 마치 거인의 묘혈 같은 커다란 구덩이를 판다. 구덩이에는 크기가 서로 딱 맞는 원통형 점토 거푸집이 두 개 있는데, 하나가 다른 하나에 끼워져 있으며 각각의 길이가 9미터 정도다.

해가 떠 있는 동안 오메이르와 수소들은 멈추는 법 없이 1.5킬로미터도 넘게 걸어 숯가마까지 가서 숯을 가득 실은 짐수레를 끌고 다시 거대한 천막으로 돌아온다. 숯을 많이 들여올수록 천막 안은 점점 뜨거워지고, 동물들은 다가가다 열기 때문에 멈춰 선다. 마소

부리는 사람들이 짐수레에서 짐을 내리는 동안 주물사들은 용광로에 숯을 던져 넣고, 물라*들은 기도를 올리고, 훨씬 더 많은 수의 사내들은 세 명씩 조를 이루어 뼛속까지 땀에 전 채, 커다란 고함을 지르며 용광로에 대고 거대한 풀무로 불을 일으킨다. 외치는 소리 사이사이 잠잠해질 때마다 오메이르는 불이 타는 소리를 듣는다. 천막 안에 있는 무언가 거대한 생명체가 씹고, 씹고, 또 씹는 소리처럼 들린다.

밤이 되자 오메이르는 그의 얼굴을 봐도 뭐라지 않는 수레 몰이꾼들에게 다가가 지금 만들고 있는 게 뭔지 묻는다. 한 사람이 술탄이 강철로 추진기를 주조하는 거라고 들었는데 추진기가 뭔지는 모른다고 말한다. 다른 사람이 그걸 천둥 발사기라고 말하자, 또 다른 사람은 고문 기구라고 말하고, 또 다른 사람은 '도시의 파괴자'라고 말한다.

"저 천막 안에서," 귓불에 금 고리 여러 개를 주렁주렁 매단 회색 수염의 사내가 설명한다. "술탄께서는 역사를 영원히 바꿀 장치를 만들고 계신 거야."

"그 장치가 뭘 어떻게 하는데요?"

"그 장치는," 남자가 말한다. "작은 것으로 훨씬 더 큰 것을 파괴할 수 있어."

새로운 수소 조들이 주석으로 만든 화물 운반대, 강철 트렁크, 심지어 교회 종 들까지 짊어진 채 도착한다. 수레를 몰고 온 이들은 약

---

*   이슬람교 율법 학자.

탈한 기독교 도시들에서 여기까지 수백 킬로미터를 끌고 왔다고 속삭인다. 전 세계가 공물을 보낸 것 같은 위용이다. 구리 동전, 수 세기가 지나며 잊힌 귀족들의 청동 관뚜껑 들. 오메이르가 듣기로 술탄은 동양에서 정복한 나라의 모든 부(富)를 몰수했는데, 오천 명의 사람들이 죽을 때까지 부자로 살 수 있을 정도의 값어치를 지녔지만 역시 용광로에 던져질 것이라 한다. 금과 은도 그 장치의 재료가 되는 것이다.

등은 시리고 몸 앞쪽은 불에 그슬릴 것 같은데, 오메이르는 천막 천이 열기의 아지랑이에 너울거리는 것을 홀린 듯이 바라본다. 주물사들은 팔과 손을 암소 가죽 장갑으로 감싸고 눈이 침침해지는, 너울거리는 지옥 불 가까이 다가간 후 비계 위로 올라서고, 가공되지 않은 황동을 거대한 솥에 던져 넣고 불순물을 걷어 낸다. 어떤 사내들은 행여 물기가 생길까 용해되는 금속에서 눈을 떼지 않고, 어떤 사내들은 하늘을 살피고, 어떤 사내들은 다른 무엇보다 날씨가 걱정이라 기도를 올린다. 오메이르 옆의 사내는 비가 한 방울만 내려도 솥 전체가 씩씩대다 지옥 불을 담은 채 쪼개질 거라고 목소리를 낮추어 말한다.

용해된 황동에 주석을 넣을 차례가 되자 터번을 두른 군인들이 사람들을 모조리 천막 밖으로 내몬다. 세심한 주의가 필요한 이 순간 불순한 눈이 금속을 봐선 안 되고 오로지 신의 은총을 받은 자만이 그 안에 있을 수 있다는 것이다. 천막 문들이 내려지고 묶인다. 오메이르는 한밤중에 잠에서 깨어 들판 저 끝에서 솟아오르는 빛을 보는데, 천막 아래 땅도 타는 것처럼 보여서 흡사 지구 중심부에서 어마어마한 동력원을 끌어 올리는 것만 같다.

달빛은 옆으로 누워 한 귀를 오메이르의 어깨에 대고 지그시 누르고, 소년은 축축한 풀밭에서 몸을 동그랗게 말고 있다. 나무는 천막을 등진 채 옆에 서서 여전히 풀만 뜯는 것이, 인간의 광신 따위는 지루한 것처럼 보인다.

할아버지. 오메이르는 생각한다. 전 꿈으로도 꿀 줄 몰랐던 것들을 눈으로 봐 버렸어요.

그 후로도 이틀 동안 거대한 천막은 작열하고 굴뚝 구멍마다 불똥을 뿜어내는 가운데 날씨는 변함없이 맑다. 세 번째 날이 되자 주물사들이 솥에서 용해된 합금을 쏟아 내고, 합금은 여러 홈통을 따라 흘러가다 땅밑의 거푸집 속으로 들어가 사라진다. 남자들은 흐르는 황동 줄기 위아래를 오가며 거품이 생기면 강철 막대기로 터뜨리고, 또 다른 남자들은 거푸집이 묻힌 구덩이에 젖은 모래를 삽으로 퍼서 넣고, 흙더미가 식는 동안 천막이 분해되고 물라 조는 옆에서 교대로 기도를 올린다.

새벽이 되자 그들은 모래를 파 내고, 거푸집을 부수고, 장치 밑으로 굴을 파고 장치 둘레에 사슬을 걸친다. 이 사슬들을 밧줄에 묶자 조장들은 수소들을 각각 열 마리씩 다섯 조로 짜서 도시의 파괴자를 땅 위로 끌어올리려 한다.

나무와 달빛은 두 번째 조에 배정된다. 순서가 정해지자 동물들을 막대기로 찔러 움직인다. 밧줄이 신음하고, 멍에는 끽끽거리고, 수소들이 제자리에서 천천히 움직여 나아가면서 흙이 갈아엎어져 진창이 된다.

"잡아당겨, 얘들아, 온 힘을 다해서." 오메이르가 외친다. 앞으로 나아가는 수소들의 발굽이 진흙 깊이 박힌다. 조장들이 여섯 번째 사슬, 여섯 번째 밧줄을 추가하고, 이어 여섯 번째 조의 열 마리 소를 추가한다. 바야흐로 동 틀 무렵이 되고, 소들은 굴대 안에 서서 몸을 들썩인다. 날카로운 외침과 함께 공중은 "호!", "하이!" 소리로 가득하고 예순 마리의 수소들이 끌어당기기 시작한다.

동물들은 몸을 앞으로 수그리지만 터무니없이 육중한 무게에 일제히 뒤로 끌려가는데, 그래도 또 앞으로 몸을 숙이면서 한 걸음, 또 한 걸음씩 나아간다. 소몰이들은 고함을 쳐 가며 동물들을 교체하고, 수소들은 무섭고 혼란스러워 메에 울어 댄다.

이 거대한 짐 덩어리는 대지에서 솟아오르는 고래다. 소들이 50미터 힘들여 끌었을 무렵 멈추라는 명령이 떨어진다. 소들이 콧구멍으로 김을 훅훅 내뿜고 오메이르는 나무와 달빛의 멍에와 발굽을 살핀다. 쌀쌀한 새벽빛 속에서도 여전히 온기를 잃지 않고 김을 뿜어내는 황동 장치 위로 벌써 닦개와 윤내는 기구를 든 사람들이 기어오르고 있다.

마헤르는 깡마른 두 팔을 꼬고 특별히 누구에게랄 것도 없이 말한다. "저쪽에서 듣도 보도 못한 수레를 만들어 내면 모를까, 어림없는 일이지."

주조한 곳에서 술탄의 성능 시험장까지 1.5킬로미터를 넘게 끌고 가는 데 사흘이 걸린다. 세 번이나 수레의 바큇살이 부서지면서 바퀴가 떨어져 나온다. 수레 목수들이 얼른 달려가 수레를 에워싸고 밤낮으로 씨름한다. 너무도 무거운 짐이 시시각각 수레를 눌러 대는 가운데 바퀴들은 아까보다 더 깊이 땅속으로 박힌다.

술탄의 새 궁전에서 보이는 들판에서 거중기 한 대를 동원해 여러 개의 띠를 두른 모양의 거대한 관(管)을 목재 단 위로 들어 올린다. 즉석에서 시장판이 벌어진다. 장사치들이 불구르*와 버터, 개똥지빠귀 구이, 훈제 오리, 자루에 든 대추야자, 은 목걸이, 양모 모자 따위를 판다. 세상의 모든 여우를 도살해 케이프로 만들기라도 한 양 도처에서 여우 모피를 팔고, 어떤 사람들은 눈처럼 새하얀 담비 털 가운을 걸치고 있고, 어떤 사람들은 비를 맞으면 빗방울이 구슬처럼 맺히다 또르르 굴러떨어지는 고운 펠트 천 망토를 걸치고 있다. 오메이르는 그들 모두에게서 눈을 떼지 못한다.

정오가 되자 군중이 들판 양쪽으로 나뉘어 자리 잡는다. 오메이르와 마헤르는 시험장 끝에 있는 나무에 기어 올라가 운집한 사람들을 굽어본다. 털을 깎은 몸에 빨간색 흰색 물감을 칠하고 고리로 장식한 양 떼 행렬이 목재 단 쪽으로 모이고, 그 뒤를 안장 없는 검은 말을 탄 백 명의 기수들이 따르고, 이어서 노예들이 술탄의 삶의 대표 일화를 재연하며 등장한다. 마헤르는 속삭이는 목소리로 이 행렬의 맨 끝 어딘가에 군주 본인이 있을 거라고(그분께 신의 가호가 있기를) 자신 있게 말하지만, 오메이르의 눈에는 수행원과 깃발과 심벌즈를 든 악사들과 양쪽에서 소년들이 매달리다시피 하며 두드리는 어마어마하게 큰 북만 보인다.

할아버지의 톱이 쓸리는 소리, 소들이 끝없이 되새김질하는 소리, 염소가 메에 우는 소리, 개가 헐떡이는 소리, 샛강이 졸졸 흐르는 소리, 갈까마귀가 깍깍 우는 소리, 쥐들이 달음질치는 소리……

* 밀겨의 일부를 제거하고 한 번 쪄서 말린 곡물.

한 달 전이라면 집이 있는 협곡이 소리로 범람한다고 말했을지 모른다. 하지만 그 모든 것을 다 합쳐도 이에 비하면 정적이었다. 망치 소리, 종소리, 고함 소리, 트럼펫 소리, 북소리, 밧줄이 당겨지며 내는 끽끽 소리, 말들이 히힝거리는 소리 — 이 소리는 일종의 맹습이다.

오후가 되고 나팔수들이 선명한 여섯 개의 음을 나팔로 불자 모두가 목재 단 위에서 번득이는 그 거대한 광 나는 기구를 본다. 빨간 모자를 쓴 남자가 그 속으로 기어 들어가 감쪽같이 사라지고, 이윽고 다른 남자가 양가죽 한 장을 들고 뒤따라 기어 들어간다. 나무 밑에 서 있는 누군가 그들이 가루를 집어넣고 있는 거라고 말하지만, 오메이르는 그게 무슨 의미인지 짐작하지도 못한다. 두 남자가 밖으로 기어 나오고, 이어서 거대한 화강암을 끌로 깎고 연마해 둥글게 만든 공이 등장한다. 아홉 명으로 이루어진 조가 공을 굴려서 원통 앞까지 가고, 원통을 기울여 그 안에 공을 넣는다.

공이 기울어진 원통을 따라 천천히 굴러 내려가면서 내는 육중하고 섬뜩한 끽끽 소리가 운집한 사람들을 넘어 오메이르에게까지 가 닿는다. 이맘* 한 명이 기도를 선창하자 심벌즈가 챙 부딪고 트럼펫 소리가 울려 퍼지는 가운데, 장치 꼭대기 아래로 빨간색 모자를 쓴 첫 번째 사내가 나타나더니 마른 풀처럼 생긴 뭉치들을 뒤쪽 구멍에 집어넣은 후 불 붙인 심지를 가져다 대고, 단에서 훌쩍 뛰어내린다.

구경꾼들이 일제히 조용해진다. 태양이 미세하게 아래로 방향을

---

* 이슬람교 교단 조직의 지도자 직명.

바꾸면서 냉기가 들판에 깔린다. 마헤르가 하는 이야기가, 자기 고향 마을에서 처음 보는 사내가 산꼭대기에 나타나선 하늘을 날겠다고 큰소리친 적이 있다고 한다. 온종일 사람들이 몰려드는 가운데 사내는 이따금 "이제 곧 날아갈 겁니다."라고 공표했고, 자기가 날아갈 먼 곳들을 가리켰으며, 이리저리 걸어 다니며 팔다리를 쭉쭉 뻗고 두 팔을 흔들어 댔다고 한다. 사람들이 너무 많이 몰려들면서 모두가 그를 보기도 힘들어질 무렵, 해도 거의 다 저물었을 때 남자는 어떻게 수습할지 몰라 모두가 보는 앞에서 바지를 내리고 엉덩이를 보여 주었다고 한다.

오메이르는 미소 짓는다. 연단 위에서 남자들이 다시 장치를 둘러싸고 신속히 움직이는 동안 하늘에서 눈의 결정 두어 개가 솔솔 내려오자 모인 사람들은 이제 우왕좌왕하며 갈피를 잡지 못한다. 심벌즈가 세 번째로 울리자 들판의 앞쪽, 술탄이 지켜보고 있거나 아닐 수도 있는 곳에서 산들바람이 불어와 그의 깃발들에 매단 수백 개의 말총을 들어 올린다. 오메이르는 체온을 빼앗기지 않으려고 몸을 나무줄기에 딱 붙인다. 황동 원통 위로 기어오르는 두 남자 중 빨간색 모자를 쓴 남자가 원통 입구 안을 들여다보는데, 바로 그 순간 대포가 발사된다.

마치 신의 손가락이 구름을 뚫고 내려와 이 행성을 궤도 밖으로 튕겨 내는 것 같다. 450킬로그램이 넘는 돌 공이 눈으론 볼 수 없을 정도로 빠르게 날아간다. 공이 비명을 지르며 들판 위를 날아가며 들리는 공기 찢는 소리뿐이다. 그러나 그 소리가 오메이르의 의식에 미처 새겨지기도 전에 들판 맞은편 끝에 있던 나무 한 그루가 산산이 흩어진다.

700미터 정도 떨어져 있는 나무 또한 좀 전의 나무와 거의 동시에 증발하는데, 그 찰나에 가까운 시간 동안 그는 공이 지평선 너머로 영원히 날아가면서 걸리는 나무와 벽을 줄줄이 박살 내다가 마침내 세계의 끝까지 날아갈 거라고 생각한다.

저 멀리, 1.5킬로미터도 더 떨어진 곳에서 바윗돌과 진흙이 사방으로 튀어 흩어지는데, 보이지 않는 쟁기가 지구의 거대한 이랑을 갈는 광경이 그러할 것이다. 폭발음이 그의 골수까지 뒤흔든다. 모여 있는 군중 속에서 솟아오르는 환호는 승리의 환호라기보다는 경악에 가깝다.

버팀대 위 장치 주둥이에서 연기가 흘러나온다. 포수 두 명 중 하나가 손으로 귀를 막고 서서 빨간 모자를 쓴 남자의 몇 점 안 남은 시신을 내려다본다.

바람이 단에서 연기를 날려 보낸다. "두려움이라는 감정은," 마헤르가 오메이르에게가 혼잣말처럼 웅얼거린다. "두려움의 대상보다 강한 법이지."

안나

그녀와 마리아는 회개하러 온 사람들과 함께 샘물의 성모 마리아 교회 밖에 줄을 선다. 두건을 쓴 수도회 수녀들의 얼굴이 말려서 색이 바랜 꺼끌꺼끌한 엉겅퀴를 닮아 있다. 다들 백 살은 먹은 것 같다. 한 수녀가 안나가 내민 은화를 사발에 담고 다른 수녀가 사발을 튜닉 속 주머니 속에 쏟자 세 번째 수녀가 손짓으로 층계참 아래로 내려가라고 손짓을 한다.

이곳저곳에 성자들의 손가락뼈와 발가락뼈 들이 든, 촛불로 밝힌 성유물함들이 있다. 저 끝, 성당 밑 깊은 곳에서 그들은 약 30센티미터 두께로 촛농이 들러붙은 투박한 제단 사이의 좁은 공간을 간신히 지나 더듬더듬 작은 석굴 안으로 들어간다.

샘물이 꼴꼴 흘러나온다. 안나와 마리아의 신발창이 축축한 돌 위에서 연신 미끄러진다. 수녀원장이 납으로 된 컵을 수반 안에 담그고 다시 위로 들더니, 그 안에 꽤 많은 양의 수은을 따르고 흔들어 섞는다.

안나는 언니가 마시도록 컵을 잡아 준다.

"맛이 어때?"

"차가워."

눅눅한 공기 중에 기도 소리가 울려 퍼진다.

"다 마셨어?"

"응, 동생아."

땅 위로 나오니, 세계는 온통 색과 바람으로 가득하다. 나뭇잎들이 사방에서 흩날리며 성당 뜰을 긁고 다니고, 성곽에 줄무늬를 그리는 석회암 위로 저물녘 기우는 햇빛과 놀이 맺힌다.

"구름이 보여?"

마리아는 얼굴을 들어 하늘을 본다. "보이는 것 같아. 이제 세상이 더 밝게 느껴져."

"성문 위에서 깃발이 펄럭이는 것도 보여?"

"응, 보여."

안나는 감사의 기도를 바람결에 실어 높은 곳으로 보낸다. 그리고 생각한다. 마침내 나도 옳은 일 하나를 했네.

이틀 동안 마리아는 맑은 정신으로 차분하게 바늘귀에 실을 꿰고 새벽부터 해가 질 때까지 수를 놓는다. 그러나 신성한 혼합물을 마신 지 사흘째 되는 날, 다시 두통이 시작되고 보이지 않는 악귀들도 다시 나타나 그녀의 시야 가장자리를 물어뜯는다. 오후가 되자 마리아는 이마가 땀에 젖어 번들거리고, 부축하지 않으면 혼자 작업대에서 일어나지도 못한다.

"마실 때 좀 흘렸나 봐." 마리아는 안나의 부축을 받아 계단을 내려가며 속삭인다. "아니면 덜 마셔서 그런가?"

그날 저녁 식사 자리에서 모두가 한 가지 문제로 열을 올린다. "그 얘기 들었어?" 에우도키아가 말한다. "술탄이 이 도시 상류에 요새를 완벽하게 만들려고 석공을 천 명이나 데리고 왔다더라."

"내가 들었는데," 이레네가 말한다. "술탄 밑에서 일하는 사람들은 일을 너무 천천히 하면 목이 잘린대."

"남의 일 같지가 않네." 헬레나가 말하지만 아무도 웃지 않는다.

"술탄이 그 요새를 뭐라고 부르는지 알아? 이교도어로 말이야." 요리사 크리세가 자기 어깨 너머를 흘끗 살핀다. 그녀의 두 눈이 즐거움과 두려움이 뒤섞여 빛을 발한다. "효수대."

과부 테오도라는 이런 이야기를 해 봤자 자수 솜씨가 좋아지는 것도 아니고, 이 도시의 성벽은 난공불락이며, 도시의 성문은 코끼리를 탄 야만인들과 중국에서 가져온 투석기를 앞세운 페르시아인들과 인간 해골을 술잔으로 쓴 불가르의 크룸*에 맞서 굳건히 버텨 왔다고 말한다. 그녀는 이어서 말하기를, 오백 년 전에 너무 많아서 수평선이 가려질 정도였던 이교도의 함대가 도시를 오 년 동안 봉쇄했고, 그로 인해 시민들은 신발 가죽까지 먹을 정도로 고통받았지만, 마침내 황제께서 블라헤르나이에 있는 성스러운 예배당에 보관된 동정녀 마리아의 옷을 가져와 성벽 주변을 행진한 후 바다에 담그자 어머니 마리아께서 폭풍을 일으켜 함대가 암초에 부딪혀 산산조각 났고, 신을 섬기지 않는 이교도들은 모조리 바다에 빠져 죽

* 서기 803년에 즉위한 후 영토 확장으로 위세를 떨친, 볼가강 연안에 있었던 유목 국가 불가르 칸국의 칸.

었지만 지금도 성벽은 굳건히 서 있다고 한다.

신앙은 우리의 갑옷이며 독실함은 우리를 지키는 검이 될 거라는 과부 테오도라의 말에 여자들은 일제히 입을 다문다. 가족이 있는 여자들은 집으로 가고 나머지는 흩어져 각자의 방으로 들어가고, 안나는 우물가에 서서 물동이를 채운다. 칼라파테스의 당나귀가 부실하게 쌓인 건초를 야금야금 먹는다. 비둘기가 처마 밑에서 날개를 퍼덕인다. 밤이 싸늘히 식어 간다. 마리아의 말이 맞는지도 모른다. 신성한 혼합물을 덜 마셔서 그런 건지도 모른다. 안나는 비단 더블릿과 벨벳 코트 차림에 두 손은 잉크로 얼룩져 있던, 열성적이던 이탈리아 남자들을 떠올린다.

거기 이런 필사본들이 또 있어?

보관된 상태는 어떻지?

가로로 쌓여 있나?

아니면 서고에 세워져 있나?

그녀의 의지력으로 생겨난 것처럼, 안개로 된 덩굴손 하나가 지붕 윤곽 위를 천천히 나아간다.

다시 한번 그녀는 야경꾼의 눈을 피해 구불구불한 길을 내려가 항구로 간다. 자기 조각배 옆에서 잠든 히메리우스를 찾아 깨우자 그는 여러 명의 여자를 한 여자로 합치려는 듯 인상을 쓴다. 마침내 그는 한 손으로 마른세수를 하며 고개를 끄덕이고, 바위에 대고 한참 동안 오줌을 싸고 나서 배를 끌어다 물에 댄다.

그녀가 뱃머리에 자루와 밧줄을 싣는다. 갈매기 네 마리가 머리 위를 지나며 아련히 울자 히메리우스는 고개를 들어 한 번 쳐다보고, 이윽고 노를 저어 소수도원이 있는 바위섬까지 간다. 이번엔 그녀가 더 결의에 차 있다. 벽을 천천히 오르는 동안 두려움이 엷어지면서 잠시 후 벽을 오르는 몸동작과 지난번에 잡았던 지점들에 대한 기억만 남자, 손가락에 의지해 차가운 벽돌 위에서도 몸이 지탱되고 두 다리가 그녀의 몸을 위로 들어올린다. 그렇게 배수구에 이르러 사자 입속으로 몸을 숙이고 들어가서는 커다란 식당 방 안으로 뛰어내린다. 혼령들이여, 저를 지나가게 해 주세요.

며칠 후면 보름달이 될 달이 지난번보다 더 많은 빛을 안개 속으로 뿌려 준다. 그녀는 계단을 발견하고 올라가 긴 복도를 헤맨 다음, 마침내 문을 지나 둥근 방으로 들어간다.

그곳은 유령의 땅, 먼지가 가득하고 축축한 종이 뭉텅이 여기저기서 작은 양치류들이 자라며 모든 것이 썩어 산산이 흩어지는 곳이다. 몇 개의 벽장 안에 수도사의 기록부들이 꽂혀 있지만, 너무 커서 그녀는 들어 올리지도 못한다. 다른 벽장 안에서 물기와 곰팡이가 들러붙어 단단한 덩어리가 된 학술서들을 발견한다. 안나는 자루에 들어갈 수 있는 만큼 한가득 넣고, 계단 아래로 끌고 내려가 조각배에 내려 준다. 그러고는 자루를 들고 안개 낀 골목길을 뚫고 이탈리아 사람들의 집으로 가는 히메리우스의 뒤를 바싹 따라간다.

발이 안으로 굽은 하인이 턱이 빠지도록 하품을 하며 그들에게 손짓으로 안뜰을 가리킨다. 작업장으로 들어가니 체구가 상대적으로 작은 두 필경사는 구석에 놓인 의자에 늘어진 채 곤히 잠들어 있지만, 키가 큰 필경사는 밤 새도록 그들을 기다린 듯 두 손을 비벼 댄다. "얼른. 얼른. 넝마주이 꼬마들이 오늘은 뭘 가져왔는지 보자고." 그는 탁자 위에 가지런히 배치한 불 밝힌 양초들 사이에 자루를 올린 후 거꾸로 뒤집는다.

히메리우스는 두 손을 불가에 대고 서고 안나는 필사본을 살펴보는 외국인을 지켜본다. 헌장, 유언장, 연설을 받아 적은 글, 지원 요청서, 오래전 수도원에서 열린 모임에 참석한 명사들 ── 지휘관, 시종관, 재무부 차관 각하, 테살로니카에서 온 학자들, 황실 의복 담당관 등등 ── 의 명부로 보이는 문서.

그가 나뭇가지 모양의 촛대를 이리저리 기울여 가며 하얗게 곰팡이 핀 필사본을 한 장 한 장 넘기는데, 안나의 눈에 처음 왔을 때는 알아차리지 못한 것이 보인다. 그의 긴 양말은 한쪽 무릎이 찢어졌고 그의 외투는 팔꿈치 쪽 색깔이 바랬고, 양 소매 모두 잉크 튄 자국이 있다. "이건 아니고." 그가 말한다. "이것도 아니고." 그러더니 자기 나라 말로 중얼거린다. 방에선 오배자* 잉크와 양피지와 나무 훈연과 적포도주 냄새가 난다. 구석의 거울에 촛불이 비친다. 아마천을 씌운 판자에는 누군가 핀으로 가지런히 고정해 둔 작은 나비들이 있다. 구석 탁자에선 누군가 항법표처럼 보이는 것을 베끼고 있다. 방은 호기심과 가능성이 넘쳐흐르고 있다.

"다 쓸모 없는 것들이야." 이탈리아 남자가 사뭇 쾌활하게 판정을 내리고는 동전 네 닢을 탁자 위에 올려놓는다. "얘야, 노아와 그의 아들들 이야기 아니? 세상을 새로이 시작하게 하기 위해 만물을 배에 실은 이야기 말이야. 천 년 동안 네가 사는 이 도시, 무너져 가는 이 수도는 ── 그는 한 손을 들어 창문 쪽을 가리킨다. ── 그런 방

---

* 붉나무에 생긴 혹 모양의 벌레집. 약재로 쓰이거나 잉크, 염료의 재료로 쓰인다.

주 같았어. 딱 하나 다른 게 있는데, 신께서 모든 살아 있는 존재 한 쌍 대신 여기 이 배에 뭘 실었는지 아니?"

덧창 너머로 수탉들이 첫 울음으로 하루를 연다. 그녀는 불가에서 몸을 비비 트는 히메리우스의 관심이 오로지 은화에만 가 있는 걸 느낀다.

"책이야." 필경사가 미소 짓는다. "그리고 노아와 책을 실은 우리의 방주 이야기에서 홍수는 뭔지 아니?"

안나는 고개를 흔든다.

"시간이야. 하루하루, 일 년 또 일 년, 시간은 이 세계에서 오래된 책을 지워 버린단다. 네가 저번에 우리에게 가져다준 필사본 있지? 로마 제국 시대에 살았던 학자 아에리아누스가 쓴 거였단다.* 이 방에 있는 우리에게, 바로 이 시간에 도착하기 위해, 그 책 속의 문장들은 십이 세기를 견뎌야 했어. 어느 필경사가 그 책을 필사해야 했고, 수십 년이 지나 두 번째 필경사가 첫 번째 사본을 또 한 번 필사했고, 두루마리였던 것을 책으로 다시 묶었고, 두 번째 필경사가 땅에 묻혀 뼈만 남은 후로도 긴 세월이 흐른 뒤에 세 번째 필경사가 나타나서 또 한 번 필사했고, 그러는 내내 그 책은 발굴되었어. 성질 고약한 수도원장 한 명, 바지런하지 못한 수사 한 명, 이 땅을 침략한 야만인 한 명, 쓰러져 버린 초 하나, 배고픈 벌레 한 마리만으로도 저 수 세기의 세월이 날아가 버려."

가느다란 초의 불이 깜박인다. 그의 두 눈은 방 안의 모든 빛을

---

* 로마의 저술가 클라우디우스 아에리아누스(175~235)가 쓴 『동물의 본성에 대하여』를 가리킨다.

끌어모으는 듯하다.

"얘야, 세상에 변치 않을 것처럼 보이는 것들 ─ 산, 부, 제국 ─ 이 있지만 영원함이란 환상에 지나지 않아. 그것들이 늘 그대로일 것처럼 보이는 건 우리 삶이 너무 짧기 때문이야. 신의 눈으로 볼 때 지금 이 도시도 개미집처럼 잠깐 있다가 사라지지. 젊은 술탄이 지금 군대를 소집하고 있어. 그는 새로운 전쟁 기계를 갖고 있는데, 그걸 가지고 성벽을 무너뜨려 공기처럼 아무것도 남지 않게 할 수 있다는구나."

안나는 배 속이 요동치는 기분이다. 히메리우스가 탁자에 놓인 동전들을 향해 살금살금 다가온다.

"방주가 암초에 부딪혔단다, 얘야. 그래서 밀물이 밀려 들어오고 있어."

안나의 삶은 두 갈래로 나뉜다. 칼라파테스의 집에서 보내는 탈진과 두려움뿐인 단조로운 시간이 있다. 빗자루와 쓰레받기, 실과 철사, 물 대령, 숯 대령, 포도주 대령, 아마포 대령으로 이루어진 시간. 거의 매일 술탄에 관한 새 소식이 작업장까지 흘러 들어온다. 그는 잠을 안 자도 살 수 있게 스스로 훈련했다고 한다. 도시 성벽 밖에서 측량사 작업조를 이끌고 있다고 한다. 그를 위해 싸우는 '효수대' 군사들이 대포알을 발사해 흑해에서 먹을 것과 무기를 싣고 오던 베네치아 갤리선을 박살 냈다고 한다.

다시 한번 안나는 마리아를 데리고 성모 마리아의 샘이 있는 성지에 가서 허리가 굽고 바싹 야윈 수녀들에게 11스타브라톤을 내고 축복을 산다. 마리아는 물과 수은의 혼합물을 들이켜고 하루는 나아지는 듯하다가 다시 나빠진다. 그녀의 두 손이 떨린다. 그녀는 경련에 시달린다. 어떤 밤에는 낯선 악령들의 발톱이 그녀의 팔다리를 움켜잡고 갈가리 찢으려 하는 것 같다고 한다.

그리고 안나의 다른 삶이 있으니, 안개가 도시를 감싸면 그녀는 소리가 울리는 거리를 달려가 히메리우스가 노 젓는 배를 타고 방파제를 빙 둘러 가서 소수도원의 벽을 오른다. 누군가 묻는다면 아픈 언니를 낫게 하려고 돈을 버는 거라고 할 것이다. 하지만 한편으론 벽을 기어오르고 싶은 마음도 있지 않은가? 곰팡이가 하얗게 핀 책들을 자루에 담아 잉크로 가득한 가게의 필경사들에게 가져다주고 싶은 마음 말이다. 두 번 더 그녀는 자루를 채우는데, 두 번 더 곰팡내 나는 재고품들로 판명날 뿐이다. 하지만 이탈리아 사람들은 그녀와 히메리우스에게 어떤 것이라도 좋으니 찾는 대로 가져오라면서, 이대로라면 조만간 아메리아누스의 책만큼이나 좋은, 아니 그보다 더 좋은 아테네의 잃어버린 보물이나 그리스 정치가의 연설문이나 날씨와 바람의 비밀을 밝히는 『세이스모브론톨로기온』*처럼 귀중한 문헌을 발견할지도 모른다고 말한다.

그녀는 이 이탈리아 사람들이 그들 말로는 돈과 탐욕에 눈이 먼 밍크의 소굴인 베네치아 출신도, 기생충과 매춘부의 온상이라 부르는 로마 출신도 아니라는 걸 알게 된다. 그들은 우르비노라는 도시에서 왔는데, 곡창이 언제나 그득그득 차 있고, 착유기에선 기름이 넘쳐흐르며, 거리는 선의로 빛을 발하는 곳이라고 한다. 그들은 우

---

*   11세기 후반 콘스탄티노플과 비잔티움 제국 등지에서 활동한 역사가 미카엘 아탈레이아스가 저술한 마흔다섯 권의 시리즈 중 첫 권으로, 천문학을 미신적 관점에서 서술했다고 알려져 있다.

르비노의 성벽 안에서는 찢어지게 가난한 아이도, 여자아이든 남자아이든 모두 숫자와 문학을 배우고, 로마처럼 말라리아가 목숨을 앗아 가는 계절도 없으며, 이 도시처럼 냉랭한 안개가 밀려오는 계절도 없다고 말한다. 셋 중 체구가 가장 작은 남자가 안나에게 자신의 수집품인 코담뱃갑 여덟 개를 보여 주는데, 뚜껑에 우르비노가 축소형으로 그려져 있다. 거대한 돔 지붕을 한 교회, 시 광장의 분수대, 저울을 든 '정의', 대리석 원주를 잡은 '용기', 물로 포도주를 희석하고 있는 '절제'.

"우리의 주인이자 고결하신 백작이자 우르비노의 군주인 분께선 절대로 패하지 않는다." 그가 말한다. "전투건 어떤 싸움이건." 그러자 중간 체격의 필경사가 덧붙인다. "아량이 한없이 넓은 분이라 그분께 할 말이 있는 사람에겐 신분 고하를 막론하고 하루 중 어느 때건 귀를 기울이시지." 그러자 키가 큰 남자가 말한다. "그분께서는 저녁을 드실 때마다, 전쟁터에 계시더라도 옛 문헌을 읽어 달라 청하신단다."

"그분께는 꿈이 있어." 첫 번째 남자가 말한다. "도서관, 교황의 도서관을 능가하는 도서관, 이제까지 쓰인 세상의 모든 글을 보유한 도서관, 시간이 다할 때까지 존재할 도서관을 짓는 꿈이지. 그날이 오면 읽을 줄 아는 자는 누구건 마음껏 그분의 책을 읽을 수 있을 거야." 그들의 눈이 석탄처럼 타오른다. 그들의 입술은 포도주로 물들어 있다. 그들은 그녀에게 군주의 명을 받아 여행하면서 어렵게 손에 넣은 보물들을 보여 준다. 이삭이 살던 시대의 테라코타 켄타우로스, 그들 말로는 마르쿠스 아우렐리우스가 사용했다는 잉크병, 필경사가 깃펜과 잉크로 쓴 것이 아니라 목수가 이동 가능한 대나무 판목(版木)의 바퀴를 돌려 찍어 낸 책 따위다. 이런 기계를 쓰면 필경사가 한 권을 다 베껴 쓰는 시간에 열 권의 사본을 만들어 낼 수 있다고 한다.

이야기 하나하나를 들을 때마다 안나는 숨도 쉴 수 없을 지경이다. 지금까지 그녀는 마지막 시대에 태어난 아이라는 말을 들으며 살아왔고, 그 말을 그대로 믿었다. 제국의, 시대의, 지상에서의 인간 치세의 마지막. 하지만 필경사들의 열광적인 태도에서 뿜어져 나오는 빛 속에서 그녀는 우르비노와 같은 도시에는, 수평선 너머에는 또 다른 가능성이 존재할지도 모른다는 생각이 든다. 백일몽 속에서 그녀는 에게해를 건넌다. 까마득한 아래로 배와 섬과 폭풍우가 지나가고 펼친 손가락 사이로 바람이 흐르는 가운데 마침내 그녀는 어느 밝고 깨끗한 궁전으로 날아 내려간다. 정의의 신과 절제의 신의 동상들이 즐비하고, 방마다 책들이 가득하다. 읽을 줄만 안다면 누구나 마음껏 읽을 수 있는 책들이다.

앞에서 보는 궁전은 그 광휘가 흡사 어두운 밤을 밝히는 등불처럼, 혹은 한낮의 태양처럼 찬란하다.

방주가 암초에 부딪혔단다, 얘야. 그래서 밀물이 밀려 들어오고 있어. 쓸모없는 것들로 머리를 채울 거니.

그날 밤도 필경사들은 물에 불어 터지고 곰팡이가 핀 필사본들을 넘기다가 고개를 절레절레 흔든다. "우리가 찾고 있는 건," 체구가 가장 작은 남자가 불분명한 발음의 그리스어로 말한다. "이런 것들이 아니야." 양피지와 주머니칼 들이 흩어져 있는 가운데 반쯤 먹다 만 가자미와 건포도가 담긴 접시들이 놓여 있다. "우리 주인께서 특별히 찾으시는 건 경이로운 것들을 추려 놓은 책이야."

"우리는 고대 사람들이 아주 먼 곳까지 여행했다고 믿어⋯⋯."

"이 세계의 네 귀퉁이까지 전부⋯⋯."

"⋯⋯그들은 알지만 우리는 아직 알지 못하는 땅을."

불을 등지고 선 안나는 땅 위에 Ὠκεανός라고 쓰던 리키니우스를 떠올린다. 여기는 알려진 세계. 여기는 미지의 세계. 그녀의 시야 구석 밖에서 히메리우스가 건포도 훔치는 게 보인다. "우리 주인께서는," 필경사가 말한다. "어딘가, 어쩌면 이 유서 깊은 도시에, 폐허 아래에 온 세계를 아우르는 이야기가 잠들어 있다고 믿고 계셔."

중간 체격의 사내가 고개를 끄덕이며 눈을 반짝거린다. "그 너머의 신비까지 아우르는."

히메리우스가 고개를 드는데 입안 가득 건포도를 물고 있다. "만약 우리가 그걸 찾아내면요?"

"주인님께서 정말 기뻐하실 거야."

안나는 눈을 깜빡인다. 세상의 모든 것을, 그 너머의 신비까지 담은 책이라고? 그런 책이라면 어마어마하게 클 텐데. 그녀는 절대로 그 책을 들지 못할 것이다.

7

물방앗간 주인과
낭떠러지

클라우드 쿠쿠 랜드

안토니우스 디오게네스 지음. 폴리오 H

……산적들은 나를 쿡쿡 찔러 대며 낭떠러지 끝까지 몰고 갔고, 내가 아무짝에도 쓸모없는 당나귀라고 떠들어 댔습니다. 산적 하나가 날 벼랑에서 밀어 바위에 배가 터져 독수리 밥이 되는 꼴을 봐야겠다고 우기자 다른 산적이 내 옆구리에 칼을 찌르자고 제안했고, 그러자 그중 최악인 세 번째 산적이 말했습니다. "둘 다 하면 어때?" 내 옆구리에 칼을 찌른 후 벼랑에서 떨어뜨리자는 거였습니다! 무시무시한 비탈 너머를 바라보며 나는 발굽이 다 젖도록 질질 오줌을 쌌습니다.

내 운명을 내가 나서서 꼬아 버리다니! 내가 있을 곳은 여기가 아니건만, 높고 험한 바위산, 울퉁불퉁한 바위와 가시들 사이에 있지 않고 높고 파란 하늘, 구름 사이를 날아올라 그 도시로 가야 하건만, 지글거리는 태양도 얼음장 같은 바람도 없는 곳, 서풍이 모든 꽃을 피우는 양식이 되는 곳, 언덕은 언제나 초록 옷을 입고 있고 누구도 바라는 것이 없는 곳, 그곳이 내가 있을 곳인데. 나는 어찌하여 이다지도 어리석단 말인가. 이미 가진 것 이상을 탐하여 날 여기까지 끌고 온 이 허기는 무엇이란 말인가?

바로 그때였습니다. 올챙이배를 한 물방앗간 주인이 올챙이배를 한 아들을 데리고 북쪽 굽잇길을 돌아오는 것이었습니다. 물방앗간 주인이 말했습니다. "금방이라도 쓰러질 것 같은 이 당나귀는 앞으로 어쩔 생각이오?" 그러자 산적들이 대답했습니다. "약해 빠진 데다 겁만 많고 끝없이 구시렁대는 놈이라 벼랑에서 막 내던지려던 참이었소. 그러기 전에 이놈의 갈빗대에 칼을 쑤실지 말지를 놓고 말이 오가던 중이었고." 물방앗간 주인이 말했습니다. "지금 내 발이 욱신거리고 내 아들놈은 숨도 잘 못 쉬어서 그런데, 동전 두 닢을 줄 테니 내게 넘겨주면 어떻겠소. 어디 녀석이 앞으로 더 버티고 가는지 못 가는지 한번 봅시다."

산적들은 동전 두 닢에 날 처분하게 된 것에 기뻐했고, 나는 벼랑에서 던져지지 않은 것이 마냥 기뻤습니다. 물방앗간 주인이 내 등에 올라탔고, 아들놈도 뒤이어 올라탔습니다. 비록 등뼈가 휘도록 아팠으나, 내 머릿속은 물방앗간 주인의 아담한 오두막과 어여쁜 그의 아내, 그리고 장미꽃이 만발한 정원의 풍경으로 가득 찼습니다……

한국

1951년

지노

이걸 윤이 나도록 닦아라, 저길 자루걸레로 닦아라, 저걸 옮겨라, 저들이 널 '보지'라 부르면 미소 지어라, 시체처럼 자라. 지노가 기억하기로 소속 집단에서 피부색이 가장 어두운 사람이 자기가 아닌 건 이번이 처음인 것 같다. 남태평양의 절반을 가로질러 온 곳에서 누군가 그를 Z라고 부르고, 그는 그 별명이 마음에 든다. 아이다호에서 온 깡마른 꼬마가 하갑판의 쨍그렁거리는 어둠 속을 미끄러지듯 통과하면 어딜 봐도 남자들의 몸뚱이, 젊고 머리가 짧으며 가느다란 허리띠 위 물오른 몸뚱이를 한, 팔뚝에는 심줄이 휘감고 있고 상체가 역삼각형이며 기차 앞에 달린 배장기* 모양의 턱을 한 남자들뿐이다. 레이크포트가 멀어질 때마다 그는 부풀어오르는 희망을 느낀다.

평양의 강은 얇은 얼음에 뒤덮여 있다. 보급 장교가 그에게 야전

---

* 선로의 장애물을 밀어 없애기 위해 기차 앞에 붙이는 뾰족한 철제 기구.

누비 재킷, 털모자, 바닥이 두툼한 가벼운 면 혼방 양말을 배급한다. 지노는 유타 양모 공장 양말을 두 켤레 껴 신는다. 차량 수송 장교가 그와 뉴저지 출신의 주근깨투성이 이병 블리위트에게 도지 M37 보급품 트럭을 운전해 공군 기지에서 전초 기지들까지 가라고 명한다. 대개 비포장 상태에 지뢰 지대 통로*인 데다 눈까지 쌓여 있어 길이라 말하기도 민망할 정도다. 1951년 3월 초, 한국에 온 지 십일 일, 지노는 블리위트와 함께 휴대용 식량과 신선한 농산물을 차에 싣고 급커브 길을 돈다. 지프차를 따라 경사가 가파른 길을 블리위트가 운전하는 동안 둘은 함께 노래를 한다.

> 비누 거품을 불고 또 부네,
> 둥둥 떠다니는 예쁜 거품들아,
> 하늘 높이 날아올라,
> 하늘에 가 닿을 것 같구나

그 순간 그들 앞에서 달리던 지프차가 반동강이 난다. 부서진 조각들이 데굴데굴 굴러 왼쪽 길 밖으로 벗어나고, 오른편에서 총신들이 번쩍거리더니 앞에서 형체 하나가 감자 으깨는 기구처럼 생긴 수류탄을 흔든다. 블리위트가 핸들을 꺾는다. 빛이 확 타오르면서 마치 물속에서 철제 드럼을 두드리는 것 같은 기묘한 폭발 소리가 들린다. 잠시 후 지노는 귓속의 섬세한 부위들이 머리 밖으로 한꺼

---

* 지뢰 지대에서 지뢰가 부설되지 않았거나 혹은 지뢰를 제거했다고 표시해 놓은 통로.

번에 잡아 뽑히는 것만 같다.

트럭은 두 번 구른 후 눈이 반쯤 덮인 광활한 비탈길 위에 옆으로 눕는다. 그는 팔다리가 아무렇게나 벌어진 채 앞 유리창에 처박혀 있는데, 뭔가 뜨거운 것이 팔뚝에서 뚝뚝 떨어지고, 높은 음으로 애처롭게 우는 소리가 두 귀를 채운다.

운전석을 보니 블리위트가 없다. 박살 난 옆 유리창으로 보니 초록색 모직 군복 차림을 한 엄청나게 많은 중공군들이 그를 향해 자갈 비탈을 달려 내려오고 있다. 건조란을 담은 자루 여러 개가 트럭 뒤에서 튀어나와 터지면서 달걀 가루가 구름처럼 허공에 퍼지고, 그 속을 차례대로 통과하는 군인들의 몸과 얼굴에 노란 줄이 생긴다.

그는 생각한다. 이럴 줄 알았어. 지구 반대편까지 와서도 난 이 모양이야. 곧 그들이 덮칠 텐데, 내가 했던 못난 짓들이 스쳐 지나가는구나. 얼음판에서 나를 뒤로 끌어당기는 아테나. 쪼글쪼글해지며 까맣게 타들어 가는 『아틀란티스의 인어』. 그에게 바지 앞이 열렸다고 말한 적이 있는 앤슬리 기계 공장의 지배인 코맥 씨. 지노가 얼굴을 붉히며 단추를 채우자 그러지 말라고, 자긴 좋다고 말하던.

프루트. 나이 든 남자들은 코맥 씨를 그렇게 불렀다. 계집년. 변태.

지노는 M1을 찾아내라고, 트럭에서 나가 싸우라고, 아버지가 했을 일을 하라고 자신에게 명하지만, 두 다리를 움직일 수 있는지 확인하기도 전에 중년의 군인이 작은 누런 이를 드러내며 그를 조수석에서 끌어내 눈밭에 처박는다. 순식간에 스무 명의 남자들이 그를 에워싼다. 그들은 입술을 움직이지만 그의 귀엔 아무 소리도 들어오지 않는다. 몇 명은 러시아제 자동 권총을 들고 있고 몇 명은 사십 년 전 것으로 보이는 라이플총을 들고 있다. 몇 명은 신발이 없어서 쌀부대로 발을 감싼 채다. 지금은 거의 모두가 도지 뒤에서 꺼내 온 시레이션*의 포장지를 찢어 열고 있다. 한 사람이 파인애플 업사이드 다운 케이크라고 인쇄된 통조림 캔을 잡고 있고, 다른 한 사람이 총검으로 그것을 따려 한다. 또 다른 병사는 크래커를 입안 가득 넣고, 또 다른 병사는 양배추 한 포기를 거대한 사과인 양 베어 문다.

나머지 수송대원들은 어디 갔을까? 블리위트는 어디 있고, 그들을 엄호해 줄 이들은 어디에 있는가? 이상한 건, 중공군에게 이리 찔리고 저리 찔리며 다시 비탈을 올라가면서도 공포스럽기보다 모든 것으로부터 멀리 떨어져 있다고 느껴진다는 거다. 금속 조각 하나가 파카 소매를 뚫고 그의 팔뚝에 박혔다. 버드나무 잎처럼 생겼는데, 나중엔 어떨지 몰라도 지금은 아프지 않다. 지금 그의 의식을 채우는 것은 대부분 심장이 두방망이질하는 소리와 귓속을 공허하게 울리는 윙윙 소리다. 마치 베개로 머리를 단단히 감싼 듯, 보이즈 턴 부인 집의 작은 놋쇠 침대로 돌아간 듯, 이 모든 상황이 불쾌한 꿈인 듯하다.

그는 중공군에게 끌려서 곧장 길을 건너고 채소 농장으로 짐작되는, 얼음에 뒤덮인 계단식 밭을 가로질러 가축 우리에 던져진다. 그곳엔 블리위트가 먼저 와 있는데, 그는 코와 귀에서 피를 흘리면서도 연신 몸짓으로 담배 한 대 피웠으면 좋겠다는 표시를 한다.

---

*   C-Ration. 통조림 야전식을 가리키는 말로, 통조림 및 비스킷, 잼 등으로 이루어져 있다.

그들은 얼어붙은 땅 위에서 서로 바싹 붙어 있다. 총살될 거라 생각하며 밤을 지새운다. 그러던 중 지노는 팔에서 잎 모양 금속 조각을 뽑아내고 소맷자락으로 상처를 감싸 매고서 다시 야전 재킷을 입는다.

새벽이 되자 그들은 들쭉날쭉한 풍경 속을 행군하고, 중간에 다른 포로들의 행렬이 더해지는 가운데 북쪽으로 간다. 프랑스인, 튀르키예인들, 영국인 두 사람. 날이 갈수록 머리 위를 지나는 항공기가 뜸해진다. 한 사람은 쉴 새 없이 기침을 하고, 또 한 사람은 두 팔이 다 부러졌고, 아직 눈구멍에 매달린 눈알을 한 손으로 감싸고 있는 사람도 있다. 지노의 왼쪽 귀는 차츰 회복된다. 블리위트는 지독한 담배 금단 현상에 시달려 호송병이 꽁초를 던지면 그걸 피우겠다고 눈밭에 몸을 던진 게 한두 번이 아니지만, 그렇게 해도 아직 살아 있는 불을 되살린 적은 없다.

그들이 배급받은 물에선 똥 냄새가 난다. 하루 한 번 중공군은 대까지 삶은 옥수수를 솥째 눈 속에 내려놓는다. 솥 바닥에 눌어붙어 새카맣게 탄 옥수수를 먹지 않는 포로도 있지만, 지노는 호수 옆 오두막에 살던 시절 아빠가 장작 스토브에 데워 주던 아머 앤드 컴퍼니 통조림을 떠올리며 애써 삼킨다.

행군을 멈출 때마다 그는 군화 끈을 풀고 유타 양모 공장 양말 한 켤레를 벗어서 외투 속 겨드랑이 쪽에 끼워 넣고는 더 따뜻하고 더 보송보송한 양말을 신는다. 이것이 다른 무엇보다 그를 살게 해 준다.

4월이 되자 그들은 크림을 넣은 커피 같은 색깔의 강 남쪽 기슭에 있는 상설 수용소에 도착한다. 포로들은 두 그룹으로 분류되고, 블리위트와 지노는 건강한 그룹에 배치된다. 줄줄이 늘어선 농군의 나무 오두막 너머에 복도식 주방 하나와 저장실이 있다. 그 너머에 협곡, 강, 만주가 펼쳐져 있다. 껑충한 침엽수들이 바람에 시달리며 여기저기 구부정하게 자라나 있다. 바람이 나뭇가지들을 모두 같은 방향으로 휘어 놓았다. 경비견도 경보기도 가시철망도 없고 감시탑도 없다. "나라 전체가 더럽게 추운 얼음 감옥이야." 블리위트가 속삭인다. "도망가 봐야 갈 데나 있겠어?"

그들의 막사는 바닥에 짚 요가 쭉 깔린 초가지붕 오두막으로 이가 들끓는 스무 명의 남자가 수용되어 있다. 장교 없이 모두 사병이고, 모두 지노보다 나이가 많다. 어둠 속에서 그들은 목소리를 낮춰 가며 아내, 여자 친구, 양키 야구단, 뉴올리언스 여행, 크리스마스 만찬 이야기를 한다. 이 수용소에서 제일 오래된 포로 말로는, 겨울이면 매일 여러 명의 포로가 한꺼번에 죽어 나갔는데, 중공군이 북한군에게서 수용소를 인계받으면서 포로들의 운명도 나아졌고, 그러는 가운데 한 가지 알게 된 건 유독 한 가지에만 병적으로 집착하는 ─ 햄 샌드위치나 여자, 고향에 대한 특정 추억을 끝도 없이 주절거리는 ─ 사람은 열에 아홉은 바로 죽는다고 한다.

지노는 멀쩡하게 걸을 수 있다는 이유로 화부(火夫) 임무를 배정받는다. 그의 하루는 포로들의 주방 난로 위에 걸린 검은 솥을 데울 불쏘시개를 모으는 일로 채워진다. 처음 몇 주 동안 포로들은 콩이나 건조된 사료용으로 말린 옥수수를 풀처럼 쑤어 먹는다. 저녁엔 벌레가 들끓는 생선이나 크기가 도토리만 한 감자를 먹기도 한다. 지노는 다친 팔이 여의치 않은 날은, 달랑 한 짐 정도 간신히 모은 땔감을 모아 묶어서 주방까지 끌어다 놓은 후 구석에 몸져눕는다.

공포는 밤이 깊어서야 돌연 찾아온다. 천천히, 옥죄어 오는 것들 사이사이에서 지노는 숨도 못 쉴 정도로 부대끼고, 다시는 돌아가지 못하리라는 불안에 시달린다. 아침이 되면 정보 담당 장교들이 서투른 영어로 전쟁광 자본주의자들을 대신해 싸우는 것이 얼마나 위험한 일인지 연설한다. 너희는 제국주의의 앞잡이들이라고 그들은 말한다. 너희 체제는 실패했다, 뉴욕 시민의 절반이 굶어 죽고 있다는 사실을 너희는 모르느냐?

그들은 흡혈귀 이빨을 달고 눈동자에 달러 표시가 찍힌 엉클 샘의 그림을 돌려 본다. 뜨거운 물로 샤워하고 싶은 사람? 티본스테이크 먹고 싶은 사람? 그렇다면 사진 몇 장 찍고, 탄원서 한두 장에 서명하고, 마이크 앞에 앉아 미국을 규탄하는 문장 몇 줄만 읽으면 된다. 그들이 미군이 오키나와에 보유한 B-29가 몇 대냐고 묻자 지노는 "9만 대"라고, 이는 세계 역사를 통틀어 가장 많은 전투기를 보유한 사례일 거라고 대답한다. 질문자에게 물가에서 살았다고 말하자, 그에게 레이크포트의 계선장을 그리게 한다. 이틀 뒤 지도를 잃어버렸다며 다시 그리게 하는데, 지노가 두 번 다 똑같이 그리는지 알아보려는 것이다.

어느 날 호송병이 막사에 있는 지노와 블리위트를 호출하더니, 수용소 본부 뒤로 데려가 포로들이 '록 걸리'라 부르는 바위 협곡 가장자리까지 끌고 간다. 호송병이 카빈총 총신으로 각각 놓여 있는 네 개의 상자를 가리키고 물러난다. 상자는 진흙, 조약돌, 옥수수 대로 빚은 커다란 관짝에 걸쇠 걸린 나무 뚜껑을 덮어 놓은 것처럼 보인다. 길이 2미터가량에 높이는 1미터가 좀 넘는 것 같은데, 남자 한 명이 안에 들어가 누울 수 있고 무릎을 꿇고 앉을 수 있을 만큼이지만 일어설 수는 없는 높이다.

역겹다, 몸서리쳐진다, 비위가 상한다. 다가갈수록 풍기는 냄새를 형용할 단어는 없다. 지노는 숨을 참고 걸쇠들을 푼다. 파리 떼가 파도처럼 솟구쳐 오른다.

"맙소사." 블리위트가 숨을 토한다.

상자 속, 저쪽 벽에 구겨지듯 기대어져 있는 것은 한 구의 시체다. 작고 빈혈이 있는 듯 창백한 금발 남자. 그의 군복, 아니 한때 군복이었던 것의 일부는 가슴 양쪽에 큼지막한 주머니가 달린 영국 전투복 상의다. 시신의 얼굴에 얹혀 있는 안경은 한쪽 렌즈가 부서져 있는데, 갑자기 그가 손을 들어 엄지로 안경을 자기 코 위로 올리는 바람에 지노와 블리위트는 펄쩍 뛰어오른다.

"가만." 블리위트가 말하자 그 남자는 눈을 들어 바라보는데, 마치 다른 은하에서 온 존재와 마주하는 것 같은 표정이다.

그의 손톱은 까맣고 갈라졌고, 들끓는 파리 떼 밑으로 보이는 얼굴과 목에는 오물이 그물처럼 결이 져 있다. 지노는 뚜껑을 뒤집어 바닥에 내려놓고야 비로소 뚜껑 밑면에 빈틈을 찾아볼 수 없을 만큼 빼곡하게 긁힌 자국들이 있음을 본다. 단어들이다. 절반은 영어고 절반은 다른 나라 말이다.

ἔνθα δὲ δένδρεα μακρὰ πεφύκασι τηλεθόωντα. 이 문장은 이상한 활자체가 한쪽으로 기울어 있다.

그곳에서는 나무들이 크고 무성하게 자란다.

ὄγχναι καὶ ῥοιαὶ καὶ μηλέαι ἀγλαόκαρποι.

배와 석류와 사과나무들이 눈부신 과실들을 달고 있다.

그의 가슴이 쿵쾅거리기 시작한다. 그가 아는 운문이다.

ἐν δὲ δύω κρῆναι ἡ μέν τ’ ἀνὰ κῆπον ἅπαντα.

그리고 그곳엔 두 개의 샘이 있으며 그중 하나는 온 정원을 통과해 흐른다.

"인마? 너 또 귀 먹었냐?" 상자 위로 기어 올라간 블리위트가 남자의 양 겨드랑이에 손을 넣어 일으켜 세우려 안간힘을 쓴다. 악취 때문에 그의 얼굴은 잔뜩 구겨져 있는데, 남자는 깨진 안경 너머로 눈만 껌뻑인다.

"지(Z)? 온종일 콧구멍만 후비고 있을 셈이야?"

그는 나름대로 얻어 낸 정보를 취합한다. 그 군인은 일병 렉스 브라우닝이고, 이스트런던의 중등학교 교사였다가 전쟁에 자원했고, 탈출을 시도했다는 이유로 '정신 재교육' 형을 선고받은 후 이 주째 하루 이십 분을 제외하고 온종일 상자에 갇혀 있었던 것이다.

'궁지에 몰린 놈.' 누군가 그를 부르는 말이다. '별종'이라 부르는 사람도 있는데, 제5수용소를 탈출할 수 있다고 생각하는 게 망상임을 모두 알고 있기 때문이다. 포로들은 면도도 안 한 얼굴에 영양실조로 허약한 데다, 한국인보다 키가 크다. 금방 티가 나는 서양인이다. 재주가 좋아 호송군의 눈을 피해 탈출한다 해도 160킬로미터가 넘는 산악을 뚫고 수십 곳의 검문소를 피해서 수많은 골짜기와 강을 건너야 한다. 어쩌다 인정 많은 한국인을 만난다 해도 십중팔구 고발당해 총살될 것이다.

지노는 그럼에도 중등학교 교사 렉스 브라우닝이 탈출을 시도했음을 알게 된다. 그가 발견된 곳은 수용소에서 남쪽으로 몇 킬로미터 떨어진 곳, 4.5미터 높이의 소나무 위였다고 한다. 중공군은 나무를 베고 그를 지프차 뒤에 매단 채 다시 수용소까지 왔다.

그로부터 몇 주 지나서 지노는 언덕 중턱에서 땔감을 줍다가, 제일 가까운 감시병이 몇 백 미터 떨어져 있는 곳에서 렉스 브라우닝이 아래 오솔길을 따라 조심조심 걸어가는 것을 발견한다. 뼈만 남아 앙상하지만 절뚝거리진 않는다. 효율적으로 몸을 움직이며 이따금 식물들에서 잎을 따서 상의 주머니에 넣고 있다.

지노는 땔감 다발을 어깨에 짊어지고 덤불을 뚫고 서둘러 내려간다.

"저기요?"

10미터, 5미터, 1미터. "저기요?"

그는 여전히 멈추지 않는다. 지노는 오솔길까지 가서 숨이 턱 끝까지 차서는, 감시병에게 들리지 않기를 기도하며 목소리를 높인다. "그것들은 용맹한 알키노스, 파이아케스인들의 왕의 궁전에 있는 신들이 보낸 영광스러운 선물이었다."

렉스는 돌아서다 하마터면 넘어질 뻔하지만 이내 똑바로 서서 부서진 안경 너머로 커다란 눈을 깜빡인다.

"대충 그런 뜻 같은데." 지노는 말하고 얼굴을 붉힌다.

남자가 웃음을 터뜨린다. 다정하고 매혹적인 웃음이다. 목의 주름마다 껴 있던 때는 말끔히 씻어 없어지고, 바지는 깔끔한 바느질로 수선되어 있다. 서른 살쯤 되어 보인다. 옥수수수염 같은 머리칼, 아마빛 눈썹, 섬세한 손. 지노는 실감한다. 다른 상황, 다른 세상에서라면 렉스 브라우닝은 미남으로 통할 거라고.

렉스가 말한다. "제노도투스."

"네?"

"알렉산드리아 도서관의 최초의 사서. 제노도투스라 불렸어요. 프톨레마이오스 왕조의 왕들이 지어 준 이름이에요."

도서관을 말하는 그의 억양. '라이브레리'가 '라이-브러리'가 된다. 바람결에 나무가 흔들리고 지노는 어깨를 파고드는 땔감들을 바닥에 내려놓는다.

"이름은 중요하지 않지만."

렉스는 지령을 기다리듯 하늘을 바라본다. 목 쪽 살갗이 너무도 얇아서 정맥 속 피가 지나갈 때 올록볼록거리는 것이 보인다. 그는 이런 데 있기에는 너무도 여려서 금방이라도 날아가 버릴 것만 같다.

갑자기 그가 뒤를 돌아 다시 오솔길을 걸어 내려가기 시작한다. 수업 끝. 지노는 땔감 다발을 들고 쫓아간다. "내가 살던 동네의 사서들이 내게 읽어 준 거예요. 『오디세이아』 말이에요. 두 번 읽었어요. 그 동네에 이사 가서 한 번, 우리 아버지가 돌아가신 후 한 번 더. 이유는 나도 모르겠지만."

몇 걸음 더 가다가 렉스가 멈춰 서서 나뭇잎을 더 줍고 지노는 몸을 무릎 위로 숙이고는 빙글빙글 도는 땅이 멈추길 기다린다.

"들은 대로네." 렉스가 말한다. 머리 높이 부는 바람이 거대한 이불처럼 펼쳐진 새하얀 새털구름을 찢고 있다. "고대 유물이란 사서와 교사들의 밥벌이를 위해 만들어진 것이다."

그는 눈을 지노에게 돌리며 미소 짓고, 지노는 그의 농담을 이해하지 못하면서도 미소로 화답한다. 산마루의 감시병이 아래 나무들 쪽으로 중국 말로 고함치자, 둘은 다시 오솔길을 따라 내려간다.

"그리스어였죠, 그때? 그쪽이 상자 뚜껑에 긁어 쓴 거요?"

"학교 다닐 때만 해도 관심 없었어요. 케케묵고 오래전에 죽은 말 같아서요. 당시 고전 문학 가르치던 선생이 우리에게 『오디세이아』에서 네 페이지를 골라 외우고 해석하게 했거든요. 나는 제7권*을 택했어요. 고문이 따로 없구나, 아무튼 그땐 그렇게 생각했죠. 문장과 거닐면서 한 걸음에 한 단어씩 머릿속에 새겨 넣었어요. 이런 식으로. 문밖: 내가 신들의 뜻에 따라 감내해야 했던 불행을 다 말한다면 누구보다 긴 이야기를 들려줄 수 있을 것이외다. 계단 아래: 하지만 내가 아무리 비탄에 젖은 인간일지언정, 우선은 배부터 채우게 해 주시오. 화장실 방향: 허기로 성이 난 배 속만큼 부끄러운 것도 없으니 말이오.** 하지만 암흑 속에서 두 주를 버티면서 ── 그는 관자놀이를 톡톡 두드린다. ── 뇌 속의 오래된 상자 속에 새겨진 것에서 뭘 찾아낼 수 있는지 알면 그쪽도 놀랄 거예요."

그들은 말없이 몇 분을 더 걷고, 렉스는 걸음이 느려진다. 얼마 안 있어 그들은 제5수용소 경계에 이른다.

장작 때는 연기, 덜컥거리는 발전기, 중공기. 변소에서 흘러나오는 냄새. 그 모든 것을 작게 웅크린 숲이 감싸고 속삭인다. 지노는 어둠이 렉스를 사로잡다가 천천히 놓아주는 것을 본다.

"그 사서들이 오래전 이야기를 읽어 준 이유를 알 것 같아요." 렉스가 말한다. "제대로 읽어 주기만 하면, 이야기가 이어지는 동안은 현실의 덫에서 벗어나니까."

---

*   제1권부터 제24권까지 나뉜 목차 가운데 일곱 번째를 의미한다.
**   『오디세이아』 제7권에서 알키노스 왕을 처음 만난 오디세우스가 그간의 모험을 이야기하기 전에 음식을 달라고 청하는 대목이다.

아이다호주
레이크포트

2014년

시모어

아케이디 레인의 산마루에 에덴스 게이트 표지판이 등장하고 넉 달이 지나지만 아무 일도 일어나지 않는다. 물수리가 숲에서 가장 높은 나무 꼭대기에 틀었던 둥지를 떠나 멕시코로 향하고, 첫눈이 산에서 날려 내려오자 자치군 제설기가 눈을 갓길로 밀어 올린다. 레이크 스트리트는 주말을 맞아 스키장이 있는 산으로 자동차를 모는 여행객으로 가득 차고, 버니는 그들이 숙박하는 애스펜 리프 로지의 방을 청소한다.

열한 살의 시모어는 매일 수업을 마치고 가는 길에 그 표지판을 지나친다.

곧 선보입니다
맞춤형 타운하우스와 별장
최상급 택지 보장

집에 들어가 거실 안락의자에 책가방을 던져 놓고, 눈을 뚫고 울타리 말뚝을 세우려고 파 놓은 구멍들을 넘어 커다란 폰데로사 고목까지 가면, 이삼 일에 한 번은 트러스티프렌드가 그곳에 있다. 올빼미는 들쥐의 찍찍 소리에, 생쥐가 긁어 대는 소리에, 시모어의 가슴속 고동 소리에 귀를 기울인다.

그러다 4월 들어 처음으로 따스한 아침, 덤프트럭 두 대와 증기 롤러를 실은 평상형 트레일러 한 대가 확장형 이동 주택 앞에 멈춰 선다. 에어브레이크가 윙윙 울고 무전기가 꽥꽥거리고 트럭들이 삑삑대더니, 금요일 수업을 마칠 무렵 아케이디 레인에 아스팔트가 깔린다.

시모어는 봄비가 내리는 갓 포장한 아스팔트 도로 맨 끝에 웅크려 앉는다. 사방에 막 깐 타르 냄새가 가득하다. 그는 손가락 두 개로 길을 잃은, 물에 흠뻑 젖은 분홍색 실에 가까워 보이는 지렁이를 집어 올린다. 벌레는 빗물에 휩쓸려 이제껏 살던 땅굴에서 포장도로 위로 밀려날 거라고는 예상하지 못했을 것이다. 어떻게 예상할 수 있었겠는가? 제 몸으로 뚫고 나갈 수 없는 이 이상하고 낯선 지면에 있게 될 것을.

두 개의 구름 사이가 벌어지며 햇빛이 거리 위로 쏟아지고, 시모어가 문득 왼쪽을 돌아보니, 못해도 5만 마리는 될 지렁이가 햇빛 아래 죽어 있다. 그제야 지렁이가 아스팔트 도로를 온통 뒤덮고 있음을 알아차린다. 수천 마리 지렁이 위로 수천 마리 지렁이가 쌓여 있다. 그는 처음 집어 올린 지렁이를 월귤나무 수풀 밑에 내려놓고, 또 다른 지렁이를 안치하고, 세 번째 지렁이에 손을 뻗는다. 소나무에서 비가 뚝뚝 떨어진다. 아스팔트 위로 빗물이 흐른다. 지렁이들이 나뒹군다.

그는 스물네 번째 스물다섯 번째 스물여섯 번째 지렁이를 안치한다. 구름이 태양을 봉인한다. 트럭 한 대가 크로스 로드를 벗어나 가까이 다가오는데, 저게 지렁이 시체들을 몇 마리나 으깨려나? 서둘러. 더 빨리 움직여. 마흔셋 마흔넷 마흔다섯. 그는 트럭이 멈출 거라고, 어른이 차에서 내려 길에서 물러나라고 손짓하고 이 상황에 대해 해명하기를 기대한다. 트럭은 마냥 달린다.

측량사들이 길 끝에 흰색 픽업트럭을 주차하고 집 뒤 숲속 오르막을 오른다. 그들은 삼각대를 설치하고 나무 밑동에 리본을 맨다. 4월 말이 되자 사슬톱이 숲속에서 윙윙 울려 댄다.

학교에서 집까지 걸어가는 동안 시모어의 귓속에서 두려움이 와글거린다. 그는 하늘에서 숲을 내려다보는 것을 상상한다. 확장형 이동 주택이, 점점 면적이 줄어드는 숲이, 중앙의 빈터가 보인다. 트러스티프렌드가 자기 나뭇가지에 앉아 있다. 이만 칠천이십칠 개의 점이 고리 모양으로 에워싼 가운데 두 개의 눈이 달린 타원형 얼굴.

버니는 부엌 식탁에 앉아 물결처럼 밀려든 고지서와 씨름하느라 정신이 없다. "아, 주머니쥐, 거긴 우리 땅이 아니야. 그 사람들은 자기 땅이니 자기 마음대로 할 수 있어."

"왜?"

"그게 규칙이니까."

그는 이마를 미닫이문에 대고 꾹 누른다. 그녀는 수표 한 장을 뜯어내고, 편지 봉투를 핥는다. "그런데 말이지? 톱은 우리에겐 희소식일지도 몰라. 나랑 같이 일하는 제프, 이름에 G 들어가는 제프 기억나? 그 친구 말이 에덴스 게이트 꼭대기 부지를 20만 달러까지 쳐 줄지도 모른대."

어둠이 내려앉고 있다. 버니는 그 숫자를 두 번 말한다.

트럭들이 제재용 원목을 신고 털털거리며 확장형 이동 주택을 지 난다. 불도저들이 아케이디 레인을 끝까지 뚫고 들어가 언덕 중턱까 지 Z자 모양으로 길을 넓힌다. 시모어는 하루도 빠짐없이, 마지막 트럭이 떠나면 곧바로 귀마개를 쓰고 새로 생긴 도로를 걷는다.

하수관들이 무너진 기둥처럼 쓰레기더미 앞에 널브러져 있다. 거대한 케이블 똬리들이 여기저기 뒹군다. 공기 중에 부서진 나무, 톱밥, 휘발유 냄새가 난다.

니들맨들이 바스러진 채 진창에 쓰러져 있다. 우리는 다리가 부러 졌어. 그들이 실로폰 소리 같은 목소리로 웅얼거린다. 우리의 도시 는 폐허가 됐어. 언덕 중턱, 트러스티프렌드의 빈터는 타이어가 휘 저은 나무뿌리와 가지 들이 한가득이다. 당분간이겠지만 커다란 폰 데로사 고목은 아직 그 자리에 서 있다. 시모어는 목이 뻐근해질 때 까지 굵은 나뭇가지, 가느다란 나뭇가지를 빠짐없이 따라가며 샅샅 이 훑어본다.

텅 비었다 텅 비었다 텅 비었다 텅 비었다.

"거기 있니?"

정적.

"내 말 들려?"

트러스티프렌드를 못 본 지 사 주째. 오 주째. 오 주 반. 매일 빛은 한때는, 몇 시간 전에는 숲이었던 곳으로 번져 들어가며 영역을 넓힌다.

부동산 표지판들이 새로 포장된 길 위아래에서 싹터 오르고, 두 곳엔 벌써 팔렸습니다라는 플래카드가 걸려 있다. 시모어는 전단지 한 장을 줍는다. 꿈꾸던 레이크포트 라이프 스타일을 누리세요라고 적혀 있다. 택지 지도와 드론으로 멀리서 촬영한 호수의 사진이 있다.

도서관에 가니 메리앤이 이야기해 주는데, 에덴스 게이트의 사람들이 입안이니 지대 설정이니 하는 문제로 생고생했고, 공청회를 열었고, 프로스팅에 로고를 그려 넣은 컵케이크를 나눠 주었는데 엄청나게 맛있었단다. 심지어 도서관 바로 옆의 오래되어 무너져 가는 빅토리아 양식의 저택까지 사서 전시관으로 개조할 계획이라고 한다.

"개발은," 메리앤이 말한다. "전부터 이 도시의 스토리 중 일부였어." 그녀는 '지역사' 코너의 서류 캐비닛에서 한 세기 전의 흑백 인쇄물을 꺼낸다. 여섯 명의 벌목꾼이 그들이 베어 넘어뜨린 히말라야삼목 그루터기 위에서 어깨를 나란히 하고 서 있다. 어부들이 1미터에 달하는 연어를 아가미 쪽을 잡아 치켜올리고 있다. 비버의 생가죽 수백 장이 오두막 벽에 걸려 있다.

그 이미지들을 바라보는 시모어의 귀에 척추뼈 밑부터 으르렁으르렁 낮게 절규하는 소리가 들리기 시작한다. 환상 속에서 그는 십만 명의 니들맨이 숲의 폐허에서 솟아올라 공사 트럭들 위를 행진하는 모습을, 거대한 군대가 되어 치명적인 역경에도 불구하고 두려움 없이 트럭 타이어에 대고 작고 뾰족한 바늘을 휘두르는 모습을, 벌목꾼들의 부츠에 못을 박아 넣는 모습을 그려 본다. 배관 공사 화물 자동차들이 불길에 휩싸인 채 올라간다.

"레이크포트 주민 중에 에덴스 게이트 때문에 좋아 죽는 사람이 한둘이 아니야." 메리앤이 말한다.

"왜요?"

메리앤은 시모어를 보고 서글픈 미소를 짓는다. "그들이 무슨 말을 하는지 너도 알잖니."

시모어는 셔츠 옷깃을 잘근잘근 씹는다. 그들이 무슨 말을 하는지 그는 모른다.

"돈은 전부가 아니야. 유일한 거지."

메리앤은 시모어가 웃을 거라고 예상한 표정이지만 시모어는 뭐가 웃긴 건지 모르겠고, 마침 선글라스를 쓴 한 여자가 엄지를 홱 꺾으면서 도서관 뒤쪽을 가리키고는 말한다. "화장실 변기가 넘치는 것 같아요." 메리앤이 서둘러 자리를 뜬다.

논픽션 598.9:

미국에서는 매년 삼억 육천오백에서 십억 마리에 달하는 새가 유리창에 부딪혀 죽는다.

《조류 생태학 다이제스트》

잇따른 제보에 따르면 문제의 까마귀가 죽은 후 상당수의 동료 까마귀들(몇몇 제보자 말로는 족히 백 마리가 넘었다고 한다.)이 나무에서 땅으로 내려와 죽은 까마귀를 추모하는 뜻에서 십오 분 동안 원을 그리며 걸어 다녔다고 한다.

논픽션 598.27:

연구자들이 직접 목격한 어느 올빼미는 자기 짝이 전선에 부딪혀 죽자, 보금자리로 돌아와 고개를 돌려 나무줄기만 바라보며 며칠을 꼼짝도 안 하다가 그대로 죽었다.

6월도 반쯤 지난 어느 날, 시모어는 도서관에서 집에 돌아와 눈을 들어 에덴스 게이트를 살펴보다가 베어져 쓰러진 트러스티프렌드의 고목을 본다. 오늘 아침, 확장형 이동 주택 뒤 언덕 중턱에는 나무의 그루터기만 남고, 어딜 봐도 텅 빈 허공뿐이다.

한 남자가 트럭에서 둘둘 만 주황색 호스를 푼다. 굴착기가 배수 도랑을 만들기 위해 긴 구덩이를 판다. 누군가 "마이크! 마이크!"라고 소리친다. 이제 달걀 모양의 바위에서 보이는 건 산꼭대기까지 숲이 다 깎여 나가고 거칠 것 없이 쭉 펼쳐진 민둥민둥한 언덕뿐이다.

시모어는 책들을 내팽개치고 달린다. 아케이디 레인을 따라, 스프링 스트리트를 따라 달려 내려가 루트 55의 자갈 깔린 가장자리 길을 따라 남쪽으로 달려간다. 차들이 포효하며 쌩쌩 지나가는데, 그것들을 구동하는 건 공포이지 분노가 아니다. 이 모든 것을 지금 당장 되돌려 놓아야 한다.

저녁 식사 시간이고 피그 앤드 팬케이크는 사람들로 꽉 차 있다.

시모어는 대기석 앞에서 숨을 헐떡이며 사람들 얼굴을 훑어본다. 매니저가 그를 주시한다. 대기 중인 사람들이 그를 유심히 본다. 버니가 양팔에 접시들을 잔뜩 얹은 채 주방 문 밖으로 나온다.

"시모어, 다쳤어?"

두 팔에 쇠고기 치즈 샌드위치, 치킨 프라이드 스테이크가 담긴 접시 다섯 개를 얹고서도 그녀는 용케 쭈그려 않고, 시모어는 귀마개 중 하나를 귀에서 살짝 뗀다.

냄새: 잘게 간 쇠고기, 메이플 시럽, 프렌치프라이. 소리: 자갈 고르는 소리, 썰매 모는 소리, 덤프트럭들이 후진하면서 울리는 경보음. 그는 에덴스 게이트에서 2.5킬로미터는 떨어져 있는데 무슨 영문으로 여전히 그곳의 소리가 들리는 건지, 그를 에워싸고 감옥이 지어지고 있는 건 아닌가, 그가 파리처럼 거미줄에 둘둘 감겨 돌아가는 건 아닌가 하는 생각이 든다.

식사하던 손님들이 주시한다. 매니저가 주시한다.

"주머니쥐?"

입안에서 단어들이 쌓이더니 이 뒤쪽에서 밀려 나오려 한다. 웨이터 조수가 바퀴 달린 어린이용 의자를 밀면서 지나가고, 바퀴들이 타일 바닥 위를 굴러가며 드르륵 소리를 낸다. 한 여자 손님이 웃음을 터뜨린다. 누군가 "주문!"이라고 외친다. 숲 나무 올빼미 — 그의 발바닥으로 나무 몸통을 갉아 들어가는 사슬톱의 진동이 전해지고, 트러스티프렌드가 소스라쳐 잠에서 깨어나는 것이 느껴진다. 생각할 시간이 없다. 너는 그림자처럼 햇빛 속으로 사라져 버려라, 안전했던 은신처가 세상에서 도려내지고 있으니.

"시모어, 내 호주머니에 손 넣어 봐. 열쇠 있지? 저기 밖에 차를 대 놨어. 거기 들어가 앉아 있어, 조용하니까. 심호흡하고. 내가 얼른 끝내고 갈게."

그가 폰티액 안에 앉아 있는 가운데, 소나무 숲에서 어둠이 조금씩 새어 나온다. 사 초 동안 숨을 들이마시고, 사 초 동안 숨을 참고, 사 초 동안 숨을 내쉬고. 버니는 앞치마를 두른 채 나와서 차에 오르고, 양 손바닥으로 이마를 문지른다. 들고 온 테이크아웃 상자엔 딸기와 크림을 얹은 팬케이크 세 장이 들어 있다.

"손으로 집어 먹어도 돼, 아가야. 괜찮아."

저물어 가는 햇빛이 까불까불 장난을 친다. 주차장이 쭉 늘어난다. 나무들이 환상 속 나무들로 변신한다. 첫 번째 별이 뜨고, 다시 모습을 감춘다. 가장 친한 최고의 친구, 우린 헤어지지 않아.

버니가 팬케이크 한 조각을 손으로 뜯어 그에게 건네준다.

"귀마개 벗겨도 돼?"

그가 고개를 끄덕인다.

"머리 만져도 돼?"

그녀의 손가락이 그의 헝클어진 머리칼 속을 훑어 들어갈 때 그는 얼굴을 찡그리지 않으려고 애쓴다. 한 가족이 식당을 나와 트럭을 올라타더니 떠난다.

"변화는 힘든 거야, 야, 나도 알아. 사는 게 그렇게 힘든 거야. 하지만 우리한텐 아직 집이 있잖니. 마당도 있고. 그리고 서로가 있고. 그렇지?" 그는 두 눈을 감고 트러스티프렌드가 주차장이 끝없이 펼쳐진 불모지 위를 떠도는 것을, 어딜 봐도 사냥할 데 없고, 어딜 봐도 내려앉을 곳 없고, 어딜 봐도 잠잘 곳 없이 떠돌기만 하는 것을 본다.

"가까운 이웃이 생겼다고 마냥 나쁜 건 아니야. 네 또래 아이가 살게 될지도 모르잖아."

앞치마를 두른 십 대 하나가 뒷문을 박차고 나오더니 불룩한 검은색 봉지를 휘둘러 대형 쓰레기통에 던져 넣는다. 시모어가 말한다. "걔네는 사냥 반경이 넓어야 해. 특히 탁 트인 높은 곳에서 보는 걸 좋아해, 그래야 들쥐를 잡을 테니까."

"들쥐는 어떻게 생겼는데?"

"생쥐 비슷하게 생겼어."

버니가 손에 든 귀마개를 이리저리 돌린다. "여기에서 북쪽으로는 네 올빼미가 날아다닐 만한 곳이 못해도 스무 곳은 있을걸. 여기보다 큰 숲, 여기보다 더 좋은 숲. 자기 마음에 드는 대로 고를 수 있을 거야."

"정말?"

"그럼."

"들쥐도 엄청 많고?"

"들쥐는 넘쳐 날걸. 네 머리카락 수보다도 많을 거야."

시모어는 팬케이크를 씹고 버니는 백미러에 비친 자기 모습을 보며 한숨을 내쉰다.

"그 말 책임질 수 있지, 엄마?"

"책임질게."

아르고스호

미션 여행 61년

콘스턴스

열 번째 생일날 아침. 노라이트였던 17호 격실 안이 밝아지며 데이라이트가 되고, 콘스턴스가 용변을 보고 머리를 빗고 가루 치약으로 이를 닦고 커튼을 젖히자 어머니와 아버지가 서 있다.

"눈 감고 두 손 내밀어 봐." 콘스턴스는 어머니 말대로 한다. 눈을 뜨기도 전에 어머니가 자기 팔뚝에 뭘 올려놓을지 안다. 새 작업 슈트. 천은 샛노란 색이고, 소매와 단엔 작은 X자 모양으로 시침질이 되어 있고, 어머니가 옷깃에 제4농장에서 자라고 있는 이 년 육 개월 된 묘목과 어울리는 보스니아소나무를 수놓은 옷이다.

콘스턴스는 옷을 코에 대고 누른다. 정말 희귀한 냄새가 난다. 새로움이라는 냄새.

"크면 맞을 거야." 어머니는 말하고, 슈트 지퍼를 목 끝까지 올려 준다. 식당에 다 함께 모여 ── 제시 고, 라몬과 첸 선생님과 테이본 리와 아흔아홉 살의 수학 교사 포리 박사 ── '도서관의 날' 노래를 부르고, 세라 제인이 진짜 밀가루로 만들어 이 층으로 쌓아 올린 커다란 팬케이크를 콘스턴스 앞에 놓는다. 시럽이 케이크 가장자리로 흘러 똑똑 떨어진다.

모두가, 특히 십 대 남자아이들이 열심히 지켜본다. 열 살 생일 이후로 진짜 밀가루로 만든 팬케이크는 한 번도 먹지 못했기 때문이다. 콘스턴스는 맨 위 케이크를 돌돌 말아서 네 입에 다 먹어 치운다. 아래쪽 케이크를 먹을 때는 아까보다 천천히 먹는다. 다 먹고 쟁반을 얼굴 높이까지 들어 올려 바닥을 핥자 박수갈채가 터진다.

이윽고 어머니와 아버지가 그녀를 데리고 17호 격실 안으로 돌아가 기다리라고 한다. 어쩌다 소매에 시럽 한 방울을 흘린 것을 발견하고 어머니가 속상해할까 걱정하지만, 어머니는 꽤 흥분해 있어서 눈치채지 못했다. 대신 아버지가 한 눈을 찡긋 감더니 손가락을 핥는 시범을 보여 그녀도 핥아서 자국을 없앤다.

"처음엔 받아들이기가 좀 힘들게 느껴질 거야." 어머니가 말한다. "하지만 결국 좋아하게 될 거란다. 이제 너도 더 성장할 나이고, 이게 네게 어떤 도움을⋯⋯." 그러나 어머니가 말을 다 맺기도 전에 플라워스 부인이 도착한다.

플라워스 부인은 백내장 때문에 두 눈이 혼탁하고, 숨 쉴 때면 농축 당근 반죽 냄새를 풍기며 볼 때마다 자꾸만 몸집이 작아지는 것 같다. 아버지는 그녀가 가져온 퍼램뷸레이터를 어머니의 바느질 탁자 옆 바닥에 놓는 것을 돕는다.

플라워스 부인이 작업 슈트 주머니에서 황금색으로 반짝거리는 바이저를 꺼낸다. "물론 중고란다. 알레가바 부인이 썼던 거야. 그녀의 영혼이 편히 쉬기를. 허술해 보일지 몰라도 컴퓨터 진단을 다 통과했어."

콘스턴스가 퍼램뷸레이터 위로 올라가자 기계가 윙윙 소리를 내며 작동을 시작한다. 아버지가 그녀의 손을 힘주어 잡고 희비가 엇갈리는 표정을 짓고, 플라워스 부인이 "거기서 보자."라고 하고는 비틀거리는 걸음으로 문 여섯 개 너머에 있는 자신의 격실로 돌아간다. 콘스턴스는 뒤통수에 맞게 바이저를 씌우는 어머니의 손길을, 바이저가 후두부를 조이더니 쭉 늘어나 양쪽 귀 앞으로 넘어와 눈을 덮는 것을 느낀다. 아플 것 같아서 겁이 났는데, 막상 써 보니 누군가 몰래 다가와 차가운 손으로 얼굴을 가린 것 같다.

"우린 여기 있을 거야." 어머니가 말하고, 뒤이어 아버지가 말한다. "처음부터 끝까지 바로 네 옆에 있을 거야." 그리고 17호 격실이 허물어진다.

그녀는 거대한 아트리움 안에 서 있다. 방 양옆으로 높이가 1미터쯤 되는 3단 책장이 수백 개의 사다리를 달고서 1.5킬로미터 넘는 길이로 쭉 뻗어 있다. 세 번째 단 위로 대리석 원주로 된 쌍둥이 회랑이 가운데가 직사각형으로 파인 반원통형 궁륭을 떠받치고 있다. 그 위로는 코발트색 하늘이 펼쳐져 있고 뭉실뭉실한 구름이 떠다닌다.

그녀의 앞으로 사람들 형체가 탁자 근처에 서 있거나 안락의자에 앉아 있다. 저 위 단에서는 다른 형체들이 책장을 유심히 들여다보거나 난간에 기대어 서 있거나 사다리를 오르내린다. 그녀의 시야가 미치는 어디나 책들 ─ 어떤 건 그녀의 손바닥만큼 작고 어떤 건 그녀가 자는 매트리스만큼이나 크다. ─ 이 공중을 날아다니는데, 어떤 건 책장에서 두둥실 떠오르고, 어떤 건 다시 책장으로 돌아가고 있고, 어떤 건 노래하는 새들처럼 훨훨 날아다니고, 어떤 건 너무 커서 어색해 보이는 황새들처럼 어기적거린다.

잠깐 동안 콘스턴스는 할 말을 잃고 서서 쳐다보기만 한다. 이렇게 아득할 정도로 큰 공간에 선 건 처음이다. 수학 교사 포리 박사 — 그는 지금 머리칼만 풍성하고 흰머리 한 올 없이 까매서 촉촉하면서 동시에 메말라 보인다. — 가 그녀의 오른편 사다리를 미끄러지듯 내려가면서 젊은 운동선수처럼 가로대 위를 깡충거리다가 사뿐히 두 발로 착지한다. 그리고 그녀에게 윙크를 한다. 그의 이는 우유처럼 하얗다.

콘스턴스가 입고 있는 노란색 작업 슈트가 17호 격실에서보다 훨씬 더 생기 있어 보인다. 시럽 자국은 온데간데없다.

플라워스 부인이 멀리서 콘스턴스를 향해 다가오는 중인데, 작고 하얀 개 한 마리가 부인의 발치에서 총총걸음으로 따라온다. 이곳에서 부인은 더 깔끔하고 더 젊고 더 근사한 모습이다. 눈은 맑은 담갈색이고 머리는 전문 미용사의 손길을 거친 마호가니빛 단발 스타일이며, 싱싱한 시금치 같은 진녹색 스커트에, 한쪽 가슴께에 금색 실로 '도서관장'이라고 박음질한 같은 색깔 블레이저를 입고 있다.

콘스턴스는 작은 개를 향해 몸을 수그린다. 개가 수염을 씰룩거린다. 까만 눈이 반짝반짝 빛난다. 털은, 손가락을 쓸어 넣자 진짜 털처럼 느껴진다. 그 감촉이 너무 좋아 그녀는 하마터면 웃음을 터뜨릴 뻔한다.

"환영해요." 플라워스 부인이 말한다. "여기는 도서관입니다."

부인과 콘스턴스는 아트리움을 따라 쭉 내려가기 시작한다. 그들이 지날 때 각양각색의 승무원들이 탁자에서 눈을 들고 미소를 짓는다. 두어 명의 승무원들이 마술처럼 도서관의 날을 축하합니다라고 적힌 풍선들을 띄우고, 콘스턴스는 풍선들이 천장의 홈을 통과해 하늘로 날아가는 것을 지켜본다.

그들에게서 가장 가까이 떠 있는 책들은 등이 청록색, 적갈색, 임페리얼 퍼플로 알록달록한데, 어떤 책등은 얇은 것이 약해 보이고, 어떤 책등은 서가에 일렬로 쌓인 커다란 탁자 상판들 같아 보인다. "만져 보렴." 플라워스 부인이 말한다. "만져도 손상이 안 된단다." 콘스턴스가 작은 책의 등을 건드리자 책이 두둥실 떠오르더니 눈앞에서 펼쳐진다. 반투명한 페이지에서 데이지 꽃 세 송이가 피어나고, 각각의 꽃송이 한가운데에서 세 개의 글자가 반짝인다. M C V.

"이런 건 뭔가 싶지." 플라워스 부인이 말한다. 부인이 톡톡 두드리자 책이 덮이더니 훨훨 날아 제자리로 간다. 콘스턴스는 책장들이 아트리움이 희미하게 보이는 맨 끝까지 한 줄로 뻗어 이어지는 것을 죽 일별한다.

"어디까지 이어지는 건가요?"

플라워스 부인이 미소 짓는다. "확실하게 말할 수 있는 건 시빌뿐이야."

십 대 남자아이들인 리 형제와 라몬 — 라몬은 여기서만 더 여위고 깔끔한 버전이다. — 이 힘껏 달려서 사다리 위로 훌쩍 올라가자, 플라워스 부인이 "얘들아, 천천히."라고 외친다. 콘스턴스는 지금 이 순간 자신이 17호 격실에 있다는 사실, 새로운 작업 슈트를 입고 물려받은 바이저를 쓰고 아버지의 침대와 어머니의 바느질 작업대 사이에 껴 있는 퍼램뷸레이터에 올라가 있다는 사실, 그러니까 플라워스 부인과 리 형제와 라몬 역시 가족끼리 지내는 격실에서 그들 각자의 퍼램뷸레이터 위를 걷고 있고, 각자의 바이저를 쓰고 있으며, 그렇게 모두가 성간 공간을 고속으로 돌진하는 원반 속에서 복작거리며 살아가고 있는 것이니, 도서관이라고 해 봐야 불빛 깜빡이는 샹들리에, 즉 시빌 안에 들어 있는 집단 데이터에 지나지 않는다는 사실을 상기하려고 애쓴다.

"우리 오른편으로 역사." 플라워스 부인이 말한다. "왼편으로 현대 미술과 언어 부문이고, 저기 남자애들이 가는 방향에 게임 구역이 있어. 두말하면 잔소리지만, 아주 인기가 많아." 부인은 양옆에 의자가 하나씩 놓인 아무도 없는 탁자 앞에서 멈추고는, 콘스턴스에게 앉으라고 손짓한다. 탁자 위에는 작은 상자가 두 개 놓여 있다. 하나엔 연필들이 들어 있고 다른 하나엔 직사각형 종이들이 들어 있다. 그 사이에 놋쇠로 된 작은 투입구가 있는데 가장자리를 따라 문의받습니다라는 문장이 새겨져 있다.

"한 어린이가 도서관의 날을 맞이하면," 플라워스 부인이 말한다. "한꺼번에 너무 많은 정보를 받아들여야 하기 때문에 나는 되도록 단순하게 접근하려고 한단다. 질문 네 개를 받고 물건 찾는 게임을 하는 거지. 자, 첫 번째 질문 나갑니다. 지구와 우리의 목적지는 거리가 얼마나 될까요?"

콘스턴스가 눈만 깜빡일 뿐 답을 하지 못하자 플라워스 부인의 표정이 부드러워진다. "외우지 않아도 되는 문제란다. 도서관이 왜 있겠니." 부인이 상자들을 가리킨다.

콘스턴스는 연필을 집어 든다. 진짜 연필 같은 감촉이라 이로 깨물어 보고 싶을 정도다. 종이는 어떻고! 이렇게 매끈하고 빳빳하다니. 도서관을 나서서 아르고스호를 샅샅이 뒤져도 이렇게 매끈한 종이는 찾지 못할 것이다. 콘스턴스는 종이에 지구와 베타 Oph2 사이의 거리는 얼마나 되나요?라고 적고 플라워스 부인을 바라보자 부인이 고개를 끄덕인다. 콘스턴스는 쪽지를 투입구에 밀어 넣는다.

쪽지가 사라진다. 플라워스 부인이 헛기침을 하고 한 방향을 가리키자, 콘스턴스 뒤, 세 번째 단의 높은 곳에서 두툼한 밤색 책 한 권이 책장에서 스르르 미끄러져 나온다. 책은 날아오르며 아트리움을 가로지르고, 떠 있는 두어 권의 다른 책을 요리조리 피해 날다가, 두둥실 떠 있다가, 잠시 후 스르르 내려와 펼쳐진다.

책 속에 두 번에 걸쳐 접혀 있던 차트가 펼쳐지며 희망하는 거주 가능 지대 가운데 확인된 태양계 외 행성 목록, B-C라는 제목이 뜬다. 첫 번째 원기둥 속에서 각기 다른 색깔의 작은 세계들이 빙글빙글 돈다. 어떤 건 암석투성이고, 어떤 건 가스층이 맴돌고 있고, 어떤 건 고리 모양이고, 어떤 건 대기층 뒤로 얼음 꼬리들을 끌고 다닌다. 콘스턴스는 손가락 끝으로 한 줄 한 줄 훑어 내려가다 베타 Oph2를 찾아낸다.

"4.2399광년."

"잘했어요. 두 번째 질문. 우리의 우주 여행 속도는 얼마나 빠른가요?"

콘스턴스가 종이에 질문을 적어 투입구에 넣자, 첫 번째 책이 공중으로 떠올라 멀어지고, 이어서 돌돌 만 차트 한 묶음이 날아와 탁자 위에 펼쳐진다. 차트 한가운데에서 선명한 파란색 정수(整數)가 두둥실 떠오른다.

"시속 7,734,958킬로미터."

"정답." 플라워스 부인은 이제 손가락을 위로 든다. "현재 미션 환경에서 유전학적으로 최적의 조건을 갖춘 인간이 기대할 수 있는 수명은?" 질문이 투입구에 들어간다. 크기가 제각각인 문서 여섯 부가 책장에서 날아와 머리 위 허공에서 팔락인다.

114년. 첫 번째 문서에 적혀 있다.

116년. 두 번째 문서에 적혀 있다.

119년. 세 번째 문서에 적혀 있다.

플라워스 부인이 몸을 수그려 발치에 있는 개의 양 귀를 긁어 준다. 그러면서도 콘스턴스에게서 눈을 떼지 않는다. "이제 아르고스 호의 속도, 도착지까지의 거리, 이런 환경에 처한 여행자의 기대 수명을 알겠지? 마지막 문제. 우리의 여행은 얼마나 걸릴까요?"

콘스턴스는 책상을 뚫어지게 본다.

"도서관에 물어봐야지?" 플라워스 부인은 이번에도 손톱 끝으로 투입구를 톡톡 두드린다. 콘스턴스가 질문을 쪽지에 적어 투입구에 집어넣자, 곧바로 반원통형 천장에서 쪽지 하나가 하늘하늘 내려오면서, 깃털처럼 오락가락하다 콘스턴스 앞에 내려앉는다.

"지구 날짜로 216,078일."

플라워스 부인은 콘스턴스를 유심히 바라보고, 콘스턴스는 시선을 내려 거대한 아트리움의 끝, 책장들과 사다리들이 소실점으로 모이는 먼 곳까지 응시하는데, 하나의 인지가 어렴풋이 떠오르다가 다시 가라앉더니 그대로 사라진다.

"그게 몇 년이지, 콘스턴스?"

콘스턴스는 눈을 든다. 디지털 새 한 무리가 반원통형 천장 위를 날아 지나가고, 그 아래로 백 권의 책과 두루마리와 문서가 백 개의 각기 다른 고도에서 교차하는 가운데 그녀는 도서관에 함께 있는 사람들이 일제히 자신을 주시하는 것을 느낄 수 있다. 그녀는 쪽지에 지구 시간 216,078일이면 몇 년인가?라고 써서 투입구에 넣는다. 잠시 후 새 쪽지가 팔랑거리며 내려온다.

592.

책상 표면의 나뭇결 무늬가 지금 마구 휘돌고 있고 ─ 보이기만 그렇게 보이는 것일 수도 있지만 ─ 대리석 바닥 타일까지 소용돌이친다. 그녀의 배 속에서 뭔가 미친 듯이 요동친다.

모두가 함께해야 해요,

모두가 힘을…….

오백 년 하고도 구십이 년.

"우린 절대로……?"

"그래, 얘야. 베타 Oph2의 대기는 지구의 대기와 비슷하고, 지구처럼 액체 상태의 물이 있고, 몇 가지 타입의 숲이 있을 거라고 너도 나도 다 알고 있지. 하지만 우리가 살아서 그것들을 눈으로 보는 날은 절대 없을 거야. 여기 있는 누구도. 우리는 다리를 놓아 주는 세대, 중간에서 연결해 주는 존재, 후세대가 맞이할 수 있도록 앞서 준비하는 사람들이란다."

콘스턴스는 양 손바닥을 책상에 대고 힘주어 누른다. 금방이라도 기절할 것만 같다.

"진실은 받아들이기가 참 버겁지. 나도 알아. 아이들을 도서관으로 데려오는 것도 그래서야. 너희가 받아들일 수 있을 나이가 될 때까지 기다렸다가."

플라워스 부인이 상자에서 종이 한 장을 집어 들고 뭔가 적는다. "이리 오렴. 보여 주고 싶은 게 하나 더 있단다." 부인이 종이를 투입구에 넣으니, 잠시 후 너덜너덜하게 해지고 17호 격실 입구만큼이나 폭이 넓고 긴 책 한 권이 책장 두 번째 단에서 비치적거리며 빠져나와 맥없이 몇 번 펄럭거리고는 그들 앞까지 날아 내려와 펼쳐진다. 페이지가 새까만 것이, 깊이가 가늠이 안 되는 구렁의 가장자리에서 막 열린 출입구 같다.

"아틀라스." 플라워스 부인이 말한다. "안타깝게도 좀 오래 전 거야. 도서관의 날을 맞이한 아이들 모두에게 소개해 줬는데, 나중에 보면 다들 좀 더 매끈한, 좀 더 몰입이 잘 되는 것들을 더 좋아하더라고. 만져 봐."

콘스턴스는 페이지 속을 손가락으로 쿡 찌르고 거둔다. 그런 후 한 발을 내민다. 플라워스 부인이 손을 잡자 콘스턴스는 두 눈을 질끈 감고 마음을 다잡고, 둘은 함께 그 속으로 걸어 들어간다.

그들은 밑으로 떨어지지 않는다. 그들은 암흑 속에 떠 있다. 사방에서 바늘귀만 한 빛들이 어둠을 꿰뚫는다. 콘스턴스의 어깨 너머에 아틀라스의 전체 구조가 떠 있고 그 안에 불이 켜진 직사각형 구멍을 통해 도서관의 책장들이 언뜻 보인다.

"시빌." 플라워스 부인이 말한다. "이스탄불에 데려다줘."

암흑 속 까마득히 먼 밑에서 티끌 하나가 하나의 점으로 커지더니 청록색 구체가 되고, 그러고도 계속 커진다. 그러더니 파란색 반구체가 소용돌이치는 수증기를 두른 채 태양 빛 속에서 회전하고,

그러는 동안 또 다른 반구체가 격자 무늬의 전기 불빛이 빛나는 가운데 군청색 암흑 속을 통과하고 있다. "저게……?" 콘스턴스가 묻지만 이미 그들은 구체를 향해 발부터 낙하하는 중이다. 아니면 구체가 그들을 향해 솟아오르는 건지도. 그것은 축을 중심으로 회전하고 점차 커지면서 마침내 그녀의 시야를 가득 채울 정도로 거대해진다. 이윽고 발밑에서 한 개의 반도가 넓게 펼쳐지자 그녀는 숨을 멈춘다. 베이지색과 빨간색이 알록달록 섞여 있는 비취색이 어찌나 짙은지 색감만으로도 압도당하는 기분이다. 그녀를 향해 힘차게 돌진해 오는 건 이제까지 그녀가 상상했던, 또는 상상해 보려 했던 어떤 것보다 더 호화롭고 더 복잡하며 더 얽히고설켜 있어서, 마치 제4농장 십억 개가 한꺼번에 몰려오는 것 같다. 그러는 와중에도 그들은 붉게 타는 듯한 투명한 공중을 계속 낙하하고, 길과 지붕으로 이뤄진 빽빽한 회로 위로 내려가다 마침내 지구에 발이 닿는다.

그들은 어느 빈터에 서 있다. 하늘은 보석처럼 파랗고 구름 한 점 없다. 거대한 흰 바위들이 거인의 빠진 어금니처럼 잡초 사이사이에 놓여 있다. 그들의 왼편으로 저 멀리, 그녀가 양쪽으로 최대한 멀리 볼 수 있는 범위 안에서, 버려진 거대한 돌벽이 번잡한 길을 따라 구불구불 이어진다. 벽 위 여기저기 할 것 없이 풀이 빽빽이 자라나 있고, 풍상에 시달린 굵은 탑이 약 50미터 간격으로 서 있다.

콘스턴스는 머릿속의 뉴런 하나하나가 불타는 느낌이다. 지구는 폐허라고 들었는데.

"알겠지만," 플라워스 부인이 입을 연다. "우리의 여행 속도가 너무 빨라서 새로운 데이터가 미처 따라와 주질 못했어. 이 영상이 촬영된 시기를 보건대, 지금 이 풍경은 육칠십 년 전 이스탄불일 거야.

아르고스호가 지구를 떠나기 전이지."

잡초! 어머니의 재봉 가위 날처럼 생긴 잎을 단 잡초, 제시 고의 눈매를 닮은 잎이 달린 잡초, 앙증맞은 녹색 줄기에 앙증맞은 자주색 꽃이 달려 있는 잡초. 아버지가 잡초로 어우러진 풍경의 아름다움을 얼마나 자주 떠올렸던가? 발치의 돌멩이 하나는 검은 반점으로 얼룩덜룩하다. 이끼인가? 아버지가 늘 이야기하던 이끼! 콘스턴스는 손을 뻗어 만져 보지만 허공에서 손이 헛돌 뿐이다.

"보는 것 말고는 할 수 있는 게 없단다." 플라워스 부인이 말한다. "아틀라스에서 단단한 건 바닥뿐이야. 아까 말했지만, 아이들은 좀 더 새로운 것을 시도하고, 그러고 나면 두 번 다시 찾지 않을 때가 많고."

부인은 콘스턴스를 이끌고 벽의 토대를 향해 간다. 어떤 것도 전혀 움직이지 않는다. "오래지 않아," 플라워스 부인이 말한다. "살아 있는 모든 게 죽을 거야. 너, 나, 너희 어머니, 너희 아버지, 인간 모두, 인간 아닌 모든 것이. 이 벽을 이루고 있는 석회암 덩어리만 해도 주성분이 오래전에 죽은 동물의 뼈, 달팽이, 산호 들이란다. 이리 오렴."

가장 가까운 탑의 그림자 속에 서 있는 몇몇 사람들의 이미지가 보인다. 한 사람은 위를 보고 있고, 또 다른 사람은 계단을 따라 오르는 일행 사이에 끼어 있다. 콘스턴스는 단추 달린 셔츠, 파란색 바지, 남성용 샌들, 여성용 재킷은 볼 수 있지만 그들의 얼굴은 소프트웨어에 의해 흐리게 처리되어 있다. "개인 정보를 보호해야 하니까." 플라워스 부인이 말한다. 그녀는 탑을 휘감은 계단을 가리킨다. "우리도 올라갈 거야."

"단단한 건 바닥뿐이라고 하셨잖아요?"

플라워 부인이 미소 짓는다. "여길 오래 돌아다니다 보면 비밀 한두 개쯤은 알게 된단다."

한 계단 한 계단 오를 때마다 벽 양쪽으로 펼쳐진 현대 도시가 더잘 보인다. 안테나, 자동차, 방수포, 천 개의 창문이 있는 거대한 건물, 모든 것이 시간 속에 얼어붙어 있다. 보이는 모든 것을 받아들이려니 숨도 제대로 쉴 수 없을 지경이다.

"하나의 종(種)으로 살아오면서 우리 인간은 의학이나 기술을 통해서, 권력을 끌어모아서, 아니면 여행을 떠나거나 이야기를 하는 것으로 죽음을 극복하려고 했어. 하지만 지금까지 어떤 인간도 죽음을 극복하지 못했지."

탑 꼭대기에 이르자 콘스턴스는 멀리 내다보며 현기증을 느낀다. 적갈색 벽돌, 생물의 시체로 만들어진 석회암 덩어리, 벽을 타고오르는 파도 같은 초록색 담쟁이. 모든 것이 너무 과하다.

"그렇지만 우리 인류가 지어 올린 것 중 몇 개는 아직까지 버티고 있어." 플라워스 부인이 계속 말한다. "기원후 410년경, 이 도시의 황제 테오도시우스 2세가 이 벽을 짓기 시작했어. 6.5킬로미터의 벽과 그 전에 지어진 13킬로미터에 달하는 방파제와 연결하기위해서였지. 테오도시우스가 지은 벽에는 외벽이 있는데, 외벽은두께 2미터에 높이 9미터였고, 내벽은 두께 5미터에 높이 12미터였어. 그런 벽을 세우느라 얼마나 많은 사람들이 거꾸러졌을지 상상이 되니?"

콘스턴스의 바로 앞 난간을 한창 기어오르던 중 포착된 아주 작은 생물 하나가 눈에 들어온다. 반짝이는 청흑색 등딱지에 놀라운 관절 구조의 다리. 딱정벌레다.

"천 년이 넘는 동안 이 벽은 모든 공격을 물리쳤어." 플라워스 부인이 말한다. "항구에 책이 들어오면 일단 압류하고 필사를 마친 후 돌려주었어. 물론 한 글자 한 글자 손으로 직접 필사했지. 그래서 어떤 사람들은 여러 가지 면에서 이 도시의 사서들이 세계의 모든 도서관을 합친 것보다 더 많은 책을 갖고 있다고 믿기도 했단다. 그 시대 내내 지진과 홍수가 끊이지 않았고, 군대가 쳐들어왔고, 성벽 양옆으로 잡초들이 기어 올라오고 비를 맞아 벽에 금이 가고 쪼개지는 가운데 도시 사람들은 벽이 튼튼히 버틸 수 있도록 모두가 힘을 합쳤고, 결국에는 벽이 없던 시절을 기억할 수도 없게 됐지."

콘스턴스는 딱정벌레를 만지려고 손을 뻗지만, 난간이 무수한 픽셀로 흩어지면서 손가락이 허공을 헛돈다.

"너도 나도 결코 베타 Oph2엔 도착하지 못할 거야. 그래, 애야. 힘겨운 진실이지. 하지만 네 삶이 끝난 후에도 이어질 과업에 참여하는 것이 숭고한 일임을 믿게 될 날이 올 거야."

벽은 움직이지 않는다. 아래쪽 사람들은 숨을 쉬지 않는다. 나무는 흔들리지 않는다. 자동차는 멈춰 있다. 딱정벌레는 시간 속에 얼어붙어 있다. 한 가지 생각, 혹은 다시 떠올린 기억이 그녀의 마음을 흔든다. 그녀보다 앞서 열 살이 된 아이들, 그녀의 어머니처럼 아르고스호에서 태어나 도서관의 날 아침에 베타 Oph2에 발을 내딛게 될 순간을, 아르고스호 밖에서 숨을 쉬고 자기 손으로 짓게 될 은신처를, 오르게 될 산을, 발견할지도 모를 생명체들 ─ 제2의 지구를! ─ 을 꿈꾸었던 아이들, 그러다 도서관을 다녀와 각자의 격실에서 나왔을 때 예전과 달라 보였던 아이들. 그들의 이마에 깊게 골이 지고, 어깨는 축 처지고, 눈동자에 비친 조명 빛마저 침침해 보였던 것이 떠오른다. 그날 이후로 그들은 더 이상 복도를 뛰어다니지 않았고, 노라이트가 되면 슬립드롭을 먹었다. 이따금 그녀보다 몇 살 더 먹은 아이들이 자신들의 두 손이나 벽만 물끄러미 바라보거나 돌로 만든 투명한 배낭이라도 짊어진 것처럼 구부정한 자세에 지친 모습으로 구내식당을 지나는 걸 본 적도 있었다.

너, 나, 너희 어머니, 너희 아버지, 인간 모두, 인간 아닌 모든 것.

그녀는 입을 연다. "하지만 전 죽고 싶지 않아요."

플라워스 부인이 미소 짓는다. "알아. 넌 안 죽어, 앞으로 오랫동안은. 넌 과업을 완수하는 특별한 여행을 하는 중이란다. 이리 오렴, 갈 때가 됐어. 여기선 시간이 좀 이상하게 흐른단다. '세 번째 식사 시간'이 됐어." 부인이 콘스턴스의 손을 잡자 둘은 탑에서 위로 떠오르고, 도시는 발아래로 멀어지는 가운데 점차 해협이 눈에 들어오더니 이윽고 바다가, 대륙들이 시야에 들어오고, 지구가 작아지다가 아까처럼 바늘귀만 하게 줄어들 즈음 그들은 아틀라스에서 걸어 나와 도서관으로 돌아온다.

아트리움에서 작은 개가 꼬리를 흔들며 콘스턴스의 한 다리에 앞발을 올리자 플라워스 부인은 다정한 눈으로 개를 보고, 그러는 가운데 거대하고 낡은 아틀라스가 닫히고 위로 떠올라 원래 있던 책장으로 돌아간다. 둥근 천장 위 하늘은 이제 라벤더 빛을 띠고 있다. 허공을 나는 책들은 아까보다 적어졌다. 아르고스호의 동료들도 태반이 가고 없다.

콘스턴스는 손바닥이 축축하고 두 발이 아프다. 지금 이 순간, 그녀보다 몇 살 어린 아이들이 세 번째 식사 시간에 맞춰 복도를 달음질칠 거라고 생각하니 칼날이 몸속 깊이 뚫고 들어오는 듯한 아픔이 한참을 간다. 플라워스 부인은 손짓으로 무한히 이어진 책장들을 가리킨다. "저 책 한 권 한 권이 하나의 문, 또 다른 장소와 시간으로 들어가는 관문이란다. 네 앞에는 창창한 삶이 펼쳐져 있어. 그리고 앞으로 넌 오늘 본 것을 평생 누리게 될 거야. 그 정도면 충분하지 않니, 어떻게 생각하니?"

8

돌고 돌고

클라우드 쿠쿠 랜드

안토니우스 디오게네스 지음. 폴리오 Θ

……북쪽으로, 북쪽으로, 물방앗간 주인과 그의 아들을 등에 태우고 나는 몇 주 동안이나 북쪽으로 걸었습니다. 온몸의 근육이 경련하며 욱신대고 발굽은 금이 가서 갈라지는 통에 쉬고 싶었고, 주린 배는 빵과 기대하건대 저민 양고기 한두 쪽, 맛 좋은 생선 수프와 한 잔의 포도주가 절실했으나, 꽁꽁 얼어붙은 바위투성이 농장에 도착하기 무섭게 물방앗간 주인은 나를 제분소로 끌고 가더니 바퀴에 달린 마구를 채웠습니다.

나는 맷돌을 한없이 돌리고 또 돌렸으니, 그 끔찍하고 추운 나라에 사는 모든 농부의 밀과 보리를 나 혼자 빻는 건가 싶었고, 한 걸음만 더디 내디뎌도 방앗간집 아들이 구석에 놓인 작대기로 내 뒷다리를 사정없이 후려쳤습니다. 일을 마치면 그들은 날 목초지로 내보냈는데, 하늘에선 얼음이 비처럼 쏟아져 내리고 바람은 서릿발 가득한 분노를 담고 몰려왔습니다. 말들은 저들도 궁한 풀을 내게 나눠 주는 것을 영 마뜩잖아했습니다. 더 고약한 건, 내가 자기네 아내를 유혹한다고 의심했으니, 정작 나는 하등의 관심도 없었기 때문입니다! 이런 곳에서는 아무리 여러 달을 있어도 장미 한 송이 볼 수 없을 것 같았습니다.

눈을 들어 더 푸른 땅을 찾아 훨훨 날아가는 새들을 바라보자니 간절한 염원에 갈빗대 안이 활활 타는 것만 같았습니다. 신들은 어찌하여 그토록 잔혹한가요? 내가 호기심 품은 게 죄라 해도 이미 그 대가를 치르고도 남지 않았나요? 그 포악한 골짜기에서 밤낮없이 맷돌만 돌리고 또 돌리고, 헛구역질이 나고 머리가 어지러울 지경으로 돌리다 보니 숫제 지옥이 나올 때까지 땅을 뚫고 내려가는 것만 같았고, 조만간 고통의 강 아케론의 끓어오르는 물에 뱃가죽을 담그게 될 것 같았으며, 종래 하데스와 얼굴을 마주하리라는 생각마저…….

콘스탄티노플로
가는 길

1453년 1~4월

오메이르

에디르네의 시험장에서 도시들의 여왕까지 225킬로미터, 그 거리를 그들은 한 사람이 기어가는 것보다도 느리게 대포를 끌고 간다. 대포를 끄는 수소는 서른 쌍에 이르고, 소마다 이음매가 있는 막대기에 가운데가 연결된 굴레를 쓰고 있다. 행렬은 끝도 없이 길고 까딱하면 대열이 흐트러질 지경이라 하루에도 수십 번을 멈춰 선다. 이 행렬의 뒤와 앞에선 다른 수소들이 컬버린*과 투석기와 화승총 등, 어림잡아 서른 종류에 달할 포들을 운반하고 있고, 또 다른 수소들은 화약이나 돌 포탄을 실은 수레를 끌고 있는데, 어떤 포탄은 오메이르가 두 팔로 다 감싸 안지도 못할 만큼 거대하다.

길 양쪽으로 조를 이룬 행렬 주변으로 남자들과 동물들이 바삐 지나는 모습이 마치 거대한 바위를 돌아 흐르는 강물처럼 보인다. 주머니가 줄줄이 달린 안장을 얹은 노새, 등에 수십 개의 토기 항아

---

* 15~17세기에 유럽에서 사용된 화기.

리를 진 낙타, 식량과 널빤지와 밧줄과 옷을 실은 달구지 들까지, 세상엔 별의별 것들이 다 있구나! 오메이르는 점쟁이, 데르비시*, 점성술사, 학자, 제빵사, 군수품 공급자, 대장장이, 다 해진 예복을 걸친 신비주의자, 연대기 기록자, 치유사, 온갖 색깔의 깃발을 들고 가는 기수 들을 본다. 어떤 이들은 가죽으로 된 갑주를 걸쳤고, 어떤 이들은 깃털 단 모자를 쓰고 있고, 어떤 이들은 맨발이고, 어떤 이들은 무릎까지 올라오는 반짝이는 다마스쿠스산 가죽 부츠를 신고 있다. 그는 이마에 세 개의 가로줄 모양 흉터가 있는 노예들을 본다.(마헤르가 줄의 개수는 죽은 주인의 수를 의미한다고 설명해 준다.) 이마를 짓찧으며 기도하느라 생긴 굳은살이 마치 머리에서 밀랍 같은 손톱이 자라는 것처럼 보이는 남자도 본다.

어느 날 오후 오메이르와는 아주 다른 모양으로 윗입술이 길게 째진, 곰 가죽을 걸친 노새 몰이꾼 하나가 고개를 숙이고 수소 조를 지나쳐 간다. 그러다 둘의 눈이 마주치는데 노새 몰이꾼은 눈을 돌려 다른 먼 곳을 보고, 오메이르는 그 후로 두 번 다시 그를 보지 못한다.

오메이르는 놀라움과 낙담 사이에서 갈팡질팡한다. 불가에서 잠을 청하고 잉걸불 옆에서 깨어나면 옷 위에는 간밤에 내린 서리가 반짝이는데, 잉걸불을 쑤셔 다시 불을 일으키는 동안 다 함께 맷돌에 간 보리와 약초와 황동 솥에서 익힌 말고기를 나눠 먹고 있노라면 그는 비슷하게라도 느낀 적 없는, 받아들여졌다는 감각을 맛본다. 그것은 모두가 중대하고 정당한 노력, 다시 말해 그와 같은 얼굴

---

*   극도의 금욕 생활을 서약하는 이슬람교 집단의 일원.

을 한 소년을 위한 자리도 마련되어 있는 위대한 과업 —— 할아버지
가 들려준 어떤 이야기에서처럼 마법의 피리를 부는 사내에게 이끌
리듯 모두가 도시들의 여왕이 있는 동쪽으로 향하는 —— 에 동참하
고 있다는 감각이다. 매일 새벽이 더 이른 시각에 찾아오면서 낮도
길어지고, 철 따라 이동하는 두루미 떼, 뒤이어 오리 떼, 뒤이어 목
소리 고운 새들이 퍼부을 듯한 기세로 하늘을 나는 광경을 보고 있
노라면 어둠이 물러나며 승리를 예고해 주는 것 같은 기분도 든다.

그러나 다른 순간 그의 의욕은 곤두박질친다. 나무와 달빛의 발
굽에 진흙이 덕지덕지 들러붙을 때, 쇠사슬이 삐걱거리고 밧줄이 신
음하고 호각이 행렬 위아래로 울려 댈 때, 공기가 고통받는 짐승들
의 울음소리로 끓어오를 때. 수소들 태반이 쓰고 있는 멍에는 배려
심 깊은 할아버지가 만든 것처럼 부드럽게 움직이는 게 아니라 고
정돼 있고, 더없이 무거운 짐을 지고서 울퉁불퉁한 땅을 걸어가는
일에 익숙한 수소는 거의 없어서 시간이 갈수록 다치기 십상이다.

하루에 하나씩 오메이르가 얻는 교훈이 있으니, 인간은 한없이
무심한 존재라는 사실이다. 자기 수소의 발굽에 편자를 박아 줄 생
각을 못 하는 무정한 사람들이 있다. 멍에가 갈라지면 소의 등가죽
이 벗어지는데도 점검할 생각을 못 하는 사람들이 있다. 소가 고된
일과를 마치고 나면 곧바로 멍에를 벗겨서 체력을 회복하게 해 줄
생각을 못 하는 사람들이 있다. 소들이 서로 뿔이 얽히지 않도록 미
리 뿔에 덮개를 씌울 생각을 못 하는 사람들이 있다. 그래서 늘 유혈
이, 신음이, 고통이 따른다.

토목 기사 조들은 행렬 선두에서 가면서 건널목을 만들고 진창
을 만나면 널빤지로 덮는 일을 하는데, 에르디네를 떠난 지 여드레

째 날이 되자 행렬은 다리 하나 놓이지 않은 샛강과 마주한다. 강은 수위가 높고 혼탁하며 수심이 가장 깊은 쪽은 더러운 구정물이 사납게 용솟음치고 있다. 선두의 소몰이꾼들이 강바닥에 매끄러운 자갈돌들이 숨어 있다고 경고하지만, 조장들은 무조건 건너가라고 말한다.

행렬이 샛강을 반쯤 건넜는데 나무 바로 앞에서 가던 소가 발을 헛디딘다. 그 소와 멍에로 연결된 짝 소의 몸이 들리며 앞발이 올라가더니 다음 순간 한 다리가 부러지는데, 그 소리가 어찌나 큰지 오메이르는 자기 가슴속에 금이 가는 것만 같다. 다리가 부러진 수소는 옆에서 울부짖는 짝과 한 덩어리로 옆으로 밀려나고, 그 바람에 대열 전체가 왼쪽으로 쏠린다. 오메이르는 나무와 달빛이 대열에서 몸부림치는 두 소가 가중하는 무게를 지탱하려고 버티는 것을 느낀다. 소몰이꾼 한 명이 황급히 나서서 들고 있던 긴 창으로 미끄러진 소의 몸을 꿰뚫고, 몸부림치는 다른 소까지 내처 꿰뚫자 녀석들의 피가 강물에 섞여 흘러 들어가고, 대장장이들은 두 놈을 끌어 내려고 사슬을 난폭하게 난도질하는 가운데, 조원들은 행렬 앞뒤를 바삐 오가면서 호, 호 외쳐 가며 다른 소들을 정렬한다. 이윽고 말을 탄 기수들이 죽은 소에 밧줄을 걸어 물 밖으로 끌어내 고기를 낼 준비를 하고, 대장장이들은 사슬들을 손보기 위해 진흙 둑 위에 용광로와 풀무를 가져다 놓는다. 오메이르는 달빛과 나무를 풀밭으로 이끌다가 녀석들도 지금 본 광경을 이해할지 궁금해진다.

어둠이 깔리는 가운데 그는 풀을 뜯는 나무와 달빛의 털을 차례대로 빗겨 주고 발굽을 청소해 주면서, 존중하는 뜻에서 도살한 동물은 입에도 대지 않겠다고 다짐하지만, 이윽고 해가 지고 쌀쌀해

진 공기를 고기 냄새가 채우는 가운데 고기가 담긴 사발을 건네받
자 의지가 꺾이고 만다. 고기를 썹으면서 그는 하늘이 찍어 누르는
무게를, 컴컴한 혼란을 몸으로 고스란히 받는다.

　해가 저무는 시시각각 빛은 나무와 달빛의 몸에서도 차츰차츰
빠져나간다. 나무는 이따금 커다란 젖은 눈으로 오메이르를 바라보
며 용서한다는 듯 끔뻑거리고, 달빛은 멍에를 쓰기 전 아침 나절에
는 호기심 어린 눈으로 나비나 토끼를 지켜보거나, 콧구멍을 벌름
거리며 바람이 실어 오는 각기 다른 향기를 분석하려 한다. 하지만
둘 다 멍에를 벗어나 있는 시간에는 대개 맥없이 지친 모습으로 고
개를 떨군 채 먹기만 한다.

　소년은 발목은 진흙에 파묻고 얼굴은 모자로 가린 채 옆에 서서,
눈썹을 끈기 있게, 온후하게 스르르 올려 떴다 내리는 달빛을 지켜
본다. 어렸을 때는 은빛이어서 햇빛을 받으면 무수한 작은 무지개
들처럼 반짝이던 털이 이제 회색 쥐털처럼 보인다. 어깨의 곪은 상
처엔 파리 떼가 구름처럼 몰려든다. 문득 올해 처음 보는 파리임을
오메이르는 알아차린다. 봄이다.

콘스탄티노플

그즈음 몇 달

안나

똑똑 떨어지는 어둠 속에서 납 잔이 불쑥 나타나더니 물에 수은이 섞이고, 마리아가 받아 마신다. 걸어서 돌아오는 길에 눈발이 성벽을 휩쓸고 길을 뒤덮어 감춘다. 마리아는 어깨를 펴려고 애쓴다. "나 혼자서도 걸을 수 있어." 마리아가 말한다. "힘이 솟는 것 같아." 하지만 발을 헛놀려 짐마차 길로 들어서다가 하마터면 치일 뻔한다.

해가 지고 방에 있는 마리아는 오한에 시달린다. "거리에서 사람들이 자기 몸을 채찍질하는 소리가 들려."

안나는 귀를 기울인다. 도시 전체가 고요하다. 들리는 건 지붕 위로 불어오는 눈바람 소리뿐이다.

"누굴 말하는 거야, 언니?"

"저 사람들 우는 소리가 어쩌면 저리 아름다울까."

이윽고 몸을 걷잡을 수 없이 떨기 시작한다. 안나는 옷이란 옷은 다 꺼내 언니의 몸을 감싼다. 아마 속옷, 치마 위에 겹쳐 입는 모직

치마, 망토, 목도리, 담요. 손난로에 석탄 조각까지 넣지만 마리아는 여전히 와들와들 떤다. 태어나서 지금껏 언니는 늘 곁에 있었다. 하지만 앞으로 얼마나 더 같이 있을 수 있을까?

도시 위에서 하늘은 시시각각 새로이 거듭난다. 자주색, 은색, 금색, 흑색. 싸라기눈이 떨어지다 진눈깨비가 되고 이어서 우박이 된다. 과부 테오도라는 덧문 밖을 유심히 바라보며 마태복음의 몇 구절을 웅얼거린다. 그때 하늘에 사람의 아들을 나타내는 표식이 나타나고, 그때 땅의 모든 지족(支族)이 애도하리라. 부엌방에서 크리세가 최후의 날이 임박했다면 남은 포도주나 다 마시는 게 낫겠다고 말한다.

거리에서 오가는 이야기는 이상한 날씨와 숫자들을 오락가락한다. 누군가 바로 이 시각에도 술탄은 에디르네에서부터 2만 군사들을 이끌고 행군 중이라고 말한다. 누군가 술탄이 이끄는 군사는 십만에 이른다고 말한다. 죽어 가는 이 도시는 방어군을 몇 명이나 모을 수 있을까? 팔천 명. 누군가 예견하기로는 사천 명 미만이고, 그 가운데 석궁을 쏠 줄 아는 사람은 고작 삼백 명이라고 한다.

13킬로미터의 방파제, 7킬로미터가 조금 안 되는 성벽, 모두 합쳐 백아흔두 개의 탑, 이걸 고작 사천 명이 지킨다고?

황제의 호위병이 군사를 모집하지만, 성 테오파노의 문 앞마당에서 안나가 보는 건 녹이 슬어 애상마저 자아내는 검 더미를 지키고 있는 군인 한 명뿐이다. 한 시간이 지나서 젊은 술탄은 일곱 나라 말을 두루 하고 고대 시를 낭송하는 요술쟁이, 천문학과 기하학에 열심인 학생, 온화하고 자비로워서 어떤 신앙에도 관용을 베푸는 군주라는 이야기가 들린다. 또 한 시간 후, 그는 갓 태어난 친동생을 욕조에 빠뜨려 죽이라는 명을 내렸고, 그런 후 명을 받은 자까지 교수형에 처한 피에 굶주린 악마라는 이야기가 들린다.

작업실에서 과부 테오도라는 바느질하는 여자들에게 뜬소문을 입에 올리는 것을 금한다. 허용하는 건 바느질, 그리고 하느님의 영광에 관한 이야기뿐이다. 철사에 염색 실을 돌돌 감고, 이 철사 세 가닥을 합해 한 땀을 뜬 다음 자수틀을 뒤집는다. 어느 아침, 테오도라는 주교의 카파에 붙일 초록빛 세이마이트* 천으로 지은 두건에 열두 사도와 열두 마리의 새를 정성껏 수놓는 마리아의 노고를 엄청난 격식을 갖춰 치하한다. 마리아는 열 손가락을 바들바들 떨면서 곧바로 작업에 착수하고, 기도문을 작게 읊조리며 선명한 초록색 비단을 쇠테에 고정하고 명주실을 꼬아 바늘귀에 집어넣는다. 안나는 지켜보다가 궁금해진다. 인간의 시대가 저물고 있다는데, 주교들은 어떤 성자의 날에 양단 카파를 입으려는 걸까?

눈이 내리고, 얼고, 녹고, 얼어붙을 듯한 안개가 몰려와 도시를 뒤덮는다. 안나는 서둘러 안뜰을 건너 항구로 달려가서 조각배 옆에서 추위에 떠는 히메리우스를 찾아낸다. 뱃전과 노 손잡이는 얼음이 들러붙어 반질반질하고, 그의 옷소매 주름 사이사이와 아직 항구에 정박해 있는 상선 몇 척에 달린 쇠사슬에도 얼음이 껴 반짝인다. 소년이 배 바닥에 화로를 놓고 숯 조각에 불을 붙이고 낚싯줄을 푸는 동안, 안나는 안개 속으로 불똥이 튀어 오르다가 그 너머로 녹

---

* 금실, 은실 등으로 짠 견직물.

아드는 것을 지켜보는 멜랑콜리한 즐거움에 빠진다. 히메리우스가 외투 속에서 줄줄이 꿴 말린 무화과를 꺼내고, 발치의 화로는 따뜻하고 행복한 비밀처럼, 특별한 밤을 위해 준비해 둔 꿀단지처럼 발갛게 빛난다. 노를 물에 내리고, 함께 무화과를 먹고 나서 히메리우스는 어부의 노래를 부르는데 젖통이 새끼 양 크기만 한 인어에 대한 내용이다. 물살이 배에 철썩철썩 부딪고, 그는 심각한 목소리로 제노바의 선장들이 돈만 넉넉히 주면 누구건 사라센인들이 공격해 오기 전에 제노바까지 태워다 준다는 소문을 들었다고 말한다.

"도망치려고?"

"날 잡아다 노 젓는 일을 시킬 거야. 밤낮 할 것 없이 온종일 선실에서 뼈 빠지게 일하느라 바지에 싼 오줌이 허리까지 적실 텐데? 그러다 사라센 배 스무 척이 들이받거나 난 불고기가 될걸?"

"하지만 성벽이 있잖아," 안나가 말한다. "전에도 수많은 공성전을 이겨 냈다면서."

히메리우스가 다시 노를 젓는다. 노받이가 삐걱거리고 방파제가 미끄러지듯 지나쳐 사라진다. "삼촌이 그러는데 작년 여름에 헝가리에서 주조 공장을 하는 사람이 우리 나라 황제를 찾아왔었대. 돌벽도 가루로 만들어 버리는 전쟁 기계 장치를 만들어서 온 세상이 다 알 정도로 유명해진 사람인데, 이 도시에 있는 청동의 열 배가 넘는 양을 요구했다는 거야. 그런데 삼촌 말이 우리 황제는 트라키아*에서 활잡이 백 명도 데려올 돈이 없대. 제 한 몸 비를 피할 형편도 못 된다는 거야."

* 발칸반도 남동쪽을 부르는 지명.

바닷물이 방파제를 철썩철썩 때린다. 히메리우스는 노를 물 밖 허공에 띄워 두고 싸늘한 공기 속에서 허연 입김을 뱉는다.

"그래서?"

"황제한텐 그만한 돈이 없었다고. 그래서 헝가리 사람은 다른 사람을 찾아 떠났고."

안나는 히메리우스를 쳐다본다. 커다란 눈, 혹투성이 무릎, 오리발처럼 같이 생긴 발. 종이 다른 일곱 생물을 합쳐 놓은 것 같은 모습이다. 키 큰 필경사의 목소리가 귓전을 울린다. 술탄은 새로운 전쟁 기계를 갖고 있는데, 그걸 가지고 성벽을 무너뜨려 공기처럼 아무것도 남지 않게 할 수 있다는구나.

"그 헝가리 사람은 자기가 만드는 기계가 어디 쓰이는지는 신경 쓰지 않는다는 뜻이야?"

"세상엔 별의별 인간들이 다 있어서," 히메리우스가 말한다. "자기가 만드는 기계가 어디에 쓰이건 관심 없는 사람들도 있어. 돈만 받으면 상관없는 거지."

배가 성벽에 도착한다. 안나는 무용수처럼 벽을 타고 오른다. 세계는 흐릿해지고, 움직이는 몸, 그리고 붙잡고 디뎠던 곳을 기억하는 손가락과 발의 기억만 남는다. 마침내 사자의 입을 통과하고, 발밑이 단단하다는 안도감과 재회한다.

허물어진 도서관 안에서 안나는 평소보다 시간을 끌며 문 없는 벽장 속을 뒤져 보지만 값이 될 만한 건 이미 자신이 다 빼낸 뒤다. 그녀는 어둑한 속에서 기대 없이 건성으로 오가며 좀먹은 두루마리 ─ 그녀는 매매 증서일 거라고 짐작하는데 ─ 몇 개를 주워 모은다. 뒤편에, 물에 젖은 몇 개의 양피지 더미 뒤에 작고 얼룩진 갈색 필사본이 보인다. 만져 보니 염소 가죽으로 만든 장정본인데, 빼내어 자루에 집어넣는다.

안개가 자욱해지자 달빛이 어스레해진다. 비둘기들이 부서진 지붕 저 너머에서 낮게 구구거린다. 안나는 낮은 목소리로 성 코랄리아에게 기도를 올리며 자루 입구를 묶고 계단 밑까지 끌고 내려가 배수구에서 기어나온 후, 성벽을 기어 내려가 한마디 말도 없이 배 안으로 훌쩍 뛰어내린다. 수척한 모습으로 덜덜 떨고 있던 히메리우스는 다시 노를 저어 항구로 향하는데, 화로의 숯이 다 타서 꺼지면서 얼음 같은 안개가 그들을 덮처럼 단단히 옥죄어 온다. 아치 밑을 지나 베네치아 지구에 들어섰지만 입구를 지키는 병사가 오늘은 보이지 않고, 이탈리아 사람들의 집에 가 봐도 모든 게 깜깜하다. 안뜰에는 무화과나무들이 얼음 켜 속에서 반짝거리고 거위들은 온데간데없다. 소년과 소녀는 벽에 기대어 오들오들 떨고, 안나는 해가 뜨기를 간절히 바란다.

결국 히메리우스가 문을 열어 보고야 빗장이 걸려 있지 않은 것을 알게 된다. 작업장 안으로 들어가니 탁자들은 모두 텅 비어 있다. 난로는 싸늘히 식어 있다. 히메리우스가 덧문을 밀어 열자 납작한 빙판 같은 빛이 방을 채운다. 거울도 사라지고, 켄타우루스 테라코타도, 나비를 핀으로 고정해 놓은 판도, 양피지 두루마리도, 긁개와 송곳과 주머니칼도 없다. 하인들도 떠나갔고, 거위도 떠나갔거나 잡아먹혔을 것이다. 잘라 낸 깃펜 촉들이 타일 위에 이리저리 흩어져 있다. 바닥은 엎질러진 잉크에 얼룩져 있다. 둥근 천장 방은 이제 휑뎅그렁하니 아무것도 없다.

히메리우스가 자루를 떨어뜨린다. 한순간 새벽빛 속에 비친 그는 구부정하고 머리가 희끗희끗해 보이는데, 그가 살아서 되지 못할 노인 같다. 베네치아 지구 어디에선가 누군가 "내가 지긋지긋해하는 게 뭔지 알아?"라고 외치고, 뒤이어 수탉이 울고 한 여자가 울음을 터뜨린다. 마지막 며칠만 남은 세계. 안나는 언젠가 크리세가 한 말을 떠올린다. 불나면 부잣집이라고 딴 집보다 늦게 타란 법 없다.

옛것에 담긴 목소리를 되살릴 거라고, 고대인에게서 배운 지혜를 다가올 미래의 씨앗을 위한 자양분으로 쓸 거라고 말했대서 우르비노의 필경사들이 도굴범들과 다를 게 있을까? 그들은 이 도시에 와서, 도시가 남은 것을 토하기만 기다렸다가 냉큼 껴들어 흘러나오는 마지막 보물 가운데 쓸 만한 것만 골라 냈다. 그런 다음 도망쳐 몸을 숨긴 것이다.

텅 빈 찬장 바닥에 떨어져 있는 것이 안나의 눈길을 끈다. 작은 법랑 코담뱃갑. 필경사가 모은 수집품 여덟 개 중 하나다. 금이 간 뚜껑엔 옆구리에 쌍둥이 탑이 붙어 있고 세 층의 발코니를 두른 궁전이 장밋빛 하늘을 떠받치고 있다.

히메리우스는 실망감을 주체할 수 없어 창밖을 멍하니 바라보고, 안나는 코담뱃갑을 드레스 자락 속에 쑤셔 넣는다. 안개 위 어디선가 해쓱하고 멍한 태양이 떠오른다. 그녀는 해가 나는 쪽으로 고개를 돌리지만 아무런 온기도 느끼지 못한다.

안나는 젖은 책이 든 자루를 들고 칼라파테스의 집으로 돌아와 마리아와 함께 지내는 방에 숨긴다. 어디를 다녀왔느냐고, 뭘 했느냐고 추궁하는 사람은 없다. 일꾼 여자들은 온종일 겨울 풀처럼 허리를 숙이고 말없이 일하고, 간간이 시린 두 손에 입김을 불거나 손

모아장갑을 낀다. 그들 앞에 펼쳐진 비단 폭에는 반쯤 완성한 키 큰 수도원 성인들의 형상이 자리 잡고 있다.

"신심은 어떤 역경 속에서도 헤쳐 나갈 길을 낸다." 과부 테오도라가 작업대 사이를 오가며 말한다. 마리아는 세이마이트 두건 위에 몸을 수그린 채 바늘을 이리저리 놀리고, 혀끝을 이 사이에 문 채 실과 인내력으로 마법처럼 한 마리 나이팅게일을 빚어낸다. 오후가 되자 한 줄기 바람이 바다에서 윙윙 불어와 아야 소피아의 바다 쪽 둥근 지붕에 눈을 발라 붙이자 바느질하던 여자들은 이것이 징조라고 말한다. 밤이 되어 나무들이 다시 얼어붙고 가지마다 얼음 옷을 덮어쓰자 바느질하는 여자들은 이 또한 징조라고 말한다.

저녁밥으로 묽은 수프와 검은 빵이 나온다. 몇몇 여자들은 우리가 바란다면 서방의 기독교 국가들이 구해 줄 거라고, 바티칸이나 피사나 제노바에서 무기를 실은 소함대와 기병대를 보내 술탄을 무찔러 줄 거라고 말하지만, 다른 여자들은 이탈리아의 공국들은 너나 할 것 없이 항로와 통상로만 신경 쓸 뿐이라 술탄과 계약을 맺을 준비가 끝났다고, 그러니 교황이 여기 와서 승리의 공훈을 차지하게 두느니 차라리 사라센의 화살촉에 죽는 편이 낫다고 말한다.

파루시아, 즉 그리스도 재림, 세상의 끝. 아가타가 말하길, 성 게오르기우스 수도원의 원로들이 가로로 열두 개, 세로로 열두 개의 타일을 붙여 황제가 죽을 때마다 빈 곳에 이름을 새기는 격자를 지키고 있다고 말한다. "전체 격자에 이름이 새겨지지 않은 타일이 이제 하나만 남았어." 아가타가 말한다. "현 황제의 이름이 새겨지면 격자는 빈 곳이 없게 되고, 그로써 역사의 고리도 완성되는 거지."

난로 불꽃 속에서 안나는 황급히 지나가는 군사들의 형체를 본다. 그녀는 드레스 자락 속에 감춘 코담뱃갑을 만지작거리고, 언니가 잡은 숟가락이 헛돌지 않고 그릇에 들어가도록 해 봐도 마리아는 수프를 입에 대기도 전에 흘리고 만다.

다음 날 아침 스무 명의 일꾼들이 다 함께 작업실의 긴 의자에 앉아 있는데 칼라파테스의 하인이 허둥지둥 계단을 달려 올라와 ── 긴급한 용무로 숨은 턱 끝까지 차고 얼굴은 벌게져서 ── 수실을 보관하는 장으로 곧장 달려가더니 금사와 은사와 진주알과 둘둘 말아 놓은 비단을 가죽 상자에 마구 쑤셔넣고는 말 한마디 없이 다시 계단을 달음질쳐 내려간다.

과부 테오도라가 그를 따라나선다. 일꾼들도 무슨 일인가 보려고 창가로 달려간다. 아래층 안뜰에서 하인은 비단을 칼라파테스의 나귀 등에 싣느라 장화 신은 발이 진창 속에서 미끄러지고, 과부 테오도라가 뭐라고 그에게 말하지만 일꾼들에게까진 들리지 않는다. 마침내 그가 서둘러 떠나자 과부 테오도라가 계단을 올라오는데 얼굴엔 빗물이 흥건하고 드레스는 진흙투성이가 되었다. 그녀는 모두에게 계속 바느질하라 말하고, 안나에게는 아까 하인이 바닥에 쏟아 놓고 간 핀들을 주우라고 시킨다. 그렇지만 모두가 주인이 그들을 버렸음을 똑똑히 안다.

정오가 되자 관원들이 말을 타고 거리를 돌아다니며 해가 지면 도시 성문을 모두 걸어 잠글 거라고 포고한다. 배가 금각만 상류로 흘러가지 않도록, 북쪽으로부터 공격받지 않도록 남자 허리둘레에 맞먹는 굵기에 부구(浮球)를 매단 사슬 방책이 항구를 가로질러 둘러쳐지고 보스포루스 해협 어귀의 갈라타 성벽에 고정된다. 안나는 칼라파테스가 제노바의 배 갑판에 몸을 수그린 채 미친 사람처럼 여행 트렁크들을 살피는 동안 그의 등 뒤로 도시가 멀어지는 광경을 상상한다. 도시의 함대 사령관들이 굽어보는 가운데 히메리우스가 어부 무리에 뒤섞여 맨발로 서 있는 광경을 상상한다. 그의 머리 모양, 그의 허리띠에 꽂힌 가죽 손잡이 칼. 히메리우스는 경험 많고 대담하다는 환상을 심어 주려고 갖은 애를 써 보지만 실상 어린 남자애일 뿐이다. 키만 멀대처럼 크고 눈은 왕방울만 하고 누덕누덕 기운 외투 차림으로 비를 맞던.

오후가 다 가기도 전에 남편이 있고 자식이 있는 여자들은 일감을 팽개치고 가 버렸다. 바깥 거리에서 따가닥거리는 말발굽 소리와 수레바퀴가 물 튀기는 소리, 짐마차꾼들의 고함 소리가 들려온다. 안나는 마리아가 눈을 가늘게 뜨고 비단 두건을 내려다보는 것을 지켜본다. 키 큰 필경사의 목소리가 들려온다. 방주가 암초에 부딪혔단다, 얘야. 그래서 밀물이 밀려 들어오고 있어.

오메이르

모두가 부글부글 끓는 하늘을 유심히 쳐다본다. 모두가 점점 더 불안해한다. 조원들은 술탄은 인내심 깊고 자애롭다고, 술탄은 잘 따라 준 백성들의 노고에 고마워한다고, 술탄의 지혜는 가장 필요한 때에 맞춰 대포가 전장에 도착할 것을 알고 계신다고 큰소리로 칭송한다. 하지만 오메이르는 지독히 혹사당한 자들이 말은 안 하지만 동요하고 있음을 감지한다. 날씨는 연이은 폭풍에 비틀댄다. 채찍이 철썩철썩 후려쳐진다. 분노가 끓어오른다. 가끔 사람들이 노골적인 의심을 담은 눈으로 그의 얼굴을 쏘아보면 불가에서 일어나 어둠 속으로 발길을 옮기는 것이 그의 일과가 된다.

길의 오르막은 오르는 데만 온종일이 걸릴 때가 있지만, 정말 고생스러운 건 내리막길이다. 바퀴 멈추개가 부러지고, 바퀴 축이 휘고, 소들은 공포와 고통으로 울부짖는다. 하루 한 번 이상 굴레 막대의 접합 부위가 쪼개져 그 무게에 짓눌린 소가 무릎을 꿇고, 그렇게 사나흘에 한 마리씩 도살된다. 오메이르는 머릿속으로 그들이 지금

옳은 일 ─ 이 모든 분투, 이 모든 생명이 대포를 움직이는 과업에 동원된다는 것 ─ 을 한다고 되뇐다. 마땅한 출정이요, 신의 뜻이다. 그러나 예기치 못한 순간에 그리움이 그를 잠식한다. 코를 찌를 듯한 매캐한 향기, 밤중에 누군가의 말이 내는 히힝 우는 소리에 그는 또다시 그곳에 가 있다. 빗물이 뚝뚝 듣는 나무들, 부글거리며 흐르는 샛강. 화로 위에서 밀랍을 젓는 어머니. 양치식물에 둘러싸인 가운데 노래하는 니다. 관절염 때문에 나막신 신은 발을 절뚝거리며 외양간으로 향하는, 발가락이 여덟 개뿐인 할아버지.

"하지만 저래서야 아내가 될 여자를 구할 수나 있겠어요?" 니다가 이렇게 물은 적이 있었다. "저 얼굴로?"

"문제는 이 녀석 얼굴이 아냐." 할아버지가 말했다. "발 구린내가 문제지." 할아버지는 오메이르의 두 발을 잡아 그의 코에 갖다 대고 입바람을 크게 한번 훅 불었고, 다들 한바탕 웃는 가운데 어린 오메이르를 끌어당겨선 힘차게 안아 주었다.

원정 십팔 일째 되는 날, 괴물 같은 대포를 수레에 고정하는 강철 테 몇 개가 끊어지면서 대포가 굴러떨어진다. 모두가 신음을 토한다. 20톤 무게의 대포가 신이 내버린 악기처럼 진흙 속에서 번뜩인다.

응답이라도 하듯 비가 내리기 시작한다. 그날 오후 내내 그들은 대포에 쇠사슬을 감아 수레에 다시 올리고, 수레를 끌어당겨 다시 길 위로 올린다. 밤이 되자 신학자들이 밥을 짓는 불가를 오가며 모두의 사기를 올리려 애쓴다. 그러면서 하는 말이, 도시 사람들은 말을 제대로 키울 줄도 몰라서 우리한테서 사야 한다, 그들은 온종일

긴 벨벳 의자에 누워 있기만 한다. 작은 종만 골라 교배해 태어난 개들한테 서로 생식기를 핥도록 훈련시킨다. 포격은 언제라도 개시할 수 있으니 그들이 지금 끌고 가는 무기는 승리의 보루이며, 운명의 수레바퀴를 승리의 길로 이끌 것이라고 한다. 그들의 노고 덕에 도시를 점령하는 건 달걀 껍데기 벗기는 것만큼 쉬울 것이라고 한다. 우유가 담긴 잔에서 머리카락 한 올 건져 내는 것보다 더 쉬울 것이라고 한다.

연기가 하늘로 솟아오른다. 다들 잠자리에 드는데 오메이르는 어쩐지 마음이 편치 않다. 불빛이 어둠에 지워지는 경계에서 그는 달빛이 고삐 줄을 질질 끈 채 나와 있는 것을 발견한다.

"왜 그러니?"

달빛은 오메이르를 이끌고 나무 아래에 혼자 서서 제 뒷다리를 살피는 형제 소에게 데려간다.

아무리 술탄이 뜻하고 신이 명한 바라고 해도 그토록 무거운 것을 이토록 멀리까지 옮긴다는 것은, 따지고 보면 가능한 한 가장 멀리 떨어진 문턱에 올라선다는 뜻이다. 마지막 남은 수킬로미터의 거리를 한 걸음 한 걸음 걸어가는 수소 행렬은 동시에 땅 밑으로 조금씩 꺼져 들어가는 것 같다. 도시들의 여왕으로 가는 것이 아니라 저승으로 내려가고 있는 듯하다.

오메이르의 보살핌에도 하루 행군이 끝나 갈 무렵에 나무는 왼 뒷다리에 힘을 줘 디딜 의욕조차 없고, 달빛은 고개도 제대로 들지 못한다. 그럼에도 대포를 끄는 건 다만 오메이르를 기쁘게 해 주고 싶어서인 듯하다. 이제 그들에게 중요한 건 그 한 가지 요구를 들어 주는 것, 도무지 이해할 수 없어도 다만 소년이 원하기 때문에 무조건 따르는 것 같다.

그들 옆을 걷는 그의 눈에 눈물이 그렁그렁하다.

원정대는 4월 둘째 주가 지나기 전에 콘스탄티노플의 육지 성벽이 보이는 들판에 도착한다. 나팔 소리가 울려 퍼지고, 함성이 솟아오르고, 사내들은 거대한 대포를 구경하려고 앞다투어 달려간다. 오메이르는 이제껏 몽상 속에서 도시를 매번 다른 모습으로 수도 없이 상상했었다. 짐승의 발톱을 단 마귀들이 탑 꼭대기를 걸어 다니고, 그 밑에선 지옥의 개들이 사슬을 끌고 다닌다고 상상했었다. 하지만 마지막 굽잇길을 돌아 처음 보는 순간 그는 숨이 턱 막힌다. 그들 앞에는 천막, 설치물, 짐승, 불, 군인 들로 이루어진 거대한 쓰레기 더미가 강처럼 넓은 해자를 떠밀 듯한 기세로 펼쳐져 있다. 저쪽 편 해자 위 낮고 가파른 비탈 너머로는 성벽들이 지면을 따라 양쪽으로 수 킬로미터를 오르내리며 뻗어 있는데, 고요히 줄지어 선, 범접할 수 없는 위용을 떨치는 절벽처럼 보인다.

생경한 뿌연 빛을 받으며 나직한 잿빛 하늘 아래 펼쳐진 성벽들은 무한히 이어질 것만 같고, 뼈를 깎아 지은 도시를 수호하는 것처럼 보인다. 아무리 거대한 대포가 있다 한들 저런 요새를 무슨 수로 뚫고 들어갈 수 있을까? 그들은 코끼리의 눈 위에서 까부는 벼룩 꼴이 될 것이다. 산기슭에서 까부는 개미 꼴이 될 것이다.

안나

　그녀는 수백 명의 다른 아이들과 함께 성벽의 부실한 곳을 보수하는 데 동원된다. 그들이 포석, 판석, 심지어는 비석까지 날라다 벽돌공에게 건네면 벽돌공은 회반죽을 발라 벽에 채워 넣는다. 마치 도시를 완전히 해체해서 끝없이 이어지는 긴 벽으로 만드는 것 같다.

　온종일 돌을 들어 올리고 양동이에 담아 나른다. 머리 위 발판에서 일하는 석공 중에 그녀가 아는 제빵사와 어부 둘이 있다. 입에 올리는 순간 그 이름이 술탄의 군대로 둔갑해 도시 안으로 쳐들어올 것처럼 누구도 술탄의 이름을 입 밖에 꺼내지 않는다. 낮 시간이 느리게 흘러가고, 찬바람 한 줄기가 불고, 해가 구름 소용돌이에 묻히자 봄날 오후가 겨울밤처럼 느껴진다. 위쪽 성곽을 따라 맨발의 수도사들이 성유물함을 들고 십자가를 진 자를 따라가며 낮고 음울한 노래를 부른다. 안나는 둘 중 어느 쪽이 침략군을 더 잘 막아 줄지 궁금하다. 회반죽일까? 기도일까?

그날 밤, 4월의 두 번째 날, 아이들은 추위와 허기를 안고 터덜터덜 집으로 돌아가는데 안나는 군인들이 지키는 다섯 번째 문에서 가까운 과수원을 건너 오래된 궁수 탑으로 간다.

부서진 돌이 가득하지만 뒷문은 여전히 자리를 지키고 있다. 여섯 번을 돌면 꼭대기. 담쟁이덩굴 몇 가닥을 잡아 옆으로 치운다. 은과 황동으로 만들어진 도시는 여전히 구름에 싸인 채 떠 있지만, 여기저기 칠이 벗어져 떨어져 나가고 있다. 안나는 까치발을 선 채 손을 뻗어 당나귀를, 영원히 엉뚱하게 바다 건너편에 발이 묶인 당나귀를 만져 보고, 이어서 서쪽으로 난 기다랗고 좁은 궁수 창으로 기어올라간 후 나간다.

외벽 너머, 해자 너머 보이는 것에 온몸이 싸늘해진다. 한 달 전 마리아와 함께 성모의 샘으로 가며 가로질렀던 작은 숲과 과수원들이 깎여 나가고 그 자리에 거칠고 메마른 땅이 펼쳐져 있다. 경계를 표시하려고 끝을 뾰족하게 깎아 땅에 박아 놓은 나무 말뚝들이 거대한 머리빗의 빗살처럼 보인다. 양쪽으로 시야 끝까지 이어지는 못 박은 성벽과 말뚝 울타리 너머 새로 생겨난 도시가 원래의 도시를 후광처럼 둘러싼 채 자리 잡고 있다.

사라센의 천막 수천 개가 바람에 펄럭인다. 불, 낙타, 말, 수레, 아득히 멀리서 소용돌이치는 먼지와 사람들, 이 모든 것들이 합쳐져 거대한 무리를 이루고 있고, 그녀는 이를 헤아릴 단위의 수를 알지 못한다. 늙은 리키니우스가 트로이성 밖에 결집한 그리스 군대를 어떻게 묘사했더라?

이토록 많은 수가 들판을 채운 적은 한 번도 없었으니,

가을의 낙엽 더미나 휘몰아치는 모래바람인 양 밀집하여
움직이는 기병 대대가 타향 땅을 시커멓게 메웠다.

바람이 방향을 바꾸면서 식사를 준비하는 불빛이 밝게 타오르
고, 천 개의 깃발이 천 개의 깃대에서 펄럭이고, 안나는 입안이 바짝
마른다. 누군가 성문 밖으로 용케 빠져나가 도망친들 무슨 수로 저
곳을 빠져나갈 수 있을까?

기억의 서랍 속에서 과부 테오도라가 한 말이 나온다. 우리가 하
느님의 분노를 일으켰으니, 얘야, 이제 그분께서 우리 발아래 땅을 열
어젖히실 거다. 그녀는 낮은 목소리로 성 코랄리아께 한 가닥 희망
이 있다면 표지를 보내 달라고 기도를 하는데, 가만히 지켜보다 몸
을 부들부들 떠는 건 바람이 불고 별 하나 뜨지 않고 어떤 표지도 나
타나지 않기 때문이다.

주인은 도망쳤고 야경꾼도 온데간데없다. 과부 테오도라의 방문
엔 빗장이 걸렸다. 안나가 찬장에서 양초 한 자루를 꺼내 ─ 이제 그
것들은 누구 것이지? ─ 화로에 대고 불을 붙이고 방에 가니, 마리
아가 바늘처럼 가는 몸을 벽에 기대고 누워 있다. 안나가 지금껏 믿
어야 한다고 들었고, 그래서 믿으려 애썼고 믿고 싶었던 것은, 오래
도록 고생하고 나면, 쉼 없이 일하다 보면 언젠가는 ─ 오디세우스
가 파도에 휩쓸려 용감한 알키노스의 왕국에 이르렀듯이 ─ 더 좋
은 곳에 이르게 된다는 말이었다. 그런 고생을 통해 우리는 구원받
는다고 했다. 그리고 죽음으로써 우리는 다시 살게 된다고 했다. 마
지막에 가면 그편이 더 쉬울지도 모르겠다. 하지만 안나는 고생이

라면 지긋지긋하다. 그리고 아직은 죽을 각오가 되어 있지 않았다.

성 코랄리아의 작은 나무 이콘이 벽감에서 손가락 두 개를 치켜
든 채 그녀를 지켜본다. 타닥거리는 양초 불빛 속에서 머릿수건을
두른 안나는 짚 요 밑으로 손을 뻗어 지난 며칠 동안 히메리우스와
함께 모아 둔 수집품이 든 자루를 끌어내고, 종류가 다른 축축한 종
이 뭉치들을 꺼낸다. 수확 기록, 징세 기록들. 마침내 염소 가죽으로
제본한 작고 얼룩진 필사본이 나온다.

가죽은 물이 들어 얼룩지고 책장 가장자리에는 검은 반점이 번
져 있다. 하지만 그 안의 글을 보는 그녀는 심장이 벌렁거린다. 단정
하게, 왼쪽으로 기울여 쓴 필체는 마치 바람에 떠밀린 것처럼 보인
다. 아픈 조카딸과, 짐승이 되어 땅을 걷는 남자들의 이야기.

다음 장을 넘긴다.

……름 위의 황금 탑들로 이루어진 궁전과 그 주변을 맴도는 송
골매와 붉은발도요와 메추라기와 쇠물닭과 뻐꾸기 들…….

몇 장을 더 넘긴다.

……내 다리에서 자라나는 이 털…… 이럴 수가, 이건 깃털이 아
니잖아! 내 입…… 아무래도 부리처럼 느껴지지 않아! 그리고 이것
도 날개가 아니야, 이건 발굽이라고!

열두 장을 더 넘긴다.

……나는 산속 샛길을, 둥근 호박이 박힌 나무숲을 건너고 또 건넜으며, 얼음이 거미집처럼 펼쳐진 산을 휘청휘청 올라 세계의 끝, 얼어붙은 땅까지 갔습니다. 그중에서도 가장 높은 곳에 사는 사람들은 사십 일 동안 해를 구경하지 못하였고, 산꼭대기의 사자(使者)들이 다시 뜨는 빛을 볼 때까지 눈물로 지새웠습니다…….

마리아가 자면서 앓는 소리를 낸다. 안나는 그제야 알아차리고 충격에 몸을 떤다. 구름 속의 도시. 바다 끝에 선 당나귀. 온 세계를 담은 이야기. 그리고 그 너머의 수수께끼.

9

세계의 끝,
얼어붙은 땅에서

클라우드 쿠쿠 랜드
─ 안토니우스 디오게네스 지음, 폴리오 I

책의 상당 부분이 유실된 탓에 물방앗간 물레바퀴 기둥에 묶여 있던 아이톤이 어떻게 탈출했는지는 알 수 없다. 몇몇 당나귀 설화에서는 어느 떠돌이 사제에게 팔린 것으로 나온다. 번역 지노 니니스.

    ……줄곧 북쪽으로 더 멀리, 짐승만도 못한 것들이 나를 내모는 대로 가다 보니 땅이 허연색으로 변했습니다. 그곳의 집들은 야생 그리핀* 뼈로 지어져 있었고, 어찌나 추운지 그곳에 사는 털이 부숭부숭한 인간들이 말을 하는 대로 단어들이 그 자리에 얼어붙어 버렸으니, 무슨 말을 했는지 제대로 들으려면 봄이 올 때까지 기다려야 했습니다.

    냉기에 발굽, 머리뼈, 골수까지 얼얼해지자 유독 고향 생각이 났는데, 기억 속의 고향은 예전처럼 충충한 촌구석이 아니라 낙원이었습니다. 들판에선 꿀벌들이 붕붕 날고 마소들이 행복하게 종종걸음을 쳤으며 해가 저물면 저녁 별이 내려다보는 가운데 나는 다른 목동들과 함께 술을 마셨습니다.

    어느 날 밤 ─ 그곳에서는 밤이 마흔 날 동안 계속되었습니다. ─ 사내들이 커다란 불을 피우고 춤을 추더니 얼마 후 무아경

---

*   독수리의 머리와 날개, 사자의 몸통을 가진 신화 속 동물.

에 빠져들기에, 나는 밧줄을 씹어 끊고 달아났습니다. 몇 주 동안 정처 없이 별빛 가득한 암흑을 헤맨 끝에 나는 하늘과 땅 사이의 모든 것이 마지막을 고하는 지점에 이르게 되었습니다.

하늘은 저승의 묘지인 양 깜깜했고, 바다엔 파란색 얼음으로 빚은 거대한 배들이 오가고 있었고, 느릿느릿 흐르는 물을 헤치고 거대한 눈들이 달린 미끈거리는 괴물들이라도 나타날 것만 같았습니다. 나는 한 마리 새가 되게 해 달라고, 용맹한 독수리나 현명하고 힘센 올빼미가 되게 해 달라고 기도를 올렸지만, 신들은 여전히 말이 없었습니다. 한 발굽 또 한 발굽, 얼어붙은 바닷가를 나아가며, 등을 비추는 싸늘한 달빛 속에서, 나는 아직도 희망을 버리지 않았으니……

한국

1952~1953년

지노

겨울이 되자 얼어붙은 오줌이 석순처럼 변기 위로 솟아오른다. 강물도 얼어붙고, 중공군이 난방을 넣는 수용소의 수를 줄이면서 미국과 영국의 포로들이 한곳에 합쳐진다. 블리위트는 이미 발들일 틈도 없다고 투덜거리지만, 지노는 지척거리며 들어오는 영국군 포로들을 보며 흥분을 느낀다. 그와 렉스는 서로 알아보고, 얼마 후 서로의 짚 요를 벽 밑에 나란히 붙인다. 아침에 눈을 뜨면 지노는 팔 뻗으면 닿을 거리에 렉스가 누워 있을 거라 기대하며, 둘 다 달리 갈 곳이 없다고 확신한다.

매일 함께 얼어붙은 언덕을 올라 땔감으로 쓸 잡목을 자르고 모으고 나르는 동안 렉스는 선물처럼 수업을 연다.

Γράφω, gráphō, 긁다, 끌다, 긁어 벗기다, 또는 쓰다: 서예(caligraphy), 지리(geography), 사진(photography)의 어원.

Φωνή, phōnḗ, 소리, 음성, 언어: 교향악(symphony), 색소폰(saxophone), 마이크(microphone), 메가폰(megaphone), 전화(telephone)

의 어원.

Θεός, theós: 신.

"이미 알고 있는 단어들을 푹푹 고아서 뼈를 우려 봐." 렉스가 말한다. "그러면 솥단지 바닥에 앉아서 위를 쳐다보는 고대인들을 발견하게 될 거야."

누가 이런 말을 해 줄 수 있을까? 여전히 지노는 훔쳐본다. 렉스의 입을, 그의 머리칼을, 그의 두 손을. 이 남자를 바라보는 건 불을 바라보는 것처럼 즐겁다.

이질이 수용소의 모든 포로와 마찬가지로 지노에게도 찾아온다. 그는 변소에 다녀오자마자 다시 변소에 다녀와야겠다고 간절하게 허락을 구한다. 블리위트는 지노에게 수용소 병원에 데려다줄 수는 있지만 수용소 병원이란 곳은 명색이 의사라는 사람들이 포로의 배를 갈라 열고 '치료' 명목으로 갈빗대 안에 닭의 간을 집어넣는 창고라며, 차라리 여기서 버티다 죽으라고, 그러면 그의 양말은 자기 차지가 될 거라고 말한다.

얼마 지나지 않아 지노는 너무 아파 혼자서 변소에 갈 수 없는 지경이 된다. 기력이 다해 짚 요 위에 몸을 웅크리고 누워, 티아민 부족으로 몸을 움직일 수 없게 되자, 다시 여덟 살 때로 돌아가 고향에서 장례식 구두를 신은 채 얼어붙은 호수 꼭대기에서 와들와들 떨며 소용돌이치는 눈을 향해 조금씩 조금씩 움직여 나아가고 있다고 믿게 된다. 바로 저 앞에 탑들이 점점이 박힌 도시가 보인다. 도시는 흔들거리고 금방이라도 꺼질 듯하다. 앞으로 발걸음을 내디디면 도시로 통하는 문 앞에 닿을 수 있을 것이다. 하지만 가까이 가려 할 때마다 아테나가 그의 옷자락을 물고 뒤로 잡아당긴다.

때로 의식이 돌아오면 옆에 블리위트가 앉아 있는 것이 보이고, 그에게 묽은 죽을 강제로 먹이며 "아니, 아니. 안 되지, 아가. 넌 죽지 않아. 나 없이는 못 죽어."라고 말하는 것까지 알아듣고는 다시 의식을 잃는다. 어느 때는 렉스가 부러진 테를 녹슨 철사로 동여맨 안경을 쓴 채 지노의 이마를 훔치고 있기도 하다. 렉스는 서리에 뒤덮인 벽을 손톱으로 긁어 가며 그리스 시를 적는다. 신비한 상형 문자를 그려 도적들을 쫓아 버리려는 듯이.

지노가 다시 걸을 수 있게 되자 수용소에선 기다렸다는 듯 다시 불 때는 일을 맡긴다. 어떤 날은 심하게 기력이 딸려서 가벼운 땔감 뭉치를 들고도 몇 걸음 못 가서 다시 내려놓고 만다. 렉스가 옆에 쭈그려 앉아 목탄 조각으로 나무 밑동에 Ἀλφάβητος라고 쓴다.

A는 ἄλφα, 즉 알파. 수소의 머리를 거꾸로 한 모양이다. B는 βῆτα, 즉 베타. 집의 평면도를 본뜬 것 같다. Ω는 ὦ μέγα, 즉 오메가. 거대한 O. 앞의 모든 글자들을 집어삼킬 기세인 고래의 거대한 입처럼 보인다.

지노가 말한다. "알파벳."

"그렇지. 그럼 이건?"

렉스가 쓴다. ὁ νόστος.

지노는 머릿속 서랍들을 샅샅이 뒤진다.

"노스토스."

"노스토스, 그래. 귀향, 무사히 도착한다는 것. 물론 영어 단어 한 개와 그리스 단어 한 개를 연결시키면 의미는 늘 미끄러지지만. 노스토스는 또 귀향에 관한 노래를 뜻하기도 해."

지노는 가벼운 현기증을 느끼며 자리에서 일어서서 다시 땔감 꾸러미를 든다.

렉스는 목탄 조각을 주머니에 넣고 단추를 채운다. "옛날에," 그가 말한다. "질병, 전쟁, 기근이 말 그대로 한시도 쉬지 않고 출몰해서 사람들이 제명을 다하지 못하거나 바다나 땅에 삼켜지던 시절, 아니면 그냥 먼 곳에서 정처를 잃고 다시는 돌아오지 못하는 바람에 어떻게 됐는지조차 알 수 없었던 시절……." 그의 시선이 얼어붙은 들판을 가로질러 제5수용소의 낮고 어두운 건물들을 향한다. "영웅이 고향으로 돌아가는 내용의 옛노래를 들으면 어떤 심정이었을지 상상해 봐. 노랫말처럼 돌아갈 수 있다고 믿는 마음을."

저 멀리 얼어붙은 압록강 위로 바람이 눈가루를 휘몰아 긴 소용돌이를 빚는다. 렉스는 옷깃 속으로 몸을 더 움츠린다. "노래의 내용은 그리 중요하지 않아. 그 노래가 계속 불렸다는 사실이 중요하지."

명사가 단수와 복수의 형태로 골조를 만들면 동사가 벽과 지붕을 짓는다. 그리스 고문학을 열렬히 사랑하는 렉스 덕분에 그들은 최악의 시간을 버틴다. 2월의 어느 날 밤, 해가 지고 나서 주방 창고 안 불가에 옹기종기 모여 있을 때 렉스가 목탄 조각으로 호메로스의 문장 두 줄을 널빤지 조각에 쓴 후 건넨다.

τὸν δὲ θεοὶ μὲν τεῦξαν, ἐπεκλώσαντο δ' ὄλεθρον
ἀνθρώποις, ἵνα ᾖσι καὶ ἐσσομένοισιν ἀοιδή

창고 벽 틈새로 보이는 산 위에 별들이 걸려 있다. 지노는 싸늘한 등을 지그시 눌러오는 렉스의 몸을 느낀다. 둘 다 살가죽과 뼈가 붙을 정도로 깡말랐다.

θεοὶ는 '신들'이라는 뜻으로, 주격 복수형이야.

ἐπεκλώσαντο는 부정 과거로 '그들은 실을 자았다'라는 뜻이야.

ἀνθρώποις는 '인간들', 여격 복수야.

지노는 숨을 쉬고, 불은 타닥거리고, 창고 벽은 서서히 멀어지면서, 그의 정신 속 주름 사이에서 감시병도 굶주림도 고통도 가 닿지 못할 그 문장의 의미가 수백 년의 세월을 뚫고 솟아오른다.

"그것이 신들의 업이다." 렉스가 말한다. "그들은 인간의 삶을 피륙 삼아 폐허의 실을 잣고, 그 모든 것이 이후에 올 세대에게 들려줄 하나의 노래가 된다."

렉스는 널빤지에 쓴 그리스어를 보고, 다시 지노를 보고, 다시 그리스어를 본다. 그가 고개를 설레설레 젓는다. "아, 정말 위대해. 정말, 징글징글하게 위대해."

아이다호주
레이크포트

2014년

시모어

열한 살의 시모어는 8월의 마지막 주 월요일, 도서관에서 나와 집으로 걸어가는 길에 아케이디 레인으로 접어드는 굽잇길 바로 전, 크로스 로드의 갓길에서 밤색의 형체를 발견한다. 여기서 두 번, 로드킬을 당한 라쿤을 발견했었다. 한번은 으스러져 죽은 코요테도 보았다.

이번 것은 날개다. 큰회색올빼미의 잘린 날개는 보송보송한 우비깃과 밤색과 흰색이 섞인 날개깃으로 덮여 있다. 잘린 부위에 쇄골 한 조각이 붙어 있고 힘줄 몇 가닥이 끈처럼 늘어져 있다.

혼다 자동차 한 대가 굉음을 내며 지나간다. 그는 길을 살피고, 갓길을 따라 난 잡초들을 쭉 훑어보며 새의 나머지 몸뚱이를 찾는다. 도랑에서 우버몬스터 에너지 브루 빈 캔 하나를 발견한다. 그것 말고는 아무것도 없다.

그는 집까지 남은 길을 마저 걸어가고, 진입로에 이르러 책가방을 등에 멘 채 날개를 가슴에 꼭 대고 멈춰 선다. 에덴스 게이트 부지에 도시 주택 모델 하우스 한 채가 완공을 눈앞에 두고 있고, 네 채는 한창 공사 중이다. 크레인에 트러스가 매달려 있고, 그 아래로 목수 두 명이 오간다. 바람이 불고 구름이 몰려오고 번개가 번쩍이고, 그는 100만 마일 멀리 떨어진 곳에서 지구를 굽어보게 된다. 티끌 하나가 불모의, 궤멸적인 진공 속으로 맹렬히 돌진하더니, 잠시 후 그는 다시 진입로에 서 있다. 그곳엔 구름 한 점, 번개 한 줄기 없다. 쾌청한 푸른 날, 목수들이 트러스를 제자리에 고정하고 못 박는 기계가 팍 팍 팍 못을 박는다.

버니는 일을 나가면서 티브이를 틀어 두었다. 화면에서 노부부가 바퀴 달린 여행 가방을 끌고 여객선을 향해 간다. 부부는 샴페인 잔을 쩽 부딪치고 슬롯머신을 한다. 하 하 하. 그들이 말한다. 하 하 하 하 하. 그들의 미소가 숨막힐 정도로 하얗다.

날개는 오래된 베개 냄새를 풍긴다. 밤색, 황갈색, 크림색이 복잡하게 짜인 날개깃의 줄무늬는 현란하기 그지없다. 미국인 이만 칠천이십칠 명당 한 마리의 큰회색올빼미가 존재한다. 시모어 이만 칠천이십칠 명에 하나의 트러스티프렌드.

날개의 주인은 크로스 로드의 경계를 두르고 있는 더글러스전나무 숲의 나무에서 사냥을 한 게 틀림없다. 먹잇감, 아마도 쥐 한 마리가 나무 밑 보도 가장자리로 기어갔고 킁킁댔고 움찔거렸을 것이고, 놈의 심장 박동은 인간은 따라잡을 수 없는 트러스티프렌드의 청력 범위에서 등부표(燈浮標)처럼 빛났을 것이다.

쥐는 아스팔트의 강을 건너기 시작했다. 올빼미는 날개를 펴고 수직으로 낙하했다. 그때 서쪽에서 차 한 대가 길을 따라 달려왔는데, 헤드라이트가 밤을 가르는 속도는 움직이는 자연계의 어떤 존재보다 빨랐다.

트러스티프렌드. 귀 기울여 들어 준 존재. 순정하고 선명한 아름다운 목소리를 가졌던 존재. 늘 다시 와 주었던 존재.

티브이 화면에서 유람선이 폭발한다.

해가 저물고도 한참이 지나서야 시모어의 귀에 그랜드 앰 소리가, 버니가 대문 열쇠를 꽂는 소리가 들린다. 버니가 그의 방으로 들어오자 표백제와 메이플시럽이 반씩 섞인 냄새가 난다. 그는 그녀가 날개를 집어 올리는 것을 잠자코 지켜본다. "아, 주머니쥐. 유감이로구나."

그가 말한다. "누구든 대가를 치러야 해."

그녀가 손을 뻗어 그의 이마를 만지려 하자 그는 벽에 기댄 채 몸을 돌려 피한다.

"누구든 감옥에 가야 해."

그녀가 등에 손을 얹자 그는 온몸이 뻣뻣하게 굳는다. 닫힌 창문을 통해서, 벽을 통해서, 그의 귀에 크로스 로드를 지나는 차들의 소리가, 처음부터 끝까지 간단없이 내달리기만 하는 저 끔찍한 인간 기계의 굉음이 들린다.

"내일 나 집에 있을까? 아프다고 전화하면 돼. 같이 와플 만들어 먹을까?"

그는 베개에 얼굴을 묻는다. 다섯 달 전 철조망 너머 비탈은 붉은 날다람쥐 검은피리새 난쟁이땃쥐 가터뱀 깃털이 보송보송한 딱따구리 호랑나비 늑대 이끼 물쐐기아재비 만 마리의 들쥐 오백만 마리 개미들의 집이었다. 이제 그곳을 무엇이라 부르나.

"시모어?"

여기에서 북쪽으로는 트러스티프렌드가 날아다닐 만한 곳이 못해도 스무 곳은 있을 거라고, 여기보다 더 큰 숲, 여기보다 더 좋은 숲이라고, 들쥐가 넘쳐 날 거라고 그녀는 말했었다. 시모어의 머리카락보다 더 많은 들쥐들이 있을 거라고. 다 꾸며 낸 이야기였다. 그는 고개를 들지 않은 채 손만 뻗어 귀마개를 잡아 귀에 씌운다.

다음 날 아침 버니는 출근한다. 시모어는 뒤뜰의 반들반들한 달걀 모양 바위 옆에 날개를 묻고 조약돌로 무덤을 장식한다.

포포의 공구 창고 안 벤치 밑에, 엔진 오일이 든 세 개의 상자와 베니어합판 한 장 아래 몇 년 전 시모어가 발견한, 타프 줄을 쳐 놓은 우묵한 곳이 있다. 그 안에는 '아이다호 자유 민병대'라고 인쇄된 누래진 전단 서른 장, 탄약 상자 두 개, 베레타 권총 한 개, 그리고 밧줄 손잡이가 달리고 뚜껑에 '지연 신관 M67 25 수류탄'이라고 스텐실로 찍은 나무 상자가 하나 있다.

그는 구덩이 양쪽 가장자리에 두 발을 단단히 버티고 서서 두 다리 사이로 몸을 수그려 손잡이 하나를 움켜잡고, 나무 상자를 들어 올려 밖으로 꺼낸다. 드라이버 날을 이용해 잠금 고리를 열자 상자가 뻥 소리를 내며 열린다. 그 안에 가로세로 각각 다섯 칸짜리 격자 틀이 있고, 그 작은 칸마다 날개가 밑으로 꺾여 있고 핀이 꽂혀 있는 스물다섯 개의 담녹색 수류탄이 들어 있다.

도서관 컴퓨터 화면에서 머리가 희끗희끗하고 코가 무서울 정도로 빨간 노인이 M67의 기본 원리를 설명한다. 무게 184그램의 고

성능 폭탄. 사오 초 후 폭발하는 지연 신관. 반경 5미터까지 퍼지는 살상 능력. "안전핀을 뽑으면," 그가 말한다. "속에 있는 용수철이 뻥 하고 숟가락 모양 클립을 쳐올리면서 격철이 풀리고, 격철이 신관을 때립니다. 그러면 신관이 작동하여 폭발하면서……."

메리앤이 지나가면서 미소를 보낸다. 시모어는 브라우저 탭을 가리고 그녀가 시야에서 사라질 때까지 기다린다.

화면 속 남자는 바리케이드 뒤에 서서 수류탄 손잡이를 누르고 있다가 안전핀을 뽑고, 던진다. 바리케이드의 먼 쪽에서 흙먼지가 하늘로 솟구친다.

시모어는 '다시 보기'를 클릭한다. 처음부터 다시 본다.

수요일은 버니가 피그 앤드 팬케이크에서 종일 근무를 하는 날이어서 11시가 넘어야 집에 온다. 그녀는 마카로니가 가득 든 통을 냉장고에 넣고 집을 나선다. 통 뚜껑에 붙여 놓은 쪽지에는 다 괜찮아질 거야라고 써 있다. 오후 내내 시모어는 사십 년 전에 제조된 세열 수류탄* 한 개를 무릎에 올려놓은 채 부엌 식탁에 앉아 있다.

7시쯤 에덴스 게이트에서 마지막 트럭이 떠난다. 시모어는 귀마개를 쓰고 뒤뜰을 가로질러 새로 설치된 가로장 울타리를 빠져나간다. 호주머니엔 수류탄을 넣은 채 공지를 걸어간다. 모델 타운하우스 뒤뜰에 새로 깐 잔디가 짙고 유독한 초록빛으로 반짝인다. 잔디를 사이에 두고 양편에 골조를 세운 두 채의 집은 현관문은 설치됐지만 문손잡이와 데드볼트가 있어야 할 곳엔 구멍만 뚫려 있다.

---

* 폭발할 때 금속 파편이 퍼져서 살상 범위를 확대하는 수류탄.

집마다 앞에 투명한 전단지 상자가 달린 부동산 표지판이 서 있다. 꿈꾸던 레이크포트의 라이프 스타일을 누리세요. 시모어는 왼쪽 타운하우스를 선택한다.

부엌이 될 공간에 속이 텅 빈 수납장들이 세워져 있다. 위층 창문은 아직 스티커와 비닐 필름이 붙어 있고, 그 너머로 몇 그루 남은 전나무 가지부터 한때는 트러스티프렌드의 나무가 서 있던 공터까지 보인다.

어디에도 트럭은 없다. 사람 목소리도, 음악도. 어두워지는 하늘에 비행기 한 대가 비행운을 그리며 상현달을 가른다.

그는 다시 아래층으로 내려가 두께 5센티미터에 폭 10센티미터 목재의 뭉툭한 끝을 받쳐 현관문을 열어 놓고, 최근에 포장을 한 인도로 나간다. 반바지와 스웨트셔츠 차림에 목엔 귀마개를 걸치고 한 손엔 수류탄을 들고 그 자리에 선다.

거긴 우리 땅이 아니야. 그 사람들은 자기 땅이니 자기 마음대로 할 수 있어.

여기보다 더 큰 숲, 여기보다 더 좋은 숲. 자기 마음에 드는 대로 고를 수 있을 거야.

클립을 누르고, 숨을 멈추고, 집게손가락을 안전핀 고리에 집어넣는다. 이제 잡아당기기만 하면 된다. 타운하우스 안에 폭탄을 던지는 자신의 모습이 보인다. 집 정면이 쪼개지고, 현관문이 경첩에서 떨어져 날아가고, 창문이 박살 나고, 진동이 레이크포트를 뒤흔들고 산 넘어 멀리멀리 이어지다 마침내 트러스티프렌드, 신비의 나뭇가지에 앉아 영원을 바라보며 눈을 깜빡이는, 날개가 하나뿐인 큰회색올빼미 유령의 귓전까지 울리는 것이 보인다.

핀을 뽑아.

두 무릎이 떨리고 심장이 울부짖는데, 그의 손가락은 꿈쩍도 하지 않는다. 동영상을 떠올린다. 쿵 소리와 함께 분수처럼 공중으로 흩뿌려지던 흙과 먼지. 다섯 여섯 일곱 여덟. 핀을 뽑아.

그는 하지 못한다. 두 발로 서 있는 것조차 힘들다. 안전핀에서 손가락이 스르르 빠져나간다. 달은 여전히 하늘 그 자리에 있지만 언제든 떨어질 수 있다.

아르고스호

미션 여행 64년

콘스턴스

열두 살과 열세 살 아이들이 발표를 한다. 라몬은 베타 Oph2의 대기에서 확인된 생명체 지표 가스에 대해 설명하고, 제시 고는 베타 Oph2의 온대 초원의 미기후에 관한 의견을 말한다. 콘스턴스 차례는 마지막이다. 도서관의 두 번째 단에서 책 한 권이 그녀를 향해 날아오더니 바닥에 놓여 활짝 펼쳐지고, 그 속에서 180센티미터 높이의 줄기가 자라나며 고개 숙인 꽃이 핀다.

다른 아이들이 투덜거린다.

"이건," 콘스턴스가 말한다. "스노드롭이에요. 스노드롭은 지구에서 추운 계절에 피는 작은 꽃이에요. 아틀라스에서 스노드롭을 볼 수 있는 곳을 두 군데 찾아냈는데, 한가득 피어서 들판이 온통 새하얀 걸 볼 수 있어요." 그녀는 도서관 구석에서 스노드롭이 카펫처럼 깔린 들판을 소환할 기세로 두 팔을 너울거린다.

"지구에선 스노드롭 한 송이가 수백 개의 아주 작은 씨앗을 만들어 내요. 씨앗마다 작은 기름방울이 하나씩 들어 있는데, 그걸 유질

체라고 불러요, 개미들이 참 좋아하……."

"콘스턴스." 첸 선생님이 말한다. "베타 Oph2의 생물 지리학적 지표에 관해 발표하기로 하지 않았니."

"수천 수억 수조 마일 떨어진 곳에 있는 죽은 꽃 말고." 라몬이 덧붙이자 모두가 웃는다.

"개미들이," 콘스턴스는 이어서 말한다. "그 씨앗을 개미굴 가까운 곳의 두엄 더미에 심고 유질체를 깨끗이 핥아 없애면 씨앗만 남아요. 그렇게 식량을 구하기 힘들어지면 스노드롭이 개미들에게 간식을 주죠. 그래서 개미들이 더 많은 스노드롭을 심는데, 이걸 '상호 의존'이라고 불러요. 일종의 순환……."

첸 선생님이 앞으로 나서서 손뼉을 딱 친다. 그러자 꽃이 사라지고 책은 훨훨 날아간다.

"여기까지. 콘스턴스, 수고했다."

두 번째 식사로 제2농장의 골파를 곁들인 비프 스테이크가 프린트된다. 어머니의 얼굴이 근심으로 주름져 있다. "처음에는 먼지 가득한 아틀라스 안을 하루가 멀다 하고 기어다니더니, 이제는 또 개미니? 걱정이구나, 콘스턴스. 우리의 의무는 앞날을 생각하는 거야, 그런데 너는 결국 하고 싶은 게……."

콘스턴스는 한숨을 내쉬고, 곧 등장할 '미치광이 엘리엇 피셴배커' 이야기를 들을 각오를 한다. 피셴배커는 도서관의 날 이후 낮이건 밤이건 퍼램뷸레이터에서 내려오지 않겠다고 고집을 피웠고, 학업도 게을리하고 아틀라스 안에서 혼자 돌아다닐 셈으로 모든 규약을 위반했다. 그러다 결국 그의 발바닥이 결딴났고, 어머니 말에 따르면, 그의 정신 건강도 무너지고 말았다. 시빌이 그의 도서관 출입을 제한하고 어른들이 그의 바이저를 빼앗자 엘리엇 피셴배커는 조리실 선반의 지주를 풀어서 아르고스호 선체에 구멍을 내려는 속셈으로 며칠 밤을 쉬지 않고 외벽을 찍어 댔는데, 그 일은 모든 사람과 모든 것을 위험에 빠뜨렸다. 어머니는 이 대목에서 반드시 집어넣는 '다행히'라는 말에 이어, 엘리엇은 선체 벽의 가장 바깥 층을 뚫기 전에 제압당했고 가족 격실에 감금되었으나, 감금돼 있는 동안 슬립드롭을 남몰래 치사량에 달할 만큼 모았고, 그가 죽었을 때 시신은 진혼곡도 없이 에어로크 밖으로 띄워 보내졌다고 말한다. 그리고 어머니가 두어 번 강조하기론 제2실험실과 제3실험실 사이의 복도에 티타늄으로 때운 곳이 '미치광이 엘리엇 피셴배커'가 탈출하려고 뚫은 곳으로, 하마터면 승선한 사람 모두를 죽일 뻔했다는 것이다.

하지만 콘스턴스는 아까부터 듣지 않고 있다. 식탁 맞은편 끝에 앉아 있는 이지키얼 리가, 그녀보다 몇 살 안 많은 얌전한 십 대 소년이 신음하며 손가락 관절로 눈을 비벼 대고 있어서다. 자기 식사는 건드리지도 않았다. 허옇게 뜬 그의 얼굴엔 병색이 짙다.

수학 선생 포리 박사가 이지키얼 왼쪽에 앉아서 그의 어깨에 손을 얹는다. "지키?"

"공부하느라 피곤해서 그래요." 이지키얼의 어머니가 말하지만 콘스턴스의 눈에 이지키얼의 안색은 피곤한 것 이상으로 안 좋아 보인다.

아버지가 눈썹에 배양토가 묻은 얼굴로 식당으로 들어온다. "첸 선생과의 회의에 불참했죠." 어머니가 말한다. "그리고 얼굴에 흙이 묻어 있어요."

"미안해요." 아버지가 말한다. 수염에서 이파리를 뽑아 입안에 털어 넣으며 콘스턴스에게 눈을 찡긋한다.

"오늘 우리 소나무 아기는 어때요, 아버지?" 콘스턴스가 묻는다.

"아무래도 네가 스무 살이 되기 전에 천장을 뚫을 기세야."

그들은 비프 스테이크를 먹고, 어머니는 더 고무적인 태도로 이야기를 시작한다. 콘스턴스가 이 과업의 일원임에 얼마나 자부심을 느껴야 하는지, 아르고스호 승무원은 인류의 미래를 대표하며 희망과 발견, 용기와 인내의 귀감으로 가능성의 창문을 넓히고 인간의 누적된 지성을 잘 지켜 새로운 새벽을 열게 될 것이니, 그러는 동안 엄마와 함께 '게임 섹션'에서 좀 더 시간을 보내는 게 어떻겠느냐고. 빛나는 지팡이로 떠다니는 동전을 치는 '다우림 달리기'는 어떨까, 아니면 반사 신경을 키우기에 그만인 '코르비의 역설'은? 그런데 이제 이지키얼 리는 이마를 식탁에 문지르고 있다.

"시빌." 리 부인이 자리에서 일어서며 말한다. "이지키얼이 왜 저러지?" 그때 소년이 몸을 뒤로 젖히며 신음을 토하더니 앉아 있던 스툴에서 떨어진다.

여기저기서 헉 소리가 난다. 누군가 말한다. "무슨 일이지?" 어머니가 큰 소리로 시빌을 다시 부르고, 리 부인이 이지키얼의 머리를 들어 자기 무릎에 올린다. 아버지가 큰 소리로 차 박사를 부르며 찾는데, 바로 그 순간 이지키얼이 시꺼먼 물질을 토하고 리 부인이 토사물을 몽땅 뒤집어쓴다.

어머니가 비명을 지른다. 아버지가 콘스턴스를 식탁에서 끌어낸다. 토사물은 리 부인의 목과 머리칼, 작업복을 입은 포리 박사의 두 다리에 묻어 있다. 식당에 있던 사람들 모두 깜짝 놀라 식사하던 자리에서 뒤로 물러난다. 아버지가 콘스턴스를 끌고 복도를 달려가는 동안 시빌이 말한다. 격리 1단계 발령. 필수 인력을 제외한 모든 승무원은 지금 당장 각자의 격실로 가십시오.

17호 격실에 들어가자, 어머니는 콘스턴스의 두 팔과 겨드랑이까지 소독한다. 네 번을 시빌에게 요청해 그들의 활력 징후를 확인한다.

맥박과 호흡이 안정적입니다. 시빌이 말한다. 혈압은 정상입니다.

어머니가 자신의 퍼램뷸레이터에 올라가 바이저를 터치하고, 몇 초 만에 빠른 귓속말로 도서관 사람들에게 말한다. "……전염성이 아닌지 어떻게 알죠……." 그리고 "……새라 제인이 빠짐없이 살균 소독했기를 바라는데……." 그리고 "……분만은 둘째치고 차 박사가 지금까지 실제로 본 게 뭐예요, 실제로? 화상 케이스 몇 번, 팔 골절 한 번, 고릿적 시절의 사망 몇 건?"

아버지가 콘스턴스의 어깨를 꼭 잡고는 "괜찮을 거야. 도서관에 가서 수업을 마치거라."라고 말하고 문밖으로 나간다. 콘스턴스는 벽에 등을 기대어 앉고, 어머니는 턱은 비죽 내밀고 이마엔 주름이 잡힌 채로 퍼램뷸레이터 위를 걷는다. 콘스턴스는 문까지 가서 손을 대고 누른다.

"시빌, 문이 왜 안 열려?"

지금은 필수 인력만 선내를 돌아다닐 수 있어요, 콘스턴스.

그녀는 이지키얼이 불빛에 얼굴을 찌푸리고 스툴에서 떨어져 바닥에서 몸부림치던 장면을 떠올린다. 아버지가 밖에 있는 건 안전

할까? 여기 있는 건 안전할까?

결국 어머니의 퍼램뷸레이터 옆에 놓인 자신의 퍼램뷸레이터에 올라 바이저를 터치한다.

도서관에서 어른들이 탁자에 둘러앉아 손짓으로 소통하고 그들 위에선 문서들이 소용돌이 모양으로 회오리친다. 첸 선생님은 십 대 아이들을 이끌고 사다리를 올라가 두 번째 단의 탁자로 가서 한 가운데에 주황색 책 한 권을 놓는다. 라몬과 제시 고와 오미크론 필 립스와 이지키얼의 동생 테이본이 지켜보는 가운데, 30센티미터의 키에 가슴에 일륨(ILIUM)이라는 단어가 수놓인 하늘색 작업복 차 림을 한 여자가 책에서 솟아오르더니 말한다. 오래 여행하다 보면 격실에서 자가 격리를 할 때도 있습니다. 규칙적인 일과를 철저히 지 켜야 합니다. 매일 운동을 하고, 도서관에서 동료 승무원을 찾고, 그 리고…….

라몬이 말한다. "사람들이 토한다는 이야기를 들었는데 실제로 본 적 있어?" 제시 고가 말한다. "격리 1단계는 무조건 일주일이라 고 들었는데." 그러자 오미크론이 말한다. "격리 2단계는 두 달이라 고 들었어." 그러자 콘스턴스가 말한다. "네 형이 얼른 나았으면 좋 겠다, 테이본." 그러자 테이본은 수학 문제에 집중할 때처럼 눈썹을 모은다.

아래에서 첸 선생님이 아트리움을 가로질러 가 탁자에 모여 앉 아 있는 어른들에게 합류한다. 그들 사이에서 세포와 박테리아와 바이러스 이미지들이 회전하고 있다. 라몬이 말한다. "'나인폴드 다 크니스' 게임 하면서 놀자." 그러자 그중 네 명이 재빨리 사다리를 올라 '게임 섹션'으로 향하고, 콘스턴스는 날아다니는 책들을 잠깐이나마 바라보고는 탁자 중앙에 있는 상자에서 종이를 한 장 빼내 아틀라스라고 써서 투입구에 넣는다.

"테살리아." 그렇게 말하는 순간 그녀는 지구의 대기 속으로 떨어지고, 올리브색과 녹슨 붉은색이 뒤섞인 그리스 중부의 산맥 위를 둥둥 떠다닌다. 발아래에 도로가 나타나고, 지형이 울타리, 생울타리, 벽 등 수많은 다각형으로 나뉘더니, 바로 익숙한 마을 하나가 시야에 들어온다. 콘크리트 블록으로 세운 담장, 깎아지른 절벽 밑의 슬레이트 지붕들. 그리고 그녀는 지금 핀두스산맥의 갈라진 시골길을 걷고 있다.

골목길들이 좌우로 갈라지고, 거기서 또 뻗어 나오는 작은 흙길들이 정교한 트레이서리* 모양으로 언덕을 타고 올라간다. 그녀는 길가에 바투 지은 나란한 집들을, 어느 집 앞에 껍데기만 남은 자동차 한 대를, 그 옆집 앞에 놓인 플라스틱 의자에 앉아 있는 이목구비가 흐릿한 남자를 지나쳐 경사를 오른다. 창문 안쪽에 놓인 화분의 화초는 죽어 가고 있다. 입구 쪽에 박힌 막대기엔 해골이 그려진 표지판이 설치되어 있다.

그녀는 오른쪽으로 돌아 잘 아는 경로를 따라간다. 플라워스 부인의 말이 맞았다. 다른 아이들은 아틀라스를 보고 웃기는 폐물이라고 생각한다. '게임 섹션'의 정교한 게임들처럼 뛰어오르거나 터널 뚫기 같은 건 일절 없다. 아틀라스에선 마냥 걷는다. 날 수도 없고 건물 따위를 지을 수도 없고, 싸울 수도 없고 함께 뭔가 도모할 수도 없다. 부츠에 밟히는 진흙도, 얼굴을 찌르는 빗방울도 느낄

---

* 서양 고딕 양식 성당 창문에서 전형적으로 볼 수 있는 장식적인 석재 격자.

수 없다. 폭발 소리나 폭포 소리도 들리지 않는다. 길을 벗어나는 것도 사실상 불가능하다. 아틀라스 안에선 길을 뺀 모든 것이 공기처럼 실체가 없다. 벽, 나무, 사람. 단단한 것은 오로지 땅뿐이다.

그런데도 콘스턴스는 매혹된다. 도무지 질릴 줄을 모른다. 타이페이에, 방글라데시의 폐허에, 쿠바의 작은 섬에 난 모랫길에 첫발을 내딛고, 이목구비가 흐릿해진 사람들이 옛날 옷을 입은 채 여기저기 정지해 있는 모습, 환상 교차로와 광장과 천막 도시 들의 장관, 비둘기와 빗방울과 버스와 헬멧을 쓴 군인들이 동작 중에 그대로 정지한 모습을 본다. 낙서 벽화, 탄소 포집 공장의 거대한 몸체, 녹이 슨 군 전차와 급수차 들 — 모든 것이 그 안에, 행성 하나가 통째로 한 개의 서버에 들어 있다. 그중에서도 그녀는 정원이 제일 좋다. 콜롬비아의 어느 도로 중앙 분리대에서 태양을 향해 가지를 뻗고 있는 망고나무들. 세르비아의 한 카페의 퍼걸러*를 수북이 뒤덮은 등나무. 시라쿠사의 어느 과수원 벽을 무성히 기어오르는 담쟁이덩굴.

카메라 바로 앞에서 검은색 스타킹과 회색 드레스 차림으로 가파른 고개 중턱을 오르는 한 할머니가 포착되었는데, 더위 속에 허리를 굽히고 얼굴엔 하얀 방독 면을 쓴 채 유리병처럼 보이는 것들을 잔뜩 실은 유아차를 앞으로 밀고 있다. 콘스턴스는 할머니를 뚫고 지나가면서 두 눈을 질끈 감는다.

높은 울타리 하나, 낮은 벽 하나, 그리고 잡목림 사이를 지그재그

---

* 덩굴 식물이 타고 올라가도록 만든 아치형 정자 혹은 길. 장식과 차양 역할을 한다.

방향으로 올라가면서 점차 좁아지는 길. 은색 하늘이 머리 위로 펼쳐진다. 나무들 뒤에는 소프트웨어가 여러 화소로 흩어지면서 생긴 기묘한 방울들과 그림자들이 숨어 있고, 길은 올라갈수록 더 좁아진다. 풍경이 점점 더 황량해지고 바람은 더 세지다가 마침내 아틀라스 카메라가 더 가지 못한 곳에 이르는데, 길이 다하여 없어지는 지점에 위풍당당한 보스니아소나무 한 그루가 서 있다. 높이가 25미터는 될 것 같고 하늘을 향해 용틀임하는 모양이 제4농장에서 자라는 어린 나무의 고조부뻘은 되어 보인다.

그녀는 멈춰 서서 숨을 들이마신다. 지금까지 열두 번은 이 나무를 보러 왔고 무언가 찾아내려고 애썼다. 옹이투성이의 늙은 나뭇가지 사이로 카메라는 구름의 거대한 행렬을 포착했고, 나무는 태고부터 자란 곳인 양 산비탈에 매달려 있다.

그녀는 17호 격실 안에서 퍼램뷸레이터에 오른 채 숨을 헐떡이고 땀을 흘리며, 그 육중한 나무 밑동을 만지려고 한껏 몸을 내밀지만, 손가락은 밑동을 그대로 통과하고 인터페이스 화소가 깨지면서 거친 얼룩으로 번지고 만다. 마법의 땅 테살리아, 햇볕에 타들어 가는 산에서 몇 세기를 산 소나무와 독대하는 한 여자아이.

노라이트 모드로 바뀌기 전에 아버지가 17호 격실 문을 열고 들어온다. 투명한 안면 보호창과 외눈 헤드램프가 달린 산소 공급 후드를 쓰고 있다. "그냥 예방 차원에서." 아버지의 목소리가 먹먹하게 들린다. 뒤에서 문이 닫히며 밀폐되자 그는 어머니의 재봉 테이블 위에 뚜껑을 씌운 쟁반 세 개를 내려놓은 후 두 손을 소독하고 후드를 벗는다.

"브로콜리 카차토레*야. 시빌 말이 격실마다 프린터를 갖다 놓고 식사 공간을 분산할 거란다. 그래서 이걸 끝으로 한동안 신선한 농산물을 못 먹을 수도 있어."

어머니가 입술을 잘근잘근 씹는다. 얼굴이 벽만큼이나 하얗다.

"이지키얼은 어때요?"

아버지가 고개를 젓는다.

"전염병이에요?"

"아직 아무도 몰라요. 차 박사가 같이 있어요."

"시빌은 왜 아직도 이 문제를 해결 못 한대요?"

지금 노력 중입니다. 시빌이 말한다.

"한시가 급해." 어머니가 말한다.

콘스턴스와 아버지는 식사를 한다. 어머니는 자기 침대에 앉아 있을 뿐, 음식은 건드리지도 않는다. 다시 한번 시빌에게 활력 징후를 점검해 달라고 부탁한다.

맥박과 호흡수 정상입니다. 혈압은 안정적입니다.

콘스턴스는 자기 침대로 올라가고 아버지는 쟁반들을 문 옆에 포개고 나서, 딸의 침대에 턱을 괴고선 딸의 눈을 덮은 곱슬머리를 옆으로 넘겨 준다.

"지구에선 아빠가 어렸을 적에, 어지간하면 다 병에 걸렸어. 발진, 원인을 알 수 없는 미열 같은 게 났지. 유전자가 조작되지 않은 사람들은 다들 이따금 병에 걸렸어. 인간이라서 그래. 우리는 바이

---

*　이탈리아어로 '사냥꾼'이라는 뜻으로, 보통 고기를 토마토와 양파 및 허브와 함께 조리한 요리를 가리킨다.

러스가 악하다고 생각하지만 현실에서 정말 악한 바이러스는 거의 없어. 생명은 대개 힘을 합칠 방법을 모색해, 싸우는 게 아니라.”

천장의 이극 진공관이 침침해지고, 아버지가 콘스턴스의 이마에 손바닥을 대고 지그시 누르자 아찔아찔할 만큼 치솟아 오르는 느낌과 함께, 아틀라스에서 테오도시아 성벽, 태양 아래 무너져 내리는 그 새하얀 석회암 더미 위에 올라가 있는 기분이 든다. 하나의 종으로 살아오면서 우리 인간은 죽음을 극복하려고 했어. 플라워스 부인은 말했다. 하지만 지금까지 어떤 인간도 죽음을 극복하지 못했지.

다음 날 아침 콘스턴스는 도서관의 두 번째 단의 난간에서 제시 고와 오미크론과 라몬과 함께 서서 아침 수업 담당인 포리 박사가 미적분학을 배우기에 앞서 필요한 수업을 하러 오기를 기다린다. 제시가 말한다. “테이본도 지각이네.” 그러자 오미크론이 말한다. “리 부인도 못 봤어. 그분도 지키가 토했을 때 다 뒤집어쓰셨잖아.” 넷 모두 잠잠해진다.

결국 제시 고가 입을 열고 들은 이야기를 전한다. 만약 아프면 “시빌, 나 몸이 안 좋아.”라고 말해야 하고, 만약 어딘가 안 좋은 걸 시빌이 감지하면 차 박사와 엔지니어인 골드버그를 부를 것이고, 그러면 그들은 머리부터 발끝까지 감싼 방역복을 입고 아픈 사람의 격실에 갈 거고, 그러면 시빌이 격실 문을 열어 주고 그들이 의무실에 격리시킬 거라고 한다. 라몬이 말한다. “너무 무섭다.” 그러자 오미크론이 목소리를 낮추어 말한다. “저거 봐.” 발아래 1층에서 첸 선생님이 열 살 미만의 승무원 여섯 명 전원을 이끌고 아트리움을 가로질러 오고 있다.

높이 치솟아 오른 책장 밑에서 아이들은 새삼 아주 작아 보인다. 몇몇 어른들이 형식적으로 '오늘은 너의 도서관의 날이야'라고 쓴 풍선들을 반원통형 천장으로 날리는데 라몬이 말한다. "쟤네한텐 팬케이크도 안 주네."

제시 고가 말한다. "느낌이 어떨까, 아프면?" 그러자 오미크론이 말한다. "난 다항식이 진짜 싫은데, 그래도 포리 박사님이 오면 좋겠다." 그때 그들 밑에 있는 어린아이들이 가상으로 손을 맞잡고, 그들의 쩡한 목소리가 아트리움을 가득 채운다.

우리는 하나가 되어
모든 것을 함께해요.
그러려면 모두가 함께해야 해요.
모두가 힘을 합쳐야
베타 Oph2에……

그 순간 시빌이 공표한다. 의료진을 제외한 모든 승무원은 각자의 격실로 들어가십시오. 예외는 적용되지 않습니다. 격리 2단계를 발령합니다.

지노

날이 풀리자 렉스는 부쩍 제5수용소 주변 언덕을 응시하며 아랫입술을 깨문다. 지노에겐 보이지 않는, 멀리 있는 어떤 비전을 바라보는 것 같다. 어느 날 오후 렉스가 그에게 손짓으로 가까이 오라고 하더니, 반경 100미터 안에 사람이 없는데도 굳이 목소리를 낮추어 말한다. "금요일마다 휘발유 드럼통 확인하면서 눈치챈 것 없어?"

"빈 통들을 평양까지 차로 실어다 나르지."

"누가 통을 싣지?"

"브리스틀하고 포티어."

렉스는 그를 바라보며 뜸을 들인다. 언어라는 수단을 거치지 않고도 얼마나 의미를 주고받을 수 있는지 알아보려는 것 같다.

"주방 창고 뒤에 있는 드럼통 두 개 봤어?"

점호를 마치고 지나는 길에 문제의 드럼통을 살펴보면서 지노는 배 속으로 스며드는 공포를 느낀다. 드럼통들은 식용유를 담아 두던 것으로, 뚜껑을 떼어 낼 수 있는 것만 빼면 휘발유 드럼통과 똑같아 보인다. 한 통에 사람 하나가 기어 들어가도 될 정도로 커 보인다. 하지만 렉스의 심중을 미루어 짐작건대, 둘이서 어떻게 몸을 욱여넣는다 쳐도, 브리스틀과 포티어가 책임지고 그들이 들어간 드럼통들을 밀봉해 연료 트럭 짐칸 위로 올려 텅 빈 연료통들 사이에 밀어 넣어 준다 쳐도, 위험하기로 악명 높은 도로를 헤드라이트도 켜지 못한 채, 머리 위를 오가는 미군 정찰 폭격기의 눈을 피해 가며 트럭이 얼마나 오래 달릴지 짐작도 할 수 없는 가운데 통 안에서 버텨야 할 것이다. 그런 후에도 ── 어떻게든 성공한다 쳐도 ── 비타민 부족으로 밤눈이 어두운 둘이 들키지 않고 드럼통에서 기어 나온다 해도, 옷차림은 거지보다 더 꼴사납고 부츠도 다 뜯어지고 얼굴은 면도도 하지 않은 채로 먹을 것도 없이 산을 넘고 마을을 지나 수 킬로미터를 가야만 할 것이다.

그후 해가 저물자 전에 없던 불안이 밀려와 자리를 잡는다. 만에 하나 기적이 일어나 성공한다면? 경비대, 마을 사람, 아군 B-26 폭격기를 피해 죽지 않는다면? 우여곡절 끝에 미군 부대까지 간다면? 그러면 렉스는 런던으로, 그의 제자들과 친구들에게로, 어쩌면 다른 남자, 지금껏 그를 기다리고 있는 남자, 마음 착한 렉스가 차마 말하지 못한 남자, 지노 따위는 감히 넘볼 수도 없을 만큼 세련된 남자, 렉스의 사랑을 받을 자격이 더 많은 남자에게로 돌아갈 것이다. Νόστος, 노스토스. 여행의 끝, 안전한 귀향. 조난당했으나 마침내 고향으로 돌아온 조타수를 환영하는 잔칫상에서 불리는 노래.

그러면 지노는 어디로 가나? 레이크포트. 보이즈턴 부인에게로 가야 한다.

탈출은 영화에나 나오는 이야기라고, 지금보다 예전의, 예우를 지킬 줄 알았던 전쟁에서나 가능한 이야기라고 그는 렉스에게 말해 보려 한다. 그런 데다 그들의 시련도 곧 끝날 것이다, 안 그런가? 하지만 거의 매일, 렉스는 구체적인 계획들을 갈수록 장황하게 늘어놓고 관절이 유연해지도록 스트레칭을 하고 보초의 교대 패턴을 분석하고 그가 '신호를 보내는 거울'이라 말하는 주석 조각을 윤 나게 닦으면서, 어떻게 모자 안감에 먹을 것을 조금이라도 넣어 꿰맬지, 야간 점호 동안 어디에 숨어 있을지, 드럼통 안에 있는 동안 어떻게 옷이나 몸이 젖지 않도록 소변을 볼지, 브리스틀과 포티어에게 접근하려면 지금이 좋은지, 아니면 탈출을 실행에 옮기기 직전이 좋은지를 두고 고민한다. 그들은 아리스토파네스의 「새」에서 암호명을 골라 정한다. 렉스는 페이세타이로스로 정하는데 트러스티프렌드, '믿을 만한 친구'라는 뜻이다. 지노는 에우엘피데스, '낙천가'라는 뜻이다. 그들은 붙잡힐 위험이 없을 때 '헤라클레스!'라고 외치기로 한다. 마치 즐거운 탈출극, 1급 범죄 계획이라도 꾸미는 것 같다.

밤엔 옆에 누운 렉스의 사고의 흐름이 스포트라이트의 환한 빛처럼 뚜렷이 보인다. 수용소의 다른 사람들한테도 다 보일 같아 걱정이다. 그리고 기름통 속에 쭈그려 앉은 자신이 평양행 트럭에 실려 가는 모습을 곱씹을 때마다 공포의 끈이 목을 더 세게 죄어오는 느낌이다.

금요일이 세 번 지나고, 두루미 떼가 무리 지어 수용소 위를 지나 북쪽으로 이동하고, 뒤이어 노랑멧새들도 떠난다. 하지만 렉스는 아직도 작은 목소리로 계획을 늘어놓을 뿐이어서 지노는 한숨을 내쉰다. 이게 예행 연습으로 끝난다면야, 예행 연습이 실전이 되지 않는다면야.

그러나 5월의 어느 목요일, 수용소 주방이 침침한 은색 빛으로 가득 차자, 재교육을 받으러 가는 렉스가 지노를 천천히 스쳐 지나며 말한다. "가자. 오늘 밤."

지노는 국자로 콩을 조금 퍼서 밥그릇에 담은 후 자리에 앉는다. 먹는다는 생각만으로도 속이 뒤집힐 것 같다. 다른 사람들이 그의 관자놀이께 맥박이 쿵쿵거리는 소리를 들을까 겁이 난다. 꼼짝도 하지 말아야 할 것 같다. 그 세 단어를 말하면서 렉스가 모든 것을 유리로 바꿔 놓은 것만 같다.

바깥은 어디나 날아다니는 씨앗들로 가득하다. 한 시간이 채 안 돼서, 후드가 총탄으로 벌집이 된 소비에트군의 커다란 평상형 트럭이 짐칸에 연료 드럼통을 가득 실은 채 덜커덕덜커덕 수용소에 도착한다.

저녁이 가까워지도록 비가 내린다. 지노는 마지막 땔감을 주워 모아 부엌까지 가져간다. 남은 낮의 빛이 배어나오는 가운데, 그는 젖은 옷 차림으로 짚 요에 몸을 동그랗게 말고 눕는다.

남자들이 드문드문 들어온다. 빗방울이 지붕을 후두두 때린다. 렉스의 짚 요는 비어 있다. 설마 정말 주방 창고 뒤로 간 걸까? 창백하고 결단력 넘치는 주근깨투성이 렉스가 그 버들가지 같은 몸을 구부려 녹슨 기름통 안으로 들어갔다고?

밤이 막사를 빈틈없이 채우자 지노는 자신에게 일어나라고 말한다. 바로 지금, 브리스틀과 포티어가 트럭에 드럼통을 실을 것이다. 트럭이 움직일 것이고 경비병들이 와서 머릿수를 세는 동안, 지노에게 주어진 기회는 왔다가 가 버릴 것이다. 뇌가 다리에 메시지를 보내는데, 다리가 움직이기를 거부한다. 아니, 일련의 명령을 전송하는 것은 그의 다리인데 ── 나 가게 해 줘. ── 그의 뇌가 거부하는 건지도 모른다.

남은 사람들도 다 들어와 각자의 짚 요 위로 쓰러지듯 눕고 누구는 속닥거리고 누구는 신음하고 누구는 기침하는 동안, 지노는 자리에서 일어나 슬며시 문을 열고 밤 속으로 사라지는 자신을 본다. 때가 왔다, 아니 이미 지나가 버렸다. 페이세타이로스가 드럼통에 들어가 기다리고 있는데, 그런데 에우엘피데스는 어디 있지?

지금 저 소리는 트럭 엔진 시동을 거는 소리인가?

렉스는 결코 성공하지 못할 거라고, 그도 자신의 계획에 오류가 있음을, 그 정도가 아니라 자살 기도나 다름없음을 깨달을 거라고 혼잣말을 해 보지만, 잠시 후 브리스틀과 포티어는 돌아와도 렉스는 보이지 않는다. 윤곽선만 보이는 두 사람을 뜯어보며 단서를 찾아내려 하지만 아무것도 읽히지 않는다. 빗발이 머츰해지고 처마에서 물이 뚝뚝 듣고, 어둠에 잠긴 지노의 귀에 포로들이 몸에 붙은 이를 손톱으로 터뜨리는 소리가 들린다. 그의 눈앞에 보이즈턴 부인의 도자기 아이들이, 그들의 장밋빛 뺨, 깜빡이지 않는 코발트색 눈동자, 비난하는 것 같은 빨간 입술이 떠오른다. 십 새거, 웝, 스위시. 프루트 펀치. 제로.

자정 녘에 경비병들이 포로들을 억지로 깨우며 건전지로 작동하는 조명을 모두의 눈에 들이댄다. 그들은 심문, 고문, 죽음 운운하며 협박하지만 딱히 절박한 것 같지는 않다. 렉스는 다음 날 아침에도, 오후에도, 그다음 날 아침에도, 그런 후 지노가 며칠에 걸쳐 다섯 차례의 심문을 받는 동안에도 나타나지 않는다. 넌 그놈과 친했지, 너희 둘이 늘 붙어 다녔지, 너희 둘이 틈만 나면 흙에 암호를 썼다고 들었는데. 하지만 경비병은 사뭇 지루해 보이는 것이, 마치 관객이 찾아 준 적 없는 쇼에 임하는 사람 같다. 지노는 렉스가 몇 킬로미터 못 가서 생포되었다는 소식, 아니면 다른 수용소로 재배치되었다는 소식을 기다린다. 그 기민하고 왜소한 몸이 길모퉁이를 돌아 나타나기를, 코 위로 안경을 올리고 미소를 지어 주기를 기다린다.

다른 포로들은 적어도 지노 앞에서만큼은 아무 말도 하지 않아서, 렉스라는 사람이 애초에 존재하지 않았던 것처럼 느껴질 정도다. 어쩌면 그들은 렉스가 죽은 것을 알고, 그래서 그에게 고통을 안겨 주고 싶지 않거나, 렉스가 선전 책임자들에게 협력하고 있어서 자칫 술수에 말려들지 모른다고 생각하거나, 그게 아니라면 다만 너무 배가 고프고 지친 나머지 상관 안 하는 것인지도 모른다.

결국 중공군은 심문을 그만두는데, 렉스가 탈출한 것에 당황해서인지, 렉스가 총살을 당해 매장됐기 때문에 더는 질문으로 답을 얻을 필요가 없어진 건지 그로선 알 길이 없다.

블리위트가 뜰에 나와 앉은 그의 옆으로 와서 앉는다. "기운 내, 인마. 살아 있는 시간은 다 좋은 시간이야." 하지만 살아 있는 거의 모든 시간이 지노에겐 살아 있는 시간으로 느껴지지 않는다. 렉스의 창백한 두 팔, 얼굴 가득한 주근깨. 손톱으로 단어를 새기는 동안 그의 손등에서 섬세하게 가물거리던 힘줄. 그는 영국에 무사히 돌아가는 렉스를, 8000킬로미터는 떨어진 곳에서 목욕하고 면도하고, 일반인의 옷을 입고, 한 팔 밑에 책들을 끼고 벽돌과 담쟁이덩굴이 뒤덮인 중등학교로 가는 그의 모습을 상상한다.

그리움이 사무친 나머지 렉스의 부재는 하나의 현존, 배 속에 남은 메스 같은 존재가 된다. 여명이 압록강 위로 가물거리다 산을 기어오르더니 검은딸기나무 가시마다 벌겋게 타오르는 빛으로 자리 잡는다. 다들 수군거린다. 우리 군이 반경 16킬로미터까지 왔어. 8킬로미터까지 왔어. 이제 저 산만 넘어오면 돼. 내일 아침이면 도착할 거야.

만약 렉스가 사살됐다면 혼자 죽었을까? 트럭이 이곳을 떠나던 날 밤, 그는 바로 옆 드럼통에 지노가 있다고 생각하며 속삭였을까? 아니면 처음부터 지노가 따라오지 못할 거라고 생각했을까?

6월, 렉스가 사라진 지 삼 주가 지나 경비병들이 지노와 블리위트와 최연소 포로 열여덟 명을 마당까지 행군을 시키고, 통역이 그들을 석방한다고 말한다. 검문소에서 얼굴에서 윤기가 나는 미국인 헌병 두 명이 명부에서 지노의 이름을 확인한다. 한 명이 그에게 OK CHOW* 라고 적힌 마닐라지 카드를 내민다. 앰뷸런스 한 대가 군사 분계선을 가로질러 오더니, 그를 이 없애는 텐트로 보내고, 그곳에서 한 병장이 그의 머리부터 발끝까지 DDT를 분사한다.

적십자에서 그에게 안전면도기 하나, 면도 크림 튜브 하나, 우유 한 컵과 햄버거 하나를 준다. 햄버거 빵이 비현실적으로 하얗다. 고기는 반짝거리는 것이 진짜 고기 같지 않다. 냄새는 진짜지만, 지노

---

* 중국인이라는 뜻의 속어.

는 속임수가 틀림없다고 생각한다.

　그는 이 년 육 개월 전 한국에 올 때 탔던 그 배를 타고 미국으로 돌아간다. 그의 나이는 열아홉 살이고 몸무게는 49.5킬로그램이다. 배에 탄 십일 일 동안 그는 하루도 빠짐없이 심문을 받는다.
　"중공군의 활동을 방해하기 위해 노력했던 사례 여섯 가지를 말해 보시오.", "포로 가운데 가장 후한 대접을 받은 자는 누구입니까?", "아무개는 무슨 이유로 담배를 받은 겁니까?", "한순간이라도 공산주의 이데올로기에 끌린 적이 있습니까?" 흑인 병사들은 더 혹독한 취급을 당했다는 이야기가 들린다.
　심문이 어느 정도 진행되자, 육군 정신과 의사가 그에게《라이프》잡지를 펼치더니 브래지어와 팬티만 걸친 여자 사진이 있는 페이지를 건넨다. "이걸 보니 기분이 어떻죠?"
　"좋네요." 그는 잡지를 다시 건네준다. 피로가 온몸을 치고 다닌다.
　그는 정보 청취 장교를 볼 때마다 5월에 제5수용소에서 마지막으로 본 영국인 일병 렉스 브라우닝에 대해 묻지만, 그들은 하나같이 자기들은 영국 해병대가 아니라 미 육군이며, 추적할 군인이 차고 넘친다고 말한다. 뉴욕의 선착장에는 관악대도, 번쩍거리는 전구도, 흐느껴 우는 가족도 없다. 버팔로 외곽에서 버스에 오르고 나서 그는 비로소 처음 운다. 동네들이 휙휙 지나가고, 어둠이 길게 꼬리를 늘이며 이어진다. 1미터씩 간격을 두고 세워져 있는 여섯 개의 투광 조명 표지판이 깜빡이며 지나간다.

늑대가
깔끔하게 면도하니
빨간 두건 아가씨가
좋아서 쫓아가네요
버마 면도 크림

시모어

　6학년 담임 교사 베이츠 선생은 염색한 콧수염에 성격이 불같고 권위적인 기질로, 담당하는 학생들 가운데 수업 중에도 귀마개를 쓰고 있는 학생에게 일절 관심도 없다. 매일 오전 수업을 시작하면서 그는 "이건 진짜 비싸니까 건드리지 마라."고 경고한 프로젝터를 켜고 화이트보드에 시사와 관련된 동영상을 쏘아 보여 준다. 부스스한 모습으로 자리에 앉아 하품하는 학생들 앞에서 카슈미르의 마을들이 산사태로 박살 나는 광경이 펼쳐진다.

　패티 고스 심슨은 매일 피시 스틱* 네 개를 타이탄 딥 프리즈 도시락 가방에 싸 온다. 카페테리아가 리모델 공사 중이라 오전 11시 52분이면 페티는 어김없이 베이츠 선생의 교실 뒤편에 있는 끔찍한 전자레인지에 그 끔찍한 피시 스틱을 넣고 끔찍한 삑삑 소리를 내는 버튼을 누른다. 이내 냄새가 흘러나오고, 시모어는 그 냄새에

---

*　생선을 가늘고 길게 잘라 튀긴 음식.

늪 속에 얼굴부터 처박히는 기분이 된다.

그는 가급적 패티에게서 멀리 떨어져 코와 귓구멍을 틀어막고 머릿속으론 트러스티프렌드의 숲이 다시 살아나는 광경을 떠올린다. 잔가지마다 드리워진 이끼, 큰 가지에서 다른 큰 가지로 미끄러져 내리는 눈, 떼지어 안착하는 니들맨들. 그러나 9월이 끝나가는 어느 날 아침, 패티 고스 심슨이 베이츠 선생에게 자기 도시락에 관해 시모어가 보이는 태도에 상처를 받는다고 말하고, 베이츠 선생은 시모어에게 앞으로 프로젝터 바로 옆 중앙 책상, 즉 패티의 옆자리에서 점심을 먹으라고 명한다.

오전 11시 52분이 된다. 피시 스틱이 들어간다. 삑 뿍 삑.

두 눈을 감아도 시모어의 귀에는 피시 스틱이 빙글빙글 돌아가는 소리, 패티가 전자레인지 문을 딸깍 여는 소리, 패티가 다시 자리로 돌아와 앉을 때 들고 있는 작은 접시 위에서 생선 살이 지글대는 소리가 들린다. 베이츠 선생은 자기 책상에 앉아 당근 조각을 어적어적 깨물어 먹으며 스마트폰으로 종합 격투기 하이라이트 영상을 본다. 시모어는 그의 도시락 위로 몸을 숙이면서 코를 막는 동시에 눈을 가리려 한다. 오늘은 밥을 먹을 가치도 없는 날이다.

눈을 감은 채 머릿속으로 100까지 세고 있는데, 패티 고스 심슨이 그를 톡톡 치더니 피시 스틱 하나를 그의 왼쪽 귀 가까이 내민다. 그는 움찔하며 뒤로 물러난다. 패티가 이를 드러내며 웃는다. 그러는 내내 베이츠 선생은 아무것도 보지 못한다. 패티는 왼쪽 눈을 가늘게 뜨고 피시 스틱을 권총처럼 그에게 겨눈다.

"빵." 그녀가 말한다. "빵. 빵."

시모어의 내면 어디선가 최후의 방어벽이 무너져 내린다. 절규, 그가 트러스티프렌드의 날개를 발견했을 때부터 그때까지, 눈을 뜨고 있는 매 순간의 테두리를 씹어 먹고 있던 절규가 학교를 급습한다. 절규는 축구장 너머 산마루를 덮치고, 휩쓸고 지나가며 걸리는 모든 것을 짓이긴다.

베이츠 선생이 당근 한 개를 후무스에 푹 찍는다. 데이비드 베스트가 트림을 한다. 웨슬리 오먼이 깔깔 웃는다. 절규가 폭발하며 주차장을 가로지른다. 메뚜기 떼 말벌 떼 사슬톱 수류탄 전투기 들이 굉음을 토하고 새된 소리를 내뱉고 격분하고 광분한다. 학교 건물 벽이 쪼개지는데 패티가 피시 스틱의 총신을 물어뜯는다. 베이츠 선생의 교실 문이 떨어져 날아간다. 시모어는 두 손을 프로젝터 카트에 얹고 그대로 앞으로 민다.

대기실 라디오에서 "나무에서 막 딴 아이다호 사과만큼 맛 좋은 건 없어요."라는 말이 흘러나온다. 진찰대 위의 종이가 내는 버스럭 소리가 그를 도저히 참을 수 없는 지경으로 몰고 간다.

의사가 키보드를 두드린다. 버니는 앞에 호주머니 두 개가 달린 애스펜 리프 작업복 차림이다. 그녀가 플립형 휴대폰에 대고 작은 목소리로 말한다. "토요일에 두 탕 뛸게, 수젯. 약속할게."

의사가 시모어의 눈마다 펜라이트를 비춘다. 그리고 말한다. "엄마 말로는 숲속 올빼미와 대화를 나눴다면서?"

벽에 걸린 잡지에 하루 십오 분으로 더 나은 나은 자신이 되세요라고 쓰여 있다.

"올빼미한테 주로 어떤 이야기를 했니, 시모어?"

대답하지 마. 함정이야.

의사가 묻는다. "교실 프로젝터는 왜 부쉈니, 시모어?"

한 마디도 하지 마.

원무과에서 버니의 팔이 동굴 탐험을 하듯 핸드백 속을 누빈다. "혹시나 해서 여쭤보는데요," 그녀가 말한다. "그냥 청구서를 보내 주시는 걸로 할 수 있을까요?"

나가는 통로에 놓인 바구니 안에 범선들이 그려진 색칠 공부 책들이 들어 있다. 시모어는 여섯 권을 집는다. 집으로 돌아와 보이는 배마다 주변에 나선을 그려 휘감는다. 코르누 나선, 로그 나선, 피보나치 나선. 육십 개의 각기 다른 나선이 육십 척의 각기 다른 배를 집어삼킨다.

밤. 그는 미닫이문 너머 뒤뜰을 지나, 달빛이 쏟아지는 에덴스 게이트의 텅 빈 부지를 내다본다. 공사가 다 끝나지 않은 타운하우스 두 채 가운데 한 곳 안에서 목공 램프의 불빛이 위층 창문을 은은히 밝힌다. 트러스티프렌드의 유령이 두둥실 지나간다.

버니가 48그램 용량의 M&M's 플레인 초콜릿 한 봉지를 식탁 위에 놓는다. 그 옆에 뚜껑이 흰 주황색 병 하나를 놓는다. "의사 선생님이 널 멍청하게 만들려는 게 아니랬어. 좀 더 편하게 살 수 있게 해 주려는 거야. 세상이 더 조용해질 거야."

시모어는 두 손바닥을 두 눈에 대고 힘껏 비빈다. 트러스티프렌드의 유령이 깡충깡충 뛰어서 미닫이문으로 온다. 꼬리 깃털이 없다. 한쪽 날개도 잘려 나갔다. 왼쪽 눈은 다쳤다. 부리는 연기 빛 깃털이 뒤덮인 전파 감지 접시 한가운데 그은 노란색 점이다. 유령이 시모어의 머릿속에서 말한다. 우리 둘이 함께 헤쳐 나가는 줄 알았는데. 우리가 한 팀인 줄 알았다고.

"아침에 한 번." 버니가 말한다. "그리고 밤에 한 번 먹어. 아가, 똥을 치우려면 누구나 가끔 약간의 도움은 필요한 법이야."

콘스턴스

그녀는 나이지리아 라고스의 어느 거리를 걷고 있다. 부두 근처의 광장을 가로지르다 멈춰 서자 그녀를 중심으로 사방 — 물을 뿜는 동안 카메라에 포착된 분수대, 흑백 바둑판무늬 화분에서 자라는 마흔 그루의 건강한 야자수 — 에서 번쩍이는 흰색 호텔 건물들이 솟아오른다. 고개를 들어 자세히 응시하는데 목 아래가 살짝 따끔따끔하다. 뭔가 심상치 않다.

제4농장에는 아버지가 냉장 서랍에 보관한 단 한 개의 코코넛이 있다. 아버지는 씨앗은 모두 여행자지만 코코넛이 제일 겁이 없다고 말했었다. 바닷가에 떨어지면 밀물에 실려 바다로 나아가게 되는데, 코코넛은 그렇게 정기적으로 바다를 건넜고 그 커다란 섬유질 껍데기는 나무가 될 싹을 안전하게 품은 채 승선해 있는 열두 달 동안 그 싹에 비료를 공급해 주었다. 아버지는 껍질에서 수증기가 피어오르는 코코넛을 그녀에게 건네주면서, 껍데기 밑 세 개의 발아 구멍을 보여 주었다. 두 개는 눈이고 하나는 입이란다, 휘파람을 불며 세계를 한 바퀴 도는 꼬맹이 선원의 얼굴이지, 라고 아버지는 말했다.

그녀 왼편에 있는 표지판에 뉴 인터콘티넨탈에 오신 것을 환영합니다라고 적혀 있다. 그녀는 야자수 그늘로 걸어 들어가고 내내 눈을 가늘게 뜨고 위를 응시하는데, 갑자기 나무들이 끈 모양으로 찢어져 사라지면서 눈에서 바이저가 걷히고 눈앞에 아버지가 있다.

퍼램뷸레이터에서 내려서는데 익숙한 멀미가 요동치는 것을 느낀다. 이미 노라이트 모드다. 어머니는 자기 침대에 걸터앉아 손바닥 주름마다 살균 파우더를 뿌리고 있다.

"죄송해요." 콘스턴스가 말한다. "너무 오래 있었네요."

아버지가 그녀의 손을 잡는다. 그의 하얗게 샌 눈썹이 하나로 뭉친다. "아니, 아니, 그런 이야기가 아니란다." 실험실 조명을 제외한 불은 모두 꺼져 있다. 아버지 뒤에 깔린 어둠 속에서 평소엔 단정히 개켜져 있는 어머니의 작업복과 천조각들이 뒤집혀 있고, 어머니의 단추 가방의 내용물들이 사방에 — 어머니 침대 밑에, 재봉 스툴 밑에, 세면대 주변에 둘러쳐진 커튼 레일 안에 — 쏟아진 게 눈에 들어온다.

콘스턴스는 눈을 들어 아버지를 바라본다. 아버지가 입을 열기도 전에 무슨 말을 할지 알 것 같은데, 그들이 원래 살던 행성이자 별을 뒤로하고 떠나왔다는 것, 지금은 가공할 속도로 차갑고 적막한 우주 공간을 뚫고 전진하고 있다는 것, 그래서 돌아갈 방법은 전혀 없다는 사실이 새삼 사무치게 와닿는다.

"지키 리가," 아버지가 말한다. "죽었단다."

이지키얼이 죽은 다음 날, 포리 박사가 죽고 지키의 어머니가 의식 불명이라는 소식이 전해진다. 스물한 명 — 승선한 사람의 4분의 1 — 이 같은 증상을 보인다. 차 박사는 잘 때를 빼고는 모든 시간을 승무원들 돌보는 데 할애한다. 엔지니어 골드버그는 이 문제를 해결하려고 노라이트 때도 생물학 실험실에서 일한다.

육십오 년 가까이 외부 생명체와 일체 접촉한 적 없는 봉쇄된 비행접시 속에 어떻게 역병이 돌 수 있나? 역병은 무엇을 통해 퍼지고 있는 걸까? 물리적인 접촉? 타액? 음식물? 공기? 물? 심(深)우주방사선이 그들의 세포벽을 꿰뚫고 들어가 핵의 기능을 저해한 것일까? 아니면 누군가의 유전자 속에서 지금까지 몇 년 동안 잠들어 있던 무언가가 갑자기 깨어난 걸까? 그리고 시빌은 모든 것을 다 안다면서 왜 이 문제를 해결하지 못하는 걸까?

콘스턴스의 기억에 아버지는 퍼램뷸레이터를 쓴 적이 거의 없는데 이젠 잘 때 빼고는 거의 언제나 올라가 있고, 바이저를 벗을 새도 없이 도서관 탁자에서 자료를 검토하느라 여념이 없다. 어머니는 격리 전 있었던 일들을 하나도 빠짐없이 도표로 작성한다. 복도에서 리 부인과 마주쳤던가? 이지키얼의 토사물이 극미량이라도 옷에 묻었는가? 그 극미량의 토사물이 입속으로 들어갔을 가능성이 있는가?

일주일 전에는 모든 게 안전한 줄만 알았다. 모든 것이 고정불변했다. 이제 누덕누덕 기운 작업복에 양말을 신고 복도를 걸어가면서 모두가 수군거린다. 우리도 걸릴지 몰라. 102번째 확진자가 내가 될 수도 있어……. 화요일은 신선한 상추를 먹는 날, 수요일은 제3농장에서 재배한 콩을 먹는 날, 금요일은 머리를 다듬는 날, 치과 의사는

6호 격실에, 재봉사는 17호 격실에, 포리 박사의 미적분 준비 수업은 일주일에 세 번 아침에, 그들 모두를 지켜보는 시빌의 따뜻한 눈동자. 그렇지만 잠재의식 가장 밑바닥의 둥근 방 안에서 지금껏 콘스턴스는 이 모든 것의 무참한 불안정성을 감지하지 못했을까? 바깥벽에 달라붙어 끌어당기고 또 끌어당기고, 줄곧 끌어당기는 저 얼어붙은 무한대를?

그녀는 바이저를 터치하고 사다리를 올라서 도서관의 두 번째 단으로 간다. 제시 고가 읽던 책에서 고개를 드는데, 책 속에는 콧구멍이 지나치게 큰 희끄무레한 사슴 천 마리가 눈에 파묻힌 채 죽어 있다.

"나 지금 사이가산양에 관한 책을 읽고 있거든. 얘네는 몸속에 박테리아 같은 게 있어서 한꺼번에 죽는대."

오미크론이 드러누워 위를 쳐다본다.

"라몬은 어디 있어?" 콘스턴스가 묻는다.

그들 발아래 어른들이 모여 있는 탁자 위에선 옛날 팬데믹의 광경들이 깜빡이며 펼쳐진다. 침대에 누운 군인들, 방호복을 입은 의사들. 콘스턴스의 머릿속에 에어로크 밖으로 지키의 시신을 내보내고 수십만 킬로미터쯤 멀어지자 다음 차례로 포리 박사의 시신을 내보내는 광경이 불쑥 떠오른다. 무시무시한 동화에 나오는 빵 부스러기들처럼 우주 공간 속에 줄줄이 버려지는 시체들.

"열두 시간 동안 이십만 마리의 사슴들이 한꺼번에 죽었다고 여기 나와." 제시가 말한다. "그런데 아무도 원인을 밝혀내지 못했대."

아트리움의 까마득한 아래쪽, 콘스턴스의 시야가 미치는 끝에 아버지가 탁자에 혼자 앉아 있고, 그의 주변에 도안이 그려진 종이들이 공중을 떠다니는 것이 보인다.

"내가 들은 게 있는데," 오미크론이 말하고, 눈을 들어 반원통형 천장을 응시한다. "격리 3단계가 앞으로 일 년 동안 쭉 이어질 거래."

"내가 들은 건," 제시가 목소리를 낮춰서 말한다. "격리 4단계가 영원히 이어질 거래."

도서관에서 보내는 시간이 늘어난다. 어머니와 아버지는 퍼램뷸레이터에서 내려올 줄을 모른다. 더 이상한 건, 17호 격실 안에서 변기 주위에 친 바이오플라스틱 프라이버시 커튼을 떼어 가위로 잘라 몇 조각으로 나눈 다음 어머니의 재봉틀로 뭔가를 만들고 있는 아버지다. 콘스턴스는 그게 뭐냐고 물어볼 엄두조차 내지 못했다. 17호 격실에 봉인된 채, 푸드 프린터가 꺽꺽대며 뽑아 내는 영양 페이스트가 풍기는 불쾌한 냄새 저변에서 콘스턴스는 우주선을 타고 흐르는 집단 공포의 냄새를 맡을 수 있을 것만 같다. 벽마다 스며들어 틈을 엿보는 유독한 기운.

얼마 후 그녀는 아틀라스에서 뭄바이 변두리에 있는 40~50층 높이의 거대한 크림색 탑들 둘레로 조정한 조깅 코스를 걷는다. 사리 차림의 여자들, 운동복 차림의 여자들, 반바지 차림의 남자들, 하나같이 움직이지 않는 사람들 사이를 그녀는 물 흐르듯 지나간다. 오른편으로 맹그로브의 초록 벽이 800미터 남짓 이어지는 가운데 조깅 중에 그대로 얼어붙은 사람들을 뚫고 지나가는 그녀를 무언가 방해한다. 소프트웨어의 조직이 불안정하게 쭈글쭈글해진다. 사람들, 나무들, 아니면 대기인가. 그녀는 불안한 마음으로 걸음을 재촉하며 유령들을 뚫고 지나듯 형상의 무리를 뚫고 지나간다. 발걸음을 옮길 때마다 공포가 아르고스호에 스며들면서, 금방이라도 그녀의 등에 손을 얹을 것만 같다.

아틀라스를 나오니 밤이다. 도서관 기둥들 밑단에선 벽에 붙은 작은 조명이 밝게 빛나고, 반원통형 천장 위로는 달빛을 품은 구름이 질주한다.

몇 개의 문서들이 이리저리 오간다. 몇 개의 형체들이 탁자 위로 몸을 수그린다. 플라워스 부인의 작고 하얀 개가 총총걸음을 치며 그녀를 따라오더니 꼬리를 앞뒤로 획획 흔드는데, 플라워스 부인은 보이지 않는다.

"시빌, 지금 몇 시야?"

4시 10분, 노라이트예요, 콘스턴스.

그녀는 바이저의 스위치를 끄고 퍼램뷸레이터에서 내려온다. 아버지는 이번에도 어머니의 재봉틀 앞에 앉아 있다. 안경이 코끝까지 미끄러져 내려온 채로 어머니의 거위목 스탠드 불빛에 의지해 일하느라 정신이 없다. 무릎엔 방역복 후드가 거대한 벌레의 잘린 머리통처럼 얹혀 있다. 오늘도 밤이 늦도록 안 잔다고 야단맞을 것 같아 걱정이 되지만, 혼잣말로 웅얼거리며 알 수 없는 일에 골몰한 아버지를 보니 차라리 늦도록 안 잔다고 꾸짖어 주는 쪽이 더 좋을 것 같다.

용변을 보고, 이를 닦고, 머리를 빗고. 침대 사다리를 반쯤 올라간 그녀는 심장이 철렁 내려앉는다. 어머니 침대에 어머니가 없다. 아버지 침대에 있는 것도 아니다. 변기에도 없다. 17호 격실 안 어디에도 어머니는 없다.

"아버지?"

아버지가 움찔한다. 어머니의 담요가 구겨져 있다. 어머니는 자고 일어나면 언제나 완벽한 직사각형으로 담요를 개는 사람이다.

"어머니는 어디 있죠?"

"응? 누구 만나러 갔어." 재봉틀이 드르륵 소리를 내며 잠에서 깨어나자 보빈이 회전하고, 그녀는 소리가 멈출 때까지 기다린다.

"하지만 문밖으로 어떻게 나갔어요?"

아버지는 커튼 끝자락을 들어 올려 크기를 맞춰 보더니 다시 바늘 밑으로 밀어 넣고 재봉틀은 또 한 번 드르륵 돌아간다.

그녀는 다시 묻는다. 아버지는 대답 대신 어머니의 가위로 실을 자르고 나서야 입을 연다. "이번엔 어딜 갔었니, 주키니. 2, 3킬로미터는 너끈히 걸었겠구나."

"시빌이 정말 어머니를 내보내 줬어요?"

아버지가 자리에서 일어나 그녀의 침대로 걸어온다.

"이거 먹으렴."

아버지는 목소리는 차분하지만, 눈엔 초점이 없다. 그의 손바닥에 어머니의 슬립드롭 세 알이 놓여 있다.

"왜요?"

"먹으면 잠이 잘 올 거야."

"세 알은 많지 않아요?"

"먹어, 콘스턴스, 그게 안전해. 아빠가 널 번데기 속 유충처럼 담요로 돌돌 말아 줄게, 기억나지? 옛날에 그러고 놀았잖아. 푹 자고 아침에 일어나면 대답해 줄게, 약속하마."

약은 혀에 닿자 녹는다. 아버지는 그녀의 두 다리를 담요로 포근히 감싸 주고는 다시 재봉틀에 가서 앉는다. 바늘도 다시 시동이 걸린다.

그녀는 어머니 침대의 난간을 흘끗 바라본다. 어머니의 구겨진 담요.

"아버지, 나 겁나요."

"아이톤 이야기 해 줄까?" 재봉틀이 드르르 돌다가 멈춘다. "아이톤이 방앗간에서 도망친 다음, 걷고 또 걸어서 세계의 가장자리까지 갔잖아, 기억하지? 땅이 아래로 내달리며 얼음 같은 바다로 이어졌고, 하늘에선 눈바람이 불어오고, 사방이 검은 모래와 얼어붙은 해초로 가득하고, 1000킬로미터가 넘도록 가 봐도 장미 향기는 맡을 수 없었어."

거위목 램프의 불빛이 깜빡거린다. 콘스턴스는 벽에 등을 대고 기대며 자꾸 감기는 눈을 뜨려고 애쓴다. 사람들이 죽고 있다. 시빌이 어머니를 격실에서 내보내는 경우는 단 하나…….

"그래도 아이톤은 희망을 버리지 않았어. 제 몸이 아닌 당나귀 몸 안에 갇혀서도, 고향을 까마득히 떠나와서도, 이미 알려져 있는 세계의 맨 끝에 서게 된 거야. 그는 바닷가를 걸으면서 달을 올려다보았어. 그러자 신 하나가 그를 도우려고 밤하늘을 빙글빙글 돌아 내려오는 게 보이는 것 같았어."

콘스턴스의 침대 위 허공중에 얼음장들이 떠 있고, 그 위로 달이 아른거리며 빛나고, 차가운 모래밭에 발굽 자국을 남기고 가는 당나귀 아이톤이 보인다. 그녀는 등을 펴고 앉으려 하지만 갑자기 목에 힘이 빠지면서 무거워지는 고개를 들기가 힘들다. 덮고 있는 담요 위로 눈발이 날린다. 그리로 손을 뻗어 보지만 손가락은 어둠 속으로 떨어져 희미하게 사라진다.

두 시간이 지나고, 노라이트 속에서 아버지는 난간 너머로 몸을 수그려 그녀를 부축해 침대에서 일어나 나오게 한다. 슬립드롭 때문에 휘청휘청하고 흐리멍덩한데 아버지는 살거죽만 남아 납작해진 사람처럼 보이는 옷에 그녀의 팔다리를 집어넣는다. 바이오플라스틱 커튼을 잘라 만든 슈트다. 슈트는 허리 부분이 터무니없이 크고 장갑도 없지만, 소매 끝 터진 부분이 촘촘히 꿰매져 봉해져 있다. 아버지가 지퍼를 채워 주는데도 콘스턴스는 졸음에 겨워 고개도 가누지 못한다.

"아버지?"

이제 아버지는 산소 후드를 그녀의 머리에 씌우고, 머리칼이 덮이도록 아래로 잡아 내리고 나서, 농장에서 쓰는 밀봉 드립라인과 똑같은 밀봉 테이프를 슈트 칼라에 발라 붙인다. 아버지가 후드의 전원을 켜자 콘스턴스는 몸을 감싸고 있는 슈트가 부풀어 오르는 것을 느낀다.

남은 산소 30퍼센트. 녹음된 목소리가 후드 안에서 그녀의 귓속으로 들어가고, 헤드램프의 스위치가 켜지면서 흰색 광선이 격실 곳곳에 가 닿았다가 튕겨 나온다.

"걸을 수 있겠니?"

"이 속에서 쪄 죽을 것 같아요."

"알아, 알아. 주키니, 지금 정말 잘하고 있어. 걷는 것 좀 보자." 아버지의 이마에 맺힌 땀방울에 헤드램프의 빛이 엉기고, 그의 얼굴은 턱수염만큼이나 새하얗다. 두려움과 피로가 몰려오는 와중에도 그녀는 애써 몇 걸음을 내딛는데, 그럴 때마다 익숙지 않은 부풀어

오른 소매에서 버스럭거리는 소리가 난다. 아버지는 웅크려 앉더니 콘스턴스의 퍼램뷸레이터를 집어 들고, 다른 손으론 어머니의 재봉틀 앞에 놓인 알루미늄 스툴을 들고 문 앞으로 간다.

"시빌." 그가 말한다. "우리 중 한 명이 아파."

콘스턴스는 아버지의 엉덩이에 몸을 기대고, 더위와 두려움에 지쳐서, 시빌이 따져 묻기를, 아니면 논쟁을 벌이기를, 아니 무슨 말이든 좋으니 해 주기를 기다리지만 시빌의 대답은 예상을 벗어난다.

곧 사람이 올 겁니다.

콘스턴스는 슬립드롭의 중력이 눈꺼풀을, 피를, 생각을 끌어 내리는 것을 느낀다. 아버지의 파리한 얼굴. 헝클어진 어머니의 담요, 제시 고가 했던 말. 만약 어딘가 안 좋은 걸 시빌이 감지하면…….

남은 산소 29퍼센트. 후드 속 목소리가 말한다.

문이 열리자 머리부터 발끝까지 방호복을 뒤집어쓴 사람 형체 두 개가 노라이트 모드의 복도를 쿵쿵거리며 온다. 그들은 손목에 조명을 끈으로 묶어 놓았고, 입고 있는 슈트는 속에서 부풀어 섬뜩할 정도로 덩치가 커 보이며, 얼굴은 거울 같은 길쭉한 구릿빛 안면 보호창에 가려져 보이지 않는다. 그들 뒤로 알루미늄 테이프로 감싼 긴 호스들이 쭉 이어져 있다.

아버지가 콘스턴스의 퍼램뷸레이터를 여전히 가슴에 꼭 붙인 채 그들을 향해 돌진하자, 그들은 뒤뚱대며 뒤로 물러난다. "가까이 오지 말아요. 부탁입니다. 이 아이는 의무실에 가지 않을 거예요." 아버지는 콘스턴스를 재촉해 그들을 지나 불 꺼진 복도를 내려가고, 그 뒤를 그녀의 헤드램프에서 떨리는 광선이 따르고, 그 뒤를 그녀의 두 발이 바이오플라스틱 안에서 미끄러지며 따라간다.

물건들이 벽에 바짝 붙여져 있다. 식판, 담요, 붕대로 보이는 것들. 황급히 식당을 지나면서 그녀는 그 안을 흘끗 보지만 그곳은 더이상 식당이 아니다. 식탁과 벤치가 세 줄씩 놓여 있던 자리에는 이제 스무 개의 흰색 텐트가 서 있고, 텐트마다 튜브와 전선들이 뻗어나와 있으며, 의료 기구의 조명들이 여기저기서 깜빡인다. 한 텐트의 입구 지퍼가 열려 맨발바닥 하나가 담요 밖으로 삐져나온 게 보이지만 그들은 뭐라 할 새도 없이 모퉁이를 돈다.

남은 산소 26퍼센트. 그녀의 후드가 말한다.

아까 그 사람들은 병에 걸린 승무원들이었을까? 어머니도 저 텐트 중 어딘가에 있었을까?

그들은 제2, 제3실험실을 지나고, 제4농장의 봉인된 문 — 이제 여섯 살이 되었고 그녀와 키가 똑같은 소나무 묘목이 있는 곳 — 을 지나서, 나선형 복도를 따라 아르고스호의 중심을 향해 내려간다. 아버지는 숨을 가쁘게 몰아쉬면서도 콘스턴스를 재촉하고, 둘 다 발이 미끄러질 때마다 그녀의 헤드램프 빛줄기도 급히 한쪽으로 기운다. 수력 발전실 진입이라고 표시된 문, 8호 격실이라고 표시된 문, 7호 격실. 방들이 마치 회오리의 눈을 향해 돌아 들어가는 듯, 그녀 자신이 소용돌이 중심의 구멍을 향해 휩쓸려 들어가는 듯 느껴진다.

마침내 그들은 볼트원이라고 표시된 표지판 밖에서 멈춰 선다. 창백한 아버지는 숨이 턱 끝까지 차고 얼굴은 땀으로 번들거리면서도 고개를 돌려 뒤를 잠깐 확인하고, 문에 손바닥을 대고 민다. 바퀴가 구르며 연결 통로가 열린다.

시빌이 말한다. 제염 구역에 진입합니다.

아버지는 콘스턴스를 들여보내고 그녀의 퍼램뷸레이터를 옆에 놓고, 문틀에 스툴을 괴어 놓는다.

"움직이지 마."

콘스턴스는 버스럭거리는 슈트 차림으로 연결 통로에 앉아 두 팔로 무릎을 끌어안는다. 후드의 목소리가 남은 산소 25퍼센트라고 하자, 이어 시빌도 말한다. 제염 처리 실시. 콘스턴스가 후드 마스크 너머로 "아버지."라고 외치는데, 바깥문이 닫히다 스툴과 부딪친다. 스툴 다리들이 끽끽거리며 휘어지고 문이 멈춘다.

바깥문을 막고 있는 것을 치워 주십시오.

아버지가 영양 파우더 네 봉지를 들고 돌아오더니 반쯤 부서진 스툴 너머 연결 통로 안으로 던져넣고, 다시 서둘러 달려간다.

이어서 재활용 변기, 건식 물수건 묶음, 아직 포장을 뜯지 않은 푸드 프린터 한 대, 공기 주입식 간이침대 한 개, 살균 필름에 밀봉된 담요 한 장, 몇 봉지 더 가져온 영양 파우더를 던져 넣고, 그러고도 부지런히 오고 가기를 거듭한다. 바깥문을 막고 있는 것을 치워 주십시오. 시빌이 다시 말하고, 스툴은 압력에 못 견뎌 조금 더 우그러들고, 콘스턴스는 과호흡에 시달리기 시작한다.

아버지는 마지막으로 영양 파우더를 두 봉지 더 연결 통로에 던져 넣고 — 왜 이렇게 많이? — 문틈으로 들어와 벽에 몸을 기대고 숨을 헐떡인다. 시빌이 말한다. 제염을 위해 바깥벽을 막고 있는 것을 치워 주십시오.

콘스턴스의 귀로 후드의 목소리가 흘러들어 온다. 남은 산소 23퍼센트.

아버지가 프린터를 가리킨다. "작동법 알지? 저전압선이 어디 붙어 있는지 기억해?" 그는 두 손을 무릎에 얹고선 가슴을 들썩이며 턱수염에서 뚝뚝 떨어질 정도로 땀을 흘리는데, 그동안에도 스툴은 압력을 견디느라 끼끽거린다. 콘스턴스는 간신히 고개를 끄덕인다.

"바깥문이 닫히자마자 눈을 감아야 해. 시빌이 공기를 뿜어내며 죄다 살균할 거야. 그런 다음에 안쪽 문을 열어 줄 거야. 기억할 수 있겠지? 안에 들어갈 때, 여기 있는 것들을 다 가지고 들어가야 해. 하나도 빼놓아선 안 돼. 다 가지고 안에 들어가면 안쪽 문이 닫히며 밀폐될 거야. 1부터 100까지 세, 그러고 나서 후드를 벗는 게 안전해. 내 말 알아들었니?"

몸속 세포가 두려움에 낱낱이 팅팅 튕긴다. 어머니의 텅 빈 침대. 식당의 텐트들.

"아뇨." 그녀가 말한다.

남은 산소 22퍼센트, 후드가 말한다. 숨을 좀 더 천천히 쉬어 보세요.

"안쪽 문이 닫히면," 아버지가 다시 말한다. "1부터 100까지 세는 거야. 그러고 나면 후드를 벗어도 돼." 아버지는 문 가장자리에 제 몸무게를 싣고, 시빌이 말한다. 바깥문이 막혀 있습니다. 걸려 있는 물건이 제거되어야 합니다. 아버지는 어둠에 잠긴 복도를 내다본다.

"내 나이 열두 살이었어." 그가 말한다. "이 여행에 지원했을 때. 어린 눈에 보이는 모든 게 다 죽어 가고 있었어. 그때 내게 이 꿈이, 비전이 생겼어. 인생은 무엇이 될 수 있을까, 하는. '저기 갈 수 있는데 왜 여기 가만히 있어야 하지?' 기억하니?"

그림자 속에서 천 마리의 악귀들이 기어 나와서, 그녀는 헤드램프를 획 돌려 비춘다. 그러면 그것들은 물러나지만, 불빛이 사라지면 곧바로 다시 몰려온다. 스툴이 또 끽끽거린다. 바깥문이 조금 더 닫힌다.

"난 바보였어." 아버지의 손, 이마를 훔치는 그의 손이 뼈만 남은 것처럼 보인다. 그의 목께 피부가 처진다. 은빛 머리칼은 음영이 지며 잿빛으로 변한다. 처음으로 아버지가 제 나이, 아니, 그보다 더 늙어 보이는데, 숨을 쉴 때마다 그에게 남은 몇 년의 세월이 조금씩 빨려 나가 사라지는 것 같다. 그녀는 후드의 마스크에 대고 말한다. "바보가 아름다운 건 포기할 줄 모르기 때문이라고 그러셨잖아요."

아버지는 그녀 쪽으로 고개를 기울이고 눈을 빠르게 깜박이는데, 마치 눈앞에서 빠져나가는 생각의 속도가 너무 빨라서 미처 잡지 못하는 것처럼 보인다. "할머니였어." 그가 웅얼거린다. "그 말을 해 주신 건."

남은 산소 20퍼센트, 후드가 말한다.

아버지의 코끝에 매달린 땀방울이 파르르 떨다 뚝 떨어진다.

"고향에," 그가 말한다. "스케리아의 집 뒤에 용수로가 있었어. 물이 다 말라 버린 후에도, 폭염이 극성인 날에도, 그 앞에 무릎을 꿇고서 한참을 들여다보고 있으면 언제나 놀라운 것을 발견할 수 있었지. 공기에 날려온 씨앗 한 알, 아니면 바구미 한 마리, 아니면 혼자 피어난 용감하고 앙증맞은 별 모양 꽃 한 송이."

졸음이 파도처럼 잇따라 콘스턴스를 덮쳐 온다. 아버지는 지금 뭘 하는 거지? 그녀에게 무슨 말을 하려는 걸까? 그는 몸을 일으키더니 비틀거리며 짜부라진 스툴을 넘어 연결 통로 밖으로 나간다.

"아버지, 어디 가요."

그러나 그의 얼굴은 보이지 않는다. 그는 한발을 문 가장자리에 괴고는 씨름 끝에 짜부라진 스툴을 빼내고, 연결 통로가 닫힌다.

"안 돼, 그런……."

바깥문을 밀폐합니다. 시빌이 말한다. 제염을 시작합니다.

송풍기 소리가 점점 커진다. 차가운 공기가 바이오플라스틱 슈트에 분사되는 것을 느끼며 콘스턴스는 고동치는 세 점의 빛을 보고 눈을 질끈 감고, 안쪽 문이 열린다. 두렵고 쓰러질 것처럼 피곤하지만, 밀려오는 공포를 애써 억누르며 콘스턴스는 변기, 영양 파우더 봉지, 간이침대, 포장된 푸드 프린터를 안으로 끌어다 놓는다.

안쪽 문이 밀폐된다. 조명이라곤 타워 안에서 오렌지색, 장미색, 노란색으로 번갈아 깜빡이는 시빌뿐이다.

반가워요, 콘스턴스.

남은 산소 18퍼센트, 후드가 말한다.

방문객들을 진심으로 환영해요.

일 이 삼 사 오.

오십육 오십칠 오십팔.

남은 산소 17퍼센트.

팔십팔 팔십구 구십. 개키지 않은 어머니의 담요. 땀으로 축축한 아버지의 머리. 텐트 밖으로 삐져나와 있던 맨발 하나. 그녀는 100까지 다 세고 후드를 떼어 낸다. 머리 위로 벗는다. 슬립드롭이 잡아끄는 대로 순순히 바닥에 드러눕는다.

10

갈매기

클라우드 쿠쿠 랜드
안토니우스 디오게네스 지음, 폴리오 K

……신은 밤을 뚫고 빙글빙글 돌아 내려왔습니다. 그녀는 몸은 하얗고 날개는 회색이었으며 입은 새의 부리처럼 선명한 주황색을 띠었는데, 비록 내가 예상했던 것만큼 몸집이 거대하지는 않았지만 그 위용만으로도 두려움이 느껴졌습니다. 그녀는 노란색 두 발로 땅을 딛고는 몇 걸음 자리를 옮기며 해초 더미를 쪼아 대기 시작했습니다.

"제우스의 고귀한 따님이시여," 내가 말했습니다. "제가 이렇게 애원하오니, 지금 제 몸이 갇힌 이 형상을 다른 형상으로 바꾸어 줄 마법의 주문을 걸어 주신다면, 저는 구름 속의 도시, 바라는 모든 것을 이룰 수 있고 누구도 고통받지 않으며 하루하루가 세계가 처음 태어난 날처럼 빛나는 그곳까지 날아가려 합니다."

"도대체 네놈은 뭐라고 히히힝 울고 있는 것이냐?" 신은 그렇게 물었고, 그 숨결에 묻어나는 생선 비린내에 나는 하마터면 그 자리에서 쓰러질 뻔했습니다. "내가 이 날개를 쳐서 여기 온 땅을 누비지 않은 곳이 없건만 구름 속에 있건, 어디 있건, 그런 곳은 보도 듣도 못했거늘."

그녀는 정녕 무정한 신이었으니, 날 희롱하고 있었습니다. 나는 말했습니다. "그렇다면 적어도 그 날개에 저를 태워 환하고 따뜻한 세상으로 데려다주실 수는 있지 않을까요? 그리고 제게 장미꽃 한 송이를 되찾아 주신다면 저는 예전의 제 모습으로 돌아갈 수 있을 것이니, 그런 후 이 여행을 다시 시작해 보려 합니다만."

신은 한쪽 날개로 자갈밭에 쌓인 채 얼어붙은 해초 중 두 번째 더미를 가리키며 말했습니다. "저것이 북해의 장미이거늘, 내가 듣기로는 저것을 많이 먹으면 해괴한 기분이 든다고 한다. 그런 것 없이도 지금 이 자리에서 네게 말해 줄 수 있는 것이 있으니, 너 같은 당나귀는 죽었다 깨어나도 날개가 돋는 일은 없을 것이야." 말을 마친 신은 큰 소리로 아, 아, 아, 외쳤는데 마법의 주문이라기보다는 웃음소리에 가깝게 들렸음에도, 나는 그 물컹거리는 곤죽을 한 움큼 입에 넣어 씹었습니다.

꼭 썩은 순무 같은 맛이 났지만, 오호라, 온몸이 바뀌기 시작하는 것을 느낄 수 있었습니다. 두 다리가 오그라들었고, 이어서 귀까지 오그라들더니, 턱 뒤가 길게 찢어지며 틈새가 생겨났습니다. 등을 타고 일제히 비늘이 돋는 것이 느껴졌고, 이어서 끈적끈적한 점액이 내 눈을 타고 올라와 뒤덮었는데……

레이크포트
공공 도서관

2020년 2월 20일
5:27 P. M.

시모어

뒤집힌 오디오북 서가 옆에 쭈그려 앉아 창문 틈새로 밖을 내다보면서, 그는 경찰차 두 대가 더 오고 그들이 도서관 주변을 벽처럼 둥글게 에워쌀 기세로 자리 잡는 것을 지켜본다. 허리를 굽힌 사람들의 형체가 파크 스트리트를 따라 눈길을 뚫고 걸음을 빨리하고, 빨간 조준점들이 그들과 함께 움직인다. 열상 스캐너인가? 레이저 조준기인가? 노간주나무 위에는 파란 불빛 세 점이 떠 있다. 원격 조종 드론일 것이다. 이것들, 우리가 지구에서 새롭게 살도록 선택한 피조물들.

시모어는 다시 사전 독서대까지 기어가고 목구멍에서 소용돌이치는 공포를 눌러 삼키려고 애쓰는데 그 순간 안내 데스크 위에 놓인 전화기가 울린다. 그는 두 손을 들어 귀마개를 쓴 귀에 대고 옥죈다. 여섯 번째 울리고 일곱 번째까지 울리고 나서 멈춘다. 곧바로 메리앤의 사무실 — 이라고 해 봐야 계단 밑 빗자루 함에 가깝지만 — 전화기가 울린다. 일곱 번째 울리고 여덟 번째 울리고 나서 멈춘다.

"전화 받는 게 좋아요." 총을 맞고 계단 밑에 쓰러져 있는 남자가 말한다. 귀마개 때문에 남자의 목소리가 아득히 멀게 들린다. "저들은 이 문제를 평화적으로 해결하길 바랄 거예요."

"제발 조용히 해요." 시모어가 말한다.

안내 데스크의 전화가 다시 울린다. 계단 밑 남자가 이미 그르칠 만큼 그르쳤고, 사실상 모든 것을 망쳐 놓았다. 그가 입이라도 다물면 견디기가 훨씬 더 수월할 것 같다. 시모어는 남자에게 연초록색 이어폰을 빼라고 한 뒤 받아서 소설 구역으로 던져 버리지만, 그는 지금도 지저분한 도서관 카펫에 피를 흘리며 모든 것을 엉망으로 만들고 있다.

시모어는 안내 데스크까지 엉금엉금 기어가서 전화선을 벽의 포트에서 잡아 뽑는다. 메리앤의 빗자루 함 사무실로 엉금엉금 기어 들어가 그곳에서 두 번째로 울려 대는 전화선도 뽑아 버린다.

"지금 실수한 거예요." 총 맞은 남자가 외친다.

메리앤의 사무실 문에 도서관: 조용한 행운이 생기는 곳*이라고 쓰여 있는 스티커가 붙어 있다. 주근깨 가득한 그녀의 얼굴이 마음 속으로 흘러 들어오자 그는 두 눈을 깜빡여 지워 버리려 한다.

큰회색올빼미. 현존하는 올빼미종 가운데 몸집이 가장 크다.

그는 그녀의 사무실 문간에 앉아 무릎에 권총을 올려놓는다. 경찰차의 경광등이 청소년 소설책들 책등 위로 빨갛고 파란 빛의

---

* 원문은 The Library: Where the Shhh happens로, '불운한 상황이 일어나기 마련이다(Shit happens).'를 가지고 말장난을 한 것.

잔영을 이리저리 퍼뜨린다. 겨우 창유리 하나 너머의 세상을 절규가 온통 휘젓고 있는 것을 그는 느낄 수 있다. 이 순간 저격수들이 그를 추적하고 있을까? 그들에겐 벽을 꿰뚫어 보는 무기라도 있는 걸까? 그들이 여기 쳐들어와 그를 사살하기까지 얼마나 걸릴까?

왼쪽 호주머니에서 뒷면에 세 개의 전화번호가 적혀 있는 전화기를 꺼낸다. 첫 번째 번호는 폭탄 1을, 두 번째는 폭탄 2를 터뜨리게 되어 있다. 문제가 생길 경우, 세 번째 번호로 전화를 해야 한다.

시모어는 세 번째 번호로 전화를 건 다음 한쪽 귀마개를 떼어 낸다. 발신음이 여러 번 울리고 몇 번 삑삑 하는 소리가 들리더니 끊어지고 만다.

그들이 메시지를 접수했다는 뜻일까? 발신음이 울리면 말을 해야 하나?

"나, 치료받아야 해요." 계단 밑의 남자가 말한다.

그는 다시 전화를 건다. 발신음이 울리고 울리고 울리고 울리고 울리고 울리고 울리다 삑 소리가 난다.

"여보세요?"

그러나 이미 끊긴 후다. 구조하러 온다는 뜻인가 보다. 그 말은, 그들이 메시지를 접수했고, 이제 지원 네트워크를 작동할 거란 의미다. 그는 가만히 버티며 기다릴 것이다. 가만히 버티고 있어, 기다려, 그러면 비숍의 사람들이 전화를 하거나 도와주러 올 거야, 그럼 모든 게 다 해결될 거야.

"목말라요." 총 맞은 남자가 큰 소리로 말하고, 어디선가 희미하게 아이들의 목소리가, 휘휘 휘몰아치는 바람의 울음이, 부서지는 파도의 속삭임이 들려온다. 마음이 농간을 부리는 것이다. 시모어는 다시 귀마개를 쓰고 메리앤의 책상에서 만화 캐릭터 고양이가 프린트된 머그잔을 가져와 음수대까지 기어가 물을 채운 뒤 남자가 손을 뻗으면 잡을 수 있는 위치에 놓는다.

안락의자 옆에서 새는 물을 받고 있는 쓰레기통이 4분의 3 찼다. 그의 바로 밑에 있는 보일러가 줄곧 삐걱삐걱 맥없는 소리를 낸다. 우리는 모두 강해져야 한다, 비숍은 말했었다. 다가올 미래는 상상할 수 없는 방식으로 우리를 시험할 것이다.

지노

의문들이 마음속 회전목마를 타고서 서로를 쫓고 또 쫓는다. 누가 셰리프를 쏘았고 그의 부상은 어느 정도로 심각할까? 셰리프는 왜 그에게 저리 가라고 손짓했을까? 도서관 바깥의 조명이 공권력이나 의료 구조원이라면 왜 당장 안으로 달려오지 않는 걸까? 가해자가 아직 안에 있어서인가? 가해자는 한 명뿐인가? 부모에겐 연락했을까? 이제 그는 어떻게 해야 할까?

무대 위에선 당나귀 아이톤이 세계의 얼어붙은 가장자리를 걸어가고 있다. 내털리의 스피커에서 바다의 파도가 자갈을 부딪는 소리가 흘러나온다. 올리비아는 커다랗고 부드러운 갈매기 머리를 뒤집어쓰고 노란색 타이츠 차림에, 집에서 만든 날개 하나를 들고서 무대 위 초록색 티슈페이퍼 더미를 가리킨다. "내가 듣기로는," 그녀가 말한다. "저것을 많이 먹으면 해괴한 기분이 든다고 한다. 그런 것 없이도 지금 이 자리에서 네게 말해 줄 수 있는 것이 있으니, 너 같은 당나귀는 죽었다 깨어나도 날개가 돋는 일은 없을 것이야."

아이톤 역할의 앨릭스가 초록색 티슈페이퍼 몇 장을 집어 들어 종이 죽 당나귀의 입에 밀어 넣고 퇴장한다.

갈매기 올리비아가 관객석을 돌아본다. "한낱 당나귀 주제에 하늘의 성을 쫓아가 봐야 아무 소용이 없다. 사리를 분별하는 것을 두고 '지상에 발을 딛고 있다.'고 하는 이유가 뭐겠는가."

무대 뒤에서 앨릭스가 외친다. "아, 심상치 않은 일이 일어나고 있구나. 몸으로 느껴져." 크리스토퍼가 노래방 조명을 흰색에서 파란색으로 바꾸고 클라우드 쿠쿠 랜드의 탑들이 배경막 위에서 가물거리는 가운데, 내털리는 파도가 우르르 부딪는 소리를 물속에서 나는 보글보글 꼴딱꼴딱 졸졸 소리로 바꾼다.

앨릭스가 종이 죽으로 만든 물고기 머리를 들고 무대로 나간다. 땀에 젖은 앞머리가 이마에 착 달라붙어 있다. "잠깐 쉬어도 될까요, 니니스 선생님? 삼십 분만요?"

"중간 휴식 시간을 말하는 거예요." 레이철이 말한다.

지노는 덜덜 떨리는 두 손을 바라보다가 눈을 든다. "그럼, 그럼, 물론이지. 조용히 중간 휴식을 취하자. 좋은 생각이에요. 정말 멋지게 하고 있어요, 모두."

올리비아가 가면을 들어 올린다. "니니스 선생님, 제가 '당나귀'* 라는 말을 꼭 해야 할까요? 내일 밤에 교회에서도 오는 분들도 있거든요."

크리스토퍼가 조명 스위치 쪽으로 가는데 지노가 말한다. "아니, 하지 마라, 어두운 게 더 나아. 내일 너희는 백스테이지의 어두운 불

---

* 원문은 jackass로, 수컷 나귀라는 뜻 외에 '바보, 멍청이'라는 욕으로도 쓰인다.

빛 속에서 작업해야 할 테니까. 우리 백스테이지로 가서 앉자, 섀리 프가 만든 책장 뒤 공간 있잖니. 관객석과 거리를 두고, 오늘이 내일 밤이라고 생각하고 그 문제에 관해 이야기해 보자, 올리비아."

그는 아이들을 모아 세 개의 책장 뒤로 간다. 레이철은 자기 대본 의 낱장들을 모아 접이식 의자에 앉고, 올리비아는 가방에 구겨진 초록색 티슈페이퍼를 가득 담고, 앨릭스는 분장 의상들이 놓인 선 반 밑을 기어가다 한숨을 내쉰다. 지노는 넥타이에 벨크로 부츠 차 림으로 그들 한가운데 선다. 그의 발치에 놓인 전자레인지 포장 상 자로 만든 석관이 잠깐 제5수용소 본부 뒤 상자 같은 격리 공간으로 변신했다가 ─ 거기서 렉스가 수척하고 지저분한 모습으로 일어나 부러진 안경을 매만져 바로잡는 모습을 얼마간 기대하지만 ─ 이 내 본래의 판지 상자로 돌아온다.

"너희 중에," 그가 목소리를 낮추어 말한다. "휴대전화 갖고 있는 사람?"

내털리와 레이철이 고개를 젓는다. 앨릭스가 말한다. "할머니가 6학년 때까지 기다리라고 하셨어요."

크리스토퍼가 말한다. "올리비아가 있는데요."

올리비아가 말한다. "엄마가 뺏어 갔어."

내털리가 한 손을 든다. 무대 위, 책장들 반대편 스피커에서 여전 히 바닷속의 꼴딱꼴딱 소리가 흘러나와서 그는 집중하기가 힘들다.

"니니스 선생님, '눈썹 휘날리게'가 무슨 뜻이에요?"

"눈썹 휘날리게?"

"메리앤 선생님이 피자 가지러 가면서 눈썹 휘날리게 다녀온다 고 했잖아요."

"침착하다는 뜻이야." 앨릭스가 말한다.

"그건 눈썹 하나 까딱 안 하고이고." 올리비아가 말한다.

"눈썹이 길다는 뜻이야." 크리스토퍼가 말한다.

"아주 빨리 다녀온다는 뜻이란다." 지노가 말한다. "번개처럼 빨리 말이지." 레이크포트 어디선가 사이렌이 일제히 울렸다가 잦아든다.

"그런데 번개처럼이라기엔 너무 오래 걸리는 거 아닌가요, 니니스 선생님?"

"배고프니, 내털리?"

내털리가 고개를 끄덕인다.

"전 목말라요." 크리스토퍼가 말한다.

"눈이 많이 내려서 피자가 늦나 보다." 지노가 말한다. "이제 조금 있으면 메리앤 선생님이 올 거다."

앨릭스가 자리에서 일어나 앉는다. "클라우드 쿠쿠 랜드 루트비어를 좀 마셔도 되지 않을까?"

"그건 내일 밤에 마실 거잖아." 올리비아가 말한다.

"그래도 별일 없을 것 같은데?" 지노가 말한다. "각자 한 병씩만 마시면. 조용히 가서 가져올 수 있겠니?"

앨릭스가 발딱 일어나고, 지노가 발끝으로 서서 책장 꼭대기 너머를 살피는 동안 아이는 무대를 빙 돌아 걸어가다 채색한 배경막과 벽 사이 공간으로 몸을 수그린다.

"그런데요," 크리스토퍼가 묻는다. "왜 조용히 가져와야 해요?" 레이철은 검지로 대본의 문장을 따라가며 읽고 올리비아도 묻는다. "그래서 욕 문제는 어떻게 하죠, 니니스 선생님?"

샤리프는 피를 흘리며 죽어 가고 있는 걸까? 지노는 지금보다 더 빨리 대처해야 할까? 저쪽 배경막 끝에서 실내복과 반바지 차림의 앨릭스가 머그 루트비어 스물네 캔들이 상자를 들고 기어나온다.

"조심해, 앨릭스."

"야, 크리스토퍼." 앨릭스가 속삭이면서 베니어합판 무대의 불쑥 튀어나온 앞무대를 빙 돌아 걸어온다. 그는 지금 상자의 맨 윗줄에 있는 루트비어 캔 하나를 잡아 빼는 데 정신이 팔려 있다. "여기 우선 하나……." 그 순간 그가 무대에 발가락이 걸려 넘어지고, 그 바람에 열두 개의 루트비어 캔이 무대 위를 날아오른다.

시모어

휴대폰을 들여다보며 생각한다. 울려. 지금 당장 울려. 하지만 내
내 잠잠하다.

5:38 p.m.

버니가 객실 관리 일을 마칠 시간이다. 발은 부르트고 허리는 쑤
시는 가운데 그가 차로 피그 앤드 팬케이크까지 데려다주러 오기를
기다릴 것이다. 경찰 순찰차들이 창밖을 지나 전력으로 질주하고
있을까? 그녀의 동료들이 도서관에서 벌어지는 일에 관해 말하고
있을까?

그는 비숍의 전사들이 근처 어딘가에 모여 서로 무전기로 소통
하며, 그를 구하기 위해 조직적인 노력을 기울이는 모습을 상상
하려고 애쓴다. 아니면 — 새로운 의구심이 슬며시 자리를 잡는
다. — 경찰이 왠지 그의 통신을 방해하고 있는지도 모른다. 어쩌면
비숍의 사람들이 그의 호출을 받지 못했을지도 모른다. 그는 내리
는 눈 속을 거침없이 쏘다니는 붉은 빛들을, 울타리 위를 떠도는 드

론을 생각한다. 레이크포트 경찰서가 그 정도 능력이 있을까?

총 맞은 남자는 계단에 누운 채 피가 흐르는 어깨를 오른손으로 죄어 막고 있다. 그의 눈은 감겨 있고, 그의 옆 카펫에 고인 피는 흐르는 와중에도 말라 가며 적갈색에서 검은색으로 변하는 중이다. 보지 않는 게 나아. 대신 시모어는 소설과 논픽션 사이의 중간 통로가 길게 이어진 어둠 속으로 주의를 돌린다. 어쩌다 모든 것을 이렇게 난장판으로 만든 것일까.

그는 이런 것을 위해 기꺼이 죽으려는 건가? 인간이 지상에서 쓸어 버린 셀 수 없이 많은 피조물들에게 목소리를 주기 위해서? 목소리 없는 것들을 옹호하기 위해서? 그런 건 영웅이 할 일 아닌가? 영웅은 스스로 싸우지 못하는 존재들을 위해 싸운다.

감정은 두려움과 혼란으로 가득하고, 몸은 간지럽고, 겨드랑이에선 땀이 흐르고, 두 발은 차갑고, 방광은 터질 것 같다. 한쪽 호주머니엔 베레타 총을, 다른 쪽 호주머니엔 휴대전화를 넣고서 시모어는 귀마개를 벗고, 바람막이 점퍼 소매로 얼굴을 훔치고는 도서관 뒤쪽 화장실에 이르는 복도를 내려다보는데, 그 순간, 위층에서, 쾅 소리가 연이어 울려 퍼진다.

11

고래 배 속에서

클라우드 쿠쿠 랜드

안토니우스 디오게네스 지음, 폴리오 Λ

……나는 비늘 덮인 형제들을 그림자처럼 따라갔고, 빠르고 잔혹한 돌고래 떼를 피해 끝을 알 수 없는 심해를 누볐습니다. 경고도 없이 거대한 것이 우리 앞을 가로막았는데, 살아 있는 어떤 피조물도 그보다는 거대하지 않았으니, 입 하나만 봐도 트로이의 관문들만큼 넓었고, 이빨은 헤라클레스의 기둥만큼 드높았으며 그 끝은 페르세우스의 검처럼 날카로웠습니다.

고래가 아래턱을 크게 벌려 우리를 집어삼켰고, 나는 죽음을 기다리는 몸이 되었습니다. 나는 구름 속 도시까지 가지 못할 터였습니다. 거북을 보지 못할 테니 거북이 등에 이고 다니는 꿀 케이크도 맛보지 못할 터였습니다. 나는 차디찬 바다에서 죽을 운명이었고, 물고기가 된 나의 뼈는 어느 짐승의 배 속에서 온데간데없이 흩어질 운명이었습니다. 나와 물고기 일족 모두 그의 동굴 같은 입안으로 휩쓸려 들어갔지만, 그의 거대한 송곳니들은 우리를 꿰뚫기엔 터무니없이 컸고, 그 덕에 우리는 비늘 하나 다치지 않은 채 우르르 쏟아져 들어가 그의 목구멍을 넘어 내려갔습니다

거대한 괴수의 배 속을 철벅거리며 돌아다니면서, 마치 또 다른 바다에 갇힌 것처럼, 우리는 신의 모든 창조물 위를 재빨리 지나갔습니다. 괴수가 입을 열 때마다 나는 수면 위로 솟구쳐 올랐고, 그럴 때마다 새로운 것을 보았습니다. 에티오피아의 악어 떼, 카르타고의 궁전, 세상의 둘레를 따라 자리한 혈거인의 동굴에 두텁게 쌓인 눈.

결국 나는 녹초가 되었습니다. 머나먼 길을 여행했건만, 내가 처음 떠났을 때부터 목적지까지 한치도 가까워지지 않았습니다. 나는 거대한 바다를 헤치고 다니는 물고기의 배 속에 갇힌 한낱 작은 물고기였고, 만약 이 세계 또한 어마어마하게 큰 물고기의 배 속에서 헤엄치고 있는 거라면 우린 모두 물고기 속의 물고기 속의 물고기가 아니겠는가 하는 생각이 들었고, 그러다 궁금한 것이 너무나 많은 나 자신에게 지쳐서 비늘 눈꺼풀을 닫고 잠이 들었습니다…….

콘스탄티노플

1453년 4월~5월

오메이르

양쪽으로 1.5킬로미터여에 걸쳐 망치들이 쩡쩡 두드리고, 도끼들이 척척 찍고, 낙타들이 끼익, 푸르르, 메에 우는 소리로 가득하다. 그는 화살 만드는 사람들의 막사, 마구(馬具) 만드는 사람들의 막사, 구두장이와 편자공 들의 막사를 지난다. 재봉사들은 큰 천막 안에서 그보다 작은 천막을 만들고 있다. 남자아이들은 쌀을 담은 바구니를 들고 이곳저곳으로 종종걸음을 친다. 쉰 명의 목수들은 껍질을 벗긴 통나무로 공성전에 쓸 사다리를 만든다. 인간과 동물의 배설물을 흘려보낼 도랑도 파 놓았다. 마실 물은 산처럼 쌓인 대형 통에 저장해 두었다. 뒤편에는 거대한 이동식 주조 공장이 세워졌다.

수레 위에 놓여 은은히 빛나며 웅장하고도 황홀한 위용을 드러내는 대포를 어떻게든 구경할 셈으로 야영지의 온갖 곳에서 사람들이 튀어나온다. 수소들은 소란한 분위기를 경계하며 서로 바싹 붙어 있다. 달빛은 풀을 씹다가 고개를 등마루 위로 들지 못하고 선 채로 잠이 든 것 같고, 나무는 형제 옆에 자리를 마련해 모로 드러누워

선 한 귀를 씰룩거린다. 오메이르는 할아버지가 하던 대로 금잔화 이파리에 침을 섞어 나무의 왼 뒷다리에 대고 문질러 주다가 시름에 젖는다.

땅거미가 질 무렵, 에디르네에서 대포를 끌고 여기까지 온 사내들이 김을 뿜어내는 거대한 솥 주변으로 모여든다. 대장이 연단으로 올라가 술탄이 이루 말할 수 없을 정도로 고마워한다고, 도시를 손에 넣는 대로 각자 살 집을 마음대로 고르게 될 거라고, 정원도, 아내로 삼을 여자들도 마음껏 골라 차지할 수 있을 거라고 공표한다.

그날 목수들은 밤을 새워 가며 대포를 고정할 거치대와 대포를 가릴 울타리를 짓고, 그 소리에 오메이르는 잠을 설친다. 다음 날도 온종일 십장들은 수소들을 동원해 대포를 거치대에 올리는 작업을 한다. 어쩌다 도시 외벽 꼭대기에 있는 흉벽 총안에서 발사된 석궁 활 하나가 핑 날아와 널빤지나 진흙에 박힌다. 마헤르는 성벽을 향해 주먹을 휘두르며 외친다. "우리한테 요것보다 살짝 큰 놈이 있는데 너희에게 확 쏴 줄 거다." 그 말을 들은 사람들이 모두 웃음을 터뜨린다.

그날 밤 수소들을 먹이는 목초지에서 마헤르는 무너진 석회석 덩이 위에 앉아 있는 오메이르를 발견하고, 그의 곁에 쭈그려 앉아 제 무릎의 딱지를 뜯는다. 그들은 야영지 건너편 해자를, 그리고 붉은 벽돌이 줄무늬를 그리는 백묵처럼 하얀 탑들을 응시한다. 저무는 햇빛 속에서 성벽 너머 뒤죽박죽 붙어 있는 지붕들이 불에 타는 것처럼 보인다.

"내일 이 시간이면 저 모든 게 우리 손에 들어올 거 같아?"

오메이르는 아무 말도 하지 않는다. 도시의 규모만 봐도 겁이 난다는 말은 창피해서 하지 못한다. 어떻게 인간의 손으로 저런 곳을 만들 수 있단 말인가?

마헤르는 자기 집을 직접 고를 생각에 신나서, 집은 이 층에다 배나무와 재스민 꽃나무가 있는 정원에는 수로가 여러 갈래 뻗어 있을 것이고, 검은 눈동자의 아내를 맞아 자식을 다섯은 낳을 것이고, 세 발 의자—마헤르는 늘 세 발 의자 이야기를 한다.—를 못해도 열두 개는 놓고 살 거라고 떠들어 댄다. 오메이르는 협곡 속 돌집을, 응유를 만드는 어머니를, 절뚝거리며 외양간으로 가는 할아버지를 생각하고는 몸이 저리도록 그리워진다.

그들의 왼편으로 차폐물에 둘러싸인 낮은 산꼭대기엔 해자가 쭉 이어지고, 술탄의 구역을 채운 천막들이 커튼 벽을 이루어 바람에 물결처럼 흔들린다. 술탄의 경호병들이 묵는 천막, 술탄의 자문 위원회와 보물들이 있는 천막, 술탄의 성스러운 유물과 매사냥을 위한 천막, 술탄의 점성술사들과 학자들과 시식 시종들이 묵는 천막 들이 있다. 주방 천막, 변소 천막, 명상 천막 들도 있다. 관측 탑 옆에 술탄이 묵는 천막이 물결친다. 빨간색과 황금색으로 된 천막은 작은 숲하나가 들어갈 만큼 크다. 천막 안쪽 면엔 칠이 되어 있는데, 낙원의 색으로 칠했다는 말을 들은 후 오메이르는 보고 싶어 안달이 난다.

"우리의 황자께선," 마헤르가 오메이르의 눈이 향하는 곳을 보며 말한다. "무한한 혜안으로 한 가지 약점을 발견하셨지. 결점 말이야. 강물이 어디에서 도시로 흘러 들어가는지 보여? 저 성문 옆 벽이 어디에 박혀 있는지 알아? 물은 예언자*―그분께 평화가 있

---

* 마호메트를 가리킨다.

기를. ──께서 살아 계시던 시절부터 저곳에서 흘렀고, 서로 모이고 스며 나오고 물어뜯었어. 저곳의 수원지는 약해. 그리고 서로 붙어 있는 돌 모서리들도 다 닳기 시작했어. 바로 그곳을 우리가 때려 부술 거야."

도시 성벽 위아래에 있는 초소들에 불이 켜진다. 오메이르는 해자를 헤엄쳐 건너고, 먼 비탈을 기어오르고, 어떻게든 외벽으로 올라가 목숨을 걸고 싸우면서 총안이 있는 흉벽을 지나고, 장정 열둘을 위로 세운 것만큼 높은 탑들이 있는 거대한 내벽 안 아무도 없는 곳으로 뛰어내리는 과정을 상상해 보려 애쓴다. 그러려면 날개가 있어야 할 것이다. 신이 되어야 할 것이다.

"내일 밤," 마헤르가 말한다. "내일 밤 저 두 집 중 한 채가 우리 집이 될 거야."

다음 날 아침 남자들은 목욕재계를 하고 기도문을 외운다. 이윽고 기수들이 천막들 사이로 나아가 전열 맨 앞까지 가서 여명을 받아 빛나는 군기들을 치켜든다. 북과 탬버린과 캐스터네츠 소리가 모두에게 들리는데, 사기를 고취시키는 만큼이나 오금 저리게 하는 굉음이다. 오메이르와 마헤르는 화약 제조공들 ── 손가락을 잃은 사람도 많고, 목과 얼굴에 화상 흉터가 있는 사람도 많다. ── 이 거대한 대포를 준비시키는 광경을 지켜본다. 표정은 불안정한 폭발물 다루는 일에 늘 따라다니는 두려움 때문에 경직되어 있고, 유황 냄새가 나고, 생경한 방언으로 서로 소통하는 모습은 주술사처럼 보인다. 오메이르는 그들과 눈이 마주치지 않게 해 달라고 기도하는데, 혹여 사고가 나도 자신의 결함 있는 얼굴 때문이라고 비난받을까 두려워서다.

7킬로미터에 달하는 성벽을 따라 대포들이 열네 개의 포대로 정렬된다. 크기가 거대한 사석포(射石砲)에 맞먹는 그 무기들을 여기까지 끌고 오는 데에 오메이르와 마헤르도 힘을 보탰다. 그보다 익숙한 공성 병기들 — 트레뷰셋, 슬링, 쇠뇌 — 도 적재를 마쳤으나 이런 것들은 광을 낸 대포, 검은 말, 수레, 화약으로 얼룩진 포병대원들의 튜닉에 비하면 미개해 보일 지경이다. 그들 머리 위로 환한 봄날의 구름이 땅위의 전쟁과 평행으로 진행하는 함선처럼 두둥실 떠가고, 태양이 도시의 지붕들 위로 발돋움하자 성벽 밖에 서 있던 군인들은 눈이 부셔서 일순 앞이 보이지 않는다. 마침내 술탄이 탑 꼭대기에서 가물거리는 커튼에 몸을 감춘 채 신호를 몇 번 보내자, 북소리와 심벌즈 소리가 잦아들면서 기수들이 일제히 군기를 내린다.

육십 대도 넘는 대포에서 포병들이 기폭제에 초 먹인 심지를 가져다 댄다. 징집되어 끌려와 이제는 곤봉과 큰 낫을 들고 선봉에 선 맨발의 목동부터 이맘과 고관 들까지, 종자와 말구종과 요리사와 화살 제조자 들부터 얼룩 한 점 찾아볼 수 없는 순백의 머리 장식을 쓴 예니체리*의 선발 친위대까지 전 군대가 지켜보고 있다. 궁수, 기수, 상대편 공병 들, 수사, 궁금한 것을 이기지 못하는 사람과 무모한 사람 들 등등 성안 사람들 역시 외벽과 내벽을 따라 띄엄띄엄 줄지어 선 채 지켜보고 있다. 오메이르는 두 눈을 질끈 감고 양 팔뚝으로 두 귀를 힘껏 누른 채 높아지는 압력을, 거대한 대포가 가공할 힘을 끌어모으는 것을 느끼고 짧은 기도를 올린다. 지금 자신은 자는

* 오스만 튀르크의 상비 보병 군단.

중이라고, 그러니 다시 눈을 뜨면 고향의 속이 반은 빈 주목나무의 줄기에 기대어 있게 해 달라고, 이 끝날 줄 모르는 꿈에서 깨어나게 해 달라고 간청한다.

잇달아 포격이 실시되고, 반동에 대포가 세차게 밀리며 지축을 흔드는 가운데 포신에선 허연 연기가 뿜어져 나온다. 육십 개도 넘는 돌공들이 미처 눈이 따라갈 수 없을 만큼 빠르게 도시를 향해 날아간다.

하늘과 땅 할 것 없이 성벽은 먼지구름이 자욱하고, 가루가 된 돌들이 치솟아 오른다. 벽돌과 석회암의 파편이 비가 되어 400여 미터 떨어진 곳에 있는 사람들 위로 쏟아져 내리고, 함성이 집합해 있는 군대 사이사이를 누빈다.

연기가 가시면서 오메이르의 눈에 외벽 안쪽 탑의 구획 일부가 부서진 것이 보인다. 그것만 아니었어도 성벽은 끄떡없어 보일 것이다. 포수들이 거대한 포신의 열을 식히려고 올리브 기름을 들이붓고, 장교 하나가 454킬로그램 대포알을 다시 장전하라 명한다. 마헤르는 믿기지 않아 두 눈을 껌뻑거리고, 오메이르의 귀에 절규가 들려온 건 한참이 지나 환호가 잦아들면서다.

안나

그녀가 마당에서 쓰레기 더미를 뒤져 찾아낸 나뭇조각들을 잘게 자르는 동안 다시 대포가 연이어 열두 번 발포되더니, 잠시 후 멀리서 석조 건물이 박살 나 우르르 무너진다. 며칠 전만 해도 술탄의 전쟁 기계가 내는 우레 같은 소리는 작업장 여자들의 절반을 울렸다. 오늘 아침 그들은 삶은 달걀 위 허공에 성호를 그을 뿐이다. 선반 위 물병들이 흔들리자 크리세가 손을 뻗어 가만히 잡는다.

안나는 부엌방에서 나뭇조각들을 넣어 불을 피우고, 남아 있는 여덟 명의 자수꾼은 밥을 먹고 다시 일을 하러 지척지척 계단을 오른다. 날은 춥고, 바느질하는 누구도 굳이 서두르지 않는다. 칼라파테스가 금, 은, 작은 진주알을 가지고 도망쳐 버렸고 비단도 얼마 남지 않았지만, 그렇지 않다고 한들 지금 양단 예복을 살 성직자가 있겠는가? 다들 곧 세상이 멸망할 거고, 이제 남은 중요한 임무는 그날이 오기 전에 영혼의 흠결을 씻어 내는 거라고 생각하는 것 같다.

과부 테오도라는 작업장 창가에서 지팡이에 몸을 기댄 채 서 있다. 마리아는 자수틀을 눈에 바짝 들이대고서 바늘을 미끄러뜨리듯 세이마이트 두건에 찔러 넣는다.

저녁이 되어 마리아를 방에 데려다 앉히고 안나는 한참을 걸어, 성 내벽과 외벽 사이에 두둑하게 돋워 놓은 곳으로 간다. 그곳에 여자들과 소녀들이 모여 있다. 그들은 몇 조로 나뉘어 잔디, 흙, 벽돌 조각들을 큰 통에 채워 넣는다. 수녀들도 수녀복 차림으로 통을 도르래에 매다는 걸 돕는다. 아기 엄마들이 교대로 갓난아기들을 돌보며 일손을 거들기도 한다.

당나귀가 기중기를 끌어당기자 통이 천천히 올라가 외벽 성가퀴로 옮겨진다. 해가 지자 용감무쌍한 군인들이 사라센 군대가 다 보는 앞에서 급조된 방책을 기어올라 통들을 안쪽으로 끌어내리고는 그 주변 빈 공간을 나뭇가지와 짚으로 채운다. 안나는 덤불과 어린 나무 들이 통째로 방책 속으로 들어가는 것을 본다. 카펫과 태피스트리까지 동원된다. 무시무시한 돌 대포알의 타격을 완화할 만한 것은 무엇이든 빠짐없이 욱여넣어지고 있다.

저 바깥에서 외벽에 대고 술탄의 대포가 쩌렁쩌렁 포효할 때마다 그녀는 뼈가 마디마디 울리고 심장을 품은 갈빗대까지 뒤흔들리는 느낌이다. 때로 대포알이 표적 위를 지나쳐 굉음을 내며 도시 안으로 들어와 과수원이나 폐허나 집에 처박히는 소리가 들린다. 대포알이 방책을 맞히는 경우엔 박살내지 못하고 통째로 집어삼켜지는데, 누벽을 따라 수비 보는 사람들은 이를 보고 환호한다.

고요해지는 순간들이 그녀는 더 무섭다. 작업을 중단하면 성벽 너머로 사라센인들의 노랫소리, 그들의 공성 기계들이 삐걱거리는 소리, 말들이 히힝 울고 낙타들이 메에 우는 소리가 들린다. 바람 부는 방향이 마침맞을 때는 그들이 만드는 음식 냄새를 맡을 수 있다. 그녀의 죽음을 바라는 남자들이 이렇게나 가까이 있다니. 고작 부서져 내리는 석조 칸막이 하나가 그들이 뜻대로 하지 못하도록 막고 있음을 알게 되다니.

그녀는 손을 눈앞에 들어 올려도 보이지 않을 때까지 일한 후 터덜터덜 걸어서 칼라파테스의 집으로 가고, 부엌방에서 양초 하나를 꺼내 와 마리아 옆 짚 요로 올라간다. 손톱은 깨지고 두 손에 길게 난 흙먼지 자국이 마치 핏줄 같다. 그녀는 담요를 끌어당겨 언니와 함께 덮고 작은 갈색 염소 가죽 장정본을 펼친다.

책 읽기는 더디다. 몇몇 장은 곰팡이가 슬어 군데군데 보이지 않고, 이야기를 필사한 사람은 단어를 띄어쓰기하지도 않았으며, 수지 양초의 불은 침침하고 탁탁 터지며 흔들거리기 일쑤고, 쓰러질 것처럼 피곤할 때가 많아서 글줄들이 눈앞에서 물결치고 춤추는 것 같다.

이야기 속의 목동은 어쩌다 당나귀가 되었다가, 그다음엔 물고기가 되어 바야흐로 거대한 바다 괴물의 배 속을 헤엄치면서 자길 먹으려는 짐승들을 피해 가며 세상의 대륙들을 여행하고 있다. 어이없고 황당한 이야기다. 이탈리아 필경사들이 찾아다니던 경이로운 이야기를 담은 책일 리 만무하다. 왜 아니겠는가?

그렇지만 고대 그리스어를 읽는 속도가 빨라지고 그녀가 이야기 속으로 들어가면서, 마치 바위섬의 소수도원 벽을 기어오르는 동안 — 이곳을 손으로 잡고, 저쪽에 발을 디디며 — 수도원의 축축한 냉기가 가셨던 것처럼, 아이톤의 빛으로 충만한 엉뚱한 세계가 그

자리를 차지한다.

우리의 바다 괴물은 저보다 더 크고 심지어 더 괴이한 괴물과 싸웠고, 그 바람에 우릴 에워싼 물이 흔들리고 백 명씩 탄 배들이 내 앞에서 줄줄이 가라앉았으며, 뿌리째 뽑힌 섬들이 흘러 지나갔습니다. 나는 두려움에 눈을 질끈 감았고, 오로지 구름 속 황금빛 도시만 생각했습니다……

책장을 넘기고, 줄지어 선 문장 위를 걸어라. 그러면 가인(歌人)이 걸어 나와 색과 소리의 세계를 숨결에 실어 네 머릿속 공간 속으로 보낸다.

어느 날 밤 크리세가 공언하길, 술탄은 그의 '효수대'를 이용해 도시를 동쪽부터 조여 올 뿐 아니라 바다를 서쪽에서 봉쇄하도록 해군을 배치했으며, 그것 말고도 무시무시한 포병 부대들로 방대한 규모의 군대를 내몰았고 이제는 성벽 밑으로 땅굴을 파기 위해 세계 최고의 광부인 세르비아의 은광 노동자들을 영입했다고 한다.
이 말을 들은 순간부터 마리아는 그들에게 잡혀갈 거라는 공포에 사로잡힌다. 그녀는 방 여기저기 물그릇들을 놓고 그 위로 몸을 수그리고 땅 밑의 움직임을 포착하기 위해 그릇에 담긴 물의 표면을 자세히 관찰한다. 밤이 되면 그녀는 안나를 깨워 바닥 밑에서 곡괭이와 삽으로 긁는 소리가 나는지 들어 보라고 한다.
"소리가 점점 커지고 있어."
"아무 소리도 안 들리는데."

"지금 바닥이 움직이는 거니?"

안나는 두 팔로 언니를 감싸 안는다. "눈 좀 붙여, 언니."

"목소리가 들려. 바로 우리 밑에서 말하고 있어."

"굴뚝에 바람 들어오는 소리야."

그런데 논리와 무관하게 안나도 몸으로 두려움이 스며드는 것을 느낀다. 짚 요 바로 밑에 뚫린 구멍에 카프탄* 차림의 소대가 웅크려 앉아 있는 모습이, 흙이 묻어 새카만 얼굴이, 어둠 속의 부리부리한 눈동자들이 떠오른다. 그녀는 숨을 죽인다. 그들의 칼끝이 판석 밑을 긁어 대는 소리가 들린다.

그달이 끝나 가던 어느 날 저녁, 도시 동쪽을 걸어 다니며 먹을 것을 찾던 안나는 비바람에 씻긴 거대한 아야 소피아 성당을 빙 돌아 가다가 멈춰 선다. 집들 사이로, 항구에 맞닿아 있는 바위섬 위, 바다를 배경으로 윤곽을 그리며 선 소수도원이 불타고 있는 모습이 보인다. 부서진 창문 안에서 불길이 일렁이고, 검은 연기 기둥이 자줏빛으로 물들어 가는 하늘로 굽이쳐 오르고 있다.

종이 울린다. 사람들에게 불을 끄라고 알리는 건지, 다른 목적이 있어서인지 그녀는 분간할 수 없다. 그냥 하던 대로 계속하라는 뜻에서 종을 치는 건지도 모르겠다. 대수도원장 한 명이 눈을 감은 채 이콘을 들고 지척지척 걸어가고, 두 수도사가 연기 나는 향로를 하나씩 들고 그 뒤를 따른다. 소수도원에서 피어오르는 연기가 어스름 속을 떠다닌다. 그녀는 그 습한, 썩어 가는 복도를, 부서진 아치

---

*   이슬람 문화권에서 입는 긴 웃옷. 깊이 트여 끈으로 여미는 것이 특징이다.

밑에서 허물어져 가는 도서관을 생각한다. 그녀의 방에 가져다 놓은 필사본.

하루하루, 키 큰 이탈리아 남자가 말했었다. 일 년 또 일 년, 시간은 이 세계에서 오래된 책을 지워 버린단다.

얼굴이 흉터투성이인 잡역부 여자가 그녀 앞에 멈춰 선다. "애야, 집에 가거라. 수도사들더러 시체를 묻으라고 치는 종이야. 그리고 지금은 밖을 돌아다닐 때가 아니다."

집에 돌아오니 마리아가 한 치 앞도 보이지 않는 어두운 방 안에 꼿꼿이 앉아 있다.

"연기가 나니? 연기 냄새가 나는데."

"그냥 양초 냄새야."

"현기증이 나네."

"배가 고파서 그럴 거야, 언니."

안나는 자리에 앉아 담요를 펼쳐서 언니와 함께 두르고 언니의 무릎에 놓인 세이마이트 두건을 들어 올리는데, 새 열두 마리 가운데 다섯 마리가 완성되어 있다. 성령의 비둘기, 부활의 공작, 십자가에 매달린 예수의 손에 박힌 못을 뽑아내려고 애썼던 잣새. 그녀는 두건 속에 마리아의 골무와 가위를 넣어 돌돌 말고, 구석에서 너덜너덜한 필사본을 꺼내 엄지로 첫 장을 넘긴다. 사랑하는 조카딸에게, 이 이야기가 네게 건강과 빛을 가져다주기를 바라며.

"마리아 언니." 그녀가 말한다. "들어 봐." 그리고 처음부터 읽기 시작한다.

술에 취한 무모한 성격의 아이톤은 희곡 작품에 등장하는 어느 도시를 진짜 도시라고 착각한다. 그는 마법의 땅 테살리아로 떠나고, 뜻밖에도 당나귀로 변하고 만다. 이번에는 전보다 더 빨리 읽어 나가는데, 큰 소리로 읽는 동안 신기한 일이 일어난다. 그녀가 흐름이 끊기지 않게 읽는 단어들이 귓전을 흘러 지나가는 동안만큼은 마리아가 한결 덜 아파하는 것 같다. 마리아는 근육이 이완되면서 안나의 어깨에 머리를 떨군다. 당나귀가 된 아이톤은 산적들에게 납치되고, 물방앗간 아들의 채찍을 맞으며 바퀴를 끌고, 지치고 갈라진 발굽으로 천지 만물이 끝나는 곳까지 걸어간다. 마리아는 통증으로 신음하지도 않고, 보이지 않는 땅 밑 광부들이 방바닥 밑에서 긁어 댄다고 속삭이지도 않는다. 안나 옆에 앉아 촛불을 바라보며 두 눈을 깜빡이는 그녀의 얼굴은 즐거움으로 생기가 넘친다.

"이게 진짜 있었던 일일까, 안나? 배를 여러 척이나 통째로 삼킬 만큼 큰 물고기가 정말 있을까?"

쥐 한 마리가 돌바닥을 가로지르더니 뒷다리로 일어서서 안나를 향해 코를 발름발름하는 것이, 마치 그녀의 대답을 기다리는 것 같다. 안나는 리키니우스와 앉아서 마지막으로 나눴던 대화를 떠올린다. 그는 Μῦθος, 그러니까 mýthos라고 썼었다. 대화, 설화, 예수 이전의 암흑기로 거슬러 올라가는 전설.

"어떤 이야기는," 안나가 말한다. "거짓이면서 동시에 진실일 수 있어."

복도 저편에서 과부 테오도라가 달빛 속에서 닳은 묵주 알을 어루만진다. 방 한 칸 건너편에서는 요리사 크리세가 이가 반은 빠진 입에 술 주전자를 대고 들이켜고는 온통 갈라진 두 손을 무릎에 얹고 여름철 성벽 밖, 까마귀가 가득한 하늘 아래 버찌 나무 밑을 거니는 꿈을 꾼다. 동쪽으로 1.5킬로미터 남짓 떨어진 곳, 정박한 무장

상선 안에서 소년 히메리우스는 도시의 임시 해안 방어군에 징집되어 서른 명의 다른 노잡이들과 함께 거대한 노의 손잡이에 기대어 쉬고 있다. 등은 벗어지고 두 손바닥엔 피를 흘리는 그는 여드레를 더 살다 죽는다. 아야 소피아 성당의 지하 수조 안에는 작은 배 세 척이 검은 거울 같은 물 위에 떠 있는데, 배마다 봄철의 장미꽃들이 가득 실려 있고, 사제 한 명이 메아리치는 어둠 속을 향해 찬송가를 부른다.

오메이르

    처음 도시 성벽을 돌아 북쪽에 와서 금각만의 어귀 — 약 800미터 폭으로 펼쳐진 은색 종잇장 같은 물이 천천히 흘러 바다로 향한다. — 를 보면서, 그는 세계 어디를 가도 이보다 더 놀라운 건 없을 거라고 생각한다. 갈매기들이 머리 위에서 맴돈다. 섭금류*가 갈대숲에서 신처럼 위풍당당하게 일어선다. 술탄의 바지선 두 척이 마술처럼 미끄러져 지나간다. 할아버지는 바다가 온 세상이 품은 꿈을 다 아우를 만큼 크다고 했는데, 오메이르는 지금껏 그 말을 진정으로 이해한 적이 없었다.

    어귀에서 서쪽 강둑 위아래로, 오스만 제국의 부잔교들이 활발하게 움직인다. 수소들이 줄줄이 내려와 선창으로 향하고, 오메이르는 기중기와 권양기, 커다란 통과 군수품을 내리는 부두 일꾼들, 수레에 묶인 채 차례를 기다리는 짐수레 말들을 알아보고 살아서

---

*   두루미, 백로, 황새처럼 다리, 목, 부리가 긴 새.

이보다 더 눈부신 광경은 볼 수 없으리라 확신한다.

그러나 몇 날이 몇 주가 되면서 그가 느꼈던 경외감도 시들해진다. 그와 수소들은 흑해의 북쪽 해안에서 캐낸 화강암으로 만든 대포알을 실은 여덟 대의 사륜차를 끄는 조에 배치되어 부잔교에서 금각만을 따라 성벽 밖에 임시변통으로 마련한 주조 공장까지 간다. 그곳에서 석수들은 포 구경에 맞게 대포알을 끌로 깎고 윤이 나도록 연마한다. 6.5킬로미터에 달하는 경로는 오르막길이 대부분이고, 새로운 발사체에 대한 대포의 입맛은 만족되지 않는다. 수소들은 해 질 녘부터 새벽까지 일하고, 먼 길을 와서 원기를 회복하는 소는 거의 없을 정도로 모두가 괴로운 기색이 역력하다.

달빛은 다리를 저는 형의 짐을 매일 더 나눠 지고, 나무는 저녁에 멍에를 벗겨 주면 몇 걸음을 못 디디고 바닥에 드러눕는다. 오메이르는 밤마다 나무에게 꼴과 물을 부지런히 가져다준다. 턱을 바닥에 대고 목은 굽은 채 갈빗대가 오르락내리락하는 건 건강한 수소에게선 결코 볼 수 없는 모습이다. 사내들은 나무를 주시하며 한 끼의 고기를 예감한다.

비가 그치자 안개가 몰려오고 다시 해가 뜨면서 열기에 파리 떼가 솟구쳐 오른다. 발사체가 쌩쌩 날아다니는 가운데 술탄의 보병대는 쓰러진 나무, 공성전에 쓰였다가 부서진 무기, 천막 천 등등 닥치는 대로 찾아낸 것들로 리쿠스강 둘레의 해자 곳곳을 채운다. 지휘관들이 휘두르는 채찍에 이삼 일에 한 번은 열병에 쓰러지는 사람들이 생겨나고, 얼마 후 또다시 한 무리의 병사들이 똑같은 상황으로 몰린다.

수백 명씩 죽는다. 아군의 시체를 찾으려고 많은 사람이 목숨을 걸고, 시신을 회수하다 죽임을 당하고, 그렇게 회수할 시신은 늘어만 간다. 아침이 되어 오메이르가 달빛과 나무에게 멍에를 씌우는 동안 거의 하루도 빠짐없이 화장터에서 뿜어 내는 연기가 하늘로 솟아오른다.

금각만을 따라 놓인 부잔교들로 가는 길은 기독교 공동묘지를 가로지르며 두 구획으로 나누는데, 이제 묘지는 노천 야전 병원으로 바뀌었다. 오래된 묘석 사이로 부상당한 사람들과 죽어 가는 사람들이 누워 있다. 마케도니아인, 알바니아인, 왈라키아인, 세르비아인 들 가운데 몇몇은 극심한 고통에 시달리다 인간 이하의 존재로 전락한 듯하다. 그 고통은 모든 것을 무너뜨리는 파동, 한때 인간이었던 존재를 송두리째 뒤덮은 회반죽과도 같다. 치료사들이 연기 나는 버드나무 가지 묶음을 들고 부상자들 사이를 오가고, 위생병들이 흙으로 빚은 단지를 등에 짊어진 당나귀들을 몰고 다니며 그 단지에서 구더기를 몇 움큼씩 꺼내 상처를 소독하면 환자들은 몸부림치다 실신한다. 그 광경을 보면서 오메이르는 죽어 가는 사람들 한 치 아래 묻혀 있는 사람들을, 썩어 푸르딩딩해진 살을, 해골에 박힌 이빨들이 우적우적 씹는 장면을 상상하다 구역질이 치밀어오른다.

당나귀가 끄는 수레들이 양쪽에서 황급히 달려와 수소 조들을 지나치는데, 마차꾼들의 얼굴은 초조함 혹은 두려움 혹은 분노, 혹은 셋 모두를 합친 표정으로 일그러져 있다. 오메이르는 증오란 전염성이 있어 질병처럼 신분을 가리지 않고 퍼져 나가는 것임을 깨닫는다. 포위 공격이 시작된 지 삼 주 만에 벌써 몇몇은 더 이상 신이나 술탄, 약탈을 위해서가 아니라 두려움에 기인한 분노로 싸운다. 다 죽여 버려라. 이번에 끝장을 내자. 때로 그 분노는 오메이르의 내면에서도 타오르는데, 그럴 때 그는 신이 불같은 주먹을 하늘로 날려 건물들이 차례대로 무너져 그리스인들이 모두 죽고 그도 고향으로 돌아갈 수 있기만을 염원한다.

5월의 첫날 하늘에 구름이 엉긴다. 금각만의 바닷물이 느리게 흐르고 검은빛으로 변하면서 천만 개의 빗방울이 그리는 동그라미들로 숭숭 뚫린다. 짐수레 조가 기다리는 동안 부두 일꾼들은 석영이 휜 핏줄처럼 퍼진 거대한 화강암 대포알들을 비탈길에서 굴려 내려 짐마차에 싣는다.

저 멀리, 투석기에서 발사되는 돌덩이들이 도시 성벽 위로 맹렬한 포물선을 그리며 날아가다 사라진다. 그들은 주조 공장 쪽으로 800미터를 거슬러 올라간 곳, 바큇자국들이 깊이 팬 땅 위에 있다. 침을 흘리고 숨을 헐떡이느라 혀를 길게 빼문 수소들 사이에서 나무가 비틀거린다. 간신히 몸을 바로 하고 네 다리를 벌린 채 서지만, 몇 걸음 못 가서 다시 비틀거린다. 수송 대열이 서둘러 지나가면서 전체 행렬이 멈추고 사내들은 황급히 짐수레를 멈춘다.

오메이르는 동물들 사이로 휙 몸을 굽힌다. 나무가 뒷다리를 만져 주니 부르르 떤다. 양 콧구멍으로 콧물이 흐르고 거대한 혀는 입천장을 연신 핥고 눈은 눈구멍 속에서 부드럽게 떨린다. 눈동자가 해지고 흐릿한 데다 백내장 특유의 멍하니 꿈꾸는 것 같은 표정이, 지난 다섯 달 동안 십 년은 늙은 것 같다.

오메이르는 몰이 막대기를 손에 쥔 채 엉망진창이 된 신발로 북적거리는 소들의 행렬을 따라 가다가 대포알을 실은 짐수레

꼭대기에 웅크리고 앉아 노려보고 보급 부대원 밑에 멈춰 선다.

"짐승들이 좀 쉬어야겠습니다."

보급 부대원은 놀라움과 혐오가 반씩 섞인 표정으로 입을 떡 벌리더니 생가죽 채찍으로 손을 뻗는다. 오메이르는 제 몸의 심장이 튀어나와 시커먼 공간 위로 날아가는 것만 같다. 하나의 기억이 떠오른다. 언젠가, 몇 년 전 할아버지를 따라 산 높이 올라가 나무꾼들이 거대한 은색 전나무 고목을 베어 넘어뜨리는 과정을 구경한 적이 있었다. 나무는 장정 스물다섯 명의 키를 합한 것에 맞먹을 정도로 컸고, 그 자체로 하나의 왕국이었다. 나무꾼들은 낮은 목소리로 결연히 노래를 부르면서 박자에 맞춰 나무 밑동에 쐐기를 박아 넣었는데, 마치 거인의 발목에 바늘을 박아 넣는 것처럼 보였다. 할아버지는 코크, 부싯깃, 모탕, 지지대 등, 그들이 사용하는 연장들의 명칭에 대해 설명해 주었다. 하지만 보급 부대원이 채찍을 들고 일어서는 지금 오메이르에게 떠오른 기억은, 나무가 한쪽으로 기울며 밑동이 갈라져 터지고 나무꾼들이 "우아!" 하고 함성을 질렀을 때 순식간에 주변 공기를 채우던 부러진 나무의 무르익은 알싸한 향과, 그 순간 그가 느낀 감정은 즐거움이 아니라 슬픔이라는 것이었다. 몇 세대에 걸쳐 별빛과 눈과 까마귀만 알던 나뭇가지들이 옆으로 쓰러져 관목들 사이로 처박히는 것을 지켜보며 벌목꾼들은 모두가 힘을 합쳐 해 낸 것에 득의양양해하는 것 같았다. 그러나 오메이르의 감정은 절망에 가까웠고, 그 나이에도 자신의 감정이 환영받지 못할 것임을, 심지어 할아버지에게도 숨겨야 하는 것임을 감지했다. 왜 슬퍼하니? 할아버지는 물었을 것이다. 인간이 뭘 할 수 있겠니? 인간보다, 인간이 아닌 존재에 더 연민을 느끼는 아이는 어딘가 잘못된 아이이다.

보급 부대원의 채찍 끝이 철썩 소리를 내며 오메이르의 귀 바로 앞까지 날아온다.

에르디네부터 함께한 흰 수염의 조장이 큰 소리로 외친다. "그놈은 놔둬. 제 짐승들에게 잘해 주지 못해 안달이 난 놈이야. 위대한 예언자, 그분께 평화가 있기를, 그분께서도 옷을 깔고 자는 고양이를 깨우지 않으려고 옷자락을 잘라 버리신 적이 있잖나."

보급 부대원이 두 눈을 껌뻑거린다. "이 짐을 실어 나르지 않으면," 그가 말한다. "우리 모두 채찍 맛을 볼 거고, 나 역시 예외는 아니야. 네놈과 네 상관이 반드시 큰 화를 당하도록 할 테니 그렇게 알아. 네놈의 짐승들을 움직이게 해, 안 그러면 우리 모두 까마귀밥 신세가 될 테니까."

두 사람은 돌아서서 자기 짐승들에게 가고, 오메이르는 바큇자국으로 엉망진창이 된 길을 기어올라간 후 나무 옆에 쭈그려 앉아 이름을 부르고, 소는 일어선다. 몰이 막대를 달빛의 어깨 사이 도드라진 곳에 갖다 대자 두 마리 소는 몸을 숙여 멍에 안으로 들어가고 다시 잡아끌기 시작한다.

12

**고래 배 속의
마법사**

클라우드 쿠쿠 랜드
안토니우스 디오게네스 지음, 폴리오 M

……괴물 배 속의 물이 잔잔해지자 허기가 밀려왔습니다. 눈을 들어 위를 보니 먹음직스러운 작은 놈, 반짝거리는 잔멸치가 수면에 떨어지더니 두둥실 떠다니며 참으로 유혹적으로 춤을 추는 것이었습니다. 나는 꼬리를 가볍게 튀기며 곧장 고놈에게 헤엄쳐 갔고, 주둥이를 한껏 벌렸다가 그만…….

"아야, 아야!" 나는 비명을 질렀습니다. "내 입술!" 어부들은 눈은 등불 같고 손은 지느러미 같고 성기는 나무 같았습니다. 그들은 고래 배 속의 한가운데, 뼈가 산처럼 쌓여 만들어진 섬에서 살고 있었습니다. "날 갈고리에서 풀어 줘요." 내가 말했습니다. "당신들처럼 힘센 장정들에게는 간에 기별도 안 갈 겁니다. 게다가 난 물고기도 아니라고요!"

어부들은 서로 얼굴을 마주 보았고 그중 한 명이 말했습니다. "지금 떠드는 게 당신이요, 아니면 물고기요?" 그들은 산 높은 곳에 있는 어느 동굴로 날 데려갔는데, 거기엔 조난을 당한 후 사백 년째 살면서 물고기의 말을 스스로 익힌 지저분하고 남루한 행색의 마법사가 있었습니다. "위대한 마법사여," 나는 숨을 헐떡였습니다. 시시각각 입을 떼는데 숨이 막혔습니다. "부디 나를 한 마리 새로 변신시켜 주십시오. 가급적 용맹한 독수리, 아니면 힘센 올빼미로 변하게 해 주신다면, 나는 구름에 싸인 도시, 고통이 영원히 찾아오지 못하는 곳, 언제나 서풍이 부는 곳으로 날아갈 수 있을 겁니다."

마법사는 웃음을 터뜨렸습니다. "어리석은 물고기 놈아, 설령 네 놈에게 날개가 돋는다 한들 있지도 않은 곳으로 날아갈 재간이 있겠느냐."

"그렇지 않습니다." 나는 말했습니다. "그곳은 틀림없이 존재합니다. 당신은 믿지 않을지 몰라도 나는 믿습니다. 그렇지 않고야 그 도시가 무슨 이유로 지금까지 존재했겠습니까?"

"알았다." 마법사가 말했다. "그러면 이 어부들을 큰 물고기들이 모여 사는 곳으로 안내해라. 그러면 내 너에게 날개를 달아 주지." 내가 알겠다는 뜻으로 아가미를 퍼덕거리자 그는 낮은 목소리로 마법의 주문을 읊조리며 나를 공중으로 날렸고, 나는 산 너머 높이 날아, 바다 괴물의 잇몸 가장자리까지 날아갔는데, 이윽고 피와 살점이 낭자한 기둥 같은 엄니들이 달을 저미는 것 같았으니……

아르고스호

미션 여행 64년
볼트원 내부 생활 1~20일

콘스턴스

그녀는 아버지가 만들어 준 바이오플라스틱 슈트 차림으로 누운 채 잠에서 깨어난다. 기계가 탑 속에서 불빛을 깜박거린다.

낮잠 잘 잤나요, 콘스턴스.

주변엔 아버지가 연결 통로 안으로 던져 준 것들이 흩어져 있다. 퍼램뷸레이터, 공기 주입식 간이침대, 재활용 변기, 건식 물수건 묶음, 영양 파우더 봉지, 아직 포장을 뜯지 않은 푸드 프린터. 산소 공급 후드는 옆에 놓여 있고 헤드램프는 꺼져 있다.

공포가 한 방울 한 방울 떨어져 그녀의 의식으로 흘러든다. 방역복 차림의 두 형체, 열린 17호 격실의 출입구를 휘어진 모습으로 비추는 그들의 거울 같은 구릿빛 안면 보호창, 식당의 텐트들, 아버지의 수척한 얼굴, 발갛게 충혈된 눈자위. 헤드램프의 광선이 몸을 스칠 때마다 움찔거리던 모습.

어머니는 침대에 없었다.

작은 재활용 변기를 사용하는데 사람들 앞에서 옷을 벗은 기분이다. 작업복 아랫도리가 땀으로 축축하다. "시빌, 내가 얼마나 오랫동안 잤어?"

열여덟 시간 잤어요, 콘스턴스.

열여덟 시간? 그녀는 영양 파우더의 봉지 수를 센다. 열세 개.

"활력 징후는?"

체온은 이상적입니다. 맥박과 호흡수는 완전히 정상입니다.

콘스턴스는 문을 찾아 천장이 둥근 방을 한 바퀴 돈다.

"시빌, 나 좀 내보내 줘."

그럴 수 없습니다.

"그럴 수 없다니 무슨 뜻이야?"

나는 볼트를 열 수 없습니다.

"열 수 있지 왜 못 열어?"

내가 최우선으로 지켜야 할 명령은 승무원들의 안전과 행복을 지키는 겁니다. 여기 볼트를 밀폐해 두는 것이 당신에게 더 안전하다고 확신합니다.

"아버지한테 나 좀 데려가라고 말해 줘."

알겠어요, 콘스턴스.

"지금 당장 만나고 싶다고 전해 줘." 간이침대, 산소 공급 후드, 음식 봉지. 시커먼 두려움이 째깍째깍 그녀의 몸을 통과한다. "시빌, 영양 파우더 열세 봉지면 한 사람이 몇 끼나 프린트할 수 있어?"

평균적인 열량 소모량을 기준으로, 분말에 물을 넣는 '복원' 과정을 거쳐 완벽한 영양식 6526끼니를 만들어 낼 수 있습니다. 오래 쉬었더니 배가 고픈가요? 영양식을 준비할까요?

도서관에서 기술 관련 도면들을 자세히 들여다보던 아버지. 바깥문의 압력을 견디느라 비명을 지르던 재봉틀 스툴. 우리 중 한 명이 아파. 제시 고가 말하기를 격실에서 나가려면 시빌에게 몸이 좋지 않다고 말하는 것 말고는 다른 방법이 없다고 했다. 몸이 안 좋은 걸 시빌이 감지하면 차 박사와 엔지니어 골드버그를 보내 의무실로 데려갈 거라고 했다.

아버지는 몸이 안 좋았다. 그 사실을 밝히자 시빌이 17호 격실의 문을 열어 준 건 그를 아픈 승무원을 격리할 만한 곳으로 보내기 위해서였지만, 그는 우선 콘스턴스를 시빌이 있는 볼트로 들여보냈다. 6500끼니를 공급할 수 있는 식량과 함께.

그녀가 두 손을 떨면서 머리 뒤 바이저를 터치하자 바닥에 놓여 있던 퍼램뷸레이터가 윙 소리를 내며 움직이기 시작한다.

도서관으로 가게요? 시빌이 묻는다. 물론 갈 수 있어요, 콘스턴스. 그 전에 우선 식사를…….

탁자엔 아무도 없고, 사다리에도 없다. 허공을 날아다니는 책도 없다. 사람은 한 명도 보이지 않는다. 반원통형 천장에 길게 뚫린 구멍 너머, 하늘이 청명한 파란빛을 발한다. 콘스턴스가 큰 소리로 "누구 있어요?" 하고 외치자, 책상 밑에서 플라워스 부인의 개가 종종걸음으로 나오더니 두 눈을 반짝이며 꼬리를 바짝 세운다.

수업 중인 교사도 없다. 게임 구역의 사다리를 오르내리는 십 대 아이들도 없다.

"시빌, 다들 어디 간 거야?"

모두 다른 곳에 있어요, 콘스턴스.

수많은 책들이 제자리에서 기다린다. 티 하나 없는 직사각형 쪽지들과 연필들도 상자에 그대로 담겨 있다. 며칠 전 이 탁자 중 하나에서 어머니가 큰 소리로 책을 읽었다. 가장 강한 바이러스는 탁자위, 문손잡이, 화장실 설치 시설 등등의 표면에서 수개월 동안 생존할수 있다.

차갑고 묵직한 기운이 그녀를 쿵 내리누른다. 그녀는 종이 한 장을 뽑아 쓴다. 한 사람이 6526끼니를 다 먹으려면 몇 년이 걸릴까?

답지가 팔랑팔랑 내려온다. 5.9598.

육 년?

"시빌, 아버지에게 도서관에서 만나자고 말해 줘."

네, 콘스턴스.

그녀는 대리석 바닥에 앉고, 작은 개가 그녀의 무릎으로 올라온다. 털의 감촉이 진짜 같다. 개의 작은 분홍색 발바닥이 따뜻하다. 그녀의 머리 위 높은 곳에서 어린아이가 그린 그림처럼 외딴 은빛구름 한 점이 하늘을 가로지른다.

"아버지가 뭐라셔?"

아직 답변이 없어요.

"지금 몇 시야?"

데이라이트 13에서 육 분 지났어요, 콘스턴스.

"다들 세 번째 식사를 하는 중이야?"

아뇨, 세 번째 식사를 하고 있지 않아요. 게임하고 놀까요, 콘스턴스? 퍼즐? 그리고 언제나 아틀라스가 있죠. 콘스턴스는 거기 가는 걸좋아하잖아요.

디지털 개가 디지털 눈을 깜빡거린다. 디지털 구름이 디지털 황혼 속을 소리없이 헤쳐 나아간다.

그녀가 퍼램뷸레이터에서 내려올 무렵 볼트원의 벽은 어두침침해져 있다. 곧 노라이트다. 그녀는 이마를 벽에 대고 누르며 외친다. "누구 없어요?"

더 크게. "누구 없어요?"

아르고스호에서 벽 너머 소리는 잘 들리지 않는 편이지만 아예 안 들리는 건 아니다. 17호 격실의 침대에 누워 있으면 파이프를 따라 졸졸 흐르는 물 소리가 들렸고, 가끔은 16호 격실에서 지내는 마리 부부의 언쟁도 들려 왔다.

그녀는 손바닥으로 벽을 치고, 그다음에 여전히 포장을 뜯지 않은 공기 주입식 간이침대를 집어 들어 벽에 던진다. 무시무시한 충격음이 난다. 기다린다. 다시 던진다. 심장이 뛸 때마다 그에 맞춰 새로운 공포가 그녀를 때린다. 또 한번, 도서관에서 설계도를 들여다보는 아버지가 보인다. 몇 년 전, 첸 선생님이 했던 말이 들린다. 이 둥근 방에는 자율 보온, 자율 가동, 자율 여과 공정이 갖춰져 있어요. 아르고스호와 별개의 독립체……. 아버지라면 분명히 확인했을 것이다. 아버지가 그녀를 여기 집어넣은 건 그녀를 보호하기 위해서다. 하지만 왜 같이 들어오지 않았을까? 왜 다른 사람들은 들여보내지 않은 걸까?

아버지가 병에 걸렸기 때문이다. 그들이 전염 가능한 치명적인 질병을 옮길지도 모르기 때문이다.

방이 어두워지다 깜깜해진다.

"시빌, 지금 내 체온 좀 재 줄래?"

이상적입니다.

"너무 높진 않아?"

모든 수치가 아주 좋습니다.

"그럼 문 좀 열어 줄래?"

볼트는 계속 밀폐돼 있을 거예요, 콘스턴스. 이곳이 콘스턴스에게 가장 안전한 장소예요. 건강한 식사를 준비하는 게 좋겠어요. 그다음에 침대를 조립해도 좋겠죠. 조명을 좀 밝게 할까요?

"아버지한테 결정을 바꿀 생각이 있는지 물어봐 줘. 침대 조립할게, 하라는 대로 할 테니까." 그녀는 침대를 묶은 끈을 풀고, 알루미늄 다리를 제자리에 고정한 후 밸브를 연다. 방은 매우 조용하다. 시빌이 주름 깊숙한 속에서 빛난다.

다른 사람들은 안전하게 다른 볼트에 있을 것이고, 그곳에도 영양 파우더와 새 작업 슈트, 예비 부품 들이 마련돼 있을 것이다. 그방들 또한 자율 보온 시스템, 자율 여과 공정을 갖추고 있을 것이다. 그런데 그렇다면 왜 그들은 도서관에 없는 걸까? 퍼램뷸레이터가 없는 걸까? 지금 자고 있나? 그녀는 침대에 올라가 포장을 찢고 담요를 꺼내 얼굴 위로 뒤집어쓴다. 30까지 센다.

"아버지한테 물어봤어? 마음을 바꾸셨대?"

아버지는 아직 마음을 바꾸지 않았어요.

이어지는 몇 시간 동안 그녀는 스무 번에 걸쳐 이마의 열을 잰다. 두통 때문에 기억이 가물가물해지는 걸까? 메스꺼워서 이러는 걸까? 체온은 아무 문제 없어요. 시빌이 말한다. 호흡과 심박수도 아주 좋아요.

그녀는 도서관을 서성이다 갤러리를 향해 제시 고의 이름을 외치고, '실버맨의 검' 게임을 하고, 탁자 밑에서 몸을 동그랗게 웅크린 채 흐느껴 운다. 흰 개가 우는 그녀의 얼굴을 핥는다. 어딜 봐도 아무도 보이지 않는다.

볼트 안 침대 위, 깜빡이며 빛나는 가닥들로 이루어진 시빌의 탑. 다시 공부할 마음이 생겼나요, 콘스턴스? 우리의 여행은 계속되고, 매일 빼먹지 않고 공부하는 것이 무엇보다 중요한…….

10미터도 안 되는 거리에서 사람들이 죽어 가고 있는 걸까? 그녀가 아는 사람들 모두가 시체가 되어 에어로크를 통해 우주에 버려지기를 기다리고 있는 걸까?

"날 내보내 줘, 시빌."

미안하지만 문이 밀폐되어 있어요.

"하지만 시빌은 열 수 있잖아. 시빌이 문을 조종하고 있잖아."

당신이 볼트 밖으로 나가도 안전한지 확신할 수 없기 때문에 문을 열 수 없습니다. 내가 최우선으로 지켜야 할 명령은 승무원들의 안전과 행복을…….

"넌 명령을 어겼어. 승무원의 안전과 행복을 지키지 못했잖아, 시빌."

매시간, 지금 콘스턴스가 여기 있는 것이 안전하다는 확신이 더욱 확고해지는데요.

"그런데 만약……" 콘스턴스가 속삭인다. "내가 이젠 안전하길 바라지 않는다면?"

격한 분노가 뒤를 잇는다. 그녀는 침대의 알루미늄 다리 하나를 풀어서 벽에 대고 휘둘러 벽면에 흠집이 나고 움푹 팬 자국이 날 때까지 몇 번이고 후려친다. 그래도 속이 시원해지지 않자 돌아서서 시빌을 에워싸고 있는 반투명 튜브를 알루미늄 다리가 부러지고 두 손이 부서져라 아플 때까지 마구 때린다.

모두 어디로 갔을까? 여전히 살아 있는 그녀는 도대체 누구일까? 도대체 아버지는 얼마나 대단한 이유로 고향을 떠난 것이며, 그녀를 이런 비참한 운명으로 내몬 걸까? 천장의 이극 진공관이 눈부시게 밝다. 손가락 끝에서 피 한 방울이 흘러 바닥에 떨어진다. 시빌을 보호하는 튜브는 긁힌 자국 하나 없다.

속이 좀 풀렸나요? 시빌이 묻는다. 가끔 화를 내는 건 자연스러운 일이에요.

왜 치유는 상처가 나는 것보다 더딘 걸까? 발목을 비틀면 뼈가 부러진다. 다치는 건 순식간이다. 한 시간 두 시간, 한 주 두 주, 한 해 두 해, 시간이 흐르면서 몸의 세포는 다치기 전으로 돌아가기 위해 애써 스스로 재생한다. 하지만 그런 후에도 몸은 결코 예전과 같지 않다. 완전히는.

팔 일을 혼자 지내고, 십 일 십일 일 십삼 일. 그녀는 날짜를 헤아리다 잊어버린다. 문은 열리지 않는다. 벽 반대편에서 쾅쾅 치는 소리도 없다. 아무도 도서관을 찾지 않는다. 볼트원으로 들어오는 송수관은 딱 하나, 그녀가 푸드 프린터와 재활용 변기에 번갈아 꽂는 튜브다. 물이 느리게 떨어져서 물컵 하나를 채우는 데 십 분이 걸린다. 그녀는 계속 목이 탄다. 몇 시간 동안 벽에 두 손을 대고 누르고 있으면 잠자면서 깨어나길 기다리는 씨껍질 속 배아처럼 갇힌 기분이 든다. 아르고스호가 베타 Oph2의 델타강에 정착하는 꿈을 꾸기도 한다. 벽이 열리고 모두가 바깥으로 걸어 나가 맑고 깨끗한 외계의 하늘에서 억수같이 쏟아지는, 희미하게 꽃 맛이 나는 비를 맞는다. 산들바람이 얼굴에 부딪힌다. 처음 보는 새의 무리가 일제히 날아올라 선회한다. 아버지는 양 뺨에 진흙을 묻힌 채 기쁜 표정으로 그녀를 보고, 어머니는 위를 응시하며 입을 크게 벌린 채 하늘에서 떨어지는 것을 마신다. 그런 꿈을 꾸다 깨어나면 가장 지독한 종류의 외로움이 기다리고 있다.

데이라이트 노라이트 데이라이트 노라이트. 아틀라스 안에서 그녀는 사막, 고속 도로, 농로, 프라하, 카이로, 무스카트, 도쿄를 걸어다니면서, 이름 붙이지 못할 무언가를 찾아 헤맨다. 케냐에서는 카메라가 지나가는 순간 한 남자가 등에 총을 멘 채 면도날을 들고 서있다. 방콕에서는 영업 중인 가게의 쇼윈도 너머, 책상 뒤에서 몸을 수그리고 있는 젊은 여자를 발견한다. 여자의 뒤쪽 벽에는 못해도 천 개는 될 시계들이 걸려 있다. 고양이 얼굴 시계, 숫자마다 판다 곰이 그려진 시계, 황동 바늘이 달린 원목 시계 등등, 추는 하나같이 멈춰 있다. 나무는 언제나 그녀를 매혹한다. 인도에서 만난 고무나무, 영국에서 만난 이끼가 뒤덮인 주목나무 숲, 앨버타에서 만난 떡갈나무, 아틀라스에서 만난 어떤 식물의 이미지에도 — 테살리아에 있는 보스니아소나무 고목조차 — 아버지의 농장에서 자라는 양상추 잎 한 장과 작은 화분 속 그녀의 소나무 묘목이 가진 섬세하고도 경이로울 정도의 복잡함이 없었다. 그 질감과 경이로움. 끝이 노란, 생생한 진초록빛 바늘잎. 자줏빛이 감도는 푸른 솔방울. 뿌리로부터 미네랄과 물을 퍼 올리는 목질부, 눈으로는 확인할 수 없을 정도로 느린 속도로 바늘잎의 당질을 뽑아 저장하는 체관부.

　마침내 그녀가 지쳐서 침대에 앉아 부들부들 떨고 있으니 천장의 이극 진공관이 어두워진다. 첸 선생님은 시빌이 만물이 담긴 한 권의 책 같다고 했다. 마카로니 앤드 치즈를 만드는 응용 레시피 천 가지, 사천 년 동안 기록한 북극해의 기온, 유교 문학, 베토벤의 교향곡과 삼엽충의 게놈 ─ 모든 인류의 유산, 성채, 방주, 자궁 등등, 시빌은 우리가 상상할 수 있는 모든 것과 우리에게 필요한 것과 필요할지 모를 모든 것을 담고 있다고 했다. 플라워스 부인은 그거면 충분하지 않으냐고 반문했다.

　두어 시간마다 질문이 그녀의 입술까지 타고 올라온다. 시빌, 이제 나만 살아남은 거야? 시빌은 한 사람만 살아남은 날아다니는 묘지도 조종해? 하지만 차마 입 밖으로 꺼내어 묻지는 못한다.

　아버지는 기다리고 있을 뿐이다. 모든 것이 안전해지기를 기다리고 있는 것이다. 그런 후에야 아버지는 문을 열어 줄 것이다.

아이다호주
레이크포트

1953~1970년

지노

버스가 텍사코에서 그를 내려 준다. 차에서 내리니 보이즈턴 부인이 담배를 피우며 뷰익에 기대어 서 있다.

"뼈만 남았구나. 내 편지 받았니?"

"편지를 보내셨어요?"

"매달 첫날. 비가 오나 눈이 오나."

"뭐라고 쓰셨는데요?"

그녀는 어깨를 으쓱한다. "새 정지 신호등 생김. 스티브나이트 광산 폐쇄됨."

그녀의 머리는 깔끔하고 눈도 밝지만, 식당 쪽으로 걸어가는 부인에게서 그는 뭔가 이상한 낌새를 알아차린다. 한쪽 다리가 정상 속도보다 0.5초 느리다. "별것 아니야. 우리 아버지도 이러셨어. 얘, 네가 키우던 개가 죽었어. 뉴메도스에 사는 찰리 고스한테 보냈었거든. 편하게 갔다고 하더라."

도서관 벽난로 옆에서 졸던 아테나. 그는 너무 지쳐서 울음도 나오지 않는다. "이미 늦었었죠."

"그랬지."

그들은 칸막이가 있는 좌석에 앉아 달걀 요리를 주문하고, 보이즈턴 부인은 두 번째 담배에 불을 붙인다. 웨이트리스는 안경에 체인을 달아 목에 걸고 있다. 그녀의 앞치마가 무섭도록 하얗다. 그녀가 말한다. "그것들이 널 세뇌하던? 너처럼 끌려간 애들 중 몇 명이 변절했다던데."

보이즈턴 부인이 담배를 재떨이에 대고 톡톡 친다. "커피나 가져와, 헬렌."

호수에 비친 햇살이 칼날처럼 번뜩인다. 모터보트들이 왔다 갔다 하며 물살을 가른다. 주유소에선 웃통을 벗어 던져 검게 그은 몸을 드러낸 남자가 자신의 캐딜락에 주유하는 직원을 지켜본다. 여기에서는 지금껏 몇 달 동안 이런 현실이 이어졌다니 실감이 나지 않는다.

보이즈턴 부인이 그를 유심히 바라본다. 그는 사람들이 이야기를 듣고 싶어 하지만 진실을 원하는 건 아님을 안다. 그들이 듣고 싶은 건 인내와 용기, 악을 극복하는 선, 어두운 곳에 빛을 가져다주는 영웅의 귀향담이다. 그의 옆에서 종업원이 테이블을 치우고 있다. 세 개의 접시엔 먹다 남은 음식이 담겨 있다.

보이즈턴 부인이 말한다. "거기서 사람 죽인 적 있어?"

"없어요."

"단 한 명도?"

한쪽만 익힌 달걀 요리가 나온다. 그가 포크의 살로 달걀 하나를 찌르자 노른자가 피를 흘리고, 역겹게 번들거린다.

"다행이네." 부인이 말한다. "그게 최선이지."

집은 예전 그대로다. 도자기 아이들, 벽마다 매달린 채 고통받는 예수. 예전 그대로인 자주색 커튼, 모질도록 추운 밤이면 아테나가 기어 들어갔던 예전과 그대로인 노간주나무들. 보이즈턴 부인이 술을 한 잔 따른다.

"크리비지 한 판 할래?"

"좀 누우려고요."

"그러려무나. 실컷 늘어지는 것도 좋지."

옷장 서랍 속 양철 상자 안에 플레이우드 플라스틱 병사들이 잠들어 있다. 401 병사가 소총을 들고 언덕 위를 행군하고 있다. 410 병사가 대전차 총포 뒤에 무릎을 꿇고 있다. 그는 어릴 적에 자던 놋쇠 침대에 눕지만 매트리스가 지나치게 부드럽게 느껴지고 밖은 시시각각 밝아 온다. 결국 부인이 집을 나서는 소리를 듣고 그는 계단을 내려가 집 안 모든 문의 걸쇠를 벗긴다. 최소한 걸쇠라도 벗겨야 직성이 풀린다. 그런 후 발끝으로 걸어 부엌으로 들어가 빵 한 덩어리를 발견하고는 반으로 찢어, 반은 베개 밑에 넣고, 나머지 반은 몇 개로 더 찢어 주머니마다 넣어 둔다. 혹시 모르니까.

그는 침대 옆 바닥에서 잠을 잔다. 그는 아직 스무 살도 안 됐다.

그는 화이트 목사의 알선으로 주 고속 도로 관리 부서에 취직한다. 황금빛으로 익어 가는 가을 오후, 산허리엔 아메리카낙엽송이 노랗게 타들어 가는데, 지노는 자기보다 나이 많은 남자들로 구성된 도로 작업단과 함께 일한다. 그들은 캐터필러 RD6 트랙터로 모터 그레이더를 끌고 다니면서 진구렁을 메우거나 폭우 따위로 침식된 곳에 자갈을 깔아 더 깊은 산골에 있는 작은 동네들과 통하는 길을 개선한다. 겨울이 되자 그는 가급적 혼자 할 수 있는 업무를 요청해 오토카사의 낡은 하드톱 회전식 군용 제설차를 몰게 된다. 앞에 달린 커다란 나선형 칼날 세 개가 앞 유리로 눈을 보내면 눈사태 장면을 거꾸로 돌린 것 같다. 하룻밤 동안 하늘을 향해 흩뿌려지는 눈이 헤드라이트 불빛을 받아 반짝거리는 광경에 그는 홀린 듯이 마음을 빼앗긴다. 기이하고도 외로운 작업이다. 와이퍼는 유리 위를 오가며 성에를 문대는 통에 있느니만 못할 때가 대부분이고, 히터는 평소의 20퍼센트만 돌아가고, 차창 성에 제거 장치는 대시 보드에 부착된 선풍기에 지나지 않기 때문에 그는 한 손은 운전대를 잡고 다른 한 손은 알코올을 적신 걸레로 차창 안쪽 면에 김이 서리지 않도록 계속 닦아야 한다.

일요일이 되면 그는 꼬박꼬박 영국의 퇴역 군인 단체에 편지를 보내 렉스 브라우닝이라는 일병의 행방을 묻는다.

시간이 흐른다. 눈이 녹고, 다시 내리고, 제재소가 불에 탔다가 다시 지어지고, 고속 도로 관리 부서 직원들이 침식된 곳에 돌을 부어 채우고, 다리가 무너지지 않도록 지주를 받치고, 비가 내리거나 돌이 굴러내려 이 모든 것을 휩쓸어 버리면 다시 채우고 짓는다. 그러다 겨울이 되고 회전식 제설차가 황홀한 눈의 커튼을 트럭 지붕 위로 뿌려 올린다. 차들은 항상 얼어붙거나 도로를 벗어나 눈의 진창이나 진흙탕 속으로 미끄러지고, 그럴 때마다 그는 제자리로 끌어 올리는 일을 한다. 사슬로 묶고, 도르래에 고정하고, 후진하기.

보이즈턴 부인이 이따금 심상찮은 모습을 보이기 시작한다. 감정의 기복이 심해진다. 가게에서 뭘 사려 했는지 잊어버린다. 발이 걸린 것도 아닌데 넘어지기 일쑤다. 입술에 립스틱을 바른답시고 한쪽 뺨을 따라 쭉 그어 버린다. 1955년 여름 지노는 부인을 차에 태우고 보이시로 가고, 병원에선 헌팅턴병* 진단을 내린다. 지노에게 의사는 부인의 말에 실수가 나거나 의도하지 않은 급작스러운 움직임을 보이는지 지켜보라고 한다. 보이즈턴 부인은 담배를 피워 물더니 한마디 한다. "그쪽이나 말 가려서 해요."

그는 한국 파병 영연방군에 편지를 보낸다. 영연방 점령군 시신 수습 팀에도 편지를 보낸다. 렉스 브라우닝이라는 이름을 가진 영국의 모든 사람에게 편지를 쓴다. 돌아오는 답신의 내용은 성실하지만 어떤 결론에도 이르지 못한다. 전쟁 포로, 알려진 상황 전무, 지금으로선 더 이상의 정보를 줄 수 없어 유감을 표함. 렉스의 소속 부대? 모른다. 지휘관? 모른다. 이름은 안다. 이스트런던이라는 정보도 있다. 그는 편지에 이렇게 쓰고 싶다. 렉스는 하품할 때 한 손으로 입을 가리며 흔들어 댔습니다. 그는 내가 이를 갖다 대고 싶은 쇄골이 있었습니다. 렉스는 고고학자들이 고대 그리스 시대의 항아리 수천 개에 새겨진 ΚΑΛΟΣΟΠΑΙΣ라는 글을 발견했는데 그 항아리들은 늙은 남자들이 매혹된 소년들에게 선물로 준 것으로, ΚΑΛΟΣΟΠΑΙΣ, 그러니까 καλός ὁπαῖς는 '그 소년은 아름답다'

---

* 손, 발, 얼굴, 몸통에 있는 불수의근의 점진적인 변화와 인지 능력 및 기억 능력의 점진적 감퇴와 함께 신경학적 운동 이상을 주증상으로 하는 질환.

라는 뜻이라고 내게 말해 준 사람입니다.

한 사람의 머릿속에 있다고는 믿을 수 없을 만큼 많은 지식과 에너지와 빛을 가진 그가 어떻게 지워질 수 있겠는가?

겨울이 다가오는 가운데 그는 여섯 번을 롱 밸리 로드에 나가서 얼어붙은 엔진 위로 몸을 숙이고 일하거나, 사슬 푸는 일을 하는데, 한 남자가 툭하면 팔꿈치를 스치듯 만진다든지 그의 제일 밑 갈빗대와 장골능 사이로 손을 밀어 넣어 둘은 결국 차고로 들어가거나 안개 낀 어둠 속 오토카 트럭 운전석으로 기어 들어가 서로를 부둥켜안는다. 목장 일꾼 중 한 남자는 몇 번이나 자기 차를 눈 더미 속에 처박는데, 용의주도하게 그런 상황으로 몰고 가는 것 같다. 하지만 그는 봄이 되자 한마디 말도 없이 사라져 버리고 지노는 두 번 다시 그를 보지 못한다.

고속 도로 관리 부서의 차량 배치 담당자 어맨다 코드리는 그에게 동네의 이런저런 여자들에 대해 묻고 — 셸 주유소에서 일하는 제시카 어때? 식당에서 일하는 리지는? — 그는 어쩔 수 없이 데이트를 하기도 한다. 그는 넥타이를 매고 나가고 여자들은 한결같이 상냥하다. 간혹 한국에서 이른바 세뇌된 전쟁 포로들의 배신 행위에 대해 경고를 받은 사람도 있다. 아무도 그의 오랜 침묵을 이해하지 못한다. 그는 남자답게 포크와 나이프를 쓰고, 남자답게 다리를 꼬려고 애쓴다. 야구와 보트 엔진에 대해 이야기한다. 여전히, 자기가 하나부터 열까지 제대로 하는 일이 없는 게 아닌가 하는 의구심이 든다.

어느 날 밤, 혼란의 파도에 휩쓸리던 그는 하마터면 보이즈턴 부인에게 털어놓을 뻔한다. 그날 부인은 상태가 괜찮아서 머리도 단정하게 빗고 두 눈도 맑다. 오븐에는 건포도 빵 두 덩이가, 텔레비전에는 광고가 흘러나온다. 퀘이커 즉석 오트밀, 그다음엔 뱅키시 두통약 광고가 나온 후 지노는 헛기침을 한다.

"그러니까, 아빠가 돌아가시고 나서, 제가…….'"

부인이 자리에서 일어나 티브이 볼륨을 줄인다. 적막이 태양처럼 쨍쨍하게 방 안에 울려 퍼진다.

"저는 아니었던 게…….'" 그는 다시 말을 이어 보려 애쓰고, 부인은 다가올 충격에 대비하듯 두 눈을 질끈 감는다. 그의 눈앞에서 지프차가 두 동강 난다. 총신들에서 불이 확 타오른다. 블리위트가 손바닥으로 쳐서 파리를 잡아 깡통에 모은다. 남자들이 솥 바닥에 눌어붙은 탄 옥수수를 긁어 낸다.

"그냥 확 불어, 지노."

"아무것도 아니에요. 보시려던 프로그램이 이제 시작하네요."

의사가 보이즈턴 부인에게 소근육 운동 기능을 유지하는 방법으로 직소 퍼즐을 권고하고, 그가 '레이크포트 드럭'에 매주 새 퍼즐을 주문하면서부터 집 안 온갖 곳에서 작은 퍼즐 조각들이 발견되는 것은 일상이 된다. 싱크대 수반 속에 들어간 조각, 신발 바닥에 들러붙은 조각, 부엌을 청소하다 쓰레받기 안으로 굴러 들어온 조각. 한 점의 구름, 타이타닉호의 높다란 굴뚝의 일부, 카우보이가 맨 스카프의 한 부분. 그의 내면에서 두려움이 스멀스멀 기어오른다. 모든 것이 영원히 이럴 것이라는, 지금과 같은 상태가 앞으로도 무한히 이어질 것이라는 두려움. 아침 식사, 일, 저녁 식사, 설거지, 식탁에 놓인 반쯤 맞춘 할리우드 표지판 퍼즐, 바닥에 떨어져 있는 퍼즐 조각 마흔 개. 삶. 그런 후 찾아오는 차가운 어둠.

보이시에서 올라가는 도로의 교통량이 늘어나면서, 아이다호주의 제설 작업은 대부분 야간 근무가 된다. 그는 깜깜한 밤에 헤드라이트 광선을 따라 차를 몰고 가서 눈 더미를 물리치고, 아침이 되어 교대 근무가 끝나면 가끔은 집으로 곧장 가지 않고 도서관 앞에 차를 세우고 책꽂이 사이를 서성인다.

이제는 새로 온 사서 레이니 부인이 근무하는데, 보통은 그를 내버려 두는 편이다. 처음에 지노가 탐닉하는 건 《내셔널지오그래픽》 잡지다. 마코앵무새, 이누이트, 낙타들의 행렬, 마음속에 정처 없이 잠복해 있던 감정을 휘젓는 사진들. 그는 차츰차츰 역사 분야로 진입한다. 페니키아, 수메르, 일본의 조몬 시대. 그리스와 로마 시대의 소규모 컬렉션 앞을 천천히 지나간다. 『일리아스』, 소포클레스의 희곡 두어 편. 레몬색 표지의 『오디세이아』는 보이지 않는다. 그러나 한 권도 뽑아 볼 엄두가 나지 않는다.

이따금 그는 큰마음 먹고 읽은 책 속의 재미난 이야기를 보이즈턴 부인에게 들려준다. 고대 리비아의 타조 사냥법, 타르퀴니아의 고분 벽화 이야기 같은 것들이다. "마케도니아 사람들은 나선형을 숭배했어요." 어느 날 밤에 그가 하는 이야기다. "그들은 술잔에도 석조 건물에도 묘석에도, 왕이 입는 갑옷의 가슴받이에도 나선형을 새겼어요. 하지만 이유는 아무도 몰라요."

보이즈턴 부인의 콧구멍에서 담배 연기가 두 개의 기둥처럼 뿜어져 나온다. 부인은 올드 포레스터가 담긴 술잔을 내려놓고 퍼즐 조각들 사이에 손가락들을 쑥 넣는다. "뭐 하겠다고," 부인이 말한다. "그런 걸 알고 싶은 사람이 한 명이라도 있을까?"

부엌 창문 밖으로, 눈의 커튼들이 황혼을 뚫고 불어온다.

1970년 12월 21일

지노에게,

네게서 편지를 한꺼번에 세 통이나 받다니 이런 기적이 다 있을까? 관청에서 몇 년 동안 관련 서류를 엉뚱하게 철해 놓은 게 분명해. 네가 끝까지 버텨 낸 것이 얼마나 기쁜지 모르겠다. 수용소 석방 관련 보고서들을 뒤져 봤는데, 너도 알겠지만 상당량이 사라져 버린 데다, 나도 살아 있는 사람들의 세상에 다시 적응하느라 정신이 없었어. 네가 날 찾아 주다니 마냥 행복하네.

나는 여전히 고대 문헌들과 빈둥거리고 있어. 원래 되고 싶은 생각도 없었던 늙은 고전 교사 꼴로 죽은 언어들의 먼지 수북한 유골들을 뒤적거리는 중이야. 믿을지 모르겠지만 그때보다 증세가 훨씬 더 심각해졌어. 소실된 책, 지금은 존재하지 않는 책을 연구하고, 옥시링쿠스*의 쓰레기 더미에서 건져 낸 파피루스를 조사하고 있어. 이집트에 다녀오기까지 했다니까. 햇볕에 타 죽는 줄 알았어.

세월이 눈 깜짝할 사이에 지나가네. 힐러리와 함께 이번 5월, 내 생일에 조촐한 행사를 열려고 해. 몸서리치게 먼 길인 건 알지만, 혹시라도 와 줄 수 있을까? 휴가 여행 하는 셈 치고. 이제 그리스어 낙서도 나뭇가지와 진흙이 아니라 종이와 펜으로 할 수 있을 거야. 네

---

* 나일강 상류에 위치한 이집트의 남부 도시. 프톨레마이오스 왕조 시대와 로마 시대의 파피루스 문서가 대량으로 발견된, 고고학적으로 중요한 곳이기도 하다.

가 어떤 결정을 내리건 난 언제까지나

너의 믿음직한 친구, 렉스

아이다호주
레이크포트

2016~2018년

시모어

8학년 세계사 수업.

[아즈텍 문명에 관해 배운 세 가지를 쓰시오.]

　도서관에서 나는 아즈텍 사제들이 오십이 년마다 세상의 종말을 막아야 했다는 것을 알게 되었다. 그들은 도시의 모든 횃불을 껐고, 임신한 여자는 배 속 아기가 악마가 되지 않도록 모두 돌로 만든 곡물 창고에 들이고 문을 잠갔으며, 어린아이는 쥐로 변할지 모르니 잠을 못 자게 했다. 그런 후 그들은 여자 희생양(아무 죄가 없는 희생양이어야 했다.) 한 명을 끌고 '가시나무 자리'라는 신성한 산의 꼭대기까지 올라갔고, 특정한 별들(논픽션 F1219.73에 있는 한 책에선 하늘에서 다섯 번째로 밝은 '베가'였을 거라고 밝히고 있다.)이 머리 위로 지나가는 순간 사제 하나가 죄수의 가슴을 갈라 뜨겁고 축축한 심장을 꺼냈고, 그러는 동안 다른 사제는 그녀의 심장이 있던 자리에 발화추를 가지고 불을 피웠다. 그런 후, 불타는 심장을 주발에 담아 도시로 가져가 아까 끈 홰에 불을 붙였다. 사람들은 그 불에 제 몸을 데고자 했는데 심장의 불에 덴 사람은 큰 복을 얻는다고 믿었기 때문이다. 곧 심장의 불 하나로 수천 개의 홰에 불을 붙였고, 도시는 다시 빛을 찾아 밝아졌으며, 세계는 그 후로 오십이 년 동안 무사했다.

9학년 미국사.

선생님을 언짢게 할 마음은 전혀 없습니다만, 과제로 내주신 장(章)은 처음부터 끝까지 "콜럼버스는 위대하다.", "인디언들은 추수감사절에 열광했다.", "모두를 세뇌합시다."라고 말하고 있었어요. 전 도서관에서 훨씬 더 좋은 책들을 발견했습니다. 예를 들면, 잉글랜드 사람들이 노예들이 재배한 담배를 가지러 잉글랜드를 떠나기 전에 아무것도 싣지 않은 배에 폭풍우로 뒤집히지 않도록 진흙을 채웠다는 것을 아셨나요? 그들이 신세계(새로운 세계도 아니고 아메리카라고 불리지도 않는 곳이었죠. 아메리카라는 이름은 피클 장사꾼이 지은 것으로 그는 원주민들과 섹스한다고 거짓말을 해서 유명해진 사람이었어요.)에 도착했을 때 잉글랜드 사람들은 담배를 싣기 위해 배의 진흙을 해안에 버렸습니다. 그런데 그 진흙에 뭐가 있었을까요? 지렁이였어요. 하지만 아메리카에서는 빙하기 이후 지렁이가 멸종된 상태였죠. 적어도 1만 년은 됐을 거예요. 그래서 잉글랜드 지렁이들이 사방팔방으로 퍼져서 토양을 바꾸었죠. 잉글랜드 사람들은 그것 말고도 여러 가지 것들을 가져왔는데 그 전까지 이 땅에선 존재하는 줄도 몰랐던 것들입니다. 누에 돼지 민들레 포도덩굴 염소 쥐 홍역 천연두, 그리고 모든 동식물은 인간에게 죽임을 당해 먹히기 위해 존재한다는 믿음이요. 이른바 아메리카라는 곳에는 꿀벌 또한 존재하지 않았기 때문에 새로운 벌들은 경쟁자 없이 순식간에 퍼졌어요. 또 다른 책에서 읽었는데 원주민 왕국의 가족들은 처음 꿀벌을 보고 죽을 날이 가까워졌다고 생각해서 울었다고 해요.

10학년 영어.

선생님께선 '문법 근육 과시'* 차원에서 각자 지난여름에 뭘 하며 '재미있게' 지냈는지 쓰라고 하셨죠. 그래서 말씀드리는데요, 트위디 선생님, 지난여름 과학자들은 인류가 지난 사십 년간 지구상의 모든 야생 포유류와 물고기와 새의 60퍼센트를 죽였다고 발표했습니다. 이런 게 재미있는 건가요? 그리고 지난 삼십 년 동안, 우리는 북극에서 가장 오래되고 가장 두꺼운 얼음의 95퍼센트를 녹였습니다. 우리가 그린란드의 얼음을 전부 다 녹일 경우, 그러니까 그린란드의 얼음만, 북극도 알래스카도 아니고 딱 그린란드의 얼음만 다녹을 때 무슨 일이 일어날지 트위디 선생님은 아시나요? 바다가 7미터 높아질 거예요. 그러면 마이애미, 뉴욕, 런던, 상하이가 물에 잠길 거고요, 트위디 선생님은 손주들을 데리고 얼른 보트 위에 올라타야겠죠? 선생님이 얘들아 간식 먹을래 하면 손주들이 말할 거예요. 할머니, 물속을 봐요, 자유의 여신상이 있네요, 빅벤이 있네요, 죽은 사

＊   영어 원문은 grammer mussels flexing으로, 근육(muscle)과 홍합(mussel)의 발음이 같은 것을 가지고 만든 말장난이다.

람들이 있네요. 이런 게 재미있는 건가요, 이렇게 쓰면 문법 근육을
과시하는 건가요?

트위디 선생의 책상 위 범퍼 스티커에는 이렇게 쓰여 있다. 과
거, 현재, 미래가 걸어서 어느 술집에 들어갔다. 긴장이 감돌았다.[*] 그
녀의 머리는 드러누워 자도 될 만큼 푹신해 보인다. 시모어는 질책
을 예상했지만, 선생님은 레이크포트 고등학교의 환경 인식 클럽이
몇 년 전에 해체되었는데 시모어가 되살리면 어떻겠느냐고 묻는 게
아닌가?

창밖 축구장 위로 9월의 햇빛이 기운다. 열다섯 살의 그는 아버
지가 없다는 것, 청바지를 중고 가게에서 사 입어야 한다는 것, 매일
아침 절규를 잠재우기 위해 60밀리그램의 부스피론[**]을 삼켜야 한
다는 것은 이제 충분히 받아들일 수 있다. 그의 남다름은 좀 더 골이
깊다. 다른 10학년 남자애들은 엘크를 사냥하거나 잭슨스에서 레
드불 음료를 훔치거나 스키장이 있는 낮은 산에서 대마초를 피우거
나 온라인 전투 게임에서 뭉쳐서 논다. 시모어는 녹고 있는 시베리
아 영구 동토층에 갇혀 있는 메탄의 양을 조사한다. 올빼미의 개체
수 감소에 관한 책을 읽다가 곧 삼림 벌채에 관한 책을 찾아 읽고,
이어서 토양 침식, 이어서 해양 오염, 이어서 산호 백화 현상에 관한
책을 읽으면서 세상 모든 것이 데워지고 있고 녹고 있으며, 과학자
들이 예측한 것보다 더 빨리 죽고 있음을, 이 행성의 모든 시스템이

---

[*] '긴장'을 뜻하는 영어 단어 tense에는 '시제'라는 뜻도 있다.
[**] 항불안제. 불안 장애의 치료나 단기 불안 증상을 완화하는 데 사용되는 약물.

눈에 보이지 않지만 헤아릴 수 없이 많은 실로 연결되어 있음을 알게 된다. 중국의 공기 오염 때문에 델리에서 경기를 치르는 크리켓 선수들이 구토하고, 인도네시아의 토탄 화재가 캘리포니아 대기에 수십억 톤에 달하는 탄소를 밀어 넣고, 호주의 수백만 에이커가 들불에 휩싸이자 뉴질랜드의 빙하 잔해가 분홍색으로 변한다. 더 따뜻한 행성＝대기 중 수증기 증가＝더 상승하는 행성 기온＝계속되는 수증기 증가＝계속되는 행성 기온 상승＝영구 동토층 해빙＝영구 동토층 안에 갇힌 탄소와 메탄의 대기 중 방출량 증가＝지구 가열＝영구 동토층 면적 감소＝태양 에너지를 반사하는 극지방 얼음 감소. 이 모든 증거, 이 모든 연구가 누구나 찾아볼 수 있도록 도서관에 비치되어 있지만, 시모어가 아는 한 그 말고는 아무도 찾지 않는다.

어떤 밤, 그의 침실 커튼 너머 에덴스 게이트가 빛을 발하는 밤이면, 그는 어마어마한 규모의 순환 고리 수십 개가 하늘 위의 보이지 않는 거대한 물레방아처럼 삐걱거리며 행성 전체를 휘젓는 소리가 들리는 것만 같다.

트위디 선생이 연필의 지우개 쪽을 책상에 대고 톡톡 두드린다. "여보세요? 내 말 듣고 있어요, 시모어?"

그는 도시 위로 솟아오르는 쓰나미를 그린다. 막대기 모양으로 그린 사람들은 문밖으로 달아나고 창문에서 몸을 던진다. 그는 맨 위엔 "환경 인식 클럽, 화요일, 재개, 114호실", 맨 아래엔 "너무 늦었어, 일어나, 머저리들아!"라고 쓴 종이를 인쇄하고, 트위디 선생은 그에게 "머저리들아"는 빼라고 말하고 나서 교직원용 복사기로 여러 부를 복사해 준다.

다음 화요일에 여덟 명의 아이들이 나타난다. 시모어는 책상 앞에 서서 구겨진 공책 종잇장에 쓴 것을 읽는다. "영화는 외계인이나 폭발을 보여 주면서 문명이 순식간에 끝장날 것처럼 생각하도록 합니다. 하지만 실제로는 천천히 끝날 것입니다. 우리의 문명은 이미 끝나 가고 있습니다. 너무 느리게 끝나 가고 있어서 사람들이 알아차리지 못할 뿐입니다. 우리는 이미 거의 모든 동물을 죽였고, 바다를 뜨겁게 데웠으며, 대기 중 탄소 농도를 팔십만 년 만에 최고점까지 끌어 올렸습니다. 우리가 지금 당장 모든 것을 멈춘다고 해도, 가령 오늘 점심을 먹다 우리 모두가 죽는다고 해도 ── 그래서 자동차도, 군대도, 햄버거도 다 사라진다 해도 ── 지구의 기온은 앞으로도 수 세기 동안 계속 올라갈 것입니다. 우리가 스물다섯 살이 되면 공기 중 탄소량은 다시 두 배로 증가할 것입니다. 이는 더 격심한 화재, 더 거대한 폭풍, 더 지독한 홍수를 의미합니다. 옥수수를 예로 들면, 십 년 후에는 지금처럼 잘 자라지 못할 것입니다. 소와 닭이 먹는 사료의 95퍼센트는 무엇일까요? 옥수수입니다. 이런 이유로 고기는 더 비싸질 것입니다. 그 외에도 공기 중 탄소량이 늘어나면 어떻게 될까요? 인간은 명확하게 생각하는 능력이 없습니다. 그래서 우리가 스물다섯 살이 되면 물에 잠긴 도시나 불이 난 도시에서 도망치느라 차 안에 갇혀서 배를 곯고, 두려움에 떨고, 혼란에 빠진 사람들이 훨씬 더 많아질 것입니다. 그때 우리가 각자의 차 안에 앉아서 기후 문제를 해결할 수 있을 거라고 생각하나요? 아니면 서로 주먹다짐을 하고 강간하고 서로 잡아먹을 것 같나요?"

후배 여학생 한 명이 말한다. "지금 강간, 서로 잡아먹는다, 라고 말한 거예요?"

선배 남학생 하나가 종잇장을 들어 올리는데 '멀리 내다보셔, 앉은뱅이 아저씨'*라고 쓰여 있다. 다들 하하 웃고 즐거워한다.

교실 뒤에 앉아 있는 트위디 선생이 말한다. "경각심을 갖게 만드는 예측이구나, 시모어. 하지만 보다 지속 가능한 삶을 위해 우리가 취할 만한 몇 가지 단계를 논의할 수 있지 않을까? 고등학교 클럽의 수준에서 행동을 취할 만한 것들 말이야."

2학년생 재닛이 교내 카페테리아에서 플라스틱 빨대를 금지하고 '레이크포트 라이온'이 프린트된 재활용 물병을 나눠 주는 것이 가능한지 묻는다. 재활용품 수거통에 지금보다 더 나은 포스터를 붙이면 어떨까요? 재닛은 개구리 캐릭터 패치를 여러 개 덧댄 청재킷을 입고 있다. 눈은 까마귀처럼 반짝이고 인중에 거뭇한 솜털이나 있다. 시모어는 꼬깃꼬깃한 종이를 들고 흑판 앞에 서 있다. 종이 울리고 트위디 선생이 "여러분, 다음 주 화요일에 더 많은 아이디어를 가져와서 브레인스토밍 합시다."라고 말하고 시모어는 생물 수업을 들으러 간다.

그가 학교에서 집으로 걸어가고 있는데 초록색 아우디가 옆에 와 선다. 차창이 내려가서 보니 재닛이다. 그녀의 치아 교정기는 분홍색이고 눈동자는 파란색과 검은색이 섞여 있다. 예전에 시애틀, 새크라멘토에 가 본 적이 있고, 유타주의 파크 시티에 가서 자연이 그대로 보존된 강에서 래프팅과 암벽 등반을 했고 호저가 나무에

---

*　See-More Stool-Guy. 시모어의 이름 Seymour Stuhlman을 빗대어 만든 농담.

오르는 것도 보았다고 한다. 시모어는 호저를 한 번이라도 본 적이 있던가?

그녀는 집까지 태워다 주겠다고 한다. 이제 에덴스 게이트엔 서른두 채의 집이 아케이디 레인 양쪽에서 시모어의 확장형 이동 주택 뒤 언덕 위까지 지그재그로 뻗어 있다. 주로 보이시, 포틀랜드, 오리건주 동부 사람들이 별장으로 사용하는 집들이다. 그들은 막다른 길에 보트 트레일러를 주차해 놓고, 2만 달러짜리 UTV를 몰고 도심으로 가며, 발코니엔 대학 축구 팀 깃발을 걸어 놓고 주말 밤이면 뒤뜰에 화덕을 피우고 웃고 월귤나무 숲에 오줌을 갈기고, 그러는 동안 그들의 아이들은 별이 뜬 하늘을 향해 통형 꽃불을 쏜다.

"우아." 재닛이 말한다. "너의 집 마당에 웬 잡초가 저리 많아?"

"이웃들도 뭐라고 해."

"난 좋은데." 재닛이 말한다. "자연 그대로잖아."

그들은 현관 계단에 앉아 샤스타 트위스트를 마시며 엉겅퀴 덤불 사이를 떠다니는 호박벌을 바라본다. 재닛은 섬유 유연제와 구내 식당 타코 냄새가 나고, 시모어가 한 마디 하면 쉰 마디를 떠든다. 회원제 클럽이 어떻고, 여름 캠프가 어떻고, 부모님 집에서 멀리 떨어진 곳에 있는 대학에 가고 싶지만 그렇다고 또 너무 멀리 떨어져 있는 건 싫다는 둥, 자신의 미래가 처음부터 급격히 치솟아오르기만 하는 포물선으로 미리 계획된 것처럼 말하는데, 그때 바로 옆 타운 하우스에 사는 백발의 퇴직자 노인이 50갤런들이 쓰레기통을 굴려 새로 포장한 진입로까지 가다가 그들을 보고 재닛이 한 손을 들어 인사하자 그대로 집 안으로 들어간다.

"우리를 싫어해. 다들 우리 엄마가 이 집을 팔길 원해. 그래야 새

집을 더 지을 수 있거든."

"나한텐 친절한 것 같은데." 재닛은 그렇게 말하고 스마트폰이 재잘대는 소리에 반응한다.

시모어는 자기 신발을 본다. "인터넷 데이터 저장소가 배출하는 하루 탄소량이 전세계의 비행기를 다 합친 것에 맞먹는다는 거 알고 있었어?"

"너 깬다." 그녀는 그렇게 말하지만 미소를 짓고 있다. 어둠이 내리기 전 마지막 순간, 황혼 속에서 아메리카검정곰 한 마리가 나타난다. 재닛은 그의 팔을 움켜잡고는 곰이 가로등 아래 빛 웅덩이 사이를 활보하는 모습을 녹화한다. 곰은 에덴스 게이트 진입로 끝마다 놓인 여섯 개의 쓰레기통 사이를 오가면서 연신 코를 킁킁거리며 냄새를 맡는다. 마침내 마음에 드는 통을 발견하자, 한 발로 잡아선 그대로 바닥에 패대기친다. 조심스럽게 발톱 하나로 통 입구에서 불룩한 흰 봉지를 빼내어 속에 든 것을 아스팔트 바닥에 흩뿌린다.

아르고스호

미션 여행 64년
볼트원 내부 생활 21~45일

콘스턴스

그녀는 바이저를 터치하고 퍼램뷸레이터에 올라선다. 반응이 없다.

"시빌. 도서관에 문제가 생긴 것 같아."

아무 문제 없어요, 콘스턴스. 당신의 접근을 제한했습니다. 이제 콘스턴스는 일일 수업으로 돌아갈 때예요. 목욕도 해야 하고, 적절한 식사를 해야 하고, 삼십 분 안에 아트리움에 가서 수업을 준비해야죠. 아버지가 제공한 화장실 키트에 린스 성분이 없는 비누가 있어요.

콘스턴스는 침대 가장자리에 앉아 두 손으로 머리를 감싼다. 눈을 감고 있으면 볼트원을 17호 격실로 바꿀 수 있을지 모른다. 여기 그녀 바로 아래 어머니의 침대가 있고, 어머니의 담요는 가지런히 개켜져 있다. 두 걸음 가면 아버지의 침대가 있다. 여기엔 재봉틀, 스툴, 어머니의 단추 가방이 있다. 언젠가 아버지는 모든 시간이 상대적이라고 말한 적이 있다. 아르고스호가 여행하는 속도 때문에 시빌이 관리하는 우주선의 시계는 지구의 시계보다 빨리 갔다. 모든 인간의 체세포 속에서 작동하며 졸릴 때가 됐다고, 지금 아기를 만들 수 있다고, 노화가 시작되었다고 말해 주는 크로노미터까지, 이 모든 시계가 속도, 소프트웨어 또는 환경에 따라 바뀔 수 있다고 아버지는 말했다. 또한, 제4농장의 서랍 안에 있는 것과 같은 휴면 상태의 씨앗들은 수분과 온도가 적절히 조합을 이루고 태양이 적정한 파장으로 토양을 침투하는 때가 올 때까지 신진대사를 0에 가깝게 낮춘 채 몇 세기 동안이나 잠을 잔다고 했다. 그러다 마치 마법의 주문을 건 것처럼 씨앗이 몸을 연다.

구블툭 그리고 다이나크랙 그리고 짐짐시.

"알았어." 콘스턴스가 말한다. "씻고 먹을게. 수업도 계속 들을게. 하지만 그런 다음엔 아틀라스에 들어가게 해 줘."

그녀는 프린터기에 영양 파우더를 넣고, 무지개색 페이스트 한 그릇을 억지로 삼킨 후 얼굴을 씻고 엉킨 머리카락을 손가락으로 빗고 나서 도서관 책상에 앉아 시빌이 어떤 수업을 지시하건 군말 없이 따른다. 우주 상수란 무엇인가요? '사소한'이라는 단어의 어원을 설명하시오. 덧셈 공식을 사용해서 다음 산술식을 간소화하시오.

$$\tfrac{1}{2}[\sin(A+B)+\sin(A-B)]$$

그런 후 그녀는 책장에서 아틀라스를 불러내고, 가슴속에 금방이라도 되튕겨오를 것 같은 용수철 같은 비탄과 분노를 품고서 지구의 길들을 여행한다. 고층 사무실 건물들이 늦겨울의 햇빛 속에 휙휙 지나간다. 오물로 얼룩진 쓰레기 수거 차량이 신호등 앞에 서 있다. 1.5킬로미터를 조금 더 가서 그녀는 반짝거리는 펜스가 둘러쳐져 있고 경비원들이 지키고 있어 아틀라스의 카메라가 접근하지 못하는 구내를 지나 언덕을 빙 돌아간다. 멀리서 들려오는 노래의 선율을, 어떻게 해도 잡을 수 없는 뭔가를 쫓아가는 것처럼 그녀는 갑자기 내달리기 시작한다.

어느 날 밤, 볼트원에서 혼자 지낸 지 육 주 가까이 됐을 무렵, 콘스턴스는 꿈에서 다시 식당에 가 있는 자신을 본다. 식탁도 벤치도 사라지고, 적갈색 모래가 바닥에서 허벅지 높이까지 소용돌이친다. 그녀는 비틀거리며 복도로 나가고, 격실 여섯 개를 지나 마침내 제4 농장 입구에 도착한다.

안에 들어가니, 벽은 모두 햇볕에 그을린 갈색 언덕들로 이루어진 지평선으로 바뀌어 있다. 사방에서 모래바람이 분다. 천장은 소용돌이치는 붉은 아지랑이이고, 몇 킬로미터나 뻗어 있던 식물 재배 선반 수천 개는 모래 언덕에 반은 묻힌 채 서 있다. 그녀는 한 선반 아래에 무릎을 꿇고 있는 아버지를 발견한다. 그녀에게 등을 돌리고 있는 아버지의 손가락 사이로 모래가 떨어지고 있다. 그녀가 어깨를 만지려는 순간 아버지가 돌아선다. 그의 얼굴은 소금이 줄무늬를 그리고 있고 속눈썹엔 먼지가 덕지덕지 끼어 있다.

고향에, 아버지가 말한다. 스케리아의 집 뒤에 용수로가 있었어. 물이 다 말라 버린 후에도……

그녀는 움찔하며 잠에서 깨어난다. 스케리아. 스케어리-아(scary-ah).* 아버지가 고향 이야기를 할 때만 들을 수 있었던 단어다. 백라

* 스케리아의 음가에서 '무서운'이라는 뜻의 형용사 scary와 감탄사 ah가 연상되

인 로드에 있는 스케리아에서 살 때 말이지. 그녀는 그것이 아버지가 어릴 적에 살았던 농장의 이름이라고 이해했고, 아버지는 여기 사는 게 거기 살던 때보다 좋다고 늘 말했기 때문에 아틀라스에서 그곳을 찾아볼 생각은 한 번도 하지 않았다.

그녀는 밥을 먹고, 뭉게구름 같은 머리칼을 매만지고, 공손한 자세로 앉아 수업을 끝까지 듣고 나서 "부탁할게, 시빌, 지금 당장, 응, 시빌."이라고 말한다.

오늘 콘스턴스의 태도는 사랑스럽군요.

"고마워, 시빌. 이제 도서관에 가도 돼?"

그럼요.

종이쪽지가 든 상자로 곧장 가서, 그녀는 쓴다. 스케리아는 어디 있나?

스케리아, Σχερία: 파이아케스인들의 땅, 호메로스의 『오디세이아』에 등장하는 신화의 섬.

무슨 소리인가.

그녀는 새 쪽지를 꺼내서 쓴다. 내 아버지에 관한 도서관 자료를 모두 보여 주십시오. 세 번째 단의 서가에서 얇은 종이 묶음 한 권이 그녀를 향해 날아온다. 출생증명서, 중등학교 성적 증명서, 교사의 추천서, 호주 남서부의 우체통 주소. 그녀가 다섯 번째 페이지를 넘기자, 30센티미터의 삼차원 남자아이 ─지금의 콘스턴스 보다 조

는 과정.

금 어린──가 나타나 탁자 위를 걷는다. 안녕! 그의 머리는 빨간 곱슬머리 헬멧을 쓴 것처럼 보인다. 집에서 만든 데님 정장을 입고 있다. 내 이름은 이선이에요. 호주의 내넙에 살고요. 난 모든 식물을 좋아해요. 이리 와요, 내 온실을 구경시켜 줄게요.

아이 옆으로 구조물 하나가 나타난다. 나무로 짠 틀인데, 색색의 플라스틱 병 수백 개를 늘이고 납작하게 펴서 하나로 이어서 만든 것 같은 덮개를 씌워 놓았다. 그 안에는 제4농장에 있는 것과 별반 다르지 않은 수기경 재배 선반들이 있고, 그 위로 채소를 재배하는 납작한 상자 수십 개가 있다.

우리 할머니가 촌구석이라고 부르는 이곳엔 별의별 문제가 다 있었어요. 지난 십삼 년 동안 초록색인 적은 딱 일 년뿐이었어요. 삼 년 전 여름엔 잎마름병 때문에 모든 농작물이 죽더니, 그다음엔 소진드기가 뒤덮었어요. 들어서 알고 있겠지만, 작년엔 비가 하루도 안 왔어요. 난 지금 여기 있는 모든 식물을 한 선반당 하루 400밀리리터도 안 되는 물로 키웠어요. 한 사람이 흘리는 땀보다도 적은…….

아이가 미소를 지으면 앞니가 보인다. 아이의 걸음걸이, 아이의 얼굴, 아이의 눈썹을 그녀는 알고 있다.

……나이나 출신지와 상관 없이 지원자를 찾고 있다고 했죠? 왜 나를 뽑아야 하냐고요? 아, 우리 할머니가 내 최고의 장점은 언제나 용감하게 행동하는 거라고 말씀하셨거든요. 난 새로운 곳, 새로운 것을 정말 좋아해요. 그리고 제일 좋아하는 건, 식물과 씨앗의 신비를

탐험하는 거예요. 이 미션의 일원이 되는 건 진짜 최고일 거예요. 새로운 세계! 내게 그 기회를 준다면 절대로 실망시키지 않을 거예요.

그녀는 종이 한 장을 움켜쥐고 아틀라스를 소환하고, 그 안으로 걸어 들어가며 외로움의 긴 바늘이 몸을 관통하는 것을 느낀다. 아버지가 흥분할 때면 이 아이가 빛을 발하며 어른거렸었다. 아버지는 광합성과 연애 중이었다. 이끼를 주제로 한 시간은 이야기할 수 있었다. 그는 식물은 인간의 짧은 삶으론 헤아릴 수 없을 경지의 지혜를 전수한다고 말했다.

"내넙." 그녀는 허공에 대고 말한다. "호주."

지구가 그녀를 향해 날아오고 뒤로 한 바퀴 돌자, 남반구가 주축이 되면서 점차 가까워지는 가운데, 그녀는 하늘에서 유칼리나무들이 늘어선 길 위로 떨어진다. 멀리서 구릿빛 언덕들이 햇빛에 이글거린다. 길 양편으로 흰 울타리가 쭉 이어진다. 머리 위로 세 개의 빛바랜 현수막에 쓰인 문구가 눈에 들어온다.

각자 맡은 바를 완수하라
데이 제로*에 맞서라
하루 10리터로 살 수 있다

녹이 슬어 얼룩덜룩한 골함석 헛간. 창문 없는 집 두어 채. 햇빛에 새카맣게 타 죽은 카수아리나나무들. 마을 중심부로 보이는 쪽으로

* 가뭄으로 인해 수자원 공급률이 0에 이르는 위기 상태.

가면서 벽이 붉고 지붕이 하얀 예스러운 공회당과 마주하게 되는데, 그곳에서는 캐비지야자나무가 그늘을 드리우고 잔디는 담녹색이 된다. 그녀가 지나치며 본 모든 것을 합쳐도 세 배는 더 짙은 초록색이다. 난간에 걸린 화분마다 선명한 색깔의 베고니아가 흐드러지게 피어 있다. 모든 것이 이제 막 색을 칠한 것처럼 보인다. 눈이 아릴 정도로 강렬한 황적색 꽃이 핀 생경하고 위풍당당한 나무 열 그루가 그늘을 드리운 잔디밭 한가운데에서 원형 수영장이 희미하게 빛난다.

콘스턴스는 또다시 혼란의 기류에 휩싸인다. 무언가 잘못된 것 같다. 사람들은 어디에 있지?

"시빌, 이 근처에 있는 스케리아라는 이름의 농장에 데려다줘."

이 부근에 그런 이름의 소유지나 가축 농장 기록은 전무합니다.

"그럼 백라인 로드로 데려가 줘."

그 길은 농장들을 지나 몇 킬로미터에 걸쳐 계속되는 오르막이다. 자동차도 없고 자전거도 없고 트랙터도 없다. 그녀는 과거엔 병아리콩을 재배했을 법하지만 오래전 열기에 타 버린 그늘 한 점 없는 밭을 지나간다. 전신주들은 끊어진 전선들을 주렁주렁 단 채 서 있다. 바싹 마른 산울타리, 군데군데 숯덩이가 된 숲, 맹꽁이자물쇠로 잠겨 있는 입구들. 길에는 먼지가 자욱하고, 목초지는 낙타 털 같은 갈색이다. 첫 번째 표지판에 매매라고 적혀 있는데, 두 번째에도 세 번째에도 똑같이 적혀 있다.

몇 시간 동안 백라인 로드를 살펴보지만 마주치는 사람이라곤 코트 차림에 필터 마스크처럼 보이는 것을 쓴 채 먼지인지 햇빛인지 둘 다인지를 가리기 위해 눈 위에 한쪽 팔뚝을 대고 서 있는 남자 하나가 유일하다. 그녀는 그의 앞에 몸을 쭈그린다. "안녕하세요?" 렌더링된 화면, 픽셀 모음에 말을 걸고 있다. "우리 아버지와 알고 지냈나요?" 그가 맞바람에 뒤로 넘어가지 않으려는 듯 몸을 앞으로 수그린다. 그녀는 그를 잡아 주려고 손을 뻗지만 두 손이 그의 가슴을 그대로 통과한다.

콘스턴스는 그렇게 사흘을 내넘 부근의 햇빛에 그은 언덕을 뒤지고 백라인 로드를 오르내리다가, 이미 서너 번은 지나친 바싹 마른 작은 유칼리나무 숲에서 마침내 찾아낸다. 직접 페인트로 쓴 다음 입구에 철사로 고정한 표지판.

Σχερία

큰 문 뒤로 시들고 밑동이 허옇게 벗어진 유칼리나무들이 두 줄로 늘어서 있다. 양편으로 잡초가 무성히 자란 하나뿐인 흙길은 노란 목장주 주택으로 이어지고, 집 울타리와 바깥 벽은 온통 인동덩굴—모두 죽은—에 뒤덮여 있다.

창문엔 양쪽으로 검은색 덧문이 달려 있다. 지붕 위엔 태양 전지판이 비스듬히 기울어져 있다. 집 한쪽 옆, 죽은 유칼리나무 그늘 속에 아버지의 동영상에서 본 온실이, 반 정도 지어진, 뿌연 비닐 시트지에 덮인 목재 골조의 한 부분이 서 있다. 그 옆에는 더러워진 플라스틱 병들이 한 무더기 쌓여 있다.

흙먼지로 자욱한 빛, 바짝 마른 들판, 부서진 태양 전지판, 베이지색 눈처럼 모든 것을 뒤덮은 먼지의 켜, 무덤처럼 적막하고 움직이지 않는 세상.

지금까지 정말 별의별 문제가 다 있었어요.

지난 십삼 년 동안 초록색인 적은 딱 일 년뿐이었어요.

그녀의 아버지는 열두 살의 나이에 아르고스호 승선에 지원했고, 일 년 동안 지원 절차를 밟았다. 열세 살 — 지금 콘스턴스의 나이 — 에 전화를 받았을 것이다. 아무리 오래 살아도 베타 Oph2에 도착하는 날은 결코 맞을 수 없다는 사실을 분명히 이해했겠지? 남은 삶을 기계 속에서 살다 죽을 거라는 사실을? 그런데도 그는 지구를 떠난 것이다.

그녀가 흰 부분을 확대하려고 두 팔을 저어 눈앞에 디지털로 재현된 장면을 뒤틀자 집 이미지가 깨지면서 픽셀들이 불거진다. 그런데 아틀라스의 해상도를 허용치 이상으로 밀어붙이면서, 그녀는 집 오른쪽 끝에서는 햇빛과 각도의 영향 때문에 두 개의 유리창을 통해 쐐기 모양의 방을 들여다볼 수 있음을 알아차린다.

그녀는 햇빛에 탈색된, 비행기 무늬 커튼의 일부를 알아본다. 천장엔 손으로 만든 행성 두 개가 매달려 있는데 하나는 고리를 두르고 있다. 트윈베드의 이가 빠진 머리판, 침대 옆 탁자, 램프. 남자아이의 방.

이 미션의 일원이 되는 건 진짜 최고일 거예요.

새로운 세계!

카메라들이 지나갈 때 아버지는 이 방에 있었을까? 소년의 유령은 오래전 바로 그곳, 보이지 않는 곳에 있었던 아버지인가?

창가의 침대 옆 탁자 위에 책등이 닳은 파란색 책 한 권이 펼쳐져 있다. 표지에는 새들이 빽빽이 솟은 여러 개의 탑 주변을 날아다니는 도시가 그려져 있다. 도시는 구름의 토대 위에 서 있는 것처럼 보인다.

그녀는 최대한 그 이미지 안으로 들어가기 위해 척추를 구부려 몸을 숙이고, 픽셀로 왜곡된 이미지를 제대로 보려고 눈을 가늘게 뜬다. 도시 아래, 표지 하단에 안토니우스 디오게네스라고 쓰여 있다. 표지 맨 위에 이렇게 쓰여 있다. 클라우드 쿠쿠 랜드.

13

고래 밖으로 나와
폭풍 속으로

클라우드 쿠쿠 랜드
안토니우스 디오게네스 지음, 폴리오 N

…… 나는 새였습니다. 날개를 달고 나는 날았습니다! 군함 한 척이 통째로 바다 괴물의 송곳니에 꿰어져 있었고, 날개를 퍼덕이며 지나가는 나를 향해 선원들이 울부짖었습니다. 그리고 마침내 나는 세상 밖으로 나아갔습니다! 하루 낮과 밤을 끝없이 펼쳐진 바다 위에서 날갯짓하는 동안, 머리 위 하늘은 변함없이 파랬고 발아래 파도 역시 마찬가지였습니다. 내려앉아 날개를 쉴 대륙도 배도 없었습니다. 두 번째 날, 지친 내 앞에서 바다의 얼굴이 어두워졌고 바람은 소름 끼치는, 귀기 어린 노래를 부르기 시작했습니다. 은색 불이 사방에서 날아다녔고, 소나기구름이 하늘을 갈랐으며, 나의 검은 깃털은 갈라져 허연 속살이 드러났습니다.

더 받아야 할 고통이 남았던 걸까요? 발아래 바다에서 거대한 물기둥이 솟구쳐 올라 소용돌이치고 괴성을 지르는 가운데, 섬도 소도 배도 집 들도 다 떠내려갔고, 급기야 나의 하잘것없는 까마귀 날개까지 덮쳤으니, 나는 날던 곳보다 아득히 더 높은 곳으로 내팽개쳐졌고, 빙글빙글 날아가다가 하얀 달빛에 부리를 데었습니다. 그렇게 지척에서 달에 사는 짐승들이 희끄무레한 평원을 달리다가 드넓은 달의 호수에서 젖을 들이켜는 것까지 볼 수 있었는데, 내려다보는 나의 시선에 고개를 들어 나를 보는 그들에게서 두려움이 느껴졌습니다. 나는 또다시 아르카디아의 여름 저녁, 언덕마다 클로버가 무성하게 돋아나고 내가 돌보는 암양들의 종소리가 행복하게 울려 퍼지고 목동들이 앉아 피리를 불던 시절이 그리워졌습니다. 애당초 길을 떠나는 게 아니었거늘…….

콘스탄티노플

1453년 5월

안나

포위 공격이 시작된 지 오 주, 어쩌면 육 주째, 하루하루가 파국을 향해 스며든다. 안나는 마리아의 머리를 무릎에 얹고 벽에 등을 기대고 앉아 있다. 방금 켠 양초 한 자루가 다 녹아 밑동만 남은 다른 양초들 사이에 꽂혀 있다. 골목 밖에서 무언가 쿵 떨어지더니 말 한 마리가 히힝 울고 어떤 남자가 욕설을 내뱉는데 소동은 한참이 지나서야 가라앉는다.

"안나?"

"여기 있어."

이제 마리아의 세계는 완전한 암흑이 되었다. 그녀가 말을 하려 해도 혀가 따라 주질 않고, 등과 목의 근육은 몇 시간마다 경련을 일으킨다. 여전히 칼라파테스의 집에서 지내는 자수꾼 여덟 명은 몸과 마음을 바쳐 일하다가 산산조각이 난 신경이 불러일으키는 무아지경에 빠져 허공을 응시하기를 반복한다. 안나는 크리세를 도와 서리가 내려 생장이 멈춘 정원에서 밥을 짓거나 아직 문을 연 장터를 다니며 밀가루, 과일, 콩 따위를 찾아 헤맨다. 나머지 시간은 마리아와 함께 앉아 있는다.

그녀는 낡은 필사본에 적힌 왼쪽으로 기울어진 깔끔한 필체의 글들을 전보다 더 빨리 해독하고 한 페이지에서 몇 줄 정도의 문장은 수월하게 해석할 줄 알게 되었다. 모르는 단어나 곰팡이가 지운 문장과 마주할 때마다 그녀는 직접 지어서 채워 넣기도 한다.

마침내 아이톤이 고생 끝에 새가 되었다. 하지만 그가 바랐던 눈부신 올빼미가 아니라 후줄근한 까마귀다. 그는 끝없는 바다 위를 퍼덕퍼덕 날면서 지상의 끝을 찾아 헤매지만 용오름에 휩쓸려 올라간다. 안나가 책을 읽는 동안만큼은 마리아도 평온한 듯 얼굴이 온화해지는 것이, 포위된 도시의 축축한 골방에 앉아 말도 안 되는 옛날이야기를 듣고 있는 것이 아니라 내세의 정원에서 천사들이 불러 주는 찬송가를 듣고 있는 것 같다. 안나는 리키니우스가 했던 말을 새삼 떠올린다. 이야기는 시간을 늘리는 방법이기도 하다는.

리키니우스는 말했었다. 그 시절 방랑 시인들은 이 마을 저 마을로 떠돌며 외우고 있는 오래된 노래들을 전했는데, 듣고자 하는 사람이라면 가리지 않고 노래를 불러 주면서도 이야기의 결말을 최대한 뒤로 미루었고, 그러다 마지막 절, 영웅이 넘어야 할 마지막 시련을 그 자리에서 지어냈으니, 그건 가수가 청중의 관심을 한 시간이라도 더 붙잡아 두면 포도주 한 잔, 빵 한 덩이라도 더 얻어먹을 수 있고, 하루라도 더 비를 피해 묵어 갈 수 있었기 때문이라고. 안나는 안토니우스 디오게네스를, 그 미지의 사람이 칼로 깃촉을 다듬고 깃펜을 잉크에 담근 후 두루마리에 써 내려가면서 아이톤의 앞에 장애물을 하나 더 가져다 놓는 것을, 다른 목적을 위해 그렇게 시간을 늘리는 모습을 떠올린다. 조카딸을 이 세상에 조금이라도 더 붙잡아 두려는 목적을 위해서.

"그는 그렇게 고생을 하면서도," 마리아가 불분명한 어조로 말한다. "멈추지 않는구나."

칼라파테스 말이 맞는지도 모른다. 옛날 책 속에는 흑마술이 깃들어 있는지도 모른다. 그녀가 앞으로도 언니에게 읽어 줄 글줄이 남아 있는 한, 아이톤이 무모한 여행을 고집스레 계속하며 구름 속에 자리 잡은 자신의 꿈을 향해 날갯짓하는 한, 도시의 성문도 버텨 줄 것이다. 문밖에서 기다리는 죽음도 하루 더 미뤄질 것이다.

향기롭고 눈부신 5월, 난데없이 기승을 부리던 추위가 마침내 잦아든 것 같은 어느 날 아침, 도시가 가장 숭앙하는 이콘인 호데게트리아* ─ 한쪽엔 성모 마리아와 아기 예수가, 다른 쪽엔 십자가에 못 박힌 예수가 배치된 회화 작품으로, 사도 성 루카가 140킬로그램에 달하는 석판에 그렸다고 알려져 있는데, 안나가 태어나기 천년 전 황후 폐하가 성지에서 도시로 가져왔다. ─ 가 처음부터 그것을 모시기 위해 지어진 교회 밖으로 옮겨진다.

도시를 구할 수 있는 것이 하나 있다면 단연 호데게트리아다. 어마어마한 힘을 가진 존재, 이콘 중의 이콘, 과거에도 숱한 포위 공격으로부터 도시를 지켜 주었다고 명성이 높은 물건이다. 크리세는 마리아를 들쳐 업고 자수꾼들과 광장으로 걸어가 행렬에 합류한다.

* '인도자'라는 뜻으로, 동방 교회가 성모 마리아를 지칭하던 말.

이콘이 교회 문밖 햇빛 속으로 나오자 그것은 눈부시게 빛나고, 그 모습은 안나의 시야에 황금빛으로 일렁이는 도장으로 찍힌다.

사제 여섯이 그림을 들어 체격이 듬직한 수사의 어깨에 올려놓는다. 그는 진홍색 벨벳을 걸치고, 수를 놓은 두꺼운 띠를 가슴에 가로질러 두르고 있다. 맨발의 이콘 봉송자는 무게에 못 이겨 비틀거리면서 도시 안의 교회들을 차례차례 들르며 호데게트리아가 이끄는 곳이라면 어디든 마다하지 않는다. 부제 두 명이 이콘 위에 드리운 황금 차양을 떠받친 채 봉송자의 걸음걸음을 따르고, 그 뒤를 지팡이를 든 고위 성직자들이, 그 뒤를 수련 수사와 수녀와 시민과 노예와 군인 들이 뒤따르는데, 많은 이들이 촛불을 들고 스산하고 아름다운 성가를 부른다. 아이들은 성모 마리아의 초상을 만지고 싶어 장미 화환이나 작은 목화 송이를 들고 행렬과 나란히 달려간다.

안나와 크리세, 그리고 크리세의 등에 축 늘어져 있는 마리아는 세 번째 언덕을 향해 난 굽잇길을 오르는 호데게트리아 행렬 뒤를 따른다. 아침 내내 도시는 빛을 발한다. 야생화가 폐허를 뒤덮고 있다. 산들바람이 자갈밭 위로 작은 흰 꽃잎을 흩뿌린다. 밤나무는 상앗빛 초 같은 제 꽃들을 흔든다. 하지만 행진이 교회당 안뜰의 무너져 가는 분수대를 향해 오르면서 날이 어두워진다. 공기가 싸늘해지고 난데없이 먹구름이 나타나자, 구구거리던 비둘기들이 입을 다물고 짖던 개들도 조용해진다. 안나도 눈을 들어 본다.

하늘엔 가로질러 날아가는 새 한 마리 보이지 않는다. 천둥이 집들 위에서 우르르 울린다. 훅 불어온 바람에 행진하는 사람들이 든 촛불의 반이 꺼지자, 그 주위로 울려 퍼지던 성가 소리도 흔들린다.

곧이어 적막이 흐르고, 안나의 귀에 저 멀리 떨어진 사라센 사람들의 막사에서 고수 하나가 두드리는 북소리가 들려온다.

"동생아?" 마리아가 크리세의 등뼈에 한쪽 뺨을 댄 채 묻는다. "무슨 일이야?"

"폭풍."

번개가 포크 살로 아야 소피아의 둥근 지붕을 후려친다. 나무들이 몸부림치고, 덧문들이 쾅쾅 부딪고, 어마어마하게 쏟아지는 우박이 지붕을 덮치자 행렬이 사방으로 흩어진다. 행렬 맨 앞쪽에서 바람이 이콘을 보호하던 금색 차양을 대에서 뜯어내 집들 사이로 날려 보낸다.

크리세는 허둥지둥 몸을 피하지만 안나는 잠시 더 서서, 선두의 수사가 기를 쓰고 호데게트리아를 언덕 위까지 가져가려는 것을 지켜본다. 바람이 그를 뒤로 밀치고, 돌 부스러기들을 휘몰아 그의 발에 내리친다. 그런데도 그는 더 높은 곳을 향해 몸을 밀고 나아간다. 조금만 더 가면 꼭대기다. 그러다가 그가 비틀거리며 미끄러지고, 천삼백 년 된 그림은 십자가에 못 박힌 예수가 그려진 쪽으로 기울어 비에 젖은 거리에 떨어진다.

아가타는 테이블에 앉아 두 손으로 머리를 감싸고 절레절레 흔든다. 과부 테오도라는 싸늘한 난로 쪽을 바라보며 혼자 중얼거린다. 크리세는 쑥대밭이 된 채소밭을 보며 저주의 말을 내뱉는다. 신성한 호데게트리아는 실패했다. 성모 마리아는 그들을 버렸다. 묵시록의 짐승들이 바다에서 솟아오르고 적그리스도가 문을 긁어 댄다. 시간은 원이라고, 리키니우스는 말하곤 했다. 모든 시간의 원은 결국 닫혀야 한다고.

어둠이 내리자 안나는 말총 요 위로 기어가 앉고 마리아의 머리를 무릎에 얹고서 오래된 필사본을 눈앞에 펼친다. 폭풍에 밀려 올려간 까마귀 아이톤은 달을 지나쳐 가 별들 사이의 암흑 속으로 굴러떨어진다. 갈 길이 얼마 남지 않았다.

오메이르

같은 날 오후, 수소의 행렬은 또 한 번 돌 대포알들을 싣기 위해 금각만을 향해 우르르 몰려가고 있다. 부잔교에서부터 수 킬로미터를 가는 동안 아침의 폭풍 덕에 공기는 청명하고 청록색 강어귀는 햇빛을 받아 반짝거리는데, 달빛 ─ 나무가 아니라 ─ 이 그 자리에서 멈춰 서고 두 앞다리를 몸 아래로 접어 넣더니 땅바닥에 눕고, 죽는다.

녀석이 제 몸 길이만큼 앞으로 끌려가고 나서야 행렬이 멈춘다.

나무는 굴레를 쓴 채 서 있는데, 성한 다리 셋은 바깥쪽으로 벌어져 있고 멍에는 형제의 무게 때문에 비뚜름하다. 달빛의 콧구멍에서 붉은 거품이 흘러나온다. 작은 흰 꽃잎 한 장이 산들바람에 실려 와 소의 뜬 눈에 달라붙는다. 오메이르는 굴레에 몸을 기대고 제 하찮은 기력을 수소의 강인함에 더해 주려 애쓰지만, 짐승의 심장은 더 이상 뛰지 않는다.

동물이 멍에에 매달린 채 죽는 모습을 숱하게 보아 온 다른 조원들은 쭈그려 앉거나 길가에 앉는다. 보급 부대원이 선창을 향해 고함을 치자 부두에서 짐꾼 네 명이 출발한다.

나무는 몸을 굽혀 오메이르가 멍에 벗기는 것을 돕는다. 짐꾼들과 네 명의 조원들이 두 명씩 짝을 지어 달빛의 다리를 하나씩 잡고 길가로 끌어내고, 그중 제일 나이 많은 자가 신에게 감사 기도를 올리고 나서 칼을 꺼내 짐승의 목을 딴다.

한 손에 고삐와 밧줄을 쥐고서 오메이르는 나무를 이끌고 소몰이 길을 따라 내려가 보스포루스 해협 물가의 넘실대는 바닷물 속으로 들어간다. 눈부신 햇빛 속을 송아지 시절 달빛의 추억이 헤엄쳐 다닌다. 외양간 옆에 있는 소나무만 보면 유독 갈빗대를 대고 긁길 좋아했다. 샛강 물에 아랫배가 닿을 때까지 들어가선 신나서 큰소리로 제 형제를 불러 대곤 했다. 숨바꼭질은 잘하지 못했다. 꿀벌을 보면 무서워했다.

나무의 등가죽이 부들부들 떨며 오르내리고 그에 맞춰 망토처럼 뒤덮고 있던 파리 떼도 위로 날아올랐다가 다시 달라붙는다. 여기에서는 도시와 띠처럼 늘어선 성벽이 하늘 아래 작은, 희끄무레한 돌처럼 보인다.

몇 백 걸음 떨어진 곳에서 짐꾼 둘이 불을 지피는 동안 다른 두 짐꾼이 달빛을 해체한다. 머리통을 잘라 따로 떼어 내고, 혓바닥을 잘라 내고, 심장, 간, 신장 두 개를 하나하나 거칠게 잡아 뜯는다. 허벅지 근육은 지방 덩어리에 감싸서 흩어지지 않도록 창으로 꿰어 불 위에 걸쳐 둔다. 고기가 익어 가자 선원과 하역 인부와 조원 들이 길을 따라 무리 지어 와서는 곁에 쭈그려 앉는다. 오메이르의 발치에서는 작은 푸른 나비 수백 마리가 갯벌의 광물을 빨아먹는다.

달빛. 밧줄 같은 꼬리, 털이 텁수룩한 발굽. 신의 손길로 예쁜이의 자궁 속에서 형제와 함께 빚어지고, 살아서 세 번의 겨울을 나고, 고향에서 수천 킬로미터 떨어진 곳에서 죽는 것에 무슨 섭리가 있을까? 나무는 갈대밭에 드러누워 주변 공기를 더럽히는데, 오메이르는 동물이 이해하는 것은 무엇일까, 달빛의 저 아름다운 두 뿔은 어떻게 될까 생각하다 숨을 쉴 때마다 심장에 계속 금이 가는 것을 느낀다.

그날 저녁 대포가 쉴 새 없이 발사되어 탑과 성벽을 부수고, 가급적 많은 횃불과 초를 밝히고 조리용 불을 피우라는 명령이 내려온다. 오메이르는 두 조원을 도와 올리브나무를 넘어뜨리고 크게 피운 모닥불로 끌고 간다. 술탄의 울라마*가 모닥불 사이를 돌아다니며 사기를 북돋는 말을 전한다. "기독교도는 교활하고 교만하다. 그들은 뼈를 숭배하고 미라를 위해 목숨을 바친다. 깃털 침대가 아니면 잠을 못 이루고 술 없이 한 시간도 버티지 못한다. 도시가 저희 것이라 생각하지만 그곳은 이미 우리 것이 되었다."

밤이 낮과 비슷해진다. 달빛의 살이 장정 쉰 명의 창자 속을 이동한다. 오메이르는 생각한다. 할아버지라면 어떻게 해야 할지 알았을 거라고. 할아버지라면 다리를 저는 초기 증상을 일찌감치 알아차렸을 것이고, 달빛의 발굽을 더 잘 관리해 주었을 것이고, 약초와 연고와 밀랍으로 만드는 치료제에 대해서도 알았을 것이다. 할아버지는 사냥을 할 때 오메이르의 눈엔 전혀 보이지 않은 새의 흔적

---

* 이슬람 사회의 신학자 및 법학자를 총칭하여 가리키는 말.

들을 볼 수 있고 혀를 한 번만 차서 잎새와 바늘을 제 뜻대로 움직일 수 있는 사람이었다.

그는 매운 연기에 눈을 질끈 감고 에디르네 들판에 있을 때 조원 한 명이 들려준 지옥에 간 남자 이야기를 떠올린다. 악마들은 남자를 아침마다 칼로 베었는데, 수천 번이 넘게 베어도 죽지 않도록 얕게 베었다고 한다. 상처는 모두 말라서 딱지가 앉았지만 다음 날 아침이 되어 아물기 시작하면 곧바로 다시 벌어졌다고 한다.

아침 기도가 끝나고, 그는 말뚝에 매어 놓은 나무를 찾으러 목초지에 가지만 녀석은 누운 채 몸을 일으키지 못한다. 옆으로 드러누워 있고 한쪽 뿔은 하늘을 향하고 있다. 세계는 그의 형제를 집어삼켰고 그도 뒤따를 준비가 되었다. 오메이르는 무릎을 꿇고 소의 옆구리를 두 손으로 쓸어 주면서 소의 경련하는 눈동자에 맺혀 떠는 하늘을 바라본다.

할아버지도 지금 이 아침, 눈을 들어 저 구름을 바라볼까? 니다와 어머니와 그와 나무, 다섯 모두 고개를 들어 지금 저 하늘을 지나가는 흰색 형체를 바라보는 걸까?

안나

교회 종은 이제 시간을 지키지 않는다. 그녀는 부엌방을 볼일 없이 오가고, 배 속에서 허기가 뱀처럼 똬리를 풀면 열린 문간에 서서 뜰 위의 하늘을 올려다본다. 히메리우스는 달이 점점 차는 동안은 결코 세상이 끝나지 않는다고 했다. 하지만 이제 달은 이지러지고 있다.

"처음에는," 과부 테오도라가 난로를 바라보며 나직이 말한다. "지상의 사람들 사이에서 전쟁이 만연하리라. 이어서 거짓 예언자들이 창궐하리라. 머지않아 하늘에서 행성들이 떨어질 것이고, 해가 그 뒤를 따를 것이며, 모두 재가 될 것이다."

마리아는 이제 다리의 피부색이 변했고, 변소에 갈 때는 들어서 옮겨 줘야 한다. 그들은 필사본의 마지막 대목을 읽는 중인데, 양피지 책장 몇 장은 심하게 변질된 나머지 세 문장 중 한 문장만 겨우 알아볼 수 있을 정도다. 그래도 언니를 위해서 아이톤의 여행을 계속 따라가고 있다. 까마귀는 허공을 날다가 갑자기 추락해 황도대를 지나 곤두박칠친다.

이카루스가 아니라면 꿈도 꾸지 않을 만큼 드높은 곳에서, 깃털이 온통 별의 먼지로 뒤덮인 꼴이 된 나는 아득히 먼 아래의 지구를, 그 본래의 모습을 보았습니다. 그것은 광막하고 심원한 공간 속 작은 진흙 더미 하나에 지나지 않았고, 왕국들 또한 거미집에 불과했으며 군대들도 한낱 부스러기와 다르지 않았습니다. 폭풍에 시달리고 몸은 그슬리고 지친 데다 바람에 뜯겨 깃털의 반은 뽑힌 몰골로 나는 별자리 속을 정처 없이 헤매며 희망도 바닥날 즈음, 그러다 먼 곳에서 타오르는 빛을 문득 보았으니, 탑들에 새겨진 금 줄 세공, 뭉실뭉실한 구름…….

문자는 점차 희미해지고 글줄은 물 얼룩 밑에서 녹아 버렸지만, 안나는 언니를 위해서 상상으로 채워 나간다. 은으로 만들어진 도시와 황동 탑, 빛나는 창문, 지붕 위에서 펄럭이는 깃발, 하늘을 선회하는 크고 작은 온갖 색깔의 새들. 지친 까마귀는 별들을 벗어나 나선 모양으로 쏜살같이 내려간다.

멀리서 대포가 쿵쿵 터진다. 촛불이 흰다.

"어떤 일이 있어도 그는 믿음을 잃지 않는구나." 마리아가 낮은 목소리로 말한다. "죽을 만큼 지쳤으면서도."

안나는 입으로 촛불을 불어 끄고 책을 덮는다. 그리고 파도에 떠밀려 지치고 발가벗은 채 파이아케스인들의 섬에 이른 오디세우스를 생각한다. "그는 별들 사이에서 재스민 향기를 맡을 수 있었어." 그녀가 말한다. "제비꽃 향기도, 월계수도, 장미꽃도, 포도와 배도,

사과 위의 사과, 무화과 위의 무화과 향기도."

"나도 그 향기를 맡을 수 있어, 안나."

성 코랄리아 이콘 옆에 이탈리아 사람들이 버리고 떠난 작업장에서 가져온 작은 코담뱃갑이 있고, 그 뚜껑에는 포탑이 있는 궁전이 작게 그려져 있다. 그때 필경사들이 말하길, 우르비노에는 50킬로미터 떨어진 곳도 볼 수 있는 렌즈를 만드는 장인이 있다고 했다. 사자를 그릴 줄 아는 사람도 있는데, 당장이라도 책장을 찢고 나와 집어삼킬 것처럼 생생한 모습으로 그린다고 했다.

그들은 말했다. 그들의 주인은 교황의 도서관을 능가하는 도서관, 이제까지 쓰인 세상의 모든 글을 보유한 도서관, 시간이 다할 때까지 존재할 도서관을 짓기를 꿈꾼다고.

마리아는 5월 27일에 세상을 떠난다. 같이 사는 여자들이 그녀를 에워싸고 기도를 올린다. 안나는 언니의 이마에 손바닥을 얹고 온기가 몸을 떠나는 것을 느낀다. "다시 언니를 만나면," 과부 테오도라가 말한다. "언니는 빛으로 지은 옷을 입고 있을 거다." 크리세는 햇볕에 빳빳하게 말린 아마포 한 장을 들어 올리듯 수월하게 마리아를 안아 들고, 안뜰을 가로질러 성 테오파노의 문까지 간다.

안나는 세이마이트 두건 — 꽃이 만개한 덩굴에 휘감긴 다섯 마리 새를 완성한 — 을 둘둘 만다. 다른 우주에서는 아마 거대하고도 영광스러운 공동체가 눈물을 흘릴 것이다. 자매의 어머니와 아버지, 숙모와 고모와 사촌 들, 봄철 장미꽃이 가득한 작은 예배당, 음악을 연주하는 파이프오르간 천 대에서 울려 퍼지는 소리, 지품천사들과 함께 하늘을 떠다니는 마리아의 영혼, 포도덩굴, 공작새 등

생전의 그녀가 수놓은 도안 같은 풍경.

성 테오파노 수도원의 중앙 예배당 안에서 수녀들은 하느님의 보좌를 향해 중단 없는 밤샘 기도를 올린다. 한 수녀가 크리세에게 눕힐 곳을 가리키고는 마리아의 몸을 수의로 감싸고, 안나는 언니가 누운 곳 옆의 돌 위에 앉아 사제가 오기를 기다린다.

오메이르

소 형제가 죽고 난 후, 시간이 무너져 내린다. 그는 징집된 기독교도 소년들과 인도 노예들과 함께 군대 변소의 배설물 태우는 일에 동원된다. 그들은 구덩이에 똥오줌을 쏟고 나서 그 위에 뜨거운 피치를 끼얹는다. 그는 그중 연장자 소년들과 함께 역겨운 냄새와 연기를 피워 올리는 똥 곤죽을 작대기로 휘젓는데, 작대기가 끝부터 타들어 가며 줄곧 짧아지는 게 보인다. 냄새가 그의 옷, 머리카락, 피부에 배어들고, 얼마 안 가서 사내들은 그의 얼굴보다 그의 냄새 때문에 얼굴을 일그러뜨린다.

머리 위에서 빙글빙글 맹금류가 돈다. 큼지막하고 무정한 파리 떼가 그들을 포위 공격한다. 5월이 6월로 기울면서 천막을 나서면 한 점 그늘도 찾아볼 수 없다. 온갖 고생을 하며 끌고 온 거대한 대포는 결국 금이 가고, 도시를 방어하는 이들은 부서진 방책을 보수하는 것을 포기한다. 모두가 전쟁의 운명이 한쪽으로 기울고 있음을 느낀다. 굶어 죽어 가는 도시가 항복해야 하거나, 오스만 제국 사

람들 쪽에서 질병과 절망이 막사를 휩쓸기 전에 후퇴해야 할 것이
다.

오메이르와 함께 일하는 소년들은 술탄께서, 왕국과 함께 그분
을 보우하시기를, 결정적 순간이 왔음을 믿어 의심치 않으신다고
말한다. 성벽은 여러 곳이 약해졌고 그곳을 지키는 자들도 진이 다
빠졌으니 마지막 일격이면 균형이 깨질 것이다. 최고의 전투원들은
후방에 배치할 테지만, 그 가운데 장비도 훈련도 제일 딸리는 자들
을 우선 해자로 보내 도시 수비를 약화시키도록 할 것이다. 한 소년
이 목소리를 낮추고 말한다. 우리는 옴짝달싹 못 하게 될 거야, 머리
위 성벽에선 돌덩어리와 펄펄 끓는 타르가 우박처럼 쏟아지고, 뒤
에선 술탄의 차부시*들이 채찍을 휘두르는 사이에 껴서. 하지만 또
다른 소년은 신께서 그들을 끝까지 지켜보실 거라고, 설령 그들이
죽더라도 내세에서 받을 보상은 이루 헤아릴 수 없을 정도로 넘쳐
날 것이라고 말한다.

오메이르는 두 눈을 질끈 감는다. 호기심 많은 자가 멈춰 서서 나
무와 달빛의 몸집을 보고 입을 떡 벌렸을 때 얼마나 가슴이 벅찼던
가. 번쩍거리는 대포에 그저 손가락 하나라도 대 보고 싶다는 일념
으로 수천 명의 사람들이 몰려들었을 때는 또 어땠는가. 작은 것으
로 훨씬 더 큰 것을 파괴할 수 있어. 하지만 그들이 지금까지 파괴한
것은 무엇인가?

마헤르가 그의 옆에 앉더니 칼집에서 단도를 꺼내고 손톱으로
칼날 위의 녹을 떼어 낸다. "내일 밤에 우릴 보낼 거라고 들었어. 해

*　술탄 휘하의 전령 역할을 하던 군인.

가 지면." 마헤르의 소 두 마리도 한참 전에 죽었고, 그 후로 그의 두 눈에서는 깊은 공동(空洞)이 빈번히 드러난다. "대단히 멋질 거야." 그는 말하지만 확신은 담겨 있지 않다. "놈들을 공포로 떨게 해 주자고."

그들 주위엔 훈련받은 적 없는 농부의 아들들이 방패, 곤봉, 창, 도끼, 기병 해머, 하다못해 돌멩이라도 손에 쥐고 앉아 있다. 오메이르는 지칠 대로 지쳤다. 죽는 게 편할 것이다. 그는 성벽 위에 앉아 있는 기독교도들을, 도시의 집과 교회에서 기도를 올리는 사람들을 생각하다가, 신은 어떻게 혼자서 그토록 많은 사람의 생각과 두려움을 다스릴 수 있는지 그 비결이 새삼 궁금해진다.

안나

오늘 밤도 그녀는 성벽의 내벽과 외벽 사이 두둑하게 돋워 놓은 곳에 모인 여인들과 어린 여자들에게 가서, 사라센인들이 몰려오면 머리 위로 떨어뜨릴 돌들을 흉벽까지 실어 나른다. 다들 배를 곯은 채 쉬지도 못한다. 찬송가를 부르는 사람도 격려의 말을 건네는 사람도 없다. 자정이 되기 직전, 수사들이 물 오르간을 끌어내 외벽 꼭대기까지 가져다 놓고는 등골이 서늘해지도록 새된 곡조를 연주하는데, 마치 밤에 죽어 가는 커다란 짐승의 울음소리처럼 들린다.

남자들은 무슨 근거로 다른 사람이 죽어야 자기가 산다고 믿는 것일까? 그녀는 거의 아무것도 소유하지 않고 살다 조용히 세상을 떠난 마리아를 생각하고, 그러다 리키니우스가 들려준 이야기를 떠올린다. 그리스인들은 트로이 성벽 밖에서 십 년 동안 천막을 치고 살았고, 성벽 안에 갇혀 베를 짜던 트로이 여자들은 들판을 걷고 다시 바다를 헤엄치게 될 날이 올까, 성문이 무너지고 제 배로 낳은 자식들이 성벽 밖으로 던져져 죽는 꼴을 눈으로 보게 되는 건 아닐까 생각했다는 이야기를.

안나가 새벽까지 일하고 돌아가자, 크리세가 안뜰에서 기다리라고 하더니 부엌방에 들어갔다 나온다. 한 손엔 나무 의자가 들려 있고 다른 손에는 손잡이가 뼈로 된 과부 테오도라의 가위가 있다. 안나가 자리에 앉자 크리세가 그녀의 머리칼을 뒤로 모으더니 가위날을 벌리는데, 안나는 일순 그녀가 자기 목을 베지나 않을지 겁이난다.

"오늘 밤이나 내일," 크리세가 말한다. "도시가 함락될 거야."

안나의 귀에 가위 날이 내는 슥슥 소리가 들리고, 발치에 머리털이 떨어지는 것이 느껴진다.

"장담해요?"

"그래, 애야. 그리고 도시가 함락되면 군인들이 손에 잡히는 대로 다 빼앗아 갈 거다. 음식, 은, 비단. 하지만 제일 값어치가 나가는 건 젊은 여자들이겠지."

안나는 젊은 술탄이 신하들이 묵는 천막에 들어가 카펫 위에 앉아 무릎에 놓인 도시 모형의 탑 하나하나, 총안 하나하나, 입구가 있는 성벽의 마모된 부분 하나하나를 손가락으로 쑤시며 들어갈 만한 곳을 찾는 모습이 눈앞에 떠오른다.

"그들은 너를 발가벗겨 전리품으로 간직하거나 시장으로 끌고 가 팔아넘길 거야. 우리 편, 저쪽 편, 다 똑같아, 전쟁에선. 이런 걸 어떻게 아느냐고?"

가위 날이 눈에 닿을 듯 가까이 있어서 안나는 고개를 저을 엄두도 내지 못한다.

"나한테 일어났던 일이거든."

머리를 깎은 안나는 풋살구 여섯 개를 먹고 배탈이 나서 뒤척거리다 잠이 든다. 악몽 속에서 그녀는 드넓은 아트리움 바닥 위를 걷는데 둥근 천장이 아득히 높아 꼭 하늘을 떠받치고 있는 것 같다. 양쪽에 여러 층으로 쭉 이어지는 책장들이 있고 수만 권은 될 책들이 쌓여 있는 광경이 마치 신들의 도서관 같다. 그러나 그녀가 책을 펼칠 때마다 알지 못하는 언어로 쓴 단어들이 빼곡하게 보이고, 이 책장에서 저 책장으로, 이 책에서 저 책으로 옮겨 가며 보아도 모든 책 속에는 그녀가 이해할 수 없는 단어들뿐이다. 걷고 또 걸어도 해독을 불허하는 무한한 도서관의 똑같은 풍경이 이어질 뿐, 광대함 속을 걷는 그녀의 작은 발소리만 들린다.

포위 공격 오십오 일째의 어스름이 깔린다. 금각만과 마주하고 서 있는 블라헤르네 궁전에서 황제는 대신들을 불러 모아 기도를 올린다. 성벽 위아래에선 보초들이 화살의 수를 헤아리고, 타르를 넣은 큰 항아리 밑에 불을 피운다. 해자 바로 아래에 있는 술탄의 전용 천막 안에선 하인이 일곱 개의 천국을 의미하는 일곱 개의 초에 불을 붙인 후 물러나고, 젊은 군주가 무릎을 꿇고 기도를 올린다.

도시의 네 번째 언덕, 한때 명성이 자자했던 칼라파테스의 자수 공방 위에선 갈매기 떼가 지붕 위로 기세 좋게 날아오르며 저무는 해가 남기는 마지막 빛을 낚아챈다. 안나는 짚 요에서 일어나고 잠으로 낮 시간을 날린 것에 놀란다.

부엌방에는 떠나지 않고 남은 자수꾼 여섯 ─ 모두 쉰 살을 넘긴 이들이다. ─ 이 난롯가에서 물러나 크리세에게 자리를 내주자 그녀는 작업 탁자 위 자투리들을 난롯불 속에 쑤셔 넣는다.

과부 테오도라가 안나의 눈에 벨라도나로 보이는 것을 한 아름들고 안으로 들어온다. 그녀는 잎을 떼어 내고, 반들반들한 까만 열매를 대야에 쏟고, 뿌리는 절구에 넣는다. 뿌리를 빻으면서 그녀는 모두에게 우리 몸은 한낱 먼지이며, 우리의 영혼은 지금껏 보다 멀리 떨어져 있는 곳을 그리워했다고 말한다. 그리고 이제 그곳이 멀지 않으니, 우리의 영혼이 육신이라는 껍데기를 벗어 버리고 신이 거하는 집으로 가게 되리라는 기대에 떨고 있다고 말한다.

낮의 마지막 푸른빛이 밤 속으로 빨려 들어간다. 불빛에 비치는 여자들의 표정은 유구한, 가히 숭고하기까지 한 고뇌로 가득하다. 마치 처음부터 모든 것이 이렇게 끝날 것을 알고 기꺼이 몸을 맡기기로 각오한 것 같다. 크리세가 안나를 광으로 부르더니 촛불을 켠다. 그녀에게 소금에 절인 철갑상어 두어 조각과 헝겊에 싼 검은 빵 한 덩이를 건넨다.

"한 아이가 태어났는데," 크리세가 말한다. "누구보다 영리하고 누구보다 오래 버티고, 누구보다 빨리 도망칠 수 있어. 바로 너 말이야. 넌 더 살아야 해. 오늘 밤에 도망쳐라, 내 네가 가는 길을 위해 기도하마."

안나의 귀에 저기 부엌에 있는 과부 테오도라의 말이 들린다. "우리의 육신을 이 세계에 남겨 두고 떠나야 내세를 향해 날아오를 수 있는 거야."

오메이르

어둠이 내리자, 아직 제 몸 하나 건사할 줄 모르는 그의 주변 소년들은 기도를 올리고 근심하고 칼을 갈고 잠을 잔다. 이 어린 소년들이 여기에 온 건 분노나 호기심이나 신화나 믿음이나 탐욕이나 강압에 의해서다. 그중에는 이번 생이나 다음 생의 영예를 꿈꾸는 아이들도 있지만, 그저 해를 가하고 싶어서, 자기들에게 고통을 안겨 주었다고 믿는 상대에게 분풀이를 하고 싶어서 온 아이들도 있다. 어른들도 꿈을 꾼다. 그들은 신께서 기꺼워 할 영예를 얻기를, 전우들의 신망을 얻기를, 정겨운 고향 땅으로 돌아가기를 꿈꾼다. 목욕을, 사랑하는 사람을, 주전자에 담긴 맑고 차가운 물 한 모금을 꿈꾼다.

포병들이 묵는 천막 밖에 앉아서 오메이르는 계단 모양으로 이어지는 아야 소피아의 돔 지붕들에 걸러져 내리는 달빛을 본다. 이만큼 가까이에서 볼 날은 앞으로 두 번 다시 없을 것이다. 탑마다 횃불이 타오른다. 도시 동쪽 끝에서 깃털 같은 하얀 기둥 한 줄기가 솟아오른다. 그의 뒤에서는 금성이 반짝인다. 기억 속에서 할아버지가 동물의 미덕에 대해, 날씨에 대해, 풀마다 다른 특성에 대해 느릿느릿 들려주던 이야기들이, 나무와도 같았던 할아버지의 인내력이 떠오른다. 반년이 조금 더 지났을 뿐인데, 기억 속의 그 저녁들과 지금 이 저녁 사이의 거리가 아득하게만 느껴진다.

그렇게 자리에 앉아 있는데 어머니가 천막들과 다른 장소들 사이를 미끄러지듯 누비며 다가와 한 손을 그의 뺨에 얹더니 그대로 가만히 있는다. 내가 무슨 상관이지? 어머니가 나지막하게 속삭인다. 도시, 황자, 역사, 그런 게 다 뭐라고?

그냥 보통 사내놈입니다. 할아버지는 그때 여행자와 그의 종에게 말했다.

지금은 그리 생각하겠지요. 하지만 머지않아 본성을 드러낼 게요.

그때 그 종의 말이 맞았는지도 모른다. 오메이르의 몸 안에 악마가 숨어 있을지도 모른다. 아니면 오메이르가 구울이나 마법사일지도. 감당할 수 없는 존재. 그 존재가 뒤척이다 잠에서 깨어나 움직이는 것이 느껴진다. 몸을 쭉 펴고, 두 눈을 비비며 하품을 하는 것이.

일어나. 그것이 말한다. 집으로 가.

그는 문라이트의 밧줄을 둘둘 감아 한쪽 어깨에 걸치고는 자리에서 일어난다. 맨땅에서 자는 마헤르의 몸 위를 넘어간다. 두려움에 떠는 청년들 사이를 지나간다.

우리에게 돌아와. 속삭이는 어머니의 머리 주위를 구름 같은 벌 떼가 날아다닌다.

그는 소가죽으로 만든 울림 판자 악기를 들고 대열 맨 앞을 향해 나아가는 고수(鼓手) 한 무리를 피해 빙 둘러 간다. 모루를 들고 가죽 앞치마를 두른 대장장이들의 막사를 지난다. 화살을 만드는 사람들과 활줄을 매는 사람들을 지나쳐 간다. 지금까지 오메이르가 멍에를 쓰고 굴레를 건 채 돌 대포알을 가득 실은 짐수레를 끌고 오기라도 한 것처럼, 도시에서 한 걸음 한 걸음 멀어질 때마다 등 뒤에서 돌 대포알들이 굴러떨어지고 있다.

어둠 속에서 말과 천막과 짐수레의 윤곽이 아련히 나타난다. 누구에게도 눈길을 줘선 안 돼. 넌 얼굴 감추는 건 잘하잖아.

그는 천막 밧줄에 걸려 넘어졌다가 다시 일어서면서, 불빛의 반경에 들어가지 않으려고 몸을 튼다. 언제라도 용건을, 소속 부대를, 엉뚱한 방향으로 가는 이유를 묻는 사람이 나타날 것이다. 지금이라도 당장 길고 구부러진 칼을 찬 술탄의 헌병이 말을 멈춰 세우고 탈영병이라고 외칠지 모른다. 하지만 사내들은 자거나 기도를 올리거나 웅얼거리거나 임박한 공격에 대해 골똘히 생각할 뿐, 아무도 그에게 눈길을 주지는 않는 것 같다. 그가 동물들을 점검하러 우리로 간다고 생각하는 걸까? 어쩌면 난 이미 죽은 목숨인지도 모른다고 그는 생각한다.

그는 에디르네로 가는 큰길을 오른편에 두며 간다. 야영지 가장자리에 이르니 봄철의 잔디가 가슴 높이까지 자라 있고, 금작화도 껑충하니 노란색으로 피어 있어 꽃 아래로 몸을 숙이고 걷기가 수월하다. 그의 뒤편에서 고수들이 대열 맨 앞에 이르러 양두 북채를 머리 위로 들어 올려 8자 모양으로 돌리면서 북을 치기 시작한다. 어찌나 빨리 두드리는지 북소리가 아니라 끊임없는 고함 소리처럼 들린다.

오스만 진영 사방에서 군인들이 방패에 무기를 부딪쳐 내는 소리가 일제히 솟아오른다. 오메이르는 신이 구름 틈새로 한 줄기 빛을 보내 그의 본색을 만천하에 밝히는 순간이 올 것을 각오한다. 배신자, 비겁자, 변절자. 구울의 얼굴과 악마의 심장을 가진 사내아이. 제 아비를 죽인 놈. 산에 버려져 죽을 운명이었던 날 밤 제 할아비를 홀려서 다시 세상에 온 놈. 마을 사람들이 그에 관해 직감했던 모든 것이 현실이 되었다.

어둠 속에서 그는 거의 눈에 띄지 않는다. 등 뒤로 북소리, 심벌즈 소리, 사람들 목소리가 점점 높아진다. 지금 당장이라도 그 첫 번째 물결이 해자 너머로 보내질 것이다.

안나

1.5킬로미터도 넘게 떨어진 칼라파테스의 집 안에서도 북소리가 들린다. 무기나 다름없는 술탄의 집게손가락이 골목길마다 쑤셔 대며 샅샅이 뒤진다. 안나는 부엌방 쪽을 흘긋 돌아본다. 과부 테오도라가 빻은 벨라도나가 가득 든 절구를 들고 있다. 그림자 속에서 칼라파테스가 마리아의 머리채를 휘어잡고 복도를 끌고 다니는 모습이 보이고, 리키니우스의 얼룩덜룩한 책첩들이 불길에 던져지는 장면이 보인다.

키 큰 필경사는 말했었다. 성질 고약한 수도원장 한 명, 바지런하지 못한 수사 한 명, 이 땅을 침략한 야만인 한 명, 쓰러져 버린 초 하나, 배고픈 벌레 한 마리만으로도 저 수 세기의 세월이 날아가고 마는 거야. 우리가 이 세계에 천 년 동안 매달려 있을 수 있다 해도 숨결 하나에 뽑혀 나갈 수 있는 것이다.

그녀는 낡은 염소 가죽으로 제본한 필사본과 코담뱃갑을 마리아의 비단 두건에 싸서 히메리우스의 자루 맨 밑에 넣는다. 그 위에 빵과 소금에 절인 생선을 넣은 다음 자루를 단단히 묶는다. 그녀가 이 세상에서 유일하게 자기 것이라 말할 수 있는 것.

바깥 거리에서 북소리와 먼 고함이 뒤섞인다. 마지막 공격이 시작된 것이다. 그녀는 서둘러 항구 쪽으로 간다. 태반이 넘는 집들이 인기척도 없는 반면 집 안에 여러 개의 촛불을 켜 놓은 집들도 있는데, 침략자들에게 무엇 하나 내주지 않으려고 가진 것을 깡그리 다 써 버리기로 작정한 듯싶다. 사소한 것들조차 선명하고 날카롭게 눈에 들어온다. 필라델피온 궁 앞 포석에 몇 세기 전 찍힌 전차 바큇자국, 목수의 작업장 문에서 조각조각 떨어져 나가고 있는 초록색 페인트, 나무에서 떨어져 달빛 환한 허공을 구르듯 날아다니는 벚꽃잎들. 눈에 들어오는 광경 하나하나가 마지막 보는 것일지도 모른다.

피치를 뒤집어쓴 화살 하나가 지붕에 맞아 튕기더니 돌바닥에 딱 소리를 내며 떨어져 연기를 뿜어낸다. 문간에서 여섯 살도 안 돼 보이는 아이가 나타나 그것을 줍더니 먹을 생각인지 그대로 들고 있다.

술탄의 대포들이 세 대 다섯 대 일곱 대 발사되고, 멀리서 아우성이 솟아오른다. 지금이 바로 그 순간일까? 그들이 지금 성문을 부수고 있을까? 그녀가 히메리우스와 만났던 벨리사리우스의 탑은 어둡고, 보초들이 모두 성벽의 제일 취약한 곳을 떠받치러 간 탓에 어부들이 드나드는 작은 성문 앞엔 아무도 없다.

그녀는 자루를 움켜쥔다. 서쪽이야, 그녀는 생각한다. 그게 그녀가 아는 전부다. 해가 지는 서쪽, 프로폰티스 건너 서쪽. 그러자 그녀의 마음이 축복받은 섬 스케리아와, 우르비노의 투명한 기름과

부드러운 빵과, 구름 속에 떠 있는 아이톤의 도시의 환영을 보내오고, 각각의 천국은 흐릿해지다가 사라진다. 그곳은 틀림없이 존재합니다. 물고기가 된 아이톤은 고래 배 속에서 사는 마법사에게 말했다. 그렇지 않고야 그 도시가 무슨 이유로 지금까지 존재했겠습니까?

그녀는 히메리우스의 쪽배를 그가 늘 대 놓던 몽돌 해변의 조석점 위에서 찾아낸다. 세상의 어떤 바다 배도 이렇게 부실하진 않을 것이다. 일순 두려움에 몸이 떨린다. 노가 없으면 어쩌지? 하지만 노는 그가 늘 놓아두는 곳인 배 밑에 있다.

해안선으로 배를 끌고 가면서 나는 몽돌 긁어 대는 소리가 위험천만하게 시끄럽다. 여울에 떠다니는 시체 크기의 형상들. 처다보지 마. 안나는 쪽배를 물에 띄우고 안으로 기어올라가 앞의 가로장에 무릎을 꿇고 앉는다. 자루를 내려놓고 먼저 우현 노를, 이어서 좌현 노를 사선 모양으로 작게 땀을 뜨듯 방파제를 향해 젓기 시작한다. 밤은 축복하듯 내내 깜깜하다.

갈매기 세 마리가 검은 물에서 깐닥깐닥하며 그녀가 미끄러져 지나가는 것을 지켜본다. 크리세는 늘 말했었다. 3은 행운의 숫자야. 성부, 성자, 성령. 탄생, 인생, 죽음. 과거, 현재, 미래.

그녀가 어떻게 해도 쪽배는 직선으로 가지 못하는 것 같고, 노가 노받이에 부딪치는 소리가 너무 크다. 그녀는 지금까지 히메리우스의 기술을 좋게 평가한 적이 없었다. 하지만 심장이 뛰는 간격으로 해안은 점점 멀어지는 것 같고 그녀가 바다를 등지고 도시 성벽을 마주한 채 계속 노를 저어 가는데도 눈앞에 보이는 건 이미 지나온 곳이다.

방파제가 가까워지자, 안나는 잠시 노를 멈추고 히메리우스가 했던 대로 도기 주전자로 쪽배에서 물을 퍼낸다. 도시 성벽 안 어디선가 은은한 빛이 퍼져 올라온다. 엉뚱한 시공에서 뜨는 해. 멀리 떨어져 있으면 고통도 이렇게나 아름다울 수 있다니 이상하다.

그녀는 히메리우스의 말을 철석같이 믿는다. 파도가 엉뚱한 방향으로 치면 조류가 이리로 밀려 들어오는데, 그러면 우리 둘 다 곧장 바다로 휩쓸려 나가게 될 거야. 지금 그녀는 파도가 엉뚱한 방향으로 쳐서 일이 제대로 되기를 바란다.

뱃머리 바로 앞, 방파제 너머의 큰 파도 속에서 그녀는 언뜻 길고 검은 형체를 본다. 배. 사라센 배인가, 아니면 그리스 배? 선장이 노잡이들에게 큰 소리로 외치고 포병들이 포를 쏠 태세인 걸까? 그녀는 가슴에 자루를 얹은 채 선체 바닥에 몸을 최대한 바짝 붙여 눕는다. 찬물이 등 주위로 스며들자 안나의 용기도 마침내 바닥을 드러낸다. 천 개의 갈라진 틈으로 두려움이 다시 스며든다. 배 양측의 어둠 속에서 촉수들이 솟아오르고, 별도 없는 깜깜한 하늘에서 칼라파테스의 독수리 같은 눈이 굽어보며 깜빡인다.

계집애한테 선생이라니.

너였어? 지금까지 쭉?

조류가 쪽배를 잡아끌고 간다. 그녀는 아이톤이 숱하게 바뀌는 몸속에 갇혀 제 나라 말도 하지 못하고 혹사당하고 조롱당할 때 어떤 심정이었을지 이제는 알 것 같다. 그야말로 끔찍한 운명인데 그녀는 잔인하게도 웃었다.

고함치는 소리도 없고, 휘파람 소리를 내며 지나가는 화살도 없다. 쪽배는 방향을 틀고 흔들거리며 방파제를 넘어 어둠 속으로 미끄러지듯 나아간다.

14

클라우드
쿠쿠 랜드의 성문

클라우드 쿠쿠 랜드
안토니우스 디오게네스 지음, 폴리오 Ǝ

디오게네스의 필사본 후반부 폴리오는 전반부에 비해 상당 부분 훼손되었고, 그만큼 소실된 내용은 번역자와 독자 모두에게 만만치 않은 난제를 안겨 준다. 폴리오 Ǝ는 못해도 60퍼센트가 넘는 내용이 사라졌다. 판독할 수 없는 내용은 생략 부호로 표시하고 번역자가 추측에 근거해 추가한 내용은 괄호 속에 써 넣었다. 번역 지노 니니스.

……플레이아데스성단에서 나는 백조들이 빛나는 과일을 먹는 나라를 보았고, 머나먼 태양의 나라에서는 [김이 피어오르는 포도주의 강]에서 목을 축이다가 부리를 데고 말았습니다. 나는 낯선 땅을 천 군데나 돌아다녔지만 거북이 등에 꿀 케이크를 이고 다니고 전쟁도 고통도 알지 못하는 곳은 결코 찾을 수 없었습니다.

……이카루스가 아니라면 꿈도 꾸지 않을 만큼 드높은 곳에서, 깃털이 온통 별의 먼지로 뒤덮인 꼴이 된 나는 아득히 먼 아래의 지구를, 그 본래의 모습을 보았습니다. 그것은 광막하고 심원한 공간 속 작은 진흙 더미 하나에 지나지 않았고, 그곳의 왕국들 또한 거미집에 불과했으며 군대들도 한낱 부스러기와 다르지 않았습니다.

……그러다 먼 곳에서 타오르는 빛을 [문득 보았으니?], 탑들에 새겨진 금 줄 세공, 뭉실뭉실한 구름, 내가 아르카디아의 광장에 있던 그날 상상한 그대로의 모습으로…….

……한 가지 다른 점이 있다면 상상한 것보다 더 웅장했고, 황홀

하리만큼 아름다웠으며, 천국의 경지에 더 가까웠으니⋯⋯.

⋯⋯송골매, 붉은발도요, 메추라기, 쇠물닭, 그리고 뻐꾸기들이 둥글게 에워싸고⋯⋯.

⋯⋯히아신스와 월계수, 풀협죽도와 사과, 치자나무와 달콤한 알 리섬⋯⋯.

⋯⋯즐거운 나머지 혼미한 데다 세상처럼 지쳐서, 나는 그 자리 에 쓰러져⋯⋯.

아르고스호

미션 여행 64년
볼트원 내부 생활 45~46일

콘스턴스

그녀는 혼자 도서관에 서 있다. 제일 가까이 있는 책상에서 쪽지한 장을 꺼내 안토니우스 디오게네스의 클라우드 쿠쿠 랜드라고 써서 투입구 속으로 떨어뜨린다. 여러 구역에서 문서들이 날아와 열두 개의 더미로 정렬한다. 많은 것들이 독일어, 중국어, 프랑스어, 일본어로 쓴 학술 논문이다. 거의 모든 책이 2000년에서 2020년 사이에 쓰인 것으로 보인다. 그녀는 영어로 쓴 책 가운데 제일 가까이 있는 책을 펼친다. 『고대 그리스 소설 선집』.

2019년 바티칸 도서관의 심하게 훼손된 필사본 안에서 후기 그리스 소설『클라우드 쿠쿠 랜드』가 발견되었을 때 그리스·로마 학계는 잠깐이나마 후끈 달아올랐다. 안타까운 건, 문서 보관인들이 복구할 수 있었던 분량이 미흡하기 짝이 없었다는 사실이다. 스물네 개의 갈기갈기 찢긴 폴리오들은 모두 얼마간 훼손돼 있었다. 연대기상으로 뒤죽박죽인 데다 누락된 곳이 한두 군데가 아니다.

다음 책에서는 30센티미터 남짓한 크기의 두 남자가 투사된 영상으로 나타나 반대편 연단으로 걸어간다. 나비넥타이를 매고 은빛 수염을 기른 첫 번째 남자가 말한다. 이 책은 단 한 명의 독자를 위해 쓰인 것으로서, 그 독자는 임종을 앞둔 어린 소녀이기 때문에 일종의 죽음 불안(death-anxiety)에 관한 내러티브로 볼 수 있으며…….

그렇지 않습니다, 마찬가지로 은빛 수염을 기르고 마찬가지로 나비넥타이를 맨 다른 연사가 말한다. 디오게네스는 의사-다큐멘터리 개념을 유희적으로 활용하려는 의도에서 한쪽엔 픽션을 다른 한쪽엔 논픽션을 안배한 후, 이 이야기가 무덤에서 발견된 진짜 필사본이라고 주장하는 한편 독자와의 사이에선 당연히 허구라는 일종의 계약을 맺은 것입니다.

콘스턴스가 책을 덮자 두 남자는 사라진다. 다음 책은 300페이지에 걸쳐 필사본에 사용된 잉크의 기원과 색조를 탐구하는 내용인 듯하다. 또 다른 책에선 일부 페이지에서 발견된 나무 수액에 대해 추정하고 있다. 또 다른 책은 복구한 폴리오들을 본래 순서대로 배열하기 위해 다양하게 시도된 방법들을 구구절절 기술하고 있다.

콘스턴스는 두 손으로 이마를 받친다. 책더미에서 찾아낼 수 있는 폴리오의 영어 번역들은 하나같이 당황스럽다. 지루한 데다 각주가 다닥다닥 붙어 있거나, 온통 툭툭 끊겨 있어서 무슨 말인지 이해할 수가 없다. 그것들 안에서 아버지가 해 준 이야기의 윤곽이 보이는 것 같다. 마법사의 침실 문 앞에 무릎을 꿇는 아이톤, 당나귀로 변하는 아이톤, 여인숙에 쳐들어온 산적들에게 납치당하는 아이톤. 하지만 그 바보 같은 주문을 외우는 장면과 달의 젖을 들이켜는 동물들과 태양의 나라에 있는 끓는 포도주의 강은 어디 있지? 아이톤이 갈매기를 여신으로 착각할 때 아버지가 꽥꽥 소리를 내던 대목은, 고래 배 속의 마법사를 흉내 내며 으르렁거렸던 대목은 다 어디 있지?

콘스턴스는 몇 분 전에 맛본 희망이 시들해지는 걸 느낀다. 여기 이 모든 책들, 이 모든 지식, 이런 게 다 무슨 소용이 있나? 어느 책도 그녀에게 아버지가 고향을 떠나려 한 이유를 설명해 주지 않는데. 어느 책도 그녀가 이런 운명에 처하게 된 이유를 밝히는 데 도움이 되지 않는데.

콘스턴스는 상자에서 쪽지 한 장을 꺼내어 쓴다. 표지에 구름 속 도시가 그려진 파란색 책을 보여 줘.

작은 종잇장이 팔랑거리며 내려온다. 이 도서관에는 요청한 도서에 관한 기록이 전무합니다.

콘스턴스는 여러 줄로 끝없이 이어지는 책장들을 내려다본다. "난 네가 모든 걸 다 갖고 있는 줄 알았는데."

또다시 노라이트가 되고, 또다시 첫 식사가 프린트되고, 또다시 시빌의 수업을 듣는다. 그러고 나서 그녀는 다시 아틀라스로 가서 내넙 외곽의 햇볕에 바짝 마른 언덕에 내려앉고, 백라인 로드를 걸어서 아버지의 집으로 간다. 문에 Σχερία라고 손으로 쓴 표지판이 걸려 있다.

그녀는 몸을 웅크리고 비틀어 가며 집에 바짝 몸을 댄다. 침실 창문을 통해 들여다보이는 모습은 색깔이 흔들리는 면적으로 화질이 저하된다. 침대 옆 탁자에 놓인 책은 감청색이다. 표지 가운데 그려진 구름 도시는 햇빛 때문에 색깔이 바래 보인다. 그녀는 까치발을 하고 눈을 가늘게 뜬다. 디오게네스의 이름 밑에 처음엔 미처 보지 못했던 단어 세 개가 더 작은 활자로 적혀 있다.

지노 니니스 번역.

하늘로 올라가 아틀라스를 벗어난 뒤, 다시 아트리움으로 돌아간다. 콘스턴스는 제일 가까이 있는 책상에서 쪽지를 빼 들고 쓴다. 지노 니니스는 어떤 사람이었는가?

런던

1971년

지노

런던! 5월! 렉스! 살아 있다! 그는 렉스의 편지지를 백 번은 살펴보고 코를 대고 숨을 들이쉰다. 그의 글씨체를, 마치 누군가 종이 위의 줄을 밟은 것처럼 글자 윗부분을 납작하게 눌러 쓴 글자를 그는 알고 있다. 한국의 서리와 흙 위에 휘갈겨 쓰던 그 글씨들을 얼마나 많이 보았던가?

네게서 편지를 한꺼번에 세 통이나 받다니 이런 기적이 다 있을까?

혹시라도 와 줄 수 있을까?

몇 분에 한 번씩 선들바람이 새롭게 불어와 그를 치고 지나간다. 그래, 이름이 하나 있었지, 힐러리, 하지만 뭐 어때? 렉스가 힐러리라는 짝을 찾아냈다면 축하할 일 아닌가. 그는 해냈다. 그는 살아 있다. 그가 지노를 "조촐한 행사"에 초대했다.

그는 모직 정장 차림으로 고요한 정원에 앉아 편지를 쓰는 렉스를 상상한다. 비둘기들이 구구 운다. 산울타리가 버석거린다. 시계탑이 오크 숲 위로 솟아올라 젖은 회색 하늘을 찌른다. 우아하고 침착한 힐러리가 도자기 찻잔에 차를 담아 내온다.

아니, 힐러리가 없는 게 더 좋다.

네가 끝까지 버텨 낸 것이 얼마나 기쁜지 모르겠다.

휴가 여행 하는 셈 치고.

그는 기다리다가 보이즈턴 부인이 장을 보러 나가자 보이시에 있는 여행사에 전화를 건다. 그리고 범죄라도 저지르는 사람처럼 수화기에 대고 작은 목소리로 질문을 한다. 고속 도로 관리 부서의 어맨다 코드리에게 5월에 휴가를 내겠다고 하자 그녀의 눈이 평소보다 두 배는 커진다.

"이런, 지노 니니스. 누가 날 삽으로 퍼서 옆길에 던진 기분이네. 당신을 잘 몰랐다면 사랑하는 사람이 생긴 줄 알았을 거예요."

보이즈턴 부인에게 말하는 문제는 더 까다롭다. 이삼 일에 한 번씩 그는 커피에 스푼으로 설탕을 떠 넣듯 그 이야기를 대화에 슬쩍 끼워 넣는다. 런던, 5월, 전쟁 때 만난 친구. 그러자 보이즈턴 부인은 이삼 일에 한 번씩 작정하고 바닥에 음식을 엎지르거나, 머리가 아프다고 하거나, 왼 다리에서 전에 없던 경련이 이는 부위를 찾아내면서 대화를 중단시킨다.

렉스의 답장이 도착한다. 기쁘다. 네가 도착하는 시간이면 수업 시간일 것 같아서 힐러리가 마중 나갈 거야. 3월이 가고 4월이 온다. 지노는 정장 한 벌과 초록색 줄무늬 넥타이를 펼친다. 보이즈턴 부인이 실내복 차림으로 계단 맨 밑에서 바들바들 떤다. "병든 여자 혼자 놔두고 진짜 갈 생각은 아니지? 넌 도대체 어떻게 생겨 먹은 인간이니?"

침실 창문 밖 파란색 헬멧 모양 하늘은 소나무 숲 위에 고정되어 있다. 그는 두 눈을 질끈 감는다. 세월이 눈 깜짝할 사이에 지나가네. 렉스는 편지에서 말했다. 그 행간에 얼마나 많은 말이 숨어 있을까? 지금 가는 거야, 안 그러면 죽을 때까지 입을 다물고 있던가.

"다 합쳐서 팔 일이에요." 지노는 여행 가방의 쇠를 채운다. "벽장에 먹을 걸 채워 뒀어요. 담배도 넉넉히 챙겨 놓았고요. 트리시가 매일 아주머니에게 들르겠다고 약속했어요."

비행 시간 동안 아드레날린을 너무 많이 태운 나머지 히스로 공항에 내릴 즈음 그는 거의 환각 상태에 빠진 지경이 된다. 여권 심사를 거치고 나와서 영국 여자를 찾는다. 그런데 너무 이르게 센 은발 머리에 종아리 아래로 퍼지는 살구색 바지를 입은, 키가 2미터는 되는 남자가 그의 팔을 잡는다.

"아, 당신이 작은 코코아 상자로군요." 거인이 말하고, 지노의 양 뺨에 키스하는 시늉으로 인사를 대신한다. "내가 힐러리예요."

지노는 여행 가방을 움켜쥐고 상황을 이해하려고 애쓴다. "날 어떻게 알아봤어요?"

힐러리가 송곳니를 드러낸다. "찍었는데 운이 좋았네요."

그는 지노의 손에서 여행 가방을 뺏어 들고선 길을 안내하며 사람들 사이를 헤치고 나아간다. 파란색 조끼 밑에 페전트 블라우스 같은 상의를 받쳐 입었는데 소매에 스팽글이 계통 없이 달려 있다. 손톱을 초록색으로 칠한 건가? 여기서는 남자가 이렇게 입고 다녀도 괜찮나? 그러나 힐러리의 부츠가 말굽 소리를 내며 터미널을 가로지를 때, 버스와 택시 들이 붐비는 속을 요리조리 뚫고 나아갈 때 누구도 특별히 신경 쓰지 않는다. 문이 두 개인 포도주색 소형차에 몸을 굽히고 들어가는데, 오스틴 1100인지 뭔지라고 부르는 그 차에 지노가 타는 동안 힐러리는 굳이 문을 잡아 준다. 그러고 나서 작은 차의 뒤를 돌아 걸어가서 차 오른쪽 운전석에 그 긴 몸을 접어 넣다시피 하며 탄다. 페달을 밟을 때마다 무릎이 그의 이에 부딪힐 지경인 데다 차 지붕에 머리털이 스쳐서, 지노는 과호흡을 일으키지 않으려고 조심한다.

런던은 뿌연 회색이고 길은 끝없이 이어진다. 힐러리가 재잘댄다. "오른편이 브렌트퍼드인데, 대가리에 똥만 잔뜩 든 늙다리 애인이 바로 저기 살았어요. 덩치만 크고 남의 말을 죽어라 안 듣는 새끼였죠. 렉스는 한 시간 후에 수업이 끝나니까 집에 오면 깜짝쇼를 하자고요. 저기가 거너스베리 파크예요, 보이죠?"

주차 미터기, 교통 체증, 검댕으로 얼룩진 건물들. 리글리 스피어민트 골드리프 최고의 담배 에일스 스피리츠 앤드 와인. 그들은 캠던에 있는, 해가 잘 들지 않는 벽돌집 밖에 주차한다. 정원도 없고, 산울타리도 없고, 지저귀는 방울새도 없고, 찻잔을 든 우아한 아내도 없다. 빗물 때문에 인도에 들러붙은 전단지에 편하게 지불하세요라고 인쇄되어 있다. "올라가죠." 힐러리는 이렇게 말하고 마치 움직이는 나무처럼 몸을 구부려 현관으로 들어간다. 그는 지노의 여행 가방을 들고 네 개의 층계참을 지나 올라가는데, 긴 보폭으로 한꺼번에 두 계단씩 성큼성큼 오른다.

안에 들어가 보니 아파트는 두 구역으로 나뉜 것처럼 보인다. 한 구역에는 깔끔하게 정리된 책장들이 늘어서 있고, 다른 구역에는 태피스트리, 자전거 프레임, 양초, 재떨이, 황동 코끼리, 물감을 두껍게 덧칠한 추상화, 죽은 화초 들이 마치 사이클론에 휩쓸려 여기저기 던져져 더미를 이룬 것처럼 보인다. "편하게 있어요, 난 나뭇잎 좀 적실게요." 힐러리가 말한다. 그는 스토브 버너로 담뱃불을 붙이고 땅이 꺼질 듯이 한숨을 내쉰다. 그의 이마는 주름 하나 없고 뺨은 면도해서 매끈하다. 지노와 렉스가 한국에 있었을 때 힐러리는 아마 다섯 살도 되지 않았을 것이다.

턴테이블에서 정력적인 목소리의 가수가 "사랑은 나의 로즈메리가 가는 곳에서 자라나지요."라고 노래하는 소리가 흘러나오는 가운데 깨달음이 머리를 친다. 렉스와 힐러리는 함께 산다는 깨달음. 그것도 침실 하나짜리 아파트에서.

"앉아요, 앉아."

지노는 레코드가 재생되는 가운데 탁자 앞에 앉아 있으면서 혼란과 극심한 피로가 한바탕 덮치는 것을 느낀다. 힐러리는 조명 장치에 부딪히지 않으려고 몸을 숙이며 레코드판을 뒤집고 화분에 대고 담뱃재를 턴다.

"렉스의 친구가 온다고 해서 얼마나 즐거운지 몰라요. 이제까지 한 번도 친구가 방문한 적이 없거든요. 날 만나기 전에 알고 지낸 사람이 전혀 없었구나 생각할 때도 있어요."

문에서 열쇠들이 짤랑거리는 소리가 들리고, 힐러리는 지노를 바라보며 눈썹을 치켜뜬다. 그리고 한 남자가 우비에 고무 덧신 차림으로 아파트에 들어서는데, 얼굴은 치즈 커드 색깔이고 허리띠 위로 올챙이배가 나와 있고 가슴이 오목하게 들어가 있고 안경엔 김이 서려 있고 옅어졌지만 여전히 온 얼굴에 가득한 주근깨를 보니 영락없는 렉스다.

지노는 한 손을 내밀지만 렉스는 그를 얼싸안는다.

지노의 두 눈에 주체하지 못한 감정이 솟아오른다. "시차 때문에." 그는 말하며 두 뺨을 훔친다.

"그렇겠지."

그들 머리 위로 1.5킬로는 더 높은 곳에서 힐러리가 갈라진 초록색 손톱을 자기 눈에 대더니 눈물 한 방울을 떠낸다. 그는 잔 두 개에 홍차를 따르고, 쿠키 한 접시를 내놓고, 레코드 플레이어를 끄고, 커다란 자주색 우비를 몸에 두르고 나서 말한다. "알았어요, 그러면 두 늙은 친구들에게 뒤를 맡깁니다." 지노는 그가 현란한 색깔의 거대한 거미처럼 계단을 허둥지둥 내려가는 소리에 귀를 기울인다.

렉스가 코트와 신발을 벗는다. "그래서, 제설 일을 한다고?" 아파트가 절벽 끝에서 비틀거리는 것 같다. "내 이야기를 하자면, 난 아직도 철기 시대의 시를, 듣고 싶어 하지도 않는 어린 남자애들에게 읽어 주고 있어."

지노는 쿠키 하나를 들어 갉작거리듯 먹는다. 그는 렉스에게 제5수용소로 돌아가고 싶은 생각을 어쩌다 한 번이라도 하는지, 둘이 함께 부엌 헛간의 그늘에 앉아 땡볕을 고스란히 받으며 흙먼지에 대고 문자를 쓰던 시간을 어쩌다 한 번이라도 그리워하는지 묻고 싶다. 이를테면 뒤틀린 향수병과 비슷한 감정을 느끼는지. 그러나 포로수용소 시절로 다시 돌아가고 싶다면 단단히 미쳤다는 뜻인 데다, 렉스는 지금 북이집트를 여행하는 동안 고대 유물의 쓰레기 더미를 구석구석 뒤지던 일을 이야기하고 있다. 이렇게 오랜 시간이 흐르고, 이렇게 먼 길을 왔고, 한없는 희망과 두려움을 느낀 끝에 지금 이렇게 렉스를 온전히 혼자 차지하게 되었건만, 오 분 만에 그는 벌써 갈팡질팡하고 있다.

"책을 쓰고 있다고?"

"이미 한 권 썼지." 책장의 한곳에서 그는 표지에 새파란 대문자들이 인쇄된 황갈색 양장본을 빼낸다. 『소실 도서 전서』. "내 생각에 마흔두 권이 팔렸는데 그중 열여섯 권은 힐러리가 산 것 같아." 그가 소리 내어 웃는다. "더 이상 존재하지 않는 책에는 아무도 관심이 없다는 것을 알게 되었다고 할까."

지노는 책 표지에 인쇄된 렉스의 이름을 손가락으로 훑는다. 그에게 책은 언제나 구름이나 나무와 같은 존재, 그 자리를, 레이크포트 공공 도서관의 서가를 틀림없이 지키는 존재로 여겨졌다. 하지만 한 권의 책을 만든 사람을 안다는 것은 어떤 걸까? "비극의 경우만 봐도," 렉스가 말한다. "우리는 기원전 5세기의 그리스 극장에서 적어도 천 편의 작품이 쓰이고 상연되었다고 알고 있다. 그런데 그중 지금까지 남아 있는 게 몇 편이나 될 것 같아? 서른두 편이야. 아이스킬로스는 여든한 편 중에 일곱 편. 소포클레스는 백스물세 편 중 일곱 편. 아리스토파네스는 우리가 알기로는 마흔 편의 희극을 썼는데 지금 남은 건 열한 편뿐이야, 그마저도 일부만 남아 있는 경우도 있고."

지노가 페이지를 넘기자 아가톤, 아리스타르코스, 칼리마코스, 메난드로스, 디오게네스, 알렉산드리아의 카이레몬 등의 항목들이 보인다. "손에 넣은 게 단어 두어 개가 적힌 파피루스 한 조각뿐이면," 렉스가 말한다. "또는 누군가의 글에 인용된 한 줄짜리 문장이 전부일 때면 사라진 나머지의 잠재력에 대한 생각이 머릿속을 떠나지 않아. 한국에서 죽은 남자애들 같아. 그들의 죽음이 더없이 애통하게 다가오는 건 그들이 커서 어른이 되는 모습을 볼 수 없기 때문이잖아." 지노는 아버지를 떠올린다. 더는 이승 땅을 밟지 않게 되자 영웅이 되는 것이 얼마나 쉬웠던가.

하지만 여독이 두 번째 중력처럼 그를 의자에서 끌어내리겠다고 위협하고 있다. 렉스는 책을 다시 책장에 꽂고 미소 짓는다. "진짜 피곤하겠다. 가자, 힐러리가 네 잠자리를 마련해 놨어."

그는 밤 깊은 시각에 침대 소파에서 잠을 깨며 2미터 떨어진 닫힌 문 너머에 두 남자가 한 침대를 쓴다는 통렬한 자각에 사로잡힌다. 그러고 나서 시차 때문인지, 더 암울한 실연의 감정 때문인지 척추가 쑤셔서 다시 깨어나니 오후이고, 렉스는 몇 시간 전에 학교에 가고 없다. 힐러리는 실크 기모노처럼 보이는 옷을 걸친 채 다리미판에 놓인, 중국어로 짐작되는 언어로 쓴 책 위로 구부정하니 몸을 굽히고 서 있다. 책에 코를 박은 채 그는 차가 담긴 잔을 내민다. 지노는 잔을 받고 구겨진 여행 복장 차림으로 서서 벽돌과 비상계단이 그물처럼 얽힌 창밖 풍경을 본다.

욕조 안에 서서 머리 위로 호스를 들고서 미적지근한 물로 샤워를 하고 욕실에서 나오니 렉스가 깔끔하게 정돈된 반쪽 구역에 서서 손거울로 숱이 줄어드는 머리를 점검하고 있다. 그는 지노를 보고 미소를 짓고는 이어서 하품을 한다.

"늙다리 아저씨가 예쁜 남자애들을 수도 없이 후리더니 이제 너덜너덜해졌죠." 힐러리가 속닥속닥 말하고는 한눈을 찡긋 감는데 지노는 지레 식겁하다가 비로소 농담임을 깨닫는다.

그들은 공룡의 뼈를 보고 이층 버스를 탄다. 힐러리는 백화점 화장품 진열대에 가더니 눈동자 색과 같은 파란색 소용돌이 모양으로 눈 언저리를 화장하고 돌아오고, 렉스는 지노에게 각기 다른 브랜드의 진을 가르쳐 준다. 그러는 내내 작은 퀄런을 단단히 말고 플랫폼 슈즈를 신고 블레이저를 걸치고 거대하면서도 기괴한 프롬 드레스를 입은 힐러리가 함께한다. 곧 지노가 방문한 지 나흘째 밤이 되고, 그들은 자정을 넘긴 시간에 지하 저장고에서 고기 파이를 먹는다. 힐러리는 지노에게 렉스가 쓴 책에서 사라진 책은 모두 영원히 자취를 감추기 전에 어딘가에 마지막 한 권의 사본을 남긴다는 대목까지 읽었느냐고 묻고, 자신은 그 대목을 읽고 전에 체코슬로바키아의 한 동물원에서 흰코뿔소를 본 기억을 떠올렸다고 말한다. 거기 붙은 안내판엔 전 세계를 통틀어 스무 마리만 남은 북부흰코뿔소 중 한 마리이자 유럽 대륙에 단 한 마리만 남은 코뿔소라고 소개되어 있었는데, 우리 안에 갇힌 짐승은 파리 떼가 들끓는 눈으로 철창 너머를 물끄러미 바라보며 슬프게 울었다는 것이다. 이야기를 마치고 힐러리는 렉스를 바라보더니 젖은 눈을 훔치며 그 대목을 읽을 때마다 그때의 코뿔소가 떠올라 눈물이 난다고 말하고, 렉스는 그의 팔을 토닥여 준다.

토요일에 힐러리가 '갤러리'에 가자며 앞장선다. 지노는 그 말만으론 아무것도 짐작하지 못하고 —— 아트 갤러리? 슈팅 갤러리?* —— 얼마 후 렉스와 함께 유아차를 끌고 온 여자들로 북적대는 카페의 테이블에 앉아 있다. 렉스는 검은 트위드 조끼를 입고 있는데, 전날 수업 시간의 분필 가루가 그때까지 묻어 있었다. 그것을

* 모여서 마약 주사를 맞는 곳.

보자 지노는 심장이 마구 뛰는 것을 느낀다. 소리 없이 움직이는 아담한 체구의 웨이터가 온통 나무딸기 문양으로 뒤덮인 찻주전자를 가져다준다.

지노는 대화가 제5수용소에서 브리스틀과 포티어가 연료 드럼통 안에 숨은 렉스를 평상형 트럭에 싣던 그날 밤 이야기로 흘러가기를, 그래서 렉스가 어떻게 탈출했는지, 그리고 렉스가 뒤에 남은 그를 용서하는지 듣고 싶지만, 렉스는 로마 바티칸 도서관에 가서 옥시링쿠스의 쓰레기 더미에서 복구한 닳아 문드러진 고대 파피루스 덩이, 이천 년 동안 모래밭에 묻혀 있던 그 그리스 문헌의 일부 조각들을 샅샅이 뒤졌던 이야기에 열을 올리고 있다. "그중 99퍼센트는 증명서, 농장 영수증, 세금 기록처럼 말할 것도 없이 따분한 것들이었지만, 지노, 이제까지 알려진 적 없는 문학 작품에서 단 한 문장이라도, 아니 단어 두어 개라도 찾아낸다면, 소멸 속에서 한 개의 구절이라도 구해 낸다면 내겐 그 이상 짜릿한 게 없을 거야. 땅에서 철사 한 가닥을 파 냈는데 그게 천팔백 년 전에 죽은 사람에게 연결되어 있음을 발견하는 것과 같아. 그때 느끼는 게 노스토스인 거지, 기억하지?" 그는 날렵한 손을 흔들며 두 눈을 깜빡이는데, 그 모습이 오래전 한국에서 봤던 온화한 얼굴과 똑같아서 지노는 테이블 위를 훌쩍 넘어가서 렉스의 목에 입을 대고 싶어진다.

"조만간 우린 진짜 중요한 작품을 짜 맞출 건데, 에우리피데스의 비극일 수도 있고, 망실된 정치사일 수도 있고, 훨씬 더 멋진 것, 이를테면 고대 희극, 아니면 대책 없는 머저리가 지구 끝까지 여행을 떠났다가 돌아온 이야기일 수도 있어. 내가 제일 좋아하는 것들이지, 무슨 말인지 알지?" 그가 눈을 들자 지노의 내면에서 불꽃이 확

타오른다. 잠깐 동안 그는 가능할 수도 있을 미래의 환상으로, 렉스와 힐러리가 논쟁을 벌이고 있는 오후로 간다. 힐러리가 토라지고, 렉스가 힐러리에게 떠나라고 말하고, 지노가 힐러리가 남긴 온갖 쓰레기를 치우는 걸 거들고 상자들을 나르고 그의 여행 가방 속 짐을 꺼내 렉스의 침실에 갖다 놓고, 렉스의 침대 가장자리에 앉는다. 그들은 산책을 하고, 로마로, 이집트로 여행을 떠나고, 찻주전자를 사이에 두고 함께 말없이 책을 읽는다. 잠시나마 지노는 '그것'을 발화할 수 있을 것 같다는 생각을 한다. 그가 정확한 단어들을 골라 지금 당장 말한다면, 마법의 주문처럼 이루어질 것이다. 난 언제나 널 생각해, 네 목의 핏줄을, 네 팔뚝의 솜털을, 너의 두 눈, 너의 입, 그때 난 널 사랑했어, 지금도 나는 널 사랑해.

렉스가 말한다. "내 이야기 지루하지."

"아니, 아니." 모든 것이 기우뚱한다. "정반대야. 그저……" 협곡 도로가, 제설차의 날이, 소용돌이치는 눈의 유령들이 보인다. 천 그루의 검은 나무들이 순식간에 지나간다. "내겐 모든 게 다 처음이라서, 이해해 줘, 밤을 새우는 것도, 진토닉도, 영국 지하철도, 너의…… 힐러리도. 힐러리는 중국 책을 읽고, 넌 사라진 그리스 두루마리 문서를 발굴하고. 난 뭘 하고 사는 건가 싶네."

"아이고." 렉스가 손사래를 친다. "힐러리는 별의별 프로젝트를 다 끌어안고 있는데 다 산으로 가고 있어. 단 한 개도 끝내지 못하고 있어. 그리고 나는 남자 중학교 선생이고. 로마에 갔을 때 호텔에서 택시까지 걸어간 걸로 햇볕 화상을 입었다니까."

카페는 부산스럽고, 아기 하나가 소란을 피우고, 예의 웨이터는 소리 없이 왔다 갔다 한다. 빗물이 차양에 뚝뚝 떨어진다. 지노는 시간이 미끄러져 사라지는 것을 느낀다.

"그래도 그게," 렉스가 말한다. "사랑이겠지." 그는 관자놀이를 문지르다 차를 마시고, 손목시계를 흘긋 보는데, 그 순간 지노는 언 호수의 한가운데까지 걸어갔다가 얼음이 꺼지며 물 속으로 빠진 것 같은 기분이 든다.

생일 파티는 지노가 머무는 마지막 날에 열린다. 그들은 택시를 타고 '크래시'라는 클럽으로 간다. 렉스는 힐러리의 팔에 기대며 "오늘 밤엔 그놈을 잘 길들여 보자고, 어때?"라고 말하고, 이에 힐러 리는 속눈썹을 연신 깜빡인다. 그들은 다 함께 아래로 내려가며 하 나로 이어진 여러 개의 방으로 들어가는데, 갈수록 이상하고 지하 감옥 같은 분위기가 나고, 방마다 은색 부츠나 얼룩말 무늬 레깅스 나 실크해트 차림의 소년들과 성인 남자들이 득시글댄다. 태반이 렉스를 알고 있는지 그의 팔을 힘 있게 잡거나 양 뺨에 입을 맞추거 나 그를 향해 파티용 뿔피리를 불고, 그중 몇 명은 지노를 대화에 끌 어들이기도 하지만 음악 소리가 너무 커서 지노는 대개 고개만 끄 덕이며 폴리에스터 정장 차림이 더워서 땀을 흘린다.

클럽 맨 아래에 있는 마지막 방에서 힐러리는 굽 높은 부츠와 에 메랄드색 톱코트 차림으로, 걸어다니는 나무의 신처럼 북적대는 사 람들 가운데 혼자만 우뚝 솟은 모습으로 진 세 잔을 들고 나타난다. 지노는 진의 열기가 포효하며 몸속 통로를 휩쓸고 지나가는 것을 느낀다. 그는 렉스의 주의를 끌어 보려 하지만 음악 소리는 두 배쯤 더 커지고, 무슨 신호라도 받은 것처럼 방 안의 남자들 모두가 일제 히 "헤이 헤이 헤이 헤이 헤이!" 하고 노래하기 시작한다. 벽의 스트로보 조명이 켜지면서 방은 한 권의 플립 북으로 바뀐다. 여기저기서 팔다리가 점차 움직임을 달리하고, 입술들은 음흉한 미소를 흘리고, 무릎과 팔꿈치가 번쩍인다. 힐러리는 마시던 술을 던져 버리고 나무 같은 두 팔로 렉스를 휘감고, 모두가 똑같은 스타일의 춤을 추면서 한 팔은 앞으로 다른 팔은 천장으로 쭉쭉 뻗는 모습이 서로에게 수기(手旗) 신호를 보내는 것처럼 보인다. 공기는 소음으로 활활 타오르는데, 지노는 발산하지도 못하고 분위기에 편승하지도 못한 채 그저 비참한 심정으로, 심한 결핍감 속에서, 순진한 자신이 버거울 지경에 이른다. 판지로 만든 여행 가방, 어딜 가도 어울리는 법 없는 정장, 벌목꾼 부츠, 아이다호식 태도, 렉스가 뭔가 로맨틱한 것을 바라고 그를 초대했다는 착각에서 기인한 희망. 이제 그리스어 낙서도 나뭇가지와 진흙이 아니라 종이와 펜으로 할 수 있을 거야. 그는 비로소 자기가 얼마나 촌뜨기인지를, 얼마나 야만인이나 다름없는지를 깨닫는다. 쿵쿵 울리는 음악과 명멸하는 몸뚱이들 사이에서 그는 어느새 레이크포트의 무미건조하고 예측 가능한 일상을 그리워하는 자신을 발견하고 놀란다. 보이즈턴 부인이 오후에 마시는 위스키, 눈을 깜빡이는 법 없는 도자기 아이들, 허공에 줄을 긋는 나무 땐 연기, 그리고 호수 위에 내려앉는 정적.

그는 힘겹게 방방을 거쳐 다시 거리로 나오고, 어딘지 알지 못한 채 두려움과 수치심을 안고 두 시간 동안 복스홀을 헤맨다. 마침내 용기를 끌어모아 손을 흔들어 택시를 잡아타고 골드 리프 담배 표지판 옆 캠던의 벽돌집으로 가 줄 수 있느냐고 묻자, 택시 기사는 고개를 끄덕이고 곧장 렉스가 사는 아파트 건물로 데려다준다. 지노는 층계참 네 개를 거쳐 걸어 올라가 문이 잠겨 있지 않은 것을 확인한다. 탁자 위에 차 한 잔이 남겨져 있다. 몇 시간 뒤 힐러리가 비행기 출발 시간에 맞춰 그를 깨워 주는데, 그의 이마를 짚어 주는 손길이 어찌나 다정한지 지노는 그만 외면하고 만다.

출국장 밖에서 렉스는 오스틴을 주차하고, 뒷좌석에서 포장 상자 하나를 들어 올려 지노의 무릎 위에 놓는다.

그 안에는 렉스의 전서 한 권과 그보다 더 크고 두꺼운 책이 한 권 더 들어 있다. "리델 앤드 스콧, 그리스어-영어 사전이야. 꼭 필요한 거지. 네가 다시 번역에 손댈 마음이 생길지도 몰라서."

자동차 밖에서 승객들의 물결이 우르르 지나가는데 한순간이지만 지노는 앉은 자리 밑 땅이 열리면서 집어삼켜졌다가 다시 제자리에 돌아와 앉아 있다.

"넌 감각이 좋아, 너도 알겠지만. 감각을 뛰어넘는 뭔가가 있다고."

지노는 고개를 흔든다.

경적이 울리자 렉스가 뒤를 흘긋 본다. "지레 체념하지 마." 그가 말한다. "때로 이젠 사라지고 없어졌다고 생각한 것이, 다만 감춰져 있을 뿐 다시 발견되기를 기다리기도 하니까."

지노는 차에서 내린다. 오른손엔 여행 가방을 들고 왼팔엔 책들을 끼고 서 있는데, 내면에선 어떤 것(후회)이 창잡이처럼 이리저리 찌르며 뼈를 가루로 만들고 생체 조직을 망가뜨리고 있다. 렉스가 몸을 내밀어 오른손을 내밀자 지노는 왼손으로 힘을 주어 잡는데, 그렇게 어색한 악수는 평생 다시 없을 지경이다. 이윽고 그 작은 차는 차량들 사이로 삼켜진다.

아이다호주
레이크포트

2019년 2~5월

시모어

2월의 카페테리아 구석에서 그와 재닛은 어깨를 나란히 붙이고 앉아 그녀의 스마트폰을 굽어보고 있다. "미리 경고해 두는데," 그녀가 말한다. "이 남자 좀 무서워." 화면에 검은색 데님 옷을 입은 왜소한 남자가 염소 가면을 쓰고 강당 무대를 왔다 갔다 한다. 그의 이름은 '비숍'으로 통한다. 등에는 돌격 소총을 메고 있다. "창세기." 그가 말한다.

시작은 이렇다. "열매를 맺어라. 그리고 번성하라, 그리고 땅을 가득 채우고 다스려라. 바다의 고기를, 공중의 새를, 땅 위를 오가는 살아 있는 모든 것을 지배하라."

비디오 화면이 불안한 표정의 얼굴들로 전환된다. 남자가 말을 이어 간다.

이천육백 년 동안 서구 전통의 영향 안에 사는 우리 대다수는 인류의 역할이 지구를 정복하는 것이라고 믿었다. 창조된 모든 것은 우리가 거둬들이기 위해 창조된 것이라 믿었다. 이천육백 년 동안 우리는 그렇게 잘도 모면해 왔다. 기온은 일정했고 계절의 변화는 예측 가능한 가운데 우리는 숲을 베어 냈고 바닷물고기의 씨를 말렸고 모든 신 가운데 하나의 신을 으뜸으로 올렸으니, 바로 '성장'이다. 자산을 부풀려라. 부를 늘려라. 벽을 넓혀라. 그렇게 새로운 보물을 벽 안으로 끌어들여도 고통이 덜어지지 않을 때는? 가서 더 취하라. 하지만 지금은? 이제 인류는 뿌린 대로 거두기 시작했다. 이제……

벨이 울리고 재닛이 화면을 가볍게 두드리자 비숍이 말을 하다 말고 두 팔을 앞으로 뻗은 채 그대로 정지한다. 화면 밑에서 링크 하나가 깜빡인다. 동참하라.

"시모어. 내 휴대폰 줘. 스페인어 수업 들으러 가야 해."

도서관 안에 새로 지어진 일류 터미널에서 그는 헤드폰을 쓴 채 영상 자료들을 더 찾아낸다. 비숍은 도널드 덕 가면, 라쿤 가면, 콰키우틀 네이션 비버 가면을 쓴다. 그는 오리건주의 어느 개간지에, 모잠비크의 어느 마을에 있다.

플로라는 열네 살에 결혼했다. 지금 그녀는 세 아이의 어머니다. 그녀가 사는 마을의 우물은 다 말랐고, 마음 놓고 물을 마실 수 있는 수원지 중 제일 가까운 곳은 그녀의 집에서 걸어서 두 시간 거리에 있다. 이곳 푸냘로루 지구에서 플로라처럼 젊은 엄마들은 물을 찾아 나르는 데 하루의 여섯 시간가량을 쓴다. 어제 그녀는 세 시간을 걸어서 호수에 갔고, 아이들이 먹을 것을 마련하기 위해서 수련을 땄다. 그런데 가장 배웠다는 지도자들은 우리에게 무엇을 제안하는가? 전자 결제 시스템으로의 전환. LED 전구 세 개를 사면 토트백 무료 제공. 지구는 먹여 살려야 할 인구가 80억 명이며, 멸종률은 인류 이전 수준에 비해 천 배나 높아졌다. 이건 토트백으로 고칠 문제가 아니다.

그는 비숍이 전사를 모집하는 중이라고, 너무 늦기 전에 세계 산업 경제를 해체하려 한다고 말한다. 그는 그들이 새로운 사상 체계를 기반으로 사회를 재구축할 것이라고, 그 토대에서 자원을 공유할 것이라고 말한다. 옛날의 혜안을 되찾을 것이고, 상업이 대답을 주지 못하는 문제에 대한 답을 구할 것이며, 돈이 채워 주지 못하는 요구를 충족시킬 것이라고 말한다.

비숍의 말을 듣는 이들의 얼굴에서 시모어는 빛나는 목적의식을 읽는다. 포포의 옛 수류탄 상자 뚜껑을 처음 비집어 열었을 때 느꼈던, 온몸이 팽팽하게 긴장됐던 기분이 떠오른다. 발현되지 않은 채 잠들어 있는 그 모든 힘. 그가 느끼는 분노와 혼란을 이렇게나 명료하게 발화한 건 이 사람이 처음이다.

"기다려라," 그들은 말한다. "좀 참아."라고 한다. "기술이 탄소 위기를 해결해 줄 거야." 교토에서, 코펜하겐에서, 도하에서, 파리에서 그들은 말했다. "우리는 배출량을 줄일 것이다. 우리는 탄화수소 사용을 점진적으로 줄여 나갈 것이다." 그러고는 그들이 방탄 리무진을 타고 공항으로 돌아가 점보제트기에 올라 9킬로미터 상공에서 스테이크와 초밥을 즐기는 동안 가난한 사람들은 자신이 사는 터전에서 공기에 질식할 지경이다. 기다림은 끝났다. 참는 것도 끝났다. 우린 지금 일어나야 한다, 세계가 통째로 불타기 전에. 우리는 반드시……

메리앤이 그의 눈앞에서 손부채를 부치자, 한순간 시모어는 자신이 어디 있는지 알지 못한다.

"계십니까?"

링크가 깜빡인다. 동참하라 동참하라 동참하라. 그는 헤드폰을 벗는다.

메리앤이 그녀의 자동차 키를 한 손가락에 걸고 휙휙 돌린다. "문 닫을 시간이야, 꼬마. 나 대신 안내판 불 좀 꺼 줄래? 그리고, 물어볼게 있어, 시모어, 토요일에 시간 있니? 정오에?"

그는 고개를 끄덕이고 책가방을 주섬주섬 챙긴다. 밖에선 오래전부터 쌓여 있던 눈 위로 비가 내리고 거리는 온통 질척질척하다.

"토요일이야," 메리앤이 그에게 큰 소리로 외친다. "정오. 잊지 마. 깜짝 선물 있어."

집에 오니 버니가 부엌 식탁에 앉아 오만상을 찌푸리고 수표책을 들여다보고 있다. 그녀가 고개를 들고, 멀리 떠나 있던 정신을 되돌린다.

"오늘 하루는 어땠어? 설마 비 맞으면서 걸어온 건 아니겠지? 점심시간에 재닛이랑 같이 앉았어?"

그는 냉장고 문을 연다. 머스터드. 섀스타 트위스츠 탄산음료. 반정도 남은 랜치 드레싱 병. 아무것도 없다.

"시모어? 나 좀 봐 줄래?"

부엌 전구의 눈부신 빛 속에서 그녀의 뺨은 분필로 빚어 놓은 것 같다. 목살이 늘어지고, 머리 뿌리가 훤히 들여다보인다. 슬슬 등이 굽고 있다. 그녀는 오늘 호텔 화장실을 몇 개나 문질러 닦았을까? 침대보는 몇 개나 벗겨 냈을까? 세월이 버니의 청춘을 앗아가는 것을 보는 것은 집 뒤의 숲이 말끔히 무너지는 것을 다시 보는 것과 같았다.

"할 말이 있어, 아가야. 애스펜 리프가 문을 닫는대. 제프 말이 회사가 더는 체인을 유지할 능력이 안 된대. 곧 날 해고할 거야."

식탁 위에 편지 봉투들이 흩어져 있다. V-1 프로판가스, 인터마운틴 가스, 블루리버 은행, 레이크포트 공과금. 그가 알기로 그의 약 값만 해도 한 주에 119달러다.

"네가 걱정하는 건 싫어, 아가. 어떻게든 되겠지. 지금까지 늘 그랬잖니."

그는 수학 수업을 빼먹고, 주차장에 쭈그려 앉아 재닛의 전화기를 들여다보고 있다.

섭씨 2도가 올라가면 공기 오염 때문에 일억 오천만 명—대개 가난한—의 사람들이 더 죽을 것이다. 폭력 때문도 홍수 때문도 아닌, 오직 열악해진 공기 때문에. 이는 남북 전쟁 사상자보다 150배 더 많은 수치다. 홀로코스트를 열다섯 번 겪은 것에 맞먹는 수치다. 두 번의 세계 대전을 겪는 것과 같다. 우리가 행동을 취함으로써, 현재의 시장 경제를 와해하는 우리의 시도를 통해서 누구도 죽지 않게 되기를 바란다. 하지만 그 과정에서 몇 명이 죽는다 해도 시도할 가치는 있지 않을까? 열다섯 번의 홀로코스트를 막을 수 있다면?

누군가 어깨를 톡톡 친다. 재닛이 연석에 서서 오들오들 떨고 있다. "점점 짜증 나는데, 시모어. 내 핸드폰 돌려달라는 말을 하루에 다섯 번이나 해야 하잖아."

금요일에 학교에서 집으로 돌아오니 버니가 2인용 안락의자에 앉아 플라스틱 잔에 담긴 포도주를 마시고 있다. 그녀는 밝은 얼굴로 그의 어깨에서 책가방을 벗기고는 한쪽 다리를 뒤로 살짝 빼면서 절을 한다. 그러고는 새 일자리를 구할 때까지 버티기 위해 소액 단기 대출을 받았다고 공표한다. 그리고 집으로 오는 길에 목재소 옆 컴퓨터 가게를 지나가다 걸음을 멈추고 말았다고 한다.

그녀는 쿠션 뒤에 감춰 둔 최신형 일류 태블릿 컴퓨터를 포장된 상자째 꺼낸다. "짜잔!"

그녀는 싱글벙글 웃는다. 마시던 부르고뉴 와인 때문에 치아가 잉크를 마신 사람처럼 보인다.

"도즈 헤이든 알지? 가게에서 일하는? 그가 이걸 덤으로 그냥 줬어!" 쿠션 뒤에서 두 번째로 일류 스마트 스피커가 나온다. "이게 날씨도 알려 주고 상식 퀴즈도 내고 쇼핑 리스트도 기억한대. 말만 하면 피자도 주문해 준대!"

"엄마."

"요새 네가 잘 지내 줘서 얼마나 좋은지 몰라, 주머니쥐, 재닛과 시간을 보내는 것도 그렇고, 어린 나이에 컴퓨터나 휴대폰 하나 없이 지내는 게 얼마나 힘든지 엄마도 알아. 너도 하나 있어야겠다고 생각했어. 우리에게도 하나는 있어야지. 안 그래?"

"엄마."

미닫이문 밖으로 에덴스 게이트의 불빛이 해류를 따라 떠내려가듯 일렁인다.

"엄마, 이런 거 하려면 와이파이가 있어야 돼."

"응?" 그녀는 포도주를 홀짝인다. 그녀의 어깨가 축 처진다. "와이파이?"

토요일에 그는 아이스링크까지 걸어가 빙글빙글 맴도는 스케이터들이 저 멀리 내려다보이는 벤치에 앉아 새 태블릿의 전원을 켜고 무선 네트워크에 접속한다. 업데이트를 다 하는 데 삼십 분이 걸린다. 그러고 나서 그는 비숍의 동영상을 열두 편까지 다 찾아 내서 본다. 그러다 3시가 넘어서야 메리앤의 초대를 기억해 낸다. 그는 허둥지둥 블록을 걸어 올라간다. 레이크 앤드 파크 모퉁이에 새 도서 반납함이 보이는데, 콘크리트 바닥에 볼트로 고정되어 있고 페인트로 올빼미 같은 새가 그려져 있다.

두툼한 올빼미로 회색, 밤색, 흰색 페인트를 썼으며, 날개는 양 옆 구리에 단단히 붙인 것처럼 보이고, 발에는 갈고리발톱도 그려져 있다. 얼굴 한가운데 있는 커다란 노란 눈이 빛나고, 목에는 작은 나비넥타이를 하고 있다. 큰회색올빼미다.

문 위에 반납하실 책을 여기 넣어 주세요라고 쓰여 있다. 가슴에는 이렇게 쓰여 있다.

레이크포트 공공 도서관 올빼미
여러분에게 필요한 건 오직 책뿐!*

도서관 정문이 열리고 메리앤이 가방과 열쇠를 들고 선홍색 파카를 걸치며 부산히 나서는데, 단추도 잘못 꿴 데다 표정은 상처받았거나 화가 났거나 슬프거나 아니면 세 감정 모두를 담고 있는 것 같다.

"널 위한 이벤트였는데 안 오다니. 다들 너만 기다렸는데."

"나는……."

"두 번이나 말했잖니, 시모어." 메리앤이 자기 옷의 칼라를 끌어 올린다. 페인트로 그린 올빼미가 비난 어린 눈으로 그를 빤히 보는 것처럼 느껴진다. "이건 좀 알아 둬." 그녀가 말한다. "너 혼자 사는 세상이 아니야." 그러고는 자신의 스바루에 타더니 차를 몰고 가 버린다.

4월이 예년보다 따뜻하다. 그는 도서관에 발을 끊고, 환경 인식 클럽 모임을 빼먹고, 복도에서 트위디 선생을 보면 피한다. 수업이 끝나면 와이파이 신호가 잡히는 아이스링크 맨 뒤 낮은 벽 위에 앉아서 비숍의 동영상을 찾아 인터넷의 음지까지 추적한다. 인

---

*   원문은 LAKEPORT PUBLIC LIBRARY "OWL" YOU NEED ARE BOOKS!로 '올빼미(owl)'의 발음과 '모든(all)'의 발음이 비슷하다는 것에 착안한 말장난이다.

간은 박멸에 도가 튼 종이라고 이해하는 것이 가장 정확하다. 그가 말한다. 우리는 발을 들이는 서식지마다 초토화한 끝에 바야흐로 지구를 황폐화했다. 다음 차례로 우리가 박멸하게 될 것은 우리 자신이다.

한 알은 변기에, 한 알은 싱크대에. 시모어는 부스피론 복용을 끊는다. 며칠 동안 그의 몸은 산산이 부서진다. 그러다 잠들어 있던 것이 깨어난다. 감각들이 아우성치며 돌아온다. 그의 정신은 레이더 망원경의 거대한 오목 거울이 되어, 아득히 먼 우주 구석구석의 빛까지 다 끌어모으는 것처럼 느껴진다. 밖에 나설 때마다 그는 구름이 하늘을 긁으며 지나가는 소리를 들을 수 있다.

"어쩜 그럴 수가 있니?" 어느 날 재닛이 그를 집까지 태워다 주며 묻는다. "우리 부모님 만나고 싶다는 말을 한 번도 안 하네?"

덤프트럭 한 대가 우르르 지나간다. 저 밖에선 비숍의 전사들이 모이고 있다. 시모어는 어떤 변신을 준비 중이라는 기분이 든다. 자신의 몸이 분자 단위로 낱낱이 흩어져 무너졌다가 전혀 새로운 존재로 만들어지는 것이 실제로 느껴질 지경이다.

재닛이 확장형 이동 주택 앞에 차를 세운다. 그는 두 손을 말아 주먹을 쥔다.

"내가 말하고 있잖아." 그녀가 말한다. "넌 듣고 있지 않고. 무슨 일이 있는 거야?"

"아무 일 없어. 나한텐 아무 일도 없어."

"됐어, 내려, 시모어."

그들은 우리를 무장 세력이며 테러리스트라고 부른다. 그들은 변화에는 시간이 걸린다고 주장한다. 하지만 이제 시간이 없다. 부자들이 자신들의 삶의 방식이 아무 영향도 미치지 않고 자신들은 원하면 뭐든 사용하고 원하면 뭐든 버려도 되고 자신들은 재앙에 면역이 되어 있다고 믿도록 내버려 두는 이런 세계의 문화에서 우리는 더 살 수 없다. 눈뜨는 것이 쉽지 않다는 것은 나도 안다. 재미가 없으니까. 우리는 모두 강해져야 한다. 다가올 미래는 상상할 수 없는 방식으로 우리를 시험할 것이다.

링크가 깜박인다. 동참하라 동참하라 동참하라.

그는 집에서 가까운 쪽의 에덴스 게이트 타운하우스들을 조사하면서, 사람 사는 흔적이 전혀 없고 집주인이 다른 데 사는 게 분명한 곳을 찾는다. 5월 15일 버니가 피그 앤드 팬케이크에서 저녁 근무를 하는 시간에 그는 달걀 모양 바위를 지나 뒤뜰을 가로질러 가로장 울타리를 훌쩍 뛰어넘은 뒤 서둘러 그림자 속을 지나가며 여러 창문들을 점검한다. 그러다 잠겨 있지 않은 창문 하나를 찾아내고는 기어올라가 블라인드 사이를 비집고 들어가 어둠침침한 집 안에 선다.

부엌에서 오븐 시계가 은은한 녹색 빛을 발한다.

모뎀은 복도의 벽장 안에 있다. 벽에는 네트워크의 이름과 비밀번호를 쓴 쪽지가 테이프로 붙어 있다. 그는 단숨에 다른 사람의 인생 속에 들어와 서 있다. 냉장고에 붙은 자석에 맥주: 내가 매일 오후 눈을 뜨는 이유라고 쓰여 있다. 찬장 위에 놓인 가족사진 액자, 커피 냄새와 지난 주말에 사용한 슬로쿠커가 남긴 희미한 냄새, 식료품 저장실 옆에 놓인 빈 개 밥그릇. 현관문 옆 걸이에 걸린 스키 헬멧 네 개.

식료품점에서 사람들은 원색 포장지에 싼 음식들로 가득한 카트를 밀지만, 아무도 자신이 무너지기 직전인 댐의 높은 벽 바로 밑에 서 있음은 깨닫지 못한다. 파란색 노란색 프로스팅 별들로 만든 축하합니다, 수라는 문구가 박힌 케이크가 75퍼센트 할인 중이다. 계산하려고 줄을 서 있는 내내 그는 귀마개를 끼고 있다.

버니가 집에 돌아와 신발을 벗으며 말한다. "이게 뭐니?"

시모어는 접시 위에 케이크 두 조각을 놓고 파란색 일륨 스마트 스피커도 갖다 놓는다. 버니가 그를 쳐다본다. "내 생각엔……."

"말해 봐."

그녀는 캡슐 위로 몸을 수그린다. "안녕하세요?"

작은 녹색 불이 테두리를 따라 원을 그린다. 안녕하세요. 약간 영국식 발음처럼 들린다. 저는 맥스웰입니다. 당신 이름은 뭔가요?

버니는 양손을 뺨에 대고 찰싹 때린다. "난 버니예요."

만나서 반가워요, 버니. 생일 축하해요. 오늘 밤에 제가 어떻게 해 드리면 좋을까요?

그녀는 시모어를 바라보며 입을 쩍 벌린다.

"맥스웰, 피자를 주문해 줄 수 있어?"

당연하죠. 버니. 사이즈는요?

"라지. 버섯 들어간 걸로. 소시지도."

잠시만 기다려 주세요. 캡슐이 말하고, 녹색 점이 천천히 굴러가자 그녀는 처연하도록 아름다운 미소를 짓는다. 시모어는 그를 에워싼 세계가 조금 더 부서져 내리는 것을 느낀다.

일주일 후 재닛의 아우디를 시내에 주차하고 그들은 함께 아이스크림을 산다. 재닛이 계산대의 소녀에게 플라스틱 숟가락 대신 퇴비화가 가능한 숟가락을 써야 한다고 하자 소녀가 말한다. "스프 링클 뿌려요, 말아요?"

그들은 호수가 내려다보이는 평편한 바위에 앉아서 아이스크림 을 먹는다. 잠시 후 재닛이 핸드폰을 꺼낸다. 그들 왼쪽의 계선장 주 차장에는 양쪽으로 공간을 넓힐 수 있는 슬라이드아웃이 있고 지붕 에 에어컨 콘덴서 두 대를 장착한 32피트 길이의 RV 차량이 공회전 하고 있다. 한 남자가 밖으로 나와 줄을 맨 작은 푸들을 내려놓더니 굽잇길을 돌며 산책을 시킨다.

"모든 게 무너질 때," 시모어는 말한다. "저런 부류를 제일 먼저 처단해야 해."

재닛이 핸드폰 화면을 손가락으로 쿡 찌른다. 시모어는 안절부 절못한다. 오늘 절규는 가까운 곳에 도사리고 있다. 그는 그것이 들 불처럼 타닥거리는 소리를 들을 수 있다. 그들이 앉아 있는 자리에 서는 시내의 중심부부터 도서관 옆에 새로 개축한 에덴스 게이트 사무실까지 들여다 보인다.

RV 차량에는 몬태나주 번호판이 붙어 있다. 유압잭들. 위성 TV 접시 하나.

"개를 산책시키러 나가면서 엔진을 켜 두었어." 그가 말한다.

그의 옆에서 재닛은 자신의 사진을 찍고, 그러고 나서 지운다. 호 수 위로 트러스티프렌드의 눈이 열리면서 두 개의 노란 달이 된다.

계선장 주차장 끝에 위치한 잔디밭에서 문득 아기 머리통만 한 둥근 화강암 조각이 시모어의 눈에 들어온다. 그는 거기까지 걸어 간다. 보기보다 무겁다.

재닛은 여전히 자기 핸드폰을 보고 있다. 전사는, 비숍이 말한다. 진심을 다해 투신할 때, 죄책감도 두려움도 후회도 느끼지 않는다. 전사는, 진심을 다해 투신할 때, 인간성을 초월한다.

시모어는 호주머니에 수류탄을 집어넣고 에덴스 게이트의 빈터를 걸었을 때 느꼈던 무게감을 떠올린다. 안전 고리에 손가락을 끼웠던 것을 떠올린다. 핀을 뽑아. 잡아당겨 잡아당겨 잡아당겨.

그는 끙끙대며 돌을 들고 RV 차량까지 간다. 머릿속에서 지글거리는 절규를 뚫고 재닛의 목소리가 들려온다. "시모어?"

죄책감도 두려움도 후회도 없다. 우리와 그들의 차이는 행동하느냐 아니냐에 있다.

"지금 뭐 하는 거야?"

그는 돌덩어리를 머리 위로 들어 올린다.

"시모어, 그러기만 해 봐, 다시는…….."

그는 그녀를 흘긋 바라본다. 다시 RV 차량을 돌아본다. 참는 것도, 비숍이 말한다. 끝났다.

아르고스호

미션 여행 64년
볼트원 내부 생활 46~276일

콘스턴스

기록들이 펄럭거리며 책장에서 내려와 책상 위에 연대순으로 차
곡차곡 쌓인다. 오리건주 출생증명서 한 장. 웨스턴 유니언 전보 회
사라고 적힌 색 바랜 종잇장 한 장.

WUX 워싱턴 AP 20 551 PM

앨머 보이즈턴

431 포리스트 세인트 레이크포트

귀하의 피보호자이자 현 미 육군 소속 지노 니니스 일병이 복무
지인 한국에서 보안상 공개 불가한 직무 수행 중에 1951년 4월 1일
이후 행방불명 상태임을 전하며 깊은 유감을 표합니다.

이어지는 것은 1953년 7월과 8월 자 전쟁 포로 석방 인터뷰 사본
이다. 런던에 도착했다는 도장이 찍힌 여권. 아이다호주의 주택 증

서. 밸리 카운티 고속 도로 관리 부서에 사십 년 동안 근속한 것에 수여한 감사장. 기록물들의 태반은 부고 기사와 2020년 2월 20일 86세의 지노 니니스가 한 테러리스트로 인해 지역 도서관에 갇혀, 함께 있던 다섯 명의 아이를 보호하다가 사망한 경위를 상세히 밝힌 기사들이다.

한국전 참전 용사, 용맹을 발휘해 아이들과 도서관을 구하다라는 헤드라인이 보인다. 아이다호의 영웅을 추모하며라고 쓴 헤드라인도 보인다.

제목이 「클라우드 쿠쿠 랜드」인 고대 희극의 일부와 관련해서는 아무것도 찾아내지 못한다. 목록에 포함된 출판물도 전혀 없고, 지노 니니스가 고대 그리스어 문헌을 번역했거나 각색했거나 출판했다는 언급도 찾아볼 수 없다.

전쟁 포로, 아이다호주 카운티 사무소 직원, 작은 도시의 도서관을 폭파하려던 계획을 좌절시킨 노인. 이 남자의 이름이 적힌 책이 왜 호주 내녑의 아버지 집 침대 옆 탁자에 놓여 있었을까? 그녀는 쪽지에 이 사람 말고 지노 니니스가 또 있었나?라고 써서 투입구에 집어넣는다. 잠시 후 답장이 위에서 팔랑거리며 내려온다. 이 도서관에 그런 이름에 관한 기록은 전무합니다.

노라이트 모드가 되자 그녀는 침대에 누워 시빌이 자신의 탑 안에서 깜박이는 것을 바라본다. 어렸을 때는 시빌이 상상할 수 있는 모든 것, 앞으로 필요한 것을 빠짐없이 갖고 있다고 확신했었다. 왕들의 회고록, 1만 편의 교향곡, 1천만 편의 텔레비전 프로그램, 모든 야구 시즌 전체, 3D 스캔으로 보존한 라스코 동굴 벽화, 아르고스호를 만든 '위대한 공동 연구'에 관한 완벽한 기록. 즉, 추진, 수화(水和) 작용, 중력, 산소 처리, 그 모든 것이 여기 이곳, 이 우주선의 심장부에 자리한 시빌의 기이한 필라멘트들 속에 안착한 인류 문명의 문화적, 과학적 결과물로 집대성되어 있다. 인류 역사의 가장 위대한 성취라고, 파괴와 삭제로 이어지는 말소의 힘에 맞선 기억의 승리라고 그들은 말했다. 그리고 도서관의 날에 처음으로 아트리움에 서서 끝없이 이어진 듯한 책장들을 굽어봤을 때 그녀도 그렇다고 믿지 않았던가.

그러나 사실이 아니었다. 시빌은 탑승원들 사이에서 번져 가는 전염을 막지 못했다. 시빌은 지키도 포리 박사도 리 부인도, 아니 어느 누구도 구하지 못한 것 같다. 시빌은 아직도 콘스턴스가 볼트원을 나서는 게 안전한지 아닌지 알지 못한다.

시빌이 알지 못하는 것들이 있다. 시빌은 제4농장의 초록 풀잎 색깔 황혼에 잠긴 채 아버지 품에 안겨 있는 것이 무엇을 의미하는지, 어머니의 단추 가방 속 단추들을 가려 내는 일이 어떤 느낌인지, 그 단추들 하나하나가 원래 어느 옷에 붙어 있었는지 궁금해하면서 무엇을 느끼는지 알지 못한다. 도서관에는 표지가 감청색이고 지노니니스가 번역한 책 『클라우드 쿠쿠 랜드』에 대한 기록이 전혀 없지만, 콘스턴스는 아틀라스 안에서 한 권을 보았고, 그것은 아버지의 침대 옆 탁자 위에 펼쳐져 있었다.

콘스턴스는 일어나 앉는다. 그녀의 머릿속으로 또 다른 도서관의 환영이 너울거린다. 지금 이곳보다 소박한 그 도서관은 그녀의 두개골 벽 안쪽에 감춰진, 기껏해야 수십 개의 칸이 전부인 도서관, 비밀의 도서관이다. 콘스턴스는 알고 있지만 시빌은 알지 못하는 세계의 도서관.

그녀는 식사를 하고, 헹궈 내지 않아도 되는 비누로 머리를 감고, 시빌이 지시하는 대로 군말 없이 윗몸 일으키기와 런지를 하고, 미적분 준비 과정을 공부한다. 그러고 나서 비로소 작업에 들어간다. 영양 파우더를 비운 자루를 찢어 작은 직사각형 모양의 쪽지들을 만든다. 원고지. 푸드 프린터를 수리하는 장비들이 든 팩에서 교체용 나일론 튜브를 꺼내 잘근잘근 씹어 끝을 뾰족하게 만든다. 펜.

그 전까지 그녀가 잉크를 만들려고 노력한 시도들 — 합성 그레이비소스, 합성 포도 주스, 합성 커피콩 페이스트 — 은 한심했다. 묽어서 흐를 지경이었고, 번짐이 심했으며, 마르기까지 한참이 걸렸다.

콘스턴스, 지금 뭐 하고 있어요?

"장난치고 있어, 시빌. 그냥 내버려 둬."

하지만 수십 번의 실험을 거친 후, 이제 그녀는 번지지 않게 자신의 이름을 쓸 수 있게 되었다. 도서관에서 그녀는 소리 내 읽고 또 읽으면서 마음속에 스냅사진을 찍어 남긴다. 그러고 나서 바이저를 터치하고, 퍼램뷸레이터에서 내려와 기억한 것을 또박또박 쓴다.

한국전 참전 용사, 용맹을 발휘해 아이들과 도서관을 구하다

임시변통으로 만든 펜으로 이 여덟 단어를 다 쓰는 데 십 분이 걸린다. 그러나 며칠 더 연습하자 더 빨리 쓰게 되고, 도서관 문헌의

문장들을 다 외우고 나서 퍼램뷸레이터에서 내려와 쪽지에 휘갈겨 쓴다. 한 쪽지에 이렇게 쓴다.

디오게네스의 필사본을 프로테오믹 기법으로 분석한 결과, 중세 콘스탄티노플에서 잉크의 증점제(增粘劑)로 통상적으로 사용한 나무 수액, 납, 숯, 그리고 트라가칸트 고무 성분이 발견되었다.

또 다른 쪽지.

그러나 많은 고대 그리스 문헌들처럼 이 원고가 중세 시대를 살아남은 것이 맞다면, 어떤 경위로 콘스탄티노플 수도원 도서관에서 우르비노까지 가게 되었는지는 상상에 맡길 수밖에 없다.

시빌이 빨간 불빛의 잔물결을 흘린다. 지금 게임하는 건가요, 콘스턴스?

"그냥 메모하고 있어, 시빌."

메모는 도서관에서 하는 게 어때요? 훨씬 효율적이고 원하는 색깔도 다 쓸 수 있어요.

콘스턴스는 손등으로 얼굴을 문지르고, 그 바람에 한쪽 뺨에 잉크가 묻는다. "나한텐 이게 맞아. 고마워."

몇 주가 흐른다. 생일 축하해요. 콘스턴스. 어느 날 아침 시빌이 말한다. 오늘 열네 살이 되었어요. 케이크를 프린트하게 도와줄까요?

콘스턴스는 침대 끝 너머를 응시한다. 주변 바닥에 자루에서 뜯어낸 종잇조각들이 못해도 여든 장은 흩어져 있다. 종잇장 하나에 지노 니니스는 어떤 사람이었나?라고 쓰여 있다. 또 다른 종잇장엔 $\Sigma\chi\varepsilon\rho\acute{\iota}\alpha$라고 적혀 있다.

"아니, 됐어. 날 내보내 주는 건 어때. 생일 선물로 날 내보내 주면 안 돼?"

그럴 수 없어요.

"내가 여기 며칠이나 있었어, 시빌?"

볼트원에서 지금까지 이백칠십육 일을 안전하게 지냈어요.

콘스턴스는 바닥에서 종잇장 하나를 들어서 자기가 쓴 것을 읽는다.

우리 할머니가 촌구석이라고 부르는 이곳엔 별의별 문제가 다 있었어요.

그녀는 눈을 깜빡이며 아버지가 그녀를 데리고 제4농장에 가서 씨앗 서랍을 여는 것을 본다. 수증기가 흘러나와 바닥을 타고 흐른다. 그녀는 몇 줄로 늘어선 씨앗들 가운데 포일 봉투 하나를 고른다.

시빌이 말한다. 시도해 볼 만한 생일 케이크 레시피가 몇 개 있어요.

"시빌, 내가 생일 선물로 뭘 받고 싶은지 알아?"

말해 봐요, 콘스턴스.

"네가 날 혼자 있게 해 주는 것."

아틀라스 안에서 그녀는 자전하는 지구 위 까마득히 높은 상공에 뜬 채 작은 목소리로 암흑을 향해 질문을 던진다. 아버지가 내 넙 집 침대 옆 탁자에 지노 니니스가 번역한 아이톤 이야기 책을 둔 건

왜였을까? 그게 무슨 의미일까?

그때 내게 이 꿈이, 비전이 생겼어. 인생은 무엇이 될 수 있을까, 하는. 그녀와 함께한 마지막 순간에 아버지는 그렇게 말했었다. "저기 갈 수 있는데 왜 여기 가만히 있어야 하지?" 아이톤이 고향을 떠나기 전에 한 말과 똑같은 말이다.

"아이다호주 레이크포트." 그녀가 말한다. "그곳으로 데려다줘."

그녀는 갑자기 아래로 떨어져 구름을 뚫고 언 호수의 남쪽 끝에 자리한 동네에 도착한다. 계선장, 호텔 두 곳, 보트 선착장을 걸어서 지난다. 관광 전차 한 대가 가까운 산꼭대기까지 운행되고 있다. 교통 체증으로 주요 도로가 막혀 있다. 보트를 얹은 트레일러를 끈 트럭들, 눈, 코, 입이 지워진 사람 형체들이 페달을 밟고 있는 자전거들.

정육면체의 공공 도서관은 시내에서 남쪽으로 약 1.5킬로미터 떨어진 잡초 무성한 들판에 서 있는 강철과 유리로 된 건물이다. 건물 한 면에 한 조의 열펌프가 번쩍인다. 명판도 없고 기념 정원도 없고 지노 니니스에 대한 언급도 안 보인다.

그녀는 볼트원으로 돌아와 다 해진 양말 바람으로 시빌의 주변을 서성거린다. 발치에서 종잇장들이 가볍게 나부낀다. 그녀는 네 장을 주워 모아 한 줄로 늘어놓고 그 위로 몸을 수그리고 앉는다.

한국전 참전 용사, 용맹을 발휘해 아이들과 도서관을 구하다

지노 니니스 번역

이 도서관에는 요청한 도서에 관한 기록이 전무합니다.

2020. 2. 20.

지금 무엇을 놓치고 있는 걸까? 그녀는 이스탄불에서 무너져 내리는 테오도시우스 성벽 밑에 서 있던 플라워스 부인을 떠올린다. 이 영상이 촬영된 시기를 보건대, 지금 이 풍경은 육칠십 년 전 이스탄불일 거야. 아르고스호가 지구를 떠나기 전이지.

또 한 번 그녀는 바이저를 터치하고 퍼램뷸레이터에 올라가 도서관 탁자에서 쪽지 한 장을 빼 든다. 보여 줘, 그녀가 종이에 쓴다. 2020년 2월 20일의 레이크포트 공공 도서관이 어떤 모습이었는지.

구식의 이차원 사진들이 탁자 위로 내려온다. 이미지들 속의 도서관은 아틀라스에서 본 강철과 유리로 된 정육면체와는 완전히 딴판이다. 이것은 박공이 높은 옅은 파란색 집으로, 레이크 앤드 파크 모퉁이의 웃자란 덤불 뒤에 있어서 제대로 다 보이지도 않는다. 지붕널은 떨어져 나가고 굴뚝은 휘어졌으며 정면 보도 틈새엔 민들레가 자란다. 한쪽 구석엔 올빼미를 그린 것으로 보이는 상자가 서 있다.

아틀라스. 콘스턴스가 쪽지에 쓰자 커다란 책이 쿵쿵 소리를 내며 책장에서 떨어진다.

그녀는 레이크 앤드 파크의 모퉁이로 가다가 멈춰 선다. 사진 속에서 한때 허름한 도서관이 서 있던 남동쪽 구석에서, 이제는 발코니들이 가득한 삼 층 호텔이 일어선다. 눈, 코, 입이 지워진 십 대 네 명이 탱크톱에 수영복 바지 차림으로 길모퉁이를 성큼성큼 걸어가는 자세로 정지해 있다.

차양, 아이스크림 가게, 피자 가게, 주차장. 호수엔 보트와 카약이 점점이 찍혀 있다. 길 위아래로 차들이 일렬로 멈춰 서 있다. 눈을 씻고 봐도 금방이라도 무너질 듯 낡은 파란색 건물 안에 자리한 공공 도서관이 여기 있었을 것 같지 않다.

반원을 그리듯 돌아서 십 대 아이들 옆에 서는 그녀의 뒤로 낙심한 감정의 물결이 솟아오른다. 지금까지 쓴 볼트 바닥 위의 모든 메모, 백라인 로드를 따라 걸어간 여정, 스케리아의 발견, 아버지의 침실 탁자 위에 놓인 책······. 이렇게 조사를 하면 어떤 방향이 생길 줄 알았다. 그래서 그것을 그녀는 풀어야 할 퍼즐처럼 느꼈다. 하지만 아버지를 이해하는 건 그가 그녀를 볼트에 가둔 시점에서 한 걸음도 더 나아가지 못하고 있다.

막 자리를 뜨려는데, 문득 남서쪽 구석에서 양 날개를 옆구리에 딱 붙인 올빼미처럼 보이는 새를 페인트로 그린 땅딸막한 원통형 상자가 눈에 들어온다. 반납하실 책을 여기 넣어 주세요. 문 위에 적혀 있다. 올빼미의 가슴에는 이렇게 적혀 있다.

레이크포트 공공 도서관 올빼미
여러분에게 필요한 건 오직 책뿐!

올빼미의 커다란 호박색 눈동자 두 개는 그녀가 다가서는 내내 주시하는 것처럼 보인다.

낡은 도서관을 허문 뒤 도시 변두리에 새로 지었는데, 사람들이 책을 반납할 수 있도록 상자 하나는 남겨 놓고 갔다고? 수십 년 동안이나?

특정한 각도에서 볼 때 구석에 있는 아이 중 하나가 상자 속으로 곧장 걸어 들어가는 듯 보이는데, 아이들의 영상을 찍었을 때는 꼭 그 상자가 거기 없었던 것 같다. 이상하다.

올빼미의 깃털은 하나하나 섬세하게 그려져 있었다. 눈동자는 촉촉하고 살아 있는 것 같다.

……두 눈은 원래보다 세 배는 더 커지더니, 흐르는 꿀 같은 색깔이 되었죠…….

문득 도서 반납함이, 나이지리아에서 그녀를 멈춰 세웠던 야자나무, 또는 내닙의 공회당 앞 에메랄드 빛 잔디밭과 꽃나무들이 그랬듯; 뒤의 건물보다 더 선명해 보이는 것을 깨닫는다. 아틀라스 카메라가 포착한 아이스크림 가게나 피자 가게나 네 아이들보다 더 생생하게 보인다. 콘스턴스가 손을 뻗으니 올빼미의 깃털이 흔들릴 지경이다. 손가락 끝이 무언가 단단한 것에 부딪히자 그녀는 심장이 쿵 내려앉는 느낌이다.

문손잡이는 금속처럼 느껴진다. 차갑고, 견고하다. 진짜다. 그녀는 그것을 움켜쥐고 잡아당긴다. 눈이 내리기 시작한다.

15

성문 앞의
수호자들

클라우드 쿠쿠 랜드
안토니우스 디오게네스 지음, 폴리오 O

……언뜻 문기둥 너머로, 포석에 박힌 반짝이는 보석들, 그리고 아마도 고깃국인 듯한 김이 무럭무럭 나는 강이 보였습니다. 머리 위 탑마다 선명한 초록색, 자주색, 진홍색 등등 무지개색 새들이 날아다녔습니다. 나는 꿈을 꾸고 있었던 걸까요? 나는 정말 뜻한 곳에 도착한 것일까요? 그토록 머나먼 길을 다 와서, 그토록 굳건한 [믿음?]을 품었건만, 나의 심장은 여전히 내 눈이 보는 것을 의심하고 있었습니다.

"멈춰라, 작은 까마귀야." 올빼미가 말했습니다. 그는 내 위로 우뚝 일어섰는데 몸집이 나의 다섯 배는 되고 발톱마다 황금 창을 끼고 있었습니다. "성문을 통과하려면 네가 진짜 새가 맞는지, 하늘을 나는 고귀한 존재인지, '시간'의 신 크로노스보다 나이가 많은지 확인해야겠다."

"비열하고 천한 인간은 먼지와 흙으로 빚어진 존재라 제 모습을 감추고 있게 마련이지." 이렇게 말한 건 두 번째 올빼미로, 앞의 올빼미보다 훨씬 컸습니다.

그들 뒤 성문 바로 안쪽, 자두가 주렁주렁 매달린 나무 아래, 손만 뻗으면 잡힐 듯 가까운 곳에서 거북 한 마리가 등에 기둥처럼 높이 쌓아 올린 꿀 케이크를 이고서 터벅터벅 천천히 지나갔습니다. 내가 몸을 앞으로 수그리자 올빼미들은 깃털을 곤두세웠습니다. 은하수의 절반을 가로질러 왔건만, 운명의 신은 기어코 이토록 엄

청난 짐승들에게 날 내어 주어 내 몸을 갈기갈기 찢을 작정이었을
까요?

……나는 한껏 몸을 꼿꼿이 세우고 날개를 부풀렸습니다. "나는
보잘것없는 까마귀입니다." 내가 말했습니다. "그리고 머나먼 길을
여행하여 여기까지 왔습니다."

"우리가 내는 수수께끼를 풀어 보아라, 작은 까마귀야." 첫 번수
호자가 말했습니다. "그러면 바로 들여보내 주지."

"처음엔 단순하다고 생각할 수도 있지만," 두 번째 수호자가 말
했습니다. "알고 보면……."

레이크포트
공공 도서관

2020년 2월 20일
5:41 P. M.

시모어

그는 귀마개를 벗어 목에 걸고, 귀를 기울인다. 논픽션 쪽 어딘가에서 라디에이터가 땡그랑 소리를 내고, 총을 맞은 남자는 계단 밑바닥에서 숨을 쉬고, 경찰의 무전기는 눈 속에서 지직거린다. 양쪽 귀에서 피가 툭탁툭탁 뛴다. 그것 말곤 아무것도 없다.

하지만 위층에서 쿵 소리가 들렸다. 그렇지? 그는 경찰 SUV가 연석 위로 올라가고 메리앤이 피자 상자들을 눈 위에 떨어뜨린 광경을 떠올린다. 어째서 그녀는 도서관 문 닫을 시간이 다 되어 피자를 몇 상자씩이나 가져왔을까?

여기 다른 사람이 있다는 뜻이다.

오른손에 베레타 권총을 쥐고, 시모어는 층계참을 향해 엉금엉금 기어간다. 거기엔 부상당한 남자가 모로 누워 눈을 감고 있는데, 자고 있거나 자는 것보다 심각한 상황일 것이다. 그의 팔 털에서 반짝이가 빛난다. 문득 그가 자기 몸을 바리케이드 삼아 거기 누워 있는 건지도 모른다는 생각이 든다.

그는 숨을 죽이고, 찐득해지는 피 연못을 넘고 남자의 몸을 넘어 계단을 오른다. 계단은 열다섯 개고 가장자리에 미끄럼 방지 테이프가 붙어 있다. 어린이 도서 구역으로 들어가는 입구가 막혀 있는 건 예상에 없던 일이다. 합판 벽이 금색 칠이 되어 있는데, 비상구 표시등 불빛을 받아 녹색에 가까워 보인다. 중앙에는 작은 아치형 문이 있고, 문 위에는 그가 알아볼 수 없는 문자로 쓴 문장이 한 줄로 적혀 있다.

Ὦ ξένε, ὅστις εἶ, ἄνοιξον, ἵνα μάθῃς ἃ θαυμάζεις

시모어는 그 작은 문에 손바닥을 대고 그대로 민다.

지노

그는 L자 모양으로 선 책장들 뒤에 아이들과 함께 쭈그려 앉아서 그들을 하나하나 응시한다. 레이철, 앨릭스, 올리비아, 크리스토퍼, 내털리. 쉬 쉬 쉬. 어둠에 잠긴 아이들의 얼굴이 제5수용소 부근 눈 덮인 숲속에서 렉스와 땔감을 줍던 어느 날 우연히 마주친 여섯 마리의 작은 노루들의 얼굴이 된다. 하얀 눈 밖으로 뿔과 코가 불쑥 올라오더니, 까만 눈을 깜빡이고 큰 귀를 씰룩거렸다.

그들 모두 합판 벽의 작은 문이 삐걱거리는 소리를 듣는다. 접이식 의자들 사이를 지나가는 발소리. 지노는 집게손가락을 입술에 지그시 댄다.

마루청이 삐걱거린다. 내털리의 휴대용 스피커에서 바닷속 물방울이 부글거린다. 한 명뿐인가? 소리로만 판단하면 한 명인데.

경찰관 입장에서 생각하자. 메리앤 입장에서 생각하자. 셰리프 입장에서 생각하자.

앨릭스는 폭발 물질이라도 가득 든 듯 루트비어 캔을 두 손으로 고이 들고 있다. 레이철은 대본 위에 웅크리고 있다. 내털리는 눈을 질끈 감는다. 올리비아는 지노의 눈을 뚫어져라 보고 있다. 크리스토퍼가 입을 벌린다. 일순 지노는 그가 비명을 지를 거라고, 그래서 발각되어 앉은 자리에서 죽임당할 게 틀림없다고 생각한다.

발소리가 멈춘다. 크리스토퍼는 찍소리도 없이 입을 다문다. 지노는 그들이 의자 사이사이 내버려 두고 온 것들을 누가 볼까 싶어 하나하나 떠올려 본다. 루트비어 상자를 떨어뜨리는 통에 캔 여러 개가 의자들 밑으로 굴러갔다. 배낭들. 대본들. 내털리의 노트북 컴퓨터. 올리비아의 갈매기 날개. 금색으로 칠한 백과사전은 독서대 위에 놓여 있다. 천만다행으로 노래방 불은 껐다.

지금 발소리는 무대 위에서 들린다. 나일론 재킷이 버스럭거리는 소리. 얼음처럼 찬 띠들이 가슴을 옥죄어 오고 지노는 압력을 견디려고 눈을 질끈 감는다. θεοὶ는 '신'이고, ἐπεκλώσαντο는 '그들은 실을 자았다'는 뜻이며, ὄλεθρον는 '폐허', '역병', '파괴'다. 폐허.

그것이 신들의 업이다. 그들은 인간의 삶을 피륙 삼아 폐허의 실을 잣고, 그 모든 것이 이후에 올 세대에게 들려줄 하나의 노래가 된다. 지금 말고요, 신 여러분. 오늘 밤은 말고요. 이 아이들이 하룻밤만 더 버티게 해 주자고요.

시모어

작은 무대에 올라오니 최근에 칠한 페인트 냄새가 코를 찌르는 듯하다. 냄새에 목이 메는 느낌이다. 창문은 책장에 막혀 있고 불도 꺼진 데다 뜬금없는 바닷속 음향 효과 — 어디서 흘러나오는 거지? — 까지 합세해 그를 불안정하게 만든다. 여기엔 어린이 사이즈 파카 한 벌이, 여기엔 눈 장화 한 켤레가, 여기엔 탄산음료 캔이 하나 있다. 머리 위에선 만화풍의 구름들이 대롱거린다. 배경 막 앞 독서대에는 두툼한 책이 한 권 펼쳐져 있다. 이게 뭐지?

그의 발 옆에는 손으로 쓴 글씨가 빼곡하게 채워진 리걸 패드를 복사한 종이들이 마구 흐트러져 있다. 한 장을 주워 눈 가까이 든다.

수호자 #2: 처음엔 단순하다고 생각할 수도 있지만, 알고 보면 꽤 복잡한 문제야.

수호자 #1: 아냐, 아냐. 처음엔 복잡하다고 생각할 수 있지만, 알고 보면 꽤 단순한 문제지.

수호자 #2: 준비됐나, 작은 까마귀? 자, 이제 수수께끼를 내지. '세상의 모든 책을 읽어 깨우친 자는 오직 이 한 가지만 안다.'

한 손엔 권총을, 다른 한 손엔 종이를 든 채 무대에 서 있는 시모어는 눈을 들어 배경 막의 그림을 바라본다. 구름 위에 떠 있는 탑들, 중앙을 뚫고 구불구불 치솟아오르는 나무들. 마치 옛날에 꿈에서 본 이미지 같다. 도서관 문에 붙어 있던, 판화로 찍은 안내문이 떠오른다.

내일
단 하루만 공연합니다
클라우드 쿠쿠 랜드

그 세계, 그가 사랑했던 전부. 아케이디 레인 뒤편의 숲, 개미 떼가 바삐 오가며 물결을 이루던 모습, 잠자리들이 이리저리 빠르게 날아다니던 모습, 사시나무 숲에서 들려오던 바스락 소리, 7월 첫 월귤 열매의 시큼털털한 달콤함, 폰데로사소나무 숲을 지키던 파수꾼들은 그가 만났고 만나게 될 어떤 존재보다 사려 깊었고 인내심이 많았다. 그리고, 자신의 나뭇가지에 앉아서 이 모든 것을 굽어보던 큰회색올빼미 트러스티프렌드.

지금 이 순간에도 다른 도시, 다른 나라에선 폭탄들이 터지고 있을까? 비숍의 전사들이 집결하고 있을까? 그리고 그 가운데 실패한 사람은 시모어뿐일까?

그가 무대에서 내려와 구석에 책장 세 개가 벽감처럼 배치된 쪽으로 가는데, 갑자기, 부상을 입은 남자가 층계참 밑에서 큰 소리로 외친다.

"이봐, 꼬마! 내가 네 배낭을 갖고 있다. 지금 당장 아래층으로 내려오지 않으면 이 가방을 들고 밖으로 나가서 경찰에게 줄 거야."

16

올빼미들이
낸 수수께끼

클라우드 쿠쿠 랜드
안토니우스 디오게네스 지음, 폴리오 II

여러 추측이 난무하지만 성문을 지키는 올빼미들이 낸 수수께끼 대목은 세월이 흐르며 유실되었다. 여기 등장하는 수수께끼와 해답은 번역자가 써넣은 것으로, 원문의 일부가 아니다. 번역 지노 니니스.

……나는 생각에 잠겼습니다. "단순하지만 알고 보면 복잡하다. 아니, 복잡하지만 알고 보면 단순하였나? [세상의 모든 책을 읽어 깨우친 자. 정답은 물일까? 달걀? 말(馬)?]

……꿀 케이크를 짊어진 거북은 이미 가 버려 눈에 보이지 않지만, 그 향기는 여전히 남아 있었습니다. 나는 까마귀의 발로 [서성거렸고?] 나의 발톱은 베개처럼 보드라운 구름 속에 묻혔습니다. 성문으로부터 멀리 떨어진 곳에서 계피와 꿀, 돼지고기 굽는 진한 향기가 흘러와 코끝을 간질였고, 나는 마음속 여러 동굴을 날갯짓하며 드나들고 이 끝에서 저 끝까지 돌아다녔지만 아무것도 찾을 수 없었습니다.

다른 목동들이 날 얼간이, 멍청이, 대가리 속에 든 게 없는 팔푼이라고 부른 게 옳았습니다. 나는 황금 창을 든 거대한 올빼미들을 돌아보며 말했습니다. "[모르겠습니다.]"

두 올빼미는 몸을 꼿꼿이 [세웠고 첫 번째 수호자가 말했습니다. "정답이다, 작은 까마귀. 답은 '모른다'이다." 그러자 두 번째 수호자가 말했습니다. "세상의 모든 책을 읽어 깨우친 자는 오직 이 한 가지만 안다. 자신이 아무것도 모른다는 것을.'"]

······그들은 옆으로 물러섰고 그러자 [마치 내가 마법의 주문이라도 말한 것처럼] 황금 성문이 활짝 열렸는데······.

콘스탄티노플에서
서쪽으로 6.5킬로미터

1453년 5월

안나

　이따금 파도가 크게 솟아오르고, 그 너머 북동쪽으로 이젠 아득히 멀어진 도시의 형상이 희미하게 빛나며 언뜻언뜻 눈에 들어온다. 그 외의 다른 방향은 어둠만이 점차 짙어 간다. 안나는 물에 젖고 지치고 뱃멀미에 시달리면서도 자루를 가슴에 꼭 안고 노를 젓느라 배 바닥에서 물을 퍼내는 건 포기한다. 바다는 망망하고 배는 너무 작다. 마리아 언니, 언니는 언제나 더 잘나고 더 현명했는데, 이 세상이 반쪽이 난 것처럼 저세상으로 가 버렸네. 과부 테오도라도 말했었지. 한 아이 안에는 천사가, 다른 아이 안에는 늑대가 있어.

　꿈보다 깊은 어떤 상태 속에서 그녀는 또다시 타일 바닥 위 양편으로 책들이 여러 단으로 죽 꽂혀 있는 아트리움을 바쁘게 가로지른다. 그러다 갑자기 달리고, 딴엔 멀리까지 달려가 보지만, 홀은 끝없이 이어지고 빛은 침침해지면서 한 걸음 한 걸음 나아갈 때마다 두려움과 고독의 골이 깊어진다. 마침내 눈앞에 한 줄기 빛이 보여 다가가는데, 초 한 자루로 밝힌 탁자에 책 한 권을 펼쳐 놓고 앉아 있는 외톨이 여자아이가 있다. 그녀는 들고 있는 책을 위로 올리고, 안나는 제목을 읽으려 하는데 그때 히메리우스의 조각배가 바위를 긁으며 올라가면서 뱃전이 파도 쪽으로 돌아선다.

그녀는 배 밖으로 던져지기 직전 가까스로 자루를 치마 자락 위로 끌어 올린다.

그녀는 요동치고, 바닷물을 들이켠다. 큰 파도가 그녀를 완전히 빨아들였다가 앞으로 내뱉고, 그 바람에 물에 잠긴 바위에 한쪽 무릎을 부딪는다. 그래 봐야 물은 허리께 높이다. 그녀는 수면에 거친 숨을 토해 내고 흠뻑 젖은 자루를 여전히 가슴에 꼭 댄 채 해변 쪽으로 몸을 끌고 간다.

안나는 기다시피 해서 바위투성이 해변으로 가서는 욱신거리는 무릎 위로 허겁지겁 자루를 끌어 올려 주둥이를 연다. 비단, 책, 빵 모두 흠뻑 젖었다. 돌아보니 검게 소용돌이치는 파도 사이 어디에도 히메리우스의 쪽배는 보이지 않는다.

해변은 박명 속에서 호(弧)를 그린다. 숨을 데가 전혀 없다. 그녀는 폭풍우가 휩쓸고 지나가며 조석점에 쌓여서 울타리를 이룬 유목들을 뚫고 유린당한 땅으로 들어선다. 불에 탄 집들, 한 그루도 남김없이 잘려 나간 올리브 과수원, 신이 두 손으로 긁은 것처럼 바큇자국들이 가득한 땅.

동이 트자마자 그녀는 포도밭이 계단 모양으로 이어지는 완만한 언덕의 중턱을 오른다. 파도가 철썩이는 소리가 멀어진다. 수평선에 새벽빛이 분홍색 줄 하나를 긋는 가운데, 그녀는 드레스를 벗어 비틀어 물을 짜낸 뒤 다시 입고는 철갑상어 살점 하나를 씹으며 짧게 친 머리에 한 손을 얹는다.

지난밤 그녀는 바다에 떠밀려 새로운 땅, 제노바나 베네치아 또는 용맹한 알키노스의 왕국 스케리아로 가게 되길 바랐고, 여신이 마법의 안개로 그녀를 숨겨 주고 궁전으로 안내해 주기를 바랐다. 하지만 해안까지 고작 몇 킬로미터를 왔을 뿐이다. 저 멀리 여전히 도시가, 아야 소피아 성당 꼭대기를 둥글게 덮은 톱날 모양으로 이어진 지붕들이 보인다. 원뿔 모양의 연기 몇 줄기가 하늘로 피어오른다. 무장한 남자들이 동네 여기저기로 쏟아져 들어가, 집으로 쳐들어가 모두를 길로 내몰고 있는 걸까? 불현듯, 부엌방에 죽어 있는 과부 테오도라와 아가타, 테클라와 에우도키아의 모습이, 탁자 한가운데 놓인 벨라도나 차가 떠올라 안나는 억지로 머릿속에서 그 영상을 몰아낸다.

포도밭에서 새소리가 들린다. 800미터쯤 떨어진 곳에서, 도시를 향해 가는 기마 부대의 실루엣이 하늘을 배경으로 얼핏 보이자 그녀는 축축한 자루 옆 땅바닥에 몸을 한껏 납작하게 붙인다. 그녀의 머리 주변으로 각다귀 떼가 구름처럼 몰려든다.

군인들이 시야에서 사라지자, 그녀는 엉금엉금 기어 포도밭 제일 아래까지 가서 개울을 건너고 바다에서 두 번째로 멀리 떨어진 언덕을 서둘러 올라간다. 다음 언덕 꼭대기에는 개암나무들이 겁을 먹기라도 한 듯 우물 주변에 몰려 있다. 우마차가 다니는 길은 하나로 들고 나게 되어 있다. 그녀는 땅 가까이 드리운 나뭇가지들 밑으로 기어 들어가 아침의 고요가 들판에 쟁쟁한 가운데 낙엽 더미 속에서 기다린다.

적막 속에서 성 테오파노 성당의 종소리, 거리에서 울리는 덜걱덜걱 소리, 빗자루와 냄비, 심지어는 바늘과 실 소리까지 들릴 지경이다. 과부 테오도라가 계단을 올라 작업실로 가서 덧문들을 열고 수실을 보관하는 장의 자물쇠를 여는 소리. 복되신 이께 기도하오니 저희를 게으름에서 구하소서. 저희는 헤아릴 수 없이 많은 죄를 지었나이다.

안나는 책과 세이마이트 두건을 말리려고 이른 햇볕 아래 펼쳐 두고, 머리 위의 나뭇가지에서 매미들이 노래하는 동안 남은 염장 생선을 게걸스럽게 먹는다. 필사본의 페이지들은 흠뻑 젖었지만 적어도 잉크는 번지지 않았다. 하루 중 해가 가장 밝은 시간 내내 그녀는 가슴에 무릎을 모은 채 앉아서 자다 깨다 다시 잠들기를 반복한다.

나무들이 모여 이룬 작은 숲으로 그림자들이 고이자 갈증이 그녀를 휘감는다. 지금껏 우물에 가는 사람이 한 명도 없는 것을 보고, 침략자들 때문에 독을 풀었을지도 모른다는 생각이 들어서 마시지 않았다. 땅거미가 지자 비로소 그녀는 자루에 물건들을 집어넣고 나뭇가지 아래로 기어 나오고, 바다를 왼편에 둔 채 해변의 덤불 사이로 나아가기 시작한다. 이지러지는 반달이 그녀가 경계 벽을 하나, 이어서 두 개째 기어오르는 동안 보조를 맞추고, 그녀는 밤이 좀 더 어두우면 좋겠다고 생각한다.

그녀가 가는 길은 수백 미터마다 물에 가로막힌다. 좁은 만을 만나면 어쩔 수 없이 길을 빙 돌아서 가고, 뒤엉킨 검은딸기나무 사이를 거칠게 흐르는 개울을 만나면 목을 축인 후 물살을 헤치고 간다. 두 번은 버려진 것으로 보이는 마을 주변을 지나간다. 개미 한 마리 얼씬하지 않고, 연기 한 줄기 피어오르지 않는다. 마지막으로 남은 몇몇 가족쯤 몸을 피해 지하 저장고에 웅크리고 있을지 모르지만, 그녀를 소리쳐 부르는 사람은 없다.

그녀의 뒤엔 노예가 되는 것과 공포와 더 끔찍한 것들이 있다. 그렇다면 앞에는 뭐가 있지? 사라센 사람들, 첩첩이 이어지는 산, 나루터에서 강을 건너게 해 주는 대가로 돈을 강탈하는 사람들이 있다. 달이 가라앉아 자취를 감추자 크리세가 '새들의 길'이라 부르는 별들의 두꺼운 띠가 머리 위로 넓게 황금빛으로 펼쳐진다. 한 걸음 두 걸음 세 걸음. 두려움이 혹독하게 짓누르며 이성에 구멍을 내면서 몸이 마음과 별개로 움직이는 지경이 된다. 소수도원의 벽을 오르는 것과 같다. 발을 딛고, 손으로 잡고, 위로 올라가.

동이 트기 전, 그녀는 호리호리한 나무들이 서 있는 숲속을 헤치고 나아가고, 넓은 물줄기처럼 보이는 곳의 가장자리를 빙 둘러 가다가 나무들 사이에서 반짝거리는 불빛을 본다. 피해 가려는 찰나에 고기 굽는 냄새가 공기에 실려 온다.

그 냄새가 배 속을 꿰어 잡아끈다. 몇 걸음 거리야. 그냥 보기만 하는 거야.

숲속에 작은 모닥불이 타고 있는데 불길이 그녀의 정강이께 높이에 이른다. 그녀가 나무들 사이로 나아가자 슬리퍼 밑에서 낙엽이 바스러진다. 불가에서 안나는 머리 없는 새처럼 보이는 것이 불길 가까이 던져져 있는 것을 알아본다.

그녀는 숨을 참는다. 움직이는 형체 같은 건 없다. 히힝거리며 우는 말도 없다. 심장이 백 번 뛰는 동안, 불길이 사그라드는 것을 지켜본다. 움직임도, 그림자도 없다. 한 끼니가 될 이 음식을 신경 쓰는 사람이 없다. 그냥 새 한 마리일 뿐이다. 자고새일 거야, 그녀는 생각한다. 내가 헛것을 보나?

기름진 살이 지글지글 구워지는 소리가 들린다. 뒤집지 않고 너무 오랫동안 구워져서 잿불 쪽 고기는 탈 것 같다. 아무래도 누가 도중에 겁을 먹고 도망친 것 같다. 누가 불을 피웠는지는 알 수 없지만 도시가 점령됐다는 소식을 듣고 먹을 걸 두고 말에 올라탄 모양이다.

한순간 그녀는 앙상한 몰골에 지저분한 행색으로 황금 성문 너머를 훔쳐보다 등에 탑처럼 쌓은 케이크를 이고 터벅터벅 지나가는 거북을 지켜보는 까마귀 아이톤이 된다.

처음엔 단순하다고 생각할 수도 있지만, 알고 보면 꽤 복잡한 문제야.

아냐, 아냐. 처음엔 복잡하다고 생각할 수 있지만, 알고 보면 꽤 단순한 문제지.

이성이 그녀를 저버린다. 저 새를 숯불에서 꺼내 올 수만 있다면. 그녀의 마음은 이미 그 맛의 경험을 상상으로 채우고 있으니, 살코기를 이로 씹자 육즙이 배어 나와 입안에 고인다. 그녀는 자루를 나무 밑동 뒤에 쑤셔 넣고, 곧바로 달려들어 쇠꼬챙이를 뽑아낸다. 왼손에 새를 든 채, 의식에서 지극히 일부에 지나지 않는 부분은 불빛이 미치는 곳 끄트머리에 놓인 고삐, 밧줄, 소가죽 케이프를 인식하고, 나머지는 온통 먹는 데에만 열중한다. 그때 갑자기 등 뒤에서 숨을 들이켜는 소리가 들린다.

뒤통수에 번개가 내리꽂히는 것 같은 충격이 눈앞까지 치닫는데, 하늘의 천장이 쪼개진 듯 새하얀 균열이 나뭇가지처럼 길게 뻗는 가운데 그녀의 팔은 극심한 허기 때문에 줄곧 새를 그녀의 입으로 가져가고, 세상은 어두워지고 있다.

17

경이로운
클라우드 쿠쿠 랜드

클라우드 쿠쿠 랜드

안토니우스 디오게네스 지음, 폴리오 P

……온화한, 향기로운…….

……크림이 흐르는 강…….

……경사진 계곡과 [과수원?]…….

……선명한 색깔의 후투티가 마중 나와선, 깃털 왕관을 쓴 머리를 숙이며 말했습니다. "저는 양식과 숙박을 관장하는 총독님의 부차관입니다." 그런 후 그는 내 목에 담쟁이덩굴로 만든 화환을 걸어 주었습니다. 모든 새가 환영의 뜻으로 머리 위에서 이리저리 날아다니며 더없이 아름다운 노래를 불렀으니…….

……한결같고, 영원하며, 달(月)도 해(年)도 없이, 모든 시간이 그저 맑고 짙은 황금과 초록이 어우러진 아침의 봄과 같았으며, 이슬은 [다이아몬드?] 같았으며, 탑들은 벌집 같았고, 바람은 오로지 서풍의 신이 보내 주는 산들바람만이…….

……속이 가득 찬 건포도, 최고급 커스터드, 연어와 정어리…….

……거북이 와서 꿀 케이크, 양귀비와 갯가재, 그리고 [이어서?]…….

……나는 먹고 또 먹다 급기야 [배가 터질 지경이었고?] 그래도 쉬지 않고 먹었…….

아이다호주
레이크포트

1972년~1995년

지노

저녁 메뉴는 삶은 소고기다. 식탁 맞은편으로 보이즈턴 부인의 얼굴이 담배 연기를 후광처럼 두른 채 흐릿하게 보인다. 그녀 옆의 텔레비전 화면에서는 솔 하나가 거대한 눈[目]의 윗눈썹을 쓸고 있다.

"쥐가 식료품 저장실에 똥을 싸."

"내일 쥐덫을 놓을게요."

"'빅터'로 사 와. 지난번에 네가 사 온 쓰레기 말고."

이제 정장 차림의 남자 배우가 출연해 자신의 실베이니아 컬러 TV의 놀라운 음질을 증명해 보이고 있다. 보이즈턴 부인이 포크를 입으로 가져가려다 떨어뜨리자 지노가 식탁 밑에서 주워 든다.

"난 다 먹었어." 그녀가 말한다. 그는 휠체어에 앉은 그녀를 침실로 데려가 안아 들어선 침대에 눕힌다. 그리고 그녀가 복용할 약을 정량대로 덜어 내고 TV 카트와 연장 코드를 그녀의 방 안에 밀어넣어 준다. 창문 너머, 호수 쪽 방향의 하늘에서 마지막 햇빛이 빠져나가는 것이 보인다. 가끔, 하루의 이즈음, 접시를 문질러 닦을 때면 런던에서 집으로 돌아오는 비행기에서 느꼈던 감흥이 되살아나곤 한다. 발아래 행성이 끝없이 얼레를 푸는 것만 같았고 ─ 바다에 이어 들판에 이어 산에 이어 신경망처럼 불 켜진 도시 ─ 한국과 런던 사이에서 한 생의 모험을 다한 것만 같았다.

몇 달째 그는 작은 놋쇠 침대 옆 책상에 앉아 왼쪽엔 호메로스의 『일리아스』의 첫 구절을, 오른쪽엔 렉스가 준 리델 앤드 스콧 사전을 펼쳐 놓고 있다. 그는 제5수용소에서 익힌 그리스어의 자취가 기억에 새겨져 있기를 바랐지만, 거저 얻어지는 건 하나도 없다.

시의 도입부는 첫 단어 Μῆνιν에서 시작해 ἄειδε θεὰ Πηληϊάδεω Ἀχιλῆος까지의 다섯 단어로 이루어져 있는데, 마지막 단어는 아킬레우스의 이름이다. 두 번째 단어부터 마지막 단어까지 아킬레우스의 아버지가 펠레우스임을 밝히고 있는데(그 와중에도 물론 아킬레우스가 신과 같은 존재임을 암시한다.) 어찌 된 영문인지 mênin과 aeide와 theá, 세 단어만 놓고 보면 문장은 지뢰밭이 되어 버리고 만다.

포프: 아킬레우스의 분노, 그리스에 참혹한 봄을 야기하다.

채프먼: 아킬레우스의 죽음으로 분노가 하늘을 찌를 듯하니, 오, 신이여.

베이트먼: 신이여, 아킬레우스, 펠레우스의 아들의 충천한 분기를 노래해 줄지어다.

그런데 aeide는 '시인'이라는 뜻도 있는데, 온전히 '노래하다'라는 뜻만 암시하는 걸까? 그리고 mênin은 어떤 말로 옮겨야 제일 좋을까? 격분? 분노? 통한? 한 개의 단어를 고르면 수천 갈래로 얽힌 미로에서 딱 한 길만 가는 우를 범하게 된다.

말해 주시오, 신이여, 아킬레우스, 펠레우스의 아들이 타고난 광포

한 기질에 관하여.

성에 차질 않는다.

말해 다오, 칼리오페, 펠레우스의 아들이 분노한 이유를.

더 가관이다.

사람들에게 말해, 뮤즈들아, 펠레우스의 애새끼 아킬레스가 뭣 때문에 열받아 저 지랄인지.

집에 돌아온 후 일이 년 동안, 렉스에게 열두 통의 편지를 보내면서 지노는 한사코 번역에 관한 질문 — 명령형이야, 동사 원형이야? 직접 목적격이야, 소유격이야? — 만 고수하며 로맨틱한 입지는 남김없이 힐러리에게 양도한다. 그는 편지를 셔츠에 숨긴 채 살금살금 집을 나서서 출근 전에 부치는데, 우편함에 편지를 밀어 넣을 때마다 두 뺨이 화끈 달아오른다. 그리고 몇 주가 지나도록 기다리지만 렉스의 답신은 신속하지도 규칙적이지도 않아서, 지노는 애초에 품었던 용기 같은 건 깡그리 잃어버리고 만다. 올림푸스산의 신들이 뿔잔에 따른 술을 홀짝이며 지붕 아래 집 안을 엿보다가 책상에 앉아 끙끙대는 그를 냉소 어린 표정으로 지켜본다.

그런 게 렉스가 바라는 그의 모습일 거라 생각하다니 무슨 허영심인가. 고아, 겁쟁이, 판지 여행 가방에 폴리에스터 양복을 걸친 제설기 운전사. 지노 같은 이에게 기대할 수 있는 게 있기나 할까?

그는 힐러리가 자주색 필기체로 쓴 항공 우편을 통해 렉스의 부고를 전해 듣는다. 힐러리가 전한 내용에 따르면, 렉스는 이집트에서 그가 사랑하는 파피루스를 조사하며 망각으로부터 한 문장이라도 더 캐내려고 애쓰던 중에 심장마비를 일으켰다고 한다.

힐러리는 이어서 이렇게 썼다. 당신은 그에게 더없이 소중한 존재였어요. 편지지의 반은 힐러리의 거대하고 선이 둥글둥글한 서명으로 채워져 있다.

계절이 째깍째깍 지나간다. 지노는 오후에 잠에서 깨어나 비좁은 위층 방에서 옷을 입고 삐걱거리는 계단을 밟으며 아래층으로 내려가 낮잠을 자는 보이스턴 부인을 깨운다. 부인을 의자에 앉히고 머리를 빗겨 주고 저녁을 먹여 주고 퍼즐 맞추는 테이블까지 휠체어를 밀어 주고, 올드 포레스터를 두 모금 마실 분량 따라 준다. 텔레비전을 켜 준다. 조리대에서 수첩에 적는다. 소고기, 양파, 립스틱, 이번엔 정확한 색조의 빨간색을 살 것. 출근하기 전에 부인을 다시 침대에 눕힌다.

울화, 병원 예약, 이런저런 치료법들, 보이시에 있는 전문 병원을 차로 오가기를 열두 번. 그는 그 모든 과정을 그녀 옆에 앉아 함께한다. 요즘도 그는 위층 방 안 작은 놋쇠 침대에서 자고, 렉스의 『소실 도서 전서』와 리델 앤드 스콧 사전은 그의 책상 밑 판지 상자에 묻혀 있다. 어떤 아침엔 퇴근해 집으로 가다가 제설기를 길가에 세우고 빛이 협곡으로 스며드는 광경을 지켜보기도 한다. 집까지 남은 1킬로미터를 운전해 갈 힘을 내기 위해 그가 할 수 있는 건 그것뿐이다. 삶에서 남은 몇 주 동안 보이스턴 부인은 마치 가슴속에 호수 물이 차 있는 것 같은 소리를 내며 기침을 한다. 그는 그녀가 유언을 남길지, 아버지와의 추억을 하나라도 말해 줘서 그들이 어떤 사이였는지 조금이나마 알게 해 줄지, 그를 아들이라고 부를지, 그간 돌봐 줘서 고맙다고 할지, 그의 후견인이 되어서 행복했다고 말할지, 아니면 그의 말 못 할 사정을 눈치채고 있다는 암시라도 할지 궁금하지만, 정작 마지막 순간에 그녀는 의식의 끈을 놓아 버리다시피 한다. 모르핀과 흐리멍덩한 눈동자, 그리고 그의 시계를 한국전으로 돌려놓는 악취뿐.

그녀가 죽은 날, 호스피스 간호사가 절차상 필요한 전화 통화를 하는 동안, 그는 집 밖으로 나가 주변의 소리를 듣는다. 지붕이 쫄쫄 새는 소리, 나무가 우수수 잠에서 깨어나는 소리, 제비가 휙 내리꽂듯 날아오는 소리, 산이 움직이며 우르르대고, 웅얼웅얼하고, 윙윙대고 자세를 바꾸는 소리. 온갖 소리로 가득한 채 녹아내리는 세계.

그는 집 안의 커튼을 모조리 떼어 낸다. 의자마다 씌워 놓은 장식 덮개를 끌어 내리고, 포푸리를 쓰레기통에 처넣고, 버번위스키를 쏟아 버린다. 선반에 놓인 장밋빛 뺨의 아이 도자기들을 남김없이 내려 상자에 밀봉해서 중고품 가게에 보낸다.

그는 주둥이 털은 은색에 몸은 얼룩무늬이고, 몸무게는 30킬로그램이 다 되어 가며 이름이 루터인 개를 들인 후, 집에서 현관문을 나서며 함께 산책하고, 소고기 보리 스튜 통조림을 따서 그릇에 부어 주고는 루터가 허겁지겁 삼키는 모습을 지그시 바라본다. 그러면 개는 하루아침에 찾아온 행운을 도저히 믿을 수 없는지, 코를 킁킁거리며 그의 주변을 맴돈다.

마지막으로 그는 식당의 식탁에서 색이 바랜 레이스 장식 보를 확 잡아 빼고, 위층의 판지 상자를 가져와 동그랗게 얼룩진 낡은 호두나무 식탁 위에 책들을 늘어놓는다. 커피 한 잔을 따르고 레이크포트 드럭에서 새로 산 리걸 패드의 포장을 뜯는데, 루터가 그의 발등에 앉아 몸을 말고는 긴 한숨을 내쉰다.

언젠가 렉스는 그에게 말했다. 인간이 하는 미친 짓거리 가운데 죽은 언어를 번역하는 것만큼 겸손한, 아니, 숭고한 건 없을 거라고. 고대 그리스인들이 말할 때 그것이 실제로 어떤 소리였을지 우리는 알지 못한다. 아무리 해 봐야 그들이 쓴 단어를 지금 우리가 쓰는 단어에 결부할 수 있을 뿐이다. 그래서 시작부터 실패가 자명한 작업이다. 하지만 무작정 도전하는 것, 역사의 어둠으로부터 강 건너편에 있는 무언가를 끌어내 우리의 시대로, 우리의 언어로 옮기려고 시도하는 것, 바로 그것이 가장 아름다운 헛고생이라고 그는 말했다.

지노는 연필심을 뾰족하게 깎고, 다시 도전한다.

아르고스호

**미션 여행 64년
볼트원 내부 생활 276일째**

콘스턴스

그녀의 뒤로 차량들이 호반을 따라 한 줄로 정체된 채 영원히 정지되어 있다. 길모퉁이에는 얼굴이 지워진 탱크톱 차림의 아이들이 활보하던 채로 얼어붙어 있다. 그러나 그녀의 눈앞, 아틀라스 안에 있는 것들은 계속 움직이고 있다. 올빼미 모양의 도서 반납함 위의 하늘은 굽이치며 소용돌이치는 은(銀) 매트가 되고, 거기서 눈송이들이 떨어진다.

그녀는 한 걸음 내디딘다. 제멋대로 자란 노간주나무 울타리가 눈 덮인 보도 양편에서 솟아오르고, 저쪽 끝에서 장식만 요란한 허름한 연파란색 빅토리아 양식의 이 층 건물이 가물거리며 자리를 잡는다. 현관은 기울어지고 굴뚝은 비뚤어져 보인다. 앞쪽 창문에 파란색 열림 표지판이 깜빡이며 켜진다.

"시빌, 이게 뭐야?"

시빌은 대답하지 않는다. 부분적으로 눈에 묻힌 간판 하나가 보인다.

그녀 뒤 레이크포트의 모든 건 그대로다. 아틀라스가 늘 그렇듯 정적이고, 여름이며, 제자리에 고정되어 있다. 하지만 여기, 레이크 앤드 파크의 길모퉁이, 도서 반납함 너머의 계절은 겨울이다.

눈이 내려 노간주나무 위로 쌓인다. 눈송이들이 바람에 실려 그녀의 눈에 들어간다. 바람에서 쇠맛이 난다. 그녀는 보도로 향하면서 발밑으로 눈이 밟히는 뽀드득 소리를 듣는다. 그녀의 뒤로 발자국이 남는다. 그녀는 다섯 개의 화강암 계단을 올라 포치에 이른다. 현관문의 위쪽 절반은 유리창이고, 아이가 쓴 필체의 안내문이 붙어 있다.

내일
단 하루만 공연합니다
클라우드 쿠쿠 랜드

문을 열자 끽 소리가 난다. 바로 앞에 책상이 하나 있고 분홍색 하트 모양 종이들이 테이프로 붙어 있다. 일력을 보니 2020년 2월 20일이다. 자수품 액자엔 문의받습니다라는 글자가 수놓여 있다. 왼쪽을 가리키는 화살표 하나는 '소설', 오른쪽을 가리키는 화살표는 '논픽션'이라고 되어 있다.

"시빌, 이거 게임이야?"

답이 없다.

구석기 시대 유물 같은 컴퓨터 세 대의 모니터에서는 초록색과 파란색의 나선들이 하염없이 파고들고 있다. 천장의 얼룩진 타일에서 물이 새어 나와, 반 정도 물이 고인 플라스틱 쓰레기통 안으로 떨어진다. 똑. 뚝. 똑.

"시빌?"

답이 없다. 아르고스호에서 시빌은 모든 곳에 존재한다. 어느 시간, 어느 격실에서 말을 걸어도 들을 수 있다. 콘스턴스가 살아온 날을 통틀어 시빌에게 말을 걸고 나서 대답을 듣지 못한 적은 단 한 번도 없다. 시빌이 그녀가 어디 있는지 모를 수도 있을까? 시빌이 아틀라스 안에 이런 곳이 있음을 모를 수도 있을까?

책장에 꽂힌 책등에선 누렇게 변색된 종이 특유의 냄새가 난다. 손바닥을 펼쳐서 뚝뚝 듣는 물 아래 가져다 대자 물방울이 손바닥을 때리는 것을 느낄 수 있다.

중앙 통로를 반쯤 내려가자 위를 가리키는 화살표와 함께 '어린이 도서 구역'이라는 안내판이 나온다. 콘스턴스는 두 다리를 후들거리며 계단을 오른다. 맨 위 층계참은 황금색 벽으로 가로막혀 있다. 벽에는 콘스턴스 생각에는 고전 그리스어로 짐작되는 문장이 적혀 있다.

Ὦ ξένε, ὅστις εἶ, ἄνοιξον, ἵνα μάθῃς ἃ θαυμάζεις

그 문장 밑에 작은 아치형 문이 기다리고 있다. 공기 중에서는 라일락, 민트, 장미 향이 난다. 제4농장에서 가장 좋은 날, 가장 향기로운 날에 맡을 수 있는 향기와 같다.

그녀는 문 안으로 걸어 들어간다. 맞은편에는 서른 개의 접이식 의자 위에서 구름이 반짝이고, 그 너머 멀리 보이는 벽은 구름 도시, 탑들 주변을 맴도는 새 떼를 그린 배경 막에 완전히 덮여 있다. 그녀를 에워싸고 사방에서 졸졸 쏟아지는 물, 삐걱거리는 나무들, 짹짹 지저귀는 새들의 소리가 들려온다. 작은 무대가 하나 있는데 그 한가운데에 구름 사이를 뚫고 내려오는 것처럼 보이게 각도를 맞춘 빛기둥이 있고, 그 빛 속으로 대좌 위에 놓인 책 한 권이 보인다.

그녀는 홀린 듯 접이식 의자들 사이를 천천히 나아가 무대 위로 올라간다. 책은 스케리아에서 본 아버지의 침대 옆 탁자 위에 놓여 있던 파란색 책과 똑같은데 금박을 입혔다. 구름 도시, 창문이 많은 탑들, 맴돌며 날아다니는 새들. 도시 그림 위에는 클라우드 쿠쿠 랜드라고 인쇄돼 있다. 그 밑에는 다음과 같이 있다. 안토니우스 디오게네스 지음. 지노 니니스 번역.

아이다호주
레이크포트

1995년~2019년

지노

그는 『일리아스』에서 한 권, 『오디세이아』에서 두 권에 더해 플라톤의 『국가』에서 인상 깊은 한 대목을 번역한다. 하루에 보통은 다섯 줄, 일이 잘 풀리면 열 줄을 삐뚤빼뚤한 손글씨로 노란색 리걸 패드에 옮겨 쓰고 나서 식탁 밑 상자에 넣는다. 자신의 번역이 그럭저럭 괜찮다는 확신이 들 때도 있지만 대개는 끔찍하다는 결론을 내리기 일쑤다. 다른 사람에게 보여 주는 일은 일절 없다.

아이다호주에서 감사패와 연금을 받고, 덩치 큰 얼룩무늬 개 루터가 평온한 죽음을 맞고, 테리어종 개를 들여 필로스의 왕 이름을 따서 '네스토르'*라고 부른다. 매일 아침 지노는 위층의 작은 놋쇠 침대에서 일어나 팔 굽혀 펴기 쉰 번을 하고, 유타 양모 공장 양말 두 켤레를 신고, 가지고 있는 드레스 셔츠 두 벌 중 한 벌을 입고, 넥타이 네 개 중 하나를 맨다. 오늘은 초록색, 내일은 파란색, 수요일

---

* 『일리아스』에 등장하는 인물.

엔 오리 무늬, 목요일에는 펭귄 무늬. 블랙커피, 아무것도 넣지 않은 오트밀. 그리고 걸어서 도서관에 간다.

도서관장 메리앤이 키가 2미터 10센티미터가 넘는 미드웨스턴 대학 교수가 고대 그리스 문학 중급반을 가르치는 동영상을 찾아내고 지노의 하루는 대개 큰 글자 로맨스 소설들이 꽂힌 서가 ── 메리앤이 '젖과 궁둥이 구역'이라고 부르는 ── 바로 옆 탁자에 앉아 커다란 헤드폰을 쓰고 볼륨을 높이며 시작된다.

과거 시제는 모든 동사를 어둠 속으로 내치며 글자 그대로 그에게 요통을 안겨 준다. 그 산을 넘어가면 부정 과거 시제가 나타나는데, 시간에 얽매이지 않는 이 시제와 맞닥뜨리면 옷장으로 기어 들어가 어둠 속에서 쭈그려 앉아 있고 싶다. 하지만 가슴 벅찬 순간이 있으니, 오래된 텍스트와 한두 시간 씨름하다 보면 어느새 단어들이 서서히 사라지고 심상들 ── 무장한 전사들이 배를 메우듯 오르는 모습, 햇살을 받아 윤슬이 반짝이는 바다, 바람에 실려 전해지는 신의 목소리 ── 이 몇 세기를 건너와 그의 앞에 우뚝 설 때가 있는 것이다. 그럴 때 그는 다시 커닝엄 쌍둥이 자매와 함께 벽난로 앞에 있던 여섯 살 때로 돌아간 것 같은 감흥에 젖고, 동시에 오디세우스와 함께 스케리아 해안 부근의 바다를 표류하며 바위섬에 부딪는 성난 파도 소리를 듣는다.

2019년 5월의 어느 화창한 날, 리걸 패드 위로 몸을 수그리고 있는 지노를, 메리앤이 그즈음 고용한 어린이 도서 담당 사서 섀리프가 안내 데스크로 부른다. 섀리프의 컴퓨터 모니터 화면에 헤드라인 하나가 떠 있다. 신기술, 독해 불가능하던 고대 그리스 설화의 비밀을 밝혀내다.

기사에 따르면, 우르비노 공국의 공작 소유의 도서관에 수 세기 동안 보관되어 있다가 바티칸 도서관으로 옮겨진 궤에 담긴 심하게 손상된 중세 필사본이 하나 있는데, 오랫동안 독해할 수 없는 책으로 여겨졌었다. 구백 년 전 염소 가죽으로 제본한 작은 크기의 이 필사본은 학자들의 관심을 유독 자극한 적이 한두 번 있었으나, 수해와 곰팡이와 세월의 협공을 견디지 못하고 낱장들이 들러붙으면서 읽을 수 없는 단단한 덩어리가 되고 말았다.

섀리프가 기사에 실린 사진을 확대한다. 오글오글해진 양피지들이 꺼멓게 뭉쳐진 벽돌 덩어리는 직사각형이라는 본모습마저 잃어버린 것처럼 보인다. "천년 동안 변기 속에 가라앉아 있던 페이퍼백 같네요." 그가 말한다.

"그런 후에 또 천년 동안 차도에 버려져 있었고 말이죠." 지노도 한마디 거든다.

기사는 계속해서, 지난 일 년 동안 박물관 관리 팀이 멀티 스펙트럼 스캐닝 기술을 사용한 끝에 원문의 일부를 영상화하는 데 성공했다는 소식을 전한다. 처음에는 학자들 사이에서 온갖 추측이 난무했다. 만약 해당 사본에 소실된 아이스킬로스의 희곡이나 아르키메데스의 과학 논문이나 초기 기독교 복음서가 있다면 어떻게 될까? 만약 호메로스의 작품으로 알려진, 소실된 희극시 「마르기테스」*가 있다면?

---

* 아는 것은 많지만 어느 하나 제대로 아는 게 없는 아둔한 부자를 주인공으로 한 풍자적 서사시. 상당 부분 유실된 채 전해져 내려왔다. 아리스토텔레스는 『시학』에서 호메로스가 저자라고 밝혔으나, 진짜 저자가 누구인지는 아직도 명확히 밝혀진 바가 없다.

하지만 오늘 관리 팀은 원문을 얼마간 복구한 끝에 이것이 현대엔 거의 알려진 바 없는 안토니우스 디오게네스의 1세기 산문 소설 「Νεφελοκοκκυγία」라고 결론 내렸음을 발표했다.

Νεφέλη는 클라우드(cloud), κόκκῡξ는 쿠쿠(cuckoo). 지노가 아는 제목이다. 그는 부랴부랴 테이블로 돌아와 종이 더미를 옆으로 밀치고 렉스의 책을 꺼낸다. 29쪽, 51항.

유실된 그리스 설화 『클라우드 쿠쿠 랜드』는 안토니우스 디오게네스가 하늘에 떠 있는 도시를 찾아 여행을 떠나는 양치기의 이야기를 쓴 작품으로 집필 시기는 서기 1세기 말경으로 추정된다. 9세기 비잔티움 시대에 이 소설을 요약한 문헌을 보면, 디오게네스는 병든 조카딸에게 바치는 짤막한 서문에서 이 희극적인 이야기는 자신이 지어낸 것이 아니라 고대 도시 티레의 어느 무덤에서 발견한 것으로, 사이프러스 나무로 만든 서판 스물네 개에 적혀 있었다고 단언했다. 얼마간은 동화, 얼마간은 헛고생하는 서사, 얼마간은 SF, 얼마간은 이상향을 그린 풍자 문학인 이 작품은 포티오스*의 개요에 따르면 고대 소설을 통틀어 손에 꼽힐 만큼 매혹적인 작품이라고 한다.

지노는 숨이 턱 막힌다. 눈밭을 달리는 아테나가 보인다. 렉스, 영양실조로 뼈가 앙상하고 구부정한 그가 목탄 조각으로 널빤지에 시

---

*   Photios(820~893). 콘스탄티노플 총대주교를 지낸 종교인이자 학자. 대학에서 신학, 수사학을 강의했고 고전 문헌을 연구했다.

를 쓰는 모습이 보인다. θεοὶ는 '신들'이라는 뜻이고, ἐπεκλώσαντο는 '그들은 실을 자았다'는 뜻이며, ὄλεθρον는 '폐허'다.

그날 렉스가 카페에서 말했었다. 훨씬 더 멋진 것, 이를테면 고대 희극, 아니면 대책 없는 머저리가 지구 끝까지 여행을 떠났다가 돌아온 이야기일 수도 있어. 내가 제일 좋아하는 것들이지, 무슨 말인지 알지?

메리앤은 고양이 만화 캐릭터가 잔뜩 그려진 머그를 감싸 쥐고 선 자기 사무실 문간에 서 있다.

섀리프가 말한다. "어디 아프신 건 아니겠죠?"

"내가 보기엔," 메리앤이 말한다. "행복하신 것 같은데."

그는 섀리프에게 그 필사본에 관한 기사를 찾는 족족 인쇄해 달라고 부탁한다. 그 고문서에 쓰인 잉크는 기원이 10세기 콘스탄티노플까지 거슬러 올라간다. 바티칸 도서관 측에선 조금이라도 읽을 수 있는 부분이 있는 낱장은 무조건 디지털화해서 누구나 접근 가능한 곳에 업로드하겠다고 약속했다. 슈투트가르트에 사는 한 교수는 디오게네스가 진실과 상호 텍스트성에 관한 문제들에 천착했던 고대의 보르헤스였을 수도 있다면서, 스캐닝을 통해 「돈 키호테」와 「걸리버 여행기」의 전신이라 할 새로운 걸작이 그 모습을 드러낼 거라 예측하기도 했다. 반면 일본의 한 고전학자는 이 텍스트의 중요성에 의심을 표하면서, 현존하는 그리스 소설들 가운데, 그런 것들도 소설이라 말할 수 있다면, 고전 시와 희곡의 문학적 가치에 준하는 건 단 하나도 없다고 말한다. 단지 오래되었기 때문에 중요하다는 것은 무언가의 탁월함의 이유가 될 수 없다는 것이다.

폴리오(Folio) A라고 분류된 첫 번째 스캔 이미지가 6월 첫 주 금요일에 업로드된다. 새리프는 새로 기증받은 일류 프린터로 확대 인쇄해 논픽션 구역의 자기 탁자에 앉아 있는 지노에게 가져다준다. "보면 무슨 뜻인지 이해하시겠어요?"

지저분하고, 벌레 먹은 구멍에, 곰팡이에 뒤덮여 있는 것이 흡사 곰팡이 균과 시간과 물이 합작하여 유실 시(erasure poem)*를 만들려고 손잡은 꼴이지만, 지노의 눈에는 마법처럼, 페이지 밑 깊은 곳 어딘가에서 그리스 문자들이 배경 위로 은은한 하얀빛으로 빛나는데, 손으로 필사한 것이라기보다는 글자의 유령처럼 보인다. 렉스의 편지가 도착했을 때 처음엔 렉스가 살아남았다는 사실을 받아들일 수 없었던 것이 떠오른다. 때로 이젠 사라지고 없어졌다고 생각한 것이, 다만 감춰져 있을 뿐 다시 발견되기를 기다리기도 하는 것이다.

인터넷에 드문드문 올라오는 낱장 스캔 파일들이 새리프의 프린터로 인쇄되는 초여름의 몇 주 동안 지노는 행복을 만끽한다. 6월의 청명한·햇빛이 도서관 창문 너머 인쇄한 종이들을 밝게 비춘다. 아이톤의 이야기를 여는 구절들이 달콤하고 순진하게, 해석할 수 있을 것처럼 다가온다. 자기만의 프로젝트를 찾아냈다는, 죽기 전에 할 일이 생겼다는 생각이 든다. 백일몽 속에서 그는 번역서를 출간하고, 렉스에게 추모의 뜻으로 헌사하고, 파티를 연다. 힐러리가 교양 넘치는 세련된 친구들을 수행단으로 끌고 런던에서 찾아온다.

---

*　블랙아웃 시(blackout poem)라고도 불린다. 기존 텍스트에서 단어들을 상당수 지우고 남은 단어들로 완전히 새로운 시를 만드는 발견 시(found poeum)의 한 형태.

레이크포트의 전 주민이 그가 '슬로 모션 지노', 짖어 대는 개와 살며 누더기 넥타이를 두르는 전직 제설기 운전사 이상의 존재임을 두 눈으로 확인한다.

그러나 날이 갈수록 그의 열정은 식는다. 스캔한 낱장들의 상당량이 심하게 훼손되어 내용을 이해하기는커녕 문장을 읽을 수조차 없다. 설상가상으로, 관리자들의 보고에 따르면, 기나긴 역사의 어느 시점에 필사본을 철한 것이 흩어졌다가 다시 묶이면서 순서가 뒤죽박죽이 되는 바람에 아이톤의 이야기가 원래 어떤 순서로 진행되었는지 알 수 없게 되어 버렸다. 7월이 되자 그는 3분의 1은 발에 차여 난로 밑으로 들어가고 나머지는 한꺼번에 사라져 버린 보이즈턴 부인의 직소 퍼즐 세트를 맞추는 기분이 들기 시작한다. 그는 이력도 교육도 턱없이 부족한 데다 너무 늙었다. 정신력만으론 어림없다.

십 섀거, 프루트 펀치, 팬시, 제로. 어릴 적에 주입된 정체성을 뛰어넘기란 왜 이리 힘든 일일까?

8월이 되자 도서관 에어컨이 수명을 다한다. 지노는 오후 내내 셔츠 바람으로 땀을 흘리며 최소한 60퍼센트는 지워진 탓에 유독 골머리를 썩이는 낱장을 두고 고민을 거듭한다. 까마귀가 된 아이톤이 후투티의 안내를 받아 크림 강을 건너가는 내용 같다. 그의 양 날개 밑이 의심으로 ─ 불안으로? 들썩임으로? ─ 따끔거리는 모양이다.

그가 파악할 수 있는 건 여기까지다.

폐관 시간이 다 되어 그가 책과 리걸 패드를 챙기는 동안 섀리프가 의자들을 집어넣고 메리앤이 불을 모두 끈다. 바깥 공기에서 산불 연기 냄새가 난다.

"이걸 해결할 전문가들이 있을 거야." 섀리프가 문을 걸어 잠그는 동안 지노가 말한다. "진짜 번역가들. 자기가 뭘 하는지 잘 알 만큼 학위가 대단한 양반들 말이야."

"있을 수도 있겠죠." 메리앤이 말한다. "하지만 누구도 선생님만큼은 아닐 걸요."

구명보트 한 척이 요란한 소리를 내며 호수 위를 지나가고, 스피커는 쿵쾅거리며 낮은 음을 토해 낸다. 뜨거운 은색 압력이 대기 중에 걸려 있다. 셋은 섀리프의 이스즈 자동차 옆까지 와서 멈춰 서고, 지노는 어떤 것의 혼령이 열기를 뚫고 움직이는 것을 느낀다. 보이지 않는, 뭐라고 규정하기 힘든 어떤 것의. 호수의 아득히 먼 끝, 스키를 타는 산 위에서 뇌운 한 조각이 파랗게 너울거린다.

"돌아가시기 전 병원에 계시던 어머니가 종종 하시던 말씀이 있어요." 섀리프가 담배에 불을 붙이며 말한다. "'희망은 세계를 떠받치는 기둥이다.'"

"누가 한 말인데?"

그는 어깨를 으쓱한다. "어떤 날은 아리스토텔레스라고 하셨고, 어떤 날은 존 웨인이라고 하셨어요. 아무래도 어머니가 만드신 말 같아요."

18

그 모든 과정이
과연 장대하였으나,
어쩐 일인지……

클라우드 쿠쿠 랜드

안토니우스 디오게네스 지음, 폴리오 Σ

……나의 깃털은 윤기가 돌며 빽빽이 자라났고, 나는 먹고 싶은 건 뭐든지, 사탕, 고기, 생선, 심지어 새 고기까지 먹을 수 있다는 사실에 흥분했습니다! 더는 고생스럽지 않았고, 굶주릴 일도 없었으며, 나의 [날개가?] 욱신욱신 쑤시는 일도, 나의 발톱이 [쓰라린 일도] 없었습니다.

……나이팅게일들은 [저녁?] 연주회를 열었고, 울새들은 정원에서 사랑의 노래를 불렀으며, [게다가] 아무도 나를 얼간이, 멍청이, 대가리 속에 든 게 없는 팔푼이라고 부르지 않았을뿐더러 모진 말 한마디 하는 법이 없었습니다…….

나는 아득히 먼 길을 날아 여행했고, 모두 틀렸음을 입증했습니다. 그런데 발코니에 앉아 새들이 즐겁게 무리 지어 지나가는 광경을 바라보다가 어쩐지 성문 너머를, 구름이 물결치는 가장자리 너머를, 저 머나먼 아래 진흙 더미가 조각보처럼 이어진 대지를, 도시들이 가득하고 평야에는 야생 짐승과 가축 들이 먼지처럼 흩어져 오는 그곳을 보게 되었고, 문득 나의 친구들, 나의 작은 침상, 내가 들판에 두고 떠나온 암양들은 어찌 됐을까 궁금해졌습니다. 나는 아득히 먼 길을 여행했고, 그 모든 과정이 과연 장대하였으나, 어쩐 일인지…….

……여전한 의심의 바늘 끝이 내 날개 밑을 찔러 댔습니다. 마음속에서 어두운 불안이 꿈틀대는 것이었으니…….

아르고스호

미션 여행 65년
볼트원 내부 생활 325일째

콘스턴스

콘스턴스가 아틀라스 안에 숨겨진 작고 금방이라도 허물어질 듯한 도서관을 발견한 지 몇 주가 지났다. 그동안 그녀는 어린이 도서 구역의 받침대 위에 놓인 금빛 책에서 지노 니니스가 번역한 분량 가운데 4분의 3 —폴리오 알파부터 시그마까지— 을 볼트에서 자루를 찢어 만든 원고지에 열심히 베껴 옮겼다. 그래서 지금 손글씨가 빼곡한 원고지가 백이십 장도 넘게 시빌 주변의 바닥을 뒤덮었고, 원고지 한 장 한 장은 그녀가 제4농장에서 아버지의 목소리에 귀 기울이며 보낸 밤들의 기억과 생생하게 연결되어 있다.

……나는 팔라이스트라*가 고른 연고를 머리끝부터 발끝까지 문지르고, 유향을 세 자밤 집었다…….

……설령 네게 날개가 돋아났다 해도, 한낱 어리석은 물고기인

---

* 그리스 신화에 등장하는 인물로 고대 올림픽 경기 레슬링의 여신.

네가 존재하지도 않은 곳까지 날아갔을 리 없다……

　……세상의 모든 책을 읽어 깨우친 자는 오직 한 가지만 안다. 자
신이 아무것도 모른다는 것을…….

　오늘 밤 그녀는 잉크가 묻고 지칠 대로 지친 모습으로 침대 가장
자리에 앉아 있고, 조명은 납빛으로 가라앉는다. 데이라이트에서
노라이트로 바뀌며 조도가 서서히 어둡게 젖어드는 이때가 제일 힘
들다. 매번 볼트 너머의 침묵이 난생처음 겪는 상태처럼 느껴지면
서, 바깥에 살아 움직이는 사람 한 명 없이 열 달 넘게 지내 왔음에
두려워지는데, 볼트 너머의, 아르고스호 벽 너머의 침묵은 인간의
능력으론 파악할 수 없을 만큼 멀리 뻗어 나간다. 그녀는 모로 누워
담요를 턱 끝까지 끌어 올린다.
　벌써 자려고요, 콘스턴스? 오늘 아침부터 아무것도 먹지 않았어요.
　"문을 열어 주면 먹을게."
　알겠지만, 이 볼트 밖 전염의 지속 여부를 판단할 수 없기 때문에
그럴 수 없어요. 콘스턴스가 이 안에 있는 게 안전하다고 확신하기 때
문에 문을 계속 닫아 두는 거예요.
　"이 안에 있는 것도 못지않게 위험한 것 같은데. 문을 열어 주면
먹을게. 아니면, 굶어 죽을래."
　그런 식으로 말하다니 마음이 아프네요.
　"마음이 아플 리 없잖아, 시빌은. 튜브 속에 든 섬유 조직 뭉치인
주제에."
　당신의 몸은 영양분이 필요해요, 콘스턴스. 마음속으로 제일 좋아

하는 음식을 상상…….

콘스턴스는 귀를 틀어막는다. 어른들은 이 우주선 안에 있는 모든 것이 앞으로 우리에게 필요한 모든 것을 충당해 줄 거라고 말했다. 우리가 스스로 해결할 수 없는 건 시빌이 모두 해결해 줄 거라고. 하지만 그건 어른들이 스스로 위로하려고 만들어 낸 이야기에 지나지 않았다. 시빌은 모든 것을 알면서도 아무것도 알지 못한다. 그녀는 자신이 그린 구름 위의 도시 그림을 집어 들고 잉크가 마른 부분을 손가락 끝으로 가만히 훑는다. 그녀는 무슨 근거로 이 옛날 책을 다시 만들면 무슨 비밀이건 밝혀질 거라고 생각한 걸까? 어떤 독자를 상정하고 이런 일을 하고 있는 걸까? 그래 봐야 그녀가 죽으면, 영겁의 시간 동안 누가 읽어 줄 일도 없이 이 볼트 안에 놓여 있을 텐데.

나는 허물어지고 있다고, 나는 떨어져 나가고 있다고, 그녀는 생각한다. 나는 있지도 않은 것을 찾아 트레드밀을 달리다가, 등 뒤로 10조 킬로미터는 떨어진 행성의 유령에 발이 걸려 넘어지는 바보야.

마음의 맷돌 밑에서 아버지가 일어나더니 수염에 꽂혀 있는 마른 이파리를 뽑아 들고는 미소 짓는다. 하지만 바보가 아름다운 건, 아버지는 말한다. 포기할 줄 모르기 때문이야.

그녀는 힘겹게, 그러나 재빨리 퍼램뷸레이터에 다시 올라타 바이저를 터치하고, 도서관의 탁자로 서둘러 간다. 2020년 2월 20일, 그녀는 쪽지에 쓴다. 레이크포트 공공 도서관에서 지노 니니스가 생명을 구한 다섯 아이들의 이름이 뭐였지?

아이다호주
레이크포트

2019년 8월

지노

8월 하순, 오리건주에서 동시에 두 건의 산불이 발생해 각각 4000제곱킬로미터가 넘는 면적이 불탄 가운데, 그 연기가 레이크포트로 쏟아져 들어온다. 하늘이 퍼티 색으로 변하고, 문밖을 나선 사람은 누구나 모닥불 냄새를 풍기며 돌아온다. 식당들에 딸린 파티오들이 문을 닫는다. 결혼식은 실내에서 열린다. 청소년 스포츠 행사들이 취소된다. 대기 상태가 아이들이 밖에서 놀기엔 위험천만하다는 인식이 팽배한다.

학교 수업이 끝나기 무섭게, 도서관은 달리 갈 곳 없는 아이들로 북새통이 된다. 지노는 리걸 패드와 포스트잇이 건초 가리처럼 쌓여 있는 탁자에 앉아서 번역과 씨름한다. 그의 옆 바닥에 반바지 차림에 웰링턴 부츠를 신은 빨간 머리 여자애가 앉아 풍선껌으로 풍선을 불며 원예 책들을 뒤적인다. 그 아이 뒤쪽으로 불과 1미터 남짓 떨어진 거리에, 가슴팍이 튼실하고 금발이 사자갈기처럼 무성한 남자아이가 분수식 음수대의 레버를 한 무릎으로 누른 채 두 손으로 물을 받아 제 머리에 뿌린다.

지노는 두 눈을 질끈 감는다. 머리가 지끈지끈 아프다. 다시 눈을 뜨니 메리앤이 서 있다.

"하나." 그녀가 말한다. "이번 산불 때문에 제 직장이 청소년 야영장이 돼 버렸어요. 둘. 위층 창문에 설치된 에어컨이 억지로 강철 샌드위치를 삼킨 사람 같은 소리를 내고 있어요. 셋. 섀리프가 새 에어컨을 사러 버지슨 철물점에 갔기 때문에 위층에 있는 어린 설탕 중독자 스무 명을 저 혼자 감당하게 생겼어요." 마침 때를 맞추기라도 한 양, 어린 남자아이 하나가 누덕누덕한 빈백 의자에 올라탄 채 그녀 뒤 계단을 미끄러져 내려와 무릎부터 땅에 박고는 고개를 들어 그녀를 보고 씩 웃는다.

"넷. 제가 아는 선에서 드리는 말씀이지만, 한 주 내내 술 취한 목동을 두고 '일자무식', '비천한', '대책 없는' 중에서 하나를 정하지 못해 끙끙대셨죠. 앞으로 두어 시간 동안 5학년 애들이 와 있을 거예요, 지노. 다섯 명이에요. 저 좀 도와주실래요?"

"'비천한'하고 '대책 없는'은 정말이지 완전히 다른……."

"지금 하고 계신 일을 아이들에게 보여 주세요. 아니면 마술 쇼 같은 거라도 좋으니 좀 부탁 드릴게요."

그가 거절할 구실을 찾아내기도 전에 메리앤이 흠뻑 젖은 아이를 음수대에서 끌어다 그의 탁자 앞에 세운다.

"앨릭스 헤스. 지노 니니스 선생님이야. 니니스 선생님이 네게 끝내주는 걸 보여 주실 거래."

아이가 탁자에 놓인 커다란 팩시밀리 출력물 가운데 한 장을 들어 올린다. 그 바람에 지노의 리걸 패드 열두 장이 다친 새처럼 카펫 위로 떨어진다.

"이게 뭐예요? 외계 문자인가?"

"러시아어 같은데." 부츠를 신은 빨간 머리 여자애도 어느새 탁자에 와 서서 말한다.

"그리스어야." 메리앤이 말하고는 다른 남자아이 한 명과 여자아이 두 명을 지노의 탁자 쪽으로 조금씩 민다. "아주 옛날이야기란다. 고래 배 속에 사는 마법사도 나오고 수수께끼를 내는 올빼미 파수꾼도 나오고 어떤 소원도 다 이루어지는 구름 도시도 나오고 심지어는," 메리앤은 목소리를 낮추고 연극적으로 한쪽 어깨너머를 힐끔 보는 시늉을 한다. "고추가 세 개 달린 어부도 나와."

여자아이들이 낄낄거린다. 앨릭스 헤스가 어색하게 웃는다. 소년의 머리칼에서 떨어지는 물이 종이를 적신다.

이십 분 후 다섯 아이는 지노의 탁자 둘레에 동그랗게 앉아서 각자 다른 페이지의 팩시밀리 출력물을 열심히 들여다보고 있다. 예초기로 자른 것 같은 단발머리의 여자아이가 손을 들더니 곧바로 떠들어 댄다. "지금까지 이야기해 주신 거 잘 들었고요, 이선이라는 남자가 말도 안 되는 여행을 했다니……."

"아이톤."

"이선이라고 해야죠." 앨릭스 헤스가 말한다. "발음이 더 쉽잖아요."

"……그리고 그 이야기가 아주 어마어마한 옛날에 스물네 개의 나무로 만든 판 같은 것에 쓰였고, 그 사람이 죽으면서 같이 묻혔다는 거죠? 그런 다음에, 몇 백 년이 지나서 다시 발견됐는데, 다이드…… 진스*라는 사람이 무덤에서 발견한 거고요? 그 사람이 이야기를 몇 백 장이 넘는 종이에 몽땅 다 옮겨 쓴 거고…….”

“파피루스에 옮겨 쓴 거지.”

“……그런 다음에 죽어 가는 조카딸에게 편지로 부쳤고요?”

“맞아.” 지노는 대답하면서 당혹감과 흥분과 피로가 한꺼번에 몰려오는 것을 느낀다. “한 가지 잊지 말아야 하는 건 당시엔 편지 같은 게 없었다는 거야, 우리가 지금 아는 그런 편지 말이다. 조카딸이 정말 있었다면, 디오게네스는 두루마리 원고를 믿을 만한 친구에게 줬을 것 같아, 그 친구는…….”

“그런 다음 그 원고가 콘스탄…… 뭐지, 아무튼 그런 데서 베껴진 다음에, 그것도 또 어마어마한 세월 동안 없어졌다가 이탈리아에서 다시 발견됐는데, 지워진 단어들이 너무 많아서 여전히 엄청나게 뒤죽박죽 상태라는 거죠?”

“제대로 잘 들었구나.”

크리스토퍼라는 이름의 가냘픈 소년이 의자에 앉은 채 꼼지락거린다. “그래서 이런 옛날에 쓴 글을 영어로 바꾸는 게 너무 어려운데, 그 이야기는 몇 조각밖에 안 남았고 순서도 모르신다는 거죠?”

빨간 머리 레이철이 출력물을 이리저리 돌려 본다. “그런데 지금 갖고 계신 이 조각들도 원고에 누텔라를 덕지덕지 발라 놓은 것 같네요.”

“그래.”

“그게 그러니까,” 크리스토퍼가 묻는다. “왜요?”

*   Dyed-Jeans. 염색한 청바지. 디오게네스를 영어식 발음으로 잘못 읽은 것.

그 말에 아이들이 일제히 지노를 쳐다본다. 앨릭스, 레이철, 자그만 크리스토퍼, 예초기로 자른 것 같은 단발머리 올리비아. 그리고 갈색 눈에 갈색 피부에 갈색 옷차림에 칠흑 같은 머리를 한 말 없는 여자아이 내털리.

지노가 말한다. "슈퍼히어로 영화 봤니? 남자 주인공이 늘 두들겨 맞고 피를 흘리니까 늘 그렇게……."

"여자 주인공도 있어요." 올리비아가 말한다.

"……그래, 여자 주인공도 있지. 아무튼 좀처럼 못 버틸 것처럼 보이지 않니? 이 책 조각들이 그래. 슈퍼히어로 같지. 이것들이 지난 이천 년 동안 싸워서 버틴 온갖 영웅적인 전투를 상상해 봐. 홍수, 화재, 지진, 망한 정부, 도둑, 야만인, 광신자, 그 밖에도 얼마나 많았겠니? 우리는 이 책이 처음 쓰이고 구 세기에서 십 세기가 지난 콘스탄티노플에서 필사가 된 것을 알지. 또 우리가 필사를 한 그 남자에 관해 아는 건……."

"여자일 수도 있고요," 올리비아가 말한다.

"……이 깔끔한 손글씨, 왼쪽으로 살짝 기울어져 있는 이 글씨가 전부야. 그렇지만 이제 몇 명 안 되지만 이 옛날 글의 뜻을 이해할 수 있는 사람들이 이 영웅들에게 다시 생명을 불어넣어 앞으로 몇 십 년 더 싸울 수 있는 기회를 갖게 되는 거지. 지우개는 늘 우리의 뒤를 밟고 있잖니, 안 그러니? 오랜 세월, 용케 지우개를 피해 다녔던 무언가를 손안에 넣는다는 것은……."

그는 당황스러워하며 눈가를 훔친다.

레이철이 눈앞의 희미한 글줄에 손가락들을 대고 쭉 훑어 나간다. "이선 같은데."

"아이톤이야." 올리비아가 말한다.

"지금 말씀하시는 그 바보 말인데요. 이 이야기에 나오잖아요? 계속 잘못된 길만 가고 계속 상황이 꼬여서 곤란해지는데, 그래도 절대 포기를 안 하죠. 살아남는 거죠."

이 여자아이를 바라보고, 그의 의식이 새로운 이해로 젖어든다.

"딴 이야기도 해 주세요." 앨릭스가 말한다. "고추 세 개 달린 어부 이야기요."

그날 밤, 지노는 식탁에 앉아 리걸 패드를 펼친다. 발치에는 필로스의 왕 네스토르가 웅크리고 눕는다. 어딜 봐도 초반에 시도한 부적절한 번역만 보인다. 재기 넘치는 암시를 알아차리지 못한 것은 아닐까, 문장 구성상의 암초들을 멀리 피해 나아가고 있는 걸까, 모든 단어를 제대로 옮기고 있는 걸까 전전긍긍했었다. 그러나 이 희한한 옛날 희극이 뭐건 간에, 올바로 독해한다는 건 타당하지도 고결한 일도 아닐뿐더러 걱정할 문제도 아니었다. 이것은 죽어 가는 소녀를 위로하기 위해 쓴 이야기였다. 그가 부득불 읽은 그 모든 학술 비평 — 디오게네스가 쓰고 있던 건 저급한 희극인가, 아니며 정묘한 메타픽션이었는가? — 은, 그 토론들은 풍선껌, 땀에 젖은 양말, 산불 연기 냄새를 풍기는 5학년생들을 마주하자 창밖으로 날아가 버렸다. 디오게네스, 그가 어떤 사람이었건, 그는 아이의 관심을 끄는 하나의 기계, 삶이라는 덫에서 빠져나갈 뭔가를 만드는 데 주력하고 있었다.

짓누르던 무게가 슬며시 떠난다. 그는 커피를 내리고, 새 리걸 패드의 포장을 뜯고, 눈앞에 폴리오 β를 놓는다. 단어 공백 단어단어단어 공백 공백 단어. 그래 봐야 오래전에 죽은 염소 가죽에 찍힌 자국들일 뿐이다. 그런데 그 밑에서, 무언가 구체화된다.

　나는 아이톤, 아르카디아에서 온 평범한 양치기입니다. 지금부터 내가 하는 이야기는 너무도 허황하고 너무도 터무니없어서 여러분은 단 한 마디도 믿을 수 없을 겁니다. 그럼에도 이 이야기는 진실입니다. 왜냐하면 나는 한때 세상 사람들이 맹추, 머저리라 불렸던 사람, 그래요, 나는 못난이, 천치, 얼뜨기 아이톤이지만 언젠가 지구가 끝나는 곳에 다다랐으며, 그 너머…….

아르고스호

미션 여행 65년
볼트원 내부 생활 325~340일

콘스턴스

쪽지가 테이블 위에 놓여 있다.

크리스토퍼 디
올리비아 오트
앨릭스 헤스
내털리 허낸데즈
레이철 윌슨

2020년 2월 20일, 레이크포트 공공 도서관에서 인질로 잡힌 아이들 중에 레이철 윌슨이 있었다. 콘스턴스의 증조할머니다. 지노의 번역서가 아버지의 침대 옆 탁자 위에 놓여 있었던 건 그 때문이다. 아버지의 할머니가 연극에 참여했던 것이다.

지노 니니스가 2020년 2월 20일에 레이철 윌슨의 생명을 구해 주지 않았다면 그의 아버지는 태어나지 못했을 것이다. 그가 아르고스호에 승선할 일도 없었을 것이다. 콘스턴스는 존재하지 않았을 것이다.

나는 아득히 먼 길을 여행했고, 그 모든 과정이 과연 장대하였으나, 어쩐 일인지…….

레이첼 윌슨은 어떤 사람이었고, 몇 살까지 살다 세상을 떠났고, 지노 니니스가 번역한 그 책을 볼 때마다 어떤 심정이었을까? 내넙에 살며 바람이 쌩쌩 부는 저녁이면 콘스턴스의 아버지와 함께 자리에 앉아 아이톤의 이야기를 읽어 주었을까? 콘스턴스는 자리에서 일어나 아트리움의 탁자 주위를 한 바퀴 돌다가 한 가지 놓치고 있는 것이 있음을 비로소 확신하게 된다. 바로 그녀의 눈앞에 감춰진 뭔가가 있다는 것. 시빌도 알지 못하는 다른 뭔가. 그녀는 책장에 있는 아틀라스를 불러들인다. 제일 먼저 라고스로 가서 만에서 가까운 도심 광장으로 향하자 삼면에서 화려한 흰색 호텔들이 머리 위로 솟아오르고, 흑백의 바둑판무늬 화분에서 마흔 그루의 코코야자나무가 솟아나 자란다. 뉴 인터내셔널 호텔에 오신 것을 환영합니다라고 적힌 표지판이 뜬다.

콘스턴스는 변하는 법 없는 나이지리아의 햇빛 속에서 돌고 또 돈다. 또다시 그 감각이 그녀에게 몰려와 의식 가장자리를 갉아먹는다. 뭔가 잘못됐어. 야자수의 몸통에 난 생채기 자국들, 잎자루에 여전히 붙어 있는 바짝 마른 잎집들, 그리고 머리 위 나무에 매달려 있거나 굴러떨어져 화분 안에 뒹굴고 있는 코코넛 열매들. 문득 그녀는 그 코코넛 열매들 중 어떤 것도 아버지가 보여 준 세 개의 발아 구멍이 뚫려 있지 않은 것을 알아차린다. 두 개의 눈과 한 개의 입, 휘파람을 불며 세계를 한 바퀴 도는 꼬맹이 선원의 얼굴, 그 얼굴이 없다.

이 나무들은 컴퓨터로 생성된 이미지들이다. 원래 이곳에 있지도 않았다.

그녀는 콘스탄티노플의 테오도시아 성벽 밑에서 플라워스 부인이 한 말을 떠올린다. 여길 오래 돌아다니다 보면 비밀 한두 개쯤은 알게 된단다.

스무 걸음 정도 떨어진 곳에 손잡이 앞에 흰 손수레를 단 노점상의 자전거가 화분에 기대어 서 있다. 손수레 위에 만화풍의 올빼미가 아이스크림 콘을 들고 있다. 손수레의 열린 뚜껑 안에 열두 개의 캔 음료가 얼음 위에서 반짝인다. 얼음이 은은하게 빛난다. 올빼미 캐릭터가 금방이라도 눈을 깜빡일 것만 같다. 레이크포트의 도서 반납함과 마찬가지로 이 올빼미 역시 주변의 어떤 것보다 생생해 보인다.

그녀가 캔 음료에 손을 뻗자 허공을 관통하는 게 아니라 손가락 끝에 딱딱하고 차갑고 젖은 것이 닿는다. 얼음 속에서 캔을 하나 꺼내어 들자, 그녀를 에워싼 호텔들의 천 개의 창문들이 소리도 없이 산산이 부서진다. 광장의 타일들이 벗겨지고 가짜 야자나무들이 증발한다.

사방에서 형체들이 나타나는데, 그늘진 도시 광장이 아닌 부서지고 검댕이 뒤덮인 콘크리트 바닥 위에 앉아 있거나 서 있거나 누워 있는 사람들이다. 몇몇은 윗도리를 입지 않았고 태반이 신발도 신지 않은 그들은 살아 있는 해골 같은 모습이며, 더러는 파란색 방수포로 직접 만든 텐트 깊숙이 들어가 있어 종아리와 진흙투성이 발만 간신히 보인다.

낡은 타이어들. 쓰레기. 진창. 남자 몇 명이 한때 '선샤인식스'라는 음료가 들어 있던 커다란 플라스틱 통에 앉아 있다. 한 여자가 빈 쌀자루를 흔든다. 깡마른 아이 열두어 명이 맨땅에 쪼그려 앉아 있다. 레이크포트의 오래된 도서관 밖에 있던 도서 반납함에 손을 댔을 때 주변의 사물들이 움직이던 것과 달리 아무것도 움직이지 않는다. 사람들은 정지 상태의 이미지에 불과해서 그녀가 두 손을 뻗으면 그림자처럼 그대로 통과한다.

그녀는 허리를 굽히고 아이들 얼굴의 흐릿한 부분들을 열심히 들여다본다. 그들에게 무슨 일이 일어나는 걸까? 무슨 이유로 이렇게 숨겨져 있는 거지?

그다음으로 일 년 전에 발견한 뭄바이 변두리의 조깅 코스로 다시 가자, 그녀 옆으로 짙은 녹색의 맹그로브 숲이 불길한 벽처럼 나란히 달린다. 그녀는 걸음을 서두르며 난간을 따라 오르내리는데, 800여 미터를 오르다가 800여 미터를 내려가니 드디어 그것이 눈에 들어온다. 보도 위에 페인트로 그린 작은 올빼미. 올빼미에 손을 대자 맹그로브 숲이 뜯겨 나가고 온갖 잔해와 쓰레기로 가득한 적갈색 물의 벽이 세차게 쏟아지며 제자리로 돌아온다. 물은 사람들을 덮쳐 감추고, 길을 잠기게 하고, 고층 아파트의 측면을 넘실넘실 타고 오른다. 2층 발코니에 배들이 묶여 있다. 누군가 물에 잠긴 자동차 지붕 위에 얼어붙어 있는데, 도움을 청하느라 두 팔을 치켜들었고 비명은 얼굴에서 흐릿하게 지워져 있다.

속이 뒤집힐 것 같고 몸이 떨리는 가운데 콘스턴스는 속삭이듯 말한다. "내넘." 그녀는 자리에서 일어난다. 땅이 회전하고 뒤집히면서 그녀도 아래로 떨어진다. 한때는 예스러운 멋이 있던, 목축으로 먹고살던 호주의 작은 도시. 도로 위로 색이 바랜 현수막들이 가로질러 걸려 있다.

각자 맡은 바를 완수하라
데이 제로에 맞서라
하루 10리터로 살 수 있다

공회당 앞 캐비지야자나무 그늘에 놓인 화분마다 베고니아가 기운차게 서 있다. 잔디는 더할 나위 없이 푸르다. 반경 50킬로미터 안에서 어떤 것보다 다섯 배는 선명하게 보인다. 분수가 반짝거린다. 화사하게 꽃이 핀 나무들이 위풍당당하게 서 있다. 그러나 라고스의 광장, 뭄바이 변두리의 조깅 코스처럼 이곳도 어쩐지 부자연스러워 보인다.

그 블록을 세 바퀴 돌고야 그녀는 공회당의 옆쪽 문에서 그것을 발견한다. 목엔 금색 체인을 두르고 머리엔 삐딱하게 왕관을 쓴 올빼미를 그린 낙서.

그녀는 손을 가져다 댄다. 잔디밭이 갈색으로 타들어 가고, 나무들은 허공으로 날아가 버리고, 공회당의 페인트칠이 조각조각 벗겨지며 분수대의 물이 증발한다. 6000갤런 용량의 물탱크를 실은 견인 트레일러가 가물거리며 자리를 잡고, 무장한 남자들이 트레일러 주위에 빙 둘러서고, 그 너머로 먼지를 잔뜩 뒤집어쓴 자동차들이 멀리까지 늘어서 있다.

수백 명의 사람이 빈 주전자와 깡통을 들고 철망 울타리에 몸을 밀어붙인다. 정글도를 든 남자가 입을 벌리고 울타리 위에서 뛰어

내리는 순간이 아틀라스의 카메라에 포착되어 있다. 한 군인이 발포하고 있다. 사람들 몇 명은 바닥에 배를 깔고 엎드려 있다.

물탱크 트럭의 꼭지 앞에서 두 남자가 플라스틱 주전자 하나를 서로 잡아당기는데 두 팔의 힘줄 하나하나가 도드라져 있다. 철책에 몸을 밀어붙이는 사람들 가운데 아기를 안은 어머니와 할머니들이 보인다.

이거였어. 이래서 아버지가 떠난 거였어.

그녀가 퍼램뷸레이터에서 내려올 즈음, 볼트의 내부는 데이라이트 모드다. 그녀는 다리를 절며 자루의 천 조각들이 흩어진 사이를 걸어가고, 푸드 프린터의 송수관을 빼선 그대로 입에 넣는다. 두 손이 덜덜 떨린다. 신고 있는 양말이 마침내 다 터지면서 뚫린 구멍들이 하나가 되고, 발가락 두 개에서 피가 흐른다.

지금 11.265킬로미터를 걸었어요, 콘스턴스. 시빌이 말한다. 수면과 적절한 식사를 취하지 않으면 도서관 출입을 통제하겠어요.

"알았어, 먹을게, 쉴게. 약속해." 그녀는 아버지가 식물에 둘러싸여 일할 때 분무기의 물을 손등에 뿌리며 분사량을 조절하던 것을 떠올린다. "배고픈 건," 그때 그녀는 아버지가 그녀 말고 식물에게 말하고 있음을 감지했었다. "조금 참으면 배고픈 건 잊을 수 있어. 하지만 목마른 건 어떨까? 목이 마를수록 그 생각만 하게 돼."

그녀는 바닥에 앉아 피가 흐르는 발가락을 살펴보면서, 어머니가 들려준 '미치광이 엘리엇 피셴배커' 이야기를, 아틀라스를 끝없이 헤매다 발이 다 터지고 그런 후 온전했던 정신도 터진 소년을 떠올린다. 아르고스호의 벽을 뚫어 버릴 셈으로 난도질하며 모든 사람과 모든 것을 위험에 빠뜨린 소년. 치사량의 슬립드롭을 모은 소년.

　그녀는 먹고 세수하고 엉킨 머리칼을 빗질하고 문법과 물리를
공부하는 등, 시빌이 요구하는 대로 따른다. 도서관 아트리움은 환
하고 고요해 보인다. 대리석 바닥은 간밤에 누가 문질러 닦은 것처
럼 윤이 난다.

　공부를 마친 그녀가 테이블에 앉자 플라워스 부인의 작은 개가
그녀의 발치에 똬리를 튼다. 떨리는 손가락으로 콘스턴스는 쓴다.
아르고스호는 어떻게 지어졌나?

　산더미 같은 책, 기록부, 차트 들이 데굴데굴 굴러 탁자 주변에 모
이고, 그녀는 일류 주식회사의 후원을 받은 문서는 빠짐없이 열외
로 빼놓는다. 광택지에 인쇄된 핵 펄스 추진 기술 관련 도해, 인공
중력, 격실 설계도, 적재량 조사 스프레드시트, 정수 처리 시스템 방
안, 푸드 프린터 도해, 저지구 궤도에서 조립시 필요한 우주선 모듈
이미지, 승무원 선발부터 이동, 격리, 육 개월 훈련 과정을 거친 후
우주선 발진 시점의 진정제 투여까지 전 과정이 상세히 기술된 수
백 권의 소책자.

　시간이 지날수록 산더미 같은 문서도 줄어든다. 콘스턴스는 항
성간 방주를 짓고 오백구십이 년 안에 베타 Oph2에 도달하는 데 필
요한 적정 속도로 그것을 추진하는 것이 가능한지 평가한 독자적인
보고서는 단 하나도 찾아내지 못한다. 어느 저자가 제반 기술이 마
련되어 있는지, 열 시스템은 적합할 것인지, 심우주 방사선으로부
터 인간 승무원을 어떻게 보호할 것인지, 중력이 어떻게 시뮬레이
션될 것인지, 비용을 감당할 수 있는지, 아니면 물리 법칙이 이 같은

미션을 뒷받침할 수 있는지 등 질문을 던지기 무섭게 문서는 백지가 된다. 학술 논문들은 문장이 중간에 끊겨 있다. 장의 순서는 2장에서 6장으로, 혹은 4장에서 9장으로 건너뛰고, 중간 장들은 온데간데 없다.

도서관의 날 이후 처음으로, 콘스턴스는 알려진 태양계 밖 행성 목록을 책장에서 불러들인다. 어느 페이지나, 어느 행이나, 지구 너머에 존재하는 알려진 세계들이, 그 분홍색, 적갈색, 밤색, 파란색의 작은 이미지들이 빙글빙글 돌고 있다. 그녀는 손가락을 대고 행을 따라 훑어 내려가다가 천천히 제자리에서 회전하는 베타 Op2에 이른다. 초록색. 검은색. 초록색. 검은색.

4.0113×10^{13}킬로미터. 4.24광년.

콘스턴스는 마치 수백만 개의 실처럼 가는 균열이 눈에 보이지 않게 퍼져 나가는 것을 느끼며 웅웅 울리는 아트리움 내부를 응시한다. 그녀는 종이 한 장을 집는다. 그리고 쓴다. 발사 전에 아르고스 호의 승무원들은 어디에 모였나?

쪽지 한 장이 하늘에서 떨어진다.

카나크.

그녀는 아틀라스로 들어가서 그린란드 북쪽 해안으로 천천히 내려간다. 3000미터, 2000미터. 카나크는 바다와 수백 제곱킬로미터에 걸쳐 펼쳐진 빙퇴석 퇴적물 사이에 갇힌, 나무 한 그루 자라지 않는 항구 마을이다. 그림 같은 작은 집들 — 영구 동토층이 녹고 있어 대다수가 무너지고 있다. — 은 초록색, 선명한 파란색, 겨자색으로 칠해져 있고 창틀은 새하얗다. 해안선을 따라 박힌 바윗돌 사이사이로 계선장이 하나, 부두 몇 개, 보트 두어 척, 뒤죽박죽으로 방치된 건설 장비들이 보인다.

콘스턴스는 여러 날에 걸쳐 이 수수께끼를 푸는 데 매달린다. 그녀는 먹고, 잠을 자고, 시빌의 수업을 고분고분 듣고, 조사하고 또 조사하면서 카나크에서 바깥쪽으로 원을 그리듯 거닐고, 바다를 스치듯 지나다닌다. 그러다 마을에서 5킬로미터쯤 떨어진 배핀만 지역으로 가고, 바위와 이끼만 무성해서 짐작상 십 년 전만 해도 얼음에 뒤덮여 있었을 휑뎅그렁한 섬에서 마침내 찾아낸다. 마치 아이가 그린 헛간 같은 빨간 집 한 채가 외따로이 있는데 집 앞에 흰색 깃대가 서 있다. 깃대 밑에는 그녀 허벅지 높이의, 나무로 만든 작은 올빼미가 마치 자는 것 같은 표정으로 세워져 있다.

콘스턴스가 그 앞으로 걸어가 손을 대자 올빼미가 눈을 뜬다.

긴 콘크리트 잔교가 바다까지 쭉 뻗어 나간다. 작은 빨간 집 뒤편 땅에서 꼭대기에 철조망이 있는 펜스가 4.5미터 높이로 솟아오르더니 섬 전체를 둘러싼다.

4개 국어로 명시한 안내문이 보인다. 무단출입 금지. 일룸 주식회사 사유지. 들어가지 마시오.

펜스 너머로 거대한 산업 단지가 펼쳐진다. 크레인, 트레일러, 트럭, 바위 사이로 산더미처럼 쌓인 건축 자재. 그녀는 펜스를 따라 소프트웨어가 허락하는 데까지 걸어가다가 날아올라 그 자리에서 맴돈다. 시멘트 트럭들, 안전모를 쓴 형체들, 보트 보관소, 자갈밭 도로 하나가 보인다. 단지 한가운데에 창문이 하나도 없는 거대한 흰색의 둥근 구조물이 반쯤 짓다 만 채 서 있다.

승무원 선발, 이동, 격리; 육 개월 훈련 과정을 거친 후 우주선 발진 시점의 진정제 투여.

지금 이들이 짓고 있는 것은 아르고스호가 될 우주선이다. 하지만 어디에도 로켓은 보이지 않는다. 발사대도 없다. 우주선은 우주에서 모듈 단위로 조립되지 않았다. 우주선은 우주에 간 적도 없는 것이다. 우주선은 지구에 있다.

그녀는 과거를, 칠십 년 전에 촬영한 후 일류 주식회사에 의해 아틀라스에서 삭제된 이미지들을 보고 있다. 하지만 동시에 그녀 자신을 보고 있다. 그녀의 고향. 그 오랜 세월을. 마음속에 이는 회오리바람을 품은 채 그녀는 바이저를 터치하고 퍼램뷸레이터에서 내려온다.

시빌이 말한다. 산책은 즐거웠나요, 콘스턴스?

19

아이톤은
'불타오른다'라는
뜻이다

클라우드 쿠쿠 랜드

안토니우스 디오게네스 지음, 폴리오 T

……나는 말했습니다. "다른 이들은 매일매일 날아다니고, 노래하고 먹고, 따뜻한 서풍에 몸을 적시며 하늘을 날아올라 탑을 빙글빙글 돌며 지내는 것에 아무런 부족함을 느끼지 못하는[것 같은?]데 어찌하여 나의 마음속에선 이런 [환멸?]……."

……양식과 숙박을 관장하는 총독의 부차관인 후투티가 부리 가득 물고 있던 정어리를 삼키고는 깃털 왕관을 펼쳤습니다.

그가 말했습니다. "방금 인간처럼 흉측한 말을 하던데."

내가 말했습니다. "저는 인간이 아닙니다, 부차관님. 말도 안 돼, 무슨 그런 망발이십니까. 저는 보잘것없는 까마귀일 뿐이에요. 그런데 왜 그런 눈으로 저를 보십니까?"

"흠," 그가 말했습니다. "자네의 머릿속에서 이런 [끝없는 인간적 고뇌를?] 몰아낼 방법이 하나 있네. 저 [중앙의?] 궁전까지 가서…….

……그곳에 모든 정원 중 가장 화려하고 신록이 우거진 정원이 하나 있는데, 그 안에 사는 신이 [신들의 지식이 빠짐없이] 담긴 책을 한 권 갖고 있네. 거기서 자네가 찾는 것을 만날지도……."

아이다호주
레이크포트

2019년 8월~2020년 2월

시모어

지침에는 토르 브라우저를 이용해 프라이바-C라는 보안 메시지 전송 플랫폼을 다운로드하라고 되어 있다. 그는 플랫폼을 실행하기 위해 몇 가지 업데이트도 해야 한다. 며칠이 지나서 답신을 받는다.

마틸다: 연락해서 감사 답신 늦어 죄송 필요한 절차였음

시모어6: 비숍과 함께 있는? 그의 캠프에?

마틸다: 확인 필요

마틸다: 정부 관계자와 있는 게 아니기를

시모어6: 절대 아님

시모어6: 돕고 싶고 함께 싸우고 싶음

마틸다: 내가 너의 담당으로 배정됨

시모어6: 기계를 부수고 싶음

여름이 끝날 무렵 허리케인에 카리브해 섬 두 개가 산산이 부서

지고, 가뭄에 소말리아가 말라비틀어지고, 세계의 월 평균 기온이 또 한 번 기록을 경신하고, 정부 간 보고서 발표에 따르면 해수 온도가 예상보다 네 배나 빠르게 상승했고, 오리건주에서 발생한 두 건의 초대형 산불의 연기가 동쪽 기류를 타고 레이크포트로 흘러가고 있다는데, 연기가 모여 빚어내는 형상이 시모어의 태블릿에 뜬 위성 영상에 의하면 소용돌이와 매우 흡사해 보인다.

계선장 주차장에서 RV 차량의 커다란 옆 차창을 깨부수고 도망친 후 재닛을 보지 못했다. 그가 아는 한 그녀는 경찰에 신고할 사람이 아니다. 설령 경찰이 연락했더라도 그의 얘기는 하지 않았을 것이다. 여름 내내 그는 도서관에 발을 끊고 호숫가에도 가지 않은 채, 후드의 끈을 단단히 당겨 매고 아이스 링크에서 탈의실을 청소하고 탄산음료 쌓는 일을 한다. 나머지 시간은 침실에서 지낸다.

마틸다: 홍수로 80명이 죽었다고 떠들어 대지만 우울증을 앓는 사람, PTSD에 시달리는 사람, 삶의 터전을 옮겨야 하는데 한 푼도 없는 사람, 곰팡이로 죽는 사람이 얼마나 많은지는 집계도 안 함

시모어6: 잠깐 어느 홍수

마틸다: 상심해서 죽는 사람이 얼마나 많은지

시모어6: 오늘 여기 연기가 정말 지독함

마틸다: 미래에 과거를 돌아보고 우리가 어떻게 살았는지 새삼 놀랄 것임

시모어6: 그렇지만 우리는? 너하고 나 말고?

마틸다: 우리의 안일함

시모어6: 전사들이 아니라?

9월이 되자 수금 대행사에서 버니에게 하루에 세 번 전화를 한다. 공기가 나빠서 노동절에 찾아오는 관광객들의 발길이 끊긴다. 계선장은 버림받은 상태나 다름없어지고, 식당도 손님이 뚝 끊긴다. 피그 앤드 팬케이크의 팁도 사라지고, 버니는 애스펜 리프가 문을 닫은 후에도 다른 일자리를 구하지 못한다.

시모어 내면의 회전 고리가 움직이지 않게 된다. 그의 눈에 이 행성은 죽어 가고 있으며, 주변 사람 모두가 이 살해에 가담한 공모자로만 보인다. 에덴스 게이트라 지은 별장에 사는 사람들은 쓰레기통이 넘치도록 쓰레기를 버리고, SUV를 몰고 두 집 사이를 오가고, 뒤뜰에서 블루투스 스피커로 음악을 틀며, 제 딴에는 자기들이 좋은 사람들이고 올바르고 품위 있는 삶을 살며 이른바 꿈같은 삶—미국이야말로 하느님이 모든 영혼에 평등하게 온화한 자비심을 베푼 에덴 동산이라도 되는 양—을 영위한다고 믿는다. 기실은 맨 밑바닥에 있는 그의 어머니 같은 사람들을 갈아 넣는 다단계 사업 같은 시스템에 가담하면서 말이다. 그들은 하나같이 자신만을 위해 축배를 들고 있는 사람들이다.

마틸다: 늦어서 미안 우리는 일이 끝나는 밤에만 단말기를 이용함

시모어6: 일이란

마틸다: 심기 쳐내기 자르기 운반 수확 준비 담그기

시모어6: 채소?

마틸아: ㅇㅇ 진짜 신선함

시모어6: 채소는 별로 안 좋아함

마틸다: 오늘 밤에 보니 캠프 주변의 나무들이 모두 크고 꼿꼿한

게 정말 아름다움

　마틸다: 하늘은 가지 같은 자주색임

　시모어6: 또 채소

　마틸다: 하 너 웃김

　시모어6: 잠은 어디서 잠? 텐트

　마틸다: 텐트 ㅇㅇ 오두막 막사도 있음

　마틸다: …….

　시모어6: 간 거 아니지

　마틸다: 여기 사람들이 십 분 후에 통신 끄라고

　마틸다: 왜냐면 넌 특별함 중요하고 가능성이 있음

　시모어6: 나?

　마틸다: ㅇㅇ 여기 친구들 말고도 나한테도

　마틸다: 모두에게

　시모어6: …….

　마틸다: 야행성 새들이 온실 위를 날아다님. 시냇물은 졸졸 배도
부르고 기분 좋음

　시모어6: 나도 가고 싶음

　마틸다: 채소가 싫어도 마음에 들 거임 하하

　마틸다: 여기 샤워실 오락실 병기고 다 있음 침대도 푹신

　시모어6: 진짜 침대 아님 침낭?

　마틸다: 둘 다

　시모어6: 남자 여자 각각 다른 방에서 잠?

　마틸다: 우리가 원하는 대로 옛날 방식을 따르지 않음

　마틸다: 곧 네 눈으로 보게 될 거임

마틸다: 네 임무를 수행하면 곧

수업 시간에도 그의 눈은 비숍의 캠프에 대한 환상으로 흐릿하다. 어두운 숲 아래의 하얀 텐트, 방책 위 기관총 진지, 정원과 온실, 태양 전지판, 노동으로 피로한 남자 여자들이 노래를 부르고 비밀을 누설하고, 숲에서 난 허브로 비밀에 싸인 양조자들이 건강한 불로장생약을 만드는 곳. 이런 상상은 돌고 돌다 어김없이 마틸다에게로 돌아간다. 그녀의 손목, 그녀의 머리카락, 그녀의 양 허벅지 사이의 교차 지점. 그녀가 산딸기가 담긴 들통 두 개를 들고 오솔길을 내려온다. 그녀의 머리는 황금색이다. 그녀는 일본인, 세르비아인, 피지 제도의 스킨 다이버이며, 가슴 위로 탄약 벨트를 십자로 두르고 다닌다.

마틸다: 행동에 옮기고 나면 기분이 훨씬 좋아질 거임
시모어6: 여기 여자애들은 하나같이 답이 안 나옴
시모어6: 날 이해하는 애는 하나도 없음
마틸다: 정신적으로 엄청난 힘을 느끼게 될 거임
시모어6: 너 같은 여자애는 하나도 없음

그는 마틸다(Mathilda)를 검색해 본다. 마흐트(Maht)는 힘을 뜻하고 힐트(Hild)는 전투라는 뜻이니까, 마틸다는 전투력이라는 말이다. 그때부터 마틸다는 키가 2.5미터에 소리 없이 숲속을 돌아다니는 사냥꾼이 된다. 그는 침대에 몸을 기댄다. 무릎 위에 놓인 태블릿 가장자리가 따뜻하다. 마틸다가 몸을 수그리고 그의 방문 안으로

들어오고, 활을 문에 기대 놓는다. 허리띠에는 부겐빌레아를, 머리
엔 장미를 꽂은 그녀가 천장의 불빛을 몸으로 가린 채 나뭇잎이 무
성한 한 손으로 그의 사타구니를 감싼다.

지노

9월 중순쯤 앨릭스, 레이철, 올리비아, 내털리, 크리스토퍼가 조각 난 그 이야기를 대본으로 만들고 무대 의상을 입고 연극 무대에 올리고 싶다고 한다. 비가 내리자 연기가 걷히고 공기 상태도 나아지는데, 아이들은 여전히 화요일과 목요일마다 수업을 마치면 걸어서 도서관으로 와 그의 탁자 주위에 모인다. 그제야 그는 알아차린다. 이 아이들에게는 배구 클럽도 없고 수학 과외 교사도 없고 계선장에 보트 정박소도 없구나. 올리비아의 부모는 교회를 운영한다. 앨릭스의 아빠는 보이시에서 일자리를 구하는 중이다. 내털리의 부모는 식당에서 밤낮으로 일한다. 크리스토퍼는 형제가 다섯이다. 그리고 레이철은 호주인 아버지가 아이다호주 토지부 지역 사무실에서 산불 방지 관련 일을 하는 일 년 동안 미국에 체류 중이다.

아이들과 함께 있는 시간마다, 지노는 배운다. 그 전까지 그는 자신이 알지 못하는 것, 디오게네스의 필사본에서 빠진 분량을 가늠하는 것에만 집중했다. 하지만 이제 그는 고대 그리스의 양치기에 관해 알려진 세부 사항을 빠짐없이 찾아보거나 제2소피스트*의 관용구에 통달할 필요가 없음을 안다. 낱장들에 남아 있는 이야기가 암시하는 내용만 있으면, 나머지는 아이들이 상상으로 채워 나갈 것이다.

몇 십 년 만에 처음, 짐작하기로는 부엌 헛간의 난로에서 렉스와 무릎을 맞대고 앉아 있던 제5수용소 시절 이후 처음, 그는 마음의 창문을 가리고 있던 커튼을 다 뜯어낸 것처럼 온전히 깨어 있음을 느낀다. 그가 하고 싶은 것이 여기, 바로 그의 눈앞에 있다.

10월의 어느 화요일, 5학년 다섯 명이 모두 그의 작은 도서관 탁자 주위에 모여 앉는다. 크리스토퍼와 앨릭스는 메리앤이 어디선가 가지고 온 종이 상자에 든 작은 공 모양의 도넛을 집어삼킨다. 부츠와 청바지 차림의 깡마른 레이철은 리걸 패드 앞에 엎드린 채 뭔가 휘갈겨 쓰고 지우고 다시 쓴다. 처음 삼 주 동안은 입도 열지 않던 내털리는 이제 숨도 쉬지 않는 것처럼 떠들어 댄다. "그러니까 이 여행을 끝까지 마친 후에," 그녀가 말한다. "아이톤은 수수께끼의 정답을 맞히고, 성문 안으로 들어가 포도주와 크림이 흐르는 강물을 마시고 사과와 복숭아도 먹고, 뭔지 모르겠지만 꿀 케이크라는 것도 먹고, 날씨는 늘 화창하고 그에게 못되게 구는 사람도 하나 없는데, 그런데도 여전히 불행하다는 거죠?"

앨릭스가 도넛을 하나 더 먹는다. "그러게, 미친 거 아냐?"

---

*   네로 집정 시기부터 서기 230년까지 활동한 그리스 작가들을 일컫는 문학사 용어.

"있잖아." 크리스토퍼가 말한다. "내가 사는 클라우드 쿠쿠 랜드에는 말이지, 포도주 강 대신 루트비어 강이 있어. 그리고 과일은 전부 다 사탕으로 바꿀 거야."

"사탕이 너무 많잖아." 앨릭스가 말한다.

"스타버스트 사탕 무제한." 크리스토퍼가 말한다.

"킷캣 초콜릿이 무제한."

내털리가 말한다. "내가 사는 클라우드 쿠쿠 랜드는 어떻게? 동물이 사람과 똑같은 대접을 받을 거야."

"숙제도 없을 거야." 앨릭스가 말한다. "패혈성 인두염도 없고."

"그런데 말이야." 크리스토퍼가 말한다. "중앙 정원에 있는 '모든 것에 관한 초강력 특수 마법 책' 말이야, 내 클라우드 쿠쿠 랜드에는 그것도 있을 거야. 그래야 책 한 권을 오 분 만에 다 읽고 세상의 모든 것을 알게 될 테니까."

지노는 책상 위에 쌓인 종이들 위로 몸을 수그린다. "내가 너희에게 아이톤이 무슨 뜻인지 말해 준 적이 있니?"

아이들이 고개를 흔든다. 그는 종이 한 면을 다 채울 정도로 크게 $\alpha\ddot{\iota}\theta\omega\nu$이라고 쓴다. "확 타오르다." 그가 말한다. "열렬하다, 격하기 쉽다. 배고프다는 뜻도 된다고 주장하는 사람도 있어."

올리비아가 자리에 앉는다. 앨릭스는 도넛을 한 개 더 입에 넣는다.

"그래서였나 보네." 내털리가 말한다. "그래서 절대 포기를 안 하는 거야. 그래서 한자리에 눌러앉지 못하는 거야. 마음속이 늘 불타고 있으니까."

탁자 건너편을 바라보는 레이철의 눈이 이곳이 아닌 먼 곳을 응시하고 있다. "내가 사는 클라우드 쿠쿠 랜드에선," 그녀가 말한다. "가뭄 같은 건 없을 거야. 밤마다 비가 내릴 테니까. 눈으로 볼 수 있는 먼 곳까지 초록 나무들이 가득할 거야. 차가운 물이 흐르는 커다란 샛강이 있을 거야."

12월의 어느 화요일, 그들은 중고품 가게에 가서 무대 의상을 찾아 헤매고, 목요일에는 종이 죽으로 당나귀 머리, 물고기 머리, 후투티 머리를 만든다. 메리앤이 검은색 회색 깃털을 주문해 주어서 날개도 만들 수 있게 된다. 다 함께 마분지에 구름을 그려 오려 낸다. 내털리는 랩탑으로 음향 효과 파일들을 찾아 모은다. 지노는 목수를 한 사람 고용해 합판으로 무대와 벽을 제작하는데, 모두를 놀라게 해 줄 셈으로 따로 떨어진 곳에서 만든다. 눈 깜짝할 사이에 두 번의 목요일만 남는데, 여전히 할 일은 태산 같다. 결말을 써야 하고, 대본도 만들어야 하고, 접이식 의자들도 대여해야 한다. 예전에 물가에 가려고 하면 개 아테나가 알아채고 흥분해 몸을 떨던 모습이 떠오른다. 벼락을 맞아 온몸에 잔물결이 이는 것 같았다. 그는 요새 밤잠을 청할 무렵이면 어김없이 그런 기분을 느낀다. 마음이 산과 강을 넘나들며 별 사이를 누비는 가운데 뇌가 머릿속에 불을 켜면, 확 타오르는 것이다.

2월 20일 새벽 6시, 지노는 팔 굽혀 펴기를 하고 나서 유타 양모 공장 양말 두 켤레를 겹쳐 신고 펭귄 무늬 넥타이를 매고 커피를 한 잔 마시고 나서 레이크포트 드러그까지 걸어가 대본의 최신 버전을 다섯 부 인쇄하고 루트비어 한 상자를 산다. 레이크 스트리트를 건너가는 그는 한 손엔 대본을, 한 손엔 탄산음료를 들고 있다. 눈 덮인 호수가 은청색 하늘을 떠받치고 있고, 높은 산등성이는 구름에 가려져 잘 보이지 않는다. 폭풍이 오고 있다.

메리앤의 스바루는 이미 도서관 주차장에 있고 위층에 하나 있는 창문은 불빛으로 환하다. 지노는 화강암 계단 다섯 개를 올라가 포치에서 잠시 멈추고 숨을 고른다. 찰나지만 그는 여섯 살로 돌아가 오들오들 떨며 외로움을 느끼고, 사서 둘이 문을 열어 준다.

이런, 온기라곤 없어 보이네.

어디 계시니? 네 어머니 말이야.

정문이 잠금 해제되어 있다. 그는 2층으로 올라가 황금색 합판 벽의 바깥에서 멈춰 선다. 처음 보는 이여, 그대가 누구건, 이 궤를 열고 놀라운 세상을 만나 깨달음을 얻을지어다.

그 작은 문을 열자, 작은 아치형 출입구 너머로 빛이 쏟아져 들어온다. 무대 위에서는 메리앤이 계단식 걸상 위에 서서 배경 막의 황금색 은색 탑들에 붓칠하고 있다. 그가 지켜보는 동안 그녀는 걸상에서 내려와 자신의 작품을 점검하고 다시 올라가 물감에 붓을 담갔다가 탑 주변을 맴돌며 나는 새 세 마리를 그려 넣는다. 갓 칠한 페인트의 냄새가 코를 찌른다. 모든 것이 고요하다.

여든여섯 살까지 살아서 이런 기분을 맛보다니.

시모어

첫눈이 내려 소도시를 굽어보는 산등성이 곳곳에 들러붙기 무섭게 아이다호주 전력 회사에서 확장형 이동 주택의 전기를 끊어 버린다. 앞마당에 있는 프로판 탱크가 아직 3분의 1은 채워져 있어 버니는 오븐 문을 연 채로 오븐을 켜 놓는 것으로 난방을 대신한다. 시모어는 아이스 링크에 가서 태블릿을 충전하고 버는 돈의 대부분을 어머니에게 준다.

마틸다: 오늘 밤 추워 네 생각 하던 중

시모어6: 여기도 추움

마틸다: 오늘처럼 어두운 밤엔 옷을 다 벗고 나가 달리며 맨살로 추위를 느끼고 싶어져

마틸다: 그리고 돌아와 포근한 침대에 눕는 거지

시모어6: 진짜?

마틸다: 서둘러 얼른 와 줘 견디기 힘듦

마틸다: 네 임무를 제안해야겠음

크리스마스 날 아침, 버니가 그에게 식탁에 와 앉으라고 한다. "이제 더는 못 버티겠어, 주머니쥐야. 여길 팔려고 해. 셋집을 찾으려고. 내년이 지나면 너도 떠날 거고, 나 혼자 이 땅을 차지하고 있을 필요도 없잖니."

그녀의 등 뒤 열린 오븐 안에서 파란색 가스 불이 훅 뿜어져 나온다.

"네게 여기가 중요한 곳인 걸 알아. 내가 아는 것보다 더 중요할 수도 있고. 하지만 이제 때가 됐어. '삭스 인'이라는 숙소에서 청소부를 구한대. 출퇴근하는 데 시간이 더 걸릴 거야. 알아, 하지만 밥벌이니까. 운이 좋으면 취직하고 집이 팔리기 전에 빚을 갚고 나서도 내 치과 치료비를 감당할 만큼의 돈이 생길 수도 있어. 잘하면 네 대학 등록금도 보탤 수 있을 거고."

미닫이문 밖 차가운 안개 너머로 타운하우스들의 불빛이 보인다. 시모어의 내면에선 진작에 끔찍한 반응이 일어나는 중이다. 그의 머릿속 지하층에서 백 명의 목소리가 동시에 말을 걸고 있다. 이거 먹어, 이거 입어, 넌 미숙해, 넌 자격이 없어, 지금 이걸 사면 통증이 사라질 거야. 멀리 내다보셔, 앉은뱅이 아저씨. 하하. 밖에 나가면 공구 창고 밑 땅속에 포포의 오래된 베레타 총과, 가로세로 5센티미터의 격자 틀에 수류탄이 하나씩 든 상자가 있다. 숨을 참고 있으면 수류탄이 각자의 틀 속에서 가볍게 덜거덕거리는 소리를 들을 수 있다.

버니가 손바닥으로 식탁을 짚는다. "넌 앞으로 특별한 일을 하게 될 거야, 시모어. 난 알아."

그는 밤의 레이크 앤드 파크 모퉁이에 바람막이 차림으로 서 있다. 크리스마스 조명이 에덴스 게이트 모델 하우스의 홈통을 한 치의 오차도 없이 일정한 간격으로 점점이 밝히고 있다. 처마 밑엔 검은색 카메라들이 달려 있고, 창문 밑 모서리엔 배지 모양의 스티커들이 어렴풋하게 빛나고, 복잡하게 생긴 자물쇠가 정문과 후문을 보호하고 있다.

보안 시스템. 경보. 들키지 않고 안으로 들어가 뭔가 두고 나오는 건 현실적으로 불가능하다. 하지만 부동산 사무실의 서쪽에서 도서관 동쪽까지의 거리는 1.2미터도 채 되지 않음을 눈으로 확인한다. 그 사이 공간은 비좁아서 가스 계량기 하나와 얼어붙은 눈길 하나가 겨우 나 있다. 부동산 사무실로 폭발물을 몰래 들여가는 것도 불가능할 것 같다. 하지만 도서관이라면?

시모어6: 장소 하나를 알아 냄

마틸다: 표적?

시모어6: 임무, 내 식대로 기계를 파괴해서 사람들이 정신 차리고 정말로 바뀌게 해 주는 것

마틸다: 지금까지 뭐 함

시모어6: 캠프에 가는 돈을 벌기

마틸다: 만날 사람은?

시모어6: 너

마틸다가 프라이바-C를 통해 보내온 PDF는 오탈자와 어설픈 도표로 가득하다. 그러나 개념은 간단하다. 퓨즈, 압력솥, 선불 폰, 첫 번째 폭탄이 실패할 경우에 대비해 복제한 모든 것. 그는 레이크포트 드럭에서 압력솥을 하나 사고, 리들리스에 가서 한 개를 더 사고, 버지슨 철물점에서 맹꽁이자물쇠 두 개를 사서 각각 침실 문 안쪽과 공구 창고 문에 단다.

수류탄은 생각보다 쉽게 열린다. 속에 채워진 장약은 작은 노란색 석영 박편들처럼 무해해 보인다. 그는 포포의 창고에서 가져온 편지 저울을 사용해서 압력솥마다 538그램씩 넣는다.

학교를 빼먹는 일은 없다. 아이스 링크 바닥 걸레질도 빼먹지 않는다. 지금껏 살아온 시간은 하나의 서막이었고 이제 본격적인 삶이 시작될 것이다.

2월 초의 어느 날, 스케이트 대여점 계산대 뒤에서 선불 폰인 알카텔 트랙폰 세 대를 충전하던 그가 문득 눈을 드니 데님 재킷 차림의 재닛이 있다.

"안녕."

그녀는 옷소매에 새 개구리 패치를 달고 있다. 쓰고 있는 울 모자는 어찌나 부드러워 보이는지 한번 쓰면 절대 못 벗을 것 같다. 그는 한 번도 그런 모자를 가져 본 적이 없다. 스키를 많이 타서 광대뼈가 그을린 그녀를 보면서 그는 재닛에게 열을 올리던 때가 천 년 전 인류가 살았던 시대인 양, 10학년 이후 십 년은 나이를 양 느껴진다.

그녀가 말한다. "그간 통 보이지 않더라."

평상시처럼 행동하라. 모든 것이 평상시와 다름없다.

"네가 한 짓 아무한테도 말 안 했어. 궁금할까 봐 말하는 거야."

그는 음료수 자판기를, 칸칸이 들어 있는 스케이트 신발들을 흘끗 본다. 아무 말도 하지 않는 게 좋겠다.

"지난 주말에 환경 인식 클럽에 열여덟 명이 새로 왔어, 시모어. 궁금할까 봐 말하는 거야. 카페테리아에 말해서 음식물 쓰레기를 줄였어. 그리고 대나무로 만든 냅킨으로 완전히 바꿨어. 대나무는 다시 자랄 수 있으니까, 이걸 뭐라고 말했었지?"

"지속 가능한."

바깥 빙상장에서 운동복 상의를 걸친 십 대 아이들이 안전유리를 미끄러지듯 지나치며 소리 내 웃는다. 재미: 다들 하나같이 죽고 못 사는 것.

"그래, 지속 가능한. 우린 15일에 차 타고 보이시로 가서 연좌 농성을 할 거야. 너도 와, 시모어. 사람들이 관심을 보이기 시작했어." 그녀는 한쪽 입꼬리를 내린 미소를 지으며 예의 파란빛이 도는 검은 눈으로 그를 주시하지만 그에게는 더 이상 어떤 영향력도 행사하지 못한다.

시모어6: 보내 준 설명서로 2개 제조

마틸다: 파이 2개

시모어6: ㅎ ㅇ ㅇ 파이 2개

마틸다: 그 파이들 어떻게 구울 건데?

시모어6: 선불 폰, 파이는 PDF에 나온 그대로 5번째 고리에서 구울 거임

마틸다: 전화번호 2개는? 1씩 연결?

시모어6: 파이 2개 전화번호 2개 설명서대로 서로 다른 번호

시모어6: 하지만 1번째 파이가 구워지면 바로 다른 파이도

마틸다: 언제?

시모어6: 곧

시모어6: 목요일로 생각 중, 일기 예보에서 폭풍이 온다고 했음 사람들이 평소보다 외출을 안 할 듯

마틸다: …….

시모어6: 아직 있음?

마틸다: 그 번호 2개 내게 보내

수요일에 학교가 끝나고 집에 오니 버니가 거실에서 손전등을 켜 놓고 상자에 물건을 넣고 있다. 눈을 들어 그를 보는 그녀에게서 취기와 초조함이 묻어난다.

"팔았어. 팔렸다고."

시모어는 공구 창고의 벤치 밑, 컴포지션 B 폭약을 채운 압력솥을 생각하고, 배 속에서 뱀장어들이 꾸물거리는 것을 느낀다.

"그 사람들이……?"

"인터넷으로 사진을 보고 샀어. 그것도 현찰로. 이 집을 부술 거래. 부지만 필요한가 봐. 상상이 되니? 컴퓨터로만 보고 집을 살 정도로 돈이 많은 팔자가?"

그녀는 손전등을 떨어뜨리고, 그는 주워 다시 건네면서 어머니와 아들 사이에서 말하지 않아도 전달되는 진실은 무엇이고 묻히고 마는 진실은 무엇인지 궁금해진다.

"내일 차 써도 돼요, 엄마? 아침에 일하는 곳까지 바래다줄게요."

"얼마든지, 시모어, 그렇게 하자." 그녀는 손전등으로 상자 속을 비춘다. "2020년." 복도로 가는 그에게 그녀가 큰 소리로 말한다. "우리의 해가 될 거야."

시모어6: 파이가 다 구워지면 어디로 갈지 어떻게 알아

마틸다: 북쪽으로 가

마틸다: 우리가 준 번호로 전화해

시모어6: 북쪽

마틸다: ㅇㅇ

시모어6: 캐나다?

마틸다: 북쪽 방향으로 운전하고 있으면 우리가 알려 줌

시모어6: 하지만 국경은?

마틸다: 넌 정말 엄청나게 용감한 전사가 될 거임

시모어6: 문제가 생기면 어쩌지

마틸다: 안 생김

시모어6: 만에 하나 생기면

마틸다: 준 번호로 전화해

시모어6: 누가 오면

마틸다: 모두 여기 있음

시모어6: 떨림

마틸다: 널 뿌듯해할 거임

마틸다: 정말 기뻐할 거임

신의 정원

클라우드 쿠쿠 랜드
안토니우스 디오게네스 지음, 폴리오 Y

……나는 포도주 강물을 두 모금 마셨는데, 한 모금은 용기를 내기 위해, 또 한 모금은 결의를 다지기 위해서였습니다. 그런 후 도시 한가운데 있는 궁전을 향해 날아갔습니다. 그 궁의 탑들은 황도대를 꿰뚫고 높이 솟아 있었고 [안에는?] 맑고 [반짝반짝 빛나는?] 물줄기가 향기를 내뿜는 과수원을 통과해 흐르고 있었습니다.

……그곳에 신이 서 있었습니다. 키가 300미터가 넘고, [쉴 새 없이 형태와 색이 바뀌는 드레스를] 입고서 정원을 가꾸고 있었는데, 뿌리를 내린 나무를 땅덩이째로 뽑아 들었다가 다시 내려놓고 있었습니다. 그녀의 머리 위로는 올빼미 떼가 맴돌았고, 팔과 어깨엔 그보다 많은 올빼미가 앉아 그녀가 등에 멘 번쩍거리는 방패에 비치는 저희 모습을 유심히 바라보고 있었습니다.

……그 앞으로, 그녀의 발치에 흰 [나비들이] 에워싼 받침대가 있었는데, 어찌나 화려한지 대장장이 신이 손수 만든 것이 분명하다고 생각됐습니다. 그 순간, 나는 보았습니다. 나를 갉아먹는 넣고 있는 문제에 대한 [해답이] 담겨 있다고 후투티가 말했던 그 책을. 나는 그 책 위로 날아갔고 [읽으려고 하는데, 그 순간 신이 허리를 굽혔습니다. 그녀의 거대한 눈이 내 앞에 불쑥 떠올랐는데, 가히 집 두 채라 해도 될 만큼 커다란 눈동자였습니다. 그녀가 손가락을 한 번만 튕겨도 나는 하늘 멀리 튕겨 나갈 판이었습니다.]

"나는 알지." 신이 양손에 각각 열다섯 그루의 나무를 쥔 채 말했습니다. "네가 본디 무엇인지 말이야, 작은 까마귀야. 넌 흉내쟁이, 진흙으로 빚은 피조물이지 새가 아니야. 네 심장 속엔 여전히 나약한 인간이 살고 있어, 흙을 두드려 튀어나온 존재, [내면에 허기의 불길이 타오르는]……."

"……전 살짝 [엿보고?] 싶었을 뿐인데……."

"얼마든지 실컷 읽으려무나." 그녀가 말했습니다. "하지만 이 책을 끝까지 읽으면 너는 우리와 같은 존재, 욕망에서 자유로운 존재가 될 것……."

"……예전의 너로 결코 돌아갈 수 없을 거야. 어서 읽으렴, 아이야." 가물거리는 빛의 신이 말했습니다. "결정하여라……."

콘스탄티노플에서
서쪽으로
13킬로미터쯤
떨어진 곳

1453년 5~6월

오메이르

　한 소녀. 그리스 여자아이. 이 사실이 어찌나 놀라운지, 어찌나 뜻밖인지, 그는 정신을 차릴 수 없는 지경이다. 달빛과 나무를 거세할 때 울었던 그가, 송어와 암탉을 잡는 것을 보며 움츠러들었던 그가 사내아이처럼 머리가 짧고 피부가 하야며 누나보다 어린 기독교도 여자아이의 머리를 나뭇가지가 부러져라 세게 친 것이었다.

　그녀는 나뭇잎이 어지러이 흩어진 땅 위에 누운 채 움직이지 않았는데, 한 손엔 여전히 지글거리는 자고새를 들고 있었다. 그녀의 드레스는 지저분하고, 실내화는 더 이상 실내화라 말하기 민망할 정도다. 별빛 속에서 그녀의 뺨을 타고 흐르는 피가 시커멓게 보인다.

　숲에서 연기가 피어오르고, 개구리들이 어둠 속에서 꺽꺽 울고, 밤이 품은 시계가 한 눈금을 더 지나자 여자아이가 신음한다. 그는 달빛을 묶었던 고삐로 그녀의 손목을 묶는다. 그녀는 또 신음하더니 몸부림친다. 그녀의 오른눈으로 피가 흘러 들어간다. 그녀는 황급히 몸을 일으켜 무릎을 꿇고, 묶인 손목을 이에 가져다 댄다. 그러다 그를 보고 비명을 지른다.

오메이르가 겁을 먹고 고개를 돌려 나무들 사이를 흘끗거린다.

"조용히 해, 좀."

이 여자아이는 근처에 누군가 있어 소리쳐 부르는 걸까? 불을 피우다니 그가 어리석었다. 너무도 무모한 짓이었다. 그가 깜부기불을 덮어 끄는데 여자아이가 악을 쓰며 알아들을 수 없는 언어로 줄줄 쏟아 낸다. 그는 그녀의 입을 한 손으로 틀어막으려다 물려서 황급히 거둔다.

여자애는 자리에서 일어나 비틀대며 어두운 쪽으로 몇 걸음 가다가 넘어진다. 술에 취한 건지도 모른다. 그리스인들은 노상 취해 있다고 다들 말하지 않는가? 자신의 육체적 쾌락에 가없이 취해 있는, 반은 짐승의 몸인 것들.

그러기엔 애는 너무 어리다.

어쩌면 눈속임, 마녀가 둔갑술을 부린 건지도 모른다.

그는 접근하는 사람은 없는지 귀를 기울이는 동시에 손날의 상처를 살핀다. 그러고는 자고새를 한 입 베어 무는데 겉은 탔고 속은 덜 익었다. 소녀는 나뭇잎 더미에 파묻힌 채 숨을 몰아쉬는데, 아직도 피를 흘리는 그녀의 얼굴을 보며 그는 새로운 생각이 든다. 그가 혼자 있는 이유를 짐작하려나? 그가 무슨 짓을 했는지 알아채려나? 왜 이 남자는 다른 정복자들과 함께 도시로 달려가 포상을 요구하지 않는 거지?

그녀는 그에게서 벗어나려고 몸을 꿈틀댄다. 어쩌면 이 계집애도 혼자인지 모른다. 어쩌면 애도 제 본분을 저버렸는지도 모른다. 문득 그녀가 나무 밑동에 놓여 있던 물건을 향해 기어가는 것을 알아차리고 그가 한발 앞서 걸어가 자루를 차지하자 그녀가 난리를 친다. 안을 들여다보니 작은 장식용 상자가 하나 있고, 비단인 듯한 천 — 어두워서 확신할 수는 없지만 — 에 둘둘 만 꾸러미가 하나 있다. 그녀는 다시 몸을 굴려 무릎으로 딛고 일어나 아까처럼 이교도의 언어로 욕설을 퍼붓다 비명을 지르는데, 높고 처연해서 사람이 아니라 양이 내는 소리처럼 들린다.

공포가 등골 밑에서 위로 쭉 솟아오른다. "조용히 하라니까." 그는 그녀의 비명이 숲을 뚫고 사방으로 퍼져 나가는 것을 상상한다. 앞에 있는 검은 바다를 건너, 도시로 이르는 모든 길을 타고 곧장 술탄의 귓전까지 가 닿는 것을.

그가 자루를 그녀 쪽으로 밀어 주자 그녀는 묶인 손으로 자루를 움켜쥐고는 다시 비틀거리며 걷는다. 약한 아이구나. 배가 고파서 여기까지 왔구나.

오메이르가 아직도 따뜻한 남은 고기를 그녀 가까운 땅바닥에 놓자 그녀는 개처럼 이로 물어 들고선 먹기 시작한다. 사방이 고요한 가운데 그는 애써 생각을 정리한다. 그들은 도시와 너무 가까이 있다. 언제고, 패전국 쪽이건 승전국 쪽이건, 누구든 말을 타고 여기를 지나갈 것이다. 그녀는 노예로 끌려갈 것이고 그는 탈영죄로 교수형에 처해질 것이다. 하지만. 그는 생각한다. 누가 오건 둘이 있는 것을 본다면, 소녀가 방패막이가 되어 줄 수도 있다. 그의 전리품이라고 생각할 것이다. 그녀와 함께 간다면 혼자일 때보다 의심을 덜 받을 것이다.

그녀는 자고새의 뼈를 빨아먹는 중에도 그에게서 눈을 떼지 않는다. 산들바람이 일자 새로 난 지 얼마 안 된 새 이파리들이 어둠 속에서 떤다. 입고 있는 아마포 윗도리에 달린 끈을 뜯어내는데 한 가지 기억이 엄습한다. 아침 햇빛을 받으며 할아버지와 함께 서서 이슬에 바지가 무릎까지 젖는 동안 달빛과 나무에게 처음 멍에를 씌워 주던 기억.

그가 아마포 끈으로 상처 난 머리를 둘러매 주는 동안 그녀는 움직이지 않는다. 이어서 그는 달빛을 끌던 줄을 그녀의 손목을 묶은 고삐에 건다. "가자." 그가 조용히 말한다. "가야 돼."

그는 그녀의 자루를 어깨에 짊어지고 고집 센 나귀를 다루듯 그녀를 묶은 줄을 잡아당겨 움직이게 한다. 그녀가 이따금 넘어지는 가운데 그들은 넓은 습지대를 에워싼 골풀을 빙 돌아 북서쪽으로 가고, 이윽고 등 뒤로 해가 솟아오른다. 이른 아침 햇빛 속에서 그는 갈색 갓을 쓴 돼지버섯 한 떼기를 발견하고 그 가운데 쭈그려 앉아 갓을 따 먹는다.

버섯갓 몇 개를 그녀에게 내밀자 그녀는 잠시 그를 바라보다 먹는다. 붕대 덕분에 피가 멈춘 것 같고 목에 흐른 피는 말라서 녹슨 철 색이 되었다. 정오의 햇빛 속에서 그들은 불에 탄 마을을 멀리돌아간다. 대여섯 마리의 개 떼가 그들을 쫓아오고 급기야 위험할 만큼 가까워지기도 하지만 오메이르가 돌멩이 몇 개를 던져 쫓아 버린다.

저녁이 오고 그들은 폐허로 점철된 풍경 ─ 습격을 받은 과수원, 텅 빈 비둘기장, 까맣게 탄 포도밭 ─ 을 가로지른다. 그가 샛강 가에 무릎을 꿇고 물을 마시면 그녀도 똑같이 한다. 해가 넘어가기 직전에 그들은 반은 짓밟힌 뜰에서 완두콩을 발견해 배를 채운다. 자

정도 좋이 지나서 그는 묵힌 땅 옆의 산울타리 안에 좁은 공간이 있는 것을 발견하고는 삼나무 몸통에 그녀를 묶은 줄을 단단히 둘러 묶는다. 그녀는 그를 바라보면서도 눈꺼풀은 자꾸 내려앉고, 그는 그녀가 잠에 못 이겨 두려움을 내려놓는 과정을 지켜본다.

달빛 아래서 그는 그녀 옆에서 자루를 잡아당겨 코담뱃갑을 꺼낸다. 속엔 아무것도 없고 담배 냄새만 풍긴다. 오메이르가 알쏭달쏭한 건 뚜껑의 그림이다. 하늘을 배경으로 우뚝 선 집 한 채. 그녀의 집일까?

꾸러미는 꽃봉오리와 새 들을 수놓은 짙은 색 비단에 둘둘 말려 있는데, 풀어 보니 동물의 가죽에서 털을 벗기고 납작해지도록 두들긴 후 직사각형 모양으로 자른 낱장들을 한쪽 가장자리를 맞춰 묶은 더미이다. 책. 낱장들은 축축하고 곰팡내를 풍기는데, 상형 문자들이 정연하게 줄을 맞춰 새겨진 표지를 보다가 그는 와락 겁이 난다.

언젠가 할아버지가 옛날 신들이 지구를 떠나면서 남기고 간 책에 관해 들려준 이야기가 떠오른다. 할아버지는 그 책이 자물쇠를 채운 황금 상자에 들어 있다고 했다. 신들은 이 상자를 자물쇠를 채운 청동 상자에 넣고, 그런 후 청동 상자를 철 상자에 넣고, 마지막으로 나무 궤에 넣어 어느 호수 밑바닥에 내려놓은 후 길이가 30미터인 물의 용들을 시켜 그 상자를 맴돌게 했는데, 내로라하는 용자도 용을 죽일 수 없었다고 했다. 할아버지는 또 만에 하나 책을 손에 넣어 읽는 자는 하늘을 나는 새들과 땅 밑을 기어다니는 것들이 쓰는 온갖 언어를 알아듣게 된다고, 만약 귀신이 그 책을 읽게 된다면 죽기 전의 모습으로 돌아가게 된다고 말했었다.

오메이르는 떨리는 손으로 꾸러미를 다시 비단에 싸서 자루에 넣고 달그림자에 잠긴 채 잠든 여자애를 유심히 들여다본다. 물린 손 부위가 욱신욱신한다. 이 여자아이가 다시 육신을 얻은 귀신이려나? 이 애가 가진 책이 정말 옛날 신들의 마법을 품고 있을까? 하지만 그렇게 막강한 마법을 부리는 사람이라면 혼자 다닐 이유도 없고, 그가 피운 불가에서 자고새를 훔칠 만큼 절박할 리도 없다. 그를 음식으로 둔갑시켜 집어삼키는 게 더 쉬울 테니 말이다. 그렇게 보면 술탄이 거느린 군사도 전부 딱정벌레로 바꿔 짓밟아 죽이면 될 것 아닌가.

또, 그는 할아버지의 이야기는 어디까지나 꾸며낸 이야기라고 생각하며 마음을 다잡는다.

아침이 가까워지면서 집에 대한 그리움도 깊어진다. 이제 한 시간만 있으면 산에 해가 떠오를 것이고, 그의 어머니는 샛강에 물을 길으러 이끼 옷을 입은 편평한 바위 사이로 주전자를 들고 길을 나설 것이다. 할아버지는 다시 불을 지피고, 해가 협곡마다 그림자를 드리워 흔들면 니다는 이불을 덮은 채 깊은 숨을 내쉬고 마지막으로 한 번 더 꿈의 뒤를 밟을 것이다. 그는 어린 시절에 그랬듯 누나의 따뜻한 옆자리로 기어 들어가 함께 팔다리를 감고 눕는 상상에 빠져든다. 문득 눈을 뜨니 아침도 끝날 무렵인데, 여자아이가 어느새 제 손으로 결박을 풀고선 자루를 들고 서서 그를 내려다보면서 윗입술의 갈라진 틈새를 응시하고 있다.

그 후 그는 그녀의 손목을 묶는 일로 조바심치지 않는다. 그들은 구릉진 평야를 따라 북서쪽으로 가고, 탁 트인 들판을 만나면 얼른 잡목림 사이로만 나아가는데, 저 멀리 북동쪽으로 에디르네로 가는 길이 가끔씩 눈에 들어온다. 그녀는 머리의 상처는 이제 다 말라붙었고 도무지 지치는 법이 없어 보이지만, 오메이르는 한 시간에 한 번은 쉬어야 할 정도로 노독이 골수까지 배어든 데다, 길을 가면서 짐수레가 삐걱거리고 짐승들이 울부짖는 소리를 들으면 달빛과 나무가, 멍에를 인 거대한 덩치가 무색하게 마냥 온순한 그들이 바로 옆에 있는 것만 같다.

함께 지내며 맞이하는 넷째 날 아침, 그들의 허기는 위태로운 지경에 이른다. 오죽하면 그녀도 몇 걸음 떼다 넘어지기 일쑤고, 그는 둘 다 배를 채우지 않으면 얼마 못 갈 것임을 깨닫는다. 정오에 그가 뒤에서 먼지가 이는 것을 알아차리고, 그들은 길옆 가시덤불 속에 납작 엎드려 가만히 기다린다.

제일 먼저 기수 두 명이 오는데 칼을 안장에 부딪쳐 가며 말을 달리는 모습이 영락없이 고향으로 돌아가는 정복자다. 이어서 낙타의 등마다 노략질한 것들 — 둘둘 만 카펫들, 불룩한 자루들, 찢어진 그리스 국기 한 장 — 을 잔뜩 실은 몰이꾼들이 나타난다. 낙타 떼 뒤 먼지 속을 띄엄띄엄 두 줄로 선 스무 명의 여인과 여자아이 들이 행군한다. 그중 한 명이 비명을 지르지만 나머지는 말없이 발을 질질 끌고 가는데, 머리에 두건을 쓰지 않아 드러난 얼굴마다 역력히 보이는 참담함에 오메이르는 고개를 돌린다.

여자들이 지나가고 뼈만 남은 수소 한 마리가 대리석 조각상을 잔뜩 실은 수레를 끌고 온다. 천사들의 토르소, 예복을 걸친 콧대가 쪼개져 사라진 곱슬머리 철학자, 6월의 햇빛을 받아 골백 색으로 보이는 거대한 발 하나. 마지막으로 등에 방패를 가로 이고 안장에 활을 가로 맨 궁수가 제 흥에 겨운 건지 자기 말에게 들려주는 건지 노래를 흥얼거리면서 지금 지나는 들판을 바라본다. 그가 탄 말의 궁둥이에 도살한 작은 염소가 걸쳐 묶여 있는 것을 보고 오메이르는 배 속에서 허기가 치미는 것을 느낀다. 그가 자리에서 일어나 가시덤불 밖으로 나서서 그들을 소리쳐 부르려는 찰나, 팔에 와 닿는 그녀의 손을 느낀다.

자루를 들고 앉아 있는 여자아이는 두 팔에 생채기가 가득하고, 머리는 짧디짧고, 온 얼굴에 절박감이 줄줄이 적혀 있다. 작은 갈색 새들이 그의 머리 위 가시덤불 속에서 바스락댄다. 그녀는 두 손가락을 들어 제 가슴을 톡톡 치고는 그를 빤히 쳐다본다. 그는 심장이 쿵쾅거려 그대로 주저앉고, 짐수레들은 멀리 사라진다.

오후에 비를 만난다. 여자아이는 걷다가 꾸러미를 품에 안고, 어떻게든 빗물에 젖지 않도록 갖은 애를 쓴다. 그들은 진창이 된 들판을 나아가다가 불에 타 검게 그을린 채 버려진 집을 발견하고 초가지붕 밑에 앉아 죽을 것 같은 허기를 견딘다. 바다 같은 피로가 그를 덮쳐 온다. 두 눈을 감자 할아버지가 꿩 두 마리의 털을 뽑고 내장을 빼낸 속에 리크와 고수를 채운 다음 불에 굽는 소리가 들린다. 고기가 구워지는 냄새가 나고, 비가 목탄에 떨어지며 칙칙 소리를 내며 튀는 소리가 들리는데, 눈을 뜨면 불도 없고 꿩도 없고, 짙어 가는 어둠에 잠긴 채 옆에 앉아 오들오들 떨며 자루 위로 몸을 수그리고 있는 여자아이, 그리고 들판 위로 세차게 쏟아지는 비뿐이다.

아침이 되어 그들은 광활한 숲에 들어선다. 나무마다 꽃차례들이 진자처럼 흔들리며 굵은 물방울을 뚝뚝 떨어뜨리고, 그들은 마치 수천 폭의 커튼을 헤치고 나아가듯 그 사이를 뚫고 나아간다. 그녀가 기침을 한다. 떼까마귀들이 째지는 소리로 울어 댄다. 높은 나뭇가지 위에서 뭔가 덜걱거리다가 적막이 깔리면서 가없는 세계가 육박해 온다.

그가 멈춰 설 때마다 나무들이 넓게 젖혀 퍼지면서 여러 줄의 긴 줄무늬가 되는데 몇 초 기다려야 원래대로 돌아간다. 미칠 지경으로 지평선과 나란한 산의 형세가 보고 싶은데 좀처럼 보이지를 않는다. 이따금 그녀는 몇 마디 말을 중얼거리지만, 기도인지 욕인지 그는 알 길이 없다. 그는 생각한다. 달빛이 지금 여기 있다면 길을 알 텐데. 신은 인간을 동물보다 뛰어나게 만들었다는 말을 들은 적이 있다. 하지만 산 높은 곳에서 영영 잃어버린 줄 알았던 개가 온몸에 도꼬마리를 붙인 채 집에 돌아온 적이 얼마나 많았던가? 냄새로 아는 걸까, 태양의 각도를 보는 걸까, 아니면 사람은 잃어버렸으나 동물은 간직한, 보다 심오한 알려지지 않은 감각이 있는 걸까?

6월의 긴 황혼 속에서, 그는 더 걸을 힘이 없어 숲 바닥에 앉아 있다가 가막살나무 가지의 껍질을 벗겨 씹는다. 씹고 또 씹어 풀처럼 다 으깨지자 있는 힘을 끌어모아, 할아버지가 했던 대로 끈끈해진 반죽을 되도록 많은 나뭇가지에 바른다.

여자아이는 그를 거들어 땔감을 모은다. 해는 지는데, 그는 세 번을 일어나 덫을 확인하지만 번번이 아무것도 없다. 그날 밤 내내 속절없이 들락날락하던 그가 잠에서 깨어나 보니, 그녀가 작은 불을 살리고 있다. 창백하고 지저분한 얼굴, 찢어진 드레스 자락, 주먹만 한 두 눈. 그가 보는 가운데 그림자 하나가 그의 몸에서 떨어져 나와 숲으로 날아 들어가더니, 강을 날아 건너고, 그의 식구가 사는 집 위를 스쳐 지나, 산 위 숲속을 달리는 사슴 떼를 넘고 그늘 속을 미끄러지듯 달리는 늑대를 뒤로하고 나아간다. 그러다 마침내 그는 머나먼 북녘, 바다 용들이 얼음산 사이를 주르르 내달리고 파란색 거인 종족이 하늘의 별들을 떠받치고 있는 곳에 이른다. 다시 자신의 몸으로 돌아와 보니 달의 빛기둥들이 나뭇잎 사이를 뚫고 내려와 숲 바닥에 빛나는 조각보들을 아른아른 수놓고 있다. 그의 옆에 선 그녀가 무릎에 자루를 얹은 채 책을 펼쳐 놓고 글줄을 따라 손가락을 움직여 가며 예의 생경한 언어로 웅얼거리고 있다. 그는 그 소리에 귀를 기울이는데, 그녀가 읽다가 멈추자 ─ 마치 마법서의 힘을 빌려 그녀가 소환한 것처럼 ─ 수백 마리의 물떼새들이 관목숲에 일제히 날아들며 지저귀고, 오메이르의 귀엔 한 마리가 덫에 걸려 허둥지둥 날개를 치는 소리가 들린다. 잠시 후 더 많은 새들이 홰를 치며 악쓰는 소리가 밤공기를 채우고, 그녀는 그를 보고 그는 책을 본다.

둔덕이 언덕이 되더니 언덕은 산으로 바뀐다. 이제야 집이 멀지 않음을 그는 느낌으로 알 수 있다. 각양각색의 나무들, 피부에 와 닿는 공기의 결, 오르막 중턱에서 풍겨 오는 야생 박하 향, 강바닥에 잠긴 광채 띤 둥근 돌. 이 모든 것들이 추억이거나 추억과 나란히 펼쳐지는 것들이다. 비 내리는 어둠 속에서도 집을 찾는 소처럼, 그의 내면에도 그와 같은 것, 집 쪽으로 끌어당기는 자석 같은 것이 있을지 모른다.

그들이 산등성이를 넘어 오솔길을 따라 강길로 내려갈 즈음에는 마을에도 도시가 함락되었다는 소식이 전해진 터다. 그는 밧줄로 그녀의 손목을 묶은 채 가면서 마주 지나쳐 가는 모든 사람에게 같은 이야기를 한다. 승리는 영예로웠습니다. 모든 영광을 술탄에게 바칩니다, 하느님께서 그분을 보우하시기를. 그분께선 포상과 함께 저를 집에 보내 주셨습니다. 그의 얼굴을 보고도 그의 행운을 고깝게 여기는 이는 없는 듯하고, 그가 들고 있는 지저분한 꾸러미와 자루부터 쳐다보는 사람들이 많긴 해도 속에 뭐가 들었는지 보자고 하지는 않는다. 짐마차꾼 몇 명은 축하해 주며 앞으로 잘 살기 바란다는 덕담까지 하고, 치즈를 주는 사람도 있고 오이가 든 바구니를 건네는 사람도 있다.

얼마 후 그들은 높은 검은 골짜기에 이르는데, 길이 좁아지면서 좁은 강줄기 위로 난 통나무 다리로 이어진다. 다리 위로 두어 대의 짐수레가 오간다. 두 여인이 시장에 가려고 거위 떼를 몰고 다리를 건넌다. 오메이르는 강물이 협곡 깊은 곳까지 길을 내며 흐르는 소리에 귀를 기울이고, 이윽고 그녀와 함께 다리를 건넌다.

황혼 녘에 그들은 오메이르가 태어난 마을을 지난다. 집까지 8킬로미터가 남은 지점에서 그는 그녀를 이끌고 길을 벗어나 강을 굽어보는 절벽으로 가고, 그가 어렸을 때 줄곧 오르던 속이 반은 빈 주목 나무에서 뻗어 나온 가지 아래에서 멈춰 선다.

"애들이 옛날에 그랬어." 그가 말한다. "이 나무는 이 땅에 처음 살았던 사람들만큼 나이를 먹었다고, 그래서 아무것도 안 보일 만큼 깜깜한 밤이면 그 어둠 속에서 그들의 유령이 춤을 춘다고." 나무는 달빛 속에서 천 개의 가지를 파도처럼 흔든다. 그녀는 두 눈을 기민하게 반짝이며 그를 주시한다. 그가 나무의 우듬지를 가리키고, 이어서 그녀가 가슴에 꼭 안고 있는 자루를 가리킨다.

그는 소가죽 망토를 벗어 바닥에 내려놓는다. "네가 들고 있는 건 여기 두는 게 안전할 거야. 곧 날이 추워질 거고 아무도 얼씬 안 할 거야."

그녀가 그를 쳐다보고, 달그림자가 그녀의 얼굴 위에서 아른거린다. 그가 자기 말을 그녀가 전혀 이해하지 못한 것으로 받아들이는데, 그 순간 그녀가 자루를 내민다. 그는 자루를 망토에 싸고는 나뭇가지를 훌쩍 타고 올라가 나무의 구멍 속으로 몸을 욱여넣다시피 해서 들어가 꾸러미를 깊숙이 내리누른다.

"이러면 안전할 거야."

그녀가 눈을 들어 바라본다.

그가 허공에 동그라미를 하나 그린다. "여기 다시 오자."

다시 길로 돌아오자 그녀는 자진해 두 손을 내밀고 그는 밧줄로 그녀를 묶는다. 강이 요란한 소리를 내며 흐르고 별빛 속에서 소나무의 뾰족한 잎들이 빛을 뿜어내는 것처럼 보인다. 그는 이 길을 속속들이 알고, 이 강의 음색과 울림을 안다. 협곡으로 이어지는 길에 이르러 그는 뒤를 돌아 그녀를 본다. 가냘프고, 지저분하고, 여기저기 긁히고, 온통 찢긴 드레스 속에서 두 발을 질질 끌고 있다. 그는 생각한다. 지금까지 만난 멋진 친구들은, 모두 나와 같은 언어로 말하지 않았어.

21

모든 것에 관한
초강력 특수 마법 책

클라우드 쿠쿠 랜드

안토니우스 디오게네스 지음 폴리오 Φ

⋯⋯그 [책을] 들여다보니, 마치 마법의 우물 가장자리 위로 고개를 숙이고 있는 것 같았습니다. 수면 너머 하늘과 땅이 펼쳐진 가운데, 모든 나라, 모든 짐승이 사방에 흩어져 있었으며, [한가운데에는?]⋯⋯.

⋯⋯등불과 정원이 가득한 도시들이 보였고, 음악과 노랫소리가 아련하게 들려왔습니다. 어떤 도시에서는 빛나는 예복을 입은 여자아이들과 황금 칼을 든 남자아이들이 보좌하는 가운데 혼인 예식이 열리는 것도 보였습니다⋯⋯.

⋯⋯춤을 추고 있었고⋯⋯.

⋯⋯내 [마음은 즐거움이 가득했습니다?]. 하지만 [다음 페이지?]에서 내가 본 것은 어둠이었고, 불타는 도시와 들판에서 산 채로 불에 타는 사람들, 사슬에 묶인 노예가 된 사람들, 시체를 뜯어 먹는 사냥개들, 벽에 던져져 창에 꽂히는 갓난아기들이었습니다. 아래를 향해 귀를 기울이자 통곡이 들려왔습니다. 그래서 책장을 앞뒤로 뒤집어 보았는데⋯⋯.

⋯⋯아름다움과 추함⋯⋯.

⋯⋯춤과 죽음⋯⋯.

⋯⋯[견딜 수 없을?]⋯⋯.

⋯⋯겁이 났고⋯⋯.

레이크포트
공공 도서관

2020년 2월 20일
6:39 P. M.

지노

아이들은 무릎에 대본을 올려놓은 채 책장 뒤에 앉아 있다. 푸른 사팔눈에 입 한쪽으로 말하는 것이 매력적인 크리스토퍼 디. 가슴팍이 두껍고 머리는 사자 갈기처럼 무성하고, 혹한의 날씨에도 무조건 반바지 차림에 배고픈 것만 빼면 어떤 불편한 상황에서도 무덤덤해 보이고 놀랄 만큼 높고 비단결 같은 목소리를 가진 앨릭스 헤스. 분홍색 헤드폰을 목에 걸고 다니며, 고대 그리스어에 타고난 감각을 보이는 내털리. 짧은 단발머리에 깜짝 놀랄 정도로 똑똑하고, 직접 만드느라 고생한 현란한 무늬의 드레스를 입고 있는 올리비아 오트. 그리고 빨간 머리에 젓가락처럼 마른 레이철은 지금 소품들에 둘러싸인 채 카펫에 엎드려 배우들이 작은 목소리로 대본을 읽는 동안 연필로 대본에 줄을 치듯 따라가며 보고 있다.

"한쪽은 춤, 다른 쪽은 죽음." 앨릭스가 작은 목소리로 읽으면서 책의 페이지를 넘기는 시늉을 한다. "다음 페이지도, 그다음 페이지도."

아이들도 안다. 아래층에 누가 있다는 것을, 그들도 안다, 자기들이 위험한 지경에 있음을. 그들은 용감하게, 믿을 수 없을 정도로 용감하게 받아들이면서, 책장 뒤에 이렇게 앉아 작은 목소리로 대본을 끝까지 읽으면서 이야기에 기대어 현실의 덫을 빠져나가려고 애쓰는 중이다. 하지만 오래전에 집에 갔어야 할 시간이다. 섀리프가 배낭을 경찰서에 갖다주겠다고 위층을 향해 큰 소리로 말한 후 영겁의 세월이 흐른 것 같다. 그런 후 아무 소리도 듣지 못했다. 피자를 들고 위층에 올라왔어야 할 메리앤은 감감무소식이다. 휴대용 확성기로 그들에게 이제 다 끝났다고 말하는 사람도 없다.

지노는 자리에서 일어서며 엉덩이의 통증에 진저리를 친다.

"그 책을 끝까지 다 읽어라, 작은 까마귀야." 신의 역할을 맡은 올리비아가 작은 목소리로 말한다. "그러면 너는 신들의 비밀을 알게 될 것이며, 그때 독수리도 될 수 있고, 현명하고 힘센 올빼미도 될 수 있으며, 욕망과 죽음으로부터 자유로워질 것이다."

렉스에게 사랑한다고 말했어야 했다. 제5수용소에서 말했어야 했다. 런던에 갔을 때 말했어야 했다. 힐러리에게, 보이즈턴 부인에게, 죽지 못해 억지로 데이트했던 밸리 카운티의 여자들 모두에게 말했어야 했다. 위험을 무릅쓰고 더 나아갔어야 했다. 그는 자신을 받아들이기까지 한평생이 걸렸다. 이제 그게 가능하다는 생각에, 일 년을, 아니 한 달도 더 살고 싶지 않다는 생각에 그는 스스로 놀란다. 여든여섯 해를 살았으면 충분하다. 한생을 살면서 벅차도록 쌓이는 기억을 뇌는 꾸준히 까부르고 중요도를 따지고 가슴 아픈 기억은 묻기 마련이지만, 어쩐 일인지 이 나이가 되도록 뒤로한 기억이 담긴 엄청나게 큰 자루를 질질 끌고 다니고 있으니, 대륙에 맞먹는 그 무게를 견디다 보면 마침내 세상 밖에 내놓을 때가 오는 것이다.

레이철이 손사래를 치며 작은 목소리로 "잠깐."이라고 하더니 자기 대본에 대고 손부채를 부친다. "니니스 선생님? 완전히 들러붙어 엉망진창이 된 낱장 두 장 말이에요, 야생 양파에 관한 거랑 춤에 관한 거요. 제 생각엔 잘못 배치한 것 같아요. 클라우드 쿠쿠 랜드에서 이런 일은 일어나지 않아요, 아르카디아에서 일어나지."

"뭐야," 앨릭스가 말한다. "무슨 말을 하는 거야?"

"조용히." 지노가 목소리를 낮춰 말한다. "다들, 조용히 해야 해."

"조카딸이에요." 레이철이 소곤거린다. "우리는 지금 조카딸을 잊고 있어요. 니니스 선생님도 말씀하셨지만, 제일 중요한 건 이 이야기가 잘 전해지는 건데 ── 그런데 이 책은 조각조각 떨어진 채로 먼 곳에서 죽어 가는 여자애한테 보내졌잖아. ── 아이톤이 뭐 하러 별 속에 남아서 영원히 사는 걸 택하겠어?"

신 역할의 맡아서 금속 조각이 달린 드레스를 입고 있는 올리비아가 레이철 옆에 쭈그려 앉는다. "아이톤이 책을 끝까지 다 읽지 않는 거야?"

"그래야 그가 자기 이야기를 서판에 쓰지." 레이철이 말한다. "그래야 죽을 때 서판도 무덤에 함께 묻히고. 왜냐하면 그가 클라우드 쿠쿠 랜드에 남지 않으니까. 그가 선택한 건…… 그걸 뭐라고 해요, 니니스 선생님?"

심장이 두근거리고 두 눈은 깜빡인다. 지노는 얼어붙은 호수로 걸어가는 자신의 모습이 보인다. 불빛이 비처럼 쏟아지는 티룸에서 한 손을 찻잔 받침 위에서 떨던 렉스가 보인다. 아이들이 대본을 내려다본다.

"네 말은," 앨릭스가 말한다. "아이톤이 집으로 돌아간다는 뜻이지."

시모어

그는 사전들이 꽂힌 책장에 기대어 앉고 무릎 위에 베레타 권총을 올려놓는다. 눈부시게 흰 빛이 앞 창문으로 휘어져 들어와 천장에 으스스한 그림자를 던진다. 경찰이 투광 조명을 설치한 것이다.

그의 휴대폰은 고집불통으로 울리지 않는다. 그는 총 맞은 남자가 계단 밑에서 숨을 쉬는 것을 지켜본다. 그는 배낭을 찾지 못했다. 저 자리에서 움직인 적이 없다. 이제 저녁 식사 시간이고, 열한 시간째 일하는 버니는 피그 앤드 팬케이크에서 테이블 사이를 오가며 접시를 나를 것이다. 그가 차로 데리러 가지 않았기 때문에 삭스 인에 태워다 달라고 간곡히 부탁 해야 할 것이다. 지금쯤 공공 도서관에서 심상치 않은 일이 벌어지고 있다는 것을 들었을 것이다. 열두 대의 경찰차가 줄지어 지나갔을 것이다. 그녀가 담당하는 테이블의 손님들이 다 그 이야기를 하고 있을 것이고, 주방에서도 마찬가지일 것이다. 도서관에서 누군가 총을 맞았대. 폭탄을 심은 사람이 있대.

그는 자신을 타이른다. 내일이면 비숍의 캠프에 가 있을 거라고, 머나먼 북녘, 전사들이 목적의식과 대의를 가지고 살아가는 곳, 그곳에서 마틸다와 함께 햇빛과 그림자가 어우러지는 숲속을 산책하게 될 거라고. 하지만 그는 아직도 그렇게 믿고 있나?

계단을 딛는 발소리. 시모어는 귀마개 한쪽을 들어 올린다. 발소리의 주인이 맨 밑 계단까지 내려오자 '슬로 모션 지노'임을 알아본다. 늘 넥타이를 매고, 큰 글자 로맨스 소설 구역 곁에 놓인 탁자에만 앉으며, 눈앞에 흙 두둑처럼 쌓인 종이를 한 장 한 장 가만히 만지던 모습이 마치 그에게만 의미있는 인공의 유물 더미 앞에 앉아 있는 사제 같던, 호리호리한 노인.

지노

샤리프가 입고 있는 셔츠는 몸과 겉도는 데다 누군가 잉크를 한 바가지 끼얹은 것처럼 보이는데, 지노는 그보다 더 험한 꼴을 본 적이 있다. 샤리프는 그러지 말라고 고갯짓을 한다. 지노는 그저 몸을 수그려 그의 이마에 손을 대고, 이내 그를 넘어 비소설과 소설 사이 통로로 걸어 들어간다.

소년은 무릎에 권총을 올려놓은 채 까딱도 하지 않는 게 죽었는지도 모른다. 그의 옆 카펫엔 초록색 배낭이, 그 옆에는 휴대폰이 놓여 있다. 그는 머리에 소총 사격장에서 쓰는 보호용 귀마개 같은 것을 쓰고 있는데, 한쪽은 제대로 썼고 다른 한쪽은 벗겨져 있다.

디오게네스가 쓴 단어들이 몇 세기를 건너 굴러떨어진다. 나는 아득히 먼 길을 여행했고, 그 모든 과정이 과연 장대하였으나, 어쩐 일인지…….

"이렇게 어린아이가……." 지노가 말한다.

……여전한 의심의 바늘 끝이 내 날개 밑을 찔러 댔습니다. 마음속

에서 어두운 불안이 꿈틀대는 것이었으니…….

소년은 꿈쩍도 하지 않는다.

"가방 안에 뭐가 들었니?"

"폭탄."

"몇 개나?"

"두 개."

"어떻게 작동시키지?"

"트랙폰, 뚜껑에 붙어 있어요."

"폭탄은 어떻게 해야 터지고?"

"두 전화기 중에 하나로 전화를 걸면 돼요. 다섯 번째 벨이 울리면."

"하지만 정말로 전화할 건 아니지? 그렇지?"

왼손을 들어 귀마개에 대는 것으로 보아 소년은 더 이상의 질문은 차단하고 싶어 하는 것 같다. 지노는 제5수용소에서 렉스가 속이 빈 기름 드럼통 속에 몸을 웅크리고 숨어 있는 것을 알면서도 짚요에 누워 있던 때를 떠올린다. 그는 지노가 다른 드럼통에 기어 들어가는 소리를 기다렸을 것이다. 브리스틀과 포티어가 그들이 숨은 통을 트럭에 싣기를 기다렸을 것이다.

그가 발을 끌며 앞으로 가고 배낭을 들어 넥타이를 맨 가슴에 대고 가만히 안자 소년이 총을 들어 그를 겨눈다. 지노의 호흡은 이상할 만큼 안정적이다.

"너 말고 번호를 아는 사람이 또 있니?"

소년이 고개를 흔든다. 이내 뭔가 짚이는 게 있는지 이맛살을 찌푸린다. "네, 아는 사람이 하나 있어요."

"누군데?"

소년이 어깨를 으쓱한다.

"네 말은 그러니까 너 말고 폭탄을 터뜨릴 수 있는 사람이 있다는 거지?"

고개를 끄덕인 것 같다.

섀리프가 계단 밑에서 몸의 모든 부위에 경계 태세를 취하며 지켜본다. 지노는 어깨끈에 팔을 집어넣어 배낭을 감싸듯 품에 안는다. "저기 내 친구 말인데, 어린이 책 전문 사서거든? 이름이 섀리프지. 지금 당장 치료하지 않으면 안 되거든. 내가 전화로 앰뷸런스를 부를 거야. 밖에 이미 한 대 와 있을 거야."

소년은 얼굴을 찡그린다. 누군가 그의 귀에만 들리는 요란하고 째지는 음악을 다시 틀기 시작한 것처럼 보인다. "난 지원군을 기다려요." 그는 말하면서도 확신하지 못한다.

지노는 뒷걸음으로 안내 데스크까지 가서 전화의 수화기를 든다. 발신음이 들리지 않는다. "네 휴대폰을 써야겠는데." 지노가 말한다. "앰뷸런스만 부를게. 더는 아무것도 안 할 거야, 약속할게. 앰뷸런스만 부르고 바로 돌려줄게. 그런 다음 너의 지원군이 올 때까지 함께 기다리자."

총구는 여전히 지노의 가슴을 똑바로 겨누고 있다. 소년의 손가락은 여전히 방아쇠에 걸려 있다. 휴대폰은 여전히 바닥에 놓여 있다. "우리는 명확하고 의미 있는 삶을 살 것이다." 소년은 말하고, 자기 눈을 비빈다. "우리는 기계를 파괴하기 위해 노력을 기울이는 동안에도 기계를 완전히 탈피해 존재할 것이다."

지노가 배낭에서 왼손을 뗀다. "이제 한 손을 밑으로 뻗어서 네 휴대폰을 집을 거야, 괜찮지?"

새리프는 온몸이 경직된 채 계단 밑에 누워 있다. 아이들은 위층에서 입도 뻥긋하지 않는다. 지노는 몸을 수그린다. 총신은 그의 머리에서 불과 몇 센티미터밖에 안 떨어져 있다. 그의 손이 휴대폰에 닿는 찰나, 품에 안은 배낭 속 두 개의 폭탄 중 하나에 붙어 있는 트랙폰의 벨이 울린다.

아르고스호

미션 여행 65년
볼트원 내부 생활 341~370일

콘스턴스

"시빌, 지금 우리 어디에 있는 거야?"

우리는 베타 Oph2로 가는 중이에요.

"현재 여행 속도는?"

시속 773만 4958킬로미터. 도서관의 날에 우주선의 속도를 들어서 기억할 거예요.

"확실한 거야, 시빌?"

사실이에요.

그녀는 잠시 기계 중앙에서 뻗어나가는 1조 개의 반짝거리는 필라멘트들을 바라본다.

콘스턴스, 몸은 괜찮아요? 지금 심장 박동수가 꽤 높아요.

"괜찮아, 고마워. 조금 있다가 잠깐 도서관에 가 있으려고."

그녀는 아버지가 격리 2단계 기간 동안 연구하던 설계도들을 검토한다. 공학, 저장, 유체 재활용, 폐기물 처리, 산소 플랜트. 농장,

구내식당, 주방. 샤워 시설을 갖춘 화장실 다섯 개, 생활 용도의 격실 마흔두 개, 중앙에는 시빌. 창문도 계단도 출입구도 없는, 전체 구조가 자급자족하는 무덤이나 다름없다. 육십육 년 전, 최초 지원자 여든다섯 명은 몇 세기가 걸리는 항성 간 여행을 시작하게 될 거라고 들었다. 그들은 카나크까지 갔고, 육 개월 동안 훈련을 받은 후 작은 배에 승선했고, 진정제를 투여받은 후 시빌이 발사를 준비하는 가운데 아르고스호 안에 연금(軟禁)되었다.

그러나 우주선은 발사되지 않았다. 어디까지나 훈련이었을 뿐. 시범 연구, 시승, 세대 간 실행 가능성 실험은 오래전에 끝났거나 아직 진행 중일지 모른다.

콘스턴스는 도서관 아트리움 안에 서서 사 년 전 어머니가 작업복 옷깃에 소나무 묘목의 패치를 기워 준 자리를 만진다. 플라워스 부인의 작은 개가 그녀를 올려다보며 꼬리를 흔든다. 진짜 개가 아니다. 손가락 끝을 받치는 책상의 감촉은 나무 같고, 소리도 나무 같고, 냄새도 나무 같다. 상자에 든 쪽지들은 보기에 종이 같고, 감촉도 종이 같고, 냄새도 종이 같다.

그중에 진짜는 하나도 없다. 그녀는 카나크라는 외딴 마을에서부터 배편만 건너편으로 13킬로미터 남짓 떨어져 있는 작고 거의 완벽하게 둥근 섬에 지어진 흰 둥근 건물 중앙에 있는 둥근 방 안의 둥근 퍼램뷸레이터에 올라선다. 어떻게 성간 공간을 질주하는 우주선에 갑자기 전염병이 나타날 수 있나? 시빌은 왜 해결하지 못했나? 시빌을 포함한 누구도, 자신들이 어디 있는지 몰랐기 때문이다.

그녀는 관련 질문을 쪽지에 하나씩 쭉 적어서 투입구에 차례대로 집어넣는다. 아트리움 천장의 노란 하늘에 구름이 흘러간다. 작은 개가 윗입술을 핥는다. 단에서 책들이 날아 내려온다.

볼트원에서 그녀는 침대 다리 네 개의 나사를 다 풀고 침대 프레임에 대고 다리 하나의 한쪽 끝을 두들겨 납작하게 만든다.

콘스턴스, 왜 침대를 분해하고 있죠?

대답하지 마. 콘스턴스는 조심스럽게 침대 다리 끝을 갈며 몇 시간을 보낸다. 그녀는 뾰족해진 다리 끝을 두 번째 다리의 밑구멍에 집어넣어 손잡이로 만들고 나사까지 박아서 단단히 고정한 다음, 담요의 안감으로 끈을 만들어 납작해진 침대 다리에 꽉 묶는다. 수제 도끼. 이제 영양 파우더를 몇 숟갈 퍼서 푸드 프린터에 넣고 기계를 작동시키자 음식이 용기에 넘칠 정도로 가득 차오른다.

좋네요, 콘스턴스. 식사를 준비하고 있군요. 그것도 이렇게 푸짐하게. 시빌이 말한다.

"이거 먹고 한 그릇 더 먹을 거야, 시빌. 추천해 줄 레시피 있어?"

파인애플 볶음밥 어때요? 듣기만 해도 군침 돌지 않나요?

콘스턴스는 음식을 삼키고, 다시 입안 가득 집어넣는다. "그러네, 시빌, 그러네. 정말 맛있을 것 같아."

일단 배불리 먹고 나서, 그녀는 바닥을 기어다니며 지노 니니스의 번역을 옮겨 적은 것들을 모은다. 아이톤, 환상에 빠지다. 산적들의 소굴. 신의 정원. 폴리오 A에서 Ω까지 남김없이 주워 모아 차곡차곡 쌓고, 맨 위에 그녀가 그린 구름 도시 스케치를 얹고, 침대 다리에서 뺀 알루미늄 나사로 왼쪽 가장자리를 따라 한 줄로 구멍을 뚫는다. 이제 담요 안감을 더 풀어서 섬유 조직을 꼬아 끈을 만들고, 종이에 낸 구멍들을 가지런히 맞추고, 영양 파우더 봉지의 라벨지로 이루어진 원고 뭉치의 한쪽 가장자리를 따라 끈을 꿰어 하나로 묶는다.

노라이트까지 한 시간이 남자, 그녀는 식기를 씻고 거기에 물을 채운다. 머리를 손가락으로 훑어내리며 빠진 머리칼을 작게 뭉쳐 빈 물컵에 쑤셔 넣는다.

이제 그녀는 바닥에 앉아 기다리면서 탑 속에서 깜빡거리는 시빌을 지켜본다. 아버지가, 그녀를 담요에 둘둘 말아 주는 아버지가, 양상추, 물냉이, 파슬리가 자라는 선반들과 씨앗들이 잠자고 있는 서랍들로 가득한 제4농장 벽에 함께 기대어 앉은 아버지가 금방이라도 손에 잡힐 듯 생생하다.

그 이야기 좀 더 들려줄 수 있어요, 아버지?

노라이트 모드가 되자, 그녀는 십이 개월 전에 아버지가 꿰매어 만들어 준 바이오플라스틱 슈트를 꺼내 입는다. 두 팔을 소매에 끼지 않고 지퍼를 가슴까지 올리니, 그새 더 자라서 전보다 편하게 맞는다. 그 안 깊숙이 그녀가 만든 책을 집어넣는다. 다리가 다 빠진 침대를 들어서 ─ 매트리스엔 여전히 공기가 차 있다. ─ 한쪽 가장자리는 푸드 프린터 위에, 다른 한쪽은 용변기에 얹어서 일종의 캐노피처럼 만든다.

콘스턴스, 지금 침대 가지고 뭐 하는 건가요?

그녀는 높이 띄운 침대 밑 공간으로 기어 들어간다. 프린터 뒤에서 저전압 전원 연결 플러그를 뽑고 열가소성 피복을 벗겨 낸 다음, 케이블 속 전선들을 남은 침대 다리 두 개에 붙인다. 하나에는 양극, 다른 하나에는 음극. 그것들을 식기 안 물에 담근다.

머리털 뭉치가 든 물컵을 들어 양극 위에서 거꾸로 뒤집어 물에서 발생한 산소가 뒤집힌 컵 안에 모일 때까지 기다린다.

콘스턴스, 그 밑에서 뭐 하려는 거죠?

그녀는 열까지 세고 침대 다리에 붙어 있는 전선을 떼어 내고, 전선 끝끼리 비벼 댄다. 뒤이어 불꽃이 순수 산소 속으로 튀어 오르며 머리털에 불이 붙는다.

대답해요. 침대 밑에서 지금 뭐 하고 있는 건가요?

그녀가 다시 컵을 뒤집자 연기가 피어오르며 머리카락 타는 냄새가 난다. 콘스턴스는 그 위에 구겨진 네모난 건식 물수건을 넣고, 한 장을 더 넣는다. 설계도에 따르면 소화기는 아르고스호의 모든 방 천장에 매립되어 있다. 볼트원은 예외라 설계도가 틀리다면, 소화기가 벽이나 바닥에 매립되어 있다면 지금 하는 이 시도는 결코 성공하지 못할 것이다. 하지만 천장에 있다면, 성공할 수 있다.

콘스턴스, 열이 감지되네요. 대답해요. 지금 거기서 뭐 하고 있는 거죠?

천장에서 작은 노즐들이 쭉 뻗어 나오더니 그녀 머리 위 침대에 화학성 물질을 분사하기 시작한다. 그 물방울들이 슈트로 감싼 다리에 분사되는 것을 느끼며 그녀는 침대 밑 불길을 돋운다.

그녀가 건식 물수건을 더 넣자 불길은 사그라드는 듯싶다가 다시 큰 기세로 일어난다. 까만 연기가 뒤집어 놓은 침대 가장자리 주변으로, 천장에서 분사되는 물안개 속으로 피어오른다. 그녀는 불길에 대고 입바람을 불고, 휴지를 더 넣고 잠시 후에는 영양 파우더 몇 숟갈을 붓는다. 이렇게 해도 성공하지 못하면 다음에 태울 만한 것이 없을 것이다.

이윽고 매트리스 밑면에 불이 붙으면서 그녀는 어쩔 수 없이 침대 밑에서 기어 나온다. 남은 마지막 건식 물수건들을 불에 던진다. 매트리스 가장자리에서 녹색 불꽃이 일면서 화학 약품이 불에 탈 때 나는 매캐한 냄새가 볼트를 채운다. 콘스턴스는 소화기가 분사하는 약제를 맞으며 바닥을 미끄럼질 쳐 방을 가로지르고, 슈트 소매에 두 팔을 꿰어 넣고 산소 후드를 쓰고 슈트 옷깃에 꼭 맞게 물린다.

후드가 딱 맞물리고 슈트가 부푸는 것이 느껴진다.

남은 산소 10퍼센트, 후드가 말한다.

콘스턴스, 이건 말할 수 없이 무책임한 행동이에요. 지금 당신은 모든 걸 위험에 몰아넣고 있어요.

매트리스가 타면서 침대 밑면이 더 붉게 빛난다. 헤드램프의 빛줄기가 연기 속에서 깜빡인다.

"시빌, 네가 최우선으로 지켜야 할 명령은 승무원들의 안전과 행복을 지키는 거지? 다른 어떤 것보다도?"

시빌은 천장 조명 밝기를 최대한으로 올리고 콘스턴스는 쨍한 빛에 눈을 가늘게 뜬다. 그녀의 손은 소매 속에서 허우적대고 두 발은 바닥에서 미끄러진다.

"그게 상호 부조잖아, 맞지?" 콘스턴스는 말한다. "승무원은 네가 필요하고 넌 승무원이 필요하고."

침대 프레임을 치우세요. 그래야 그 밑에 붙은 불을 끌 수 있어요.

"하지만 승무원이 없다면 — 내가 없다면 — 너에겐 목적이 없어지는 거지, 시빌. 이 방은 이미 연기로 꽉 차서 난 숨을 쉴 수가 없어. 내가 쓰고 있는 이 후드의 산소도 몇 분 내로 바닥날 거야. 그럼 난 질식 상태가 되겠지."

시빌의 목소리가 굵어진다. 지금 당장 침대를 치워 주십시오.

소화기에서 뚝뚝 떨어지는 물방울이 그녀의 후드 렌즈를 뿌옇게 만들고, 그녀가 닦아 낼 때마다 오히려 물이 번지며 더 흐려질 뿐이다. 그녀는 슈트 지퍼 속의 책의 위치를 조금 바꾸고 도끼를 집어 든다.

남은 산소 9퍼센트. 후드가 말한다.

녹색 주황색 불꽃은 이제 침대 윗면을 핥아 대고, 시빌은 연기에 가려져 거의 보이지 않을 지경이다.

부탁이에요, 콘스턴스. 그녀의 목소리가 부드럽게 변하면서 어머니의 목소리를 흉내 낸다. 이런 짓 하면 안 돼.

콘스턴스는 벽을 등지고 선다. 목소리가 다시 바뀌는데, 점진적으로 새로운 성별이 된다. 주키니, 침대 좀 뒤집어 주련?

콘스턴스의 뒷목 털이 쭈뼛 일어선다.

지금 당장 불을 꺼야만 해. 모든 게 위험에 처해졌어.

그녀의 귀에 매트리스 속에서 뭔가 녹거나 끓는 쉭쉭 소리가 들리고, 굽이치는 연기 속에서 언뜻 탑이 보이는데, 높이 5미터에 진홍색 불빛으로 요동치는 그것은 바로 시빌이다. 그녀는 이제 콘스턴스가 기억하는 첸 선생님의 목소리로 속삭인다. 지금까지 만들어진 모든 지도, 지금까지 행해진 모든 인구 조사, 지금까지 출간된 모든 책……

일순, 콘스턴스는 망설인다. 아틀라스에 뜨는 이미지들은 수십 년 전의 것들이다. 아르고스호의 벽 너머, 저 바깥에는 지금 무엇이 기다리고 있을까? 만약 시빌이 유일하게 남아 있는 지성이라면? 그녀는 지금 무엇을 위해 위험을 무릅쓰고 있는 거지?

남은 산소 8퍼센트. 후드의 목소리가 말한다. 호흡을 좀 더 천천히 하십시오.

그녀는 시빌에게서 돌아서서 숨을 멈춘다. 그녀의 눈앞에서, 방금 전만 해도 벽이었던 것이 옆으로 밀리며 볼트원의 문이 스르르 열린다.

22

지금 가진 것이
애타게 찾는 것보다
더 나은 법이다

클라우드 쿠쿠 랜드
안토니우스 대오게네스, 폴리오 X

폴리오 X는 훼손의 정도가 심각하다. 이어지는 아이톤의 이야기에서 무슨 일이 일어나는지를 놓고 오래도록 해석이 분분했으나 여기에서 장황하게 열거할 필요는 없을 것이다. 이번 편이 순서상 더 앞이고 따라서 다른 결론을 보여 준다고 주장하는 이가 많으나, 추측은 번역가의 일이 아니다. 번역 지노 니니스.

암양은 새끼를 낳고 비는 내리고 언덕은 푸르고 새끼 양은 젖을 떼고 암양은 늙으면서 가탈이 늘고 나 말고 아무도 믿지 않게 되었습니다. 어찌하여 [나는 고향을 등졌던 걸까?]? 어찌하여 쉼 없이 새로운 것을 찾아 [다른 곳에?] 가려는 충동이 일었던 걸까요? 희망은 저주, [판도라의 상자에 마지막으로 남은 '악'이었던 걸까요]?

너는 그 먼 길을 날아 별들이 선 마지막 세상까지 왔건만, 오로지 바라는 것이 [집으로 돌아가는…….]

……무릎은 삐걱거리는데…….

……온통 진흙투성이인데…….

나의 양 떼, 싸구려 포도주, 목욕, [그 정도가] 세상의 모든 어리석은 양치기에게 족한 마법입니다. 나는 [나의 부리를 벌려 깍깍 말했습니다. "깊은 지혜 속에 깊은 슬픔이 있고, 무지 속에 많은 지혜가 있습니다."]

신은 허리를 폈고, [그 바람에 그녀의 머리가 별 하나에 부딪혔고, 이어 그 거대한 손을 내렸는데, 호수만 한 손바닥 가운데 흰 장미 한 송이가 놓여 있었습니다.]

아이다호주
교도소

2021~2030년

시모어

 그곳은 중급 보안 시설로, 이중의 체인링크 철조망에 둘러싸인 낮은 베이지색 건물들이 자리 잡은 캠퍼스다. 보기에 따라선 허름한 커뮤니티 칼리지로 착각할 수도 있다. 캠퍼스엔 목공장, 체육관, 교회, 법률 교과서 및 사전과 판타지 소설 들을 갖춘 도서관이 있다. 음식은 형편없다.

 그는 주어진 시간을 가급적 컴퓨터실에서 보낸다. 엑셀, 오토캐드, 자바, C++, 파이선을 배우면서 코드, 인풋과 아웃풋, 명령과 명령어의 명쾌한 논리에서 위안을 얻는다. 하루 네 번, 전자 차임벨이 울리면 그는 '운동'을 하기 위해 밖으로 나가고, 울타리를 통해서라도 털빕새귀리와 해골 잡초가 무성하게 자라는 들판을 볼 수 있다. 그 너머 멀리 오위히산맥이 어렴풋이 보인다. 나무라곤 방문객 주차장에 한데 모여 있는, 물속에 심은 주엽나무 열여섯 그루가 전부인데, 모두 3미터를 넘지 않는다.

 그는 위아래가 붙어 있는 데님 작업복을 입고 있다. 감방은 모두

독방이다. 감방의 작은 창 맞은편 벽에는 페인트를 칠한 직사각형 콘크리트 블록이 붙어 있어 재소자들이 가족사진이나 엽서, 그림 따위를 붙이게 해 준다. 시모어의 벽엔 아무것도 붙어 있지 않다.

처음 몇 년, 버니가 병들기 전까지는 그녀가 레이크포트에서 세 시간 동안 그레이하운드를 타고 그다음엔 택시를 타고 교도소에 면회를 왔었다. 수술 마스크를 쓴 그녀는 형광등 불빛 아래 테이블을 사이에 두고 마주한 아들을 보며 두 눈을 깜빡였다.

주머니쥐, 내 말 듣고 있니?

엄마 좀 봐줄래?

그녀는 일주일에 한 번씩 그의 재소자 계좌로 5달러씩 입금하는데, 그는 그 돈으로 자동판매기에서 48그램 용량의 M&M's 플레인 초콜릿을 산다.

가끔 눈을 감으면 그는 다시 법정에 가 있고 프로판가스 토치처럼 그의 뒤통수를 겨냥하는 아이들 가족의 시선이 느껴진다. 그는 메리앤을 쳐다볼 수 없었다. 우리가 당신의 태블릿에서 찾아낸 PDF 파일은 누가 만든 거죠? 비숍의 캠프가 진짜라고 추정한 근거는 뭐죠? 당신과 메시지를 주고받은 회원 모집자를 여자로 추정한 근거는 무엇이고, 그 여자가 당신 또래라고 추정한 근거는 무엇이며, 그 여자가 인간이라고 추정한 근거는 무엇인가요? 질문 하나하나가 이미 바늘구멍이 숭숭 뚫린 심장에 매번 새로운 바늘을 꽂았다.

납치, 대량 살상용 무기 사용, 살인 미수. 그는 모든 죄목을 인정했다. 어린이 도서 담당 사서 새리프가 총상에서 살아남은 것이 도움이 되었다. 새된 목소리에 바짝 깎은 머리를 한 검사는 사형을 구형했지만, 시모어는 사십 년 이상의 종신형을 선고받았다.

스물두 살 되는 해의 어느 날 아침 10시 30분, 운동을 지시하는 차임벨이 울리는데, 컴퓨터실 관리 감독이 시모어와 다른 두 명의 모범수에게 그대로 있으라고 지시한다. 경찰관들이 앞쪽에 트랙볼이 박힌 단말기 세 대를 밀고 들어오고, 이어서 부교도관이 블레이저에 브이넥 셔츠 차림을 한 엄격한 인상의 여자를 호위해 들어온다.

"여러분도 아시겠지만," 그녀가 억양이 전혀 없는 목소리로 말하기 시작한다. "일륨은 몇 년째 정확도에서 지속적인 발전을 거듭하며 지구 표면을 스캔해 왔고, 그 결과 40페타바이트의 데이터와 카운팅으로 유사 이래 가장 포괄적인 지도를 구축했습니다."

관리 감독이 단말기의 플러그를 꽂자 부팅이 되면서 화면에 일륨 로고가 빙글빙글 돌며 나타난다.

"여러분은 가공하지 않은 화상 이미지군 중에서 부적절하게 여겨질 만한 세목들을 검토하는 시범 프로그램 참여자로 선정되었습니다. 우리의 알고리즘은 매일 수십만 개의 이미지를 찾아 깃발 표시를 하고 있지만, 그것들을 일일이 살펴볼 인력은 없습니다. 여러분이 할 일은 이미지들이 부적당한지 여부를 확인하고, 그 과정을 통해 기계의 학습 능력을 강화하는 것입니다. 깃발 표시를 그대로 두거나 내리고 다음으로 넘어가면 됩니다."

"기본적으로," 부교도관이 말한다. "고급 스테이크하우스 입장에서는 사람들이 일륨 지구에 올라타 문간에서 오줌이나 싸는 노숙자를 발견하는 걸 달갑게 여길 리 없다. 너희 할머니가 봐서 좋을 게 없겠다 싶은 게 나오거든 깃발 표시는 건드리지 말고 동그라미 표시만 해 두면 소프트웨어가 알아서 지울 거다, 알겠나?"

"이게 필요한 기술이다." 관리 감독이 말한다. "이게 과제고."

시모어는 고개를 끄덕인다. 그가 마주한 화면에서 지구가 빙글빙글 돈다. 시점이 디지털 구름 사이를 뚫고 남아메리카 땅덩이 —— 브라질인 듯하다. —— 를 향하다 자처럼 곧게 뻗은 어느 시골 고속 도로에 가 닿는다. 양쪽에 붉은 흙길이 뻗어 있다. 그 너머로 사탕수수로 짐작되는 것들이 자란다. 그가 트랙볼을 앞으로 슬슬 밀자 앞에 있는 깃발이 가까워지며 점차 커진다.

그 밑을 보니 파란색 소형 세단이 소 한 마리를 정면으로 들이받아 차가 우그러져 있다. 길엔 피가 보이고, 청바지 차림의 남자가 두 손을 뒤통수에 대고 소 옆에 서 있다. 소가 죽는 것을 지켜보는 것이거나, 소가 정말 죽는지 확인하려는 것 같다.

시모어가 깃발을 확인하고 그 이미지에 동그라미 표시를 하자, 순식간에 소도 자동차도 남자도 컴퓨터가 만든 도로의 한 구획에 묻혀 사라진다. 그가 미처 처리하기도 전에 소프트웨어는 그를 재빨리 다음 깃발로 데려간다.

길가에 있는 슈하스카리아* 앞에서 눈코입이 지워진 어린 남자아이가 카메라를 향해 가운뎃손가락을 들어 보인다. 혼다 판매 대리점 표지판엔 누가 남자 성기를 그려 놓았다. 그는 브라질의 소히조 부근에서 마흔 개의 깃발을 점검한다. 컴퓨터가 그를 다시 대류권으로 올려 보내고, 지구가 빙글빙글 돌고, 그는 미시간주 북부로

* 고기구이를 파는 식당을 뜻하는 포르투갈어.

뚝 떨어진다.

가끔은 깃발이 꽂혀 있는 이유를 파악하느라 얼마간 주변을 뒤지기도 한다. 성매매를 하는 듯 보이는 여자가 차창 안을 향해 몸을 숙이고 있다. 하느님은 귀 기울이십니다라고 인쇄된 교회 차양 바로 밑에 누군가 스프레이 페인트로 살인자에게라고 써 놓았다. 이따금 소프트웨어가 담쟁이덩굴 패턴을 외설적인 것으로 잘못 해석하거나, 시모어로서는 짐작할 수 없는 이유로 학교에 걸어가는 아이에게 깃발이 꽂혀 있기도 한다. 그는 그런 깃발을 보면 그냥 넘어가지 않거나 점검하고, 문제가 되는 이미지 주변에 커서로 동그라미를 그린다. 그러면 이미지는 사라지고, 고해상도의 덤불 뒤로 가려지거나 가짜 보도의 얼룩으로 지워진다.

운동 차임벨이 울리고, 다른 두 남자는 점심을 먹으러 터덜터덜 걸어간다. 시모어는 그대로 앉아 있다. 점호까지 그는 아홉 시간을 꼼짝도 하지 않고 자리를 지킨다. 관리 감독도 떠났다. 한 노인이 교사용 단말기들 밑을 청소한다. 창문 밖은 어둡다.

그 일로 그는 시간당 61센트를 받는데, 가구점에서 일하는 재소자들보다 8센트 더 많은 금액이다. 그는 잘해 낸다. 픽셀별로, 거리별로, 도시별로 점검하며 일류이 행성을 소독하도록 돕는다. 그는 군부대, 노숙자 야영지, 병원 밖에 줄을 선 사람들, 노동 파업, 시위하는 사람과 반체제 인사, 피켓 시위 참가자와 소매치기 들을 지워 없앤다. 그러다 보면 격한 감정을 불러일으키는 광경을 맞닥뜨리기도 한다. 리투아니아에서 앰뷸런스 옆에서 파카로 몸을 감싼 채 서로의 손을 부여잡고 있는 어머니와 아들. 도쿄의 고속 도로 한

복판에 무릎을 꿇고 있는 일회용 마스크를 쓴 여자. 휴스턴에선 수백 명의 시위 참가자들이 정유 공장 앞에서 현수막을 들고 있다. 그는 그 가운데 개구리 패치를 스무 개 덧댄 진 재킷을 입은 재닛을 보게 될지도 모른다고 얼마간 기대한다. 하지만 모든 얼굴은 흐릿해져 있고, 그가 깃발을 확인하자 소프트웨어는 시위 참가자들을 디지털 소합향 묘목 서른 그루로 바꾼다.

일륨의 관리 감독들은 시모어 스툴먼의 지구력이 놀랄 만한 수준이라고 보고한다. 그는 거의 하루도 빠짐없이 할당량의 세 배 이상을 해낸다. 스물네 살이 되자 그는 일륨 지구 사무소의 전설, 전체 교도소 프로그램 가운데 가장 유능한 청소부가 된다. 일륨에서 그에게 업그레이드된 단말기를 보내고, 컴퓨터실 귀퉁이에 그의 전용 공간을 주며 그의 급료를 시간당 70센트로 인상한다. 그는 잠시나마 지금 좋은 일을 하는 거라고, 세상에서 독성과 추악함을 제거하고, 인간의 사악함으로 물든 땅을 씻어 내고 그 자리를 식물로 채우는 중이라고 애써 자신을 설득한다.

그러나 몇 개월의 시간이 째깍거리며 지나고, 특히 해가 지고 독방에서 혼자 있으면, 도서관의 어둠 속에 있던, 펭귄 넥타이를 매고 가슴에 녹색 배낭을 꼭 안고서 휘청이던 노인이 눈앞에 떠오르면서 의심의 감정들이 파고드는 것을 느낀다.

그의 나이 스물여섯에 이르러 일륨은 최초로 트레드밀형 모델을 개발한다. 이제 단말기 앞에 앉아 스크롤 휠로 화면을 휙휙 오가는 것이 아니라 두 발로 직접 걸어 다니며 AI를 도와서 지도에서 흉하고 불편한 것들을 씻어 낸다. 그는 하루 평균 24킬로미터를 걷는다.

어느 날 오후, 스물일곱 살의 시모어가 무선 헤드셋을 쓰고 흠뻑 젖은 땀 냄새를 풍기며 트레드밀에 올라 '지구' 위에 떠 있는데, 울통불통한 G 모양의 검푸른 호수가 그를 향해 날아온다.

레이크포트다.

이 소도시는 지난 십 년 사이 급격히 변모해서 호수의 남쪽 가장자리 부근엔 콘도들이 부스럼처럼 돋아나고, 그 너머로는 주택 단지들이 펼쳐져 있다. 소프트웨어가 그를 어느 주류 판매점 앞에 떨어뜨리고, 그는 그곳에서 누군가 박살 낸 앞 유리를 고친다. 이제 짐칸에 십 대 아이들을 가득 태우고 윌슨 로드를 따라 달리는 픽업트럭을 향해 간다. 그들 뒤로 나부끼는 깃발에 당신은 늙어서 죽겠지만, 우리는 기후 변화 때문에 죽을 것이다라고 인쇄돼 있다. 그가 타원형을 그려 그들을 에워싸자 트럭이 증발한다.

그가 건드려야 다음번 깃발로 데려다주는 아이콘이 깜빡인다. 그러나 시모어는 집으로 걸어가기 시작한다. 크로스 로드를 따라 400미터 내려가는 사이, 사시나무들이 황금빛으로 물든다. 그의 헤드셋 속에서 자동 음성이 칙칙거리며 말한다. 모더레이터 45, 당신은 지금 잘못된 방향으로 가고 있습니다. 다음 깃발이 있는 곳으로 가십시오.

아케이디 레인 길가에는 아직도 에덴스 게이트의 표지판이 꽂혀 있다. 확장형 이동 주택은 사라졌고, 잡초가 무성했던 땅은 과습 상태의 잔디밭이 딸린 세 동의 타운하우스로 대체되었는데, 아케이디 레인의 다른 집들과 이음매 없이 완벽하게 어우러져 목수들 대신 소프트웨어가 배치시킨 것처럼 보일 정도다.

모더레이터 45, 지금 경로를 이탈했습니다. 육십 초 후에 다음 깃발로 자동 이동합니다.

그는 갑자기 달리기 시작하고, 스프링 스트리트를 따라 동쪽으로 가는데 발밑에서 트레드밀이 위아래로 흔들린다. 상가, 레이크 앤드 파크 모퉁이에 있던 도서관이 없어졌다. 그 자리엔 이제 새 호텔이 들어서 있는데, 옥상에 루프탑 술집처럼 보이는 것이 있는 삼 층 건물이다. 나비넥타이를 맨 십 대 대리 주차 요원 둘이 입구에 서 있다.

노간주나무들도 사라졌고, 도서 반납함도 사라졌고, 정면 입구 계단도 도서관도 모두 사라졌다. 그의 마음속에 그 노인이, 소설 구역 쪽 작은 탁자 위에 쌓인 책과 리걸 패드 뒤에 구부정하니 앉아 마치 주위에 보이지 않는 단어의 강이 흐르고 있는 것을 지켜보듯 물기 어린 흐릿한 눈을 깜빡이던 지노 니니스의 환영이 떠오른다.

모더레이터 45, 오 초 남았습니다…….

시모어는 귀퉁이에 서서 가쁜 숨을 쉬며, 앞으로 천년을 더 산다 해도 절대로 세상을 이해할 수 없을 것 같다는 생각이 든다.

지금 원래 경로로 복귀합니다.

그는 홱 당겨지듯 수직으로 올라가 허공에 뜬다. 레이크포트는 쪼그라들어 한 개의 점이 되고, 산은 빙 돌아 멀어지고, 까마득한 밑에서 캐나다의 남쪽 지역이 펼쳐진다. 그러나 그의 내면에선 이미 뭔가 어긋나 버린 뒤다. 모든 것이 빙글빙글 돈다. 시모어는 트레드밀에서 떨어져 나오고 그 바람에 손목이 부러진다.

2030년 5월 31일

메리앤 선생님께,

저는 앞으로도 제가 저지른 짓이 부른 결과를 무엇 하나 이해하지 못할 것입니다. 제가 야기한 고통을 무엇 하나 헤아리지 못할 것입니다. 선생님께서 어린 제게 베풀었던 호의를 더는 기대할 수 없다고 생각합니다. 그러나 궁금했던 게 있습니다. 재판을 받으면서 니니스 씨가 번역 중이었고 죽기 전까지 아이들과 연극을 준비하고 있었음을 알게 됐습니다. 그분의 원고가 어떻게 되었는지 아시나요?

시모어 드림

구 주 후 그는 교도소 도서관의 호출을 받는다. 경찰관이 그의 이름과 빨간색 스캔 완료 스티커가 붙은 판지 상자 세 개를 담은 손수레를 끌고 들어온다.

"이게 다 뭐죠?"

"여기 갖다 놓으라고 해서 가져온 것뿐이야."

첫 번째 상자 안에 편지 한 통이 있다.

2030년 7월 22일

시모어에게,

네 편지를 받고 기뻤단다. 여기, 재판에서, 니니스 선생님 집에서 내가 찾아낸 모든 것, 그리고 우리가 도서관에서 복구한 것들을 보낸다. 경찰 측이 더 많이 갖고 있을 것 같지만 장담하진 못하겠구나. 지금껏 손댄 사람은 한 명도 없으니 너를 믿고 맡긴다. 어쨌거나, 사서의 강령 중엔 접근권도 있으니까.

이중에서 네가 하나라도 이해할 수 있는 게 나온다면, 함께 작업한 아이 중 내털리 허낸데즈라는 아이가 관심을 가질 것 같구나. 내가 마지막으로 들은 소식은, 그 친구가 아이다호 주립 대학에서 라틴어와 그리스어 강의를 듣고 있다는 거였어.

　일찍이 넌 신중하고 섬세한 아이였으니, 지금도 신중하고 섬세한 어른이 되었기를 바란다.

메리앤

　상자는 꼬불꼬불한 손글씨가 빼곡하게 들어찬 리걸 패드들로 빈틈없이 채워져 있다. 두 페이지 중 한 페이지 꼴로 접착식 메모지로 뒤덮여 있다. 상자 옆면에 붙은 투명 비닐 서류철마다 누군가 가로 11인치, 세로 17인치 종이들을 가득 끼워 놓았는데, 텍스트가 절반씩은 없어진 낡은 필사본을 복사한 것들이다. 책도 몇 권 들어 있다. 2.5킬로그램짜리 그리스-영어 사전, 그리고 렉스 브라우닝이라는 사람이 쓴 소실된 책들에 대한 전서다. 시모어는 두 눈을 질끈 감고, 그러자 계단 꼭대기의 황금색 벽과 생경한 글자, 빈 의자들 위에서 휘휘 돌아가던 마분지 구름이 보인다.

　교도소 사서는 상자들을 구석에 두는 것을 허락한다. 그 후 매일 저녁 시모어는 지구를 걷다가 지쳐 돌아오면 바닥에 앉아 상자 속 내용물을 꼼꼼히 살피며 추린다. 한 상자의 밑바닥에 있는 증거물 도장이 찍힌 서류철 안에서 그는 자신이 체포되던 날 밤, 아이들이 총연습을 하던 그날 밤 경찰이 찾아낸 대본 다섯 부를 발견한다. 그 중 한 부의 마지막 페이지를 보니 지노의 필체가 아닌, 또렷한 필기체로 여러 군데 수정이 되어 있다.

　그가 폭탄을 가지고 아래층에 있는 동안 위층의 아이들은 결말 부분을 다시 쓰고 있었다.

　지하 무덤, 당나귀, 바다 농어, 날개를 퍼덕이며 우주를 나는 까마귀. 우스꽝스러운 이야기다. 그러나 지노와 아이들이 살을 붙인 버전에서는 아름다운 이야기이기도 하다. 그가 일하는 동안 이따금 그리스어 단어들이 복사지의 심해에서 번쩍 빛나고 —ὄρνις, 오르니스, '새'와 '전조'라는 두 가지 뜻이 있다.— 그럴 때면 시모어는 트러스티프렌드가 자신을 응시하는 것을 발견할 때마다 느꼈던 감정을 느낀다. 오래되고 희석되지 않은 세계, 모든 제비, 모든 황혼, 모든 폭풍이 의미로 맥동하던 시대를 잠시나마 들여다볼 자격을 부여받은 기분에 젖는다. 열일곱 살에 그는 눈에 보이는 모든 인간이 소비의 명령에 사로잡힌 기생충이라 믿어 의심치 않았었다. 그러나 지노의 번역을 재구성하면서, 진실은 갈수록 한없이 복잡해지는 속성이 있으며, 우리는 모두가 문제의 일부지만 동시에 모두가 아름다운 존재라는 것, 문제의 일부가 되는 것이 결국 인간됨임을 깨닫는다.

그는 결말을 읽으며 울음을 터뜨린다. 아이톤은 구름 도시 한가운데 있는 정원으로 몰래 들어가고, 거대한 신에게 말을 걸며, 『모든 것에 관한 초강력 특수 마법 책』을 펼친다. 지노의 자료들 중 학술 논문들을 보니, 번역자들이 페이지를 배열하면서 아이톤이 정원에서 신들의 비밀 속으로 인도된 뒤 마침내 인간의 욕망에서 벗어나는 순서로 짜 맞추었을 거라고 추론하고 있다. 하지만 결국 마지막 순간에 아이들은 늙은 양치기가 책을 외면하고 끝까지 읽지 않는 것으로 결정한 것 같다. 그는 신이 내민 장미를 먹고 고향으로, 아르카디아 언덕의 진흙과 풀밭으로 돌아간다.

X자로 쭉쭉 그은 곳 아래의 여백에 아이톤의 새 대사가 어린아이의 필기체로 적혀 있다. "세상은 지금 이대로 충분해."

무너진
초록빛

클라우드 쿠쿠 랜드
안토니우스 디오게네스 지음, 폴리오 Ψ

디오게네스의 이야기에서 폴리오 Ψ는 어디에 배치할 것인가를 두고 여전히 논쟁이 계속되고 있다. 이미지를 스캔해 파일로 만들 당시 이미 필사본은 텍스트의 85퍼센트는 알아볼 수 없을 만큼 심각하게 훼손된 상태였다. 번역 지노 니니스.

……나는 잠에서 깨어났고…….

……[문득 발견했으니?]…….

……높은 곳에서 아래로 떨어져…….

……풀밭을 기어다녔고, 나무들은…….

……손가락, 발가락, 말을 할 수 있는 혀!…….

……야생 양파의 냄새…….

……이슬, [굽이굽이] 언덕,

……달콤한 빛, 머리 위에 뜬 달…….

……[무너진?] 세계의 초록빛 아름다움.

……그들처럼 되고 싶을…… 하나의 신…….

……[배가 고팠습니다?]

……풀밭에서 [밤이슬을 맞으며?] 떨고 있는 생쥐 한 마리뿐…….

……온화한 햇빛…….

……스르르.

불가리아 로도페산맥의
나무꾼 마을에서
15킬로미터
떨어진 곳

1453년~1494년

안나

그들은 소년의 할아버지가 지은 오두막집에 산다. 돌담, 돌화로, 통나무 껍질을 벗겨 만든 마룻대, 생쥐들이 우글대는 초가지붕. 십사 년 치의 똥과 짚과 음식 부스러기들이 흙바닥에 들러붙어 콘크리트 비슷한 상태가 되었다. 집 안엔 그림 하나 걸려 있지 않고, 그의 어머니와 누나가 몸을 꾸미는 쇠 반지, 짧은 끈에 달린 마노 같은 지극히 단순한 형태의 장신구들이 전부다. 그들은 무겁고 무늬 없는 토기와 무두질하지 않은 가죽을 쓴다. 냄비 하나부터 사람까지, 모든 것의 목적은 최대한 오래 살아남는 것이고, 오래 견디지 못하는 건 쓸모없다고 생각하는 것 같다.

안나와 오메이르가 도착하고 며칠 지나서, 소년의 어머니는 샛강을 따라 걷다가 땅을 파더니 동전이 들어 있는 쌈지 하나를 꺼내고, 소년은 혼자 강 길을 따라 내려가 나흘 후에 거세한 소 한 마리와 다 죽어 가는 당나귀 한 마리를 끌고 돌아온다. 그는 수소를 몰아 오두막 위 풀이 웃자란 다랑이들을 갈아 일구고 8월의 보리를 심는다.

소년의 어머니와 여동생은 안나를 마치 깨진 항아리에 가질 법한 관심을 가지고 대한다. 그도 그럴 것이, 처음 몇 달 동안 그녀가 무슨 도움이 됐겠는가? 그녀는 지극히 단순한 지시도 알아듣지 못하고, 젖 짜는 동안 염소가 움직이지 않게 잡을 줄도 모르고, 닭 돌보는 법도 응유 만드는 법도 꿀 걷는 법도 건초 묶는 법도 오두막 위 다랑이들에 물을 대는 법도 모르는데. 거의 매일 자신이 열세 살 먹은 갓난아기 같다는 생각이 들 정도로 그녀는 아주 간단한 수준이 아니면 아무 일도 하지 못한다.

하지만 소년은! 그는 안나 옆에서 밥을 먹고, 낯선 그의 나라말로 그녀에게 나직이 말을 건다. 요리사 크리세가 봤다면 욥처럼 인내심 강하고 새끼 사슴처럼 온순하다고 말했으리라. 그는 보리에 붙은 진딧물을 가려내는 법을, 송어를 훈제하기 전에 씻는 법을, 샛강에서 앙금이 섞이지 않게 주전자로 물 긷는 법을 가르쳐 준다. 이따금 소녀는 나무로 지은 외양간에서 낡은 새덫과 용수철 그물망을 혼자 손보거나 강 위 다랑이에 있는 큼지막한 흰색 자갈돌 옆에 수심이 가득한 표정으로 서 있는 소년을 발견한다.

혹여 그녀가 그의 소유물이라 해도 그는 대개 사람들이 생각하는 방식대로 그녀를 대하지 않는다. 그는 그녀에게 우유, 물, 불, 개를 가리키는 말을 가르친다. 불을 끄면 그녀 옆에서 자지만 그녀를 건드리는 법은 없다. 그녀는 소년의 할아버지가 신었던 거라 그녀에겐 터무니없이 큰 나막신을 신고, 소년의 어머니는 그녀가 집에서 자은 양모로 새 옷을 짓게 도와준다. 그러는 가운데 나뭇잎은 노랗게 물들고 달은 차오르고 또 이운다.

나무마다 서리가 반짝이는 어느 날 아침, 그의 누나와 어머니가 당나귀에 꿀단지를 싣고 몸에 망토를 두르고 강 상류로 향한다. 그들이 굽잇길을 돌자마자 소년은 안나를 외양간으로 불러들인다. 그는 벌집 조각들을 성긴 면포에 감싸서 물에 끓인다. 밀랍이 걸러지자 그는 그 덩어리들을 꺼내 으깨 반죽 상태로 만든다. 그런 다음에 투박한 탁자 위에 수소 가죽 조각을 펼치고, 둘은 함께 아직 따뜻한 밀랍을 가죽에 먹이기 시작한다. 밀랍을 남김없이 가죽에 먹이고 나서 그는 가죽을 둘둘 말아 한 팔 밑에 끼고는 그녀에게 손짓을 해 가며 협곡이 시작되는 희미한 오솔길을 올라가 절벽에 서 있는 속이 절반은 빈 고목까지 간다.

낮에 보는 나무의 모습은 장관이다. 1만 개의 서로 뒤얽힌 옹이가 진 몸통은 비비 꼬여 있고, 선명한 빨간색 열매들로 치장한 수십 개의 낮은 가지들은 뱀처럼 비비 틀며 땅을 향하고 있다. 소년은 큰 가지를 타고 기어 올라가 뚫린 몸통 속으로 비집고 들어가더니 히메리우스의 자루를 들고 나타난다.

둘은 함께 비단 두건과 코담뱃갑과 책이 여전히 보송보송한지 살펴본다. 이윽고 그가 새로 밀랍을 먹인 수소 가죽을 바닥에 펼치고 코담뱃갑과 책을 비단으로 싼 후 다시 가죽으로 통째로 감싸 단단히 묶는다. 그것을 그가 다시 나무 속에 집어넣는 것을 보며 안나는 이것이 둘의 비밀이라는 것을, 이 필사본은 소년의 얼굴처럼 두려움과 불신의 대상이 될 것임을 이해하게 된다. 불타오르는 구멍 같던 칼라파테스의 두 눈을, 그가 의식을 잃은 마리아의 얼굴을 화로 가까이 쳐든 채 리키니우스의 종이첩이 타서 재가 될 때 드러내던 두려움과 의기양양한 태도를 떠올린다.

그녀는 집, 추위, 소나무, 주전자, 사발, 손을 가리키는 단어들을 익힌다. 두더지, 생쥐, 수달, 말, 토끼, 배고픔도. 봄철 씨 뿌리기 철 즈음, 그녀는 말의 미묘한 차이를 알게 된다. 뽐내는 건 '두 살 반인 척한다'고 한다. 곤란한 지경에 빠진다는 건 '양파 더미에 달려든다'고 한다. 소년은 비를 맞을 때 느끼는 감정을 다양하게 표현할 줄 안다. 대개는 궁상맞은 느낌을 전달하지만, 그중 몇은 그렇지 않다. 하나는 기쁨과 음가가 같다.

새봄이 오고 그녀가 그를 지나쳐 샛강에서 물을 길어 올리는데 그가 앉아 있는 바위를 토닥인다. 그녀는 막대기와 냄비 두 개를 내려놓고 그의 옆에 앉는다. "가끔은," 그가 말한다. "일이 하고 싶어도 가만히 앉아서 그 생각이 사라지길 기다려." 그가 안나와 눈을 맞추고, 그녀는 그가 한 농담의 뜻을 이해하고 있음을 깨닫고, 그들은 함께 웃는다.

눈이 물러가고, 딱총나무꽃이 피고, 암양들이 새끼를 낳고, 산비둘기 부부가 초가지붕에 둥지를 튼다. 니다와 어머니가 꿀과 멜론과 잣을 동네 장터에 내다 팔자, 여름이 다 가기 전에 첫 번째 황소와 짝을 지을 두 번째 수송아지를 살 만큼의 은이 모인다. 얼마 후 오메이르는 높은 산에서 벌목한 나무들을 낡은 짐마차로 내려 강어귀의 제분소에 가져다 팔고, 가을이 되자 니다는 30킬로미터 떨어진 마을에 사는 나무꾼과 혼인을 한다. 안나가 협곡에 와서 두 번째 겨울을 보내는 동안 소년의 어머니는 외로움을 달랠 셈으로 그녀에게 말을 걸기 시작하고, 처음엔 느릿느릿 시작된 이야기는 이윽고 양봉 비법부터 오메이르의 아버지와 할아버지 이야기로 이어지다, 마지막에는 오메이르를 낳기 전 강어귀 쪽으로 15킬로미터 떨어진 바위가 많은 작은 마을에서 살았던 이야기까지 폭포처럼 쏟아진다.

날이 따뜻하면 그들은 샛강 가에 앉아 오메이르가 가축을 대할 때만 내는 간청하는 목소리로 허약하고 고집 센 소들을 다루는 것을 지켜보는데, 그의 어머니는 그런 순한 심성은 그의 마음속에 존재하는 불꽃과도 같다고 한다. 화창한 날이면 안나와 오메이르는 나무 아래를 함께 걷고, 그는 그녀에게 할아버지가 옛날에 들려준 재미난 이야기, 사슴은 숨을 내뿜기만 해도 뱀을 죽일 수 있다느니, 독수리의 쓸개즙을 꿀과 섞으면 눈이 나빠진 사람의 시력이 되돌아온다느니 하는 이야기들을 들려준다. 어느덧 안나의 눈에 등성이가 넓은 산 아래 작은 협곡이 처음만큼 불길하고 가파르고 원시적으로 보이지 않게 된다. 뿐만 아니라 계절이 바뀔 때마다 예기치 못한 어떤 순간에 아름다움을 드러내는 풍경을 보며 눈물이 고이고 가슴속 심장이 고동치는 것을 느끼면서, 긴 여행 끝에 도시 성벽 너머에 있을 거라 상상했던 더 좋은 곳에 정녕 다다른 것이라고 믿게 된다.

그녀는 어느새 오메이르의 얼굴을 보면서도 결점을 의식하지 않게 된다. 그것은 세계의 한 부분이 되어, 봄날의 진창, 여름의 모기 떼, 겨울의 눈과 별반 다르지 않게 된다. 그녀는 여섯 아들을 낳고 그중 셋을 잃는데, 오메이르는 죽은 아들들을 강 너머 할아버지와 누나들이 묻혀 있는 빈터에 묻고, 그만 아는 고지대에서 가져온 흰 돌로 각각의 무덤을 표시한다. 오두막은 점점 더 북적거리고, 안나는 아이들이 입을 옷을 어렵사리 손수 짓는다. 때론 어설픈 포도 덩굴이나 한쪽으로 치우친 꽃송이를 수놓을 때도 있는데, 마리아가 보면 동생의 솜씨를 얼마나 한심해할까 생각하며 그녀는 미소 짓는다. 오메이르가 어머니를 당나귀에 태워 마을로 내려가 니다와 함께 살게 하면서 동굴 옆 협곡에는 그들 다섯 식구만 살게 된다.

안나는 가끔 꿈에서 자수 작업장으로 돌아가곤 한다. 마리아와 다른 여자들이 탁자 위로 몸을 숙인 채 쉼 없이 바늘을 놀리는 모습이 아른아른한 환영처럼 다가오고, 그녀가 손을 뻗어 만지려 하면 손가락은 허공을 헛되이 관통한다. 이따금 통증이 뒤통수를 쑤실 때가 있는데, 그럴 때면 안나는 마리아를 데려간 고통이 자신에게도 찾아오려는 걸까 궁금해진다. 하지만 그런 생각은 그때뿐이고, 이제 그녀는 자신을 키워 준 여자들의 얼굴도 기억하지 못하며, 오메이르와 함께하는 삶이 자신이 유일하게 기억하는 삶처럼 느껴진다.

안나가 스물다섯 번째 겨울을 나던 어느 날 아침, 밤사이 주전자 속 물에 살어음이 낄 만큼 추운 날, 막내아들이 신열에 시달린다. 아이는 두 눈이 끓어오르고, 입고 있는 옷이 땀으로 흠뻑 젖는다. 그녀는 잘 때 드러눕는 깔개 더미에 앉아 아픈 아이의 머리를 무릎에 얹고 머리칼을 쓰다듬어 주고, 오메이르는 방 안을 왔다 갔다 하면서 주먹을 쥐었다 펴기를 계속한다. 마침내 그는 램프에 기름을 채워 불을 밝히고 밖으로 나가더니 눈을 뒤집어쓴 채 돌아온다. 그는 외투 속에서 밀랍을 먹인 소가죽에 싼 꾸러미를 꺼내고 사뭇 침통한 기색으로 그녀에게 내민다. 그제야 그녀는 그 책이 십 년도 더 전에 여기까지 오는 여행길에서 그들을 구해 준 것처럼 그들의 아들 또한 구해 줄 것이라고 믿는 남편의 속을 헤아린다.

집 밖에선 소나무들이 절규한다. 바람이 굴뚝에 쌓인 눈을 쓸어 내리고 방 주변에 재를 불어 날리는 가운데, 막내 위 두 형제는 카펫에 앉아 있는 어머니를 에워싼 채 램프의 환한 빛에, 아버지가 난데없이 꺼내어 든 처음 보는 생경한 꾸러미에 정신을 빼앗긴다. 당나귀와 염소도 그들 주변에 바짝 붙어 서 있는 가운데, 문밖의 온 세계가 고함치며 펄펄 끓어오르는 것 같다.

소가죽은 제 몫을 해냈다. 책이 보송보송하다. 형제 중 하나가 코담뱃갑을 살펴보는 동안 다른 아이는 손가락으로 세이마이트 두건을 쓸어 보며, 자수 작업이 마무리되었거나 덜 된 새들을 만지기도 한다. 안나가 책을 펼치자 오메이르가 램프를 들어 준다.

그녀가 고대 그리스어를 읽어 보려고 한 것도 몇 년이 지났는지 모른다. 하지만 기억이란 이상해서, 그리고 한 아들에겐 두려움을, 다른 아들에겐 흥분을 안겨 주는지도 모르지만, 그녀가 왼쪽으로 기운 가지런하게 또박또박 써 내려간 글을 들여다보고 있으니 차츰 글자들이 의미를 가지고 다시 돌아온다.

A는 알파이고 ἄλφα이다. B는 베타이고 βῆτα다. Ω는 오메가이며 ὦ μέγα이다. Ἄστεɕ는 도시, νόον는 정신, ἔγνω는 배웠다는 뜻이다. 천천히, 두 번째 삶의 언어로 한 번에 한 단어씩 해석하면서 그녀는 읽기 시작한다.

　세상 사람들이 맹추, 머저리라 불렀던 사람…… 그래요, 나는 못난이, 천치, 얼뜨기 아이톤이지만…… 언젠가 지구가 끝나는 곳에 다다랐으며, 그 너머…….

그녀가 반은 필사본에 쓰인 대로, 반은 기억에 의존해 읽어 나가는 가운데, 작은 돌 오두막 안의 기류가 바뀐다. 그녀 무릎에 누워 있던 아픈 아이가 이마는 땀에 젖어 번들거리는 중에도 두 눈을 반짝 뜬다. 아이톤이 예기치 않게 당나귀로 변하자 다른 두 아들은 웃음을 터뜨리고 아픈 아들은 미소를 짓는다. 아이톤이 세계의 얼어붙은 끄트머리에 이르자 아이는 손톱을 물어뜯는다. 그러다 아이톤이 마침내 구름 속 도시의 성문에 이르렀을 때, 아이는 눈물을 왈칵 쏟는다.

램프가 기름 방울을 칙칙 뱉어 내고 기름은 계속 줄어드는데, 세 아들은 더 읽어 달라고 그녀를 조른다.

"읽어 주세요." 간청하는 아이들 눈이 램프 불빛을 받아 반짝거린다. "신이 준 마법의 책에서 아이톤이 뭘 봤는지 말해 주세요."

"아이톤이 그 책을 들여다보니," 그녀가 말한다. "하늘과 땅이 있고 큰 바다 주위로 온갖 땅덩이가 흩어져 있으며, 그 위로 짐승과 새들이 있었다. 도시마다 등불과 정원으로 가득했는데, 어디선가 아련히 음악과 노랫소리가 들려왔고, 어느 도시에선 결혼식을 보기도 했는데 밝은 아마포 예복 차림의 소녀들과 은으로 만든 허리띠에 황금 검을 찬 소년들이 고리 속을 훌쩍 뛰어넘고 바닥에 손을 짚고 재주넘기도 하였으며, 박자에 맞춰 껑충껑충 뛰고 춤을 추었다. 그러나 다음 페이지로 넘겼을 때 그가 본 것은 어둠 속에서 불길에 휩싸인 도시들이었다. 남자들은 들판에서 죽임을 당하고 부인들은 사슬에 묶인 노예가 되었으며, 그들의 자식들은 몸이 창에 꿰여 성벽 높이 매달려 있었다. 그는 사냥개들이 시체를 뜯어 먹는 것을 보았고, 책장 가까이 귀를 가져다 대자 울부짖는 소리를 들을 수 있었다. 그리고 다음 장으로 넘겼다가 다시 이전 장으로 돌아갔을 때 아이톤은 책장 앞면과 뒷면에 있던 어두운 도시와 밝은 도시가 기실 한 개뿐인 같은 도시이며, 전쟁 없는 평화란 존재하지 않으며, 죽음 없는 삶 또한 없음을 확인하였고, 그래서 두려움에 휩싸였다."

램프가 칙칙 소리를 내다 불이 꺼진다. 굴뚝이 신음 소리를 낸다. 아이들은 그녀에게 더 가까이 다가간다. 오메이르는 책을 다시 싸고, 안나는 막내아들을 가슴에 끌어당겨 안고, 꿈속에서 도시의 어슴푸레한 성벽 위로 환하고 청명한 빛이 쏟아지는 광경을 본다. 다음 날 아침 늦잠을 자고 일어나 보니 아이는 열이 가라앉아 있다.

그 후로 아이들이 감기에 걸리거나 생떼를 부리는 경우 — 하필이면 늘 해가 지고 난 후에, 그것도 부근에 사람 한 명 없을 때만 골라서 — 오메이르는 그녀를 바라볼 것이고, 둘은 말할 필요 없이 같은 생각으로 통할 것이다. 그는 기름 램프에 불을 붙여 들고 밖으로 나갈 것이고, 그 꾸러미를 들고 돌아올 것이다. 그녀는 책을 펼칠 것이고, 사내아이들은 어머니 곁 카펫에 모여들 것이다.

"그 이야기 또 해 주세요, 엄마." 아이들은 말한다. "고래 배 속에 산다는 마법사 이야기요."

"별들 사이에 사는 백조들의 나라 이야기도요."

"하늘을 찌를 만큼 키가 큰 신과 세상 모든 것이 들어 있는 책 이야기도요."

그들은 역할을 맡아 연기한다. 거북은 무엇이고, 꿀 케이크는 무엇인지 이야기해 달라고 조른다. 그러면서 비단으로 한 번 감싼 후 밀랍 먹인 소가죽에 또 한 번 감싼 그 책이 그들은 알지 못하는 가치를 지닌 물건, 그들을 풍요롭게 하면서 또 위험에 빠뜨리기도 하는 신비한 물건임을 본능적으로 감지하는 것 같다. 책을 펼칠 때마다 훼손되어 알아볼 수 없는 글줄들이 늘어나면서 그녀는 촛불을 밝힌 작업장에 서 있던 키 큰 필경사를 떠올린다.

시간. 세상에서 가장 광포한 전쟁 기계.

나이가 제일 많은 수소가 죽자 오메이르는 새 수소를 집으로 들인다. 안나의 아들들은 엄마보다 커져서 산에 가서 일을 하고, 높은 산에서 벤 통나무를 짐수레에 싣고 강길을 따라 에디르네 외곽의 제분소까지 가서 판다. 그녀는 이곳에 와서 몇 번의 겨울을 지냈는지 잊어버리고 기억 또한 희미해진다. 물을 긷다가, 오메이르의 다리에 난 상처를 꿰매다가, 그의 머릿니를 잡아 주다가, 뜬금없이 시간이 두 겹으로 접히면서 그녀의 눈앞에 노를 잡은 히메리우스의 두 손이 떠오르거나, 소수도원 벽을 타고 내려올 때 몸을 끌어 내리던 중력의 아찔함이 느껴진다. 인생이 막바지로 향하면서 이런 기억들은 그녀가 사랑했던 기억들과 뒤섞여 하나가 된다. 고향이 그리운 나머지 폭풍우 속에서 뗏목을 버리고 파이아케스인들의 섬으로 가기 위해 바닷물에 몸을 맡기는 오디세우스, 바늘처럼 찔러 대는 쐐기풀에 보드라운 입술을 묻고 있는 당나귀 아이톤, 모든 시간과 모든 이야기는 결국 하나가 되며 같아진다.

그녀는 쉰네 살의 5월, 한 해의 가장 화창한 날, 외양간 옆 나무 그루터기에 기대어 세 아들이 곁을 지키는 가운데 죽는다. 산등성이 위의 하늘은 보기만 해도 이가 시릴 정도로 짙푸르다. 남편은 가슴에 마리아의 비단 두건을 덮은 아내를 강 위 빈터, 그의 할아버지와 일찍 세상을 떠난 아들들과 나란히 묻고 표식으로 흰 돌을 놔둔다.

여전히 그 협곡

1505년

오메이르

그는 어렸을 때처럼 연기에 그은 자국이 있는 대들보 아래서 잠을 잔다. 이따금 왼 팔꿈치를 움직이기 힘들고 폭풍이 오기 전이면 귀가 먹먹해진다. 어금니도 두 개나 뽑아야 했다. 그의 곁을 지키는 동물은 알을 낳는 닭 세 마리, 사람들이 무서워하지만 성격은 마냥 온순한 큰 검둥개 한 마리, 그리고 입에선 묘지 냄새를 풍기고 시도 때도 없이 방귀를 뀌지만 정 많은 성격의 스무 살 당나귀 클로버가 있다.

아들 중 둘은 북쪽으로 멀리 떨어진 숲으로 거처를 옮겼고, 셋째는 15킬로미터쯤 떨어진 마을에서 여자와 산다. 오메이르가 클로버를 끌고 놀러 가면 손주들은 여전히 그의 얼굴에 적응을 못 하고 슬슬 피한다. 솔직하게 울음을 터뜨리는 아이도 있지만, 막내 손녀는 달라서, 그가 꼼짝 않고 앉아 있으면 그의 무릎으로 기어 올라와 그의 윗입술을 손가락으로 만진다.

그는 이제 기억력도 쇠퇴했다. 군기와 사석포, 절규하는 부상병들, 유황 냄새, 달빛과 나무의 죽음…… 가끔은 도시 포위전의 기억도 악몽의 뒤끝에 지나지 않게 되어 의식 속으로 올라왔다가 이내 흩어지곤 한다. 잊힌다는 것은 세계가 스스로 치유하는 것임을 그는 알게 된다.

새로 즉위한 술탄(신께서 그분께 은총을 내리고 영원히 지켜 주시길.)이 숲에서 벤 나무들을 예전보다 훨씬 더 멀리 이동시키고 기독교인들이 배를 타고 바다의 맨 끝까지 가다가 모든 것이 황금으로 빚어진 도시에 이르렀다는 이야기가 들려오지만, 이제 그에게 그런 이야기는 아무런 울림도 주지 못한다. 불을 피우고 물끄러미 바라보고 있으면 안나가 들려줬던 이야기가 되돌아올 때가 있다. 한 남자가 당나귀가 되었다가 그다음엔 물고기, 그다음엔 까마귀가 되어 땅과 바다와 별을 헤매고 다닌 끝에 고통 없는 나라를 찾지만 결국은 다시 고향으로 돌아와 자신의 짐승들과 몇 년의 여생을 보낸다는 이야기.

이른 봄의 어느 날, 그가 제 나이마저 잊은 지도 오래일 때 연이은 폭풍이 산을 휩쓴다. 강은 갈색으로 변하고, 산사태로 길이 막히고, 바위들이 굴러떨어지면서 골짜기마다 우르르 소리가 울려 퍼진다. 가장 지독한 날 밤, 오메이르는 탁자 위에 올라가 개와 함께 옴츠려 앉은 채 오두막에 차오르는 흙탕물 소리에 귀를 기울인다. 이는 예사로이 물이 새는 것이 아니라 홍수다.

문 밑에서 물이 세차게 흐르고 물줄기가 벽을 타고 줄줄 흘러내리는 가운데 클로버는 불어나는 물에 다리가 무릎까지 잠긴 채 눈을 깜빡이며 서 있다. 새벽이 되어 그는 똥 덩이와 나무껍질, 온갖 잔해를 헤치고 나가 닭들이 잘 있나 살피고 클로버를 가장 높은 밭으로 데려가 풀을 찾아 뜯게 해 주고 나서야 눈을 들어 협곡이 내려다 보이는 석회암 절벽을 쳐다보는데, 공포에 온몸이 휘청이는 것이 느껴진다.

절반이 빈 주목 나무가 지난밤 쓰러졌다. 그는 진흙에 미끄러져 넘어지기도 하면서 죽기 살기로 오솔길을 오른다. 이끼를 군데군데 뒤집어쓴 나뭇가지들은 사방으로 휘어 늘어져 있고, 그물망 같은 거대한 뿌리는 흙에서 뜯어낸 두 번째 나무인 양 뽑혀 나와 팽개쳐져 있는 가운데, 수액 냄새, 산산이 쪼개진 나무 냄새, 오랫동안 흙에 파묻혀 있다가 해를 보게 된 것들의 냄새가 진동한다.

파괴의 현장에서 그는 한참을 걸려서 안나의 꾸러미를 찾아낸다. 소가죽이 흠뻑 젖어 있다. 물에 분 꾸러미를 들고 오두막으로 내려오는 그의 귀에 작지만 성가신 경종 소리가 울린다. 그는 화로에서 진흙을 퍼내고 연기가 자욱한 가운데 겨우 불을 지피고, 외양간의 잠자리 요를 불가에 널어 말린 후 비로소 책을 펼친다.

책은 비틀어 짜도 될 만큼 흠뻑 젖었다. 그가 책장을 한 장 한 장 살살 떼어 내자 아예 철해 놓은 데에서 떨어져 나가 버린다. 줄줄이 빼곡하게 적혀 있던 기호들 — 오밀조밀 채워져 있던 작고 거무스름한 새 발자국 같은 글자들 — 은 그가 기억하는 것보다 더 많이 지워져 있다.

그가 처음 이 자루에 손을 댄 순간 안나가 내지르던 비명이 지금도 귓가에 쟁쟁하다. 도시를 등진 그들을 보호해 준 책. 그의 덫 안으로 물떼새들을 불러들여 준 책. 아들의 열을 내려 준 책. 책을 들여다보며 즉석에서 번역해 읽을 때 안나의 눈에 획획 스치던 익살.

그는 불씨를 살리고, 밧줄로 그물을 만들어 오두막 안에 빙 둘러 매단 후 마치 사냥한 새를 훈제하듯 두 쪽짜리 책장을 펼쳐 밧줄에 넌다. 그러는 내내 그의 심장이 마구 쿵쾅댄다. 마치 이 필사본이 그가 책임져야 할 유일한 생명인데 그가 그것을 위험에 빠뜨리기라도 한 듯, 그에게 주어진 유일하고도 단순한 사명 ─ 그것을 살리는 것 ─ 이 엉망이라도 된 듯.

책장이 마르자 그는 흩어진 책을 하나로 묶는다. 낱장들의 배열 순서가 정확한지는 확신할 수 없지만 밀랍을 먹여 네모나게 자른 새 가죽으로 다시 묶는다. 그는 황새의 첫 무리가 협곡에 들르기를 기다린다. 한쪽으로 기운 V자 대형으로 날며 태곳적부터 전해 온 원칙에 따라 겨울 한 철을 보낸 남쪽의 먼 곳을 떠나 여름 한 철을 나기 위해 북쪽의 먼 곳을 향하는 그 새들을. 그는 제일 좋은 담요와 물이 담긴 가죽 부대 두 개, 꿀단지 수십 개, 책, 안나의 코담뱃갑을 챙기고서 오두막의 문을 당겨 닫는다. 클로버를 부르자 암나귀는 두 귀를 쫑긋 세우고서 총총걸음으로 다가오고, 개는 햇빛을 쬐며 외양간 옆에서 졸다가 벌떡 일어난다.

그는 먼저 아들의 집에 들러서 며느리에게 암탉 세 마리와 가진 은의 절반을 주고 내처 개도 내어 주려 하지만, 개가 순순히 따르지 않는다. 손녀가 봄 장미 화환을 클로버의 목에 걸어 주고, 그는 산을 돌아 북서쪽을 향해 출발한다. 오메이르는 걷고, 눈이 반쯤 먼 클로버도 그의 옆에서 멈추는 법 없이 산길을 오르고, 개가 그들의 발치를 따른다.

그는 여인숙, 시장, 사람들 무리를 피해 간다. 작은 부락을 지날 때는 으레 개와 딱 붙어 가면서 모자의 처진 챙으로 얼굴을 가린다. 노숙을 하고, 등이 쑤시면 예전에 할아버지가 그랬듯 앵초꽃을 씹고, 흐트러짐 없이 걷는 클로버를 보며 용기를 얻는다. 어쩌다 지나치는 사람들이 클로버를 보고 감탄하며 어디서 이렇게 힘이 넘치고 예쁘면서 아담한 당나귀를 얻었느냐고 물으면, 자신이 복이 많다고 생각한다.

때로 용기를 끌어모아 마주치는 여행자들에게 코담뱃갑 법랑 뚜껑의 그림을 보여 주기도 한다. 어떤 사람들은 그 그림이 코소보 요새인 것 같다고 말하고 어떤 사람들은 피렌체 공국의 궁전 같다고 추측한다. 그런데 어느 날 사바강 부근에 다다르자, 각각 하인 둘을 대동하고 말을 타고 가던 상인 둘이 그를 막아선다. 한 사람이 안나의 나라 말로 자신의 용무를 묻자, 다른 사람이 "이자는 살 날이 얼마 안 남은 떠돌이 회교도야, 자네가 하는 말을 한마디도 알아듣지 못해."라고 말한다. 이에 오메이르는 모자를 벗고 "안녕하십니까, 나리들, 무슨 말씀 하시는지 잘 알아들었습니다."라고 말한다.

그들은 웃음을 터뜨리고는 그에게 물과 대추야자를 건네고, 그가 코담뱃갑을 건네자 한 사람이 받아서 햇빛을 향해 쳐든 채 이리저리 살펴본다. "아, 우르비노로군." 그가 말하고는 친구에게 건넨다.

"마르케 산속의 아름다운 우르비노군." 두 번째 상인이 말한다.

"먼 길이 될 거요." 첫 번째 상인이 말하며 막연히 서쪽을 가리킨다. 그는 오메이르와 클로버를 바라본다. "수염이 희끗희끗한 양반에게는 특히. 게다가 암망아지도 아닌 나귀를 데리고."

"저런 얼굴을 하고 이렇게 오래 산 걸 보면 재간이 여간 좋았던 게 아닐 게야." 두 번째 상인이 말한다.

잠에서 깨어나면 클로버의 발굽이 갈라졌는지부터 확인하지만, 정작 그부터 삭신이 결리고 뻣뻣한 데다 발도 퉁퉁 붓고, 손가락은 정오가 되어야 감각이 돌아올 때도 있다. 베네토를 거쳐 남쪽으로 방향을 틀자 시골은 다시 구릉으로 뒤덮이고 길은 가팔라진다. 험한 바위산 꼭대기에 자리 잡은 작은 성들, 들판의 농부들, 아담한 교회를 둘러싼 올리브나무 숲, 해바라기밭이 내리닫는 끝에 구불구불 뒤엉킨 샛강들이 보인다. 수중의 은이 바닥날 지경이 되자 그는 한 개 남은 꿀단지를 판다. 밤이 되면 꿈과 기억이 뒤섞인다. 멀리서 가물거리는 어느 도시가 보이고, 어릴 적 아들들의 목소리가 들려온다.

그 이야기 또 해 줘요, 엄마, 타오른다는 뜻의 이름을 가진 양치기 이야기요.

그리고 달에 있다는 우유 호수 이야기도 해 주세요.

막내아들이 두 눈을 깜빡인다. 이야기해 주세요. 그가 말한다. 그 바보는 그 후에 어떻게 되는지.

그가 가을 하늘 아래 우르비노에 거의 다 이르자, 햇빛이 구름 사이사이 은빛 다발로 내리꽂히는 굽잇길이 눈앞에 펼쳐진다. 작은 산 위로 아련히 모습을 드러내는 도시는 석회암으로 이루어져 있고 종탑들로 꾸며져 있으며, 벽돌로 지은 건물들은 기반암에서 자란 것처럼 보인다.

굽잇길을 돌아 올라가니 작은 탑 한 쌍이 정면에 있고 발코니들이 줄줄이 자리 잡은 궁전의 거대한 정면이 하늘을 배경으로 불쑥 나타나면서 코담뱃갑의 그림이 현실이 된다. 그것은 꿈, 그의 꿈이 아니라면 안나의 꿈에 나타난 건축물처럼 보여서, 그가 말년에 이르러 이렇게 따라가는 것도 그의 꿈이 아니라 그녀의 꿈이 안내하는 길인 듯싶다.

클로버는 소리 높여 울고, 머리 위론 제비들이 가로지른다. 멀리 보이는 연보랏빛 구릉들, 길 양편에 잉걸불처럼 붉게 피어난 작은 시클라멘. 오메이르는 별들 사이에서 나선을 그리며 아래로 떨어지는, 지칠 대로 지친 데다 모진 바람에 깃털이 반은 뽑혀 나간 까마귀 아이톤이 된 것만 같다. 앞으로 남은 어마어마한 여정을 마치고 할아버지와 어머니와 안나에게 이르기까지 그는 얼마나 많은 장애물을 건너야 할까.

성문지기가 그의 얼굴을 보면 돌려 세우진 않을까 걱정이 들지만, 모든 성문이 활짝 열려 있어 누구나 자유로이 드나든다. 그도 당나귀와 개와 함께 미로 같은 거리를 따라 궁전으로 향하고, 그에게 특별히 주의를 기울이는 사람은 없다. 많은 사람들이 오가고 피부색도 제각각인데, 오히려 사람들의 눈길을 사로잡는 건 속눈썹이 길고 걸음걸이가 예쁜 클로버.

궁전 앞 안뜰에서 그는 한 궁수에게 이곳의 학식 있는 인물에게 줄 선물을 가져왔다고 말한다. 궁수는 무슨 말인지 알아듣지 못한 채 그에게 손짓으로 기다리라고 말한다. 오메이르는 그 자리에 선 채 한 팔로 클로버의 목을 끌어안고, 개는 바닥에 누워 곧장 잠이 든다. 한 시간쯤 기다리다 오메이르도 선 채로 꾸벅꾸벅 졸고, 꿈에 안나가 나타난다. 그녀는 불 옆에 두 손으로 엉덩이를 짚은 채 서서 아들 중 하나가 한 말에 웃고, 그 순간 그는 꿈에서 깨어나 책이 든 가죽 꾸러미부터 살피고 나서 고개를 들어 궁전의 높은 벽을 올려다본다. 창문 너머로 불붙이는 양초를 들고 방에서 방으로 오가는 하인들이 보인다.

마침내 통역사가 나타나 그에게 용무를 묻는다. 오메이르는 꾸러미를 풀어 헤치고 남자는 책을 흘끗 보고 입술을 잘근잘근 깨물더니 다시 사라진다. 짙은 색 벨벳 옷을 걸친 다른 남자가 통역사와 함께 내려오는데, 숨이 턱 끝까지 차서는 자갈길에 각등을 내려놓고 손수건을 대고 코를 풀더니 필사본을 들어 책장을 넘긴다. "제가 듣기로는," 오메이르가 말한다. "이곳에서 책을 안전하게 보관한다고 해서요."

남자가 잠깐 고개를 드는가 싶더니 다시 책을 보며 통역사에게 뭐라고 말한다.

"어떻게 이 책을 손에 넣게 된 건지 알고 싶으시다고 합니다."

"선물이었습니다." 오메이르는 말하고, 화로에선 불이 환히 타오르고 밖에선 번개가 번뜩이는 가운데 자식들에 에워싸인 채 두 손으로 이야기를 빚어내던 안나를 생각한다. 두 번째 남자는 불빛을 비춰 가며 책의 바늘땀과 제본을 꼼꼼히 살핀다.

"돈을 받고 파시려는 생각인가요?" 통역사가 묻는다. "책 상태가 정말 안 좋은데."

"식사 한 끼면 족합니다. 제 당나귀에게는 귀리 좀 주시고요."

남자는 세상 머저리들의 아둔함에 정말 적응이 안 된다는 표정으로 얼굴을 찌푸리고, 벨벳 옷을 입은 남자는 통역을 거치지 않고서도 고개를 끄덕이더니 두 손으로 조심스럽게 필사본을 덮고 고개 숙여 인사하고는 다른 말 없이 책을 안으로 들여간다. 오메이르가 안내를 받아 궁전 아래쪽 마구간으로 들어가니 콧수염을 말끔히 정돈한 마부가 한 손에 촛불을 들고 클로버를 데려간다.

밤이 아펜니노산맥에 몸을 누이는 시간, 오메이르는 벽에 기대 놓은 젖 짜는 의자에 앉는다. 죽기 전에 끝내야 할 마지막 과업을 이룬 것 같은 심정에 그는 이번 생이 다하면 또 다른 생이 있어 안나가 신의 날개 밑에서 자기를 기다려 주기를 기도한다. 그는 꿈속에서 우물을 향해 걸어가고, 양옆에 나무와 달빛을 둔 채 그 속을 들여다본다. 저 아래 에메랄드색 시원한 물이 보이더니, 작은 새 한 마리가 우물에서 하늘로 날아오르자 달빛이 소스라쳐 놀란다. 잠에서 깨어나니 갈색 옷을 입은 하인이 속에 양젖 치즈를 채운 납작한 빵 여러 개가 담긴 접시를 그의 옆에 놓고 있다. 이어 두 번째 하인이 세이지와 구운 펜넬 씨로 맛을 낸 토끼 고기 말이, 포도주 큰 병 하나를 놓는데, 장정 넷이 배불리 먹고도 마실 만큼 푸짐하다. 한 하인이 벽에 달린 받침대에 횃불을 꽂고 다른 하인이 그 밑에 귀리가 담긴 토기를 내려놓더니 모두 물러간다.

　　개, 당나귀, 사람, 셋 모두 배불리 먹는다. 다 먹고 나자 개는 구석에 가서 몸을 웅크리고, 클로버는 땅이 꺼지도록 긴 한숨을 내쉬고, 오메이르는 등을 벽에 기대고 앉아 질 좋은 깨끗한 짚에 두 다리를 쭉 뻗고 다 함께 잠이 든다. 어두워진 밖에선 비가 내리기 시작한다.

24

노스토스

클라우드 쿠쿠 랜드

안토니우스 디오게네스 지음, 폴리오 Ω

폴리오 Ω는 밑으로 갈수록 훼손의 정도가 극심하다. 마지막 다섯 줄은 공백이 너무 많으며, 맥락을 파악할 수 없는 수준의 단어들만 복구할 수 있었다. 번역 지노 니니스.

……그들이 단지들을 내려놓자 가수들이 모여들었고…….

……[젊은이들은?] 춤을 추었고, 목동들은 [피리를 불었습니다?]…….

……딱딱한 빵이 담긴 [큰 접시들이] 오갔으며…….

……돼지 껍데기였습니다. 나는 [빈약한?] 잔치 음식을 보며 즐거웠습니다…….

……새끼 양 네 마리가 저마다 어미를 찾아 울었고…….

……[비?]와 진창…….

……그 여자가 다가왔고…….

……늙고 가냘픈 [할멈이] [내 손을?] 잡으며…….

……램프 불빛…….

……여전히 춤을 추었고, [빙글빙글 돌았고?]…….

……[숨이 차도록?]…….

……모두가 춤을 추고…….

……춤을 추고…….

아이다호주
보이시

2057년~2064년

시모어

그가 낮에 일하는 교도소 밖 아파트*의 간이 부엌에선 래빗브러시가 만발한, 해가 쨍쨍 내리쬐는 산비탈이 내려다보인다. 때는 8월, 하늘은 매연 가득한 베이지색이고 모든 것이 열기에 부예진 채 흔들린다.

그는 일주일에 엿새를 아침마다 자율 주행 버스를 타고 복합 상업 지구까지 간다. 그곳에서 4000제곱미터가 넘는 절절 끓는 아스팔트를 가로질러서 아무렇게나 가로놓여 있는 일류 소유의 저층 치장 벽토 건물로 간다. 로비에는 지름 3.6미터의 폴리우레탄 입체 지구가 받침대 위에서 돌고 있는데, 산맥의 옴폭 들어간 곳마다 먼지가 껴 있다. 벽에는 지구를 캡처 중입니다라고 프린트된 빛바랜 플래카드가 걸려 있다. 그는 아틀라스 트레드밀과 헤드셋의 차세대

***

* 미국에는 죄수가 낮 시간 동안 교도소 밖으로 노동을 하러 나가는 것을 허용하는 노동 석방(work release) 제도가 있다.

반복 명령(iterations)을 테스트하는 엔지니어 팀과 하루 열두 시간씩 일한다. 어른이 된 그는 몸이 허약하고 안색은 창백하다. 카페테리아에 가기보다는 자신의 업무용 책상에서 포장된 샌드위치를 먹는 것이 더 편하고, 일할 때만 마음의 안정을 얻으며, 트레드밀에서 몇 킬로미터씩 거리 기록을 쌓아 가는 모습이 마치 걷는 것으로 극한의 속죄를 대신하는 중세 시대의 순례자 같다.

가끔 새 신발을 주문할 때면 걷느라 닳아 버린 신발과 동일한 것을 주문한다. 그는 음식 외에 아무것도 사지 않는다. 일주일에 한 번 토요일에 내털리 허낸데즈에게 문자 메시지를 보내고, 그녀는 대부분 회신해 주는 편이다. 그녀는 다루기 힘든 고등학생들에게 라틴어와 그리스어를 가르치며, 아들 둘을 두었고, 자율 주행 미니밴을 몰고, 대시라는 이름의 닥스훈트를 키운다.

가끔 그는 헤드셋을 벗고 트레드밀에서 내려와 다른 엔지니어들의 머리 위 허공을 바라보며 눈을 깜빡이는데, 그럴 때면 지노의 번역서에서 읽은 구절들이 날아서 돌아온다. ……하늘과 땅이 펼쳐진 가운데, 모든 나라, 모든 짐승이 사방에 흩어져 있었으며, 한가운데에는…….

쉰일곱, 쉰여덟 살이 되어도 그의 반골 기질은 여전하다. 밤에 퇴근해 돌아오면 단말기를 부팅하고, 인터넷 연결을 끊어 놓고 일을 시작한다. 서버에는 그가 모은, 가공하지 않은 고밀도의 아틀라스 이미지들이 전 세계에서 부글부글 끓고 있다. 첸나이에서 탈주하는 이주민들의 행렬, 양곤 밖의 작은 배를 가득 메운 가족들, 방글라데시에서 화염에 휩싸인 탱크, 카이로에서 플렉시글라스* 방패를 앞세운 경찰, 진창이 된 루이지애나주의 소도시. 그가 몇 년을 들여 아틀라스에서 삭제한 재난들이 하나도 빠짐없이 여기 저장되어 있다.

몇 달에 걸쳐 그는 미세한 블레이드들을 구축하는데, 그것들은 매우 예리하고 미묘해서 아틀라스의 목적 코드에 끼워 넣어도 시스템이 탐지하지 못한다. 그는 아틀라스의 내부, 전 세계 곳곳에 이 블레이드들을 작은 올빼미 모양으로 몰래 저장한다. 올빼미 낙서, 올빼미 모양의 음수대, 턱시도 차림에 올빼미 마스크를 쓰고 자전거를 타는 사람. 그중 하나를 발견해 터치하면, 멸균 처리되어 미화된 이미지의 껍질이 벗겨지면서 그 아래 있던 애초의 진실이 드러난다.

마이애미의 한 식당 밖에는 여섯 개의 양치류 화분들이 놓여 있는데, 세 번째 화분에 작은 올빼미 스티커가 붙어 있다. 올빼미를 터치하면 양치식물이 증발하면서, 연기를 내뿜으며 타고 있는 자동차가 나타나고 보도 위에 온몸이 뒤틀린 채 쓰러져 있는 여자 네 명이 보인다.

유저들이 그 작은 올빼미들을 발견하건 말건 그는 적발될 위험에 신경 쓰지 않는다. 어차피 아틀라스는 회사의 주력 사업에서 밀려나고 있는 중이다. 보이시 상업단지의 모든 지역에서는 다른 부서의 다른 프로젝트에 맞게 트레드밀과 헤드셋을 구성하고 소형화하는 데 박차를 가하는 중이다. 하지만 시모어는 밤마다 올빼미들을 구축하고 목적 코드에 몰래 끼워 넣으며 낮 동안 짜 넣은 거짓 구조를 허무는 작업을 이어 나간다. 길가에서 트러스티프렌드의 잘려나간 날갯죽지를 발견한 후 처음으로 기분이 나아지는 것을 느낀

---

*   아크릴 수지의 일종.

다. 더 차분해지는 것을 느낀다. 전만큼 두렵지 않다. 붙잡히지 않으려고 더 빨리 도망쳐야 한다는 강박이 줄어든다.

레이크포트 호수의 새 리조트에서 보내는 사흘. 항공료, 하루 세 끼 식사 포함, 수상 스포츠는 원하는 대로. 그가 모아 둔 돈이 허락하는 한 모두 부담하기로 한다. 가족 동반 환영. 그는 연락하는 일을 내털리에게 일임한다. 처음에 그녀는 다섯 명 모두 올 것 같지 않다고 말하지만, 모두 온다. 앨릭스 헤스는 두 아들과 함께 클리블랜드에서 오고, 올리비아 오트는 샌프란시스코에서 비행기로 오고, 크리스토퍼 디는 콜드웰에서 차를 운전해 온다. 레이철 윌슨은 네 살난 손자를 데리고 그 먼 호주 남서부에서 온다.

시모어는 그들이 함께 보내는 마지막 날 밤까지 기다리다가 차를 몰고 보이시에서 협곡으로 간다. 너무 빨리 얼굴을 보였다가 한 명이라도 혼란스러워하면 좋을 일이 없다. 새벽이 되자 그는 항불안제를 한 알 더 삼키고 정장에 넥타이까지 갖춘 차림으로 발코니에 선다. 호텔에 딸린 선창 너머로 호수가 햇빛에 반짝인다. 머리 위 하늘로 물수리가 날아오길 기다려 보지만 한 마리도 나타나지 않는다.

그의 왼쪽 호주머니엔 메모지가, 오른쪽 호주머니엔 객실 열쇠가 들어 있다. 아는 것을 되짚어 보라. 올빼미는 눈꺼풀이 세 개다. 인간은 복잡하다. 네가 사랑하는 많은 것들을 생각하면, 이젠 너무 늦었다. 하지만, 모든 것에 늦은 건 아니다.

그는 결혼 피로연 장소로 주로 이용되는 호수와 면한 육각형 방에서 기술 전문가 두 명을 만나고, 그들이 퍼램뷸레이터라 부르는 일류 사의 최신 최첨단 기술이 결집된 다방향 트레드밀 다섯 대를 들여오는 것을 지켜본다. 기술자들은 그것들을 다섯 개의 헤드셋과 페어링한 후 떠난다.

내털리가 일찍 와서 그를 만난다. 그녀의 아이들은 지금 점심을 다 먹어 간다고 한다. 그녀는 이번 그의 계획이 용기 있는 일이라고도 말한다.

"여러분이 더 용기를 낸 거죠." 시모어가 말한다. 숨을 들이쉴 때마다 그는 살이 벌어지며 뼈가 우르르 쏟아질 것 같아 두렵다.

오후 1시가 되자 가족들이 삼삼오오 들어온다. 올리비아 오트는 턱까지 내려오는 단발머리에 리넨 카프리팬츠 차림에, 여태껏 울다 온 것 같은 눈을 하고 있다. 앨릭스 헤스는 엄청나게 크고 부루퉁한 표정의 십 대 둘을 양옆에 거느리고 나타났는데 셋 모두 머리카락이 밝은 금발이다. 크리스토퍼 디는 체구가 작은 여자와 함께 도착한다. 그들은 다른 사람들과 떨어져 구석에 앉아서는 두 손을 잡는다. 레이철이 맨 마지막에 들어오는데 청바지에 부츠 차림이다. 그녀의 얼굴은 오랫동안 햇볕 아래서 일하는 사람에게서 볼 수 있는 나뭇결 같은 깊은 주름이 패어 있다. 그녀에 뒤이어 명랑한 인상에 머리가 불꽃 같은 손자가 구르는 듯한 발걸음으로 들어와 의자에 앉아 두 발을 흔들어 댄다.

"살인자처럼 보이지 않는데?" 앨릭스의 아들 중 하나가 말한다.

"예의 바르게 굴어야지." 앨릭스가 말한다.

"그냥 늙어 보여요. 저 사람 부자예요?"

시모어는 그들의 얼굴을 일부러 보지 않는다. 얼굴을 보면 모든 계획이 어긋날 것 같다. 눈을 내리깔고 있어. 메모에 쓴 대로 읽어.

"그날," 그는 말한다. "지금으로부터 오래전, 저는 여러분 각자에게서 소중한 것을 빼앗았습니다. 제가 저지른 짓에 대해 온전하게 속죄할 길은 절대 없으리란 걸 압니다. 하지만 어린 시절에 소중히 여기던 곳을 잃는다는 것 ― 그런 곳을 여러분에게서 빼앗았다는 것 ― 이 어떤 의미인지 저 또한 알기 때문에, 다시 돌려주기 위해 노력한다면 여러분에게 일말이라도 의미가 있지 않을까 생각했습니다."

그는 들고 있던 가방에서 감청색 표지의 양장본 다섯 권을 꺼내 한 권씩 건네준다. 표지에는 구름 도시의 탑들을 맴도는 새들이 그려져 있다. 올리비아가 숨을 몰아쉰다.

"니니스 씨의 번역을 책으로 묶었습니다. 내털리의 도움이 정말 컸다는 점을 말해야겠네요. 내털리가 역자 주석을 모두 썼습니다."

이제 그는 헤드셋을 나눠 준다. "우선은 성인 다섯 명만 갈 수 있고요. 그다음에, 원하신다면 모두 갈 수 있습니다. 도서 반납함을 기억하나요?"

모두 고개를 끄덕여 보인다. 크리스토퍼가 말한다. "여러분에게 필요한 건 오직 책뿐."

"상자 위의 손잡이를 잡아당기세요. 그다음부턴 알아서 하실 수 있어요."

어른들이 자리에서 일어선다. 시모어는 그들이 머리에 헤드셋 쓰는 것을 도와주고, 다섯 대의 퍼램뷸레이터가 윙윙 소리를 내며 작동하기 시작한다.

그들이 각자의 트레드밀 위에 자리 잡자, 그는 창문으로 걸어가서 바깥의 호수를 내다본다. 여기에서 북쪽으로는 네 올빼미가 날아다닐 만한 곳이 못해도 스무 곳은 있을걸, 그녀는 말했었다. 여기보다 더 큰 숲, 여기보다 더 좋은 숲이라고. 그때 그녀는 그를 구하려는 중이었던 거다.

퍼램뷸레이터가 휙휙 소리를 내며 빙빙 돈다. 그 시절 아이였던 어른들이 걷는다. 내털리가 말한다. "말도 안 돼."

앨릭스가 말한다. "내가 기억하는 그대로야."

시모어는 이동 주택 뒤 숲이 눈에 뒤덮이는 날이면 적막에 잠기던 나무들을 떠올린다. 3미터 높이의 죽은 나무 위 나뭇가지에 앉아 있던 트러스티프렌드. 400미터 떨어진 자갈 밭에서 나는 타이어 소리에 움찔하던. 2미터 아래 눈에 묻힌 들쥐의 심장 소리를 들을 수 있었던 그.

공기 모터가 퍼램뷸레이터의 앞쪽을 들어 올리는 걸 보니 지금 그들은 현관의 화강암 계단을 올라가고 있다. "봐." 크리스토퍼가 말한다. "저건 내가 만든 표지판이야."

레이철의 빈 의자 옆 의자에서, 레이철의 손자가 손을 아래로 뻗어 파란색 책을 집어 들더니 무릎 위에 펼치고 책장을 넘긴다.

올리비아 오트는 오른손을 허공에 뻗어 문을 연다. 아이들은 차례대로 도서관으로 들어간다.

아르고스호

미션 여행 65년

콘스턴스

남은 산소 7퍼센트. 후드 속 목소리가 말한다.

연결 통로에서 좌회전. 8, 9, 10호 격실을 지나는데 모두 잠겨 있다. 긴 잠에서 깨어난 전염병이 지금도 복도 공기를 타고 휘몰아치고 있을까? 죽은 지 사백 일이 다 되어 가는 시체들이 어둠 속에서 썩고 있을까? 아니면 승무원들은 쉭쉭 소리 내는 소화기 밑에서 그녀의 주변을 휘젓고 다니는 중일까? 친구들, 아이들, 교사들, 첸 선생님, 플라워스 부인, 어머니, 아버지 모두 말이다.

복도 천장의 작은 노즐들에서 스프레이가 분사되고 있다. 작업복 속에 직접 만든 책을 넣고 왼손엔 직접 만든 도끼를 들고서, 그녀는 화학 용액이 흥건한 바닥 위를 부츠 발로 미끄러지듯 걸으며, 아르고스호 중심에서 바깥을 향해 나선을 그리며 나아간다.

복도를 따라 구겨진 담요들, 버려진 마스크들, 베개 한 개, 박살난 식판 조각들이 흩어져 있다.

양말 한 짝.

회색 곰팡이를 뒤집어쓴 채 등을 구부린 것 같은 모양이다.

눈을 들어. 계속 앞으로 가. 교실의 어두운 입구가 나오고, 뒤이어 역시 닫힌 격실 문들이 더 나오고, 차 박사와 엔지니어 골드버그가 입었던 방역복에서 떨어져 나온 것으로 보이는 장갑 한 짝을 지나쳐 간다. 전방에, 복도 한가운데 누군가의 퍼램뷸레이터가 뒤집혀 있다.

남은 산소 6퍼센트. 후드가 말한다.

그녀의 오른편에 제4농장 입구가 나타난다. 콘스턴스는 입구에서 잠시 멈춰 서고 안면 보호창에 묻은 화학 물질을 닦아 낸다. 무계획적으로 조성해 놓은 선반 어디나 식물들이 죽어 있다. 1.2미터인 그녀의 작은 보스니아소나무는 여전히 서 있다. 그 밑동을 마른 솔잎들이 후광처럼 에워싸고 있다.

경보음이 울린다. 그녀가 멀리 있는 벽을 향해 걸음을 서두르는 동안 헤드램프가 깜박인다. 생각할 시간이 없다. 그녀는 왼편에 있는 손잡이 4를 선택하고 씨앗 서랍 하나를 연다. 차가운 수증기가 그녀의 발 위로 흘러내린다. 서랍 안에는 얼음처럼 차가운 수백 개의 포일 봉투가 줄지어 놓여 있다. 그녀는 장갑 낀 손으로 가급적 많이 퍼내고, 그러다 얼마간 흘리기도 하면 다시 움켜쥐고서 도끼와 함께 가슴에 꼭 안는다.

근처 어딘가에 아버지의 유령 또는 시체, 아니면 둘 다 있다. 계속가. 넌 시간이 없어.

복도를 따라 조금 더 내려가자 제2실험실과 제3실험실 사이에 엄마가 엘리엇 피센배커가 며칠 밤을 두들겨 대 티타늄 조각으로 때웠다고 얘기해 준 벽이 나온다. 때운 곳은 삼백 개는 될 리벳들을 박아 튼튼히 보강되어 있는데, 그녀가 기억하는 것보다 훨씬 많아 보인다. 그녀는 가슴이 철렁 내려앉는다.

남은 산소 5퍼센트.

그녀는 품에서 씨앗 꾸러미를 바닥에 떨어뜨리고 두 손으로 도끼를 들어 올린다. 그녀의 기억에도 없는 오래전부터 들어온 경고들이 속삭인다. 우주 방사선, 무중력, 2.73켈빈.

그녀가 도끼를 휘두르자 날에 맞아 땜질한 부분이 움푹 들어갔다가 이내 튕겨 나온다. 더 세게 휘두른다. 이번에는 날이 박히고 그녀는 온몸의 무게를 실어서 간신히 잡아 뽑는다.

세 번째. 네 번째. 이래선 제시간에 뚫고 나갈 수 없을 것이다. 슈트 속에서 땀이 차오르고 후드 안에 김이 서린다. 경보음이 시시각각 커지고 있다. 소화기들이 그녀 주위에 비를 퍼붓는다. 오른쪽으로 스무 걸음 거리에 천막으로 가득 찬 구내식당 입구가 보인다.

전원 출동, 시빌이 말한다. 우주선의 보전 상태가 위험에 처했습니다.

남은 산소 4퍼센트. 후드가 말한다.

도끼로 찍을 때마다 땜질 부위의 벌어진 틈이 커진다.

벽 밖으로 나가면, 삼 초 만에 너의 손과 발이 두 배로 커질 거야. 넌 숨이 막힐 거야. 꽁꽁 얼어붙을 거야.

틈새가 넓어지자 수증기 서린 안면 보호창을 통해, 엘리엇이 알루미늄 테이프로 감싼 전선관을 옆으로 밀어내고 여러 층의 단열재를 자른 내부가 들여다보인다. 저편에 금속으로 된 층이 하나 더 있다. 콘스턴스는 그것이 외벽이길 희망한다.

다시 도끼를 뽑아내고, 숨을 들이쉬고, 다시 도끼를 들어 올렸다가 휘두른다.

애야! 시빌이 쩌렁쩌렁 고함치는데, 소름 끼치는 목소리다. 지금
당장 그만둬.

콘스턴스는 본원적인 공포가 온몸을 타고 흐르는 것을 느낀다.
그녀는 다시 손을 뻗고, 몇 개월 동안 묵힌 분노, 고립, 비탄의 에너
지를 끌어모아 도끼를 휘두른다. 도끼날이 전선들을 끊고 바깥 판을
통과해 걸린다. 그녀는 도끼 손잡이를 앞뒤로 꿈틀꿈틀 움직인다.

날을 뽑아내자, 외벽에 뚫린 구멍 한 개가, 얇게 저민 어둠 한 조
각이 보인다.

콘스턴스. 시빌이 고함친다. 지금 넌 심각한 실수를 저지르고 있
어.

그녀가 틀렸다. 그것은 무, 깊은 우주의 진공이다. 그녀는 지구에
서 100조 킬로미터 떨어진 곳에 있다. 그녀는 질식 상태에 빠지고
그것으로 모든 것이 끝날 것이다. 그녀의 손아귀에서 도끼가 떨어
진다. 그녀의 주변 공간이 주름지고, 시간이 위로 접힌다. 그녀의 아
버지가 봉투 하나를 찢고 연갈색 날개가 단단히 감고 있는 작은 씨
앗 한 알을 그녀의 손바닥 안에 떨어뜨린다.

숨을 참으렴.

"아직 아니야."

씨앗이 파르르 떤다.

"지금이야."

제일 바깥쪽 층에 난 구멍 너머의 어둠은 그대로다. 그녀는 빨려
나가지 않고 두 눈이 꽁꽁 얼지도 않는다. 그냥 밤이다.

남은 산소 3퍼센트.

밤! 그녀는 도끼를 들고 다시 휘두르고 또 휘두른다. 금속 파편들이 어둠 속으로 굴러떨어진다. 차츰차츰 넓어지는 구멍 너머로 수천만 개의 작은 은색 반점들이, 꺼져 가는 헤드램프의 광선을 받아 빛을 발하며 암흑 속으로 쏟아진다. 그녀가 구멍 밖으로 팔 하나를 내밀었다가 거두자 소매가 젖어 있다.

비. 밖에선 비가 내리고 있다.

남은 산소 2퍼센트.

콘스턴스는 계속해서 도끼를 휘두른다. 어깨는 타들어 가고 손의 뼈마디가 부서지는 느낌이 든다. 구멍은 커지면서 들쭉날쭉해진다. 이제 그녀의 머리와 한쪽 어깨가 통과할 만큼 크다. 안면 보호창은 달리 어찌할 도리 없이 부옇다. 그녀는 바이오플라스틱 슈트를 찢는데, 감수할 만한 위험이다. 다시 한번 내려치자 몸을 밀어 넣으면 빠져나갈 만큼 커진다.

야생 양파의 냄새.

이슬, 굽이굽이 언덕.

달콤한 빛, 머리 위에 뜬 달.

남은 산소 1퍼센트.

구멍 너머로 내리는 비는 예상한 것보다 훨씬 먼 아래까지 내리고 있지만 우물쭈물할 시간이 없다. 그녀는 씨앗 봉투 한 아름을 갈라진 구멍 너머 어둠 속으로 던지고, 도끼를 던지고, 뒤이어 자신의 몸을 던진다.

콘스턴⋯⋯. 시빌이 고함치지만 콘스턴스의 머리와 두 어깨는 이제 아르고스호 밖에 나와 있다. 그녀가 몸을 뒤트는데 한쪽 허벅지가 칼날 같은 금속 조각에 걸린다.

산소 고갈, 후드가 말한다.

두 다리는 여전히 벽의 안쪽에 있고, 허리는 꽉 끼어 있어서, 콘스턴스는 마지막으로 숨을 들이쉰 후 후드를 뜯어내고 밀봉 테이프를 찢어서 벗어 버린다. 후드는 튕기고 구르다 5미터 정도 아래 젖은 돌과 길게 자란 동토대의 풀밭처럼 보이는 곳에 안착하고, 헤드램프의 불빛은 빗속에서 수직으로 위를 향한다.

나갈 방법은 떨어지는 것뿐이다. 그녀는 여전히 숨을 멈춘 채, 두 팔을 우주선 바깥면에 걸치고 힘을 주어 몸을 빼낸 뒤 그대로 떨어진다.

발목이 비틀리고 팔꿈치가 바위에 부딪히지만, 그녀는 몸을 일으켜 앉을 수 있고 숨을 쉴 수 있다. 그녀는 죽지 않았고, 질식하지도 않았고, 꽁꽁 얼지도 않았다.

공기! 진하고 축축하고 짭조름하니 살아 있는 맛. 만약 이 공기 속에 바이러스가 도사리고 있다 해도, 만약 위의 아르고스호 측면에 그녀가 뚫은 구멍에서 바이러스가 흘러나온다 해도, 만약 지금 이 순간 그녀의 콧구멍 속에서 바이러스가 스스로 복제하고 있다 해도, 만약 지구의 대기가 남김없이 독이라 해도 상관없다. 오 분을 더 살아 이 공기로 숨 쉬고 냄새를 맡을 수 있다면.

빗물이 땀에 젖은 머리카락을, 두 뺨을, 이마를 세차게 때린다. 그녀는 풀밭 속에 무릎을 꿇고 비가 슈트를 때리는 소리에 귀를 기울이고, 눈꺼풀에 내려앉을 때의 감촉을 만끽한다. 도저히 믿을 수 없는, 위험천만한, 난잡하기까지 한 사치 같다. 물이, 하늘에서, 이렇게나 쏟아지다니.

헤드램프가 꺼지자, 그녀가 아르고스호 옆면에 도끼로 쳐서 뚫린 틈새에서 희미하게 새어 나오는 빛을 빼면 온통 어둠이다. 그러나 이 어둠은 노라이트와는 전혀 다르다. 하늘은 구름을 그물망처럼 펼치며 스스로 빛을 발하는 것 같고, 그 빛을 비에 젖은 풀잎들이 머금었다가 다시 뿜어내면서 수만 개의 물방울이 은은히 반짝인다. 그녀는 아버지의 슈트를 허리 아래로 벗어 내리고 동토대의 풀밭 속에 무릎을 꿇는데 아이톤의 말이 떠오른다. 목욕, 그 정도가 세상의 모든 어리석은 양치기에게 족한 마법입니다.

그녀는 도끼를 찾고, 바이오플라스틱 슈트를 마저 다 벗고, 씨앗 봉투를 찾을 수 있는 만큼 찾아내서 직접 만든 책과 함께 작업 슈트에 넣어 지퍼로 잠근다. 그러고 나서 다리를 절며 풀을 헤치고 바윗돌을 피해 가며 주변을 에워싼 펜스로 간다. 등 뒤에는 아르고스호가 거대하고 아련하게 서 있다.

펜스는 꼭대기가 가시 철조망으로 둘러쳐져 있고 안 그래도 너무 높아서 기어오를 수 없지만, 그녀는 기둥 중 하나에 도끼질을 해서 연결된 고리 열두 개를 잘라 뒤로 구부려 젖히고 나서 몸을 뒤틀어 간신히 빠져나간다.

건너편에는 빗물에 젖어 반짝이는 돌들이 수천 개는 흩어져 있다. 돌마다 이끼가 등딱지처럼, 비늘처럼 덮여 자란다. 그중에 하나만 골라서 연구해도 일 년은 족히 걸릴 것 같다. 돌무더기 너머로 굉음이 솟아오르는데, 쉼 없이 움직이고, 들끓고, 모습을 바꾸고, 나아가는 것이 내는 외침이다. 바다.

새벽은 한 시간에 걸쳐 오고 그녀는 한순간도 놓치지 않을 셈으로 눈조차 깜빡이지 않는다. 먼저 자주색이 천천히 퍼져 나가고 뒤이어 파란색이, 그리고 '도서관'의 시뮬레이션을 통틀어도 견줄 수 없을 만큼 복잡하고 풍부한 색조가 무한히 펼쳐진다. 그녀는 맨발로 물속에 들어가 선다. 발목에 찰랑이는 낮고 잔잔한 파도가 천 개의 서로 다른 벡터로 쉼 없이 움직인다. 태어나 처음으로, 아르고스호가 퉁퉁 울리는 소리, 파이프에서 물이 졸졸 흐르는 소리, 전선관에서 전기가 윙윙 흐르는 소리, 시빌 —— 그녀가 잉태되기 전부터 조금 전까지, 그녀를 온통 에워싼 채 휙휙 소리를 내며 돌아가던 기계 —— 의 필라멘트에서 나는 기어오르는 듯한 소리가 사라졌다.

"시빌?"

잠잠하다.

그녀의 오른편 저 멀리, 그녀가 아틀라스에서 발견한 회색 별채가, 보트 정박소가, 바위투성이 방파제가 보인다. 어깨 너머의 아르고스호가 더 작아 보인다. 하늘 아래 엎드린 하얗고 둥근 덩어리.

그녀와 마주한 수평선 밖으로 새벽의 파란 테두리가 분홍빛으로 물들며 손가락을 들어 밤을 밀어 뒤로 보낸다.

에필로그

레이크포트
공공 도서관

2020년 2월 20일
7:02 P.M.

지노

소년이 총을 떨군다. 배낭 속에서 전화벨이 두 번째로 울린다. 저기, 문을 막고 있는 안내 데스크를 지나 포치 너머에, 세계가 기다리고 있다. 그에게 그런 힘이 있을까?

그는 공간을 가로질러 입구로 가고 안내 데스크 위로 몸을 숙인다. 아테나 신이 부여한 듯 두 다리에 힘이 실린다. 책상이 옆으로 스르르 밀린다. 그는 배낭을 움켜쥐고 문을 당겨 열고 경찰차들의 눈부신 조명 속으로 뛰어든다.

전화벨이 세 번째로 울린다.

화강암 계단 다섯 개를 내려가서 길을 따라, 발자국 하나 없는 눈밭으로, 사이렌의 아우성 속으로, 소총 열두 대의 조준기 속으로 들어가자 어떤 목소리가 외친다. "사격 중지, 사격 중지!" 그러자 또 다른—어쩌면 그 자신의—목소리가 언어를 넘어선 소리를 외친다.

눈이 너무도 많이 쏟아져서 대기 중에 공기보다 눈이 더 많은 것 같다. 지노는 터널처럼 이어지는 노간주나무들 아래를 달린다. 고

관절이 시원치 않은 여든여섯 살의 남자가 펭귄 무늬 넥타이가 눌리도록 배낭을 안고 벨크로 부츠에 양모 양말을 두 겹으로 신고 달릴 때 낼 수 있는 최대 속도로. 그는 폭탄을 들고 달려서 도서 반납함 위 올빼미의 노란 눈을, 폭발물 처리라 적힌 유개 화물차를, 무장한 남자들을 지나친다. 그는 불멸에 등을 돌리고 다시 바보로 돌아가는 것에 행복해하는 아이톤이다. 목동들은 비를 맞으며 춤추고, 피리를 불고 칠현금을 뜯고, 양들은 매애 울고, 세계는 물과 진흙과 초록으로 넘친다.

배낭 속에서 네 번째 전화벨이 울린다. 이제 한 번 남았다. 0.25초 동안, 그는 경찰차 뒤에 웅크린 메리앤, 선홍색 외투에 페인트가 점점이 찍힌 청바지 차림을 한, 눈이 아몬드 모양인 다정한 메리앤을 언뜻 본다. 그녀가, 여름마다 얼굴이 모래폭풍 같은 주근깨로 뒤덮이는 사서 메리앤이 한 손으로 입을 막고 그를 지켜보고 있다.

다운 파크 스트리트, 경찰차들도 멀리 있고, 도서관은 그의 등 뒤에 있다. 상상해 봐, 렉스가 말한다. 영웅들이 고향으로 돌아가는 내용의 옛노래를 들으면 어떤 심정이었을지. 400미터를 가면 옛날에 보이즈턴 부인이 살던, 창문에 커튼 한 장 걸려 있지 않고 식탁은 번역 원고들에 뒤덮여 있고 위층의 작은 놋쇠 침대 옆 양철 상자엔 플레이아우드 플라스틱 병정 모형 다섯 개가 들어 있고 부엌 매트 위에서 필로스의 왕 네스토가 졸고 있는 집이 있다. 누가 그 녀석을 내보내 줘야 할 텐데.

눈앞에 얼음에 뒤덮여 하얀 호수가 펼쳐진다.

"이런," 사서 한 명이 말한다. "온기라곤 없어 보이네."

"어디 계시니?" 다른 사서 한 명이 말한다. "네 어머니 말이야."

그는 눈속을 달리고, 다섯 번째 전화벨이 울린다.

카나크

2146년

콘스턴스

이 마을에는 마흔아홉 명의 주민이 산다. 그녀는 온실이 딸린, 나무와 고철로 지은 연하늘색 단층집에 산다. 그녀에겐 아들이 하나 있다. 세 살이고, 잠시도 가만있는 법이 없고, 열성적이며, 모든 것을 시험해 봐야 직성이 풀리고, 닥치는 대로 습득하며, 보는 족족 입에 집어넣는 아이다. 그녀의 배 속엔 둘째 아이, 꼭 한 번의 움직거림, 피어나는 하나의 작은 지성체가 자라고 있다.

때는 8월, 해는 4월 중순부터 진 적이 없고, 오늘 밤에는 사람들 대부분이 밖에 나가 산딸나무 열매를 따고 있다. 멀리, 마을 맨 끝에서 선창 너머로 바다가 가물거린다. 날씨가 더없이 화창한 날엔 수평선의 아득히 먼 가장자리에 낮게 엎드린 덩어리를 볼 수 있다. 13킬로미터 남짓 떨어진 그 바위섬에서 아르고스호가 비바람에 녹슬어 가고 있다.

그녀는 집 뒤의 컨테이너 정원에서 일하고 그동안 아이는 바윗돌 사이에 앉아서 논다. 아이의 무릎엔 다 쓴 영양 파우더에 붙은 라벨지로 만든 흉물스러운 책이 한 권 놓여 있다. 아이는 책장을 뒤에서 앞으로 거꾸로 넘기고, 아이톤은 '불타오른다'는 뜻이다를 지나, 고래 배 속의 마법사를 지나며 소리 없이 입을 오물거린다.

황혼 녘 여름은 따뜻하고, 컨테이너 속 상춧잎들은 팔락거리고 하늘은 라벤더색으로 물들고 ── 시간이 지날수록 어두워지는 가운데 ── 그녀는 물뿌리개를 들고 왔다 갔다 한다. 브로콜리. 케일. 주키니. 그녀 허벅지 높이까지 자란 보스니아소나무 한 그루.

Παράδεισο, 파라데이소스, 패러다이스. 정원을 뜻하는 말이다.

그녀가 일을 마치고 비바람에 색이 바랜 나일론 의자에 앉으면 아이는 책을 들고 와서 엄마의 바짓자락을 잡아당긴다. 무거워지는 눈꺼풀을 애써 뜨려고 용쓰면서 아이가 말한다. "이야기 들려줄 거죠?"

그녀는 아들의 얼굴을, 동그란 뺨을, 눈썹을, 축축한 머리카락을 바라본다. 이 아이가 벌써 이 모든 것의 불안정성을 감지하는 걸까?

그녀는 아들을 끌어당겨 무릎에 앉힌다. "맨 처음 페이지로 가서 제대로 읽어야지." 그녀는 아이가 뒤집힌 책을 바로 놓을 때까지 기다린다. 아이는 아랫입술을 빨다가 책표지를 다시 잡아당긴다. 그녀가 글줄을 따라 손가락을 움직인다.

"나는," 그녀가 말한다. "아이톤, 아르카디아에서 온 평범한 양치기입니다."

"아니, 아니." 아이가 말한다. 손으로 책장을 탁탁 친다. "그 목소리, 그 목소리로."

그녀는 눈을 깜박인다. 행성이 1도 더 회전한다. 그녀의 작은 정원 너머, 마을 아래 쪽, 바다 놀마다 바람에 실려온 실안개로 뒤덮인다. 아이가 집게손가락을 들어 책장을 꾹 누른다. 콘스턴스는 목청을 가다듬는다.

"지금부터 내가 하는 이야기는 너무도 허황하고 너무도 터무니없어서 여러분은 단 한 마디도 믿을 수 없을 겁니다. 그럼에도 이 이야기는……" 그녀는 아이의 코끝을 톡톡 친다. "진실입니다."

작가의 말

이 책은 세상의 책에 바치는 찬가로, 많은 책이 토대가 되어 주었다. 그 목록이 너무 긴 탓에 낱낱이 공개하는 것보다는 찬연히 빛나는 몇 작품만 소개하고자 한다. 아풀레이우스의 『황금 당나귀』와 『루키우스 혹은 당나귀』(사모사타의 루키아노스가 쓴 것으로 추정되는)는 당나귀로 변한 얼간이 설화를 내가 감히 흉내조차 낼 수 없는 경지의 풍취와 기법으로 다시 쓴 작품들이다. 콘스탄티노플이 고대 문헌에선 노아의 방주에 비견된다는 은유는 르비엘 네츠(Reviel Netz)와 윌리엄 노엘(William Noel)의 공저 『아르키메데스 코덱스(The Archimedes Codex)』에서 가져왔다. 아이톤의 수수께끼에 대한 지노의 답은 마저리 호프 니컬슨(Marjorie Hope Nicolson)의 『달 여행(Voyages to the Moon)』에서 찾았다. 지노가 한국에서 겪는 우여곡절은 루이스 H. 칼슨(Lewis H. Carlson)의 『잊힌 전쟁이 기억하는 포로들(Remembered Prisoners of a Forgotten War)』 덕분에 구체적인 살을 붙일 수 있었고, 초기 르네상스 책 문화 전반에 관해선 스티븐 그린블

랫(Stephen Greenblatt)의 논픽션 『이탈(The Swerve)』을 통해 처음 알게 되었다.

천팔백 년 전 안토니우스 디오게네스가 세상에 선보였으나 이젠 사라지고 없는 소설 『툴레 너머의 불가사의』는 『클라우드 쿠쿠 랜드』가 가장 큰 신세를 진 은인이다. 지금은 파피루스 두어 조각만 남아 있지만 9세기 콘스탄티노폴리스 총대주교였던 포티오스가 쓴 줄거리에 따르면 그것은 스물네 권의 대하소설로, 세계를 여행하는 큰 틀 안에서 긴밀히 맞물려 있는 작은 서사들로 이루어진 소설이라고 한다. 필시 학술과 공상 양쪽에서 소재를 구하고, 당대의 장르들을 유기적으로 섞어가며 허구성의 경계를 넘나드는 가운데 문학사 최초로 우주여행이라는 소재까지 집어넣었을 것이다.

역시 포티오스에 따르면 『툴레 너머의 불가사의』의 서문에서 디오게네스는 이 책이 실은 몇 세기 전 알렉산드로스 대왕 휘하의 한 병사가 우연히 발견한 사본을 베낀 것이라고 주장했다. 그 병사는 티레의 지하 묘지를 돌아다니다가 작은 사이프러스 궤를 발견했는데, 궤의 뚜껑에 "처음 보는 이여, 그대가 누구건, 이 궤를 열고 놀라운 것을 발견할지어다."라고 새겨져 있었다는 것이다. 그가 궤를 열자 사이프러스 나무로 만든 스물네 장의 서판이 들어 있었고, 그 안엔 세계를 떠도는 여행 이야기가 담겨 있었다고 한다.

감사의 말

먼저 세 명의 비범한 여성에게 지대한 감사를 표합니다. 이 작품을 쓰기 시작한 몇 달 동안 갈피를 못 잡고 헤매던 날 끝까지 나아갈 수 있게 도와준 빙키 어번. 이 책의 원고를 편집하고 나도 그도 다 헤아릴 수 없을 만큼 여러 차례에 걸쳐 훌륭하게 다듬어준 낸 그레이엄. 그리고 팬데믹 기간 내내 이 책을 읽으며 꼼꼼히 살펴봐 준 쇼네이 도어에게 특히 감사합니다. 음악으로 내 영혼을, 희망으로 내 심장을 채워준 당신이 아니었다면 다섯 번이나 원고를 집어 던지고 싶었던 위기를 무사히 넘기지 못했을 겁니다.

내 두 아들 오언과 헨리 역시 지대한 도움을 주었습니다. 너희가 아니었다면 일류 사를 구상하지도, 앨릭스 헤스가 루트비어를 떨어뜨리는 장면을 떠올리지도 못했을 것이고, 매일 웃을 수 있는 행복도 누리지 못했을 거야. 사랑한다, 얘들아.

언제나 좋은 면만 봐준 동생 마크, 콘스턴스가 전기 분해로 자기 머리칼에 불을 붙이는 아이디어를 제공해 준 동생 크리스, 불철주야 아들의 사기를 북돋워 주시는 아버지, 딕. 도서관과 정원 속에서 성장하게 해주신 어머니, 매릴린…… 모두 고맙습니다.

캐서린 '퍼램뷸레이터' 네퍼. 원고를 수정하는 험난한 시간 동안 격려해 주신 것이 큰 도움이 되었습니다. 오메이르를 믿어준 우메이르 카지 씨, 로마의 훌륭한 아메리칸 아카데미 공동체 여러분, 그중에서도 존 오셴도르프 씨께 이 자리를 빌려 다시 한번 감사드립니다. 내 서투른 그리스어를 뜯어 고쳐주신 데니스 로비쇼 교수님에게도 고마운 마음을 전합니다.

든든한 지지자가 되어 준 재크와 할 이스트먼 부부, 넓은 아량으로 감싸준 제스 월터, 늘 경청해 준 셜리 오닐과 수제트 램에게도 고마움을 전합니다. 내가 찾고, 또 미처 알지 못했던 유용한 문헌을 찾게 도와 준 모든 사서들께 감사드립니다. 흥미로운 자료를 직접 보내 준 코트 콘리, 가히 나의 챔피언이 되어 준 벳시 버튼에게도 감사드립니다. 케이티 시월. 시모어의 수감 생활에 필요한 디테일을 조사하는 데 큰 도움을 주셨습니다. 스크리브너 출판사의 모든 분이 도와주셨지만, 특히 로즈 리펠, 카라 왓슨, 브리애너 야마시타, 브라이언 벨피글리오, 자야 미첼리, 에릭 호빙, 어맨다 멀홀랜드, 조이 콜, 애시 길리엄, 새브리너 편에게 감사드립니다. 나의 문장을 한층 세련되게 다듬어 준 로러 와이즈, 스태퍼니 이븐스에게 감사를 표합니다. 물심양면으로 지원해준 카프, 크리스 린치 부부에게 감사합니다.

ICM의 캐런 케넌, 샘 폭스, 로리 월시, 그리고 커티스 브라운의 캐롤라나 서튼, 찰리 투키, 데이지 메이릭, 앤드리아 조이스에게도 고마움을 표합니다.

그리고, 모든 것을 받아 준 케이트 로이드에게 진심으로 큰 감사를 드립니다.

한 편의 소설은 한 명의 (특히나 오류투성이의) 인간이 만든 인간적인 글입니다. 그런 점에서 나와 메그 스토리라는 걸출한 사람이 노력을 기울였음에도 여전히 오류가 있을 것입니다. 이 책에서 발견되는 부정확성, 후안무치, 역사를 터무니없이 자의적으로 취한 사례의 책임은 전적으로 내게 있습니다.

역시 나의 자의적인 해석에 따르면 이 책을 즐겁게 읽어 주었을 웬델 마요 박사, 원고를 보내기 하루 전에 안타깝게 세상을 떠난 캐롤린 리어디, 감사합니다.

내 친구들에게 감사합니다.

마지막으로 나의 독자가 되어준 분들께 온 마음을 다해 고마움을 전합니다. 결국 여러분이 없었다면 나는 컴컴한 바다 위를 집도 돌아갈 곳도 없이 홀로 헤매었을 겁니다.

옮긴이 최세희   대학에서 영문학을 전공한 후 번역을 해 오고 있다. 『우리가 볼 수 없는 모든 빛』, 『예감은 틀리지 않는다』, 『렛미인』, 『사랑은 그렇게 끝나지 않는다』, 『사색의 부서』, 『깡패단의 방문』, 『맨해튼 비치』 등을 우리말로 옮겼으며, 공저로 『이수정 이다혜의 범죄 영화 프로파일』 1, 2가 있다.

클 라 우 드 쿠 쿠 랜 드

1판 1쇄 펴냄	2023년 6월 12일
1판 3쇄 펴냄	2024년 12월 4일

지은이	앤서니 도어
옮긴이	최세희
발행인	박근섭·박상준
펴낸곳	㈜민음사

출판등록	1966. 5. 19. 제16-490호
주소	서울특별시 강남구 도산대로1길 62(신사동)
	강남출판문화센터 5층 (우편번호 06027)
대표전화	02-515-2000
팩시밀리	02-515-2007
홈페이지	www.minumsa.com

한국어판 ⓒ 민음사, 2023. Printed in Seoul, Korea

ISBN   978-89-374-2792-3 (03840)

* 잘못 만들어진 책은 구입처에서 교환해 드립니다.